날 가져요

날 가져요

1판 2쇄 찍음 2020년 12월 21일
1판 2쇄 펴냄 2020년 12월 29일

지은이 | 로즈빈
펴낸이 | 정 필
펴낸곳 | (주)뿔미디어

기획 · 편집 | 이영은, 심은지
표지 디자인 | 우 물

출판등록 | 2002년 9월 11일 (제1081-1-132호)
주소 | 경기도 부천시 원미구 소향로 17, 303(두성프라자)
전화 | 032)651-6513 / 팩스 032)651-6094
E-mail | dahyangs@naver.com
블로그 | http://blog.naver.com/dahyangs
비북스 | http://b-books.co.kr

값 12,000원

ISBN 979-11-315-9096-6 04810
ISBN 979-11-315-9098-0 04810 (세트)

날

로즈빈 장편 소설

1

가져요

DAHYANG ROMANCE STORY

CONTENTS

1부
그녀 앞에서만 사는 남자

서울. 백경그룹 본사.

미래 지향적인 세련된 건축 형태를 자랑하는 백경그룹 본사 앞은 모여든 취재진으로 북적였다.

이런 광경, 벌써 오래되었다. 출근을 서두르는 직원들은 익숙해졌다는 듯 기자들을 유유히 지나쳐 정문을 통과했고, 바리케이드까지 설치하며 강경하게 입구를 봉쇄하던 경비원들도 처음처럼 열성적으로 그들을 막아서지 않았다.

임원진을 싣고 나르는 검은 세단이 로비 중앙에 멈춰 섰고, 그때마다 취재진은 우르르 달려갔다가 다시 후진했다. 원하는 인물은 아니었던 모양이다.

기자들은 초조함에 손목시계를 힐끔거렸다. 예상대로라면 이제 곧 남현주 전무의 차량이 들어올 때가 되었다. 그녀의 도착 시간은 예외가 없었고, 늦거나 빠른 일 없이 정시에 모습을 드러냈다.

"저기! 남 전무 차량 들어온다!"

그녀의 차량을 알아본 누군가의 외침에 모든 기자들은 발 빠르게 움직였다. 먼지 한 톨 묻어 있지 않은 반들거리는 검은 세단은 백경자동차에서 이번에 내어놓은 최고급 세단 RF—900이다.

찰칵, 찰칵—! 카메라 셔터는 섬광처럼 번뜩이며 그녀를 포착하기 시작했고, 차량의 문이 열리기도 전에 기자들의 질문은 쇄도했다.

"남지안 상무의 현재 상태는 어떻습니까!"

"사고 이후 시간이 꽤 지났는데요! 여전히 의식 불명입니까? 주치의의 소견은 어떻습니까!"

"이번 일로 백경그룹의 경영권에 큰 파장이 일 거라 예상되는데요! 한 말씀만 부탁드립니다!"

두꺼운 차 문이 열리며 그녀가 모습을 보였다. 기자들은 더욱 열띤 분위기로 질문을 이어 갔고, 마이크를 내밀며 그녀에게 당도하기 위해 안간힘을 썼다. 더욱 좋은 자리를 선점하기 위한 기자들 간의 몸싸움이 치열하다.

"중국발 휴대폰이 저가 정책을 공격적으로 내놓았는데요! 대비책에 대하여 말씀 부탁드립니다!"

대기 중이던 경호원들은 기자들을 온몸으로 막아섰고, 남현주 전무는 아무것도 들리지 않는다는 것처럼 걸음을 옮겼다. 번쩍이는 플래시 세례가 그녀의 전신을 감쌌다.

"남지안 상무가 깨어날 때까지 비상 경영은 지속되는 겁니까?"

"이대로라면 어닝 쇼크가 올 것이라는 전망에 대해 말씀 주십시오!"

남현주 전무는 걸음을 멈춰 섰다. 천천히 돌아가고 있는 로비 회전문을 바라보는 그녀의 표정이 좋지 않다.

"기업 그룹주가 일제히 하락세를 보이고 있는데요! 대책 방안은 어떻습니까!"

"백경그룹 위기설에 대해 한 말씀 부탁드립니다!"

……알고 있다. 여기 모인 기자들은 본인의 맡은 바 소임을 다하고

있는 것이라는 걸. 그들이 알고자 하는 일은 국민의 알 권리에 해당하는 일이라는 것 또한.

"이대로 남지안 상무의 의식이 돌아오지 않는다면 이후 경영권은 어떻게 되는 겁니까!"

하지만 그녀에겐 단 하나의 혈육, 그리고 누구보다 사랑하는 남동생의 일이다. 남동생은 현재 사고로 의식이 없고, 그러한 슬픔을 감당하기도 전에 그룹의 전반적인 일들은 빠른 속도로 흔들리고 있었다. '철의 여인'으로 정평이 난 그녀였지만 감당하기 힘든 순간임은 자명했다.

"전무님, 들어가셔야 합니다."

그녀의 곁에서 비서실장이 재촉해 보지만 쉽게 걸음이 떨어지지 않는다. 어젯밤 꿈에 남동생이 나왔고, 동생은 쉽게 돌아오지 못할 것이라, 그리 말했다. 그리고 이른 아침. 여전히 의식이 없다는 남동생의 상태를 그의 주치의로부터 전달받았다.

"남지안 상무는 깨어날 가망성이 없는 겁니까?"

평정심을 유지하지 못한 현주는 기자들을 향해 돌아섰다. 비서실장은 한 걸음 물러서며 경호원들에게 엄호 라인을 지시했다.

"남지안 상무는 현재 의식이 없으나 의료진이 힘을 합하여 최선을 다하고 있습니다. 곧 공식적인 보도 자료가 나올 겁니다."

모두의 관심사는 그러했다.

그는 죽었는가? 아니면 곧 죽을 것인가?

"남지안 상무가 의식을 끝끝내 차리지 못한다면 이후 백경그룹의 승계는 어떻게 되는 겁니까!"

그렇다면 그룹은 어떻게 될 것인가? 지금처럼 전문 경영인에게 지속적으로 위탁하게 되는 것인가?

"전무님, 들어가셔야 합니다."

현주는 참담한 심경을 숨길 여력이 되지 않아 작은 주먹을 말아 쥐었다.

"전무님."

"……들어가죠."

간신히 표정을 수습한 현주는 비서를 따라 무거운 발길을 돌렸다. 그녀를 따르는 검은 슈트의 사내들이 일제히 회전문을 통과했고, 그녀는 대기 중인 엘리베이터에 몸을 실었다.

그제야 고여 있던 숨이 터져 흐른다. 펜은 칼보다 잔인했고, 진실은 교묘한 문구 뒤에 가려져 단지 조회수를 올리기 위한 수단으로 변질되었다.

"……윤 실장."

그 한가운데, 의식을 잃고 누워 있는 동생이 있다.

"예, 전무님."

유일하게 동행한 비서실장이 짧게 대꾸했다. 흔들리는 말, 힘겨운 말들이 쏟아질 것만 같아 그녀는 단발머리를 쓸어 넘기며 마른침을 삼켰다. 누구도, 그녀를 의식 불명에 빠진 남동생을 가진 누나로 보지 않았다.

유일하게 남은 백경 오너가(家)의 경영 실무자.

"매체에 연락해 주세요. 추측성 기사는 보고만 있지 않을 거라고."

"예. 홍보실과 협의하여 바로 진행하겠습니다."

현재로서는 그룹 내 유일한 희망이었다.

"귀신이 보여요!"

쾅—! 찬양은 쌀알이 어지럽게 퍼져 있는 탁자를 쿵, 내리쳤다. 흐미 놀래라! 화들짝 놀란 무당은 쥐고 있던 쌀을 내던졌다.

"귀신이 보여요……. 보인다고요……. 흐어어엉……."

장군님을 모시는 무당은 탁자 앞으로 상체를 쭉 내밀며 울먹울먹하는 찬양을 보고 뜨악한 표정을 지었다. 이곳에 찾아올 때만도 우물쭈물하더니, 30분 만에 꺼내 놓은 이야기라는 게.

"귀신이 보여요……. 흐어어엉…… 귀신이 보여요……."

"저기…… 아가씨…… 침착하게 얘기를 해 봐요."

미안한데 상체는 좀 치우고…….

"미치겠어요! 돌아 버릴 지경이라고요!"

쾅—! 찬양은 다시 탁자를 내리쳤다. 금이 가진 않았는지, 무당은 손으로 쓱쓱 탁자를 매만지다 눈을 부릅떴다. 찬양은 주변을 힐끔힐끔 살펴보며 어깨를 움츠렸다.

"어떻게 좀 해 줘요……. 귀신이 맨날 따라다닌다고요……."

그녀는 요즘 어디를 가도 마음 편히 있을 수가 없다.

"언제. 그러니까 언제부터?"

"얼마 전이요……. 아니, 한 보름 전? 입원했다가 퇴원했는데 그 며칠 후부터 계속! 계속!"

"저기…… 아가씨…… 미안한데 이거 탁자 자꾸 내리치면……."

"저 좀 살려 주세요! 제발요…… 흐어엉……."

찬양은 눈물을 그렁그렁 매단 채 무당에게 매달렸다. 그녀의 자초지종은 이러했다.

"그러니까, 태풍 오던 날 날아온 간판에 치여 입원을 했는데 삼 일정도 못 깨어났고, 정신 차리고 퇴원했는데 그 이후로 남자 귀신이 보인다?"

"네에……. 그게 관련이 있는지 모르지만 아무튼요……."

사고 이후 삼 일 정도 그녀는 혼수상태에 머물렀다. 병원 측에서도 원인을 잡아내지 못한 상황에서, 그녀는 마치 잠에서 깨어나듯 일어났다.

"원래 귀신을 보던 건 아니고?"

"아니요! 아니요! 절대 아니고요!"

알겠어……. 탁자 좀 치지 마……. 무당은 아예 탁자를 옆으로 치워 버리며 쌀 대신 방울을 들었다. 흔들흔들 방울을 흔들며 무당은 눈을 감았다.

"내가 장군님한테 물어볼 테니 아가씨 좀 기다려 봐."

"흐어엉…… 장군님……."

태어나 처음으로 점집을 찾아온 찬양이 빌 듯 두 손을 모았다. 미신 이라는 것을 믿어 본 적 없던 찬양이 마지막 동아줄을 붙잡듯 점집을 찾은 건 그만한 이유가 있었다. ……귀신이 보인다.

"보자 보자…… 어디 보자……."

사고 이후, 시선에 웬 사내가 보이는 것이다. 규칙적이지 않은 시간 과 공간으로 찾아드는 귀신은 늘 같은 모습으로 서 있었고, 마치 구경 을 하듯 그녀를 바라보았다.

무당은 방울을 조금 더 세게 흔들며 중얼거렸다. 찬양은 두 손을 꼭 모은 채 눈을 감았다. 방울 소리가 주는 영험한 기운에, 찬양은 귀신 들에게 둘러싸이는 기분을 느꼈다.

"흐응."

"뭐, 뭐 좀 들으셨어요? 장군님이 뭐라고 하세요?"

무당이 콧소리를 내며 방울을 내려놓자 찬양은 슬그머니 눈을 떴 다. 종전과는 표정과 눈빛이 사뭇 달라진 무당은 찬양의 주변을 촘촘 히 훑다가 고개를 갸우뚱했다.

"니 주변에 아무것도 없는데?"

"……네?"

"아무것도 없다고. 뭘 본다는 거야."

무당은 찬양의 얼굴을 꿰뚫을 것처럼 바라보았다. 괜한 겁을 집어 먹은 찬양이 흠칫, 놀라 어깨를 움츠리자 무당은 다시 탁자를 끌어오 며 쌀알을 집어 들었다. 그러곤 그것을 허공에 훅, 하고 뿌리더니 천 천히 심호흡을 했다.

"보인다, 보인다, 보인다……."

"보, 보, 보여요? 보여요?! 그, 그 막 시커먼 정장 입고요! 머리는 이렇게 이렇게 넘겨 가지고 얼굴은 허여멀건 해서! 보여요?"

아니……. 안 보여…….

그녀의 정처 없는 말을 한 귀로 흘리며, 무당은 다시 눈을 번쩍 떴다. 그러곤 세상의 모든 기를 끌어모으는 듯한 표정을 지었다.

"부적 써 줄게. 가지고 가."

"정말 그거면 돼요? 정말요?!"

무당은 답 대신 부적을 써서 찬양에게 내밀었다. 봉투를 공손히 받아 든 찬양은 신줏단지를 모시듯 내려다보았다.

"귀신이 또 나타나거든 그 부적을 귀신 몸에 붙여."

"이걸 붙이라고요……? 이게…… 귀신 몸에…… 붙어요……?"

가능하다고? 찬양은 반신반의하는 얼굴로 무당을 바라보았다. 불쾌한지 무당이 눈썹을 꿈틀거렸다.

"지금 장군님이 내려 주신 부적을 무시하는 거야?! 믿음이 부족하면 될 일도 안 돼!"

"아, 아뇨! 그건 아니고요!"

빼앗아 갈까 봐, 찬양은 부적을 냉큼 가방에 집어넣었다.

"결혼 못 하고 죽은 사내놈이 구천을 떠돌며 한을 품은 모양이야. 붙이고 잘 가라 해."

"아……."

그래! 역시 총각 귀신이었던 것이다! 역시! 역시 내 몸을 원하는 거였어! 찬양은 제 어깨를 비비듯 두 팔로 감싸 안으며 코를 훌쩍거렸다. 무서워도 참 드럽게 무섭고, 싫어도 참 끔찍하게 싫다.

"귀신 없애는 부적은 좀 비싸. 돈은 있어?"

"그런데요, 이거 붙여도 사라지지 않으면 어떡해요?"

"별수 없어. 굿을 하든지, 아니면 팔자려니 해."

"굿은 돈이 얼마나……."

피식, 무당은 웃음을 흘렸다. 그 웃음에서 많은 답을 전해 들은 찬양은 입술을 꾹 깨물었다.

"귀신이라면 열이면 열 떨어져 나갈 테니까 걱정 마. 이 부적이 쫓아내지 못한 귀신은 본 적이 없으니까."

찬양의 두려움이 귀엽다는 듯 어르고 달래는 무당의 말투가 의기양양했다. 이 엄청난 부적 앞에, 그따위 한갓 귀신쯤이야.

"명심해. 만나면 부적부터 붙여."

"네. 감사합니다……."

발길이 떨어지지 않는 찬양이 간신히 점집을 나서고, 무당은 이상하다는 듯 고개를 갸웃거렸다. 아무리 그녀 곁을 살펴보아도 아무것도 보이질 않았던 것이다. 귀신은 없었다.

"그거 참 이상하네. 죽은 사람이 안 보이는데."

뭐가 보여야 상황을 살피고 귀신의 이야기를 들어 볼 텐데, 보이질 않으니 별수 있겠나. 사연을 헤아릴 수 없으니 임시방편으로 가장 강력한 부적을 그려 주었다.

하지만 무당의 생각대로라면 그녀는 귀신을 떨칠 수 있을 것이다. 귀신이라면 응당 먼지처럼 사라지고, 홀연히 그들의 세상으로 떠나게 되고 말 테니까.

"자, 다음 손님!"

무당이 그녀에게 건넨 부적은 이를테면 만병통치약 같은 것이었다.

"여보세요? 거기 부동산이죠? 집을 좀 내놓으려고 하는데요."

— 손님, 오늘은 영업이 끝나서요. 내일 다시 전화 주실 수 있을까요?

"아…… 죄송합니다. 시간이 너무 늦었네요."

찬양은 그제야 시간을 확인했다. 집으로 돌아와 멍하니 소파 아래에 앉아 있던 찬양은 이사를 가야겠다는 생각에 거래했던 부동산에 전화를 걸었다. 시간은 오후 10시. 경험에 의하면 귀신이 주로 나타나는 시간이다.

"아아…… 으아아…… 으아으……."

찬양은 손톱을 뚝뚝 물어뜯으며 다리를 떨었다. 처음 귀신을 본 날부터 지금까지 불을 꺼 본 적 없는 집은 밤이고 낮이고 환했다.

"아…… 무, 물도 없네……."

떠다 놓은 물을 다 마셨다는 것을 깨달은 찬양은 마른침만 연신 삼켰다. 한 발자국도 움직이기 힘든 공포가 느껴졌던 것이다.

"TV, TV를 좀 볼까?"

숨 막히는 적막함이 두려움을 부추긴다. 찬양은 벌벌 떨리는 손으로 리모컨을 들어 TV를 켰다. 틀어 놓은 채널엔 뉴스가 시작하려는지 여러 광고가 한창이다. 부적을 손에 쥐고 찬양은 벌벌 떨며 휴대폰을 들었다. 벌써 며칠째 겪고 있는 일이지만 당최 나아지지 않는다. 장소를 불문하고 눈에 보이니 집을 나간대도 사실은 별 소용이 없다.

"여보세요? 미혜야, 뭐 해? 우리 집에 놀러 올래?"

— 찬양아, 지금 시간이 몇 시냐? 나 내일 5시 반에 일어나거든?

"아…… 출근하지?"

— 뭐야, 넌 안 하는 것처럼 말한다? 회사 그만뒀어? 벌써?

"아냐. 아직 며칠 더 나가야 해."

그나마 집에서 가까운 곳에 살고 있는 친구마저 상황이 여의치 않다.

— 요즘 무슨 일 있어? 자꾸 이 시간만 되면 집에 놀러 오래?

"아…… 뭐…… 그냥…… 심심해서……."

— 하여튼 오늘은 안 되고 다음 주에 봐. 나 다음 주 월급 타니까.

고개만 주억거리며 친구와 통화를 하던 찬양은 창문 쪽을 힐끔거리다가 그대로 굳어 버렸다. 조금씩 친구의 목소리가 아득해져 간다.

— 여보세요? 야! 정찬양! 여보세요?

"아…… 다시…… 전화할게……."

휴대폰을 내린 찬양은 부적을 두 손으로 꾹 쥐었다. 예상대로 나타난 귀신은 창문에 기댄 채 자신을 바라보고 있다. 바람 스며드는 곳 하나 없지만 커튼은 마구잡이로 흩날렸고, 그의 몸을 휘감듯 펄럭거렸다.

남자의 시선이 뇌리를 찌르듯 뿜어져, 찬양은 부적을 더욱 세게 움켜쥐었다. 틀어 놓은 TV는 광고가 끝났는지 잠시의 침묵이 흘렀고, 바로 이어 뉴스가 시작되었다.

"어어, 커, 커튼이 막 흔들리네. 하, 하하! 하하하! 이상하네! 하하!"

그 익숙한 시그널에 깨어난 듯, 찬양은 마치 남자를 보지 못했다는 것처럼 어색한 웃음을 터트렸다. 애써 다른 곳을 바라보지만 남자의 시선이 자신에게 꽂혀 있다는 것을 느낄 수 있었다.

"봤으면서 왜 못 본 척을 하는지 모르겠네."

……아니야. 이 목소리는 뉴스에서 나오는 거야. 온몸에 소름이 돋아났다. 장가도 못 가고 죽은 흉물의 목소리가 들린 것은 처음이다. 찬양은 본능적으로 휙, 돌아앉아 창문을 등지고 TV에 시선을 고정했다. 팽창한 동공은 사정없이 흔들렸다.

"내 목소리 들리는 거, 다 알아."

……아니야. 이건 내 마음의 소리야. 나는 아무것도 듣지 못한 거야.

부적을 움켜쥔 손이 부들부들 떨렸다. 구겨진 부적이 바스락거리는 소리를 냈다.

— 다음 소식입니다. 백경그룹 남지안 상무의 의식 불명이 장기화되면서 그룹주가 연이어 하락세를 보이고 있습니다. 또한 백경전자의 신규 휴대폰 라인인 유니크 4의 출시가 지연되면서 총체적 난항을 겪고 있는 상황입니다.

TV 속 앵커는 안정적인 음성으로 진행을 이어 갔다. 찬양은 영혼 없는 시선으로 뉴스를 바라보다 두 눈을 크게 떴다.

뉴스 속 증명사진, 저 남자, 저 얼굴.

— 남지안 상무는 올해 말 임기가 종료되는 백경그룹 전문 경영인 임강준 대표의 뒤를 이을 것이라는 전망이 지배적이었는데요. 남지안 상무의 공백이 이어지는 가운데 임강준 대표의 연임이 가능할지, 아니면 오너가의 입성이 가능할지.

반듯한 눈썹, 곧은 콧날, 잡티는 모르고 살았을 것 같은 피부, 총명한 눈빛. 경영인 사진인지 잘나가는 연예인 사진인지, 구분이 잘 되지 않는 매력적인 얼굴. 저 얼굴. 저 얼굴!

— 백경그룹의 공식 발표는 언제쯤 들을 수 있을지 귀추가 주목됩니다. 신중한 대응 방안이 필요해 보입니다.

어디서 본 것 같다 말하기엔 조금 전에 보았다!

"아……."

찬양은 자신도 모르게 신음을 터트렸다. 여전히 펄럭거리는 커튼 쪽으로 찬양은 천천히 고개를 돌렸다. 그곳에 여전히 서 있는 남자와, 사진 속 남자의 얼굴이 똑같다.

"맙소사……."

찬양은 겁도 상실한 채 남자의 얼굴로 시선을 박았다. 지 얘기라고 잠시 뉴스를 보는 듯하던 남자도 시선을 돌려 찬양을 바라보았다.

"이제 좀 들리나?"

"저, 저 TV 속…… 저거랑 이거랑……."

찬양은 넋을 놓은 듯 중얼거렸다. 무슨 조화인지 꽁꽁 닫아 놓은 창문 틈으로 달빛이 비치고, 커튼은 더욱 펄럭거렸다. 그런 넋 나간 표정은 곤란하다는 듯 남자는 손을 작게 들어 보였다.

"물론 놀란 심정은 충분히 알겠지만 보다시피 나도 달가운 상황은 아니라서."

남자는 찬양이 앉아 있는 곳으로 다가왔다. 가까워 오지만 인기척이 없으니 비명도 새어 나올 틈 없는 충격의 연속이다. 남자는 얼굴을 수그려 찬양의 얼굴을 가까이 들여다보았다.

"그럼 시간 그만 끌고."

어디도 피할 틈이 없어, 그녀는 부적을 붙여야 한다는 생각조차 잊어버리고 말았다. 코앞으로 다가오자 더욱 현실감이 사라진 이 남자는 귀신도 아니요, 산 사람도 아닌.

"이제 나랑 얘기 좀 합시다, 정찬양 씨."

그녀 앞에서만 사는 남자였다.

"부적값 도로 내놔요! 사라지기는 개뿔!"

쾅—! 찬양은 우다다 달려 안으로 들어섰고, 두 주먹으로 탁자를 쿵, 내리치며 음성을 높였다. 식사 중에 날벼락을 맞은 무당은 놀라 밥그릇을 내던지고 말았다.

"아이고 깜짝이야! 밥 먹다가 체하겠소! 아가씨!"

"깜짝이고 나발이고! 내 돈 내놓으라고요, 내 돈!"

물에 만 밥그릇을 엎질렀으니 바닥에 물이 흥건하다. 무당은 하얗게 질린 찬양의 얼굴을 바라보다 흠칫, 놀라 뒤로 물러나 앉았다.

"부적만 붙이면 없어질 거라면서요! 걱정하지 말라면서요!"

"아니, 아가씨. 내 말 좀 천천히 들어……."

"못 없앤 귀신이 없다면서요! 그래서 비싸다면서요!"

"아니, 그러니까, 아가씨 목소리 높이면 혈압이 따라서 높아지……."

"걱정 말고 집으로 돌아가라며! 가서 귀신 몸에 붙이기만 하면 된다며!"

마도 자동차 사고였던가. 형편없이 구겨진 채 도로 위에 퍼져 있던 그의 자가용을 사진으로 본 것 같다.

"아가씨 주변에 병으로 누워 있는 사람 있어? 의식 없이?"

"아, 아뇨. 없는데……."

"잘 생각해 봐. 아가씨 곁에 있는 건 아가씨의 도움이 필요해서 그런 거니까."

"혹시 친분이 없어도…… 엮일 수 있나요?"

"그야 모르지. 하지만 만난 적은 있을 거야. 분명히."

"제가 누워 있던 병원에서…… 엮일 수도 있는 걸까요?"

찬양이 며칠 입원했던 병원은 현재 그가 입원해 있는 백경병원. 백경그룹 소유의 병원이다. 더듬어 기억해 보니 두 사람은 장소만 달랐을 뿐 같은 날, 같은 시간에 사고를 당했고, 비슷한 시간에 각자 의식을 잃었다.

"아가씨, 내 말 잘 들어."

이런저런 기억의 퍼즐을 맞추며 멍해진 찬양을 향해 무당은 목소리를 낮췄다. 이제야 모든 상황이 이해된 것 같다. 무당 스스로도 말로만 들어 봤지, 이런 경우를 실제 사례로 겪는 건 처음이다.

"아가씨 곁에 붙어 있는 그거, 지금 오갈 곳이 없는 거야. 산 것도 아니고 죽은 것도 아닌."

"아……."

"아가씨가 그것의 말을 들어주기 전까진 절대 아가씨 곁을 떠나지 않을 거야."

"떠나지…… 않는다고요……?"

"그래. 그러니까 일단 그자의 이야기를 들어 줘. 해 달라는 대로 해."

무당은 그녀에게 몇 가지 방안을 내어놓았다. 눈빛이 칼날처럼 매서워진 것이, 밥그릇을 내던지고 놀라던 무당의 모습이 아니다. 무당은 말했다. 그의 이야기를 들어 줄 것. 그가 요구하는 것이 있다면 가급적 모든 것을 들어줄 것. 때가 되면 떠날 것을 약속받을 것.

"그런데 떠나지 않으면요?"

"그런 것들에게도 법칙은 있어. 인간의 약속이야 손바닥 뒤집듯이 바뀌기도 한다지만 그것들은 그러지 못해. 그러니 약속을 받아."

"떠나 달라고요?"

"그래. 떠나 달라고. 요구 사항을 모두 들어주면."

찬양은 천천히 고개를 끄덕였다. 이해를 모두 했다기보다 그저 넋이 나간 것이다.

"아가씨에게 절대적인 무언가가 있을 거야. 그러니 그것이 들러붙어 떠나지를 못하지."

무당은 그녀에게 실을 뿌리며 중얼거렸다.

"잡귀는 아니니 걱정 말고 돌아가. 아가씨에게 해코지를 할 것이라면 진작 했을 것이니."

찬양은 부들부들 떨리는 무릎을 세우며 일어섰다. 점집을 나서고, 지하철을 타고, 골목길을 올라 집에 돌아왔지만 여전히 막막했다.

'아가씨는 귀신을 보는 게 아니야. 그것이 간절하니 아가씨를 불러내는 것뿐.'

"귀신을 보는 게…… 아니라고……."

신발도 벗지 못한 채 현관에 서서, 찬양은 한참이나 무당의 말을 곱씹었다. 무당이 제아무리 쉽게 설명했다 한들, 벗어날 수 있는 방법을 알려 주었다고 한들, 도대체 무슨 일이 벌어지고 있는 건지 이해도 설명도 되지 않았다. 새로운 사실을 알았대도 두렵기는 매한가지였다.

시간은 계속 흘렀다. 그는 조금씩 자주 찾아왔고, 머무는 시간은 점

24

차 길어졌다. 그리고 찬양은 그와 몇 마디 말을 주고받기 시작했다. 하지만 깊은 대화 같은 건 아직, 시도하지 못했다.

〰〰〰〰〰

며칠 후. 찬양은 깊은 심호흡 뒤 키보드를 두드렸다.

[안녕하세요. 저는 서울에 사는 28세 정찬양입니다. 28년 동안 평범하고, 평범하고, 평범하게 살아왔죠.

그렇다고 아주 평범했느냐? 네. 그렇습니다. 정말 평범했어요. 정말로요. 손꼽아 내밀어 볼 만한 사건이라면, 얼마 전 태풍에 날아든 간판이 몸을 덮친 뒤로 입원했던 일이 전부일 정도로 평범했죠.

그런 제게 벌어지는 일 좀 보세요. 웬 귀신 같은 남자가 보입니다. 무당의 말로는 귀신은 아니래요. 그런데 그 귀신도 아닌 이상한 남자가 나만 쫓아다녀요. 그래요, 좋다 이거예요. 저를 따라다니는 구구절절한 사연이야 있겠죠. 하지만 정말 제가 미칠 것 같은 이유는 뭔 줄 아세요?

"왜 이렇게 늦게 일어나? 지금이 몇 신 줄 알아?"

"꺄아아악! 누, 누구야!"

"이젠 그런 질문 식상해질 때도 되지 않았어? 오늘은 여기서 씻을 거니까 욕조에 물 좀 받고, 가운 좀 준비해 줘."

"욕조…… 없는데요…….'

"거짓말하지 마. 집에 욕조가 왜 없어."

"화장실에 들어가서 봐요. 있나 없나."

바로 남자의 이상한 성격입니다! 아직 할부도 끝나지 않은 나의 2인용 소파에 들러붙어 앉아 쉬지 않고 잔소리를 퍼부어요!

"청소 좀 해. 먼지가 보이잖아."

"그쪽이 자리에서 일어나셔야…… 할 텐데……."

어디 그것뿐입니까?

"종아리는 산란기인가 봐? 알이 실하네? 나한테 자랑하려고 반바지 입고 다니는 건가?"

"……."

인신공격도 서슴지 않아요! 이젠 내 집에서 반바지도 못 입는 신세가 되었지 뭡니까!

"저녁 좀 준비해 줘. 연어는 훈제가 좋겠어."

후, 훈제 연어 같은 소리 하고 자빠졌네! 세상에! 이자가 하는 말 좀 들어 봐요! 주면 처먹지도 못할 거면서 주문은 또 디테일하기가 이루 말할 수 없습니다!

"어디 가?"

"훈제 연어 사러요……."

저는 말끝에 천장을 올려다봅니다. 어디로 가야 하죠 아저씨……. 우는 손님이 처음인가요…….

하…… 막막하지만 반항하기는 무서우니까요. 저는 닥치고 훈제 연어를 대령할 준비를 합니다. 그럼 또 인심 쓰듯 하는 말이 가관이라—

"집에 그 정도도 없나? 됐어 그럼. 간단하게 캐슈너트나 좀 볶아 줘."

"……."

"그것도 없어? 저기 보이는 냉장고는 인테리어용인가?"

곰팡이 배양실이다! 어쩔래! 어쩔래!

쯧쯧. 말끝마다 혀를 차는 남자를 바라보며 할 말은 태산같이 쌓이지만 무서움에 꾹꾹 참아 내고 맙니다.

저는 무슨 죄를 지었기에 이런 귀신 새끼…… 귀신이 들러붙은 걸까요. 어떡하면 떼어 낼 수 있을까요? 정말 이러다가 정신병자가 될 것 같아요……. 살려 주세요……. 그리고 그는 놀랍게도 병원에서 의식을

26

차리지 못하고 있는 백경그룹의 웁웁…….]

"……휴. 됐다, 정찬양. 이걸 누가 믿어 주겠어."

라디오 사연 신청란. 분노에 가득 찬 불꽃 타자를 치던 찬양은 문득 멈췄다. 누가 이걸 진짜 사연이라고 생각하겠나? 물론 경품인 노트북은 정말로 탐이 나지만, 세간에 소식을 알리는 일 같은 건 한심한 시도일 뿐이다. 이보다 더한 경험담은 아마 전무후무하겠지만. 다들 깜짝 놀라 까무러치겠지만! 라디오 사연 검수 담당자가 정신병자라고 경찰에 신고나 안 하면 다행이겠지. 아이고…… 의미 없다…….

"하, 미치겠다. 정말. 미치고 팔짝 뛰겠네……."

찬양은 머리를 부여잡았다. 쥐어뜯듯 이리저리 붙잡은 머리를 돌려보아도 이계의 사내를 떼어 낼 방법은 도통 생각이 나질 않았다. 이렇게 따라다니는 이유나 좀 알고 싶었지만 막상 대화를 나누자니 자신이 없었다. 두려웠고, 무서웠던 것이다.

"목마른데…… 일단 좀 더 참아 볼까……."

찬양은 마른침을 삼키며 텅 빈 물 잔을 아쉽게 바라보았다. 주방엔 나가 보지도 못하고 방 안에서 강제 유배 생활을 하고 있는 중이다. 다행히 남자는 방 안으로 들어오지 않았다. 최소한의 사생활을 보장해 주는 듯한 느낌이 들지만 개뿔 조금도 고맙지 않다.

여긴 내 집이고 그건 내 소파란 말이야…… 씨잉…….

"내일 마지막 출근일인데 그럼 다음 일자리 구할 때……까지……."

맙소사. 저자와 밑도 끝도 없이 함께 있어야 한다는 말인가? 찬양은 고개를 번쩍 들었다. 이참에 부모님 집에 며칠 다녀올까? 저 이상한 놈이 날 못 찾게 꽁꽁 숨어 버릴까?

"그러면 또 엄마가 걱정하겠지……. 실업자 돼서 찾아가면……."

환장하겠다. 귀신하고는 살아도 엄마의 한숨은 못 참을 테니까. 난데없이 엄마 얼굴을 떠올리니 울컥울컥한다. 몇 날 며칠을 눌러 온 분노 게이지가 폭발하듯 상승하고, 억울함을 동반한 서러움이 터져 흘렀다.

더는 못 참겠다! 당신이 죽든 내가 죽든 오늘 아주 결판을 내자!

찬양은 벌떡 일어나 성큼성큼 방문을 열었다. 문을 여는 순간부터 깊고 진한 후회가 밀려왔지만 무를 수가 없다. 집이라곤 아담하기 그지없어, 방 앞에서 두 발자국만 걸어도 그의 얼굴이 보였으니까.

"와인 한잔하고 싶은데. 있나?"

"죄송해요. 와인은 없고 집에 맥주가 몇 캔 있…….”

버릇처럼 공손함으로 무장한 채 그의 말에 움직이던 찬양이 말을 멈췄다. 저 남자의 말속엔 바로바로 받들어야 할 것만 같은 이상한 완강함이 있다.

"……저기요!"

에라 모르겠다. 이판사판이다!

찬양은 벽에 삐딱하게 선 채 그를 불렀다. 그는 소파 등받이에 등을 기댄 채 다리를 꼬고 앉아 힐끔, 찬양을 바라보았다.

"벽에 기대고 짝다리 짚으면서 사람 부르는 거 아니야.”

"아, 죄송합니다. 제가 좀 자세가 불량…….”

지, 지도 소파에 등 기대고 있으면서!

찬양은 다시 벽에 비스듬히 상체를 기댔다. 남자는 다시 힐끔, 찬양을 바라보고는 이내 들고 있는 시사 잡지로 시선을 돌렸다. 저런 건 대체 어디서 주워 오는 건지, 며칠 전부터 계속 저런 잡지만 보고 계신다.

"불렀으면 말을 해.”

"왜, 왜 내 집에서 무전 기거 하세요?”

"무전인데 기거할 곳이 필요하거든.”

"아…….”

……안 돼! 말리지 마! 말리지 말라고, 정찬양!

"여기는 제 집이거든요! 무, 물론 월세지만 월세는 제가 내고 있으니까요!"

"그래서? 방세 보태 달라고?"

"……반반?"

아니야! 이게 아니라고! 찬양은 자꾸만 그에게 휘말리는 것 같아 고개를 크게 가로저었다. 남자는 잡지의 다음 장을 천천히 넘겼다. 이제 보니 꼴에 영문 잡지다. 저 모습을 보고 있자니 두 손으로 브이를 그린 채 마구잡이로 구부리며 미국식 빈정거림을 선사하고 싶어진다.

"벼, 병원에 계신 몸은 어쩌고 이렇게 떠돌아다니시는 건데요?"

"일찍도 물어본다. 석 달 동안 시간이 공중에 떴어. 너 때문에."

"네?"

네? 찬양은 저도 모르게 벽에 기댔던 상체를 뗐다. 자신 때문이라는 형태 없는 질타가 이어지자 저절로 주눅이 들기 시작한 것이다. 남자는 간단하게 말을 이었다. 도무지 믿을 수 있는 내용이 하나도 없었던지라 찬양은 입술을 멍하니 벌렸다.

"황천길에서…… 저하고 그쪽하고 만났다고요? 심지어…… 꽤 친했다고요?"

허어, 이 남자 하는 말 좀 들어 보소. 나란히 황천길을 걸었단다. 한참을 걸어가니 죽음의 강이 나왔고, 그 건너편 문을 지키던 문지기가 그들을 찾아왔단다.

"의지할 곳이 둘밖에 없으니 대화는 좀 나누었지. 하긴, 대화라고 하긴 좀 그럴지도. 난 일방적 청자였으니까."

"저는 죽을 때가 아니니 돌아가래서 돌아오고, 그쪽은 아직 죽을지 살지 모르니 기다리라고 했다는……. 제가 잘 이해한 게 맞나요?"

"정확하게는 내가 널 먼저 보내 준 거지. 이 세계로."

도착한 명부는 하나. 나머지는 석 달 뒤에 도착한다고 했다. 하여 이계에 떨어진 두 사람 중 먼저 이 세계로 건너올 수 있는 사람은 단한 사람뿐.

"그쪽이 절 먼저 보내 줬다고요? 그 생사의 길목에서?"

그래서 본인이 나를 보내 줬단다. 허! 찬양은 저도 모르게 코웃음이 흘렀다.

"웃겨? 안 믿기나 봐?"

"그쪽이 저를 왜 먼저 보내 줘요? 무슨 이유로요?"

"니가? 회사 잘리게 생겼다고 코 흘리면서 울었잖아. 신불이 된다는 둥 인생이 복구가 안 된다는 둥."

"아, 회사요. 그런데 어쩌죠. 저 잘렸거든요."

생각보다 길어진 찬양의 입원 일수에, 회사는 이미 사람을 구해 버리고 말았다.

"알아. 온 동네방네 구직 전화 하는데 내가 못 들었겠어?"

"엿듣지 좀 마세요."

"그럼 안 들리게 목소리를 낮춰."

……쳇. 찬양은 가자미처럼 눈을 떴다. 말을 섞다 보니 어디서 튀어나오는 용기인지, 점점 자신감이 상승한다.

"정말 그런 이유로 나를 먼저 보내 주셨다고요? 그쪽이 나를요?"

"믿으라고 강요하고 싶은 생각은 없어. 내가 했지만 나도 믿기는 건 아니야, 사실."

"친했어요? 정말로?"

"안 믿어도 된다니까 그러네. 나도 구태여 내 인맥트리 안에 그쪽을 넣고 싶지 않아."

"그럼 왜 우리 집에 있어요? 아무 사람에게도 안 보이는데 아무 곳에나 계셔도 되는 일 아닌가요?"

"내 시간이, 네 옆에서만 흘러."

먼저 건너와 버린 대가로, 그녀는 그의 시간이 되었다.

"시간이…… 내 옆에서만 흐른다고요? 왜요?"

"이봐, 나도 일방적인 피해자야. 아는 게 많지 않다고."

단 하나 분명한 건 그녀 없인 1분 1초도 흘러가지 않는다는 사실.

"정찬양 씨 곁에 없으면 내 시간이 자꾸 멈추는데, 어쩔 수 있어? 내 몸을 깨우려면 붙어 있는 수밖에."

남자는 보던 잡지를 닫았다. 그가 움직이니 찬양은 움찔, 하며 마른 침을 삼켰다.

"알지, 내 이름은 그쪽이 아닌 거."

"아…… 네. 남지안 씨……. 남지안 상무님……."

지안이 다가왔다. 그림자도 없고 인기척도 없으니, 볼 때마다 소름 돋아 죽을 맛이다.

"모르겠지만 정찬양 씨하고 나 사이에 약속이 좀 있었어. 기억 안 난대도 지켜 줬으면 해."

"약속……이요?"

지안은 그녀가 기대고 서 있던 벽에 비스듬히 기대며 시선을 내렸다. 희고 매끈한, 한 손에 잡힐 것 같은 그녀의 목선은 작은 얼굴을 더욱 도드라지게 했다. 유난히도 까만 그녀의 눈은 마냥 순할 것 같지만, 그렇다고 단정 짓기엔 붉은 입술이 지고 사는 위인은 아니라고 말하는 것만 같다.

……찬양은 뭐에 홀린 듯 그를 올려 보고만 있다. 좀처럼 무엇도 믿지 않을 것 같은, 그런 고집스럽고 단단한 눈매가 그의 분위기를 더욱 건조하게 했다. 큰 키와 훤칠한 마스크는 천장이 낮은 이 집과 조금도 어울리지 않았다.

"누군가 나를 죽이려고 했어."

"아…… 그렇다면 제가 심심한 위로를……."

"위로는 됐고, 우리 회사에 석 달 동안 위장 취업 좀 해. 내 손발이 되란 얘기야."

"손발…… 수족……."

"나는 형체가 없으니 나 대신 움직여 줄 몸이 필요하다고."

"아아…… 결국은 내 몸……."

"……됐다. 일단 자세한 얘기는 천천히 하도록 하고."

그는 지금 무슨 생각 중일까. 도무지 종잡을 수가 없다. 찬양은 얼빠진 눈만 감았다가 뜨며 그를 응시했다. 문득 무당의 말이 떠오른다.

'아가씨가 그것의 말을 들어주기 전까진 절대 아가씨 곁을 떠나지 않을 거야.'

"누가 날 죽이려 드는데, 내가 열이 받아 가만히 있을 수가 있겠어, 없겠어."

'그러니까 일단 그자의 이야기를 들어 줘. 해 달라는 대로 해.'

"그러니까 범인 좀 잡아 보자고. 내 말 이해하나?"

그의 형체는 너무나도 분명해서, 일순간 다른 생각은 할 수가 없었다. 도대체 그가 말하는 이계에서 무슨 일이 있었는지 조금도 기억이 나지 않지만, 피해 갈 수 없는 부탁이란 사실은 분명하게 느낄 수 있었다.

"석 달. 내 몸이 깨어날 석 달의 시간이면 끝나."

"……."

"먼저 이 세계로 돌아오면 날 도와주겠다던 약속, 지켜 줬으면 해."

그가 이곳에 머물게 된 이유는 모르는 편이 나았을지도 모른다고, 그냥 그런 생각이 끝내 밀려왔다.

※※※※※

"으아으어으으……."

이튿날, 찬양은 머리를 부여잡았다. 오늘은 그녀가 다니던 회사의 계약 만료일이라 계약 연장이 되지 않은 그녀의 마지막 출근인 것이다.

"아으어으으으……."

회사를 다니며 결근이나 지각 한 번 없었고 크고 작은 실수 한 번 저지른 적 없던 그녀였기에, 계약 연장이 될 것이라 은연중 기대하기도 했다. 하지만 얼마 전 그녀가 입원을 하며 공백이 생기자 회사는 빠르게 인원을 충원했다. 한 명 한 명의 인력이 절실한 작은 회사는 그녀의 차도를 기다려 주지 않았다.

하여, 그녀의 퇴사는 입원과 동시에 결정이 났다고 보아도 무방한 상태였다.

"찬양 씨, 이거 좀 출력해서 파일 여섯 개만 만들어 줘."

인수인계를 할 것도 많지 않았다. 그녀 일이란 누구나 대체가 가능한, 전공과는 그다지 관계가 없는, 기능을 무시한 단순 소모적인 것이었으니까.

"찬양 씨? 이거 파일 여섯 개만 해 달라니까?"

"으아으어어어……."

곁에 다가온 대리의 말을 듣지 못할 정도로 찬양은 깊은 사색에 잠겼다.

'누군가 나를 죽이려고 했어.'

내로라하는 곳은 아니었으나 아등바등 공부해서 서울 모처에 있는 대학을 졸업한 찬양이다. 평범한 학과를 무난한 성적으로 졸업한 그녀는, 그때야 비로소 자신의 미미한 존재를 깨달을 수 있었다. 취업의 문은 절대적으로 좁았고, 그사이 전공 분야는 희미해져 갔고, 나이는 한 살씩 차곡차곡 쌓여 갔다.

'우리 회사에 석 달 동안 위장 취업 좀 해. 내 손발이 되란 얘기야.'

무엇이든 할 수 있을 것만 같던 세월이 지나고 나니 자신감과 자존감은 조금씩 결여되었다. 세상이 내 마음 같지 않다는 것을 느낀 순간, 그녀는 독보적이던 자아를 벗어나 흔하디흔한 사람이 되어 버리고 만 것이다.

"찬양 씨. 뭐야, 내 말 안 들려?"

내가 무슨 일을 할 줄 안다고 나더러 일을 하래? 게다가 그 회사가 어디 보통 회사인가? 세상 똑똑하다는 사람들 중 제일 똑똑한 사람들만 고르고 골라 모아 둔 회사다. 석 달이 아니라 세 시간도 못 버티고 나자빠질 것이 뻔할 텐데! 위장 취업? 어디 말이나 한마디 통하겠어? 내가 무식한 게 아니라 그들이 지나치게 유식한 거라고!

"이봐요 정찬양 씨, 오늘 마지막 날이라고 지금 사람 말 무시해?"

복사할 사람이 없어서 출근하라는 건 아닐 거 아냐! 엑셀 할 줄 아는 사람이 없어서 부르는 것도 아닐 거 아냐! 내가 대체 뭘 할 줄 안다고 그런 회사에 출근을 하라는 거냐! 개망신당하고 비웃음만 살 텐데! 어흑…….

"정찬양 씨!"

"아, 네! 네! 황 대리님!"

찬양은 화가 잔뜩 난 대리의 음성에 벌떡 일어났다.

"무슨 생각을 하는데 면전에서 사람 말을 씹어? 이제 그만둔다고 막가자는 거야?"

"아뇨! 아뇨! 죄송합니다! 이거 출력해 드리면 될까요? 죄송합니다!"

"회의 10분 후니까 빨리! 2번 회의실로 여섯 부 가져다줘!"

"네!"

찬양은 분주한 손길로 파일을 출력했다. 좋은 말로 해도 될 일을, 사람들은 그녀 앞에서 유달리 예민하게 굴었고 까칠하게 굴었다. 마치 업무 스트레스를 나누어 줄 곳이 필요하다는 것처럼.

이미 감정 노동에 해탈해 버린 찬양의 곁으로 같은 팀 주임이 다가왔다. 말 한마디 한마디 얄밉게 하는 능력을 지닌, 찬양이 가장 싫어하는 인물이기도 했다.

"찬양 씨 오늘이 마지막이지?"

"네, 주임님. 오늘이 마지막이네요."

후룩, 뜨거운 아메리카노를 한입 삼키는 주임은 나이는 찬양보다 한 살이 어리다.

"회사에서 정말 찬양 씨 연장 안 해 준 거야?"

"아시잖아요. 저번에 인력 충원해서 제 자리가 붕 떴네요."

"그랬구나. 맞다. 그랬지. 벌써 2년이나 지났어? 시간 빨라 참. 그렇지?"

찬양은 대답 대신 복합기 앞으로 걸어갔다. 주임은 복합기 앞으로 그녀를 따라왔다.

"시집도 가야 하고 일자리도 다시 찾아야 하고. 언제 벌어서 언제 시집가. 내일모레 서른이잖아."

너는 내일모레 서른 아니냐……? 찬양은 입술을 꾹 닫았다. 이럴 땐 대꾸를 하지 않는 것이 상책이다.

"계약직은 퇴직금 주나? 준대? 정규직들은 잘 모르거든."

"글쎄요. 저도 궁금하네요. 그럼 수고하세요, 주임님."

빛의 속도로 출력된 인쇄물을 가지고 찬양이 고개를 까딱 수그리자 주임은 들고 있던 커피를 대신 흔들었다. 악의는 없으나 개념도 없다.

"아무튼 잘 가, 찬양 씨. 보통 이런 날엔 회식이라도 해 주던데, 너무하네. 계약직이라고 어지간히 차별한다. 그렇지?"

말끝마다 그놈의 계약직, 계약직. 찬양은 걷던 걸음을 멈췄다. PC만 바라보던 몇몇 직원들이 힐끔, 뒤돌아 그녀의 얼굴을 바라봤고 찬양은 깊은 숨을 내리쉬었다.

……참자. 퇴근까지 네 시간 남았고, 자의건 타의건 이 지긋지긋한 회사도 곧 안녕이다.

"부장님! 우리 찬양 씨 그만두는데 회식 안 해요? 계약직도 식구였는데 해 줘야죠!"

부장 자리로 질문을 던지는 주임의 목소리가 사뭇 크다. 온 동네방네 들으라는 것만 같다. 부장은 고개를 들어 잠시 찬양을 바라보더니 말없이 고개를 내렸다. 무례한 답보다 더욱 민망한 침묵이다.

"어휴, 부장님 야박한 것 좀 봐. 하여튼 잘 가, 찬양 씨. 나라도 맥주 한잔 사 주고 싶은데 난 선약이 있어서. 네일 받으러 가기로 했거든."

누군 너하고 마시고 싶대?! 니가 사 준대도 내가 싫어, 내가!

"힘내. 찾다 보면 계약직은 몇 군데 있을 거야. 한 달 벌어 한 달 사는데 쉴 틈 없이 옮겨야지."

"······."

"아, 그리고 찬양 씨. 이것 좀 가는 길에 버려 줄래?"

주임은 다 마신 아메리카노 컵을 그녀에게 건넸다. 인내심에 한계를 느낀 찬양은 천천히 돌아서 주임을 바라보았다. 자신에게 컵을 건네고 있는 주임의 눈빛은 이렇게 해맑을 수가 없다.

"왜 그렇게 봐, 찬양 씨? 할 말 있어, 나한테?"

"네. 할 말이 있어요. 제가 사실 바로 취직을 했거든요."

일순간 찬양의 안에서 수많은 것들이 휘감겼다. 까짓것, 위장 취업이 아니라 그냥 위장이라도 하고 만다.

"그래? 무슨 일? 잘됐네. 동종업?"

"아뇨. 들어 보셨을까 모르겠네. 백경그룹, 이라고. 거기 본사요."

백경그룹? 본사? 주임은 두 눈을 깜빡거리며 찬양의 말을 곱씹었다. 그러다 무리수가 있다는 생각이 들었는지 피식, 헛웃음을 토하며 찬양의 어깨를 가볍게 때렸다.

"뭐야, 그리 가는 거야? 빠르다 찬양 씨. 본사면 계약직치고 잘 구했네."

"어머, 아시면서. 거기에 계약직이 어디 있어요. 이렇게 모르시나?"

주임의 눈빛은 빠르게 흔들렸다.

"······거짓말하지 마. 자기가 백경 본사에 취업을 어떻게 해."

"그러게요, 어떻게 했을까요. 나도 신기하네, 나도."

"거짓말이지? 그냥 해 보는 말이잖아. 무슨 말이 되는 소리를 해야 말로 알아듣지."

"명함 나오면 연락드릴게요. 꼭 찾아올 테니까, 그때 맥주나 한잔해요."

찬양은 빙긋 웃으며 돌아섰다. 그러다 다시 돌아서 주임을 바라본 찬양은 여전히 굳어 있는 그녀를 향해 귓속말을 건넸다.

"그리고 휴지통은 니 옆에 있어요. 손 있잖아. 니가 마셨으면 니가 버려야지."

"헐…… 대박……."

"그리고 내가 너만 모르는 것 같아서 해 주는 말인데, 여기 사람들이 너 없을 땐 너를 주임 아니고 주입이라고 불러. 주둥이라고. 입이 아니고."

"뭐, 뭐라고?!"

"그러니까 이제라도 말 좀 곱게 해. 하도 말을 그따위로 하니까 사람들이 뒤에서 욕하잖아."

난 바빠서 이만 안녕. 찬양은 활짝 웃으며 발길을 돌렸다.

캬! 통쾌하다! 2년 묵은 스트레스가 한 방에 날아가는 것 같다!

주임에게 참고 참았던 빅엿을 날리고 나니 짜릿함이 발끝부터 전신으로 휘감긴다. 밤잠을 설치며 고민했던 시간이 허무하게 느껴질 정도로, 순식간에 그의 요구 조건은 달게 느껴졌다.

그래. 이제 생각해 보니 좌절할 일만은 아니다. 그곳에서 일했던 경력은 앞으로 그녀에게 두고두고 좋은 경험이 될 것이요, 이력이 될 테니까. 비록 무슨 일을 하게 될지, 또 어떤 일이 벌어질지 몰라 두렵기는 했지만 당장 백수가 될 시점에 좋은 기회이기도 하다고. 석 달이면 그 안에서 뭐라도 배우겠지. 돈 주고도 못 배울 것들이 천지겠지. 그래, 찬양아! 백경그룹이야, 백경그룹! 무려 백경그룹이라고!

"두고 봐. 나도 목에 사원증 걸고 커피 사 마시러 갈 거야."

기필코 정규직 사원증을 목에 걸어 보고 말리라!

찬양은 저도 모르게 중얼거렸다. 단순한 계기로, 평소와 다를 바 없던 주임의 도발에 그녀는 악에 받친 결심을 하게 되었다. 회의실로 걸어가던 그녀가 힐끔 복도를 바라보니 지안이 서 있었고, 찬양은 씨익 웃으며 그 곁을 지나쳤다.

"굿."

곁을 스치는 그녀에게 지안은 낮게 말했다. 별말씀을! 찬양은 얼굴에 한가득 미소를 그렸다.

……인생이 참 그래. 기회인 줄 알았는데 위기이기도 하고, 위기라 믿었는데 기회였단 걸 깨닫기도 한다. 현재 벌어지는 일에 대한 정의는 미래만이 할 수 있다.

"늦어서 죄송합니다! 인쇄물 나눠 드릴게요!"

"무슨 좋은 일 있어, 찬양 씨? 그만둔다니까 싱글벙글이네?"

"네! 저 오늘 그만둡니다! 다들 안녕히 계세요!"

그녀는 기회이자 위기의 순간을 맞이했다. 판단은 먼 미래의 몫이라, 그저 믿어 보기로 한다.

"무슨 일입니까?"

"보고드릴 것이 있습니다. 전무님."

강도 높은 업무를 처리하느라 온 신경을 쏟아붓던 현주가 고개를 들었다. 그녀를 찾아온 사람은 두고 볼 것도 없는 전무실 비서실장, 윤수호다.

바른 걸음으로 들어선 윤 비서는 그녀 앞에 서류철을 내려놓았다. 오랫동안 고개를 수그리고 있었다는 것을 깨달았는지, 현주는 가볍게 목을 돌렸다. 윤 비서는 입을 열었다.

"남 상무가 관리해 오던 독일 산업 엘리트 명단입니다. 다음 주 월요일 입국 예정입니다."

현주는 남동생이 관리해 왔다는 명단에 시선을 주었다. 명단을 받았다. 누워 있는 동생에게서?

"명단은 어떻게 보고받았죠?"

"그게, 남 상무가 예약 메일을 걸어 놓았던 것 같습니다. 워낙 기밀로 관리해 오던 명단이라 미리 준비를 해 두신 게 아닌가 싶습니다."

"그렇군요. 남 상무 성격에 그럴 수 있죠."

동생 지안은 예약 메일을 곧잘 걸었다. 외부 업무가 많았고, 따라서 사내를 종종 비우다 보니 날짜, 시간을 준수하기 위해 버릇처럼 하던 일이다.

휴대폰 유니크 시리즈의 최고 기술력을 확보하기 위해 백경전자는 독일 최고의 산업 엘리트들을 비공개로 초빙했다. 천문학적인 숫자의 지원금이 투자될 예정이었고, 기술력이 동원되는 동안 명단 또한 비공식적으로 관리될 예정이었다. 인재는 곧 기업의 재산이었기에 타사의 스카우트를 피하기 위한 고도의 노력이었다.

현주는 명단을 살폈다. 총 열세 명이었고, 한국인은 없었다.

"남 상무 자리가 공석인데 이들을 초빙해서 일이 잘 진행될지 모르겠군요."

"최대한 차질 없이 진행될 수 있도록 살피겠습니다."

"알겠습니다. 내가 직접 미팅하죠. 입국하는 대로 식사 자리 잡아 주세요."

"네. 전무님."

현주는 승인을 알리는 자리에 도장을 찍었다. 이 도장 하나에 수백억, 수천억 원의 돈이 오가는 것을 생각하면 아찔한 일이기도 하다.

"그럼 수고해 주세요."

"전무님, 그리고 또 있습니다."

현주가 서류철을 내밀자 윤 비서는 다른 서류철을 내려놓았다. 이건 또 무언가, 하는 표정으로 현주는 윤 비서를 바라보았다.

"이것도 예약 메일로 걸어 두셨던 것 같은데, 전무실로 직접 발송하신 메일입니다. 출력해서 가져왔습니다."

"남 상무가? 나한테?"

현주는 서류철을 열었다. 한 장의 이력서에 여자의 사진이 붙어 있고, 간략한 메모가 적혀 있다. 윤 비서는 설명을 이었다.

"이분 또한 다음 주 월요일부터 채용 예정이시라는 예약 메일입니다. 독일에서 오시는 게 아니고 한국에 계신 분이라 따로 관리하셨던 모양입니다."

"채용? 정찬양……? 이 사람은 누구죠?"

"비즈니스 협업을 위해 개인적으로 초빙하셨다고 합니다. 베를린에서 개최할 IFA를 대비하신 것 같습니다."

지안은 베를린에서 개최를 앞둔 국제전자제품박람회를 준비하고 있었다. 동생의 메일을 꼼꼼하게 읽던 현주는 짧은 한숨을 내쉬었다.

"사내에 믿을 만한 사람이 그리 없어서 따로 인력을 뽑았나 보죠?"

윤 비서는 대꾸할 말이 없어 침묵했다. 현주는 동생의 어깨에 힘을 실어 줄 만한 사람이 많지 않다는 것을 떠올렸고, 어쩐지 씁쓸함을 감출 길이 없어 헛웃음을 지었다.

"남 상무와 본래 개인적 친분까지 있었던 사람이라는군요? 친구?"

"네. 저도 확인했습니다."

동생에게 친구라니. 어색한 표현이다. 하지만 메일 속 동생은 정확히 '친구'라고 표현했고 IFA를 위한 비공식 초빙이라고 기재되어 있었다. 동생의 판단을 의심할 여지는 없다.

"뭐, 만나 보면 알겠죠. 남 상무가 이유 없이 초빙하지는 않았을 테니까."

현주는 서류철을 책상 서랍에 집어넣었다.

"이분은 따로 식사 자리 잡아 주세요."

"저녁 식사로 할까요, 전무님?"

"아뇨, 이분을 먼저 만나죠."

"네. 잘 알겠습니다."

윤 비서는 간단한 묵례를 끝으로 전무실을 나왔다. 전무실에 소속된 비서실에서 직접 기재된 그녀 휴대폰으로 전화를 걸었고, 미팅 시간을 알려 주었다. 어느덧 해는 뉘엿뉘엿 저물었다.

5시 59분에 퇴근 준비를 끝내고 6시 땡, 치자마자 회사를 뛰어나온 찬양은 그대로 집에 들어왔다. 그와 편히 이야기를 나눌 수 있는 곳은 집뿐이었으니까.

"아, 엄마. 정말 취직했다니까? 걱정 마요, 그러니까."

— 백경 회사라고? 그 뭐시기냐, TV 맹글고 냉장고도 맹글고 휴대, 휴대폰도 맹그는 그 회사?

"그래, 거기. 자동차도 만들고 배도 만들고 아파트도 짓고 하는 거기 본사 출근한다니까."

— 흐미, 니 참이냐? 진짜?

지금은 엄마와 통화를 하는 중이다. 집에 언제 들어왔느냐, 저녁 먹을거리는 좀 있느냐, 이런저런 소소한 말들로 통화를 시작했지만 엄마는 은연중 자식의 퇴사를 염려했다. 그런 엄마의 마음을 달래고 있자니 불현듯 어깨가 으쓱거려지고, 괜스레 효도했다는 마음까지 일렁인다. 수화기 너머 엄마는 얼마간 듣지 못했던 화통한 웃음을 터트리셨다. 딸아이가 어떻게 그런 대단한 회사에 들어갔는지는 중요하지 않다.

— 아이고야! 시상에! 살다 보니 별일이여! 아이고! 장하네, 우리

딸! 그려! 이런 날이 올 줄 알았지, 내가!

우리 아이는 그저 당연히 통과했겠지. 세상의 모든 엄마들에게 내 자식은 최고였으니까.

"엄마, 나 출근 준비해야 할 게 많으니까 나중에 통화해요."

— 옷은 있어? 그런 곳은 옷도 번지르르하게 입어야 하는 거 아녀? 엄마가 옷 한 벌 사 줄까?

"됐네요. 있어. 아무튼 내일 통화해요."

— 그려! 우리 딸! 일찍 자고 또 통화해!

찬양은 전화를 끊었다. 입가에 둥근 미소가 그려져 한참이나 휴대 폰을 내려다보던 찬양은 스산한 기운에 고개를 들었다.

"자랑해도 괜찮죠? 백수 될까 봐 엄마가 하도 걱정을 하셔서요."

그와 마주해도 처음처럼 많이 놀랍지는 않다.

"이미 온갖 곳에 전부 말했으면서 허락은 무슨 허락."

"그렇게 빤히 보고 계시니까 제가 괜히 죄지은 것 같잖아요."

"좋네. 그런 기분과 자세는 앞으로도 계속 유지해 주길 바랍니다. 정찬양 씨."

그나저나. 지안은 턱을 약간 들며 그녀의 손을 내려다보았다. 왜 그 러는지 몰라 찬양은 그의 시선을 따라 고개를 내렸다.

"상당하고 굉장하게 좋은 휴대폰 쓰고 있네."

"아, 이거요. 아직 할부가 1년도 넘게 남…… 으아!"

백경전자 휴대폰과 막강한 라이벌 구도를 그리고 있는 타사 휴대폰 이다.

"그걸 들고, 월요일에 우리 회사를 가시겠다? 출근인데? 정직원인 데?"

지안은 미간을 일그러트리며 그녀의 휴대폰을 바라보았다.

"바, 바꿀게요! 그럼요 바꿔야죠! 당장 바꿀게요!"

"양심이 없어도 너무 없네. 당장 바꿔."

찬양이 허둥지둥 휴대폰을 주머니에 넣으며 고개를 끄덕거리자, 지안은 조금 표정을 풀었다. 특허 문제로 수십 개의 법정 다툼이 한창인 타사의 휴대폰은 바라만 보아도 불쾌하다. 쏟아부은 지원금과 동원된 맨파워 변호사들만 생각하면 뒷골이 뻐근할 지경이니까.

"그런데 어디 계시다 오셨어요? 아까 회사에서 잠깐 본 것 빼곤 못 봤는데."

"기다렸나?"

"아, 아뇨?! 무슨 그런 말씀을!"

화제 전환을 한다는 것이 무리수였던 모양이다. 찬양은 경기를 일으키듯 표정을 구겼다.

"제 곁에서만 시간이 흐른다면서요? 그런데 안 보이니까 시간이 흘렀을까 해서."

"……"

"빠, 빨리 상무님의 시간이 흘러야 저도 편해질 테니까요."

"병원에, 다녀왔어."

의식 없는 육체를 보고 왔다. 지안은 고단하다는 듯 눈을 지그시 감았다가 떴다.

"적응이 안 되네. 아무리 봐도."

"그럴 것 같기는 해요. 누워 있는 내 몸을 직접 보는 기분은 어떤 기분일지……."

"최악이지. 한마디로."

기다란 다리를 교차하며 그는 비스듬히 섰다. 잠들어 있는 자신의 몸을 타인의 시선으로 바라보는 일은 경이롭다 말하기엔 끔찍했다.

"몸은 좀 어때요? 차도가 있는 것 같았나요?"

"뭐, 처음부터 외과적 수술은 문제가 없었으니까."

아아. 찬양은 공연한 쓸쓸함에 대꾸를 아꼈다. 감히 그가 지닌 고충을 모두 이해한다는 말은 떨어지지 않았다. 타인의 고통이란 어디까지나 예견일 뿐, 크기와 무게의 확신은 오만인 것이다.

"정찬양 씨가 지금 내 모습에 익숙해지듯이 나도 조금 익숙해져서, 처음보다 충격은 덜해."

"그렇군요. 다행이라고 말할까 봐요."

"다행이지. 당장은 받아들이는 수밖에 없으니까."

이미 초연해진 지안의 낮은 목소리는, 그래서 더욱 고단했을 시간을 예감하게 했다. 찬양은 고개를 들어 그의 모습을 바라보았다. 이 와중에도 저자의 실루엣은 남다른 격을 과시했다.

"월요일에 출근하면 제일 먼저 남현주 전무를 보게 될 거야."

그의 스카프는 이상적인 각도로 벌어진 셔츠 속을 채웠다. 균형이 잘 잡힌 블랙 슈트는 어느 한 곳 지적할 만한 부분 없이 딱 맞아떨어졌다.

"업무상의 문제는 없을 테니 걱정 마. 내가 계속 따라다닐 거니까."

그 속에 감춰진 단단한 상체와 잘 뻗은 하체는 자연스럽게 상상되었다. 뭘 먹고 자라면 저렇게 되는가. 찬양은 잠시 그의 남다른 품격을 감상했다. 이젠 대놓고 그를 관찰할 만큼의 여유가 생긴 것이다.

"내 말, 듣고 있나?"

"……아, 네네! 네네! 듣고 있습니다!"

맙소사! 내가 무슨 상상을 하고 있는 거야! 이젠 하다 하다 귀신 같은 남자의 실루엣에 홀리는 게냐!

"그런데 질문이 있어요!"

찬양은 손을 번쩍 들며 분위기를 쇄신했다. 지안은 그녀의 다각적인 표정을 관찰하며 턱 끝을 들어 올렸다. 질문을 받겠다는 표정이다.

"그 전무님을 만나서 제가 뭘 하면 되나요?"

"……인사와 대화?"

그러니까…… 구체적으로 무슨 대화를 하냐고…….

"저는 정말 아무것도 모르는데, 그런 높으신 분과 제가 무슨 대화를 나누겠습니까?"

"내가 옆에 있을 거라니까. 나도 누나가 뭘 물어볼지 아무것도 모르니 말을 해 줄 수가 없네."

네? 누나?

"누나……요?"

"이건 몰라도 너무 모르네. 남현주 전무를 몰라?"

"아…… 알 것 같다 이제……."

이제야 뉴스에서 보아 오던 인물과 이름이 일치된다. 찬양은 두 눈을 깜빡거리며 숨을 혹, 불어 내쉬었다.

"맞네. 누님이시지. 아…… 맞네…… 누님이시겠네……."

순간 위기감이 들었다. 남도 아닌 가족을 만나야 한다는 것이 부담스러울뿐더러, 무슨 말이 오갈지를 모르니 그게 더 미칠 노릇인 것이다. 몸 떠나 기행 중인 저 남자는 대체 무슨 생각인 건지 평온하다.

그래 봐야 남 일이라 이거냐! 대체 왜 그렇게까지 평온한 거요!

"가라니 가고, 만나라니 만나긴 하겠는데 제게 너무 큰 기대는 하지 마세요."

"본인을 너무 과대평가하네. 그리고 난 기대하거나 기대는 사람이 아니야."

"듣던 중 다행이네요. 저는 또 상무님이 저한테 기대하시는 게 많을까 봐 걱정했죠."

"휴대폰이나 바꿔. 우리 누나는 나보다 더 소심하니까."

"그러는 상무님은 엄청 소심한가 봐요? 되게 아무렇지 않게 인정하시네요?"

"무엇을 상상해도 그 이상으로 소심하지. 기억력은 또 쓸데없이 좋아 잘 잊지도 않아. 참고해 줘."

쳇. 찬양은 고개를 옆으로 돌리며 꿍얼거렸다. 그러다 다시 지안을 바라보았다. 분명히 정해 놓아야 할 것들이 몇 개 있다.

"월급은 주실 거죠?"

"많다고 놀라지 말고."

찬양은 눈을 동그랗게 떴다. 임시나마 대기업에 취직시켜 주었더니 주제에 월급까지 바라냐고 타박할 줄 알았는데, 의외의 반응이다.

"명함도 만들어 주실 거예요?"

"원한다면."

우와! 찬양의 입에서 탄성이 흐른다.

"정규직! 정규직 사원증도 꼭 주세요! 네?"

"물론. 또 있어? 요구 사항?"

우와아…… 짱이다……. 찬양은 눈을 빛내며 두 손을 모았다. 반짝반짝한 그녀의 시선을 바라본 지안의 미간이 일그러진다. 마치 엄청난 간식을 발견한 강아지의 재기 발랄한 눈빛을 표현하고 있는 것만 같다.

"그 표정은 뭐야. 사원증 하나에 그렇게 무너지나?"

"당연하죠. 그게 보통 사원증인 줄 아세요? 제 버킷리스트라고요."

으히히히히 생각만 해도 좋다. 찬양은 헤실헤실 웃음을 터트렸다. 석 달 후엔 퇴사 처리 되겠지만 그래도 이게 어디냐! 나 정찬양은 백경 그룹 안의 모든 것을 누리고 미련 없이 떠나 주리!

"그럼 저는 먼저 씻을게요. 오늘 주임한테 강펀치를 날렸더니 영 찌뿌둥해요."

"그래. 나도 좀 피곤하네."

"피곤도 느끼세요?"

"이거 왜 이래. 사람이 느끼는 건 다 느껴."

다 느낀다고? 자리에서 일어난 찬양은 카디건으로 앞섶을 여몄다. 그 모습을 바라본 지안은 정녕 미쳤느냐는 표정을 지었다.

"지금…… 뭐 하나?"

"다 느끼신다는 말에 뼈가 좀 있는 것 같아서요. 제가 또 집이고 하다 보니 상무님 앞에서 너무 편하게 있었네요."

이건 또 무슨 듣도 보도 못한 헛소리냐? 맙소사. 지안은 어처구니가 없다는 듯 헛웃음을 토했다.

"이봐, 정찬양 씨. 그쪽이 내 앞에서 벗고 다녀도 휴대폰 케이스보다 감흥 없으니까 쓸데없는 걱정은 안 했으면 좋겠네."

"사람 일은 모르는 거잖아요."

"아니. 아무것도 모른대도 이건 알 것 같은데."

"에이. 뭘 그렇게까지 확신하고 그러신대?"

"내 영혼이라도 팔 수 있어. 장담하지."

"팔 영혼도 없으시잖아요. 알겠어요, 알겠어요. 그냥 제가 조심할게요."

대체 뭘 조심한다는 거냐! 지안은 앞섶을 꽁꽁 싸맨 채 뒷걸음을 걷는 찬양을 응시했다.

"불쑥불쑥 나오셔도 공간 분리는 좀 해 주세요. 뭐 훔쳐볼 생각 꿈에도 마시고요."

"하, 미치겠네 진짜."

"저는 이만 씻으러 가 볼게요. 꼭 여기 계세요."

문 열고 씻는대도 안 봐! 걱정하지 말라고! 관심 없으니까!

지안은 답 대신 성큼성큼 소파로 걸어갔다.

"그럼 저는 정말 씻으러 갑니다!"

찬양은 후다닥 화장실로 들어갔고, 곧이어 물 트는 소리가 들려왔다. 지안은 소리가 거슬리는지 뉴스를 틀고 볼륨을 높였다. 그녀의 살갗으로 물줄기 떨어지는 소리가 적나라하다.

"거참, 시끄럽기도 오만 가지로 시끄럽네."

지안은 조금 더 볼륨을 높였다.

⋯⋯조금 더, 높였다.

"저기요, 상무님."

씻고 나온 찬양이 지안을 부른다.

"다 늦은 밤에 죄송한데요, 지금 제……."

"말하지 마. 안 들을래."

"……왜요?"

"죄송할 짓은 하지 마. 그냥 내가 안 들으면 죄송하지 않아도 되잖아."

지안은 심도 있는 표정으로 뉴스를 시청하는 중이다. 대문짝만하게 지 얼굴을 걸어 놓고 이러쿵저러쿵 이야기를 하고 있으니 관심이 가지 않을 리가 있겠나.

"친구가 온대요."

지안은 힐끔 벽시계를 바라보았다.

"그래. 잘 만나고 와."

"그게…… 친구가 집으로…… 오는 거라서……."

"집 안에 객 들이는 버릇 고쳐. 집은 쉬는 공간인데, 분리가 안 되나?"

헐, 찬양은 어이를 상실한 표정을 지었다. 객? 객이라니? 지금 나한 테 너만 한 객이 또 있겠냐?!

"그리고 지금 시간이 몇 시인데 집 안으로 객을 들인다는 거야."

말하는 것 좀 보소……. 진짜 없애 버리고 싶다, 이 객 새끼…….

"그래서 죄송하다고 말씀드렸잖아요……."

하지만 객 새끼는커녕 개미 새끼 한 마리 없앨 수 없는, 현실은 시 궁창이다. 찬양의 목소리가 기어들어 간다. 내 집으로 내 친구를 부르 겠다는데 누구 눈치를 보고 있는 건지 모르겠다. 아아, 이런 것을 두 고 주객전도라 하였던가. 한숨이 마를 날이 없다.

"집에 자주 놀러 오던 친구라 어쩔 수 없어요. 오늘 아니면 그 친구 가 시간이 없다고 해서……."

"무조건 타인의 시간에 맞추는 버릇도 고쳐."

"네네. 고쳐 볼게요."

"……여자?"

"다, 당연하죠! 무슨 그런 걸 질문이라고 하세요!"

이 객 새끼가 미, 미쳤나 봐! 찬양은 불쾌하다는 듯 지안을 위아래로 훑으며 또다시 앞섶을 주섬주섬 가렸다. 지안은 본인의 이야기가 끝나고 다음 뉴스가 시작되자 찬양을 바라보았다.

"일찍일찍이 돌려보내. 그 집 딸도 귀한 집 자식일 텐데 늦게까지 붙잡지 말고. 알겠어?"

"감사합니다……. 일찍 보낼게요……."

"시끄러운 건 질색이지만 참아 주지. 대신 이번 한 번뿐이야."

띵동—

"왔다!"

때마침 초인종이 울린다. 지안은 고개를 비스듬히 꺾으며 잡지를 뒤적거렸고, 찬양은 후다닥 걸어 문을 열었다.

"야 쩡양! 오랜만이다, 오랜만!"

"어서 와! 어서 와, 깜지 어멈!"

"오래 기다렸어? 벌써 씻었네? 나 온다고 목욕재계하고 기다린 거야?"

오구오구 예뻐라, 예뻐!

부산스러운 몸짓으로 신발을 벗고 안으로 들어선 친구는 자연스럽게 찬양의 엉덩이를 토닥거리며 미소를 그렸다. 지안은 못 볼 꼴을 봤다는 것처럼 고개를 절레절레 저었다. 만만한 잡지책 하나를 들며 저들의 세상과 단절되어 보기로 한다.

"기지배, 입원해 있더니 엉덩이에 살 오른 것 좀 봐. 아주 그냥 탱탱하네?"

"야야, 깜지 어멈. 오늘은 터치를 자제해 줘."

찬양은 힐끔 지안을 바라보며 중얼거렸다. 영문 모르는 친구 미혜는 식탁 의자에 앉으며 웃음을 터트렸다.

"우리 쩡양 엉덩이 토닥거리는 재미에 사는데 너무하네. 칫."

"그나저나 밖에서 보자니까 집까지 왔어."

찬양은 자꾸만 지안이 앉아 있는 방향을 흘깃거렸다. 아무래도 신경이 쓰이는 모양이다.

"퇴근하는데 너네 집 앞에서 배달해 주는 보족세트가 눈에 아른거려서 참을 수가 있어야지."

"뭐, 그렇긴 하지?"

"빨리 시켜 봐, 배고파 죽겠어. 나 월급도 탔는데 불족 정도 추가해서 먹어 줘야지?"

"오케이! 오예! 보족에 불족이다!"

여자들의 대화는 언제나 오늘 먹을 것으로 시작하여 다음에 먹을 것으로 끝이 난다. 미혜의 은혜로운 급여 앞에 금세 신이 난 찬양이 서둘러 휴대폰을 터치했다. 보족이 무언지 불족이 무언지 전혀 알아듣지 못하는 남지안 님께서는 소파에 기대앉은 채 잡지책만 펄럭거리고 계시다.

"쩡양, 나 안 보고 싶었어?"

"보고 싶었지, 우리 깜지 어멈."

쩡양과 깜지어멈 모두 두 사람의 고등학교 시절 별명이다. 찬양은 이름이 정찬양이라서 쩡양, 미혜는 키우는 오래된 강아지 이름을 따서 깜지 어멈.

그사이 배달 음식이 도착했고 식탁 가득 진수성찬이 차려졌다. 지안은 여전히 잡지를 보고 있고, 찬양은 그의 눈치를 보며 양껏 쌈을 싸 먹었다.

"야, 오늘따라 진짜 맛있네. 찬양아, 여긴 정말 사랑스러운 배달집이야."

하지만 코로 들어가는지 입으로 들어가는지 알 길이 없었다.

찬양은 미혜와 마주 앉아 이런저런 사담을 나누었다. 대부분은 미혜가 다니는 회사 이야기였고, 그렇기에 좋은 주제의 이야기는 아니었다.

"찬양아, 나 경력 조금 더 쌓이면 이직할 거야. 못 해 먹겠어. 맨날 나만 붙잡고 난리야 다들."

미혜는 생필품을 개발, 디자인하는 중소기업에 다녔다. 직급은 대리다.

"실컷 사람 뽑으면 아무것도 할 줄 몰라. 일 좀 가르치고 쓸 만하겠다 싶으면 또 그만둬요."

그녀는 분통을 터트렸다.

"야야, 찬양아. 얼마 전엔 아파서 못 나오겠다던 애가 결근하고 남친이랑 놀러 갔더라? 그걸 또 나한테 비밀이라며 말해. 미친 거 아니니? 연봉은 쥐꼬리만큼 올려놓고 일은 두 배로 시켜. 미치고 팔짝 뛰겠……"

그러다 오늘 회사를 그만둔 찬양의 입장이 떠올랐는지 순간 말을 멈칫, 하며 미안한 표정을 지었다. 심경을 헤아리지 못했다는 생각이 스친 것이다.

"찬양아, 넌 어땠어. 회사 정말 그만뒀어?"

친구의 무방비 퇴사는 가슴이 아팠다. 사실 너무너무 피곤했지만, 집에 홀로 있을 찬양이 걱정되어 찾아온 것이다.

"응. 그만뒀어. 오늘."

"잘했어, 잘했어! 너 어차피 그 누구냐! 그 미친 주임 되게 싫어했잖아! 잘했어!"

"안 그래도 주임 들이받고 나왔다."

"헐…… 진짜?"

미혜는 눈을 동그랗게 떴다. 지안은 조용히 잡지를 넘겼고, 찬양은 짤막하게 회사에서 있었던 일을 설명했다. 간간이 소파에 앉아 있는 지안을 흘겨보며.

"대박. 진짜? 진짜 니가 그렇게 말하고 나왔다고? 니가? 내가 아는 정찬양이?"

"걔가 나한테 다 마신 컵을 내미는데 눈이 홱, 돌더라. 쌓인 게 많았나 봐."

"야! 안 쌓이면 사람이냐? 나이도 어린 게 사사건건 반말에 트집에 심부름이나 시키고 말이야! 아주 나한테 걸리기만 해 봐!"

잘했어! 진짜 잘했어! 미혜는 호탕하게 웃으며 찬양의 어깨를 두드렸다. 늘 당하고만 사는 것 같아, 친구의 작아진 어깨가 못내 신경 쓰였던 참이었다. 직급을 계급으로 아는 사람들은 어디나 존재했고, 남녀를 불문했다.

"일이 힘들면 사람이라도 좋든가, 사람이 별로면 일이라도 쉽든가 해야 하는데 이건 뭐, 사람도 힘들고 일은 일대로 힘들고."

"그나저나 미혜야, 오빠는 잘 지내? 결혼 정말 안 할 거야? 승균 오빠 취직도 됐으니까 이제 결혼해도 괜찮잖아?"

찬양의 급작스러운 질문에 미혜는 눈을 깜빡였다. 오랜 연애 기간, 미혜의 애인은 얼마 전 공기업 입사에 성공했다.

"뭐, 오빠가 정신이 없나 봐. 이래저래 바쁘대. 나도 얼굴 보기 힘들어, 요즘."

"그렇구나. 바쁘겠지. 바쁘면 좋지 뭐."

애인의 제대와 취업을 기다려 온 세월. 내 일처럼 열심이었던 뒷바라지. 미혜는 반쯤 남은 음식을 바라보다 피식, 헛웃음을 흘렸다.

이 와중에도 지안은 잡지만 보고 있다. 찬양은 그려 놓은 것 같은 지안에게 시선을 고정했다. 유행을 타지 않는 베이직한 슈트 핏, 세련된 무늬와 색감의 스카프는 클래식했으나 현대적이었다. 그의 인상은 그러했다.

……아무래도 시끄러울 텐데. 신경 쓰일 텐데.

"야, 정찬양."

아니야! 내가 이런 생각을 왜 해! 여긴 내 집이라고! 내 집!

"야! 정찬양!"

하지만 그렇게 잔뜩 굳은 얼굴을 하고 있으면…… 불편하다고
요…….

「정신 좀 차려. 친구가 부르잖아.」

"어, 어어! 미안, 미안!"

보다 못한 지안이 중얼거리자 찬양은 황급히 놀라 시선을 돌렸다.
미혜는 소파 쪽으로 고개를 돌렸다가 다시 찬양을 바라보았다.

"소파에 아무것도 없는데 뭘 그렇게 봐? 상사병 걸린 얼굴로?"

"무, 무슨 상사병! 개뿔이나 상사병!"

이번엔 지안이 헛웃음을 토한다. 저 미원인지 미혜인지 알 수 없는
친구, 어쩐지 마음에 들지 않는다.

"너 남자 생겼지."

"으아아아니야아아아! 무슨 남자가 생겨, 내가!"

"아닌데. 확실한데. 냄새가 나는데."

미혜는 얼굴이 붉어진 찬양을 의심스럽게 바라보았다. 뜨끔한 지안
이 잡지책을 빠른 속도로 넘겼다.

「빨리 보내. 시끄럽잖아.」

"야, 야, 너 빨리 가. 이제 늦었어. 집에 빨리 가서 깜지 밥……."

"너 남자 생겼지, 빨리 불어."

사실 생긴 건 아니고…… 그냥 툭 튀어나왔어…….

"빨리 말해 너! 나 서운해지기 전에! 어디서 만났는데?"

저…… 그게…… 황천길…….

"아니야, 아니야, 미혜야. 남자가 어디 있냐? 아하하! 아하하하!"

"왜 이렇게 과민 반응이야? 말 못 할 일 있어? 혹시 잤어?"

「빨리 보내! 뭐 하는 거야!」

이번엔 지안이 울컥한다. 뭐 저런 저급한 여자를 친구라고 데리고
있는 거야! 당장 내보내!

"얘, 얘, 얘가 미쳤나 봐. 미치지 않고서야 그런 말을……."

"있긴 있는데 안 잤어? 아 뭔데! 그냥 썸만 타는 중?"

"아, 빨리 가! 없어! 뭐가 있어, 나한테!"

「당장 보내! 당장!」

수준 떨어지게! 저런 여자를 친구로 두고 있어! 저급해, 아주 저급해…….

"마음에 들면 니가 먼저 끌어당겨. 시대가 어떤 시댄데 남자가 넘어오기만을 기다리냐?"

하지만 저급한 수준에 비해 철학은 올곧은 미원 친구다.

"내일모레 서른이다 우리. 긴장해야 한다구, 정찬양."

지안의 잡지책을 넘기는 손길이 다시 느긋해진다. 찬양은 다급한 손길로 식탁 위를 치우기 시작했고 미혜는 서운하다는 듯 찬양의 손등을 툭, 쳤다.

"생겼는데 안 보여 주기 없다, 너. 나 속상해. 알지?"

저기 있어……. 보고 싶으면 봐…….

"남자 생기면 제일 먼저 보여 주기로 한 약속 잊지 마라 너?"

그리고 미혜야…… 저 남자는 니가 생각하는 그런 남자 아니야. 그냥…… 객 새끼야…….

"늦었어. 깜지 기다리겠다. 빨리 가. 다음엔 내가 살게."

"알겠어, 알겠어. 난 갈 테니까 잘 치우고 일찍 자."

미혜는 쫓겨나듯 신발을 신었다. 문을 열던 미혜는 돌아서 찬양의 얼굴을 바라보았다.

"힘내, 정찬양. 취직 부담 너무 가지지 말고. 나중에 이 언니가 돈 많이 벌어서 먹여 살릴게. 걱정하지 마."

……힘내, 또다시 백수가 되어 버린 내 친구. 너의 앞날을 내가 응원한다고.

"너 혼수상태로 못 깨어날 때 나 정말 일도 못 하고 하루 종일 엄청 울었던 거 알지? 넌 그냥 숨 쉬는 존재인 것만으로 내게 선물이야. 잊지 마. 알겠어?"

존재만으로 서로의 온기가 되는 벗. 친구. 닭살 멘트가 부끄러웠는지 미혜는 찬양이 다음 말을 잇기 전에 문을 닫았다. 후, 그러자 지안은 참았던 숨을 길게 내리쉬었다.

"시끄러웠죠? 죄송해요."

"취직됐다고 왜 말 안 해?"

"에이, 석 달인데요 뭐. 천천히 할게요. 제가 거기 들어갔다고 하면 설명해야 할 것들이 너무 많아요."

그렇잖아. 내가 무슨 재주로 그런 회사를 들어가겠어. 찬양은 다시 식탁을 정리했다. 지안은 환기라도 시키려는 듯 자리에서 일어나 창문을 조금 열었다.

"대체 뭘 먹었는데 냄새가 이렇게 정체불명이야."

"아, 맞다. 안 그래도 좀 전에 캐슈너트 사 왔는데. 볶아 드릴까요?"

"됐어. 생각 없어."

지안을 반기는 걸까. 그가 창가로 다가가면 창문을 뚫고, 커튼을 뚫고, 달빛이 가득 쏟아졌다. 달빛 속에 휘감긴, 장신이 만들어 내고 있는 그의 슈트 핏은 완벽에 가까웠다. 잠시 손놀림을 멈추고 찬양은 그를 응시했다.

"저, 상무님."

경황이 없어서 그동안은 생각하지 못했다. 그는 여전히 창밖을 바라보았고, 답 대신 손가락을 까딱거렸다.

"상무님도 지금이 불안하시죠?"

아마 누구보다 불안하겠지. 마주한 현실이 믿기지 않아서 아마 누구보다 고통스럽겠지. 부정하고 싶을 것이고 아니라고 말하고 싶을 것이다.

"굉장히 불안하실 것 같아요. 그냥…… 갑자기 그런 생각이 들어서……"

나라면 어땠을까. 주저앉아 버렸겠지. 무엇을 어떻게 해야 할지 몰라 우왕좌왕했을 테지. 그러니 나는 당신이 대단하다고 말해야 하는 걸까.

"뭐, 제가 할 말은 아니지만…… 힘내세요. 상무님."

이렇게 버티는 것만으로도 당신, 대단한 거라고.

"시간은 흐를 거고, 상무님 몸도 깨어날 거예요."

"이젠 이런 상황을 믿기로 했나 봐? 정찬양 씨?"

그가 돌아선다. 시선을 마주하자 이곳이 현실인지 이계인지 분간이 서질 않아 찬양은 답 대신 작은 미소를 그렸다. 지안을 바라보며 처음 짓는 웃음이다.

"상무님껜 나밖엔 답이 없는 거죠?"

"필연적 선택이지."

어쩌면 찬양은 온전히 이해했다기보다 스스로 미치지 않았다는 것에 더욱 매달렸던 것 같다.

"그래요, 필연적 선택."

미치고 싶지 않아서 지금을 믿기로 했다. 찬양은 부드러운 미소를 지었고 지안은 그런 그녀를 긴 시선으로 표정 없이 바라보았다.

"더는 놀라지 않을게요. 석 달 동안 잘 부탁드려요."

지안은 그녀의 말끝에 대꾸를 아꼈다. 그녀가 지니고 있던 깊은 두려움은 당연했다. '함부로 정의 내리기 어려운 무엇'이 되어 버린 자신을 대면한다는 게, 이계의 기억이란 것을 모두 지워 버린 그녀가 지금의 자신을 받아들인다는 것이 얼마나 어려운 일인지. 얼마만큼의 두려움을 이겨 내야 가능한 일인지. 얼마나 많은 걱정과 혼란을 딛고 일어서야 가능한 일인지.

"그래, 잘 부탁해."

모르지 않으니까. 모를 수가 없으니까.

지안은 비로소 편안해진 그녀의 시선을 마주하다 입술을 움찔댔다.

더 남은 말이 있는 것 같았지만 넣어 두기로 한다.

"저 이제 좀 쉬어도 될까요? 피곤한데."

"그래, 쉬어."

급하지 않게. 그녀가 지치지 않게. 그녀가 이겨 내야 할 수많은 숙제 앞에 벌써부터 힘겨워지지 않게.

"쉬세요, 상무님."

"그래. 내일 봐."

아직은, 너의 밤이 편안할 수 있게.

✾ ⟨⟨⟨⟨⟨

[포브스가 선정한 영향력 있는 차세대 리더에 남지안 상무 랭크]

이튿날. 찬양은 PC 앞에 앉아 지안을 검색했다. 이름을 검색하자 5분 전 뉴스부터 오래된 기사까지 수백 페이지가 검색된다.

"재벌 3세는 그냥 놀고먹는 줄 알았더니 그것도 아니네."

찬양은 이것저것 그와 관련된 보도 자료를 살펴보며 중얼거렸다. 사진 속 그와 소파에 자리한 그는 분명 간극이 느껴졌다. 마치 유명 연예인을 실제로 본 그런 느낌이랄까. 보고 있지만 실재감은 없는. 뭐, 온전히 실존하는 인물이 아니니 그럴 수도 있겠지만.

"재산이 저렇게 많으면 다 쓰고 죽을 수는 있을까?"

어휴. 그의 지난해 자산도 공공재처럼 떠돌아다닌다. 숫자가 지나치게 크다 보니 외려 무감각하다.

"사람 한 명 빠진다고 기업이 이렇게 흔들릴 수도 있어. 존재감 대단하네."

그룹은 그의 부재로 홍역을 앓는 중이란다. 주가가 하락하고, 추진 중이던 사업이 멈췄단다. 이렇듯 먼 나라 이야기처럼 느껴지는 모든

날가져요 57

뉴스가, 그에겐 처리하지 못한 현실이란다.

찬양은 책상에 턱을 괴고 마우스 휠을 내렸다. 무선 마우스는 건전지가 다했는지 말을 듣지 않는다.

"왜 읽다 말아."

"마우스 건전지가 없나 봐요. 휠이 안 내……."

휙, 찬양은 고개를 돌렸다. 두 눈이 휘둥그레졌다.

"바, 방엔 왜 들어왔어요?!"

"들어오지 말라고 한 적 없잖아."

지안은 침대 모서리에 걸터앉았다. 찬양은 빙글, 의자를 돌리며 그를 노려보았다.

"여자 침실에 막 이렇게 들어오시면 곤란하죠! 내가 어떤 모습일 줄 알고!"

"입었거나 벗었거나 둘 중 하나겠지."

"그러니까요! 벗고 있으면 어쩌려고!"

"내 안구는 충격에 빠지겠지만 뭐, 굳이 그러겠다는데 말릴 이유는 없겠고."

지안은 침대 매트리스를 툭툭 쳤고 찬양은 오만상을 찌푸렸다. 조금 짠하게 생각했던 거, 전부 취소다!

"문도 안 열고 도대체 어떻게 들어오는 거예요?"

"그게 뭐 대수라고."

흠. 찬양은 의자를 드르륵 끌며 지안에게 조금 다가갔다. 매우 흥미로운 눈빛이다.

"그럼 다른 것도 할 수 있어요?"

"다른 거 뭐?"

"초능력 같은 거?"

지안은 찬양의 얼굴을 멀뚱멀뚱 바라보다 이마에 딱밤을 놓았다. 아야! 물리적인 충격이 느껴진다.

"내가 이 정도는 할 수 있어."

"아 진짜!"

"또 할 수 있는 게 있지."

"……뭔데요?"

지안은 찬양의 볼을 쭉 늘렸다.

"수백 가지 방법으로 널 괴롭히는 거."

탱— 볼을 쭉 늘렸다가 일시에 놓으니 찬양은 두 볼을 부여잡으며 눈을 부릅떴다. 얼얼하다.

"또 궁금한 게 있고?"

"없어요!"

우씨. 더럽게 아프네. 찬양은 볼을 문질렀다.

"세수 좀 해. 대체 시간이 몇 신데 아직도 이러고 있어."

"주말의 특권이에요. 내버려 둬요."

지안은 찬양의 볼을 만졌던 손을 이불에 쓱쓱 닦았다. 찬양은 고개를 옆으로 돌리며 꿍얼거렸다. 혼자 살던 버릇은 쉽게 고칠 수 있는 성질의 것이 아니라, 긴장의 끈을 놓으면 흐트러지곤 했다. 늘 깔끔하고 단정한 슈트를 입고 있는 지안이 숨 막혀 보일 지경이니까.

"그런 옷, 안 불편하세요?"

"전혀?"

"옷은 대체 어디서 갈아입는 거예요? 매번 조금씩 다른데."

"네 앞에서 갈아입진 않을 테니 걱정 말고."

지안은 주변을 두리번거렸다. 어지간하면 들어오고 싶지 않았는데 도통 이 여자가 밖을 나와야 말이지.

"회사에 들어가더라도 뭘 알고 가긴 해야 할 것 아냐?"

"그러게요. 그래서 저도 좀 찾아보고 있었는데."

"그런 뉴스거리로 회사 내부를 어떻게 알아. 대부분이 기밀인데."

지안은 손가락을 까딱 움직였다. 그녀의 출근까지 남은 이틀 안에 모든 노력을 쏟아 그녀를 경제 무식자에서 탈출시켜 볼 생각이다.

"족집게 과외 받는다고 생각해. 내가 따라다닌대도 기본 지식은 있어야 할 테니까."

으으…… 공부 싫다……. 찬양은 노골적으로 귀찮다는 표정을 지었고 지안은 일어섰다.

"그런데요 상무님. 저한테 기밀 사항 전부 알려 주시고 괜찮으시겠어요?"

"뭘?"

"석 달 뒤에 제가 다른 곳에 가서 막 떠들고 다니면 어쩌시려고요?"

지안은 피식 헛웃음을 토했다.

"지금 사람 협박하나?"

"그만큼 공부하기 싫다는 뜻이죠 뭐."

"헛소리 말고 거실로 나와. 남 전무 만나러 가기 전에 경제 동향이나 알아보자고."

지안이 다시 문을 뚫고 홀연히 사라진다. 찬양은 꿍얼거리며 아직도 얼얼한 볼을 문질렀다. 그의 온기는 느껴지지 않고 감촉만 있다.

"안 나오냐?!"

"나가요! 나간다고요!"

제길. 나의 황금 같은 주말을 이런 식으로 날려 버리다니……! 찬양은 구시렁거리며 거실로 나섰고 지안은 경제 잡지를 수북하게 쌓아 놓았다. 시작에 무엇이 적당할까 싶어 지안은 잡지책을 다시 훑었고 찬양은 소파 옆에 앉았다.

볼을 문지르다가 찬양은 문득 지안을 훑었다. 일전에 가슴팍에 부적도 붙여 봤고, 이렇게 손길도 느껴지고.

"정찬양 씨, 경제 용어를 알긴 압니까?"

방문도 그냥 통과하는데 나는 이 사람의 형체를 만질 수 있다는 건가?

"전반적인 시장 현황은 어디까지 아는지?"

"몸 좀 만져 봐도 돼요?"

"이제 보니 제정신이 아니네."

······응? 내가 지금 이자에게 무어라 지껄인 건가. 찬양은 정신이 번쩍 든다.

"헐! 실수! 실수, 실수! 죄송해요!"

"······."

"제 말은 그게 아니라 방문도 뚫고 지나다니는데 아까 볼을 막 늘리고 하셔서 순간 궁금해져서······!"

"······."

"헛소리예요! 헛소리! 공부하죠! 공······."

지안은 그녀의 손을 덥석 잡고 끌었다. 자신의 얼굴로, 빳빳한 셔츠 깃으로, 다부진 상체로.

"궁금하면 만져 봐야지. 그런데 나머지도 감당이 될까?"

"으아으어······."

찬양은 세차게 손을 뺐다. 심장이 요동을 치고 얼굴은 터질 듯 붉어졌다.

"체험 학습만큼 좋은 게 없지. 궁금한 게 있으면 언제든지 물어보라고. 성실하게 답해 줄 테니."

맥박이 사정없이 뛰어올라 주먹을 말아 쥐고 말았다.

"그런 열정으로 공부합시다. 정찬양 씨."

이 남자의 곁에서 사는 동안 절대로 쉬운 석 달이 되지 않으리란 걸 찬양은 어렴풋이 느끼고 말았다.

대망의 월요일 아침이 밝았다.

"우와······."

찬양은 끝도 없이 솟아오른 빌딩 앞에 섰다.

"대박이다……."

바람에 휘날리는 깃발. 익숙한 기업 로고가 시선을 사로잡는다. 미래 지향적인 디자인의 건물은 기업의 철학을 잘 나타내었고, 단순했으나 감각적이었다. 감히 들어설 엄두가 나질 않아 찬양은 입을 멍하니 벌린 채 빌딩을 올려다보았다.

"안 들어가?"

지안은 찬양의 곁에 서며 그녀의 시선을 따라 건물 위를 바라보았다. 해가 쨍쨍하게 내리쬐니 눈이 부셔 뜨기도 힘들다.

"저, 상무님. 이게 전부 한 회사 건물이에요?"

그녀는 압도적인 규모에 기가 눌리고 말았다.

"여기 몇 호, 몇 호를 쓰는 게 아니라 이 건물 자체가 전부 한 회사의 소유잖아요. 그렇죠?"

"남 전무가 곡선을 좋아해서, 건물이 약간 둥근 형태지."

개인의, 취향. 단지 그런 이유로 건물의 디자인이 완성되었단다. 그토록 막막했고 겁이 났던 두려움의 실체를 마주한 것 같아 찬양은 마른침을 삼켰다.

지안은 덤덤한 시선으로 반짝거리는 외관 창문을 응시했다. 늘 위에서 아래를 내려다보았을 뿐 이렇게 서서 위를 올려다본 건 처음이다. 수년간 이곳으로 출퇴근하는 것이 일상이었던 그에게 공간은 별다른 의미를 주지 못했다. 불과 얼마 전까지의, 일이다.

"저 지금 잔뜩 쫄았어요. 들이마신 숨이 얹힌 것 같은 기분이거든요."

찬양은 작은 목소리로 입을 열었다. 고작 건물을 마주했을 뿐인데 마치 우주 속 먼지가 된 것처럼 하염없이 작아진 나를 발견한다.

"왜 이래, 정찬양 씨답지 않게."

나답지, 않다. 마치 아주 오랜 기간 가까이서 보아 온 사람이 건네는 말인 것만 같다.

"상무님이…… 보신 저는 어떤 사람이죠?"

……기억이 쓸려 온다.

대학을 졸업하면 이런 번듯한 회사 안에 내가 있을 줄 알았다. 서른이 되면 자동차가 있고, 집이 있고, 남편이 있고, 아이가 있고. 꿈이라 칭하기엔 너무도 소박한 미래였지. 그렇게 사는 건 당연한 거라 여겼으니까.

취업난이라는 기사를 보아도 내 얘기는 아닌 것 같았다. 취업박람회장에 길게 늘어선 줄이 보도되어도 나완 관계없을 거라 믿었다. 오포(五抛) 세대에 살고 있다지만 나는 포기할 것이 하나도 없을 거라, 그렇게 믿었다.

"황천길에서 우리 꽤 친했다면서요. 저는 어떤 사람이었냐고요."

내 나이 스물여덟. 십수 번의 입사 탈락, 여전히 절반 이상 남아 있는 학자금 대출, 다달이 납부해야 하는 월세, 지긋지긋한 편의점 도시락. 대학을 졸업하기가 겁이 났던 시절, 취업박람회에 누구보다 먼저 도착했던 나날. 연애는 사치에 불과하고, 결혼은 먼 나라 이야기와도 같았던 현실.

"궁금해요. 황천길을 걸으면서도 이런 쫄보였는지."

기억이 나질 않는다. 나는 원래, 이런 사람이었나?

"내가 본 정찬양 씨는."

나는 원래 어떤 사람이지?

"엄청나게 시끄럽고 믿을 수 없게 가까운?"

"그게 뭐예요!"

"영화 제목. 책도 있어. 추천할게."

우이 씨. 누구 놀려 지금?! 찬양이 홱, 노려보자 지안은 짧게 손을 가로저었다. 한 걸음도 떼지 못한 채 돌처럼 굳어 버린 그녀의 모습은 오래 보아야 좋을 일이 없다.

"사원증 걸고 싶다며."

"아, 사원증……."

네네, 맞아요……. 필요해요……. 사원증…….

찬양은 뭐에 홀린 듯 지안에게 가까이 다가섰다. 눈이 반짝반짝하다.

"저 문을 통과해야 주든지 말든지 할 거 아냐?"

"아…… 들어가요. 지금 당장……."

당장…… 당장 당장…….

"잘 기억하라고. 회사에서 석 달 못 버티면 월급이고 사원증이고 전부 압수할 거야. 알겠어?"

"그럼요. 그럼요. 잘할게요. 창문을 닦으래도 잘할 수 있어요. 정규직이면요."

"굿. 그럼 어서 들어가. 남 전무는 약속이 목숨인 사람이야. 늦겠어."

"네! 들어가겠습니다!"

이 남자, 사람을 조련하는 솜씨가 보통이 아니다. 다시금 혈기를 되찾은 찬양은 건물을 사원증으로 인지한 듯 전투적으로 걸음을 옮겼다.

그 뒷모습을 바라보던 지안은 피식 헛웃음을 토하며 그녀를 따라 정문을 통과했다. 전무실 윤 비서가 그녀를 기다리고 있었다.

찬양은 윤 비서가 마련해 준 차량을 타고 본사를 빠져나왔다. 남 전무가 그녀를 기다리고 있다는 회사 근처 호텔 식당에 도착을 하니 외부와 차단된 프라이빗 한 공간이 나왔다.

찬양은 긴장감에 두 주먹을 말아 쥐었다. 직원이 문을 열어 주었고 의자에 앉아 있는 남 전무, 현주의 얼굴이 보였다. 현주는 자리에서 일어섰다.

"정찬양 씨?"

"아, 아, 아!"

"……네?"

"아, 아!"

아? 현주는 두 눈을 동그랗게 떴다.

"아, 안녕하십니까! 정찬양이라고 합니다!"

찬양은 더듬거리며 우렁찬 음성으로 인사를 했다. ……끙, 부끄러움은 지안의 몫이 되었다.

"네. 반갑습니다. 남현주입니다."

현주가 의자에서 돌아 나오며 손을 내밀자 찬양이 우다다 걸음을 옮기며 덥석 그 손을 두 손으로 잡았다.

"정찬양 씨, 오는 길은 힘들지 않았습니까?"

"아, 아, 아닙니다! 굉장히 편안하게 잘 왔습니다!"

어후! 숨이 막히다 못해 심장이 터질 것 같다! 찬양은 붉게 달아오른 얼굴로 눈을 크게 떴다. 단언컨대, 이상형의 남자를 가까이서 바라보아도 이만큼 떨리지는 않을 것이다.

"자리에 앉을까요, 우리?"

"네! 네네네네! 앉겠습니다!"

현주는 우왕좌왕하는 모습으로 자리에 착석하는 찬양을 바라보다 짧은 웃음을 터트렸다. 동생이 의식을 잃고 난 뒤 처음으로 웃어 보지 싶다.

"식사, 괜찮겠어요?"

"네!"

"정찬양 씨의 식성을 고려하지 못한 점 미안하게 생각합니다."

"뭐, 뭐, 뭐든 잘 먹습니다!"

찬양은 쩔쩔매는 얼굴로 입술을 꾹 닫으며 씰룩씰룩 웃었다. 얼마나 경직되었는지 잔뜩 굳은 근육으로 웃어 본들 미소가 예쁠 리 없었다.

「정신 안 차리나? 보는 내가 다 수치스러워.」

지안은 차마 보기 힘든지 고개를 돌렸다.

시끄러워요……. 나도 미치겠으니까…….

"찾으셨습니까?"

"식사 준비 좀 해 줘요."

"네. 알겠습니다."

식당 직원을 대신하여 문을 열고 들어왔던 윤 비서가 다시 밖으로 나선다. 찬양은 테이블 밑으로 두 주먹을 꽉 말아 쥔 채 숨을 끊어 내쉬었다.

이곳에 오기 전 20대가 뽑은 '함께 점심 식사를 하고 싶은 경영인'으로 남현주 전무가 선정되었다는 기사를 얼핏 보았다. 그런 사람과, 마주 앉아 점심을 먹으려고 한다. 숨 막히는 압박감은 거꾸로 매달려 있는 것 같은 어지러움을 몰고 왔다. 기사를 괜히 보았다.

"정찬양 씨는 남 상무와 개인적인 친분이 있다죠?"

"네, 그렇습니다. 전무님."

"그렇군요."

조각 같은 미녀는 아니었으나 상당한 기품과 고고함이 느껴진다. 함부로 대하기 힘든, 상대를 긴장하게 만드는 그런 기운 또한 느껴졌다.

"실례지만 우리 남 상무와는 어떤 관계입니까?"

누나의 질문에 목이 타는지 지안은 찬양의 잔을 들어 물을 마셨다. 하지만 현주의 시선에 물 잔은 처음 그 자리 그대로 있다. 지안이 벌컥벌컥 마셨으나 물의 양 또한 줄지 않았다. 그가 하는 모든 행위는 찬양의 시선에만 보였고, 움직였고, 느껴졌다.

"남 상무와는 사교 모임에서 알게 되었습니다."

"사교 모임이라면 어떤?"

"예전에 남 상무가 캐나다에 있을 때 만들어진 모임입니다."

"아아."

지안이 사전에 알려 주었던 몇 개의 스크립트를 떠올리며 찬양이 대꾸하자 현주는 가볍게 수긍했다.

"그렇군요. 모임이 있었군요."

동생이 사교 모임을 가졌다는 사실을 오늘 처음 알게 되었지만 빠른 수긍이 되었다. 사교 모임에서 만났다니 찬양에게 약간의 신뢰가 상승한다. 동생의 성격을 유추해 보기론 별 볼 일 없거나 시시한 모임은 아닐 테니까.

"남 상무를 마지막으로 만난 건 언제입니까?"

"그게…… 남 상무가 사고 직전 홍콩에 다녀왔을 때입니다."

"남 상무가 홍콩에 다녀왔던 사실도 알고 계시는군요."

비공식적인 일정이었으니 꽤나 신빙성 있는 답변이다. 알아야 할 것들은 대충 알았으니 동생과의 관계를 더 이상 묻지 않기로 했다.

"기업의 입장에서도 굉장히 중요한 시점에 남 상무의 사고가 이어져, 회사 꼴이 말이 아닙니다."

"전무님의 고충이 많으실 것 같습니다."

"나보단 우리 직원들의 고충이 더 심하죠. 업무상 리더의 부재니까요."

현주는 기업 동향에 대한 이야기로 대화를 시작했다. 가진 이력으로 사람을 판단하는 성미는 아니었으나 이력서로 먼저 만난 찬양은 동생의 경영 파트너로 보기에 다소 문제가 따랐다. 기업을 둘러싼 수많은 암투가 벌어지는 곳이다 보니 누구도 쉽게 믿거나 의지할 수 없었다. 제아무리 동생의 혜안으로 뽑힌 여자라지만 검증은 필요했다.

"아시겠지만 지난해 투자금 손실이 상당했습니다."

식사가 나왔다. 차례대로 이어지는 접시를 바라보고 있자니 찬양의 머릿속이 새하애졌다. 눈에 익은 것이라곤 새빨간 수프 속에 빠져 있는 새우 대가리밖에 없다.

"식사하면서 천천히 이야기 나누죠."

"네, 전무님."

흐미. 이게 다 뭐라요? 찬양은 눈치껏 현주의 행동을 살폈다. 보다 못한 지안이 곁에서 입을 열었다.

「그 포크는 메인 포크고 샐러드 포크를 집어야지.」

찬양은 흠칫 놀라 손을 옆으로 옮겼다. 이거? 아니면 이거? 이것도 아니면…… 이거?

「오케이. 그거.」

지안의 허락이 떨어지자 불량품을 검열하는 기계처럼 여러 개의 포크 위를 훑던 찬양의 손이 냉큼 포크 하나를 집었다.

「그건 먹는 거 아니야.」

툭, 찬양은 새우 대가리를 찍었다가 다시 떨궜다. 도대체 새우 대가리를 왜 안 먹습니까? 이게 새우의 핵심인데. 안 먹을 거면 뭐 하러 넣어 주었대? 이상한 사람들이네.

「비비지 말고 깔끔하게 떠서 먹어. 그냥 먹는 거야.」

찬양은 삐걱거리는 손놀림으로 식사를 이어 갔다. 뭘 먹은 건지 폭신하고 크리미한 감촉이 입안을 휘젓는다. 이게 뭐요? 묻고 싶지만 참아 보기로 한다.

"얼마 후 조직 개편이 있을 겁니다. 실적이 부진한 계열사들은 합병되고, 점진적으로는 수직적 이동을 거칠 예정이죠."

"아…… 그렇습니까?"

"차후 경영 지배권을 위해 그렇습니다. 정찬양 씨께서도 짐작하시겠지만요."

아니요……. 저는 짐작을 못 했는데요…….

덜그럭덜그럭 접시 소리가 요란하다. 찬양은 덜덜 떨리는 손으로 물 잔을 집었다. 보고 있는 사람의 손에도 땀이 찰 지경이다.

"와인 한 잔 정도 괜찮습니까?"

"아, 네네. 괜찮습니다. 전무님."

현주는 긴장한 태가 역력한 찬양을 바라보다 또다시 피식 웃음을 터트렸다. 귀여운 모양이다.

"제가 어렵군요."

"네……."

으아아! 그렇게 빨리 말하면 어떡해! 기다렸다는 듯이! 제 입을 어떻게 좀 하고 싶은 찬양의 심정을 아는지 모르는지 지안은 강 건너 불구경을 하며 묵묵히 물을 마셨다.

"죄송합니다. 전무님. 어, 어려운 게 그 어렵다는 게 아니라 어떤 게 어려운 거냐면요……."

"괜찮습니다. 이해합니다."

"남 상무가 전무님이 본인보다 소심하다고 했던……."

아…… 대체 나는 무슨 개소리를 지껄이고 있는 것인가…….

찬양은 지가 말하고 지가 놀라 눈을 질끈 감았다.

안녕……. 좋은 식사였다…….

「긴장 풀어. 괜찮으니까 제발 좀.」

보다 못한 지안이 참견한다. 정찬양의 사투가 처참해서 못 봐 줄 지경이다.

"남 상무가 그렇게 말하던가요? 내가 본인보다 소심하다고?"

"아…… 제가 감히 무슨 말을……."

"정찬양 씨는 우리 남 상무와 정말 친한 모양입니다. 지안이 그런 말도 다 하고."

현주는 귀 뒤로 머리를 쓸어 넘기며 빙긋 미소를 그렸다. 이렇듯 남을 통해 듣는 동생의 사적인 이야기는 종류를 불문한 채 눈물겹도록 반가웠다. 지금, 동생과 마주 앉아 있는 줄은 모르고. 동생이 자신을 안쓰럽게 바라보고 있는 줄은 꿈에도 모르고.

와인 한 잔을 곁들인 식사 자리는 점점 무르익었다.

"식사는 괜찮았습니까?"

"네. 정말 맛있게 잘 먹었습니다."

중간중간 현주는 찬양에게 사업의 전반적인 부분을 물었고, 지안의 도움으로 찬양은 느리지만 정확하게 의견을 말했다. 지안의 목소리를 대신하고 있을 뿐 사실상 찬양의 사고는 멈춘 상태다.

이윽고 식사는 끝이 났고 현주는 테이블을 응시하다 시선을 들었다. 대화는 그럭저럭 이어졌고 동생의 친구는 꽤나 총명한 대답을 이어 갔지만.

"정찬양 씨."

동생이 그녀의 무엇을 믿고 선택했는지 아직은 모를 일이다.

"네, 전무님."

"우리 그룹은 위기를 극복하기 위해 전사적으로 뛰어들 준비가 되었습니다."

현주의 눈빛에서 말의 무게가 읽힌다. 찬양은 마른침을 삼켰고 지안은 경영인으로 앉아 있는 누나의 얼굴을 응시했다. 수척했다.

"위기를 넘기기 위해선 공격적인 경영도 마다하지 않을 생각입니다. 상황을 제대로 넘기지 못하면 혹자들의 예견대로 어닝 쇼크가 올 수도 있습니다."

"네, 전무님."

"정찬양 씨의 활약을 기대해 보겠습니다."

현주가 자리에서 일어서자 찬양 또한 얼떨결에 자리에서 일어났다.

"믿어 주셔서…… 감사합니다."

"저는 남지안 상무를 믿습니다."

현주는 처음처럼 손을 내밀어 악수를 청했고 찬양은 머뭇거리다 그녀의 손을 잡았다. 엉성하게 손을 잡은 찬양을 바라보고 있자니 현주는 문득 그런 생각이 들었다. 다른 건 몰라도 하나는 정확하게 알 수 있겠다고.

그녀는 동생의 친구가 맞다.

"또 뵙죠. 정찬양 씨."

"네, 전무님."

우려했던 동생의 여자는, 아니었다.

"짠. 어서 올라와요. 장난 아니죠? 뭘 상상하든 그 이상의 야경을 보게 될 거라고요."

어느덧 해가 기울었고 그녀는 집으로 돌아왔다. 온통 녹색으로 칠해진 옥상으로 지안을 안내한 찬양이 상기된 표정으로 공간을 소개했다.

허리를 수그려 옥상 문을 통과한 지안은 감흥 없는 시선으로 공간을 둘러보았다. 샤워를 끝낸 찬양은 봉지를 앞뒤로 흔들며 자랑스럽게 말을 건넸다. 머리엔 세면 타월을 그대로 뒤집어쓴 채 쥐가 그려진 원피스를 걸치고는 유유자적이다.

"월세가 5만 원이나 올랐지만 참고 사는 건 바로 이 옥상 때문이에요. 여기 앉아서 맥주 한 잔 마시면 무릉도원이 부럽지 않거든요."

유일한 낙이랄까, 찬양은 해 질 녘 바람이 불어 드는 이 공간을 유달리 좋아했다. 계절과 날씨와도 상관없이 비가 오면 오는 대로, 비가 가면 가는 대로.

"자자, 앉아요. 이 평상도 요 앞 분리수거장에서 제가 가져다 놓았어요. 죽이죠?"

"무슨 장? 분리?"

"그런 게 있어요. 일단 앉아요. 앉으라니까요."

귀하신 몸 쓰레기에 앉힌다고 한 소리 들을까, 찬양은 급히 그를 자리에 앉혔다. 이내 맥주 한 캔을 시원하게 뜯더니 이상하게 생긴 쥐포를 안주로 내려놓았다.

"오다리가 뭐야. 다리가 많은데 왜 오다리야."

"이거요? 가격 대비 매력 짱인 안주요. 한번 맛보면 충격적일걸요? 맛있어서?"

세상에. 찬양이 봉지를 뜯자 형언할 수 없는 이상하고도 불쾌한 냄새가 코를 자극한다.

"오다리 하나 드실래요?"

지안은 입꼬리를 내리며 몸을 조금 떨어트렸다.

"아니. 이쪽으로 내밀지 마. 냄새나니까."

"쳇. 먹기 싫음 말든가. 난 경쟁자가 없어지면 더 좋지 뭐. 쩝쩝거리며 녹여 먹으면 완전 맛있는데."

"쩝쩝거리며 녹여 먹을 생각이면 관둬. 봉지째 밖으로 내던져 버리기 전에."

"에이, 알았어요. 뜯어 먹을게요."

거참 까다로운 양반이네. 찬양은 중얼거리며 맥주를 벌컥벌컥 삼켰다.

"캬! 이 맛이지! 이 맛이야! 상무님도 한잔하실래요?"

"난 됐고."

"진짜 여기서 먹는 맥주는 세젤맛인데. 알려 드릴 수가 없어서 이렇게 안타깝네."

노을은 아름답고, 바람은 시원하다. 이곳에 이렇게 멈춰 있노라면 세상의 시간도 마음의 번뇌도 잠시 동안 멈추는 기분이 든다.

"무슨 술이야, 내일 출근할 거면서."

"많이 안 마셔요. 한 캔만 마실게요. 딱 한 캔만요."

찬양은 목을 뒤로 꺾으며 벌컥벌컥 맥주를 삼켰고, 지안은 힐끔 그녀의 손끝을 바라보았다.

그녀는 집으로 돌아오는 내내 말이 없었다. 익숙한 걸음으로 편의점에 들어가 음료 냉장고를 한참이나 바라보더니 맥주 두어 캔을 붙잡더라. 어깨를 축 늘어트린 채 그녀는 다시 가파른 골목길을 올랐다.

갑자기 말이 많아진 찬양의 지금 모습은, 속내를 들키지 않으려는 각고의 노력으로 여겨졌다. 평소보다 힘 빠진 모습, 또 보아 왔던 그녀와는 다른 모습. 노력하에 수다를 떨고 있는 찬양을 바라보다 지안은 차마 묻지 못한 말을 삼켰다.

……무슨 일, 있나?

"아, 오늘따라 진짜 술술 들어가네, 술술. 환상적이다 정말."

캬아아, 찬양은 다시 맥주를 삼켰다. 지안은 그녀의 씁쓸한 기운을 감지하다 전방을 응시했다. 땅거미가 내려오는 서울의 야경은 어두워질수록 빛을 냈고 찬양은 평상에 무릎을 세워 올리며 맥주 캔을 내려다보았다. 그러곤 낮에 만났던 남현주 전무의 얼굴을 떠올렸다.

"오늘 나, 엄청 형편없었죠."

솔직하게 말하면 쪽팔렸다.

"뭐에 눌렸는지 모르겠어요. 전무님이 엄청 잘해 주셨는데 그냥 기가 눌리더라고요. 헛소리가 막 나올 만큼이요."

"괜찮아. 부끄러웠지만 참을 만했어."

"……그랬군요."

찬양은 조용히 미소 지으며 맥주를 삼켰다. 남현주 전무는 부드러웠으나 단단했다. 강압적이지 않았으나 과단성이 있었다. 단순히 재벌가에 태어났다는 이유만으로 가질 수 있는 분위기는 아닌 것 같았다.

"괜찮다니까. 남 전무가 보기보다 소심하긴 하지만 뒤끝이 모두의 예상만큼 길지는 않아."

"그냥, 그냥요. 그냥 같은 여자이고, 같은 대한민국 사람인데, 그리고 같은 테이블에 앉아 같은 음식을 먹는데 말이죠."

일순간 부러웠다. 현주가 가진 능력이, 자신감이, 드높은 자존감이. 그녀가 누리고 지배하며 숨 쉬듯 자연스럽게 받아들이는 그녀만을 위해 준비된 주변의 모든 것들이. 마주 앉은 현주는 영화 속 주인공인 것만 같아 나도 저렇게 살아 보고 싶다는 생각을 막연히 하게 했다.

"무슨 막이 쳐져 있는 것처럼 느껴지는 거예요. 나는 죽어도 깰 수 없을 두껍고 단단한 벽? 멋있고, 우아하고, 고상하고. 타인에게서 그런 기운을 처음 느껴 봤거든요."

하지만 상상도 허무맹랑하니 오래 머물지 못하더라. 노력으로 될 수 없을 거란 것을 느낀 순간 무기력해졌다. 무슨 짓을 해도 저런 사람은 되지 못할 거란 것을 인정하는 순간 삶이 우스워졌다. 그것이 그렇게 쉽게 인정이 되어, 아닐 거라고 부정이 되질 않아, 소리 없는 비명이 터졌다. 찬양은 희미한 웃음을 토했다.

"전무님은 제가 만나 본 여자 중 최고였어요."

오늘 나는 전의를 상실하게 하는 진짜 금수저를 보았다.

"아, 모르겠어요. 그냥 솔직하게 말하면 현타가 왔어요. 전투력 자체를 잃었달까?"

"전투력이 생각보다 하위 레벨이네. 체격 대비 가성비 부족인가?"

"너무 멋있어서 움츠러드는데 어쩔 수 있었겠어요. 이해 못 하시겠지만요."

"고작 식사 한 끼 했으면서 엄살은."

"그러게요. 그러니까요. 되게 희한하죠."

찬양은 중얼거리며 맥주를 더 삼켰다. 그저 회사 임원을 만나고 왔을 뿐인데 왜 이렇게까지 작아졌는지는 알다가도 모를 일이다. 어째서 평범하다 믿었던 자신의 삶이 하찮게 느껴지는지 정말 알다가도 모를 일이다.

"으아, 이 와중에 맥주는 왜 이렇게 맛있을까, 정말로."

마음을 대변할 수 있는 말이 별로 없다 보니 그저 맥주만 넘어간다. 찬양은 쉼 없이 맥주를 삼켰고 서서히 그리고 끝끝내 마음을 다스렸다. 이런 생각은 오래 가지고 있어 봐야 신상에 좋을 것이 없다는 경험에 의한 자발적 감정 조절인 셈이다.

"있잖아요. 저는요, 상무님."

그녀는 지금 무슨 말을 하려는 걸까. 헤어밴드가 답답했는지 끌러 내리며 찬양은 지안을 나직하게 불렀다. 아직 물기가 남은 그녀의 머릿결에서 향이 좋은 샴푸 냄새가 난다.

"남들과 비교해 봐야 소용없다는 거 잘 알아요. 그래서 정말 열심히 살 거예요. 진짜로 열심히."

무심히 말을 듣던 지안의 표정에 미세한 변화가 스쳐 간다. 이계의 시간 속에 그녀가 버릇처럼 내뱉던 말이다.

"제 방식대로 열심히. 잘하진 못해도 씩씩하고 힘차게."

그때, 산 자와 죽은 자의 갈림길, 어두컴컴했던 암흑의 시간 속에서 현실 세계로 돌아갈 수만 있다면 누구보다 열심히 살 거라고 그녀는 소원처럼 다짐했었다.

"잠들기 전에 다가올 내일은 막막해도, 지나간 오늘은 후회 없는 삶."

그랬던 그녀가 지금 그때와 같은 다짐을 마치 처음 하는 말처럼 들려주고 있다.

"열심히 살고 후회하지 않고, 다시 태어나도 저는 정찬양으로 태어날 거예요. 우리 부모님의 딸로 태어나고 싶거든요."

홀로 기억해서, 문득 반가워서, 그는 잠시 웃었다.

"상무님, 저는 이렇게 소심한 쫄보인 데다가 능력마저 의심되지만 정말 잘할게요. 폐 끼치지 않도록."

그녀가 예고 없이 힐끔 바라보자 지안은 아주 짧은 미소를 입가에 그렸다가 금세 지워 냈다. 그러곤 단조로운 표정을 유지하며 고개를 작게 끄덕였다.

"회사 적응도 잘해 볼게요. 제가 붙임성은 참 좋거든요."

"그래, 기대하고 있을게."

"상무님을 죽이려 한 범인도 꼭 잡혔으면 좋겠어요."

으자자자. 파이팅 합시다! 찬양은 이미 비어 버린 맥주 캔을 흔들며 빙긋 웃음을 그렸다.

"상무님, 함께 파이팅 하자는 의미로 맥주 한 캔만 더 마시면 안 될까요? 안주도 남았는데."

"오늘의 허용 범위는 맥주 한 캔이야. 오다리 밖으로 던져 버리기 전에 관둬."

"네네. 알겠습니다. 이만 내려가죠, 우리."

"……이봐, 정찬양 씨."

네? 찬양은 쓰레기를 정리해서 걸음을 옮기다가 돌아섰다. 일순간 그녀 뒤로 물든 저 석양이, 머리칼을 흩날리는 이 바람이 이롭게, 또한 상서롭게 느껴진다. 지안은 눈이 부시다는 듯 미간을 좁히며 눈을 작게 떴고 한참이나 뜸을 들였다.

"저, 힘내라고요?"

"굿."

그는 말 대신 엄지를 들어 보였고 그녀는 답 대신 화사한 미소를 지어 보였다.

이날의 노을은 그 어느 때보다 붉었고 또한 뜨거웠다. 기억하기 좋은 시간이었다.

"오셨습니까, 전무님."

"네. 늦은 시간까지 수고 많으십니다."

병원의 크고 작은 병동을 지나 가장 최근에 지은 VIP 병동으로 현주가 올라왔다. 하루 업무를 모두 마친 그녀가 동생의 상태를 눈으로 확인하기 위해 직접 걸음 한 것이다.

"남 상무의 상태는 좀 어떻습니까?"

현주는 질문을 던지며 눈을 감고 있는 동생을 바라보았다. 주치의는 차트를 넘겼다.

"환자의 호흡, 맥박, 혈압이나 체온 모두 일정합니다."

수액은 그의 혈관을 타고 일정하게 흘러들어 갔다.

"바이탈 체크는 세 시간 단위로 진행하고 있습니다. 아직까지 별다른 특이 사항은 발견되지 않았습니다."

밀리고 밀렸던 오랜 잠을 청하는 것처럼 동생의 얼굴엔 표정이 없다. 잠든 모습이 낯설지 않아서, 더욱 낯설게 느껴졌다.

"깨어나지 못하는 원인은 잡을 수 없는 겁니까?"

"여러 가능성을 염두에 두고 있습니다만, 장기간 혼수상태에 대한 객관적 설명은 어려운 상황입니다. 소견상 문제가 발견되진 않았습니다."

주치의의 설명을 들으며 현주는 지안을 내려다보았다. 지금이라도 눈을 뜨며 동생은 자리에서 일어날 것만 같다. ……많은 사람들은 동생을 두고, 차가운 사람이라 말했다.

"뇌사일 수도…… 있습니까?"

"자발적 호흡이 어느 정도 유지되고 있습니다. 뇌사는 아닙니다."

타인을 배척하고 보는 특유의 불신과 감정을 배제한 시린 음성. 동생은 인정이 많은 사람과는 거리가 멀었다. 말투에 감정이 묻어나질 않아 사람들은 언제나 그를 어려워했고, 눈빛은 사무적이기에 인간미를 기대하지 않았다. 같은 환경에서 동일한 교육을 받고 자랐으니 누나는 동생의 외향적 성향을 누구보다 잘 알고 이해했다.

"병원장님."

"네. 전무님."

"아시겠지만 저는 우리 병원의 모든 전문의들에 대한 신뢰가 높습니다."

현주는 지안에게 좀 더 다가가 내려다보며 이불을 당겨 올려 주었다.

"잘 알고 있습니다. 전무님."

"또한 우리 백경병원이 국내 최고의 병원, 최고의 시설, 최고의 의료진이라는 사실을 믿어 의심하지 않습니다."

토닥토닥, 작은 손짓으로 지안의 어깨를 두드리는 현주의 손끝에 안타까움이 배어난다.

"그런 제가 의료진의 능력을 의심하는 일, 그리고 원장님께 실망하는 일은 앞으로도 없었으면 합니다."

"네. 최선을 다하겠습니다. 전무님."

"최선은 필요 없습니다. 병원장님."

하지만 모두가 차갑게 기억한대도, 그의 날카로움이 모두를 베어 버린대도 그녀에게 지안은 동생이었다. 현주는 돌아보았다.

"동생을 깨우세요. 무조건."

무엇과도 타협이 되지 않는 유일한 가족이었다.

〰〰〰

사람과 집기가 모두 들어 있다는 게 신기할 지경인 찬양의 작은 보금자리. 그 한쪽 모퉁이에 마련된 소파는 어느덧 지안의 주거 구역이 되어 버렸다.

"상무님! 상무님!"

아침이 되었고요, 오늘은 그녀의 첫 출근일입니다.

"상무님! 이거요! 이 옷은 어때요?"

지안은 소파에 앉아 다리를 교차한 채 그녀의 산만함을 보고 있다. 새벽같이 일어나 부산을 떨더니 한 시간째 옷장 모든 옷을 꺼내 패션쇼 중이다. 처음엔 그러려니 했다. 그녀가 선택한 출근 복장에 나름 신중하게 답도 해 주었다. 하지만 괜찮대도 갈아입고, 아니라면 더더욱 기를 쓰며 갈아입고.

"이 치마 어때요? 네?"

"대체 조금 전의 그 치마하고 뭐가 다른 건지?"

"다르죠! 아까 그건 옆트임이고 이건 앞트임이잖아요! 어때요?"

"짧아. 하지만 다리도 짧으니까 그 정도면 썩 봐 줄 만하……."

"짜, 짧아요? 그런가? 하긴 조금 짧아 보이긴 하죠? 그럼 잠깐만요!"

"됐어! 입어! 입으라고!"

제길. 듣지도 않고 쌩하니 사라져 버린다. 대체 저 작은 옷장은 화수분인가?! 옷이 밑도 끝도 없이 쏟아져! 지안의 눈에 고만고만한 스커트와 블라우스는 그녀의 옷장 속에 얼마나 쌓여 있는 건지 감도 오질 않는다.

"이거는요? 치마 길이 괜찮죠?"

"그래. 괜찮네."

"그럼 이 블라우스 어때요?"

"그래. 괜찮네."

"지금 보지도 않았잖아요."

"그래. 괜찮……."

찬양은 입술을 삐죽거렸다.

"성의 없게 대답하지 말고요. 난 지금 진지하다구요!"

"괜찮다고! 말해도 믿지 않을 거면서 뭐 어쩌라는 거야!"

"거짓말. 지금 귀찮아서 그러는 거죠?"

"……독심술도 하나 혹시? 말해 봐. 비밀은 지켜 줄 테니까."

쳇. 찬양은 다시 제 방으로 쏙 사라졌고 끄응, 지안은 미간을 좁히며 작은 한숨을 불어 내쉬었다.

패션 철학이라면 타의 추종을 불허했고, 한때는 수만의 백경맨들에게 이른바 '남지안 패션'을 유행으로 전파한 장본인이기도 했지만 고문을 견디는 것 같은 인내심으로 상황을 넘겨 보려 해도 도무지 그녀의 패션쇼는 끝날 줄 모른다.

벌컥, 문을 열며 그녀가 또다시 등장한다. 갈아입는 속도가 번갯불에 콩 볶아 먹는 수준이다.

"상무님! 이 블라우스에 핑크 재킷이 나아요? 아니면 화이트 재킷?"

"사실 뭘 입어도 그 나물에 그 밥이긴 하지만, 그래도 화이트 정도면 무난하……."

"아니다. 다시 보니까 너무 튀는 것 같아요. 잠깐만요! 금방 갈아입고 올게요!"

"이봐 정찬양 씨! 작작 좀 해라! 작작 좀! 선보러 가냐?! 선보러 가?!"

결국 터지고 만 지안은 손목시계를 가리키며 눈꼬리를 올렸다.

"지금 몇 신 줄 알고 이러는 겁니까, 정찬양 씨? 출근 안 하냐? 안 해?!"

"아…… 벌써 시간이 이렇게 됐네……."

시간이 가는 줄도 몰랐다. 제법 일찍 일어나 움직인다고 움직였는데 이제 나간대도 촉박한 시간이 되어 버리고 말았다.

지안이 평해 주는 '괜찮다'는 반응은 어쩐지 '그냥 그렇다'로 들려왔다. 예쁘다는 말을 들어도 시원찮을 판에 괜찮다니. 어쩐지 복장에 문제가 있는 것만 같아 자꾸만 갈아입게 되는 것이다. 빈말이라도 예쁘다고 한마디만 해 줬으면 끝날 일을 지가 이렇게 만들었으면서, 사람 속도 모르고 객 새끼는 늦는다며 타박 중이다.

"내가 순간 이동이라도 시켜 줄 거라 믿는 거야 뭐야, 왜 이렇게 굼떠. 지각하고 싶어?!"

"알겠어요. 금방 갈아입고 나올게요."

"괜찮다니까!"

"그러니까요! 괜찮다면서요! 그 괜찮은 게 문제라고요!"

"뭐, 뭐야?"

허어. 대체 저 처자께서는 무어라 말하며 발끈하는 건가? 대체 괜찮다는 말이 문제라면 무슨 말을 해 줘야 한다는 건지? 업무상 괜찮다는 평가 정도면 최상은 아니래도 상급 이상의 칭찬임이 분명했다.

"마음대로 해라, 해. 늦어야 네가 늦지 내가 늦냐."

하이고, 곧 죽어도 갈아입겠단다. 그녀가 휭하니 사라지자 지안의 이마에 핏줄이 솟아오른다. 세상 이렇게 답답한 처자를 봤나.

"뭘 몰라도 너무 모르네."

하. 지안은 코웃음을 쳤다. 이봐, 지금 내 입에서 나오는 '괜찮다는' 말을 듣기 위해 얼마나 많은 사람들이 고군분투하는 줄 안다면 지금 너의 모든 노력은 헛수고라고. 헛수고.

"……가만."

지안은 턱을 문지르며 잠시 생각에 잠겼다. 아무렇게나 입어도 예쁘다고 해야 하나, 그래야 끝날 게임인가. 그런가, 그런 거였나. 이미 끝은 정해져 있었나……. 아아. 모든 세상사 깨달음은 불현듯 찾아온다. 지안은 허공을 멍하니 올려 보다가 깨어나듯 고개를 홱홱 가로저었다.

"웃기고 있네. 네버 엔딩 스토리가 된대도 그런 말은 죽어도 못 하지, 내가."

흥. 두고 봐라. 예쁘다는, 무척 잘 어울린다는, 그래서 사실은 깜짝 놀랐다는 그런 말은 해 주지 않을 테다. 절대로. 영―원히.

지안은 입술만 들썩거리다가 다시 인내심을 가지고 소파를 지켰다. 결국 그녀는 옷을 갈아입은 채 밖을 나섰고 이번엔 정착하기로 마음을 먹었는지 가방을 챙겨 나왔다. 그녀의 옷을 확인한 순간, 지안은 깊은 한숨을 흘렸다.

"아무래도 이 옷이 제일 나은 것 같아요. 이제 가요, 상무님."

제일 처음에 입었던 옷이다.

"사장님 안녕하세요! 좋은 아침이요!"

"아이고, 왔어? 찬양이 오늘은 안 오는 줄 알았는데!"

"에이! 참새가 방앗간을 그냥 지나칠 순 없죠!"

굽이 높은 하이힐을 신고 졸졸졸졸 가파른 골목을 잘도 내려가더니 편의점을 향한다. 안면이 있는 듯 편의점 직원은 그녀를 반긴다. 호칭을 듣자 하니 점주인 듯하다. 척척척 걸어가더니 찬양이 음료를 고른다.

"찬양아! 앞줄은 이제 막 채워서 덜 시원하니까 맨 뒤에 있는 걸로 마셔!"

"네!"

팔을 깊숙하게 넣어 맨 끝에 있는 두유를 잡더니 힘겹게 꺼낸다. 앞에 있는 두유가 밀려 밖으로 떨어질 것 같다. 지안은 아슬아슬함에 마른침만 꿀떡 삼켰다.

「뭐야. 음료 한 개 사려고 진열된 열두 개를 땅바닥에 패대기칠 셈이야?」

"아싸. 시원하다."

밖에선 안 들리는 척하겠다더니 정말로 들은 척도 하지 않는다. 쫄래쫄래 계산대로 걸어간 그녀는 떡하니 두유를 내려놓고 껌 하나를 집어 들었다.

「음료를 왜 두 개나 사. 난 안 마셔. 뭐가 들었는지도 모르는 혼합 음료 따위 질색이라고.」

어쭈. 이 처자께서 이제 대놓고 짖어라 모드다. 듣고 있다는 시늉도 하질 않는다.

"찬양이 오늘 기분 좋은 일 있나 봐?"

"그럼요. 저 오늘 첫 출근 하거든요."

"그래? 회사 옮겼어? 잘됐네?"

띠 띠, 바코드를 찍으며 점주는 그녀의 첫 출근을 반겼다. 이 동네에 오래 살았다더니 유명인도 이런 유명인이 없다. 찬양은 특유의 환한 미소로 방글방글 웃으며 카드를 내밀었다. 오피스 룩이 잘 어울리는 그녀의 예쁜 얼굴을 바라보다 점주는 눈가에 하트를 장착했다. 그 모습을 포착한 지안은 눈썹을 꿈틀거렸다.

"사장님, 저 오늘 실수하지 말라고 기도 좀 해 주세요."

"알겠어! 내가 찬양이 오늘 잘하고 오라고 기도 빵빵하게 할게!"

"헤. 사장님도 오전 직원 빨리 구하길 바랄게요."

"찬양아, 이거 가져가. 출근 기념 선물이야."

얼씨구. 물건을 파는 상인이 값을 매기지 않은 물건을 공짜로 주고 있다. 저건 눈에 훤히 보이는, 더러운 흑심이 가득한 뇌물이 아닌가?

"우와! 이거 정말 저 주시는 거예요? 감사해요! 잘 먹을게요!"

받지 마! 면상에 던져 버려!

"일하다가 당 떨어지면 먹어. 그리고 오늘, 오늘 너무 예, 예쁘다. 찬양이."

"아하하! 네! 감사합니다! 아자아자!"

찬양이 활짝 웃자 점주가 얼굴을 붉힌다. 지안은 기가 막힌다는 듯 점주와 찬양을 번갈아 바라보았다. 출근길에 가지가지 한다.

"사장님도 오늘 파이팅이요! 파이팅!"

"그래! 파이팅!"

찬양이 흑심 묻은 초콜릿을 가방에 넣자 지안은 고개를 절레절레 저었다.

「여기 점주께선 경영 마인드가 제로베이스네. 팔라고 만든 물건을 공짜로 나누어 주면 어쩌자는 거야. 이건 상품의 가치를 떨어트리는 일이라고.」

"아, 날씨 좋다아."

「듣는 척이라도 해. 내가 그 정도는 허락해 줄 테니.」

"할머니! 할머니이!"

찬양은 곁에서 말을 거는 지안을 무시한 채 종종걸음을 옮겼다. 휴, 들어 먹지를 않으니 지안은 눈썹을 꿈틀거리며 짧은 한숨을 불어 내쉬었다. 그녀가 멈춘 곳은 리어카를 끄는 허름한 노인 앞이었다.

"할머니! 나 오늘 첫 출근! 이거 드세요! 오늘은 두유로 샀지롱!"

"아이고! 고마워! 출근한다고? 잘 다녀오고잉! 오늘 아주 그냥 예쁘구먼?"

"으하하! 감사합니다! 할머니 일찍 들어가세요!"

또 쫄래쫄래 걸어간다. 보는 사람들마다 찬양을 향해 '예쁘다'를 연발하자 지안의 심기는 불편해져 갔다.

「정찬양 씨, 발이 네 개인가 봐? 응? 말 달리듯 달려갈 수 있는 모양이지? 상당하고 굉장하게 꾸물대는 거 보니까?」

"아, 일찍 도착해도 지하철 도착 시간이 있어서 소용없는데─ 아무것도 모르면 아무 말도 말아야 하는데─"

찬양은 귀에 이어폰을 꽂으며 중얼거렸다. 혼잣말하는 정신병자로 보일 수는 없겠으니 지안에게 말을 할 땐 누군가와 통화를 하는 것처럼 해야 한다.

그녀는 사방팔방 첫 출근 자랑을 하며, 타이트한 치마와 높은 구두로 골목길을 잘도 내려가며 무척이나 정신없고 산만하게 지하철역에 도착했다. 역 안엔 온통 사람들이 바글바글했지만 지안은 그런 것까지 신경 쓸 겨를이 없다. 조금씩 천천히 그의 시야는 좁아져 갔고 그녀에게 집중되었다.

"으자자자. 할 수 있다. 할 수 있다. 할 수 있다."

어느 순간부터 그녀는 '할 수 있다'를 연발했다. 지안은 작은 입술을 움직이며 자가 최면을 걸고 있는 찬양에게서 어쩐지 시선을 뗄 수가 없다. 결의를 다지는, 각오가 단단한, 하지만 긴장한 기색이 역력한 그런 그녀의 마음은 전이되듯 느껴졌다. 괜찮다고 한마디 건네 볼까, 하다가 지안은 또다시 절대로 해 주지 않을 거라며 코웃음을 쳤다.

흥. 그렇게 긴장한대도 잘해 낼 거라는, 아무 문제 없을 거라는, 그런 낯간지러운 응원 같은 건 해 주지 않을 테다. 절대로. 영─원히.

"저, 상무님."

그때였다. 아주 작은 목소리로 그녀가 자신을 불렀다.

"이제 지하철 들어오거든요. 각오 단단히 하셔야 해요."

「각오? 무슨?」

저쯤 밝은 빛을 내며 전동차가 들어온다. 찬양은 가방을 단단히 붙잡으며 눈에 힘을 주었다. 사람들은 조금씩 움직이기 시작하고 지안은 멍하니 입술을 벌렸다. 이윽고 전동차가 멈춰 섰다.

"웰컴 투 지옥철이요."

응? 뭔 철? 무슨 철? 이미 꽉 찬 전동차 문 앞으로 사람들이 바글바글 모여들었다. 꼭 타고 말리라는 모두의 전투적 의지는 하늘을 찔렀다.

"아, 밀지 마요! 천천히 들어가요!"

"어어! 좀 나가고 탑시다!"

"조금 더 안으로 들어가요! 조금 더!"

사람들이 꾸역꾸역 지하철 안으로 들어서자 지안은 입술을 쩍 벌렸다.

헐. 이, 이게 뭐야! 밀지 마! 이것들아!

으어어. 반드시 타겠다는 사람들과 기필코 내리겠다는 사람들이 한데 섞여 공간은 순식간에 전쟁터처럼 변해 버렸다. 형체가 불분명하니 사람들에게 물리적으로 밀리는 일은 벌어지지 않았지만 지안의 얼굴은 새파랗게 질렸다.

……비켜! 난 나갈 거야!

지안은 홱 뒤로 돌아섰다. 사람들에게 밀려 엉겁결에 올라탈지도 모르니 서둘러 이곳을 벗어나야 한다.

비켜! 비키라고!

지안은 전동차 안으로 빨려 들어가지 않기 위해 안간힘을 쓰며 인파 사이를 역주행하기 시작했다.

「정찬양!」

아차차, 그녀를 잊었다. 연어처럼 역주행을 하던 지안이 전동차 방향으로 돌아서며 그녀를 찾아 두리번거렸다. 목을 길게 빼도 보이질 않는 게, 이미 저 콩나물시루 사이로 떠밀려 사라진 게 분명했다.

「정찬양! 정찬양!」

마치 북으로 올라가는 기차에 여동생이 탄 것처럼 지안은 다급하게 찬양을 불렀다. 저런 공간에 발을 디딘다니. 숨 막혀 졸도라도 하면 어쩌려고!

「정찬양! 이봐! 어디 있어! 정찬양!」

사람들은 기어이 모두 탑승했다. 먹어도 먹어도 늘어나는 위장처럼 꽉 찬 지하철 안으로 모든 사람들이 올라탄 것이다. 결국 오라비는 누이의 손을 놓치고 말았어요…….

……이게 아니지! 이봐! 찬양! 정찬양!

「허어.」

지하철의 문은 힘겹게 닫혔고 이어 출발을 서둘렀다. 목을 길게 빼고 찬양을 찾던 지안은 닫히는 문틈으로 그녀를 발견했다. 유리창에 들러붙듯 납작하게 눌린 찬양의 얼굴이 사라져 간다.

「아…….」

지안은 탄식하듯 숨을 크게 내뱉었다. 맙소사.

「대체…… 내가 지금 뭘 본 거야…….」

그는 처음 겪어 보는 평범한 아침 풍경. 찹쌀떡처럼 눌린 모습을 한 채 찬양은 시야에서 사라졌다. 모든 사람들은 일상 속으로 출발했고 그곳에 지안은 덩그러니 남았다.

강남발, 출근길 러시아워. 지안은 멀어지는 지하철 꽁무니만 멍하니 바라보았다. 기가 막혀 웃음도 터지지 않았다.

"지하철에서 상무님 못 봤는데 어떻게 왔어요?"

「알 거 없어.」

응. 사실은 나도 안 궁금해.

찬양은 회사 로비에서 자신을 기다리는 지안을 바라보았다. 멀끔한 모습을 바라보니 지옥철에 있었던 것 같지는 않다. 보나 마나 팔랑팔랑 흐느적거리며 날아왔겠지. 구천을 떠돈다고 이렇게 출근길 프리패스하기 있습니까? 치사하게.

「정찬양 씨. 앞으로 출근은 따로 해. 회사에서 만나.」

"네네. 알겠습니다."

지옥철을 타고서도 지친 기색 하나 없는 찬양은 그를 따라 회전문을 통과했다.

「괜찮나?」

"뭐가요?"

「지하철 말이야. 숨은 제대로 쉬고 왔어?」

"아아. 몇 번 타면 적응할 수 있어요."

이여……. 대수롭지 않게 말하는 정찬양에게서 알 수 없는 커리어우먼의 향기가 난다. 지안은 별 희한한 데서 그녀의 대단함을 느낀다.

"이제 저는 상무님이랑 대화 끝이에요. 이제 말 걸지 마요."

조용한 말투로 대꾸를 마무리하며, 그녀는 끼고 있던 이어폰을 뺐다. 본격적인 '짖어라 모드'가 시작된 것이다.

"안녕하세요, 정찬양 씨죠?"

"네? 네! 그렇습니다!"

로비를 잠시 배회하자 찬양 앞에 직원이 다가왔다. 일순간 그를 바라보는 지안의 시선이 곱지 않다. 처음 보는 얼굴이다.

"반갑습니다. 저는 오늘부터 정찬양 씨의 업무상 모든 일정을 함께할 박승민 대리입니다."

"아! 안녕하세요! 저는 정찬양입니다!"

뭐야. 내가 지목한 정찬양 사수가 아닌데? 지안은 이상하다는 듯 두 눈을 커다랗게 떴다.

"사실 찬양 씨 업무 파트너는 강선영 차장님이셨는데, 산휴에 들어 가셔서요. 현재 공석입니다."

"아아. 그렇군요."

뭐야! 강 차장이 왜 산휴야! 왜 산휴…… 그러다 불현듯 무엇이 떠올랐는지 지안은 탄식을 흘렸다. 정신이 없어 잊고 있던 강 차장의 근황이 떠오른 것이다.

아…… 낳았나…… 베이비…….

"잘 왔어요, 정찬양 씨. 안 그래도 여기저기 공석이라 인력난이 심했거든요, 우리 부서가."

"그렇군요! 고생이 많으셨겠습니다!"

"어쨌든 환영합니다. 잘 왔어요."

"감사합니다!"

지안은 두 사람의 대화를 엿들으며 직원을 유심히 바라보았다. 박승민 대리라는 사내는 처음 보는 얼굴이다. 사실 승민이 있는 팀은 몇 달 전 지안이 직접 결성한 팀이었다. 프로젝트 때문에 급히 팀을 꾸리며 부서별로 인원을 차출했지만 지안이 모든 인력의 얼굴을 알고 있는 것은 아니었다. 대부분은 추천이었고 서류상의 업무 평가로 뽑힌 직원들이었으니까.

"회사가 지금 많이 바빠요. 우리 팀은 특히 그렇고요. 잘 부탁드립니다. 정찬양 씨."

"제가 더 잘 부탁드려요. 헤."

「웃지 마. 인사를 나누는데 웃음이 왜 필요하지?」

……어쭈. 이거 봐라. 짖어라 모드로 들어서더니 또다시 듣는 척도 하지 않는다. 두 사람 사이에 서서 지안은 미간을 일그러트렸다.

"자, 그럼 가 볼까요?"

"네!"

「웃지 말라고 했다. 어디 신성한 회사 안에서 웃음질이야.」

아무 말 대잔치로 훼방을 놓아 보아도 아랑곳하지 않고, 두 사람은 멀어져 간다. 허. 꼼짝도 안 한다 이거지. 지안은 중얼거리며 불만 가득한 시선으로 두 사람을 바라보았다. 기분 탓인가. 뒷모습이 다정해 보인다.

「떨어져 걸어! 비즈니스 간격이 그따위로 좁아서 뭘 어쩌자는 거야!」

버럭 소리를 질러 보지만 음성은 찬양의 그림자에도 닿지 못하는 모양이다. 하하 호호 웃음을 주고받으며 두 사람은 엘리베이터에 나란히 올라탔다. 먼지 같아진 존재감을 휘날리며 지안은 작은 한숨을 불어 내쉬었다.

날씨 탓인가. 심기가 불편했다.

"찬양 씨, 이쪽으로 와요. 우리 부서 소개해 줄게요."

"네!"

"어, 다들 회의 가셨나? 안 계시네."

"아아."

"그럼 우리 저쪽으로 가 볼까요? 회의실에 계신 모양인데, 커피나 한잔하고 있죠."

"그래도 될까요?"

"그럼요. 문제없죠."

……놀고들 있네. 지안은 간격을 유지하며 찬양과 대리 놈을 관찰하듯 바라보았다. 닿을 듯 닿지 않는 아슬아슬한 간격을 유지하며 두 사람은 종횡무진 사무실을 헤집고 돌아다니는 중이다. 지안은 팔짱을 낀 채 안면 근육을 씰룩거렸다.

"서글서글한 걸 보니 성격이 좋은 것 같아요. 찬양 씨."

"대리님이야말로 성격이 정말 좋으신 것 같아요. 친절하시고요."

"저요? 저야 뭐, 상대가 먼저 짖지 않으면 절대 물지 않습니다. 훈련이 제법 잘되었거든요.”

“정말요? 앞으로 대리님께 절대 짖지 말아야겠어요. 아하하!”

얼씨구. 아주 어처구니가 없다. 어처구니가 없어. 하! 지안은 스스로를 ‘개 과’라 칭하며 멍뭉미를 선사하는 승민을 향해 코웃음을 쳤다.

“자, 찬양 씨. 이쪽으로.”

“네!”

저것들은 아침부터 에너지가 풀파워다. 이제 좀 멈춰 서나 했더니 유유자적, 또다시 핑크 족적을 남기며 사라진다.

「하…… 피곤해.」

지안은 목을 돌리며 걸음을 옮겼다. 피곤하지만 기필코 따라가야 한다.

“우와, 여기가 휴게실이에요? 되게 넓다!”

“네. 카페테리아는 내려가야 해서, 우리는 이곳에서 종종 커피도 마시고 쉬기도 하고 해요.”

찬양은 두리번거리며 휴게실을 구경했다.

“직원들에게 양질의 휴식처를 제공해 주시겠다고, 상무님께서 얼마 전에 직접 리모델링을 지시하셨죠.”

“아…… 상무님이요…….”

힐끔, 찬양은 지안을 바라보았다. 지안은 대리의 입에서 자신의 이야기가 나오자 반가운 듯 고개를 까딱 흔들었다. 찬양은 질색하는 표정으로 다시 고개를 돌렸다.

“아시죠? 남지안 상무님, 지금 의식 없으신 거.”

“아. 네네. 알고 있습니다.”

“상무님이 직원 복지는 참 잘 챙기셨어요. 상무님 때문에 개선된 것들이 꽤 있죠.”

지안은 찬양의 어깨를 툭툭 치며 입을 열었다.

「이봐, 정찬양 씨. 들었어? 내가 이런 사람이야.」

……틈만 나면 자랑하고 싶다.

「들었냐고. 왜 말이 없어.」

왜냐하면 안 알아주니까.

지안이 따라다니며 으스대자 찬양은 비켜서라며 몸을 피했다. 어쭈, 이거 봐라. 찬양이 피하자 지안은 더욱 가깝게 다가섰다.

"찬양 씨. 우리 믹스로 한잔할까요?"

"네! 좋아요! 안 그래도 마시고 싶었는데 잘됐다!"

어쭈. 웃어? 커피가 웃겨? 찬양이 방긋 웃자 지안은 더더욱 가깝게 붙어 섰다.

"찬양 씨, 믹스는 몇 봉지?"

"저는 두 봉지요!"

"역시."

승민은 찬양을 향해 짧은 미소를 그렸다. 찬양은 승민에게 다가가며 지안을 향해 좀 떨어지라 손을 휘저었다.

아우! 대체 왜 이렇게 붙어요! 좀 떨어져요!

"커피는 제가 탈게요. 대리님."

"아닙니다. 제가 커피는 또 끝내주게 탑니다."

떨어지라고요 좀!

찬양이 질색하자,

싫어.

지안이 정색한다.

"찬양 씨, 그냥 앉아 계세요. 금방 타요."

"아, 네! 대리님!"

허공에 손을 휘저으며 으르렁거리던 찬양은 후다닥 자리에 착석했다. 보란 듯 지안은 그녀를 따라 바짝 붙어 앉았다.

"우리 맛있게 먹으라고 쿠키도 있고, 물 온도도 딱 좋네요. 믹스 커피는 너무 뜨거운 물이면 맛이 없거든요."

우리……. 커피 물은 이미 뜨겁고, 지안의 혈압은 이제 막 끓는점을 돌파했다. 찬양은 승민이 뒤를 돌아볼까 연신 눈치를 보며 지안을 향해 입술을 벙긋거렸다. 목소리를 죽였지만 지안은 그녀의 말을 깨알같이 알아듣는다.

"저리 좀 가요! 왜 이렇게 붙어 있어요!"

「싫어. 그리고 내가 노닥거리라고 정찬양 씨 출근시킨 줄 알아?」

"이제 출근한 지 10분도 안 됐어요. 그럼 어떡하라는 거예요!"

「저 대리가 심상치 않아. 저놈이 날 죽이려 든 게 분명해.」

"자, 다 됐습니다. 여기요, 찬양 씨."

"아! 아하하! 감사합니다! 감사합니다!"

찬양은 안색을 바꾸며 승민이 건네는 커피를 받았다. 두 사람이 마주 보며 앉자 지안은 팔짱을 낀 채 승민의 얼굴을 유심히 바라보았다. 기껏해야 종이컵에 믹스 두 봉지를 넣어 타 마시면서 온갖 폼은 다 잡는다. 후룩, 커피를 삼키며 한쪽 팔을 다른 의자에 걸치는 승민의 모습. 하! 지안은 열두 번째 코웃음을 쳤다.

명예퇴직…… 석 달 뒤 넌…… 명예퇴직…….

"그런데 남현주 전무님하고는 무슨 사이예요, 찬양 씨?"

후루룩, 커피를 삼키던 찬양은 도로 커피를 뱉었다.

"어어, 뜨거워요. 조심조심."

"죄송합니다. 갑자기 물어보셔서……."

"입술 데었겠다. 잠시만요."

승민은 휴지를 찾다가 주머니에서 손수건을 꺼내 팔을 뻗었다. 지안의 미간에 굵은 내 천(川) 자가 생긴다.

"입가에 묻어서. 닦아요. 거기, 거기 묻었어요."

승민은 그녀의 입술을 향해 손수건을 가져가다가, 손을 내려 찬양에게 손수건을 건넸다. 일순 바짝 긴장했던 찬양은 그의 손수건을 받아 들었다. 서로의 손이 잠시 스친다.

"감사! 감사합니다!"

어후, 찬양은 고개를 홱 돌리며 입가를 닦았다. 제길, 고개를 돌려도 하필 지안 쪽이다.

「지금 선보냐? 정찬양 씨 입사 니즈는 이런 쪽이었나?」

시끄러워요……. 제발 말 좀 걸지 마요, 제발 좀……! 아흐. 찬양은 죽을 맛이다. 지안이 자신의 눈에만 보인다는 사실은 이럴 때 가장 난처하다. 자연스럽게 행동하고 싶은데 생각처럼 쉽지 않다.

잠시 귀를 닫고, 다시 찬양은 승민에게 집중하기로 한다.

"감사해요, 대리님. 손수건은 제가 잘 세탁해서 가져다드릴게요."

"그래요. 편하신 대로."

승민이 웃자 찬양은 손수건을 꼭 쥐었다. 남녀의 기운이 샘솟자 지안의 혈압은 끓는점을 돌파해 수증기가 되어 버릴 지경이다.

"전무님이 찬양 씨를 파견했다죠? 말하기 싫으면 안 해도 괜찮아요."

"아, 네네. 맞아요."

"모두 궁금해하긴 해요. 찬양 씨와 남현주 전무님이 어떤 관계인지. 이유는 잘 아실 거라 생각하고."

승민은 후룩, 커피를 삼키며 담백하게 이야기했다. 피할 수 없는 화제다. 오너가의 낙하산으로 등장한 찬양의 정체는 모두에게 의문의 대상이었으니까. 신입으로 입사했으나 사내 최고 실세, 남 전무의 추천이 있었다. 넘사벽 추천인을 통해 입사한 것이다.

"물론 궁금하시겠지만…… 전무님과 제가 특별한 인연은 아니고…… 또 개인적인 친분이 있는 것도 아니고요……."

찬양이 더듬거리며 말을 잇자 승민은 괜찮다며 손을 휘저었다. 깐깐한 남 전무를 통과했으니 아마 무엇을 검증받았대도 확실하게 검증받았으리라.

"네네. 거기까지. 불편하면 말하지 않아도 괜찮아요. 우리는 어차피 파트너가 필요하고, 찬양 씨가 맡은 임무만 충실하게 해내 주면 되니까요."

"감사……합니다."

현주는 자신의 추천으로 찬양을 입사시킨 것처럼 대외적으로 처리했다. 지안에게 예약 메일을 받았다는 사실을 알리기가 껄끄러웠기 때문이다.

승민은 털어 마신 종이컵을 휴지통에 골인시키며 시계를 바라보았다.

"아, 맞다. 5분 뒤에 협력 업체 쪽에 메일 보내 줘야 하는데. 찬양 씨 잠시만 여기 있을래요? 어차피 부서 사람들도 조금 있으면 돌아올 거고."

"네! 다녀오세요!"

"그래요. 나 메일 하나만 금방 보내고 올게요."

승민은 할 일이 떠올랐다는 듯 급히 자리를 떴다.

제길, 둘만 남았다. 찬양은 지안을 곁눈질로 힐끔 바라보며 커피를 삼켰고 지안은 기다렸다는 듯 입술을 열었다. 바글바글 끓어오르는 혈압은 내려갈 기미가 없다.

「상당하고 굉장하게 보기 좋네? 사내에서 선보는 사람은 정찬양 씨가 처음일 듯?」

"내가 무슨 선을 봤다고 그래요. 진짜 말씀 이상하게 하는 재주가 있어요."

「이상한 건 내가 아니라 정찬양 씨지. 뭐가 그렇게 좋아 웃음을 아낌없이 뿌리시나?」

"뿌리다뇨? 그리고, 대리님이 미혼인지 기혼인지 어떻게 알고 제가 선보는 마음을 가져요?"

「오호라, 미혼이면 가능성을 열어 보겠다는 건가?」

"말 좀 그만 시켜요. 누가 들어오면 어쩌려고. 정신병자 만들 셈이에요?"

「뭐, 딱히 지금도 정상인은 아니지 않나? 날 보는 것 자체가 정상은 아니지.」

"그럼 마음대로 하세요, 마음대로."

……휴. 만사 귀찮다는 표정으로 찬양은 어깨를 축 늘어트리며 숨을 길게 뱉었다. 아무렴 첫 출근인데, 긴장감이 엄청나지 싶다.

「노닥거리지 마. 경고했어.」

"아, 이렇게 앉아 있을 게 아니라 휴게실 구경이나 좀 해야겠다."

찬양은 지안의 말을 씹어 버리며 자리에서 일어섰다. 지안의 눈썹이 꿈틀거린다.

"우와, 없는 게 없네. 없는 게 없어."

이것저것 신기한 게 많은지 찬양은 안쪽으로 조금 더 걸어갔다. 연결된 문을 열자 여러 시사 잡지와 신문이 꽂혀 있는 소파 공간이 나온다. 찬양은 반짝거리는 눈으로 빽빽하게 꽂혀 있는 서책을 바라보았다.

"전부 원서네. 이런 걸 그냥 읽는 사람들 정말 대단하다."

한글로 된 책이 별로 없다. 찬양은 몇 권 꺼내 펼쳐 보다 금세 닫았고 지안은 그녀 뒤를 따랐다.

「노닥거리지 말라고 말했는데 왜 답이 없어. 지금 내 말 파쇄기에 갈아 넣었나?」

아무래도 관심 없다는 듯 찬양은 공간을 여기저기 둘러보며 중얼거렸다.

"진짜 잘 꾸며 놓기는 했네. 우와."

이산화탄소를 아낌없이 들이마시는 식물들과 안마 의자도 있고 해먹도 있다. 영자 신문을 들어 대강 사진과 헤드라인만 보다가, 이곳저곳 푹신한 소파에도 앉아 보았다가.

"저건 뭐지?"

찬양은 책장을 바라보다 다시 일어섰다. 지안은 자포자기 심정으로 소파에 앉았다. 저렇게 다른 말은 잘하면서 노닥거리지 말라는 경고엔 여전히 답이 없다.

"상무님, 저거 봐요. 상무님 이름이에요."

그녀는 손을 뻗어 책장을 가리켰다. 지안이 힐끔 바라보니 회사에서 언젠가 발행한 기념 서적이다. 별거 아니라는 듯 지안은 손을 내젓다가 생각을 바꾸고, 다급히 입술을 열었다.

그래. 숨길 일이 아니다. 기회를 얻었을 때 자랑해야 한다. 왜냐.

「입사자 모두의 필독서야. 나에 대해 자세히 적혀 있지.」

안 알아주니까!

"상무님 자서전이에요?"

「프로필 정도로 해 둡시다.」

……높은 곳에 꽂혀 있는 책을 꺼내 보려는 듯 찬양은 발돋움을 했다.

「강력한 추천서야. 열심히 읽고 감상문 제출해. 몇 번을 읽어도 좋으니까.」

서책에 닿기 위해 손끝이 바르르 떨린다. 발돋움의 한계에 도달한 걸까, 그녀는 책을 꺼내 보기 위해 안간힘을 썼다. 으으. 닿는다. 닿았다. 손끝에 걸렸다.

「노닥거릴 시간 있으면 그런 책이나 읽고 감명을 받았으면 좋…….」

"으아아!"

별 고정 장치가 없는 책장이 뒤뚱거린다. 찬양은 쏟아질 것 같은 책을 손끝으로 지탱한 채 소리를 내질렀다. 책이 앞으로 쏟아지고 책장이 기우는, 그런 화면이 지안의 눈앞에 느리게 펼쳐진다. 두꺼운 책이 찬양의 정수리를 향해 돌진했고, 쿠구궁……! 책이 쏟아지는 소리와 함께 찬양은 두 눈을 꼭 감았다. 머리를 감싸고 싶지만 책장을 놓을 수가 없어 찬양은 그대로 책장을 부여잡았다.

……통증이 없다.

"아……."

찬양이 살며시 눈을 떠 보니 어느덧 곁으로 다가온 지안이 책장을 붙잡고 있다. 찬양은 얼어 버린 얼굴로 그를 올려 보았다. 지안의 미간이 슬쩍 구겨진다.

「내가 편의점에서도 물었지. 하나 꺼내자고 이 많은 걸 땅바닥에 패대기칠 셈이냐고.」

"아…… 죄송……합니다……."

툭, 책장에 걸려 있던 도서가 지안의 머리를 찍고 내려간다. 이 모든 상황은 찬양의 시선에나 보일 뿐, 책은 자연스럽게 지안을 통과해서 낙하했다. 찬양은 떨어진 책을 내려다보다가 다시 고개를 들었다.

"아, 어쩌죠……. 상무님 아프겠다……."

「아파. 머리가 깨진 것 같기도 하고.」

거짓말. 그는 통증을 느끼지 않았다.

"괜찮아요. 사람 머리 그 정도로 안 깨져요……."

「무슨 소리 하는 거야. 내 머리는 소프트웨어가 발달됐지 하드웨어는 아니라고.」

그리고…… 괜찮다는 말은 내 쪽에서 할 말 아니냐?! 지안이 눈을 크게 치뜨자 찬양은 피식, 하고 웃음을 짓다가 떨어진 책을 다시 바라보았다.

"도와주셔서 감사해요. 덕분에 저는 안 다쳤는데…… 아, 죄송하다고 해야 하나……."

「둘 다 합시다.」

"네. 감사하고 죄송합니다."

지안은 조금 더 그녀에게 상체를 수그렸다. 찬양은 다른 말은 하지 못하고 마른침을 삼키며 지안을 올려 보았다.

　그는 눈 깜짝할 사이 곁으로 다가와 쏟아지는 책 더미를 형체 없는 몸으로 막아 주었다. 도저히 말로 설명할 수 없는 일이 벌어졌지만 요즘 들어 이해의 경계를 넘어 버린 삶을 살다 보니 그다지 큰 놀라움으로 다가오지 않았다. 다만 자신에게만 물리적으로 확고한 그의 모습이 지나치게 가깝다는 것이 느껴졌고, 조금씩 몸은 경직됐다.

　……숨이 막힌다. 넓고, 그래서 강인해 보이는 어깨, 그가 마른침을 삼킬 때마다 위아래로 움직이는 울대. 바르게 그려진 눈썹, 직선으로 뻗은 콧대. 그리고, 매력적으로 갈라진 입술.

　「볼일 끝났으면 나옵시다. 책장 무거우니까.」

　"아, 네네! 죄송합니다!"

　잠시 넋을 놓았던 찬양은 그의 몸에서 빠져나오려고 황급히 고개를 숙였다. 그러자 지안이 팔을 슬쩍 내려 그녀의 움직임을 막았다. 나오랄 땐 언제고, 이도 저도 못 하게.

　「그리고, 정찬양 씨.」

　네? 찬양은 다시 그를 올려 보았다. 지안이 의도적으로 만든 서로에게 어색한, 그리고 숨 막히는 시간은 잠시 흘렀다. 그는 생각이 많은 눈빛으로 그녀를 바라보다가 귓가에 나직하게 속삭였다.

　「내 자서전 밟지 마.」

　"……아아! 죄송합니다!"

　「두꺼워도 그런 용도는 아니야.」

　"네네!"

　아흑, 어쩐지 푹신하더라!

　찬양은 슬쩍 발을 뺐다. 그러자 지안이 그녀 발을 내려 보다가 다시 고개를 들었다. 이렇듯 가까이서 그녀를 바라보자니 묶인 듯 시선이 떨어지지 않는다. 둥글게 빚은 것 같은 이마, 자신을 올려 보는 검은 눈동자, 적당히 솟아 선이 고운 콧날, 그녀가 좋아하는 색을 바른 촉촉한 입술. 지안은 그녀의 얼굴을 시선에 담다가, 그러다가 입술을 열었다.

「내친김에 우리도 아침 회의 할까.」

"……."

「사내에서 노닥거리지 맙시다. 대답해, 정찬양 씨.」

"네. 상무님. 알겠습니다."

그녀에게서 상큼한 향이 난다. 익숙하고, 그래서 반가운 향이었다.

「사내 모든 사람들이 나에게 잠정적 용의자라는 사실 잊지 말고, 긴장하자고.」

"네. 알겠습니다."

「뒷정리는 정찬양 씨가 마무리합시다.」

"네, 상무님. 알겠습니다."

그녀 말이 끝나기가 무섭게 지안은 책장을 일으키며 바로 섰다. 찬양은 후다닥 그의 품에서 벗어났다.

잠시 후 엉망진창이 된 휴게실로 일을 마친 승민이 왔다.

"허! 찬양 씨! 괜찮아요? 아, 이 책장 삐그덕거리더니 기어이 사달이 났네!"

"저는 괜찮습니다. 일 만들어서 죄송해요."

"나와요! 내가 치울게!"

"아니요. 제가 할게요. 제가 할 수 있게 해 주세요."

그녀는 묵묵히 책 정리를 시작했다. 고개를 들면 어딘가에서 지안이 보일 것만 같아 바닥만 바라보기로 한다. 그와 가까이 머물렀던 순간에 휘감겼던 아찔한 기분이 좀처럼 사라지질 않는 까닭이다.

숨은 잘게 흘렀다. 책을 정리하는 손끝은 저도 모르게 떨렸고 얼굴은 사정없이 뜨거웠다. 닿을 듯했던 그의 잔상은 강렬하게 남아 뇌리를 점령해 버리고 말았다.

"이 책장이 말썽이에요. 벌써 몇 번째 난리인지 모르겠네. 치워 버리라고 해야겠어요."

"제가 조심성이 없어서……."

대체 심장은 왜 이렇게 뛰는 건지 모르겠다. 어지럽고 울렁거리기까지 한다. 찬양은 침착하게 보이려 애를 쓰며 책을 정리했다. 승민이 곁에서 서성였으나 차마 볼 수 없었다.

"미안해요, 찬양 씨. 혼자 두고 가지 말걸."

"죄송합니다. 제 불찰입니다. 대리님."

노닥거리지 않기로, 약속해 버렸으니까.

찬양은 함께 일할 직원들을 소개받았다.

"일단 찬양 씨, 오늘은 첫날이니 가볍게 업무 파악하고 진행 상황 이메일로 받아 검토하는 것으로 합시다."

"네!"

"그리고 전무실에서 따로 협업 라인 잡아 준다고 하니까 일단 조금 기다려 보죠."

"네. 알겠습니다!"

부서 사람 모두는 그녀를 반겼다. 사실상 찬양을 반겼다기보다 누구라도 일손을 덜어 줄 사람이라면 두 팔 벌려 환영할 상황이었다. 책임자인 지안이 공석이었고, 강 차장은 산휴 중이니까. 극심한 인력난과 헤드 선임을 잃은 부서는 공중분해 일보 직전이었다. 전의를 상실한 모두는 아침마다 사직서 페이지를 노려보며 분노의 커피를 삼켰다.

"오늘은 점심 뭐 먹지? 다들 뭐 먹을 거예요? 구내식당 가기 싫은데."

"아직 10시도 안 됐다. 무슨 점심 타령이야."

"과장님, 무슨 말씀이세요. 지금부터 생각해 둬야죠. 맛집은 줄이 길단 말이에요."

"유 대리 어제 말이야, 퇴근하면서 오늘 사직서 낸다고 하지 않았어?"

"어머, 과장님은 무슨 또 그런 걸 가슴에 담아 두셨대? 매일 다짐처

100

럼 하는 말을?"

"너 그만두면 나도 따라서 그만둬 볼까 했지. 혼자는 용기가 없네?"

"휴, 과장님. 이번 생엔 틀렸어요. 오늘 카드값이 나오거든요."

찬양을 둘러싸고 소소한 대화들이 오고 간다. 회의 끝에 잠시 가지는 휴식인 듯했다. 혹여 난처한 질문이 이어질까 찬양은 내내 긴장한 얼굴을 하고 있다. 첫 출근이라 긴장했겠지, 모두는 생각했고 지안은 그녀 곁에 앉아 무료한 듯 손끝만 바라보았다. 직원들의 아무 말 대잔치까지 참견할 의지는 없다.

"참, 어제 내가 지시한 거, VOC 확인했어?"

그때였다. 회의 때 미처 나누지 못한 이야기가 있는지 과장의 질문이 이어진다. 직원은 고개를 끄덕였다.

"네. 확인했어요. 접수 건 63%가 NVOC더라고요. 고작 4% 떨어졌어요."

"전 모델보다 확실히 ARPU가 줄어들면 좀 나을 거야. MOT도 수월할 거고."

무슨 말인지 전혀 알아듣지 못하는 찬양의 심장 박동 수가 증가한다.

"그런데요, 과장님. PSTN에 IOT를 연결한다고 사업적 수익 모델이 될까요? 개발 2팀 힘들 텐데."

"맞아. 그게 단순하게 디바이스를 때려 붓는다고 되는 일도 아니고."

"프로젝트 PM이 남 과장이잖아. 물면 뭐라도 하는 사람이니까."

"하긴, 요즘 그분 조삼모사래요. 아침에 세 번, 저녁에 네 번 회의하신다고."

"팀원들 죽어 나가겠구만."

으으. 제발 나한테 말 걸지 말아라. 말아라. 찬양은 마른침만 삼키며 경청하는 중이다. 사실 표정이야 경청이지, 안드로메다로 정신줄을 탈출시킨 상황이다.

"FS도 올레드 패널 쪽의 투자를 더 확대한다지? 지금보다 더?"

백경은 경쟁 업체를 'FS'라 지칭했지만 찬양은 알 리 없다.

"시장 퍼텐셜을 다시 정리한다는 얘기도 있어요."

평온한 대화를 나누는 직원들과는 달리 찬양은 죽을 맛이다. 말이라도 걸어오면 뭐라 대답을 해야 하는가. 심장이 머리끝까지 뛰어오르는 것만 같았다. 지안과 함께했던 벼락치기도 소용이 없다. 무슨 말인지 하나도 못 알아듣겠으니까. 제발 말 걸지 말아라…… 말아라……. 찬양은 기도하며 고개만 주억거렸다. 하지만 그녀의 염려와는 달리 다들 각자 말하기 바쁘다.

"거기도 요즘 개판이야. 왕좌 다툼이 아주 볼만하던데요?"

"하아. 나도 동생이랑 그런 경영 싸움 좀 해 보고 싶다."

"조만간 사표를 내야겠어요. 내게도 커리어 점프 구간이 필요한 것 같아."

"점프해서, 어디로 가려고?"

"나사로 갈 거예요. 이 나라를 뜨겠어. 요즘 나사가 한국 산업 엘리트들 접촉한다잖아요. 국외 팁스터로 봤어."

"그래도 넌 아니야. 신경 끄고 일이나 해."

"어쨌든 FS가 리킹으로 도발하니 우리도 빨리 뭔가 보여 줘야 하는데."

"박람회 준비나 잘하자고. 우리가 할 일은 그것뿐이야."

"자. 다들 일하러 갑시다."

과장은 커피를 다 마셨는지 자리에서 일어섰다. 자리로 돌아갈 요량인지 모두는 잔을 들며 일어섰다.

……휴. 끝인 모양이다. 찬양은 아무도 모르게 두근거리던 가슴을 쓸어내렸다. 진심으로 입사한 지 한 시간 만에 퇴사하고 싶었다. 흐…… 남의 대화를 엿듣는 것이 이렇게 힘든 일이었나. 여긴…… 어디…… 나는…… 누구……?

"이제 수다 그만 떨고 일합시다, 일."

"찬양 씨, 그럼 이거 먼저 봐 줄래요? 아마 필요할 테니까."

"네? 네! 알겠습니다! 대리님!"

모두는 자리로 돌아가고 그녀를 오전 내내 따라다니던 승민은 몇 개의 파일을 자리에 내려놓고 마지막으로 돌아갔다. ……흐으으으으. 차마 밖으로 내뱉지 못한 숨이 고여 찬양은 볼을 부풀렸다. 손을 펴 보니 짧은 시간 식은땀이 흥건했다. 그녀의 심리 상태를 유일하게 알 고 있을 지안이 작게 중얼거렸다.

「긴장 풀어. 괜찮으니까.」

아뇨……. 안 풀려요…….

「못 알아들어도 괜찮아. 알아야 할 것들은 내가 알려 준다는데 뭐가 문제야.」

아뇨……. 됐어요……. 안 풀려요…….

어흐. 어흐! 어흐! 찬양은 기어이 숨을 푸우우우 내쉬며 파일을 열 었다. 활자가 빼곡했지만 눈에 들어오질 않고 멘탈은 부서지기 일보 직전이었다. 제발 무사히 퇴근할 수 있길. 소주를 나발처럼 불어야 하 는 실수는 제발 하지 않길.

찬양은 시계를 바라보았다. 평온하게 집으로 돌아갈 수 있는 것이 오늘의 목표였고, 그러려면 퇴근까지 버텨야 했다. 숨은 자꾸만 길게 새어 나왔다.

똑똑. 전무실 문을 두드리는 소리가 들리자 서류에 시선을 고정해 두었던 현주는 고개를 들었다.

"들어오세요."

등장한 사람은 비서 윤 실장이다. 현주는 걸어오는 윤 실장을 바라보다가 펜을 내려놓았다. 얼마나 오랫동안 서류를 들여다보았는지 목 주변으로 통증이 느껴졌다.

"무슨 일이죠?"

"오늘 저녁 8시 K 호텔에서 상원 F&B 대표님과 식사 약속이 있습니다."

"아, 그래요. 오늘입니까?"

"네. 그렇습니다."

현주는 벌써 날짜가 이렇게 되었나, 달력을 바라보다가 시계를 힐끔 올려 보았다. 7시를 향해 가는 시곗바늘. 막히는 도로 사정을 생각한다면 이제 슬슬 출발해야 한다.

"상원 F&B 동향 좀 마련해 주세요."

"가시면서 보실 수 있도록 파일 만들어 두었습니다."

식사 자리였으나 상대 기업의 사정은 알고 가야 했다. 여러 변수에 대비해야 했기 때문이다. 그리고 언제나 알아서 그녀의 생각을 읽는 윤 실장이다.

"오늘 정찬양 씨는 출근했습니까?"

"그렇습니다. 전반적인 부서 흐름도와 진행 건들 메일로 보냈습니다. 아마 검토 중일 겁니다."

현주는 목을 돌리다가 눈을 감았다. 안구 건조증이 심해진 것 같다.

"그렇군요. 이제 퇴근 시간이죠?"

"네. 그렇습니다."

챙겨 둘 걸 그랬나, 너무 정신이 없었네. 현주는 계속 고단한 목을 돌리며 숨을 길게 내쉬었다. 윤 실장은 손목시계를 확인하고 고개를 들었다.

"20분 정도 여유가 있습니다. 잠시 눈 좀 붙이셨다가 출발하시는 게……."

"차가 막힐 텐데요. 여기서 날아갑니까?"

"날아가겠습니다."

현주는 윤 실장의 대꾸에 피식, 웃음을 터트리며 눈을 감았다. 날아 간다면 날아가는 윤 실장이라는 사실을 믿어 의심하지 않는다. 푹신 한 의자에 상체를 기대며 현주는 손을 까딱 흔들었다.

"그럼 부탁합니다. 15분만."

"네. 전무님."

윤 실장은 잠시 망설이다가 주머니에서 일회용 인공눈물을 꺼냈고 그녀 책상에 내려놓은 뒤 퇴장했다. 밖은 칼퇴를 하려는 사람들과 야 근 준비를 하는 사람들로 북적거렸다.

❦

딱히 일정이 없었던 찬양도 퇴근을 했다. 붉은 노을이 지나가고 어 둠이 내리는 시간. 술집 문을 열고 성큼성큼 들어간 찬양은 두리번거 리다가 가장 으슥한 사각지대 자리를 찾아 착석했다.

"여기! 소주 한 병 주세요!"

따라온 직원은 메뉴판을 내려놓으려다가 멈칫, 한다.

"안주는 입으로 들어가는 거면 아무거나 주세요!"

"아, 네. 그럼 제일 잘나가는……."

"모래집! 어묵탕! 연두콩 좀 많이 주시고요!"

"아…… 네……. 술잔은 몇 개……."

"둘! 아니! 하나요! 하나면 돼요!"

찬양은 목이 탄다는 듯 물을 콸콸 따랐다.

"그리고 좀 길고 난폭한 통화가 이어질 거니까 신경 쓰지 마세요!"

"네? 아, 네. 네네."

알바생이 쭈뼛거리며 사라진다. 찬양은 벌컥벌컥 물을 마셨고 지안 은 그 앞에 앉아 주위를 두리번거렸다.

「무슨 술집이야. 정찬양 씨는 음주가 습관인가?」

"후……."

물 잔을 쿵, 내려놓더니 찬양은 주섬주섬 이어폰을 꺼내 휴대폰과 연결하고 귀에 꽂았다. 앞에 앉아 있는 객 새끼와 원활한 통화를 하기 위한 일종의 알리바이다. 불꽃을 담은 숨은 계속 흘러나왔다. 찬양은 어깨까지 들썩이며 거친 숨을 내쉬었다.

"후…… 후……."

「이봐, 정찬양 씨. 퇴근을 했으면 하루 일과 정리를 하고 일찍 쉬어야지. 판단력 흐려지는 액체에 심신을…….」

"여보세요! 상무님!"

찬양이 통화가 연결된 듯 외치자 잔과 술을 가져오던 직원이 흠칫 놀라 빠르게 놓고 빠르게 사라졌다. 지안은 말꼬리를 흐리며 벌겋게 달아오른 그녀의 얼굴을 바라보았다. 이 여자, 지금 상당하게 뒤틀렸다.

"뭐예요. 상무님 지금 나하고 뭐 하자는 거예요."

「언제 내가 뭘 하자고 했습니까?」

"불리할 때만 존댓말 하지 마시라고요! 막 섞어 가면서 막!"

콸콸…… 찬양은 잔을 채웠다. 오, 맙소사. 대체 어떻게 퇴근을 했는지 모를 일이다.

「그래서, 첫 출근 소감은?」

"개똥입니다! 개똥!"

「생각보단 괜찮았나 보네. 헬 정도 나올 줄 알았는데.」

"개똥밭이 헬이거든요?!"

대체 이 여자는 왜 이렇게 화가 났을까. 지안은 턱 끝을 들어 올리며 찬양을 바라보았다. 씩씩거리며 한 잔, 두 잔, 잘도 삼킨다.

「이봐, 천천히 마셔. 내 사전에 지각은 구제 불능이야.」

"걱정 마요! 아침까지 마셔도 출근은 너끈하니까요!"

「대체 왜 이렇게 난리 법석이야. 정신 사납게.」

"어흑, 어흑 내가 정말 못 살아!"

찬양은 또다시 생각이 났다는 듯 고개를 휘휘 저었다. 생각할수록 열이 오르고 분노는 뉴런을 세차게 두드렸다.

"내내 같이 있어 준다면서요! 떠나지 않겠다면서요!"

한적한 술집 안. 계속해서 통화에 열중인 그녀를 주시하던 직원들은 수군수군했다. 어머, 저 손님 차였나 봐. 그래서 혼술 하면서 전 남친한테 전화 걸었나 봐.

"같이 있어 준다고! 분명 계속 옆에 붙어 있어 주겠다고!"

맞네. 맞아. 세상에, 대차게도 매달린다.

"언제든 곁에 있겠다고! 절대 안 떠난다고 했잖아요!"

「그런데?」

"뭐라고요?!"

찬양은 앞을 바라보며 눈을 부릅떴다. 지안은 딴청을 피우며 그녀의 시선을 회피했다. 오늘, 찬양은 직원들과 식사도 잘했고, 급여 통장도 제출했고, 졸음과 싸우며 나눠 준 파일도 열심히 읽었다. 대부분은 업무 피크였고 부서의 모두는 찬양을 신경 써 줄 여유가 없었다. 오히려 그것이 반가운 상황이었다.

"그런데? 그런데, 라니요? 지금 하신 말씀은 질문입니까, 아니면 종지부를 찍지 못한 유언입니까? 네?!"

모두가 제 할 일에 열중이니 시간이 적당할 것 같아, 지안은 잠시 전무실을 다녀왔다. 현주의 업무를 들여다보고 온 것이다.

「뭐, 그사이에 그런 일이 생길 줄 알았나.」

"뭐라고요?! 지금 뭐라고 하셨어요?!"

「아아. 침착해. 침착하라고, 정찬양 씨.」

"내가 얼마나! 얼마나……!"

으으으. 찬양은 머리를 부여잡으며 고개를 수그렸다. 수치심을 닮은 부끄러움이 온몸을 색칠하듯 들러붙고 도무지 떨어질 줄 모른다. 그렇다면 무엇이 문제였는가. 지안이 사라진 뒤, 찬양에게 차나 한잔 마시자며 살갑게 다가온 여직원이 문제였다. 찬양을 오래도록 방치했다는 생각에 바쁜 업무를 잠시 접고 내민 호의였다.

"내가 얼마나 꿀 먹은 벙어리처럼 굴었는지 아세요?! 네?!"

「아니. 못 봐서 모르겠어.」

"거봐요! 진짜 한마디도 못 하고 바보처럼 웃기만 했다고요!"

끌려가듯 옥상을 향했지만 좋았다. 나란히 앉아 향이 좋은 밀크티를 마시는 것도 좋았다. 적정선의 사생활을 묻는 질문, 좋았다. 여자들끼리 오가는 일반적인 질문, 좋았다.

"몰라……. 그 대리님이 뭐라고 물었는지도 모르겠어……. 뭔 말인 줄 알아야 기억을 하지……."

그런데 난데없이 업무 이야기가 나왔다. 한국말이었으나 한국말이 아니었고, 질문이었으나 고문이었다.

"나는 상무님이 없어져서…… 없어져서…… 할 수 있는 말이 없어서……."

그녀는 테이블에 고개를 묻었다. 아무리 생각해 봐도 자신의 모습이 끔찍했다.

"헛소리를 랩처럼 했네 아주! 내가 그냥! 헛소리를 블라블라! 블라블라블라블라!"

「매력적이었겠네.」

"그게 지금 위로예요?! 네?!"

찬양은 벌떡 고개를 들었다. 술잔을 연거푸 비우니 시키지도 않은 안주가 나온다.

"저…… 이거 저희 사장님이 서비스로 드리라고……."

직원은 난처하다는 듯 그녀 앞에 달걀찜을 내려놓았다. 그녀의 이별이 안쓰러운 사장의 마음이었으나 알 턱이 없는 그녀는 다시 지안을 노려보았다. 가게 직원 모두는 다시 그녀의 통화 내용에 귀를 기울였다. 슬프고도 처절한 통화는 현재진행형이다.

"막 그 대리님이 퐈킹 퐈킹 하면서 욕하셨어……. 얼마나 답답하셨으면 욕을 해요! 욕을!"

「퐈킹 아니고 리킹. 타사 디자인 유출 건 얘기했나 보네. 오늘 터졌거든.」

"아…… 몰라요……. 난 욕하시는 줄 알고 얼마나 바보 같은 표정을 지었는데…… 어흑……."

정말 사라지고 싶었다. 내려가면 당장 사직서부터 써야겠다고 다짐하게 되더라.

"왜 없어지고 그래요? 왜 갑자기 사라져서 사람 심장을 박살 내요? 내가 얼마나, 얼마나!"

그녀의 한풀이는 끝이 없고 직원들은 라디오를 듣듯 경청했다. 세상에, 저 여자 손님 어떡해……. 심장이 박살 났대요…….

"갑자기 사라져 버리면 어쩌란 말이냐고요, 나는!"

그런데 알고 보면 남자도 착한 모양이야. 봐 봐, 통화 안 끊잖아.

다들 조용히 해 봐요. 안 들리잖아요.

"계속 있어 준다고 해 놓고! 곁에 있어 주기로 해 놓고!"

「오케이. 알겠어.」

직원들은 숨을 죽였고 지안은 손을 들어 보였다.

"거짓말하지 말아요! 알긴 뭘 알아요!"

「나의 과실 인정한다니까?」

눈물을 그렁그렁 매달고 억울해 발을 동동 구르는 찬양을 바라보자니 없는 사과도 만들어서 해야 할 것 같았다. 하기야 따지고 보면 도와주겠다며 일방적인 출근을 시킨 건 본인이었으니까.

「알겠다고. 내 과실 인정한다고.」

"인정하면 뭐 해! 곁에 없었는데!"

날가진유 109

「남 전무 보고 왔어. 일이 많아졌잖아, 나 때문에.」

……누나를 만나고 왔단다. 동생이 누나를 보고 왔다는데 무슨 할 말이 있겠는가. 찬양은 술을 따르며 분노를 살짝 누그러뜨렸고 코를 훌쩍였다.

"그럼 말을 했어야죠. 갑자기 사라져서 얼마나 놀란 줄 아세요?"

깔끔했던 옥상, 친절했던 대리, 평범하고 아늑한 티타임이었건만 마치 놀이동산 한복판에서 엄마를 잃어버린 아이처럼 두려웠다.

"나, 정말 필요한 사람이긴 해요? 이런 나를 정말 원하기는 해요? 맞아요?"

허울 좋은 대기업 간판에 혹해서 어울리지도 않는 옷을 걸쳐 입고 휘청거리는 꼴이라니, 스스로의 아둔함에 치가 떨린다.

「……필요해.」

하지만 지금 그의 음성은 더할 나위 없는 진심인 것만 같아서.

「절실하게 필요합니다. 정찬양 씨.」

또 바보같이 마음이 동하고 흔들린다. 아무 준비도 되지 않은 평범한 자신에게 캣우먼의 가면이 주어진 것처럼. 어느 날 갑자기 그런 운명을 맞이하게 된 히어로처럼.

「업무 파일이나 들여다보라고 입사시킨 거, 아닌 줄 알잖아.」

"알죠……."

훌쩍. 찬양은 달걀찜을 떴다. 이제야 미각이 살아난다.

「우리 산업 정보를 외부로 유출시킨 사람이 있어. 그 사람을 잡아야 해.」

"……말해요. 계속."

「아마 그 사람이 날 죽이려 든 범인일 테니까.」

"……."

「당분간만 위장한다고 생각해. 지금은 모두의 시선이 집중되었어. 움직임이 수상하면 감시 대상이 될 테니까.」

"그 말은, 눈속임처럼 사무실에 붙어 업무하는 척하라는 거잖아요."

"그래. 조금 시간 지나고 별 이상 없으면 정찬양 씨에게서 모두의 관심이 멀어질 거야. 그때 움직이자고."

"그러니까요. 난 이렇게 똥멍충인데 그런 걸 할 수 있겠냐구요, 내가."

「안 떠날게.」

찬양의 눈빛이 다소 풀어진다. 그의 말은 짧았으나 강렬하게, 그리고 삽시간에 마음을 뚫고 들어온다.

「그러니까 이제 화 풉시다. 정찬양 씨.」

"그, 그 말을 어떻게 믿어요!"

말투와는 달리 금세 둥글게 변하는 그녀 눈빛을 바라보며 지안은 저도 모르게 미소를 그렸다. 찬양은 천천히 눈을 감았다가 뜨며 그를 응시했다. 문득, 예고 없이 마주한 그의 웃음은 처음이다.

"……사장님! 여기 소주 한 병 더 주세요!"

뭔가 미묘한 분위기가 휘감기자 쇄신의 요량으로 찬양은 술을 더 시켰다.

「술…….」

"네? 술 뭐요?"

「아니. 아무것도.」

그녀 두 볼은 이미 붉다. 내일 출근을 생각하면 그만 마시라고 말려야 하는데 희한하게 말리고 싶지 않게 하는 얼굴이다. 지안은 아무것도 아니라며 고개를 저었다. 테이블에 위풍당당 녹색 병이 추가된다.

"뭐야. 돈 주고 시킨 안주보다 서비스가 더 맛있으면 어떡하라는 거야……."

찬양은 계속해서 훌쩍거리며 달걀찜을 파먹었고, 술을 마셨고, 그러다 보니 어느덧 추가시킨 술병도 비어 갔다. 침묵이 흐르자 들리지 않던 조용한 노랫소리가 들려온다. 잃어버린 사람을 그리는 가사는 가슴에 내려앉아 곱씹게 되었다. 그러다가, 그러다가.

"계속 있어 줘요. 내 옆에요."

부탁인지 명령인지도 알 수 없는 그녀 말끝에 그의 손끝이 움찔한다. 가라앉아 있던 먼지 같은 기억들이 떠올라 가슴에 달라붙기 시작한다.

"아시잖아요. 나는…… 상무님 없이는 아무것도 할 수 없어요."

차올라 흘러나온 기억들은 기어이 시야를 막고 숨을 막아선다. 막아 볼 틈도 없는 삽시간의 일. 지안은 천천히 눈을 감았다가 떴다.

……담긴다.

"다른 곳에 가지 말고, 있어 줘요."

가지 말란 말이.

"오늘처럼 갑자기 사라지지 마요."

사라지지 말란 말이.

"사람 불안하게 하지 말고, 있어요."

곁에 있어 달란 말이.

"다시는 나, 그렇게 혼자 두지 마요."

……차마 알겠다는 말은 하지 못하고, 그는 대답 대신 고개를 간신히 끄덕였다. 마음이 무어라 외치는 것 같지만 그것까지 되짚어 볼 겨를이 없다.

"휴, 상무님. 그럼 정리하고 이만 집에 갈까요?"

「그래. 나 먼저, 나가 있을게.」

짐을 챙기는 그녀를 두고, 그는 자리를 피하듯 황급히 일어섰다. 자연스레 문을 통과한 지안은 하늘을 올려 보았고 긴 숨을 뱉었다. 이내 말아 쥔 주먹으로 이마를 짚으며 어처구니가 없다는 듯 헛웃음을 토했다.

많이 노력했는데. 많이 참아 왔는데. 어쩌면 처음부터 불가능했을까. 결국은 이렇게 될 수밖에, 없었던 거였나.

「아…… 이런 등신…….」

기가 막힌다. 그저 웃음만 새어 나온다.

「진짜, 미치겠다…….」

또다시 네가, 담긴다.

모든 것이 잠든 새벽. 찬양과 함께 집으로 돌아온 지안은 낮고 작은 소파에 앉아 하염없이 시간을 죽인다. 바라보자니 의식 없이 눈꺼풀만 오르내리는 것도 같고, 생각이 너무 많아 정리하는 중인 것도 같다.

"후…….”

지안은 고여 있던 숨을 터트리듯 내쉬었다. 땅이 꺼질 듯 길게 숨을 내뱉었지만 물리적인 호흡이 없으니 무엇도 퍼져 흐르는 것은 없다. 하지만 그는 연거푸 깊은 한숨을 내쉬더니, 갑갑하다는 듯 미간을 좁히더니.

"뭐…… 어쩔 방법이 없으니까…….”

낮게 중얼거리며 자신을 이해시키려 무수히 많은 노력을 거듭했다. 그러나 생각은 매번 같은 곳에서 막히고, 다시 처음으로 돌아간다. 지안은 답이 없다는 듯 고개를 절레절레 저으며 의미 없는 웃음을 토했다.

저 세계의 기억을 모두 잃어버린 그녀를 대면하는 일, 쉬울 거란 생각은 하지 않았지만도. 마치 처음 보는 사람처럼 자신을 낯설어한대도, 그녀에겐 당연한 것이라 각오했지만도.

'황천길에서…… 저하고 그쪽하고 만났다고요? 심지어…… 꽤 친했다고요?'

하지만 이렇듯 너의 눈빛에 경계심이 일렁일 때면—

'그쪽이 저를 왜 먼저 보내 줘요? 무슨 이유로요?'

수없이 준비했음에도 문득문득 가슴이 저리거나, 아무것도 담기지 않은 네 눈빛에 나도 모르는 안타까움이 일거나. 그러다가 순간순간 화도 나고, 그러다가 이렇듯 한숨도 나고.

"고작 이 정도를 못 버티고, 고작…… 고작……."

엉망진창의 시간과 마음을 반복했다. 기껏해야 붉어진 그녀 두 볼에 온 마음이 동하는 자신이 한심스럽다가, 자신 아닌 타인에게 보여 주는 웃음에 숨이 벅차 오니 기가 차다가, 네게서 완벽한 남이 되어 버린 내 자신이 낯설어 헛웃음이 난다.

지안은 천천히 일어나 닫힌 그녀 방 앞으로 다가섰다.

'계속 있어 줘요. 내 옆에요.'

여전히 나의 하루는 너로 시작해서 너로 끝난다.

'다른 곳에 가지 말고, 있어 줘요.'

너만 보면 자동적으로 나오는 미소가 무안함에 화가 나고, 매정하게 돌아서는 뒷모습에 가지 말라 뻗은 손이 허무하고.

'다시는 나, 그렇게 혼자 두지 마요.'

그러다 아니라고, 이러면 안 된다고 마음을 다잡게 된다.

"자겠지……."

구태여 열지 않아도 통과할 수 있을 문 하나를 사이에 두고 지안은 길고 오래도록 닫힌 문을 바라만 본다. 잠이 들었는지 숨소리도 들리지 않는 그녀의 방. 이곳은 그녀가 자신에게서 벗어날 수 있는 유일한 공간이며 쉼터. 어느 날 갑자기 날아든 귀신 같은 자신에게서 잠시나마 멀어질 수 있는 비호의 공간.

지안은 문손잡이를 바라보다가 뒤로 돌아섰다. 이윽고 자신의 손목시계를 내려다보니 재깍재깍 시간은 잘도 흐르고 있다. 그녀 곁에서만 흐르는 시간은 이렇게도 정확하고 정직하게 지나가고 있다. 일순 막막함이 담겨, 느리게 눈을 감았다.

그래. 앞으로 두 달 남짓. 버티고 버텨 봤자 이제, 앞으로 두 달 남짓.

"휴……."

내가 너를 떠올릴 시간은 고작 두 달인데, 네가 나를 기억할 시간은 너무 길다. 그러니 내가 참는 게 맞는 거겠지. 너를 흔들지 않는 게, 옳은 일이겠지.

……천천히 걸음을 옮기며, 다시금 방 앞에서 멀어졌다. 나누었던 이야기와 주고받았던 웃음이 선연하지만 온전히 자신의 몫일 뿐 그녀의 것으로 남겨 둘 수는 없으니까.

"잘 자, 정찬양 씨."

주먹을 그러쥔 채 소파에 앉아 망연자실한 숨만 내쉰다. 모든 것을 잊은 너를 아무것도 아닌 듯이 바라보는 일. 그 가엾고, 허전한 시간들이 힘겹대도.

……그래도 괜찮아. 괜찮아. 나는, 얼마든지 괜찮아.

"잘 자……. 잘 자……."

마치 주문을 외듯 하염없이 중얼거렸다. 바랄 수 있는 일이란 게 고작 이런 것들뿐이라, 부디 그녀의 밤이라도 평안할 수 있기를.

사랑했던 너를 문 하나 사이에 둔 채 더딘 밤을, 흘려보냈다.

⫸⫸⫷⫷⫷

이튿날. 백경 본사의 높은 빌딩, 대표실.

"압니다. 알아요. 제가 영업 실적을 몰라 그러겠습니까. 내수 시장이 쪼그라들면 누구라도 타격을 받는 법입니다. 하지만 이런 상황에서 대기업이 약탈 경영을 해서야 되겠습니까?"

총수의 공석을 메우고 있는 전문 경영인, 임강준은 통화 도중 깊은 숨을 내쉬었다. 인도 측과 합작으로 기획 중인 사업이 매끄럽게 진행되지 못한 까닭이다. 예정대로라면 착수가 되었어야 하나 그룹을 둘러싼 흉흉한 소문이 문제였다. 수십만 평의 대지 제공을 약속한 인도 측에서 슬그머니 발을 빼니 브레이크가 걸렸다.

"남 상무가 의식 없이 오늘내일하니 언론에서 조작성 기사를 내는 게 당연한 것 아닙니까. 우리도 당황스럽다, 이 말입니다."

하지만 자그마치 2조 원 이상이 걸린 사업을 이제 와 포기할 수는 없다. 흥망성쇠는 고스란히 본인의 실적으로 기록될 것이다.

"전부 제 기반이 좁은 탓이겠지만 도와주십시오. 이번에 대통령께서 인도 측 방문을 하실 예정이지 않습니까. 그래요. 또 통화하는 걸로 합시다."

전화를 끊으며 강준은 텁텁한 표정을 감추지 못했다.

"이런 개자식들. 입안의 혀처럼 굴 때는 언제고."

3년 전, 그룹 내 총수였던 남환 회장이 지병으로 세상을 뜨고 총수 공백이 이어지던 가운데 그룹은 이듬해 전문 경영인 강준을 초빙했다. 남환 회장의 유언이었다.

똑똑. 노크 소리가 들린다. 미간을 누르던 강준이 고개를 들었다.

"대표님, 찾으셨습니까?"

"……아, 그 누구더라. 남 전무가 꽂았다는 직원."

강준은 마음에 들지 않는 듯 손가락을 구부렸다 펴며 비서를 바라보았다.

"네, 정찬양 씨입니다."

"그 직원은 어때."

정찬양. 생뚱맞은 이 여자는 지안이 관리하던 부서에 채용되었다. 눈길을 끌 만한 이력은 어디에도 없고 경계를 할 만한 구석도 딱히 보이질 않으나 현주의 추천이 있었다.

"부서 업무를 분담하여 처리하고 있는 것으로 확인했습니다. 몇 가지 조사해 봤는데 지나칠 정도로 평범한 직원입니다."

"평범하다?"

"네, 대표님."

흠. 강준은 고개를 끄덕였다. 처음엔 의아했다. 남 전무의 추천은 처음 있는 일이었으니까. 아마도 박람회 개최 건 때문에 인원을 보충한 모양이다.

"대표님께서 크게 신경 쓰실 만한 인물은 아닌 것 같습니다."

"그래도 혹시 몰라. 주시해."

"네. 알겠습니다."

강준은 잠시 뜸을 들이다가 나직하게 물었다.

"남 상무 상태는, 어때."

"여전히 의식이 없다고 합니다. 주치의로부터 소견 받았습니다."

"깨어날 가망은?"

"아직 확신할 수는 없다고 합니다."

쯧쯧. 강준은 혀를 찼다. 의사나 비서나 똑바로 답을 하는 사람이 없으니 대화에 피로가 밀려오는 듯 강준은 나가 보라 손을 휘저었다. 그러곤 이내 이마를 짚으며 깊은 한숨을 내쉬었다.

엘리트 코스를 정석대로 밟은 강준은 나이에 비해 상당한 경영 실력을 인정받았다. 오너가의 경영인이 둘이나 존재하는 그룹에서 회장님의 유언으로 이 자리에 오른 대단한 실력자임은 확실했다. 하지만 임시로 맡은 직책이 다 그렇듯 파워가 부족했다. 그룹 내 실세로 통하는 현주와 나날이 영역을 넓히던 지안은 언제나 눈엣가시였다. 곧 해고되고 말리라는 위기감은 늘 항상 그의 곁을 맴돌았다. 게다가 임기 끝이 다가오고 있다.

"그 전에 뭐라도 처리해야 하는데……."

그뿐인가. 이번 사업에 실패하면 임기를 마치지 못하고 자리를 내어놓아야 할 수도 있다. 치명적인 이력이 되겠지. 전문 경영인 삶에 종지부를 찍어야 할 것이다. 올라올 땐 화려했으나 내려갈 땐 더없이 초라할 말로.

"후, 일단 남 전무를 좀 만나야……."

금세 찬양의 이름을 지우며 강준은 잠시 창밖을 바라보았다. 높은 곳에서 바라보는 서울의 전경은 생각보다 아름답지 않았다. 평화롭지도, 않았다.

⫻⫻⫻⫻

쳇바퀴 굴러가듯 하루가 흘러간다. 손발이 닳도록 서류를 만지다 보니 점심시간이 오고 눈알이 빠지도록 PC를 보다 보니 어느덧 오후가 다가온다.

"찬양 씨, 잠깐 쉬러 갈래요? 커피 한잔?"

오후 4시가 되자 직원 셋이 휴게실로 향하며 함께 쉬자고 찬양을 회유한다.

"아니에요, 다녀오세요. 저는 이 서류 좀 마저 보려고요."

어깨를 잔뜩 움츠린 채 서류를 넘기던 찬양이 고개를 들며 거절의 미소를 그렸다. 직원들은 뭘 그렇게까지 열성이냐는 표정이다.

"찬양 씨 살살 해요. 어차피 양도 많은데, 오늘 다 볼 수 있는 것도 아니고."

"맞아. 점심 먹고 화장실도 한 번 안 가더라. 찬양 씨 그렇게까지 열심히 안 해도 누가 안 잡아먹어요."

밥을 먹고 돌아오기가 무섭게 자리에 앉더니 지금껏 고개 한 번 들지 않고 일에 열중이더라. 그러다 탈이 날까 싶어 몇 번 더 권유해 보지만 찬양은 괜찮다며 손을 흔들었다.

"정말 괜찮아요. 다녀오세요. 다음에 갈게요."

"그럼 우리끼리 다녀올게요. 수고해요."

여직원들은 찬양의 어깨를 다독이다가 휴게실로 사라졌다.

"으으으…… 아이고 어깨야……."

집중이 깨진 찬양은 비로소 팔을 하늘 위로 올리며 어깨를 폈다. 수북하게 쌓인 업무 파일은 줄어들 기미가 보이질 않는다. 찬양은 힐끔 파일을 바라보다가 긴 한숨을 내쉬었다. 그냥도 읽기 힘든 분량인데 모르는 용어가 투성이라는 게 함정. 게다가 용어 사전에 나와 있지 않은 말들도 많았다. 업무상 기밀이 많다 보니 사내에서 자체적으로 사용하는 용어가 많은 까닭이다. 하여 가이드북을 함께 봐야 했다.

"그럼 다시 해 볼까……."

하지만 어렵다고 해서, 숙지해야 할 것들이 버겁다고 해서 포기하듯 물러설 수는 없었다.

"찬양 씨, 조금 쉬었다가 해요. 눈 아프겠다."

"괜찮습니다. 과장님."

오늘은 부족하다 해도 내일은 그럴 수 없으니까. 속도가 느린 것을 메꾸려면 시간을 늘리는 수밖에 방법이 없으니까.

"과장님은 어디 가세요?"

"미팅 때문에 오후 시간을 하얗게 태웠어. 이젠 나를 검게 태우러 갈 시간이야……."

"아…… 다녀오세요, 과장님."

부족한 만큼 남들보다 더 열심히 해서 부서원들에게 피해를 끼치는 일은 없도록 해야 한다. 과장이 흡연실을 찾아 떠나자 찬양은 다시 서류에 시선을 묻었다.

"내가 어디까지 읽었더라. 어디 보자……."

희한하게도 찬양은 이들과 함께 섞여 노력하고 있는 지금이 기쁘다.

"이거 아까도 비슷한 내용이 있었던 것 같은데……. 아, 맞다. 여기서 봤네."

하루빨리 부서원들에게 보탬이 되고 싶었고, 뭐라도 도움을 주고 싶었다. 안정적인 회사를 다녀 본 적 없는 그녀에게 지금의 일이란 게 어떠한 의미인지, 형성된 소속감과 안정감이 그녀에게 어떠한 감동을 주고 있는지 누구도 알지 못했다.

찬양에게 수많은 업무 파일이란 읽다 죽어도 좋을 만큼의 행복이요,

"찬양 씨, 여기 커피. 마시면서 해요."

"으아, 감사합니다! 잘 마실게요!"

눈물이 날 만큼 벅찬 감동의 선물이라는 걸.

5 : 00 P.M

지안은 무료하게 앉아 그녀의 뒷모습을 바라보았다. 무식하리만치 업무 파일과 씨름하고 있는 그녀는 여전히 미동도 하질 않는다. 파일을 읽느라 자연스럽게 얼굴은 아래를 향하고 있다. 어깨가 상당히 아플 텐데 미련한 건지 집중력이 좋은 건지 구분도 할 수가 없다. 진즉 떠다 놓은 물컵은 텅텅 비었고 동료가 사다 준 커피도 이미 바닥이다.

「이봐, 정찬양 씨.」

보다 못한 지안이 찬양을 낮게 불러 보지만 요지부동이다. 지안은 자리에서 일어섰다. 책상 가까이 다가가 뭘 하고 있는 건가 바라보니 깨알 같은 글씨로 중요한 내용을 받아 적고 있다. 벌써 몇 장째 이러고 있는 건지 모르겠다. 지안은 가만히 내려다보다가 다시금 그녀를 불렀다.

「정찬양 씨.」

"……."

불러도 듣질 못하니 지안은 허리를 수그리며 그녀 귓가를 간지럽히듯 속삭였다.

「정찬양.」

"네!"

찬양이 대답과 동시에 벌떡 일어섰다. 모두의 시선이 그녀를 향한다.

"아······."

지안이 불렀다는 것을 깨달은 찬양은 입술을 꾹 깨물었고 직원들은 웃음을 터트렸다.

"찬양 씨, 잠꼬대했구나?"

"아······ 아뇨, 그게 아니라······."

이런 제길, 지금까지 혼을 불태웠건만 난데없는 업무 중 취침으로 오인받기 딱 좋다.

"무슨 꿈인데 그렇게 벌떡 일어나?"

"찬양 씨 꿈에 과장님 출동한 거 아녜요?"

"그러니까요. 그런 거 아니면 꿈에서 대답하며 벌떡 일어날 일이 뭐가 있겠어?"

다들 잠시 일을 손에서 놓고 농담을 주고받는다. 하루 종일 서류만 들여다보았으니 고단했을 거라며 모두는 그녀를 이해했다.

"아, 그게 아닌데······."

정작 억울한 건 찬양이지만 다들 괜찮다며 손사래를 쳤다. 지안은 과실이 없다는 듯 어깨를 으쓱 올려 보였고 두 주먹을 꽉 쥔 찬양은 다시 자리에 앉았다.

「따라와, 할 말 있으니까.」

다시금 지안이 귓가에 속삭이자 흠칫 놀란 찬양은 사라지는 그의 뒷모습을 바라보았다. 하는 수 없이 그녀는 다시 자리에서 일어섰다.

"저, 잠시······."

"다녀와! 다녀와! 좀 쉬다 와!"

말을 다 잇기도 전에 부장이 다녀오라 손짓한다. 찬양은 복도를 나서 지안을 따라 걸었다. 그를 따라 도착한 곳은 옥상이었고 지안은 가장 조용한 벤치를 찾아 앉았다.

「앉아.」

그녀도 지안을 따라 앉았다.

"할 말 있다면서요?"

뭔데요? 찬양이 휴대폰에 이어폰을 꽂으며 통화하듯 물었다. 지안은 멀뚱히 그녀를 바라보았다.

이거 봐, 이거 봐. 벌써 눈 밑이 거뭇한 게 다크서클이 내려왔잖아.

"제 얼굴에 뭐 묻었어요?"

그가 말없이 바라만 보자 찬양이 제 얼굴을 쓱쓱 문질렀다. 볼펜 똥이 여기저기 묻은 그녀의 손은 작렬하게 더러웠다.

「뭘 그렇게 적었어?」

"주입식 암기 방법이에요. 저는 적으면서 읽어야 그나마 뭐라도 건지는 편이거든요."

「그래서 그걸 무식하게 수기로 받아 적었다?」

"어쩔 수 없잖아요. 그렇게라도 안 하면 졸리고, 졸리면 머리에 더 안 들어오고, 그럼 읽으나 마나 말짱 꽝인데."

지안은 찬양의 팔을 쓱 끌어갔다.

「손, 안 아프냐?」

놀란 듯 찬양은 팔을 급히 빼냈다.

"괜찮아요. 이래 봬도 왕년에 공시생이었던 적도 있다고요."

「……」

"물론 얼마 못 가서 포기하고 말았지만."

말하나 마나 소용없는 이력. 찬양은 말이 나온 김에 팔을 주물렀다. 버릇처럼 볼펜을 돌릴 땐 잘 몰랐는데 가만히 앉아 있으려니 팔꿈치가 찌릿찌릿하고 손가락 사이가 뜨끈하다.

지안은 처량하게 셀프 마사지를 하는 찬양을 물끄러미 바라보았다. 허리도 어깨도 스트레칭이 필요할 텐데. 내내 구부리고 있었으니 얼마 못 가 쑤시고 저릴 텐데.

"뭐, 뭐 하시는 거예요!"

툭, 지안은 찬양이 마시고 곁에 내려 둔 물통을 땅바닥에 떨궜다.

「떨어졌네.」

"떨어진 게 아니라 떨어트리셨잖아요!"

으휴. 찬양은 허리를 수그리며 팔을 뻗었다. 지안은 발로 툭 치며 물통을 조금 더 멀리 보냈다. 멈추지 마. 안 돼!

"진짜 뭐 하시는 건데요, 지금!"

「물통이 그냥 밀렸어.」

조금 더 스트레칭해.

"지가 저절로 밀렸어요?! 지금 발로 밀었잖아요!"

「바람이 거들었을 뿐.」

"하…… 진짜……."

아오…… 찬양은 지안을 힘껏 노려보다가 종종 걸어 다시 허리를 수그렸다. 지안이 눈썹을 꿈틀거리자 물통은 데구루루 다른 방향으로 굴렀다.

"어어!"

찬양이 허리를 비틀며 손을 뻗었다. 다시 지안이 물통을 응시하자 데구루루 다른 방향으로 굴러간다. 찬양은 반대편으로 허리를 꺾어 손을 뻗다가 지안을 홱, 노려보았다.

「뭐 해? 안 줍고?」

삐쭉 올라간 눈빛을 그에게 고정한 채 찬양은 물통을 잡았다. 지안은 모르쇠로 일관했다.

"건드리지 말아요. 내 물통이니까."

가뜩이나 허리도 아파 죽겠는데! 찬양이 눈꼬리를 올리며 자리로 돌아오자 지안은 주위를 두리번거렸다. 뭐 더 없나? 더 시켜야 하는데. 스트레칭.

「아니, 저건…….」

"뭔데요? 하늘에 뭐가 있어요?"

「어떻게 저게 저렇게…….」

지안은 보고도 믿을 수 없다는 표정을 지으며 일어섰다. 떨떠름한 표정으로 그를 바라보던 찬양이 궁금증을 이기지 못하고 그를 따라 일어섰다.

"뭘 보고 그러시는 건데요?"

「저거. 안 보여?」

지안이 손가락을 뻗어 하늘을 가리키자 그녀의 고개가 따라 올라간다. 파란 하늘 위엔 구름 한 점 없이 광활하다.

"저는 아무것도 안 보이는데요?"

「저기. 저기 저기.」

지안은 손가락을 조금씩 위로 옮겼다.

"어디요, 뭔데요."

「저거. 안 보여? 설마, 정말 안 보인다고?」

조금 더 위로 옮겼다. 고개를 완전히 젖힌 그녀의 등이 펴진다. 지안은 힐끔 그녀를 바라보다가 조금 더 손가락을 뒤로 옮겼다.

"신기한 거예요? 뭔데요? 저는 정말 아무것도 안 보이는데."

「더 멀리 봐.」

지안은 조금 더 손가락을 뒤로 움직였고, 잠시 머물렀다. 뭐라도 찾아보겠다는 그녀의 눈빛이 반짝거린다. 지안은 찬양의 얼굴을 바라보았다. 간격은 상당히 가까웠지만 하늘에 정신 팔린 정찬양께선 그런 건 안중에 없는 상황이다.

그때였다.

"아이고!"

몸을 최대한 비튼 채 고개를 하늘 높이 들고 있던 찬양은 어느 순간 휘청거렸다. 기다렸다는 듯 지안은 뒤로 기우는 그녀의 허리를 지탱했다. 손바닥이 아닌 손가락만을 이용해서 등을 받치고 있다.

「매너손이야. 오해하지 마.」

찰나였으나 두 사람의 시선엔 한없이 느리게 펼쳐진 순간이다. 중심을 잃은 그녀의 상체는 온전히 지안에게 넘어갔다.

"아, 그러게 왜 올려 보라고 해서……."

온종일 구부정했던 허리가 펴졌지만 그런 걸 느끼고 있을 리 없다.

"손 빼요 이제……."

「그래, 그럼.」

지안이 덥석 손가락을 접자 그녀의 상체는 더욱 아래로 기운다. 다시 그녀의 등을 손가락으로 지탱하며 지안은 혀를 끌끌 찼다.

「먼저 일어난 다음에 손 떼라고 해. 이번엔 머리를 땅바닥으로 패대기칠 셈이냐?」

"아, 네네. 죄송합니다. 일어날게요."

찬양은 가까스로 상체를 세웠다. 지안은 손가락에 힘을 주며 밀어 그녀의 반동을 도왔다. 괜한 민망함에 찬양은 옷을 툭툭 털었고 그러다가 더욱 무안해져 볼을 부풀렸다. 옥상의 바람은 한없이 부드럽다.

"그런데, 뭐가 있었다는 거예요?"

맑은 숨은 가슴을 탁 트이게 만들었다. 찬양은 다시 고개를 들며 그를 올려 보았다.

「글쎄, 나도 몰라.」

지안은 짧게 고개를 가로저었다. 그런 너의 눈빛이 반가우면 안 되는 일인데, 붙잡고 싶어지는 마음도 쓸모없는 것인데.

"모른다고요?"

「몰라. 그건 그렇고.」

……언제나, 가지 말란 길은 더욱 끌린다.

「오늘 칼퇴합시다. 정찬양 씨.」

위험하다고 아무리 다그쳐도 가슴이 말을 듣지 않는다. 물들까, 말까, 그의 마음은 자꾸만 갈림길에 섰다. 이뤄지지 않을 바람은 오늘도 턱 끝 아래 매달려 맴돌았다.

"칼퇴요? 왜요?"

「편하게, 오래 보고 싶어서.」

"편하게…… 오래…… 보고 싶……다고요……?"

그의 의미심장한 말끝에 찬양의 눈동자가 흔들린다. 지안은 그녀의 볼에 붙은 머리칼을 조심스럽게 떼어 내며 입술을 열었다.

「업무 서류. 볼 게 많아서.」

"아! 아아! 저도 서류 생각했어요! 서류 생각! 저도 아직 볼 게 많거든요!"

허둥지둥 찬양이 말을 내뱉자 지안은 떼어 낸 머리칼을 그녀 귓바퀴로 넘겨 주었다. 그러다 일순 그려 보았다. 이다음을, 그다음을. 아주 멀지 않은 이후의 날들을.

……내가 네게서,

「그럼 집에서 봐. 정찬양 씨.」

바람처럼 사라질 수 있을까, 하고.

"윤 실장. 오늘 저녁 스케줄은 이것으로 끝입니까?"

"네, 그렇습니다. 남은 스케줄은 따로 없습니다, 전무님."

"네. 그렇군요."

현주는 서류에서 눈을 떼지 못한 채 고개를 끄덕였다. 오전부터 이어진 회의, 미팅, 그리고 밀린 결재 처리까지 온종일 눈코 뜰 새 없이 바쁜 하루를 보낸 그녀였다. 현주는 손가락 사이로 돌리던 만년필을 멈췄다.

"그럼 오늘은 이만 정리하죠."

"네, 전무님. 차량 준비하겠습니다."

바쁜 하루에도 끝은 도래한다. 딱히 시간을 체크한 것은 아니나 쏟아지던 햇살이 멈추고 어둠이 스며들었으니 대강 몇 시쯤인지 알 것 같았다. 파일을 덮다가 현주는 문득 고개를 들었다.

'아, 맞다. 그 남 상무 차량 말이야.'

오늘 임강준 대표와 점심 식사를 했고 이런저런 이야기를 나누었다. 그러다가 임 대표는 문득 기억이 났다는 듯 이런 말을 꺼냈다.

'아무래도 차량 결함은 아닌 것 같아. 원인을 잡아내지 못하는 것 보니까. 이제 슬슬 보도 자료 내야 할 것 같은데, 남 전무 생각은 어때.'

임 대표의 의중은 간단했다. 동생 지안의 사고를 운전자 과실로 정리하자는 것. 어쩔 수 없다는 것은 그녀도 잘 알고 있다. 지안이 타고 있던 차량은 백경자동차의 고급 모델이었으니까.

'이대로 시간을 끌 수는 없어. 아직 결함인지 아닌지 판명도 나지 않은 상황에서 의혹만 커지고 있으니까. 시간을 더 끌면 그룹주가 곤두박질칠 거라고.'

아직까지 회사에서 차량의 문제점을 명확하게 잡아내지 못했다. 결함을 확신할 수도 없는 상황에서 결함이 있을 수도 있다는 추측은 여기저기 난무했다.

'가뜩이나 남 전무 저렇게 누워 있으니 소문이 좋질 않아. 벌써부터 외국인 주주들이 지분을 팔고 있어. 문제가 생각보다 커.'

동생의 사고를 둘러싼 소설 같은, 어쩌면 영화에서도 쓰지 않을 터무니없는 소문이 횡행하는 지금, 그룹 차원의 해명은 절대적으로 필요했다.

안다. 전부 다 알고 있다. 하지만…….

'보도를 더는 미루기 어려우니까 남 전무도 잘 생각해서 얘기해줘. 남 상무 과실로 인정하면 일은 대부분 쉽게 해결될 테니까.'

가족의 입장에서 말처럼 쉬운 일은 아니다. 지안을 향한 음주운전 의혹이 있었고 정경유착을 둘러싼 여러 은폐 음모론이 제기되었으니까. 차량에 블랙박스가 없었던 사실 또한 여러 의혹을 증폭시키는 것에 한몫했다.

현주는 서류를 덮고 중요 파일들을 서랍에 넣었다. 아무리 곱씹어 생각해 봐도 이해가 가지 않는 구석이 그녀를 착잡하게 했다. 대체 지안은 왜 멀쩡한 블랙박스를 떼어 버렸을까. 그리고 어디를 가는 길이었을까. 정말 동생의 과실이 맞긴 맞는 걸까……

"윤 실장."

"네, 전무님."

그러다가 생각에서 깨어난 듯 현주는 윤 비서를 불렀다. 가슴은 한없이 답답했다.

"혹시 시간 있습니까?"

"지금, 말씀이십니까?"

현주는 가볍게 고개를 끄덕였다. 이렇게 마음이 답답한 날엔 누구라도 붙잡고 가벼운 술 한잔 청하고 싶다.

"괜찮으면 나하고 가볍게 술이나 한잔하고 들어가요. 윤 실장."

말을 뱉기가 무섭게 현주가 이번엔 손사래를 친다.

"아뇨, 아닙니다. 신경 쓰지 마세요."

술이라곤 일절 마시지 않는 윤 비서에게 무슨 술타령인가. 현주는 실수였단 듯 연거푸 손을 저었다. 윤 비서는 그 모습을 바라보다 입술을 열었다.

"혹시, 무슨 일이 있으십니까?"

"아뇨, 그냥 해 본 소리니까 신경 쓰지 마세요."

"알겠습니다."

"오늘은 먼저 퇴근하세요."

"아닙니다. 계실 때까지는……"

"괜찮으니까 비서실 모두 퇴근시키세요. 윤 실장도 퇴근하세요. 나도 이제 곧 갈 거니까."

잠시 머뭇거리던 윤 비서가 정중한 인사를 건네자 현주도 따라 가벼운 묵례를 건넸고, 비로소 할 일을 마쳤다는 듯 그는 사라졌다.

"미쳤다, 무슨 윤 실장한테 술이야. 헛소리를 했네."

텅 빈 사무실에 홀로 남아 현주는 긴 한숨을 불어 내쉬었다. 하루는 이렇게 정신없이 바쁜데 그 하루의 끝은 이다지도 공허하고, 허전하다.

"아, 집에 들어가기 싫다……."

현주는 중얼거리며 의자에 깊숙하게 몸을 기댔다. 시원한 바람이 불어 드는 저녁은 모두가 평안한 것 같고 각자 바쁜 걸음 속 명확한 도착지가 있는 것만 같다. 나는 이다지도 갈 곳이 없는데. 나를 기다리는 사람도, 나를 맞이해 줄 사람도, 아무도 없는데.

"불면증 좀 사라졌으면 좋겠네……. 잠이나 잘 텐데……."

세상 어디에도 내 편이 남아 있는 것 같지 않은 기분. 누구에게도 온기를 느낄 수 없을 것만 같은 서글픔. 그녀는 불현듯 외로웠고.

띠— 띠—

불현듯 서글펐다.

전화벨이 울려 현주는 스피커를 눌렀다. 대기 중이던 여비서는 이제 그만 홀로 떠나라 말을 건네 온다.

— 전무님, 차량 준비되었습니다.

"알겠습니다. 지금 나가죠."

수많은 이유로 그녀의 밤은 낮보다 길었다. 나아질 것 같지 않았다.

"상무님, 우리 가위바위보 해서 **빨래 널기** 할래요?"

"아니."

"그럼 고스톱 쳐서 진 사람이 청소기 돌리기로 할래요?"

"아니."

"어…… 그럼 오목해서 진 사람이 밥하기 할래요?"

"아니."

쳇. 찬양은 입술을 삐죽거리며 꿍얼거렸다. 일찍 퇴근하라는 꼬임에 빠져 만사 제쳐 두고 집에 돌아왔더니 집안일이 반기고 있다. 객새끼께서 좀 도와주면 좋으련만, 소파에 죽치고 앉아 또다시 시사 잡지만 보고 계신다.

"원래 룸메이트는 이것저것 도와주고 하는 건데."

"미안한데 내가 메이트는 아니지."

"혼자 하려니 벅차요."

"원래 혼자 하던 일 아닌가?"

"지금은 혼자가 아니니까요."

"그래서, 지금 나더러 정찬양 씨 빨래라도 하라는 거야 뭐야."

"빨래를 하거나, 혹은 개키거나?"

"그래서, 지금 나더러 저런 걸 만지라는 건가? 저런 걸?"

지안이 건조대를 가리키자 헐! 찬양은 잰걸음으로 달려가 빨래를 허리춤에 감췄다. 속옷이다.

"이, 이런 거 보고 있었어요?"

맙소사! 이걸 왜 여기다 널어놓았지!

"말은 정확하게 해. 본 게 아니라 보인 거야."

"여자 속옷을 왜 보고 있냐고요 그러니까!"

"보이니까 봤을 뿐인데 왜 봤냐고 물으시면, 그저 보이니까 보았을 뿐이라고……."

"농담이 나와요, 지금?!"

"보라고 널어놓은 거 아닌가? 난 그런 줄 알았지."

"아니거든요! 방에 널겠다는 걸 깜빡 잊어서!"

"방에 널든, 옥상에 말리든 내 알 바는 아닌데 다만 거슬려. 치워."

뭐요? 거슬려? 찬양은 두 눈을 부릅떴다. 막 조목조목 깔끔하게 반박하고 싶은데 적절한 말들이 떠오르질 않아 분노 게이지만 축적되고

130

있다. 그러다 떠올린 단어라는 게.

"……변태."

"뭐? 변태?!"

하! 이번엔 지안이 어쩔 바를 모르겠다는 듯 떫은 표정을 지었다. 얼굴이나 마음 놓고 보려고 퇴근을 시켰더니 사람 속도 모르고 시비를 건다. 뭐? 변태? 변태?!

"이봐, 정찬양 씨. 지금 뭔가 상당히 오해하고 있는 것 같은데."

흥! 찬양은 마찬가지로 코웃음을 치며 주머니에 속옷을 넣었다. 일단 아무 말이나 뱉어 상무님을 열받게 만드는 일엔 성공한 것 같다.

"오해 아닌 것 같은데— 밤마다 막 만져 보고 그런 거 아녜요?"

"뭐가…… 어쩌고 어째……?"

지안은 힐끔 집 안을 살폈다. 혹시, 내가 모르는 CCTV가 있는 건가…….

"밤마다 막, 이렇게 이렇게 주물럭주물럭한 건 아니고요?"

주, 주물럭, 주물럭……. 저급한 단어 선택에 지안은 미간을 사정없이 일그러트렸다.

"어? 정말 맞나 보네? 딱 걸려서 말문 막힌 거죠 지금?"

"대체 그런 흉물을 손에 쥐어서 내가 얻는 기분은 뭐지? 불쾌감? 자괴감?"

"지, 지금 뭐라고 했어요? 흉물이요?!"

"흉물이지. 적어도 내 눈엔."

신랄한 언어폭력에 어퍼컷을 맞은 찬양이 이번엔 내상을 입은 듯 눈을 부릅떴다. 흉물? 흉물이라니? 지금 내 집에 너만 한 흉물이 또 있겠냐?!

"헐. 진심 어처구니가 없다, 어처구니가 없어……."

찬양은 기가 차다 못해 아침에 마신 물이 코로 나올 것만 같다. 이에 지지 않겠다는 것처럼 지안은 턱을 들며 정색했다.

"내가 말했지. 정찬양 씨 벗은 몸도 휴대폰 케이스보다 감흥 없다고. 하물며 그런 흉물을 내가 뭐 하러 들여다보고 있을 것 같아?"

"난들 아나? 뭐 하러 들여다보고 계셨을까?"

"그건 반말이냐 존댓말이냐?"

"상무님이 잘하는 말투잖아요! 반말 존댓말 섞어서 하는 거!"

"나랑 너랑 메이트는 아니라고 조금 전에 말하지 않았냐?"

"이거 봐. 금세 너라고 부르는 거."

찬양이 연신 입술을 삐죽거리자 지안은 겁을 상실한 채 으르렁거리는 찬양을 기가 막힌 듯 바라보았다. 이러자고 퇴근시킨 건 아닌데 일이 이상하게 흘러간다. 지안은 그만두자는 표정으로 손을 저었다.

"됐고, 나도 불쾌하니까 그딴 흉물로 사람 잡지 말길 바랍니다. 정찬양 씨."

"아이고, 네, 네네— 알겠습니다— 오죽하시겠어요—"

찬양은 자신의 속옷을 가리키며 끝까지 흉물이라고 말하는 지안을 노려보다가 고개를 돌렸다. 말을 해도 꼭 불쾌지수 상승시키는 일엔 도가 튼 남자다.

"아흐, 서러워서 이사 가야지. 서러워서 큰 집으로 이사를 가든가 해야지, 내가."

"갑자기 이사는 왜?"

"속옷 마음대로 널고 살려면 이사 가야죠. 어디 불편해서 상무님이랑 살겠어요?"

"정찬양 씨는 나랑 계속 같이 살 생각인가 봐. 미안한데 난 그럴 생각이 없어."

"누, 누군 같이 살고 싶대요?! 그런 뜻이 아니었잖아요!"

아아, 누가 이 객 새끼 좀 데려가실 수 없나요……. 정말이지 고혈압과 저혈압이 한꺼번에 밀려오는 것만 같은 기분이 든다. 어쩌면 객 새끼를 죽이려 한 범인은 사회 정의를 실현하고 싶었는지도 모르는 일이다. 남의 가슴에 분노를 심어 놓고 저렇게 평온한 표정이라니, 정말이지 울고 싶다.

"도라이……."

그런 지안의 얼굴을 한참이나 노려보던 찬양은 툭, 내뱉듯 중얼거렸다.

"뭐, 뭐, 뭐?!"

"도라이……."

허어! 이, 이 여자가 이젠 하다 하다 욕을 한다! 놀란 지안의 입이 쩍 벌어졌다.

"……버가 어디 있더라? 화장실 수건걸이 나사 조여야 하는데."

"이게 진짜……."

지안은 미간에 힘을 주며 눈썹을 씰룩거렸다. 찬양은 영문을 모르겠다는 것처럼 눈을 동그랗게 떴다.

"왜요? 하유, 이 망할 도라이……."

"……."

"버는 찾을 때마다 없어요. 이런 도라이……."

"……."

"버 같으니라고."

찬양은 서랍 이곳저곳을 열며 드라이버를 찾아다녔다. 분노에 가득 찬 지안을 향해 배시시 웃으며 손에 쥔 드라이버를 흔들었다.

"여기 있네요. 도라이."

그녀는 전투의 승리를 예감했다.

"버."

"아주 우리 도라이버 씨께선 세상 폭군이 따로 없어. 전생에 연산군이었나 봐."

찬양은 드라이버를 손에 쥔 채 화장실에 들어섰다. 실제로 고장이 난 수건걸이 나사를 드라이버로 단단하게 조이며 꿍얼꿍얼 투덜거렸다.

"에효, 씻읍시다. 짜증 내 봐야 내 손해지 뭐."

고혈압과 저혈압을 오가 봐야 누구 손해이겠나. 찬양은 자포자기로 기분을 다스렸다. 그건 그렇고 간단한 화장실 청소를 마무리했으니 이제 좀 씻어야겠다. 찬양은 폭풍 같은 샴푸질을 시작했고 한바탕 샤워를 하며 하루의 고단함을 시원하게 날려 버렸다.

"아아, 개운하다. 이제 좀 살 것 같네."

으으으. 이제야 정신이 돌아오는 것 같다. 찬양은 머리를 수건으로 감싸며 문손잡이에 걸어 놓은 옷을 바라보았다.

"……진짜 싫다. 젖은 몸에 옷 입는 거."

아직 해결하지 못한 극한 스트레스가 남아 있다. 도라이버 씨께서 출현하고 나서부터 생긴 불편함은 수를 셀 수가 없지만, 그중 최악은 바로 씻을 때다. 습기 가득한 화장실에서 젖은 몸을 뽀송하게 말리지도 못하고 옷을 입어야 하니까. 혼자 살 땐 대충 털고 나와 여유 있게 옷을 갈아입었는데 지금은 언감생심 꿈도 못 꾸는 일이 되었다.

"옷도 그새 눅눅해졌어. 으으으."

두 평 남짓도 되지 않을 화장실에 수증기가 가득 차올라 흡사 사우나 같은 상황. 이 좁은 화장실에서 씻고 옷을 갈아입기란 여간 불편한 일이 아니다. 이런 사소한 배려가 온 사방 천지에 널려 있다는 걸 도라이버 씨께선 알고 있을 리가 없다.

"휴, 더워……."

집 안에서 아래위 풀세트로 속옷을 입는다는 게 얼마나 불편한 일인지, 혹시 그는 알고 있을까. 모르겠지! 하나도 모를 게 뻔한데 뭘!

"참자, 참자. 참아야 하느니라……."

찬양은 완벽하게 마르지 않은 몸 위로 속옷을 입었다.

"하아……."

어찌어찌 속옷을 착용하고 남은 긴바지와 티셔츠를 바라보았다. 종아리가 산란기냐는 팩트 폭력을 당한 이후로 집에서 반바지도 못 입게 된 신세다.

"에휴, 내 팔자야."

엄마가 주로 쓰던 한탄이 절로 튀어나온다. 찬양은 티셔츠를 대강 입고 긴바지를 들었다. 바지 끝이 바닥에 닿으면 젖어 들고, 밟으면 내내 찝찝하다. 슬리퍼를 바지 안으로 통과시킬 수 없으니 일단 슬리퍼를 벗었다. 김 서린 화장실. 바지를 입으려는 한 여자의 사투가 시작된다. 찬양은 한쪽 발을 넣고 다음 발을 들어 올렸다.

"아오, 빡세. 빡세."

머리를 감싼 수건을 떨구지 않으려 목을 세우고 몸을 엉성하게 꺾으니 균형이 잘 잡히지 않는다. 감각으로 바지통에 다음 발을 넣으려는 순간, 그녀는 빠르게 직감했다.

내 몸이……

"으아아아아아아아악!"

기운다…….

젖은 바닥에 미끄러진 발바닥이 공중으로 비행한다. 이것저것 잡아보려 버둥거렸지만 스치는 것들이 죄다 쓰러지는 역효과가 났다. 이제 막 고쳐 놓은 수건걸이가 떨어지는 참사까지 벌어졌다. 일순간 너무나도 많은 생각이 스치고 유언과도 같은 부모님의 얼굴이 떠올랐다. 아아, 이렇게 죽는구나, 인생의 무상함이 밀려든다. 몸이 떨어질 곳을 확인한 찬양은 체념하듯 마음을 비웠다.

우당탕탕—! 쿵콰아아앙—! 그녀는 질끈 눈을 감았다.

남지안 님께서 변태 도라이를 획득했습니다.

그냥 변태도 아니고! 변태 도라이란다!

"제정신이 아니네. 아주 제정신이 아니야."

지안은 소파에 앉아 팔짱을 낀 채 다리를 흔들었다. 불편한 심기는 가라앉을 줄 모르고, 곱씹으면 곱씹을수록 분노는 뉴런을 세차게 두드렸다. 이렇게 상황을 거지같이 만들어 놓고 그녀는 비겁하게 화장실로 삼십육계 줄행랑을 쳤다.

"나오기만 해 봐. 어디 나오기만 해 보라고."

못다 한 말들이 산처럼 쌓여 간다. 지안은 중얼거리며 닫힌 화장실 문을 바라보았다. 쏴아아아— 그녀 몸으로 떨어지는 물줄기 소리가 언제나처럼 적나라하지만 오늘은 그런 것까지 신경 쓸 만한 심적 여유가 없다.

"저급해. 하나부터 열까지 아주 저급해."

두고 봐라. 정찬양. 오늘의 수치는 곱절로 되갚아 주고 말리라. 남지안 사전에 지는 게임이란 없으니까. 눈꼬리를 잔뜩 올린 채 다리를 덜덜 떨며 기다려 보지만 오늘따라 정찬양의 샤워 시간이 길다.

"오늘따라 왜 이렇게 안 나와."

나오라고 빨리. 나와. 빨리. 내 끓어오른 분노가 식기 전에 어서, 빨리. 미처 쏟아 내지 못했던 말들을 잔뜩 준비해 둔 채 지안은 어서어서 그녀가 문을 열고 나타나 주길 기다렸다. 변태 도라이 오명을 벗기 위해 상황을 기필코 역전시켜야 한다.

우당탕탕—!

"뭐야."

그때였다. 천지가 개벽하는 소리와 함께 비명이 이어진다. 자동 반사적으로 자리에서 벌떡 일어난 지안은 화장실 앞으로 성큼성큼 걸어갔다. 문에 귀를 대 보지만 이후로 들려오는 소리가 없다.

"이봐."

똑똑똑. 문을 두드렸다.

"이봐, 정찬양 씨."

똑똑. 다시 문을 두드려 보았다. 아무 반응이 없다. 뭐지, 무슨 일이지. 지안의 머릿속은 폭주했고 오만 가지 상상의 나래를 펼쳤다.

"무슨 일이야. 넘어졌나? 다쳤어?"

이깟 문 따위야 안에서 잠겨도 통과할 수 있지만 어쩐지 쓱 들어가기가 껄끄럽다. 지안은 계속해서 문을 두드렸다.

"사람 놀리는 거지 지금. 2차전 시작인가?"

여전히 말이 없다.

"분명히 말하지만 난 이런 걸로 놀라거나 당황하거나 겁먹는 사람 아니야. 알아들었으면 연기 끝내고 대충 나와. 모르는 척해 줄 테니까."

똑똑. 똑똑똑. 똑똑똑똑.

"나오라니까? 이봐, 이봐, 정찬양 씨."

똑똑똑똑. 똑똑똑똑똑똑. 똑똑똑똑똑똑똑똑똑똑.

조금씩 문을 두드리는 속도가 빨라진다. 그녀가 샤워 중이라는 사실을 잘 알고 있었으므로 차마 시원하게 들어가 볼 용기가 나질 않는다. 가뜩이나 변태 도라이 오명을 뒤집어쓴 상황에서 화장실 무단 침입이란 최악의 연출이었다. 문손잡이를 내려다보던 지안은 마른침을 삼키며 고개를 휙휙 가로저었다.

흥. 내가 들어서는 순간 변태라며 꼬투리를 잡겠지. 이런 뻔하고 유치한 테스트에 절대로 쉽게 넘어가지 않을 테다. 절대로. 영—원히.

"안 속아. 안 속는다고. 적당히 하고 나오라고 그러니까."

애타게 문만 두드리던 지안은 어느덧 멈췄다. 모든 소리를 죽인 채 집중해 보지만 화장실에선 어떠한 소리도 들리지 않았다.

"뭐야, 이거 진짜인가 본데."

이 작은 화장실에서 그만한 굉음이 울렸으니 사실이라면 저 안은 전쟁터일 것이다. 변기에 머리를 찧었을 수도 있고 피를 철철 흘리고 있을 수도 있다.

"설마."

설마! 날 두고 죽은 게냐!

"이봐, 정찬양 씨. 나 들어간다."

돌고래처럼 콸콸콸콸 피를 뿜어내는 찬양을 상상해 버린 지안은 더이상 미룰 수가 없게 되었다.

"들어간다. 나 분명 말했다."

결국 지안은 문을 통과하기로 한다. 무엇을 보아도 놀라지 않겠다고 다짐하며 지안은 한 걸음을 뗐다.

"나는 놀라지 않는다. 나는 놀라지 않는다. 나는 놀라지 않는다."

고작 화장실을 들어서면서 기운은 라이언 일병을 구하러 가는 정도의 무게다. 지안은 문을 통과했다. 사실상 그 어떤 세상의 문보다 가장 어려운 문이 아닐 수 없었다.

지안은 화장실 문을 쓱 통과하자마자 찬양을 목격했다. 그녀는 역시나 예상대로 화장실 바닥에 낙지처럼 붙어 있다.

"맙소사."

그 자태가 시각적 충격을 선사하니 지안은 눈을 돌리며 휙 돌아섰다. 무엇을 보아도 놀라지 않겠다며 다짐했건만 생각처럼 쉽지 않다. 지나칠 정도로 바닥에 요염하게 붙어 있는 낙지 다리. 지안은 주섬주섬 슈트 재킷을 벗어 휙, 그녀 다리 방향으로 떨궜다.

"이거 봐, 이러니 내가 흉물이라 해, 안 해."

바라보는 것만으로 사람의 마음에 번뇌를 안겨 주니 이것보다 더한 흉물이 또 어디 있겠나. 후, 숨만 재차 내쉬어 보아도 잔상이 남아 지안은 눈만 껌뻑, 껌뻑거렸다.

이거, 실화냐…….

결심한 듯 곁눈질로 천천히 돌아보며 지안은 찬양의 상태를 확인했다. 미끄러진 것이 역력한 자세는 바지를 입다가 균형을 잃어 그렇게 된 것이라 확신할 수 있었다. 널브러진 여러 샤워 용품은 처참했을 당시 상황을 세세하게 설명해 주고 있다. 재킷은 검은 먹물처럼 그녀 다리를 휘감았고, 잠시 후 지안은 무릎을 세워 앉았다.

"기절했구만."

다행이야. 죽진 않았어. 지안은 툭툭, 그녀 볼을 건드려 보다가 팔을 쿡쿡 찔러 보기도 했다. 옆구리를 쿡쿡, 이마를 툭툭, 눈꺼풀을 까보기도 하며 건드려 보지만 역시 반응이 없다. 환자를 함부로 이송하는 것은 위험한 일이지만 언제까지 화장실 바닥에 눕혀 둘 수도 없는 일.

……꿍차. 엉망진창이 된 화장실 바닥에서 그녀를 안아 올리자 팔다리가 축 늘어진다. 지안은 빠르게 화장실을 벗어났다.

"내가 119를 불러 줄 처지는 아니라서, 일단 경과를 좀 봅시다."

외관상 크게 다친 곳은 없는 것 같은데 안심할 단계는 아니다. 문제는 머리니까.

"설마, 황천길로 또 빠진 건 아니겠지."

지안은 농담 반 진담 반의 염려를 쏟아 내며 찬양의 이곳저곳을 살폈다. 화장실 바닥에 뒹굴었으니 옷은 젖어 엉망이다. 그냥 침대에 내려 둘까 하다가 지안은 잠시 망설였다. 침대가 젖는 건 누구라도 싫을 테니까.

"내가 변태 도라이라서 이러는 거 아니다. 오해 마라, 정찬양 씨."

지안은 중얼거리며 잠시 눈을 감았다가 떴다. 그러자 그녀 옷장이 스스로 열리더니 옷이 쑥 날아오며 그 앞에 멈췄다. 오호. 처음으로 시도해 본 사물 소환술 성공에 눈썹을 꿈틀거리며 지안은 쓱 그녀를 내려다보았다.

"너 좋으라고 하는 거야, 너 좋으라고. 누차 말하지만 나 좋자고 하는 거 아니다."

지안이 결심한 듯 소파 쪽으로 걸어 나오자 소환한 그녀 옷은 오리 새끼처럼 그의 뒤를 스스로 따라왔다. 찬양을 소파에 눕힌 지안이 슬쩍 행거를 바라보자 이번엔 수건이 날아들며 자동 소환되었다. 가볍게 수건을 그러쥔 지안은 그녀 몸의 물기를 닦았다.

너는 휴대폰 케이스다. 너는 휴대폰 케이스다. 너는 휴대폰 케이스다.

기도문을 외우듯 중얼거리는 지안의 손길은 꽤나 조심스럽고 정성스럽다. 그는 마치 할 일을 하는 것처럼 묵묵하게 옷을 갈아입혔고 덤덤하게 머리를 말려 주었다.

얼추 된 것 같다. 놀라 혼절했으니 잠시 후면 일어나리라. 지안은 잠이 든 것처럼 눈을 감은 그녀를 바라보다 머리를 쓸어 넘겨 주었다.

"설마 또 그곳으로 빠진 건 아니겠지, 정찬양 씨."

한 번 다녀간 황천길 두 번은 못 갈까 싶어 조금씩 불안해지기 시작했다. 그곳의 모든 것을 기억하고 있기에, 그녀가 그곳을 걷고 있을까 봐. 혼자 걷는 그 길에 겁을 먹었을까 봐.

"가면 안 된다. 거기, 혼자는 위험하다고."

마음은 조바심이 나는데, 혹여 그녀가 그곳의 기억을 가지고 돌아오지는 않을까 헛된 망상이 다녀가기도 했다. 나를 알아봐 주었으면. 나의 기억을 찾아내 주었으면. 너와 내가 나누었던 이야기를, 웃음을, 눈물을, 되찾아 주었으면. ……하. 실없는 웃음이 난다. 쓸데없는 소리. 그런, 마음.

"애먼 길로 빠지지 말고 바로 와."

날 잊어도 좋으니까, 가지 마.

"길치 주제에 헤매지 말고."

나, 여기 있으니까.

지안의 마음을 아는지 모르는지 그녀의 숨소리는 평안했다. 그는 한참 동안 귀를 기울였다.

"오셨습니까, 대표님."

"수고 많으십니다."

임강준 대표를 맞이한 백경병원 VIP 병동은 분주해졌다. 연락을 받고 급히 달려온 병원장이 그를 맞이하며 인사를 건넸다.

"남 상무 상태는 좀 어떻습니까?"

강준이 건조한 음성으로 묻자 병원장은 차트를 넘겼다. 사실상 보고할 만한 것이 없어 질문을 받을 때마다 곤혹스러운 요즘이다.

"상태의 변화는 없습니다. 계속해서 관찰하고 있는 중입니다."

조용하다 못해 적막한 복도를 걷는다. 그의 구두 소리는 서걱거리며 울리듯 퍼졌다. VIP 병동, 그중에서도 VVIP를 위해 마련된 층의 인테리어는 병원이라기보다 차라리 특급 호텔에 더 가까웠다.

곱상한 안내 데스크의 여직원이 강준을 향해 허리를 구부린다. 보안상 잠겨 있는 복도의 유리문이 열리고 강준은 안으로 걸음을 옮겼다.

"남 상무의 상태는 언론 쪽으로 새어 나가지 않게 각별한 주의 해 주십시오."

"물론입니다. 전 대통령께서 입원하셨을 때도 모든 정보 유출과 출입을 막았던 곳입니다."

하나의 유리문이 더 열렸다. 강준은 멈춰 서며 힐끔, 병원장을 바라보았다. 총수의 주치의로 얻은 신뢰를 기반으로 지금의 병원장까지 오른 사람이다. 죽은 남 회장을 향한 남다른 충성심은 병원장의 눈빛에서 드러났다.

"혼자 들어가고 싶은데."

"사적인 면회가 금지되어 있는 상황이라, 죄송합니다."

자신의 편이 될 수 없는 사람이란 뜻이다.

"남 전무의 지시입니까?"

"주치의 소견입니다. 현재 환자의 상태가 좋지 않기 때……."

"혼자 들어가죠. 문제, 있습니까?"

강준의 눈빛이 불편하게 변하자 곁에 서 있던 비서가 병원장의 길을 막듯 한 걸음 다가섰다. 병원장은 망설이던 입술을 떼었다.

"……아닙니다. 알겠습니다."

병원장이 두어 걸음 물러서자 매섭던 눈길을 거두며 강준이 유리문을 통과했다. 지안이 누워 있는 병실 문을 열며 강준은 천천히 들어섰다.

적당한 온도와 습도, 그리고 쾌적한 공기와 너무 밝지 않은 조도가 그를 맞이했다. 큼지막한 방 안엔 천연 가죽으로 만든 8인용 소파, 골프채를 겸비한 스윙 매트, 65인치 TV 앞엔 최신식 안마 의자가 놓여 있다. 공기 정화에 좋은 여러 식물들은 관리를 잘 받은 자태를 뽐내고 있다.

부드럽게 열리는 미닫이문을 통과하자 누워 있는 지안이 보인다. 강준은 천천히 걸음을 옮겼다. 뚜벅, 뚜벅, 구두 소리는 왜인지 모르게 날카롭게 들린다. 침대 옆에 선 강준은 표정 없는 시선으로 지안을 내려다보았다.

"……."

얼마나 시간이 흘렀을까. 일정한 간격으로 뚝뚝 떨어지는 수액을 바라보던 강준은 침대 옆 커튼을 걷었다. 빌딩 숲 사이로 흐르는 한강의 물줄기는 도시의 조명을 받아 특급 뷰를 선사한다. 감상하듯 야경을 바라보던 강준은 피식, 실소를 흘렸다.

"숨만 쉬는 사람이 있기엔 아까운 병실인데."

혼수상태에 빠진 환자가 있기엔 지나치게 호화로운 병실. 강준은 다시금 커튼을 닫으며 침대에 살짝 걸터앉았다.

"팔자 좋네. 회사는 개판이 되었는데 이러고 누워 있을 시간이 있나?"

강준은 일정한 호흡을 뜻하는 평온한 그래프를 그리고 있는 바이탈 사인 모니터를 응시했다. 무의식의 세계는 편안한 걸까, 잠이 든 것처럼 보이는 지안의 얼굴 또한 안정적으로 보였다. 전혀 따뜻하지 않은 손길로 이불을 끌어 올려 주며 강준은 지안의 팔을 토닥거렸다. 마치 아이를 어르고 달래듯 토닥거리던 강준은 입술을 열었다.

"이렇게 누워만 있을 거면서 뭐 하러 살아났어."

그러니까 그때 그냥.

"죽었으면 좋았잖아."

깔끔하게.

이렇게 비아냥거려도 아무 반응이 없는 지안이 시시하게 느껴진다. 강준은 열꽃이 피었다가 지는 산소 호흡기를 바라보다가 천천히 손을 뻗었다. 산소 호흡기를 붙잡자 지안의 숨이 자신의 손아귀에 들어온 것만 같은 착각이 일렁인다. 그의 얼굴에서 호흡기를 떼어 낼 것처럼 손에 힘을 주다가,

"일어나지 마. 그냥 이렇게 숨만 쉬며 살아. 편하게."

천천히 손을 떼었다.

호흡기를 뗄 수야 있겠는가. 그런 명백한 용의자가 되고 싶은 생각은 추호도 없다.

강준은 얼마 후 다리를 세우며 일어섰다. 상체를 곧게 세우고 재킷을 툭툭 털며 바르게 다듬었다.

"얼굴 봤으니까, 갈게. 남 상무."

마치 친한 친구에게 인사를 건네는 것처럼 강준은 손을 까딱 들며 말을 했다. 입가엔 동정이 뒤섞인 서늘한 미소가 올랐다. 그가 돌아서 걸음을 옮기자 구두 소리는 여전히 서걱거렸다.

……잘 있어.

"잘 있으라고. 내가 다시 올 때까지."

혹은,

"또 보자고."

이대로 죽어 버리거나.

"어흑. 어흐흐흐흐흑. 어흐흑."

찬양이 깨어났다.

"흐어엉…… 어흐흐흑…… 으허허으윽……."

소파에 무릎을 세우고 한껏 웅크린 채 네버 엔딩 곡을 하는 중이다.

"아아아아…… 으아으아아…… 어흑흑흑흑……."

아파서 우는 건지 놀라 우는 건지 알 수도 없다. 지안은 먼 산만 바라보며 그녀의 곡소리를 깨알같이 듣고 있다. 찬양이 깨어났다는 기쁨을 느끼기도 전에 벌어진 일이다. 눈을 뜨자마자 주위를 두리번거리고, 입고 있는 옷을 두리번거리더니 울음을 터트리더라.

"어흐흐흑…… 어흐흐흐흐흑……."

"저기, 끼어들고 싶은 생각은 없는데."

"으아앙…… 흐어어엉……."

"누가 보면 초상 치르는 줄 알겠어. 내가 아직 완벽하게 죽은 사람은 아니야."

어흑흑흑…… 흐어어엉……. 뭐라 말을 붙여 봐도 곡소리가 그치질 않는다. 지안은 미간을 누르며 짧은 한숨을 내쉬었다.

"……봤어요?"

그녀는 한참 만에 입을 뗐다. 훌쩍거리며, 코를 먹으며.

"뭔 소리야."

"봤냐구요……."

두 팔로 무릎을 붙잡고 몸을 웅크린 채 우는 그녀가, 봤느냐고 묻는다.

"……아아. 그거."

지안은 그제야 질문의 의도를 이해한 듯 손사래를 쳤다. 입고 있는 흉물을 봤냐는 거겠지.

"봤다고는 할 수 없는데, 못 본 건 아니야."

"흐어어어어엉……."

찬양은 다시 울음을 터트렸다. 답이 틀렸다는 것을 인지한 지안이 격하게 손사래를 치며 다시 말을 이었다.

"난 괜찮아. 내 안구도 생각보다 괜찮아."

"이거 봐, 봤잖아……. 흐어엉…… 봤잖아……."

"사실 못 본 거나 진배없어. 아니면 못 본 걸로 해 줄게."

"엄마…… 흐엉…… 엄마아……."

찬양은 불특정 다수를 향한 억울함을 곡으로 뽑아냈다. 어찌나 구슬픈지 한이 서린 것처럼 섬뜩하게 들리기도 한다.

"쪽팔려…… 흐엉엉……. 죽고 싶다 진짜……."

찬양은 고개를 푹 묻었다. 화장실에서 넘어지던 순간의 광경이 느린 화면처럼 재생되고, 어떤 자세로 바닥에 누웠는지도 생생하게 떠올랐다. 고작 티셔츠에 팬티 한 장을 입고, 차마 다 올리지 못한 바지를 붙잡고.

"시집 다 갔어……. 시집 다 갔다고…… 흐어엉……."

"미안한데 사정이 그렇다고 해도 난 책임져 주고 싶은 생각이 없어."

"누가 책임져 달래요?! 누가 책임지라고 했어요?!"

찬양이 눈꼬리를 올리며 버럭 화를 내자 지안은 머쓱함에 턱을 문질렀다. 모로 가도 서울만 가면 되지 않겠나. 그녀의 눈물이 분노로 변해 멈췄으니 일단은 성공이다.

"아아…… 쪽팔려……. 진짜 쪽팔려……."

"본 건 난데 왜 정찬양 씨가 쪽팔려."

"내가 보여 줬잖아요! 그러니까 내가 쪽팔리죠!"

"말도 잘하고 화도 잘 내는 것 보니까 머리에 문제는 없는 것 같네."

"차라리 아무것도 기억 안 나면 좋겠어요. 기억 상실 안 걸리나……?"

"어허, 툭하면 다 잊어버리려고 하네, 이 여자가."

"뭐라고요?"

"됐고. 손가락 하나씩 구부려 봐."

따라 해. 지안은 손가락을 하나씩 구부렸다. 찬양은 한껏 올라간 눈 꼬리로 지안의 손을 노려보다가 자신의 손가락을 꼼지락거렸다.

"발가락도 해 봐."

"싫어요."

말은 싫다고 하는데 발가락은 이미 꿈틀거리고 있다. 그 모습을 바라본 지안은 고개를 끄덕였다.

"괜찮네. 어디 부러진 곳도 없는 것 같고."

"머리에 혹 났어…… 흑……."

찬양이 뜨뜻한 두피를 만져 보니 왕방울만 한 혹이 튀어나와 있다. 뜨끈뜨끈, 아파 죽겠다.

"아…… 진짜 너무너무 쪽팔리다 진짜……."

창피하고 아프고, 억울하고 서럽고. 발견해 줘서 고맙긴 한데 애당초 객 새끼가 집에 없었다면 벌어지지도 않을 일이란 생각에 울화가 치밀기도 했다.

"미끄러졌나?"

"……네."

"조심성이 없어. 미끄러운 줄 알면 조심을 해야지."

"화장실에서 옷 갈아입는 게 얼마나 힘든지 알고나 하는 소리예요?!"

또다시 눈물샘이 터진다. 몸은 쑤시고 저리고, 혹이 난 머리는 띵하고 얼얼하고.

"저기서 옷 갈아입기 너무 힘들단 말예요……. 진짜 너무너무 힘들어…… 흐어엉……."

눈물을 한껏 먹은 음성으로 옹알이를 하듯 그녀가 분통을 터트린다. 혼자 살면서 화장실에서 옷을 갈아입어 본 적 없는 지안이 그녀의 고충을 이해할 리 없다. 구체적으로 무엇이 힘들다는 건지 잘 모르겠다.

"바닥은 미끄럽고 몸은 젖었는데 막, 막, 옷은 막, 들러붙고 머리 물 떨어지고 젖고 막, 막……."

그냥 힘들다니까, 잘은 모르겠지만 그렇다니 그런가 보다고.

"씻었는데 찝찝하고 옷은 막 말려 올라가고 막, 막, 내가 한 번은 이렇게 될 줄 알았지, 알았어…… 어흐흐흑……."

"심했네, 화장실이. 화장실이 잘못했네."

니가 문제야! 니가 문제라고 이 객새끼야! 찬양은 다시 획, 지안을 노려보았다. 눈물이 쏙 들어간다.

"그만하고 일어나 봐. 무릎이나 발목도 괜찮나 보게."

지안이 까딱, 일어나라 손을 흔들었다. 찬양은 입꼬리를 쭉 내리며 울먹울먹하는 얼굴로 일어섰다. 와중에도 시키면 시키는 대로 말을 듣는 중이다.

"멀쩡하네. 대체 뭘 먹고 자라서 뼈가 이렇게 튼튼해."

"뉘앙스를 보니 어디 하나 부러지라고 고사를 지내셨나 봐요?"

쳇. 찬양은 앉았다가 일어서기를 해 보며, 앞뒤로 걸어 보며 아픈 곳이 있는지 체크했다. 엄마한테 볼기짝을 두들겨 맞으며 먹고 자란 멸치볶음이 뼈가 되고 살이 된 모양이다.

뼈만 되어 주지……. 살도 되었어…….

"아픈 곳, 있나?"

"없어요. 머리 혹만 빼면요."

"머리 안 깨진 걸 다행으로 여겨. 보기보다 하드웨어는 단단하네."

"소프트웨어가 형편없다는 소리 돌려 하지 마세요."

"고맙다고 인사 안 하냐?"

멈칫, 찬양은 멈칫했다. 인사를 해야 하는 상황인 건 알겠는데 왜인지 마음이 좀처럼 내키질 않는다. 지안은 금세 표정이 변하는 찬양을 바라보다가 설핏 미소를 그렸다. 무엇을 생각하고 있는지 고스란히 얼굴에 드러나는 저 성격.

"알지, 나 아니면 큰일 날 뻔했어."

"알아요."

귀엽다. 지안은 머뭇거리는 찬양의 얼굴을 뚫어지게 바라보았다. 쭈뼛거리며 마른침만 삼키던 그녀는 한참 만에야 입술을 열었다.

"고마워요."

"별말씀을."

기다렸다는 듯 지안이 대꾸하자 찬양은 새초롬하게 숨을 내쉬며 다시 소파에 앉았다. 벽시계를 바라보니 시간이 꽤나 흘렀다.

"생각보다 오래 기절했네요."

"그사이 어디 다녀온 곳 없어?"

"네?"

그게 무슨 헛소리냐는 표정으로 찬양이 묻자 지안은 잘 생각해 보라는 듯 눈썹을 꿈틀거렸다.

"꿈꾼 것처럼 기억나는 거라도 뭐 없나 해서."

"황천길 갔다 왔냐고 물어보시는 거예요, 지금?"

"아니. 꼭 그런 건 아니지만."

찬양의 동공이 위로 올라간다. 생각에 잠긴 듯한 표정을 지으며 기억을 더듬어 보려고 애쓰는 것만 같다. 지안은 긴장한 듯 주먹을 말아 쥐며 그녀의 대답을 기다렸다.

"아뇨. 아무 생각도 안 나요."

하지만 무엇이, 떠오를 리가 없다. 그녀가 고개를 가로저으며 답하자 숨이 탁 트이듯 긴장이 풀린다. 어리석은 기대. 알면서도 좀처럼 포기가 되질 않는다.

"그래, 그렇겠지."

지안은 눈을 천천히 감았다가 뜨며 고개를 끄덕였다. 행여나 다녀왔대도, 눈을 뜨는 순간 모든 것을 또다시 잊어버릴 텐데.

"아, 발목이 좀 아프다……."

찬양은 미간을 좁혔다. 눈물이 멈추고 정신이 완전히 돌아오자 세세한 통증이 느껴지기 시작한다. 조금 전에 좀 걸어 본 까닭인지 발목이 시큰하게 통증을 호소했다. 미끄러질 때 부러질 듯 꺾이며 휘어졌었으니 그럴 만도 하다. 지안은 대수롭지 않게 그녀 발목을 내려다보았다.

"집에 비상약 없어?"

"있어요."

저기요. 찬양이 손을 뻗어 공간을 가리킨다. 드라이버가 있던 자리다. 지안이 걸어가 서랍을 열어 보니 대강의 것들이 들어 있다. 그는 붕대를 꺼내 와 그녀 앞에 앉았다.

"발목 좀 내놔 봐."

필요한 일이라는 생각이 들었는지 찬양이 천천히 발을 뻗었다. 힘이 들어가지 않아 미세한 떨림이 이어졌다.

"올려."

지안이 자신의 무릎에 발을 올리란다. 지탱할 곳이 절실하게 필요했던 찬양은 잠자코 발바닥을 내렸다.

"너무 꽉 하지 말아요."

붕대를 감는 힘이 장사다. 찬양이 미간을 찌푸려 보지만 지안은 아랑곳하지도 않는다.

"얘 이름이 압박 붕대야. 설렁설렁 감을 거면 뭐 하러 감아."

"그래도요. 피는 통해야죠."

"괴사할 정도는 아니니까 걱정 마."

"뭐든 사람 압박하는 분야엔 최고시네요."

"타고났지."

붕대 하나를 감아도 투덕거린다. 찬양은 입술을 삐죽거리며 자신의 발목에 붕대를 감는 지안을 바라보았다. 감아 놓은 모양새가 제법 좋다.

"붕대 감는 건 또 어떻게 아셨대요? 마냥 곱게 자라신 분께서?"

"현역 복무했어."

"아……."

대번 찬양이 고개를 끄덕이자 지안은 매듭 처리를 하며 손을 놓았다. 쓱, 찬양이 발을 뺀다. 지안의 시선은 그녀 발을 따라갔다. 그것이 민망한지 찬양은 발목을 살살 주무르며 볼에 바람을 불어 넣었다.

"저 이만 방으로 들어갈게요. 오늘 너무 스펙터클했어요."

"당장은 움직이면 안 되는데."

"한쪽 발로 통통거리며 들어갈게요. 몇 걸음이나 된다고요."

찬양이 일어서자 지안은 내심 심각한 표정을 지으며 그녀를 제지했다.

"그 발이라고 멀쩡할 것 같아? 내일 아침에 아플 수도 있어."

"그럼 여기서 자라고요? 방법 없잖아요."

붕대를 감지 않은 다른 발을 내려다보며 찬양이 다시 자리에 앉으려고 한다. 지안의 말을 듣고 나니 이 발도 아픈 것 같은 느낌이 밀려온다.

"상무님, 그럼 이 발도 붕대를 감고 잘……."

어어! 몸이 들린다. 찬양은 깜짝 놀라 지안에게 매달렸다. 성큼 다가와 쓱 들어 올리니 그녀 두 눈이 커다랗게 변한다.

"데려다줄게."

방까지.

"아, 아, 안 그러셔도 되는데요!"

"내일 발목 아파서 출근 못 한다고 하면 가만 안 둬."

'출근' 이야기가 나오자 반항이 쓱 사라진다. 기껏해야 열 걸음도 되지 않는 그녀 침실. 반항보단 빠른 침실 입성을 떠올리며 찬양이 입술을 닫았다.

지안은 천천히 걸음을 옮겼다. 내려놓으라고 파워 발광을 할 줄 알

앉는데 아프긴 꽤나 아픈 모양이다. 손바닥을 편 채 그녀를 들어 안은 그의 발길은 느리다 못해 기어가는 수준이다.

"출근하면 의무실 먼저 가 봐."

"네."

혹 무거워서 느린 건가 싶은 마음에, 더 무거워질까 봐 공기도 마시고 싶지 않은 찬양이 숨을 참는다. 그사이 아쉽다 말하기도 뭐한 시간 안에 침대까지 왔다. 지안은 무척 소중한 것을 안았던 것처럼 그녀를 침대 위에 내려놓았고, 그새 순한 양처럼 조용해진 찬양은 그를 올려 보았다. 그는 그녀 머리 위로 손을 올렸다.

"다음부턴 씻을 때 말해 줘. 나가 있을 테니까."

"뭐, 그렇게까지 안 하셔도 제가 더 조심하……."

"편하게 해. 한순간이라도 불편하게 하고 싶은 생각은 추호도 없어."

찬양은 어쩐지 마음이 풀떡여 주먹을 작게 말아 쥐었다. 씩씩대며 불편하다 눈꼬리를 올렸던 조금 전이 진심으로 미안해지는 순간이다. 지안은 작게 머리를 끄덕이는 그녀를 바라보다 천천히 손을 떼었다. 이제 와 드는 늦은 후회 같은 생각인데, 조금 더 그녀의 시간을 배려해야겠다.

"잘 자."

짐이 되고 싶은 사랑 같은 건, 어디에도 없으니까.

"정찬양 씨."

나도, 그러니까.

언제나 같은 시각, 같은 모습으로 윤 비서가 현주를 맞이한다.

"안녕하십니까, 전무님."

"네. 좋은 아침입니다."

그녀의 스케줄에 따라 윤 비서, 수호의 출근지는 상시적인 변화가 있었다. 출근 전에 보아야 하는 서류가 많다면 수호는 그녀의 자택 앞으로 출근했다. 공항이나 오전 비즈니스 장소에서 기다리다 그녀를 맞이하기도 했고, 그녀가 국내에 체류하지 않고 수행 비서로 다른 이가 떠나게 되면 회사로 출근하기도 했다.

"대만 디지 타임스에서 중국 쪽이 부품 공급 부족에 생산량을 줄여야 할 거라던데? 출하 목표는 무리겠어. 우리 쪽은 어떻습니까?"

"네. 아직까지 우리 디스플레이 쪽은 변동 없습니다. 임평관 책임과 전화 연결할까요?"

"통화는 됐고 내일쯤 본사로 들어오라고 전해 줘요. 긴히 할 말도 있고."

"네, 전무님."

오늘 수호는 그녀의 자택으로 출근했고 몇 개의 파일을 들고 선 채 그녀와 대화 중이다. 여비서가 출근을 서두르는 현주에게 재킷을 건네자 그녀는 뉴스에 시선을 고정한 채 재킷을 입었다.

"금융 투자 쪽 반응은 어떻습니까?"

"역시 긍정적입니다."

장신구를 고르던 현주는 고개를 한쪽으로 꺾으며 귀걸이를 착용했다. 수호는 그 모습을 바라보다 눈길을 거두었다. 반대편 귀에 귀걸이를 꽂으며 현주는 시계를 골랐다.

"저걸로 줘요."

"네. 전무님."

현주가 눈짓으로 선택하자 여비서는 조심스럽게 서랍을 열어 시계를 꺼내 들었다. 남 회장께서 살아생전 그녀를 위해 맞춤 제작 한 세상 단 하나뿐인 시계다.

"아빠가 꿈에 나왔어요."

수호의 시선이 시계에 닿자 현주가 입술을 열었다. 꽤 오랜 시간이 지나도 처음 모습 그대로인 시계는 값을 짐작하기도 힘이 들었다.

"지안이가 걱정됐는지 한참이나 말없이 날 바라보시더라고."

"전무님께서 회장님을 보고 싶어 하시는 걸 알고 계셨던 것 같습니다."

"내가 형편없는 거죠. 살아 계셨다면 회사 이따위로 운영할 거냐고 엄청 혼내셨을 텐데."

"그럴 리가 있겠습니까."

"그러시고도 남죠. 아시잖아요?"

수호가 다음 말을 잇지 못하고 머뭇거리자 피식, 헛웃음을 흘린 현주는 심플하게 생긴 반지를 새끼손가락에 착용했다. 이 역시 아주 오래전, 대학 졸업 기념으로 과에서 맞췄던 링 반지다.

"이 반지, 기억납니까?"

현주는 자신의 손가락을 들어 보였다. 수호는 잠시 반지를 바라보다가 고개를 가로저었다.

"죄송합니다. 모르겠습니다."

"이거, 몰라요? 정말?"

의외라는 듯 현주는 눈을 동그랗게 떴고 수호는 말을 아꼈다.

"이거, 우리 동기들 졸업할 때 선배들이 선물로 준 거잖아요."

"……."

"나는 선배한테 받았는데."

"전무님."

현주의 입에서 '선배'라는 말이 나오자 수호는 다급히 고개를 들었다. 곁에 서 있던 여비서는 듣지 못했다는 것처럼 시선을 다른 곳에 주었고, 현주는 손을 내렸다.

"서운하네. 잊어버렸다니."

"……."

"출근하죠."

의상과 잘 어울리는 가방을 들고 그녀는 걸음을 옮겼다. 수호는 곁으로 물러나 그녀 뒤를 따랐고, 그 뒤를 여비서가 따랐다. 집 안에 설치된 엘리베이터를 타고 내려오니 그녀의 출근을 반기는 가정 관리사들이 쪽 늘어선다. 팀장을 맡고 있는 관리사가 선창하듯 현주를 향해 인사를 건넸다.

"조심히 다녀오십시오, 전무님."

"다녀오십시오. 전무님."

그들을 스치며 현주는 고개를 끄덕였다.

"네. 갔다 올게요."

집이지만 회사와 다른 것은 무엇인가. 현주는 자신의 뒤를 졸졸 따라오는 관리사들의 발걸음 소리를 들으며 짧은 한숨을 내쉬었다. 이렇게 커다란 집에, 가족이라곤 아무도 없는, 온통 타인으로 가득 차 마음 두기 참으로 어려운—

……대기 중이던 운전기사가 문을 열어 준다. 그녀가 몸을 싣자 운전기사가 문을 닫고 황급히 운전석에 올라탔다.

"회사에서 뵙겠습니다."

수호가 묵례를 건네자 현주는 차창을 내렸다.

"함께 가죠."

보통은 남은 여비서와 함께 출근을 했기에, 수호는 잠시 눈만 깜빡거렸다.

"물어볼 것도 있고."

"알겠습니다."

수호는 조수석에 올라탔고 차는 출발했다. 남은 자들은 그녀가 사라질 때까지 허리를 수그렸다. 잘 다녀오라는, 다정하게 손을 흔들어 주는, 진심으로 자신을 기다려 주는 가족은 남아 있질 않은 집의 풍경이 사라져 간다.

현주는 수호가 건네준 파일을 펼쳤다. 그러다가 금세 눈이 뻑뻑한지 가방에서 인공눈물을 꺼내 들었다. 새것은 아니었고 사용한 흔적이 있다.

"이거, 더 없습니까? 다 써 가는데."

"그걸 아직도 쓰셨습니까?"

"그날 이후 안 주셨잖아요."

수호가 다급하게 주머니를 뒤적거리다가 인공눈물을 건넸다. 현주는 엷게 입꼬리를 올리며 받아 들었다.

"윤 실장도 안구 건조증이 있습니까?"

"……없습니다."

"그렇군요."

그의 대답 속 많은 것을 전해 들은 현주는 눈에 툭툭 방울을 흘려 넣었다.

"사용하신 것은 세균 번식 위험이 있으니 오래 쓰지 마십시오."

"그럼 자주 주세요. 주기 전엔 계속 쓸 거니까."

"그러겠습니다."

수호가 알겠다고 답하자 현주는 소리 없는 웃음을 지으며 서류에 시선을 주었다.

"물어볼 것이 있으시다고."

"인공눈물 가지고 있냐고 물어보려고 했어요."

"아, 네. 전무님."

시선을 들면 그의 뒷모습이 보여서 마음이 편안해졌다. 늘 자신의 뒤에 서 있는 그였기에 이렇듯 그의 뒷모습을 마음 놓고 바라볼 시간은 이런 때밖에 없다.

"윤 실장, 머리 잘랐습니까?"

"아, 네. 그렇습니다."

"잘 어울리는군요."

"……감사합니다."

현주가 예리하게 맞추니 수호가 당황함에 머리를 빗듯이 만진다. 그 모습에 웃음을 짓던 그녀는 다시금 파일로 눈길을 돌렸다. 전쟁터로 향하는 마음이었지만 두려움은 없다. 나의 사람이, 앞에 있다.

절뚝거리며 찬양은 회사에 도착했다. 발목이 욱신거려도 예외 없이 지옥철을 타고 출근했다. 그나마 임시방편으로 운동화를 신다가 회사 정문 앞에 다다라서야 구두를 꺼내 들었다. 굽이 있는 신발은 엄두가 나질 않아 단화를 가지고 왔다.

"걷다 보니 좀 나은 것도 같고, 모르겠네."

사람들 눈을 피해 구석에서 신발을 갈아 신기 시작했다. 폭이 좁은 치마를 입고 신발을 갈아 신으려니 폼이 영 우스꽝스럽다.

"찬양 씨!"

"아, 대리님!"

그때였다. 출근을 하던 승민이 그녀를 발견하고는 잰걸음에 다가왔다. 찬양은 씰룩씰룩 미소를 지었다.

이럴 땐…… 그냥…… 모른 척 가 주는 겁니다 대리님…….

"뭐 해요? 신발 갈아 신어요?"

"네. 운동화 신고 왔거든요. 발목이 좀 시큰거려서요."

"발목? 다쳤어요?!"

승민이 크게 묻자 출근하던 직원들이 힐끔 바라본다. 찬양은 손사래를 쳤다.

"살짝 불편한 거예요. 괜찮아요."

"괜찮은 게 아닌 것 같은데! 어디 봐요!"

승민이 가방을 내려놓고는 주저앉을 기세를 보이자 찬양이 엉거주춤 그의 어깨를 붙잡았다.

"아뇨! 아뇨! 괜찮아요! 혹시 몰라서 신고 온 거예요!"

"그럼 어서 갈아 신어요. 나 붙잡고."

승민은 팔을 내어 주었고 찬양은 그의 팔을 붙잡고 신발을 갈아 신었다. 그런 그녀의 모습을 바라보던 승민은 호탕한 웃음을 터트렸다.

"학교 앞에서 신발 갈아 신는 노는 언니 같은 느낌인데요?"

"지금 제 포스가 좀, 그렇죠?"

찬양도 깔깔 웃음을 터트렸다. 남성미를 폭파시키고 싶은 모양인지 그의 팔에 힘이 잔뜩 들어간다. 갈아 신은 신발을 준비한 봉투에 담아 들자 승민이 대신 가져갔다.

"걷기 어려우면 나 붙잡고 가도 돼요."

"팔팔해요. 지하철도 타고 왔는데요 뭐."

"병원 안 가도 괜찮아요?"

"의무실 가 보려고요."

아아. 승민은 고개를 끄덕였고 찬양은 그와 함께 다소 느린 걸음으로 로비를 지났다. 어제 지안이 압박붕대를 잘 감아 놓은 까닭인지 이 정도면 문제없을 것만 같다. 붕대를 떠올리니 자연스럽게 자신을 안아 올리던 지안의 모습이 떠올랐다.

"……하고 갈래요?"

승민의 말이 들리지 않을 정도로 찬양은 어제 일을 깊이 곱씹었다. 마치 깃털처럼 날아오르듯 그에게 안겼다. 삽시간에 가까워진 그의 얼굴을 아무렇지 않게 마주할 자신이 없었다. 그가 지니지 못한 체온이, 향이, 어떠한 추상적인 힘에 의해 느껴지는 것만 같아 당혹스럽기도 했다.

"……까요? 찬양 씨?"

단단한 팔, 반듯한 어깨, 가만히 있으라는 고집 센 눈빛, 그것들이 풍겨 내던 강인함. 그 순간만큼은 부정할 수 없는 현실의 사람이었다.

아니, 현실의 사람을 뛰어넘은 판타지 속의 완벽한 남자였다. 저도 모르게 심장이 뛰었다.

"찬양 씨?"

"……아, 네! 네 대리님!"

정신을 차리며 찬양이 크게 대답했다. 엘리베이터를 기다리던 직원들이 두 사람을 바라보았다. 승민은 찬양 쪽으로 고개를 꺾으며 조용조용하게 속삭였다.

"아침요. 구내식당에서 뭐라도 먹고 갈래요?"

"아……."

아침…… 탄수화물…… 사랑스럽다…….

"출근 일찍 했잖아요. 아침이라도 먹자고요."

"그럼…… 그럴까요……?"

도무지 거절하기 힘든 강력한 유혹이다. 탄수화물은 인간적으로 너무나도 사랑스러워. 나트륨과 지방은 운명의 상대이니까.

찬양이 지안의 생각을 지우며 금세 활짝 웃었다. 승민은 엘리베이터 내림 버튼을 눌렀고 사람들의 틈바구니 속에서 그녀의 가방을 앞으로 감쌌다. 신발이 들은 검은 봉투와 가방을 챙겨 들고 있는 승민의 얼굴엔 언제나 활기가 넘쳐흐른다.

"아침에 운동하고 왔더니 배고파 죽겠어요. 많이 먹는다고 뭐라 하지 말아요."

"대리님이나 저 먹는 거 보고 놀라지 마세요."

구내식당으로 입성한 두 사람은 나란히 식사를 했다. 그들처럼 아침을 먹는 사람들이 제법 많았고 이른 시간이라는 느낌은 어디서도 받기 힘들었다. 태블릿 PC를 바라보며 밥을 먹는 사람, 통화를 하며 후식을 먹는 사람.

"어때요 찬양 씨? 회사 아침밥도 맛있죠?"

"네. 잃어 본 적 없는 입맛이 친구 데려오는 기분이에요."

누구는 전쟁터로 출근을 하고 누구는 전투를 위해 배를 채웠다. 하지만 회사는 싸워 이길 공간이 아니라 버티고 지켜 내는 공간이었다. 하여 하루를 지탱하게 하는 소소한 기쁨은 필수였다. 각자, 자신들만의 방법으로.

"이번 유니크 4의 콘셉트가 '다정한 연인' 이거든요."

"다정한 연인요……?"

"네. 요즘 들어 1인 가구가 늘어나다 보니 휴대폰은 단순한 기기, 그 이상의 가치를 가지고 있으니까요."

아아. 찬양은 고개를 끄덕였다. 오전 회의를 마친 뒤 승민과 찬양은 머리를 맞댄 채 대화 중이다. 두 사람 앞으로 업무가 할당된 것이다.

"탑재된 기본적인 기능엔 변함이 없을 거예요. 그 기능을 최대치로 포장해서 박람회를 통해 광고하는 것이 우리의 임무죠."

"다정한 연인, 좋네요. 누구 아이디어예요?"

"남지안 상무님 기획이에요."

헐……. 찬양은 다소 의외라는 듯 눈을 동그랗게 떴다.

"유니크는 상무님 기획 없이 진행된 것이 단 하나도 없어요."

그 댁의 유능함이야 익히 알고 있었지만 다정한 연인이라니. 다정한, 연인이라니? 그게 그 머리에서 나올 만한 표현이 맞습니까?

"캡틴을 잃었어요. 그래서 잠시 멈췄죠. 무선사업부에서 사업 전면 중지를 감행할 만큼 사안이 막중했으니까요."

"사람이 한 명 빠진 자리가 그렇게 크군요."

"상무님은 인력으로 볼 수가 없어요. 헤드거든요. 헤드가 멈추니 손발이 멈추는 거나 마찬가지예요."

오…… 헤드……. 찬양은 고개를 끄덕이면서 곁을 흘깃 바라보았다. 이야기의 당사자께선 굉장한 표정으로 자신의 이야기를 경청하고 계시다. 평소라면 눈꼬리를 올린 채 적당히 떠들고 자리로 돌아가라고 으르렁대실 분께서 본인 칭찬이 쏟아지자 즐기신다.

어제 자신을 안아 들던 그 남자와 이 남자가 동일 인물이라는 사실에 관하여 혼선이 와 찬양은 웃음이 터지고 말았다.

"아, 죄송해요. 순간 다른 생각이 잠깐 들어서."

다정한 연인이란다. 다정한 연인. 도저히 상무님과는 어울리지 않는 멘트다. 자꾸만 웃음이 쏟아지니 찬양은 난처함에 고개를 폭 수그렸다. 흐, 이제 그만 정신 차리고 회의에 집중해야겠다.

"그럼 대리님과 제가 뭘 어떻게 해야 하나요?"

"음. 일단 이 안건이 우리에게 할당된 이유를 잘 생각하셔야 해요."

"이유요?"

승민은 손가락을 구부리며 하나씩 설명했다.

"첫째, 찬양 씨나 나나 혼자 살고, 둘째, 회사 내 젊은 감각."

셋째, 슬프지만 솔로라는 사실.

"쉽게 말해 찬양 씨와 나 같은 사람들이 유니크 4의 니즈를 잘 이해할 수 있다는 거죠."

"실험 모델이네요?"

"맞아요. 그래서 1인 가구의 남성과 여성이 '다정한 연인'에게 바라는 점을 발견해서 가져오면 돼요."

음…… 쉬울 것도 같지만 막상 덤비면 어려울 것 같은 숙제다.

"박람회에 모일 업체가 세계적으로 4,000곳 정도. 그중 중국이 1,500곳 정도 되는데."

"헐. 대박 많네요. 역시 중국."

"중국은 지금 혁신에 꽂혀 있는 상태라 우리는 감성적인 접근이 필요하다는 전략이죠."

이미 우린 혁신의 꽃이니까. 승민이 제품에 대한 확신과 자신감을 드러내며 웃는다. 찬양은 그에게서 충만한 에너지를 전달받으며 따라 웃었다.

30분째 노닥거리고 있지만 다정한 연인의 창시자께선 다리만 까딱거릴 뿐 별말씀이 없으시다. 필요한 대화라는 생각이 드는 모양이지.

"일단 찬양 씨도 생각해 보고 내일 중에 다시 한번 공유해요, 우리."

승민이 서류를 정리하며 언급하자 찬양이 고개를 끄덕였다.

"네. 대리님. 열심히 하겠습니다."

다정한 연인이 생긴다면 이루어질 만한 일들. 찬양은 계속해서 곱씹으며 자리로 돌아왔다. 연계되어 있는 다른 작업들을 병행하며 온종일 키워드에 꽂혀 머릿속은 내내 바빴다. 대한민국 대표 휴대폰의 콘셉트에 작게나마 참여하고 있다는 생각이 들자 사명감과 부담감은 상당했다. 쉽고도 어려웠다. 다정한 연인. 다정한, 연인.

"어쩌자고 그런 콘셉트를 생각하셨어요."

생각 폭주로 폐인이 된 찬양이 터덜터덜 집으로 돌아와 푸념 중이다. 온종일 다정한 연인에서 벗어날 수가 없다.

"발목은 괜찮고?"

"네. 놀라서 그런 거래요. 의무실에서도 괜찮을 거라고 하더라고요."

"그래도 혹시 모르니까 붕대 감아."

"괜찮은데."

"엄살은 미리미리 차단해야 하니까."

첫. 찬양은 자연스럽게 발을 내밀었고 붕대를 들고 있던 지안은 상당한 압박을 가하며 붕대를 감았다. 그런 그의 모습을 찬양은 물끄러미 바라보았다.

"연애 경험 있으세요?"

"그 뒤에 '없지?' 라는 말이 들리는 것 같은 건 기분 탓인가?"

"바쁘신 분께서 연애하실 시간도 있으셨어요?"

"바빠도 할 건 다 해."

오……. 찬양은 입술을 모으며 의외라는 듯 소리를 냈다. 붕대를 다 감은 지안은 조심스럽게 그녀 발을 바닥에 내려놓았다.

"그 연애, 언제 하셨는데요?"

"그걸 정찬양 씨가 왜 물어봐."

"취재 중이에요. 숙제해야 하잖아요."

"언론도 취재 못 한 연애사야. 노코멘트하겠어."

"연애 안 해 봤구나?"

하! 지안은 어처구니가 없다는 듯 눈꼬리를 올렸다. 이젠 저 얼굴이 반가울 지경이다.

"이 얼굴에, 이 몸매에, 후광 넘치는 배경에, 그런 것도 안 해 봤겠어?"

"성격 이야기는 스스로 빼시네요. 양심은 있으셔서."

"신께서 공평하신 대목이지."

찬양은 무릎을 모으며 그의 얼굴을 바라보았다. 꽉 매어 놓은 붕대가 그녀의 발을 단단하게 지탱해 주었다. 무릎에 자신의 맨발을 아무렇지 않게 올려놓고 붕대를 감아 주던 모습은 은연중 자상해 보이기도 했다. 정말로 속을 알 수 없는, 남자다.

"다정한 연인은 아니었죠?"

"판단은 상대적이야. 나 같은 남자가 붕대만 감아 줘도 감동이라는 여성분들도 더러 있지."

찬양은 뜨끔하는 마음에 눈을 깜빡였다. 속내를 들킨 것만 같아 더운 기운이 밀려들었고 민망함에 갑자기 말이 빨라지며 칭얼거림이 흘러나왔다.

"너무 어렵단 말이에요. 연애해 본 지 오래돼서 다정한 연인은 개뿔. 그냥 연인도 알기 어렵다고요."

"연애할 때 어땠는데."

"뭐가요?"

"정찬양 씨는 연애할 때 어떤 여자였냐고."

시선이 부딪친다. 찬양은 또다시 눈동자를 위로 올리며 옛날 옛적 연애 시절을 떠올렸다. 제대로 된 연애가 대학 시절이었나, 리포트를 같이 쓰고 시험공부를 같이 하고, 동기들이랑 MT를 가서 처음 고백을 받…….

갑자기 지안의 손이 머리에 안착한다. 찬양이 화들짝 놀라 생각에서 깨어났다.

"됐어. 안 듣고 싶으니까 생각 접어."

"뭐예요. 어떤 여자였냐고 물으셨잖아요. 자아 성찰을 해야 말씀드리죠."

"안 궁금해. 일절."

옛사람 생각하지 마라……. 싫으니까…….

지안은 찬양의 머리를 휘적휘적 저으며 손을 내렸다. 우이 씨, 흐트러진 머리를 정돈하며 찬양은 눈을 치켜떴다.

"그럼 상무님이라도 얘기해 보시든가! 나는 궁금하거든요!"

"어디서부터 어디까지 말을 해 줘야 하나. 전령가, 12세, 15세, 그이상 뭐, 어디까지."

팡―! 찬양의 머리 위로 녹색등이 켜진다. 그 눈빛에서 많은 것을 읽은 지안이 그녀의 이마에 딱밤을 놓았다.

"아! 난 아무 말 안 했는데! 전령가 원했는데 왜 때려요!"

"웃기지 마. 뭐 이렇게 속마음이 생중계야. 눈동자에 빨간 테두리 그어 놓고 전령가 좋아하시네."

"아니거든요?!"

찬양이 이마를 비비며 꿍얼거렸다. 누, 누가 19금 듣고 싶다 했나? 본인이 애매하게 말해 놓고는 괜히 뭐라 한다!

"뭐, 나의 연애는 굉장했지."

"안 들을래요. 기분 상했어요."

"여러모로, 다방면으로 굉장했지."

"됐다니까요? 어차피 다정한 연인과는 관계도 없잖아요. 듣나 마나 아무 소용도 없……."

지안은 입술을 삐죽 내밀고 꿍얼거리는 찬양에게 두 팔을 뻗었다. 그녀의 상체를 가두듯 소파를 지탱한 채 천천히 앞으로 수그렸다.

"왜, 왜 이래요."

따라서 그녀 몸이 뒤로 밀려났다. 한없이 밀착해 오니 밀려나다 밀려나다 결국 그의 얼굴을 한 치 앞에 마주하곤 눈을 크게 치떴다. 코끝이 닿을 것처럼 가까워진 그의 얼굴이 그녀의 콧등을 비켜선다. 입술이 닿으려나. 닿으려는 건가. 으아! 어떡하지! 어떡하지!

그의 입술과 포개질 것만 같아 찬양은 그만 두 눈을 꽉 감아 버렸다.

"내가, 이런 연애를 했어."

"네……."

"무슨 말인지 알아?"

네……. 사람 압박하는 연애요…….

찬양이 입술을 안으로 숨긴 채 눈을 꽉 감고 있자 지안은 그 모습을 오래도록 바라보았다. 잔뜩 긴장한 그 얼굴이 귀여워서, 훔쳐 갈까 봐 입술을 꼭꼭 숨긴 그 모습이 사랑스러워서.

"보고 싶을 때 언제든지 보는 연애."

너와 내가 그런 연애를 했었다고.

"얼굴 안 보여 주면 억지로라도 보는 연애."

몸을 잃고라도 너를 찾아올 수밖에 없는 연애를 했었다고.

"하루 24시간이 부족해서 온종일 붙어살던 연애. 그리고."

지금도 그런 사랑을 하고 있다고. 대단했던 연애를, 나 혼자 이어 가는 중이라고.

"알았으면 내 재킷 깔고 앉지 마."

"으아! 죄송해요! 죄송해요!"

찬양은 난데없이 놀라 눈을 뜨며 허둥지둥했다. 심장이 터질 듯 뛰어오르다가 다시 제자리를 찾아가는 기분이다. 이제 보니 그의 재킷을 깔고 앉았다.

"아무리 푹신해도 그런 용도는 아니야."

지안은 그녀가 비켜 앉자 재킷을 들었다. 홍당무가 되어 버린 얼굴을 바라보는 대신 재킷을 입었다.

"난 다녀올 곳이 있어."

휴, 이러다 큰일 나지 싶다. 지안은 그녀로부터 잠시 도망치기로 한다.

지금…….

"오늘은 먼저 자."

……지금.

2부
깊게 빠져들어요

찬양은 이불을 칭칭 감은 채 인형을 끌어안고 어둠 속 두 눈을 깜빡였다. 몸은 고단한데 잠은 오질 않고 애먼 생각들만 부유한다.

'보고 싶을 때 언제든지 보는 연애.'

그의 말을 떠올리니 심장이 전신에 퍼진 듯 온갖 곳에서 맥이 뛰었다. 찬양은 반대편으로 돌아누웠다.

'얼굴 안 보여 주면 억지로라도 보는 연애.'

남지안. 휴대폰을 켜고 그의 이름을 검색했다. 끝이 보이지 않는 기사가 검색되고 이미지 파일들이 셀 수 없이 나열된다. 사진을 열고 그의 얼굴을 바라보았다.

'하루 24시간이 부족해서 온종일 붙어살던 연애.'

친숙하다 못해 눈 감고도 그릴 수 있을 것 같은 그 얼굴, 그 모습은 대부분 신문사나 매거진 측에서 제공한 사진이다.

"이건 대학 시절인가 보다."

몇 장을 넘기자 회사 측에서 자발적으로 내어놓았을 지안의 사적인 사진도 있다. 지금보다 앳된 얼굴의 그가 하키 선수복을 입고 시합장을 누비니 찬양은 한참이나 바라보다 미소를 그리며 사진을 넘겼다. 평소 운동을 즐겨 했는지 태권도 도복을 입고 있는 사진, 수영을 하는 사진, 승마를 하는 사진.

……사진 속 그는 성장했다. 연설을 하는 사진, 현장을 돌아보는 사진, 국제 행사에 초청되어 자리한 사진까지.

"이렇게 보니까 다른 사람 같다. 아니, 다른 세상 사람 같다."

어쩐지 사진을 들여다보고 있자니 그가 멀게 느껴진다. 몸 떠나 구천을 떠도는 이계의 사내가 아니더라도 그는 차원이 다른 세계의 사람처럼 여겨졌다.

"나랑 같은 거라곤 국적밖에 없네. 말로만 듣던 재벌……."

사실 실감은 나질 않았다. 그가 몸을 잃고 구천을 떠돈다니 그 외의 것들은 대단하게 느껴지지 않았다. 가진 자산이 얼마건 로열패밀리가 무엇이건 간에 그는 몸을 잃은 어떠한 '영혼'에 불과했으니까.

온종일 투닥거리고, 눈만 마주치면 으르렁댔다. 특이했으나 특별한 대상으로는 여겨지지 않을 만큼 관계는 조금씩 편해졌다. 이건 어디까지나 그가 이계의 사내로 머물고 있음에 가능한 이야기일 것이다. 하지만 그의 몸이 깨어나고 나면. 깨어나고, 나면?

"뭐…… 회사를 물려받고, 최고 경영자가 되고……."

성격처럼 저돌적인 연애를 하고, 그러다가 세상이 떠들썩한 결혼을 하고. 그럼 나는 매일매일 뉴스로 당신을 보겠지. 궁금할 틈도 없이 많은 것들을 들으며 살아가겠지.

"되게 웃긴다. 갑자기 기분이 이상하네."

에효. 찬양은 휴대폰을 끄고 침대에서 일어섰다. 방문을 열고 나가 소파를 바라보니 텅 비어 있다. 원래 비어 있었고 본디 혼자 살던 곳인데 오늘따라 빈자리가 유난히도 크고, 휑하고, 쓸쓸하게 느껴진다.

찬양은 항상 그가 앉던 그 자리 그대로 소파에 털썩 앉았다. 멀뚱멀뚱 주변을 바라보다가, 그가 보던 잡지책을 공연히 뒤적거리다가, 머리를 기대고 한숨을 쉬어 보기도 하고, 시간은 얼마나 흘렀나, 벽시계를 바라보기도 했다.

"자야지, 자야 출근을 하지……."

이상하게 잠이 오질 않는다. 가슴이 텅 빈 것처럼 시려 자꾸만 몸을 웅크리게 되었다. 그가 보았을 풍경, 느꼈을 생각들을 짐작하며 숨을 길게 내쉰 찬양은 천천히 소파에 누웠다.

"이래서 든 자리는 몰라도 난 자리는 안다고 하는 건가 보다……."

설마 돌아오지 않는 건, 아니겠지……? 이대로 몸으로 돌아가 버린 건, 그런 건 아니겠지……? 불길함을 예견한 심장이 세차게 뛰어 찬양은 벌떡 일어났다. 갑자기 그가 사라진다면. 갑자기. 사라진다면?

"아니 뭐…… 석 달, 석 달은 지나야 한다고 했으니까, 그렇다고 했으니까……."

긴장감에 주먹을 말아 쥐자 차가워진 손의 온기가 선명하게 느껴진다. 밤의 기운은 쓸데없이 사람을 감성적으로 만들어 별의별 생각을 헤집게 만들었다.

"내가 지금 무슨 생각을 하는 거야. 오겠지. 올 거야. 오실 거야."

작은 집이 이토록 크게 느껴질 줄이야. 잠이 들면 그만인 새벽이 이토록 길게 느껴질 줄이야.

"아니, 그리고 또. 못 오면 못 오는 거지. 그게 무슨 대수냐? 대수야?"

……누굴 향한 말인지, 알 수가 없다.

"차라리 잘됐지 뭐. 예상보다 일찍 깨어나면. 어? 좋은 거 아닌가? 어? 막, 좋은 일 아냐?"

소파도 이렇게 차지할 수 있고! 이렇게 휘휘 쏘다녀도 눈치 보지 않을 수 있고! 나한테도 좋은 일, 맞잖아!

……하지만.

"그 좋은 일, 조금 미루고 싶다……."

오늘은 아니었으면 좋겠다.

불끈 쥐었던 주먹을 풀며 찬양은 다시 소파에 누웠다. 이리 뒤척이고 저리 뒤척여도 좀처럼 시간은 흐르질 않는다. 그렇게 한참이나 소파에 누워 오지 않는 그를 기다리다가, 결국 잠이 들고 말았다. 보일러를 켜지 않은 탓일까. 어쩐지 공기는 서늘했다.

♬♪♩♬♪♪♬♩♬♪♪

방에서 정신없는 알람 소리가 들린다. 찬양은 잔뜩 웅크렸던 몸을 뒤집으며 인상을 썼다. 산만하고 요란한 음악이 울려 대니 시끄럽다는 생각은 들지만 잠결이라 알람이라는 생각까지 도달하지 않는다.

♬♪♩♬♪♪♬♩♬♪♪

이 정신없는 알람은 꺼지나 싶더니 다시 울린다. 그제야 아침이 되었다는 사실과, 일어나야 한다는 현실과, 출근해야 한다는 미션을 깨달은 찬양이 안면 근육을 움직였다. 벌써 아침이라니 믿을 수가 없다.

"아, 뭐야. 소파에서 그대로 잠들었나 봐."

잠든 곳이 침대가 아니라는 대단한 사실도 알아냈다. 찬양은 선뜻 일어서지 못하고 몸을 뒤척거리다가 난데없이 눈을 번쩍 떴다.

♬♪♩♬♪♪♬♩♬♪♪

알람은 여전히 울리고 그녀는 벌떡 일어났다. 냉장고 주변에도 화장실 근처에도 그의 모습이 보이질 않는다. 주위를 두리번거리던 찬양은 다짜고짜 일어나 방으로 달려가 벌컥, 문을 열었다.

이미 해가 깃든 작은 방 안. 그녀가 좋아하는 소이 캔들의 유칼립투스 향이 가득하다. 마치 지안의 몸에서 나는 향기인 것 같은 착각이 일 정도로.

"알람 꺼. 시끄러우니까."

"아……."

방 안에 그가 서 있음을 확인한 찬양은 잠시 휘청거렸다. 그 안온한, 지나치게 일상적인 지안의 목소리를 듣자 내내 휘감겨 있었던 긴장감이 몸 안에서 빠져나가는 것 같았다.

타이를 고쳐 매던 지안은 힐끔 찬양을 바라보았다. 그녀는 다짜고짜 방문을 열더니 문손잡이를 붙잡고 선 채 움직이질 않는다. 무엇에 놀란 것 같기도 하다.

"뭐 해, 알람 끄라니까. 멀미 난다고."

"언제…… 왔어요……?"

마지막 알람은 스스로 꺼졌다.

"언제…… 언제 온 거예요……?"

지안은 타이를 완벽하게 매듭지은 뒤 손을 내렸다.

"새벽에 왔어."

"아…… 그러셨구나……."

찬양은 대번 고개를 끄덕였다. 지안은 현관문을 열고 들어서는 것도, 인기척을 내며 걸어 다니는 것도 아니니 그가 돌아왔음을 모르는 건 당연한 사실일 거다. 하지만 그럴 리가 없다는 것을 알면서도, 기척을 내지 않는 그라는 것을 알면서도, 선잠이 들었던 새벽 내내 그의 발자국 소리를 기다렸다.

"새벽에 오셨구나. 저는 인기척이 없어서 안 오신 줄 알았어요."

바보 같았음에 실없는 웃음이 터졌다. 그의 발자국 소리를 기다리며 잠을 청했다. 이 얼마나 미련한 짓이었나.

"상무님 들어오는 소리를 못 들어서 잠을 좀 설쳤거든요."

"내 보기엔 굉장하고 상당하게 곤히 자던데."

"아닌데. 진짜로 잠 설쳤는데."

"그래서, 지금 정찬양 씨 잠 설쳤다고 나한테 시위하는 건가?"

찬양은 픽, 하고 웃음을 터트렸다. 내내 불안하고 착잡했던 기분이 말끔하게 가신다. 단지 그와 마주 서 있다는 것만으로. 이렇듯 관계에 조금도 도움되지 않을, 시시콜콜한 농담이나 주고받고 있다는 것만으로.

"그럼 계속 이 방에 계셨어요?"

"별수 없었어. 여자 방도 질색이지만 소파 위 혼숙은 더 질색이라."

"단어 선택 한번 아찔하시네요."

찬양은 문손잡이를 놓으며 고개를 절레절레 저었다.

"나 때문에 잠 설쳤어?"

"아니, 뭐, 꼭 그런 것만은 아니지만요."

"내내 기다렸어?"

"뭐, 딱히 그런 것만도 아니지만요."

"회사에서 졸지 마. 사원증 압수할 거야."

"안 졸아요. 걱정 마세요."

자신을 피해 방에 자체 구금되어 계셨을 상무님께선 출근 준비에 여념이 없다. 정갈하게 슈트 재킷을 입고 단추를 잠그며 그는 소매를 정리했다.

"발목은."

"괜찮아요."

"머리 혹은."

"아직 좀 남았어요."

"업무 파일 만들어 놨어. 보고 참고해."

"네."

자꾸만 그에게 시선이 향하고 멈췄다. 나름 빈티지 가득한 분위기로 방을 꾸며 놓았다고 생각했는데 그가 서 있으니 클래식한 예술관 같은 느낌이다. 사람의 분위기란 이렇게 대단한 거였나. 수년 동안 머물렀던 방의 느낌과 풍경이 다르게 펼쳐진다.

……이런 제길. 으으, 찬양은 오만상을 찌푸렸다. 상무님을 피해 방에 널어놓은 속옷이 그제야 시선에 들어온 것이다. 그녀의 시선을 따

라가던 지안은 홱, 눈길을 돌리며 두다다다 말을 이었다.

"안 만졌어. 위치 확인 후 그쪽으로는 시선도 안 줬어. 또 변태니 뭐니 누명 씌우면 가만 안 둬."

"누가 뭐라 했어요? 괜히 또 그런다."

"그런 거 아니면 출근 준비해. 난 먼저 회사로 갈 테니까."

준비가 끝난 걸까. 그가 먼저 가 보겠다고 한다.

"저기, 상무님."

가볍게 스쳐 지나는 그의 옷자락을 붙잡았다. 뜬금없이 자신을 붙잡으니 지안이 멀뚱멀뚱 그녀를 바라보았다.

"왜."

"아…… 그게요."

막상 붙잡고 보니 할 말이 없어 왜 잡았는지도 모르겠다. 찬양은 옷자락을 쓱 놓으며 손가락을 꼼지락거렸다.

"상무님, 있잖아요."

할 말을 억지로 쥐어짜 내다가 고개를 들었다. 출근, 나랑 같이 하면 안 돼요?

"혹시 지옥철 타 보실 생각은 없으세요?"

"없어."

없어. 간결하고 시원하게 의사를 밝힌 지안이 쌩하니 밖을 나선다. 그러다 갑자기 뒤돌아 와 찬양의 머리 위에 손을 쓱 올렸다. 혹을 만져 보듯 문질문질 하더니 '뭐, 괜찮네'라는 표정으로 다시금 밖을 나선다. 순식간에 그가 사라지자 찬양은 또다시 휑한 공간을 바라보다가 손을 올려 머리를 만졌다.

"뭐 이렇게 예고도 없이 혹 치고 들어와, 사람 놀라게."

어휴. 방문에 기대서며 짧은 숨을 불어 내쉬었다.

"출근 같이 하면 어디가 덧나나. 다정한 연인 공부 좀 하려고 했는데, 안 도와주시네."

이미 그는 사라지고 없어진 방의 풍경을 다시 바라보았다. 아늑하게 서려 있던 빛의 온기도 느껴지질 않고 상쾌하게 폐부를 간지럽히던 초의 향기도 느껴지질 않는다. 집은 황량하게 변해 버렸다. 터덜터덜 걸어 마른 속옷을 걷은 찬양은 화장실로 들어섰다.

"……어?"

나사가 빠진 채 흔들리던 수건걸이가 단단하게 고정되어 있다. 화장실에서 넘어지면서 붙잡았던 것이 화근이었는데. 고쳐야지 고쳐야지 마음만 먹고 있었는데. 찬양이 중얼거리며 세면대로 고개를 돌리자 드라이버가 놓여 있다.

"집에 남자가 있으니까 좋네."

순식간에 마음이 몽글몽글해지는 기분. 찬양은 웃으며 물을 틀었다. 자신의 손을 거치지 않으면 무엇도 해결되지 않던 작은 집에 처음으로 나타난 타인의 손길. 사건은 사소했으나 무척이나 특별하게 느껴졌다. 그녀가 씻는 시간을 방해하고 싶지 않은 그는 아침 일찍 사라져 버렸고, 그 마음을 알 리 없는 그녀는 떠난 그를 따라 출근을 서둘렀다.

……지안이 찬양을 찾아온 28일째. 그들의 세상은 비로소 평범하게 흘러갔다.

계절은 지나며 다시 다가올 준비를 하듯, 기억은 잊히며 새롭게 담기듯, 그는 떠나기도 하며 돌아오기도 하듯.

"자, 이제 회사로 출발해 봅시다!"

그녀는 멀어지기도 다가서기도 하고, 때로는 주저앉기도 하며, 굳은 듯 기다리기도 했다.

하물며 잊었고.

"오늘 하루도 파이팅! 정찬양! 아자아자!"

그러하듯이 채웠다.

"망했어요. 다정한 연인이 뭔지 모르겠어요."

찬양이 한숨을 내쉬자 승민도 따라 숨을 내쉬었다.

"그러니까요. 어제 밤새 생각해 봤는데 도무지 떠오르는 게 없네요."

"어떡하죠? 이래서 날짜도 못 맞출 것 같아요."

휴우우우우. 찬양이 땅이 꺼져라 연거푸 한숨을 뱉자 승민은 낙서처럼 마구잡이로 글씨가 적힌 종이를 펼쳤다. 고행의 흔적이 묻어나 찬양은 입꼬리를 아래로 내리며 울먹이는 표정을 지었다.

"이거 밤새 하신 거예요?"

"그러니까. 밤새 했는데 이거밖에 못 건졌어요. 연애 세포가 죽은 게 분명해요."

"저도요. 주변에 도움을 청해 보려 해도 다정한 카테고리를 쓰는 지인들이 없어요."

기한은 다가오는데 시작도 못 했다. 기술적 에너지를 요구하는 일이 아니기에 조금은 만만하다 생각했는데 영 쉽지 않다. 찬양은 승민이 적어 온 종이를 뒤적거렸다. 작은 것부터 알아주기, 기분과 마음을 어루만져 주기.

……어루만지다.

"글자만 봐도 다정해요."

"근데 문제는 이런 키워드를 어떻게 기술적으로 다룰 수 있겠냐는 거죠. 무턱대고 던져 놓을 수만은 없는데."

사람의 마음을 어루만지는 휴대폰이라니. 찬양은 자신의 휴대폰을 바라보았다. 생활 속 많은 역할을 맡고 있는 손바닥만 한 기계는, 발전에 발전을 거듭하여 더는 이룰 것이 별로 없다고 했다.

"찬양 씨가 적어 온 것도 좀 볼게요."

"저도 별거 없어요."

찬양이 노트를 건네자 승민이 받아 들었다. 여러 접근을 시도하다가 마음에 들지 않았는지 벅벅 지운 흔적들을 유심히 들여다보다가 승민은 다음 장을 넘겼다.

"어, 이건 뭐예요?"

"네? 뭐가요?"

"다정해 다정해라고 써 놓은 거. 이거요."

예? 휴대폰을 만지작거리며 생각에 잠겼던 찬양이 고개를 들었다. 승민은 이미 다음 장을 넘어간 상태다.

"발목은? 머리 혹은? 잠 설쳤어? 기다렸어? 다정해 다정해."

"으아아아아아! 그거 아니에요!"

찬양은 노트를 낚아채 보지만 이미 다 읽어 버린 승민은 웃음을 터트렸다. 그 곁엔, 지안이 앉아 있다.

"괜찮은데? 뭔가 여성의 시각에서 봤을 땐 그런 것들이 다정해 보일 수도 있겠어요. 요즘 말로 츤데레?"

"아니에요! 아니에요! 대리님! 아니에요!"

그만! 그만그만그만!

으아아. 넋을 놓고 멍하니 낙서하듯 적어 놓았던 글들이 세상 밖으로 탈출했다. 시간이나 오래 지났는가, 바로 오늘 아침에 상무님이 제게 했던 질문들이다.

"남자들은 잘 몰라요. 여자들이 그런 것들을 다정하다고 느끼는지."

"아니요……. 다정해서 적어 놓은 건 아니고요……."

"그런 것들이야말로 다이어리 토크 같은, 뭔가 진짜 연인과 하는 대화 같잖아요."

"아니요……. 그래서 적어 놓은 건 아니고요……."

승민은 턱을 괸 채 고개를 끄덕거렸다. 아무래도 상관없다는, 다만 놀리고 싶어 죽겠다는 표정이다.

"사람마다 느끼는 다정함은 차이가 있을 수 있으니까. 인공 지능에 조건부를 설정하는 것도 좋을 것 같은데."

어후, 찬양은 고개만 주억거리며 노트를 숨겼다. 상무님이 무슨 표정을 짓고 있는지 보고 싶지도 않고 알고 싶지도 않다. 분명 눈꼬리를 잔뜩 올린 채 어처구니없다는 듯한 표정을 짓고 있겠지. 어쩔 수 없이 시선이 마주치면 그는, 분명.

'이봐, 정찬양 씨. 미안한데 나는 너에게 다정함을 선사하고 싶은 마음이 없어.'

이렇게 말하겠지!

"찬양 씨는 박력 있는 남자 좋아하는구나."

"아니요! 아니요! 진짜 그런 거 아니고요……."

"연령별, 성별, 혹은 성향별로 디테일하게 인공 지능을 설정할 수 있는 것도 좋겠어요."

"꿈보다 해몽이 좋네요, 대리님."

"툭툭 던지는 말도 좋잖아요. 인공 지능이지만 밥은? 출근은? 오늘 기분은 어땠고? 이런 말투로 설정해서……."

"대리님, 제가 조금 더 분발해서 더 나은 자료를 만들어 오겠습니다."

"찬양 씨, 내가 놀려서 화났다. 그렇죠."

"아뇨. 그럴 리가요. 다만 대리님의 이야기를 듣다 보니 전투력이 생겨서요. 확실한 콘텐츠 물어 올게요."

"그래요. 우리 아직 시간 있으니까 열심히 해 봅시다."

승민이 웃으며 농담을 접자 찬양이 씰룩씰룩 웃으며 뜨악한 표정을 지었다. 지안은 덤덤한 시선으로 자신의 손끝만 내려다보고 있다. 흘긋, 곁눈질로 보았지만 무슨 생각을 하는지 알 수가 없다.

"참, 찬양 씨. 오늘 찬양 씨 환영회 하는 거 알죠."

"네. 들었어요."

"비싼 거 먹으러 갑시다. 우리도 오랜만에 회식하거든요."

승민은 찬양과 업무 분장을 하며 조사해 올 구간을 나누고 먼저 자리를 떴다. 뒷정리를 하며 찬양은 오만상을 찌푸렸다. 분위기는 예상대로 거지 같고 엉망진창이다.

「설레었어?」

"아니요!"

「설레었네, 보니까.」

"아니거든요! 아니라고요!"

기다렸다는 듯 찬양은 음성을 높였다. 내가 왜요? 내가 왜 상무님 때문에 설레요?

"그런 말에 설레었을 리가 없잖아요? 눈꼬리 잔뜩 올리고 무심한 척 시크하게 발목은? 머리 혹은? 막 이러면서 갑자기 다가와 머리 헝클고 그러는 거? 하나도 안 설레거든요?"

지안은 팔짱을 낀 채 계속 말해 보라는 듯 눈을 감았다가 떴다. 찬양은 종이컵을 구기며 코웃음을 쳤다.

"하! 진짜. 진짜 아니거든요? 다정함과 반대되는 것들 찾아서 적다 보니까 대번 생각이 나서 적어 본 거였거든요?"

「아아.」

"저는요, 아주아주 섬세하고 상냥하고, 또 뭐 있지? 아! 자상하고 따뜻하고 훈훈하고 부드러운 남자가 좋다고요. 세상이 인정하는 다정함."

「아아.」

"상무님은 절대 아니거든요. 절—대, 절대 아니거든요."

「그래?」

"물론 뭐, 머리를 이렇게 이렇게, 이렇게 이렇게 막 혹 있나 만지셨을 때 솔직히 조금. 아주 조—금 쿵하긴 했는데 심쿵까지는 아니고요. 그냥 심콩 정도."

생각이 멈추고 상황을 모면하려다 보니 아무 말 대잔치로 참사를 맞았다. 찬양은 해선 안 될 말까지 뱉어 버린 것 같아 다급히 말을 이었다.

"아니요. 그러니까 제 말은요. 심콩 정도 했는데요. 뭐, 그것 때문은 아니라 솔직히 상무님이 화장실 수건걸이 고쳐 주셔서 그게 조금 더 심쿵하기는 했……는데요…….”

아, 망했다……. 나 지금 뭐라고 한 거냐……. 찬양은 말꼬리를 흐리며 생각했다. 상무님 말이 맞았다. 나의 속마음은, 편집 불가한 생중계다.

「난 내 얘기 한 거 아닌데.」

……네? 찬양이 입술을 닫으며 자신을 바라보자 지안은 그녀가 들고 있는 종이컵을 쓱 가져가 휙, 던졌다. 분리수거 함에 정확하게 골인한다.

「회식 생각하니까 설레냐고, 난 그 말 한 건데.」

“아…….”

혹시 회사 사이트에…… 사직서 쓰는 곳 말고 유서 쓰는 곳은 없나요……. 진심으로 자신의 입을 꿰매 버리고 싶다. 찬양은 지안의 얼굴을 바로 보지 못한 채 마른침만 꿀꺽꿀꺽 삼켰다. 붉어진 두 볼은 화르르 타올랐다. 난 지금 초미세먼지가 되어 날아가고 싶다……. 공기청정기 속으로 빨려 들어가고 싶다…….

「설레었으면 됐어.」

지안은 그녀의 어깨를 툭툭, 치며 낮게 속삭였다.

「그 기분 그대로 숙제 잘해. 다정한 연인.」

이 와중에도 상무님께서 귓가에 속삭이니 심장은 자발적으로 심쿵하고, 상황은 매우 절망적이다. 지안은 그녀를 뒤로한 채 유유히 탕비실을 빠져나갔다.

찬양은 연거푸 한숨을 내쉬다가 그가 툭툭 치고 간 제 어깨에 손을 올렸다. 심장 소리가 귓가에 고이는 것만 같았다.

“나, 아무래도 부정맥인가 봐…….”

쓸데없는 일에 자꾸만 심장이 쿵쾅거리니, 살 수가 있나. 급격하게 빨라진 맥을 애써 가라앉히며 찬양은 탕비실을 나섰다. 정신을 바짝,

차려야겠다.

"찬양 씨, 그거 보고서 확인했어요?"

아니요……. 유서 쓰고 있는데요…….

"개발팀에서 5시까지 보내 달라고 하니까 바로 검토해서 줘요."

그거 말고 유서 먼저 검토해 주시면 안 될까요…….

"네, 알겠습니다. 과장님. 늦지 않게 드릴게요."

"자자, 오늘 회식이니까 일찍 마무리 지어 봅시다."

아흑, 아흑……. 찬양은 어깨를 축 늘어트린 채 모니터를 바라보았다.

'아주 조——금 쿵하긴 했는데 심쿵까지는 아니고요. 그냥 십콩 정도.'

지금 보고서가 문제냐. 망할 주둥이가 나노 단위로 사고를 치고 있

는데.

'화장실 수건걸이 고쳐 주셔서 그게 조금 더 십콩하기는 했……는

데요…….'

찬양은 조금 전 자신의 충격 발언을 곱씹다가 몸서리를 쳤다. 흐어,

진짜로 부끄러워 돌아가시겠다. 힐끔 곁눈질로 옆을 보니 언제나 그

렇듯 상무님께서 앉아 있다. 얼마 전 술집에서 발작 같은 아우성을 치

고 난 이후— 그는 단 한 번도 곁에서 떨어진 적이 없다. 약속을 이행

해 주듯이. 뱉은 말은 반드시 지킨다는 듯이.

「보고서. 아침에 업무 파일 만들어 준 거 참고해.」

보다 못한 지안이 말을 붙인다. 그는 다음 날 그녀가 처리해야 할

일을 미리 준비해 주었고 그녀는 순조롭게 업무를 대할 수 있었다.

「내가 만들어 줬잖아. 그대로 출력해.」

찬양은 지안의 말을 싹둑 잘라 안드로메다로 날려 버리며 메모장을

열었다. 보고서고 나발이고 지금 당장 숨을 못 쉬겠다. 지금 죽으면

사인은 수치사다.

[어디 다녀오실 곳 없으세요?]

날 가져요 179

메모장에 글을 쓰니 지안이 바라본다.

「나한테 하는 말인가?」

[네. 누님이라도 보고 오세요.]

[저는 보고서를 열심히 쓰고 있을게요.]

[가. 가요.]

[어디든 제발 가요.]

이토록 누군가 제 곁에서 떠나 주길 바란 적도 처음이다. 찬양은 두다다다 타자를 이어 치며 손바닥을 휘휘 저었다.

[오늘은 이만 안녕히 가세요. 회식 끝나고 봬요.]

[안녕.]

[안녕히⋯⋯.]

찬양은 할 말을 다 했다는 듯 메모장을 닫았다. 이어 지안이 만들어 준 업무 파일을 열며 업무에 돌입하듯 고개를 수그렸다.

그는 시계를 바라보다가 찬양을 살폈다. 다리를 덜덜 떨며 입술을 물어뜯는 모습을 보아하니 제정신은 아닌 것 같다. 탕비실에서 나온 뒤로 줄곧 저런 모습이다.

안 그래도 오늘은 계열사 사장단 회의가 있는 날이고, 따라서 참석을 해 볼까 했다. 타인의 시선에 보이지 않는다는 건, 한편으로 이면을 들여다볼 수 있는 기회였으니까. 평소엔 볼 수 없었던 많은 것들을 보고 듣고 깨닫는 요즘이다. 지안은 일어섰다.

「그럼 난 간다. 늦을 수도 있어.」

찬양은 알겠다며 고개만 끄덕였다. 가란다고 정말 가니 사실 조금 놀랍기는 한데 상무님의 얼굴을 바라볼 엄두가 나질 않는다.

「간다고. 얼굴도 안 보냐?」

또다시 알겠다며 그녀는 어서 가라고 오케이 사인을 보내온다. 얼굴은 감춘 채 보여 주질 않는다. 키보드에 고개를 박듯이 수그린 채 분주히 움직이는 모습을 바라보다 지안은 그녀 머리에 손을 올렸다.

화들짝 놀란 찬양이 돌처럼 굳는다.

「이따가 적당히 마셔. 적당히 놀고.」

귀여우니까, 자꾸 괴롭히고 싶다.

「적당히 늦고.」

그럼 이만. 지안은 사무실에서 사라졌다. 찬양은 멍하니 모니터만 바라보다가 뒤를 돌아보았다. 정말로 그가 보이질 않는다. 그제야 끌어올린 숨을 푸우우우 내쉰 찬양은 자신의 머리에 손을 올렸다. 손을 잡은 것도 아니고, 품에 꽉 안긴 것도 아니고, 입술을 맞댄 것도 아닌데.

"이게 다, 접촉 면역력이 없어서 그래, 접촉 면역력이……."

아무래도 심장에 근육을 키워야겠다. 단단하고 야무진 심장으로 트레이닝을 해야겠다.

회식까지 남은 시간은 두 시간. 그가 시선에서 사라졌으니 수치심과 부정맥은 잠시 넣어 두고 일에 집중하기로 한다. 회사 분위기엔 조금씩 적응이 되었고 외계어 같던 용어에도 조금씩 눈과 귀가 열리기 시작했다. 대외적으로는 문제없는 썩, 괜찮은 나날이었다.

"남 전무."

회의실로 걸음을 옮기던 현주가 뒤를 돌아보자 따라서 비서 윤 실장도 함께 돌아섰다. 대표이사 강준이 걸어오고 있다.

"오셨어요."

현주가 인사를 건네자 강준이 손을 들어 보인다. 서너 명의 비서가 그의 뒤에 따라 멈췄다.

"요즘 얼굴 보기 힘들어. 남 전무."

"제가 대표님 얼굴 뵙기가 어려운 거죠."

"별일 없고?"

"네. 없습니다."

두 사람이 걸음을 나란히 하며 복도를 걷는다. 강준은 현주의 얼굴을 살피며 입술을 열었다.

"동생 일까지 병행하려니 힘들지. 이러다 남 전무도 쓰러지겠어."

"적당히 분배해서 하고 있어요. 걱정 안 하셔도 됩니다."

코너를 꺾었다. 두 사람과 일정한 간격을 유지했고 비서들은 조용히 뒤를 따랐다. 윤 비서의 시선은 강준과 현주의 뒷모습에 고정되었다.

"물산에 신주 발행하기로 한 거, 기존 주주들에게 70% 정도만 배정해야겠어."

"임직원들에게 30% 배정은 무리 아닐까요."

"그 정도로 무리라 할 수 있나."

"일단 회의실에서 말씀 나누시죠."

"오늘 회의 끝나고 저녁 식사 어때, 오랜만인데."

강준이 멈추며 묻자 현주는 힐끔, 윤 실장을 돌아보았다. 윤 실장이 걸음을 멈추며 입술을 열었다.

"저녁 스케줄은 없습니다."

현주는 알겠다며 고개를 끄덕였고 강준을 바라보았다.

"식사하시죠. 저녁 스케줄은 따로 없다고 하니까."

강준은 현주의 말끝에 그녀를 가볍게 끌며 자신의 비서에게 지시했다.

"적당한 곳 예약 좀 해 줘."

"네. 대표님."

대기 중이던 직원이 회의실 문을 열었다. 비서들은 멈췄고 강준과 현주는 안으로 들어섰다. 문이 서서히 닫히고, 대표실 비서진은 두 분의 식사는 적당한 곳 어디가 좋을까 두런두런 대화를 나누었다. 그러다가 멍하니 닫힌 문을 바라보고 있는 윤 실장에게 자문을 구했다.

"윤 실장님, 예전에 전무님 모셨던 일식집은 어떨까요? 그쪽으로 예약할까요?"

"로열 프라임 성국 셰프님 이번에 호텔 나와서 중식당 크게 차리셨던데, 그쪽은 어떨까요?"

윤 실장은 천천히 눈을 감았다가 뜨며 입술을 열었다. 그녀의 등을 이끌며 들어서던 강준의 손길이 자꾸만 마음을 어지럽게 한다.

"백경병원 근처 호텔 레스토랑으로 하시죠. 어차피 전무님, 저녁에 병원 방문하실 것 같으니까."

"네, 알겠습니다."

아무렇지 않은 손길로 그녀를 이끌던 강준의 손길이 자꾸만 머릿속을 헤집어 윤 실장은 돌아서며 마음을 다스렸다. 어차피 누군가의 그림자란 그렇고 그런 운명이 아닌가.

본디 그림자에겐 표정이 없고, 생각이 없고, 마음이 없다.

시끌시끌하고 북적북적한, 널찍한 지하 와인 Bar의 깊고 어두운 공간.

"아무리 마셔도 취하질 않아. 이거 뭐야, 와인을 빙자한 포도주스 아냐?"

"그러니까요. 소주 좀 달라고 해서 타서 마실까요, 우리?"

"윤영 씨, 지금 무슨 소리 하는 거야. 취할 때까지 와인을 마셔야지. 내 돈 아닐 때 마음껏 마셔. 어서."

대부분은 와인 맛도 모른 채 전투적인 흡입력을 자랑하는 중이다. 이유인즉슨― 일도 회식도 '적당히'를 모르는 사람들이기 때문이다. 오랜만의 회식으로 터질 듯 고이고 쌓인 업무 스트레스를 와인에 희석시키고 있는 중이다.

"자자, 찬양 씨. 한 잔 더 받아요."

"네! 감사합니다!"

"무얼. 찬양 씨 덕분에 와인도 마시고, 우리가 감사하죠."

찬양이 비워 낸 잔을 내밀자 짙은 보랏빛의 와인이 반쯤 담긴다. 그때 마침 부장의 휴대폰이 울리고 발신자를 확인한 부장은 조용히 하라는 손짓과 함께 전화를 받았다.

"아, 여보세요. 아아. 나 지금 회식인데 말이야."

사모님이신 듯? 직원들은 속닥거리며 부장을 응시했다. 민망한지 딴 곳을 바라보며 부장은 말을 이었다.

"이 시간에? 당신은 여태 뭐 하고? 사람 참, 지금 회식 중이라니까."

파워 잔소리가 흘러나오는 모양이다. 부장은 잠시 휴대폰을 귀에서 뗐다가 다시 가져다 댔다.

"알겠어. 알겠어. 끊어. 알겠다니까. 그리고 그건 현관 문 앞에 둬. 올라가면서 버리고 들어갈 테니까."

띠릭. 전화가 끊긴다. 부장은 통화 내용이 민망했는지 이리저리 눈치를 보며 홀짝 와인을 마셨다.

"부장님, 사모님이 또 재활용 버리라고 하시죠?"

"내일 수거 날이라고. 오늘 버려야 한다나 뭐가 어쩐다나. 우리 마누라는 손도 없고 발도 없는 사람인가 봐."

"좀 강하게 밀고 나가세요. 이 시간에 분리수거 버리는 건 좀 너무하잖아요. 싸워서라도 빼앗긴 인권을 되찾으셔야죠."

"싸워서 뭐 해. 어차피 못 이겨."

흐어, 불쌍한 중년이여……. 직원들은 측은한 눈빛으로 부장을 응시했다. 부장은 약인지 술인지 모를 와인을 삼킨다. 대부분의 직원들이 기혼인지라, 와인 한두 잔이 들어가니 전쟁 같은 사랑 이야기가 쏟아진다.

"저도 얼마 전에 와이프 몰래 구입한 드론 걸려서 요즘 구황 작물만

184

먹고 살아요. 와이프가 저녁에 통 다른 걸 주질 않아……."

"구황 작물이라도 주는 걸 감사히 여겨요, 박 과장님. 와이프 몰래 드론을 사다니요. 한두 푼도 아니고."

"한두 푼이 아니니까 몰래 산 거야. 한두 푼이면 왜 몰래 샀겠냐?"

주소지를 잘못 적어서 집으로 갔어, 하……. 이번엔 과장이 아련한 시선으로 먼 곳을 바라본다. 부장은 그 맘 이해한다는 듯 고개를 끄덕였다.

"연봉이 조금 오르자마자 와이프가 둘째 영어 학원을 끊더라고. 난 내 입으로 뭐라도 좀 떨어질 줄 알았더니."

"에효, 우리 엄마는 딸이 노예인 줄도 모르고 이가 아플까 봐 치과를 미리 가시네."

"그러니까요. 연봉이 오르는데 왜 나는 기쁘지 않죠? 한 푼 만져도 못 보고 사라지는 월급이라니."

"저도요. 이번엔 사정이 좀 나아질까 했는데 어림없는 소리였어……."

한번 터진 하소연은 끝도 없어 찬양은 잔을 빙글빙글 돌리며 고개만 끄덕였다. 미혼인 찬양이 공감을 하는 부분도, 하지 못하는 부분도 뒤섞여 그저 듣고만 있는 것이다.

"그래도 부러워요. 저는 혼자 살아서. 지지고 볶고 좀 했으면 좋겠네."

곁에 앉아 있는 승민이 결혼 긍정론을 꺼내자 유부남들의 시선이 획, 승민에게 꽂힌다.

"승민아, 너는 내가 될 수 있지만 나는 절대 네가 될 수 없다. 잘 생각해라."

"누가 있어야 잘 생각을 하든 말든 하죠. 솔로한테 너무하시네. 나는 결혼하면 매일 재활용도 버려 주고 와이프 몰래 드론도 안 살 자신 있는데."

"웃기지 마⋯⋯. 너랑 술 안 마시기 전에 빨리 그 말 취소해⋯⋯."

승민은 와인 잔을 돌리며 웃음을 터트렸다.

"아, 과장님. 진짜예요. 저는 결혼하면 색시한테 진짜 잘하고 살 거라고요."

"맞아, 우리 승민 씨는 결혼하면 잘할 거야. 싹이 보이지. 암."

"나, 나는 싹이 틀려서 구황 작물만 먹는 줄 아냐?! 말이 심하네! 윤영 씨!"

시시콜콜한, 그래서 더욱 즐거운 시간이 흐른다. 찬양은 분위기를 따라 웃기도 하고 고개를 끄덕이기도 하며 말없이 와인만 홀짝거렸다. 그러다가 일순간 지안을 떠올렸다.

누군가와 함께 사는 일. 장점이 웃게 하고 단점이 울게 하는 일. 누군가와 함께 사는 일은 대단히 어렵고도 막막한 것이라 생각했는데, 살다 보니 살아진다. 혼자였던 때로 돌아갈 수 없을 것 같기도 하다.

"그러고 보니 승민 씨하고 찬양 씨만 미혼이지?"

"은근히 두 사람 잘 어울리지 않아요? 역시 비주얼이 판매를 압도한다니까."

"맞아. 기능은 그다음이야. 우리 기술팀에 반드시 이야기해 주자고요."

처음엔 어땠지? 막무가내로 무서웠지. 미쳤다는 생각이 들까 봐 그의 존재를 무작정 믿기 시작했지. 찬양은 생각 끝에 헛웃음을 피식 흘렸다. 무당에게 부적을 받으러 갔던 날이 떠올라 문득 웃음이 난 것이다.

"어머, 찬양 씨 웃는다. 듣기 좋은가 봐?"

"네?"

이야기의 흐름을 놓친 찬양이 두 눈을 동그랗게 뜨자 여직원들은 승민과 찬양을 번갈아 손짓했다. 두 사람이 나란히 앉아 있는 모습이 보기 좋은 모양이다.

"그래요, 원래 등잔 밑이 어두운 법이야. 원래 살다 보면 전우애가 생기는 법이거든. 회사에서 키운 전우애도 무시 못 하는 법이지."

"나이도 딱 맞잖아. 승민 씨가 또 찬양 씨 멘토고. 둘이 친하게 지내요."

승민은 힐끔 찬양의 표정을 살피다가 손을 가로저었다.

"선배, 될 일도 안 되겠네요. 원래 사공이 많으면 배가 산으로 가는 법인데."

"승민 씨, 그러니까 안 되는 거야. 밀어 줄 때 밀려야지. 산으로 가면 어때. 사공이 이렇게 많은데 돌고 돌아도 결국 어느 한 사람은 바다로 데려다주겠지."

"그런가요? 그것도 그렇겠네. 한 잔 더 드세요, 선배."

아하하, 승민이 웃음을 터트리며 대화의 매듭을 자연스럽게 짓는다. 사내 연애 찬성이다, 난 반대다, 난데없는 화제가 등장하며 두 사람의 기류는 더욱더 어색해졌다. 정작 두 사람은 별생각이 없는데 그저 남의 로맨스가 보고 싶은 기혼자들이 외려 열을 올렸다.

'적당히 놀고, 적당히 늦어.'

어디선가 지안의 목소리가 들리는 것만 같아 찬양은 주위를 두리번거리다가 자리에서 일어났다. 흐어. 이젠 상무님이 곁에 없어도 환청이 들린다.

"찬양 씨, 어디 가요?"

"화장실이요. 잠시만."

찬양은 사람들을 피해 복도로 나왔다. 분명히 따뜻하고 즐거운 자리인데 기분은 자꾸만 심란하다. 응당 보여야 할 사람이 보이지 않아서일까. 찬양은 집에 있을 지안을 생각하며 화장실로 들어섰다.

왜 이렇게 집에 가고 싶은지 모르겠다. 그토록 기다렸던 회식인데. 모두가 기쁘고 행복한 자리인데. 집중이 되질 않는다. 자꾸만 시계를 바라보게 된다.

"아직도 9시밖에 안 됐네……."

하나도, 즐겁지가 않다.

회식은 정점을 찍고 파장의 분위기로 내려오기 시작했다.

"나 방금 속이 안 좋아서 토하고 왔는데 피가 쏟아지는 줄 알고 놀라 까무러칠 뻔했어. 와인이더라."

"피였을 수도 있어. 가능성이 희박한 건 아니라고 본다."

"저는 졸려요. 지금 제가 눈 뜨고 있는 게 신기할 지경……."

"그나저나 왜 집에 안 가는 거야? 나 피곤해 죽겠는데."

"부장님 스타일 몰라? 술을 길고 가늘게 드시잖아."

삼삼오오 조용조용 대화를 나누는 분위기. 찬양은 틈에 끼어 울리지 않는 휴대폰만 만지작거렸다. 상무님은 그 흔한 휴대폰도 없어, 뭐 하냐고 물어볼 수도 없어, 몸이 떨어지는 순간부터 그의 존재는 어디서도 찾을 수가 없다.

현실이, 사실이 그렇다고 해서 모든 것이 당연하게 느껴지는 건 아니었다. 문자 한 통 해 볼 수 없는 현실은 씁쓸하기도 했고 그가 완전한 사람이 아니라는 사실은 더럭 두렵기도 했다.

"자, 이만 갈까?"

시간은 얼마나 지났을까. 부장이 직원들의 표정을 살피며 해맑게 묻는다.

네! 네네! 네네네네네! 일동 눈을 빛내며 쏜살같이 일어섰다.

"허허. 먼저들 가. 난 마저 마시고 갈 테니까."

……그러다가 모두는 멈춰 섰다.

"아아. 먼저들 가라고. 내일 회사에서 봅시다."

어서 가. 어서어서. 부장은 태연한 표정으로 먼저들 가라 손짓했다. 저 손짓은 어서 가라는 건가 어서 오라는 건가. 이런 제길……. 모두는 예감했다.

"왜들 안 가고 서 있어? 어서들 가라니까?"

"아, 아닙니다! 가긴 어딜 가겠습니까!"

물어서는 안 될 미끼를 물어 버렸다는 걸. 제일 먼저 서류 가방을 챙기던 과장이 슬그머니 가방을 내려놓는다.

"끝까지 저희는 부장님과 함께하겠습니다!"

저희라니요……. 과장님 혼자 함께하셔도 되잖아요…….

"자자! 뭐 해! 다들 앉지 않고! 하하! 하하하!"

앉아! 앉아, 앉아! 과장이 피 같은 웃음을 토하며 앉으라 손짓을 하자 직원들은 한껏 인상을 구긴 채 다시 슬금슬금 자리에 앉았다. 이 망할 부장의 빅엿 스킬은 때와 장소 없이 빛을 발한다. 조선 시대 이방 같은 과장의 처세술에도 염증이 날 지경이다.

"야야, 다음 회식부턴 깔때기 준비해라. 아예 부장님 입에 술 부어 버리게."

"네. 비용 처리만 해 주세요. 확실하게 준비하겠습니다."

그때였다. 부장의 전화기가 험한 기운으로 울리기 시작했다. 나이스……! 모두는 지원군의 등장에 주먹을 말아 쥐었다.

"부장님! 부장님! 사모님 전화입니다!"

"안 받아! 안 받는…… 여보세요?"

직원이 냉큼 통화 버튼을 눌러 건네자 부장은 감기던 눈을 뜨며 전화를 받았다. 지금 부장을 컨트롤할 수 있는 사람은 다른 누구도 아닌 집에 계신 마나님이시다.

"아아. 지금 들어가, 사람 참. 기다려, 기다려. 통닭 포장하고 있으니까."

― 통닭 같은 소리 하고 자빠졌네! 빨리 안 들어와?!

"허허. 허허허허. 사람 참. 허허허허. 알겠어. 허허허. 알겠다고. 허허허."

― 빨리 와! 비밀번호 바꿔 버리기 전에!

띠리릭. 전화가 끊긴다.

"자자, 부장님! 어서 가시죠!"

"가시죠! 가시죠, 부장님!"

"허허허, 이거 아쉬운데. 허허허. 허허허."

부장은 실성한 듯 허허허, 웃음 지으며 직원들의 손에 이끌려 밖으로 나왔다. 모두는 부장을 끌고 밀며 동굴 같던 와인 Bar를 벗어났다.

"자! 가자고! 수고들 많았어! 가자고! 가자고!"

그냥…… 너 님 먼저 가세요……. 부장은 구겨지듯 차에 올라탔다. 부우웅— 부장을 태운 차가 출발하자 과장이 볼멘소리를 한다.

"아, 진짜. 부장 너무하는 거 아니야? 누굴 죽이려고. 진짜 마음에 안 든다니까."

우리는 너 님도 마음에 안 들어요……. 너도 가세요……. 직원들은 부장이 사라지자마자 부장 욕을 시작하는 과장을 택시에 던져 버렸다. 직급순으로 택시에 실려 가고 대부분이 사라진 거리. 승민은 여자 선배가 타고 갈 택시를 잡았다.

"선배, 어서 타요."

"나 갈게요. 승민 씨, 내일 볼 수 있으면 봐요."

선배…… 무슨 인사가 그래요…….

"빨리 들어가요. 내일 봐요, 선배."

"안녕. 어쩌면 영원히."

정신이 온전치 않은 마지막 여직원이 인사를 고했고 택시와 함께 사라졌다. 가장 꼴찌에 승민과 찬양이 남았다. 하아, 하……. 두 사람은 얼굴을 바라보다 웃음을 터트렸다. 딱히 무슨 말을 섞지 않아도 서로 무슨 생각을 하는지 잘 알 것만 같았다.

"찬양 씨는 괜찮아요?"

"네. 저는 괜찮아요."

찬양이 고개를 끄덕이자 승민은 택시가 오는 방향으로 고개를 돌렸다. 승민이 택시를 부르기 전에 찬양이 먼저 손을 흔들었다.

"저기 택시 온다. 대리님 먼저 가세요. 택시! 택시!"

"무슨 소리예요. 찬양 씨 먼저 가야죠. 남자가 먼저 가는 법이 어디 있어요."

"저는 누가 데리러 오기로 했거든요. 걱정 마요."

"아, 그렇구나⋯⋯."

찬양의 적당한 핑계 앞에 승민은 먼저 가 보겠다며 택시에 올라탔다. 승민을 태운 택시가 출발하자 찬양은 혼자 남은 거리에 서서 두리번거렸다. 언제부터인가, 자꾸만 주변을 돌아보는 버릇이 생겨 버렸다.

"속 쓰리다. 편의점에서 삼각김밥이라도 사 먹을까."

속이 울렁거리니 차를 탈 엄두가 나질 않는다. 팔자에도 없는 고급 와인을 물처럼 마신 대가는 생각보다 참혹했다. 찬양은 터벅터벅 걷다가, 조금만 쉬었다가 갈 요량으로 버스 정류장 벤치에 앉았다.

"나도 진짜 웃긴다. 누가 데리러 오기로 했대."

문득 승민에게 둘러댔던 거짓말이 떠올라 피식, 웃음을 터트렸다.

"⋯⋯휴."

찬양은 웃음 끝에 긴 숨을 내뱉었다. 이상하게 기분이 허무하다. 그토록 바라던 일이었는데, 그토록 꿈꿔 왔던 환영회와 회식이었는데.

사람들 사이에 섞여 있어도, 웃음 섞인 대화를 주고받아도. 집중하지 못한 채 자꾸만 고개를 돌려 주변을 살피고, 이내 실망하고, 신경은 온통 집으로 향했다. 마치 외출 전 가스를 끄고 나왔는지 기억을 못 하는 사람처럼. 빨리 가 봐야 할 것만 같은 조급함. 내 집에, 당신이 있는지 확인을 해야 할 것만 같은 불안함.

「오 부장 안 되겠네. 회식을 이렇게 늦게까지 해.」

찬양은 버릇처럼 소리가 나는 쪽으로 고개를 돌렸다. 한참이나 그녀의 시선이 어느 한곳에 머문다. 이윽고 둥근 호선이 그녀의 입가와 눈가에 내려앉는다.

「이거 권력 남용인데. 사원들 집에도 못 가게 하고. 회식 문화 바꿔야겠어.」

무심한 표정과 덤덤한 말투, 누구에게도 보이지 않을 시선. 눈을 다시 떴다 감아 봐도 그의 모습은 변함이 없다.

「가자. 일어납시다.」

까만 밤, 부는 바람, 조금은 시린 공기.

「집에 가야지.」

어지러운 시선에, 기다리던 그가 보였다.

높은 빌딩이 밀집되어 있는 야심한 시각의 도로는 한적했다. 지안은 정류장 의자에 앉아 자신을 바라보고 있는 찬양을 응시했다. 일어나래도 말을 듣질 않고 그녀는 눈씨름을 걸어온다. 싸움을 피할 생각이 없는 지안은 번뜩 눈에 힘을 줬다. 그러자 그녀의 눈꺼풀이 천천히 내려갔다가 올라온다.

"우와, 상무님이다."

그제야 지안도 따라 눈을 감았다가, 떴다.

"그래, 나다."

"대박 사건. 진짜 상무님이다."

"와중에 대박 사건인 줄은 알고 있는 모양이지."

"와, 대박. 진짜 왔다. 진짜가 진짜 왔네."

예상과는 조금 다른 찬양의 반응에 지안은 눈썹을 꿈틀거렸다. 깜짝 놀라 왕방울 같은 두 눈으로 잔뜩 겁을 먹을 거라 생각했는데.

"지금 웃음이 나와?"

웃는다. 미소를 그린다. 마치 올 줄 알았다는 것처럼.

"지금 몇 시인 줄 알아? 밤이슬 맞고 돌아다닐래, 자꾸?"

계속 기다리고, 있었다는 것처럼.

"상무님, 지금 제 걱정 돼서 여기까지 찾아오신 거예요?"

지안은 마른침을 삼켰다. 감동이라는 듯 촉촉하게 빛나는 그녀의 두 눈을 좀 보라.

그래. 걱정이 돼서 찾아왔어. 밤이 너무 깊었잖아. 연락은 되질 않고, 너도 오질 않잖아. 걱정이 돼서 가만히 있을 수가 있어야지. 그래서 찾아왔어. 걱정이 돼서. 넌 지금 무얼 하고 있나, 궁금해서.

"누가 누굴 걱정한다는 거야. 정찬양 씨가 이 시간까지 집엘 안 들어오니까 내가 취침을 못 하잖아, 취침을."

내가 없는 너의 시간이 즐거울까 봐, 걱정이 돼서.

"남의 귀한 시간을 이렇게 묶어도 되나? 정찬양 씨가 없으니까 내 시간이 흐르질 않잖아, 답답하게."

"아, 맞다. 그랬겠다. 상무님 시간이 멈췄겠어요."

"그걸 지금 말이라고 해?"

"지금은요? 지금은 시간이 흘러요?"

지안은 손목을 걷으며 시곗바늘을 확인했다. 시간은 멈추지 않고 재깍재깍 잘도 흐른다. 이제야 시간이 흐른다고 말해 주려다가 지안은 찬양의 표정을 확인했다. 헤에…… 입술을 벌린 채 꿀 같은 미소를 짓고 있다.

"시간이 흐르는지 아닌지 전혀 궁금한 표정이 아닌데."

"상무님, 여기 앉아 봐요."

어서요, 어서요. 찬양이 자신의 옆자리를 툭툭 치며 앉기를 종용하자 지안은 움찔거렸다. 단단히 화가 난 얼굴로 폭풍 같은 잔소리를 쏟아 낼 참이었는데. 어지간한 사과엔 눈 하나 깜짝하지 않으려고 만반의 준비를 다하고 왔는데.

"어서요. 잠깐만요. 앉아요, 여기."

도착했을 땐 승민과 찬양만 남아 있더라. 모두가 떠난 자리에서 그들은 서로를 바라보며 쨍한 미소를 짓고 있더라. 사내의 질투가 두 눈에 휘감기고, 그래서 그 모습을 바라보는데 인내심이 필요하더라.

"앉으면, 뭐."

"일단 앉아 봐요. 잠깐만요. 잠깐이면 된다니까요."

그들의 노닥거림을 막을 재간은 없고, 더는 보고 싶지 않으니 그냥 뒤돌아 사라져야 하나 잠시 망설였을 때, 그녀는 누군가 데리러 오기로 했다며 승민을 택시에 태워 먼저 보내더라. 그러더니 뒤도 돌아보지 않고, 제 갈 길을 가듯 걸음을 옮기더라. ……고이고 쌓이던 분노는 한순간에 눈 녹듯 사라지고 말았다. 그녀를 데리고 갈 '누군가'가 되어 준비해 두었던 대부분의 잔소리는 사라지고 말았다.

지안은 걸음을 옮겨 찬양의 옆자리에 앉았다. 그제야 만족스럽다는 듯 그녀는 온 얼굴로 웃음 지었다.

"일어나라니까 사람을 앉히고. 언제 가려고."

"잠시만요. 밤공기 시원하잖아요."

"비 올 것 같은 날씨인데."

"오면 어때요. 맞으면 되죠."

함께 바람을 쏘이고 싶다고 말하며 찬양은 긴 숨을 불어 내쉬었다. 지안은 곁눈질로 힐끔, 그녀의 표정을 살피다가 둥글게 말아 쥔 손등을 내려다보았다. 치마를 입은 그녀의 다리가 춥게 느껴진다. 마치 그녀의 다리를 훔쳐본 것 같아 지안은 황급히 다른 곳으로 시선을 옮겼다.

"상무님, 저 있잖아요. 궁금한 게 있어요."

지안은 자신의 슈트 재킷 단추를 끌렀다.

"우리가요, 그러니까 죽음의 문턱을 오갔다고 했잖아요. 함께."

팔을 빼며 슈트 재킷을 벗었다.

"삼 일을 함께 있었나요?"

그녀의 다리에 툭, 재킷을 떨궜다. 반대편 도로만 바라보며 중얼거리던 찬양이 자신의 다리를 내려다보았다.

"괜찮아요. 저 안 추운데."

"내가 더워."

형체는 있으나 실체가 느껴지지 않는 지안의 재킷. 바람을 막아 주는 기능을 할 리는 없지만 어쩐지 실제로도 따뜻해지는 기분이다. ……지금 그녀는 자신의 감정을 형용하기가 어렵다. 타인의 시선에 보일 리 없는 재킷을 다리에 두르고, 남들은 보지 못할 남자와 함께 정거장에 앉아 긴 숨을 내쉬는 일. 이마저도 정해진 시간이 따로 있어 어느 날은 그것이 아쉽고. 또 어느 날은 그것이 서운하고.

"질문이 뭐였지?"

"아, 우리요. 삼 일을 함께했냐고요. 그 황천길에서요."

"이쪽의 시간으로는 아마도, 삼 일이겠지."

"이쪽의…… 시간이요……?"

어느 날은 눈을 흘길 만큼 얄미웠다가, 입술을 삐죽 내밀 만큼 밉살스러웠다가.

"그럼 그쪽은 시간이 달라요?"

"뭐, 그렇다고 해야겠지."

마음이 무어라 말하는지 종잡을 수 없어 자꾸만 어지러웠다. 인생이 통째로 흔들릴 만큼 겁이 나는 시간들이었지만 어쩌면 지금보다 훗날이 더 무서울 것 같다고.

찬양은 지안을 바로 보았다. 지금 그의 표정은 말을 아끼는 것도 같고, 아닌 것도 같다.

"그쪽 세상 이야기 좀 해 주세요."

"갑자기 왜."

"그냥요. 그냥 궁금해졌어요. 조금."

지안은 그녀의 질문에 머뭇거리며 생각을 정리했다. ……무엇을 어떻게 설명해야 할까. 낮도 밤도 없는, 변하는 계절도 없는. 저 먼 지구 너머의 공간처럼 한 줌의 숨도 물도 남아 있지 않은 공간을.

"이곳의 하루는 그곳의 한 달, 정도."

그 속에서 나누었던 너와 나의 이야기를. 데일 듯 뜨겁게 주고받았던 우리 사랑을. 무엇도 잊지 않겠다던 너의 약속을.

"하, 한 달이요?"

지안은 당혹감으로 물든 그녀 눈빛을 바라보다가 망설이던 말문을 열었다. 그래, 그녀의 입장에선 충분히 당혹스러울 만하다. 잊었으니까. 지워 버렸으니까. 우리 참, 많이 사랑했는데.

"사실 그곳엔 시간이라는 개념이 없어서 물리적인 계산을 한다는 것 자체가 의미 없긴 한데, 내 시계는 멈추지 않고 흘렀으니 예감에 하루가 한 달 정도."

우주에 둘만 남은 것 같던 석 달. 서로를 향한 완벽한 의지와 위로가 결국 사랑이 되어 버렸다. 그곳의 기억을 고스란히 안은 채 지안은 덤덤히 입술을 움직였다.

"정찬양 씨가 깨어나니 이곳은 삼 일밖에 흐르지 않아서, 나도 좀 당황스러웠지."

"아……."

모든 것이 멈춰 있던 세계에서 유일하게 움직인 거라곤 시곗바늘뿐. 하지만 시곗바늘은 그녀가 깨어나는 순간부터 멈춰 버렸다. 다시 그녀를 찾아올 때까지, 고장 난 것처럼 움직이지 않았다.

"그럼요, 상무님. 그 석 달 동안 우리는 뭘 했나요?"

"……걸었지. 기다리고. 계속, 계속."

주변은 온통 암흑이요, 길이랄 것도 없어 목적지도 알 수 없던 때. 다만 어디론가 걸었고 무의식이 이끄는 공간으로 향했다. 쉼 없이 걸으니 생사를 가르는 내(川)가 나왔다. 삼도천(三途川)이었다.

지안이 잠시 곁을 둘러보는 사이 찬양은 이미 삼도천에 발목을 담갔고, 뒤늦게 발견한 그가 황급히 그녀를 붙잡았다. 건널까 말까 고민하고 있자니 그 앞으로 생의 죄를 묻는 할멈과 할아범이 다가왔다. 명부에 없는 사람들이 도착해 처음엔 그들도 갈피를 잡지 못하더라.

"삼도천을 건넜으면 아마, 둘 다 죽었을 텐데 다행히 그 앞에서 멈췄지, 우리는."

기다리다 보니 도착한 명부는 하나. 그마저도 이름이 없어 둘 중 한 명만 돌아갈 수 있었다. 판결은 공정하고 명쾌했다.

이미 삼도천에 발을 담근 자, 먼저 돌아갈 수 없다.

할멈과 할아범은 그러한 이유로 지안에게 되돌아가기를 명했지만 그는 그녀를 두고 돌아 나올 수가 없었다. 이미 사랑하니까. 이미 사랑하고 있었으니까.

결국 찬양이 먼저 생(生)의 세상으로 떠나왔다. 하여, 그녀는 무사하고 안전하게 눈을 뜰 수 있었다. 지안을 그곳에 남겨 둔 채. 어서 가라 등 떠미는 지안을 뒤로한 채.

그의, 간청이었다.

"그런데요 상무님, 왜 제가 먼저 돌아왔어요?"

뜻 없는 찬양의 질문에 지안은 실소를 터트렸다. 그녀는 혹 알고 있을까. 평생을 물어도 답을 들을 수는 없을 거란 걸.

"예전에 저한테 그러셨잖아요. 상무님이 저를 먼저 보내 주셨다고."

너를 사랑해서, 홀로 그곳에 두기가 두려워서, 그래서 너를 먼저 보냈단 말 같은 건 아마도 나는 끝끝내 하지 못할 거란 걸.

"정말 상무님이 저를 먼저 보내 주신 건가요?"

"……그럴 리가."

그럴 리가. 그의 입술 사이로 불쑥 거짓말이 튀어나온다. 백 번 천 번 너를 위해 옳은 대답이라고 믿어 보기로 한다.

"그럴 리가 없잖아. 그저 정찬양 씨의 순번이었으니 떠나왔겠지."

"그렇죠? 그런 거죠? 난 또, 혹시나 상무님이 정말 저를 먼저 보내셨을까 해서……."

"내가? 내가?"

"그러니까요. 상무님이 그러실 분이 아닌데. 이상하다 했어요."

찬양이 놀리듯 우스꽝스러운 표정을 짓자 지안은 미소를 다시금 지워 냈다. 미물의 청(請)에는 대가가 따르는 법, 그는 그녀를 먼저 이 세계로 보낸 대가를 치르는 중이다. 사랑하는 이로 하여금 시간을 흘려 보내는 것. 그녀의 시간을 갉아먹듯 곁에서 함께하는 것.

"상무님, 저 또 궁금한 게 있어요."

찬양의 질문이 끊임없이 이어지자 지안은 천천히 눈을 감았다. 쇠가 갈리는 소리처럼 서걱거리던 삼도천 문지기의 음성이 귓가에 선연하다.

"그렇다면 저는, 거길 떠나오면서 전부 기억을 못 하게 된 거죠?"

미물이여— 사랑하고 사랑받아라—
목숨처럼 받들며 귀히 여겨 보아라—

"분명 석 달이나 있었으면서, 그걸 하나도 기억 못 하는 거죠. 저는요."

그러다 쉬이 떠나 버려라—
흔적 한 점 남김없이 모든 것을 비워라—

"석 달이라는 시간이 짧은 건 아니었을 텐데, 나는 어쩜 하나도 기억을 못 하냐……."

모든 것을 잊고 깨어나라—
네 여인의 마음을 범한 것도 잊은 채 가벼이 눈을 떠라—

"상무님만 기억하고 있는 게 안타까워요. 저도 기억하면 좋을 텐데."

깨어나거나, 깨어나지 않거나—
사랑하거나 하지 않거나—

"아…… 상무님, 있잖아요……."

모든 순간이 네게는 삼도천의 길목이요—
지옥의 외길이 될 것이다—

"그럼, 상무님도 석 달 뒤엔 지금을 기억하지 못하겠네요……?"
……찬양의 음성은 바람과 맞닿아 시리게 들려왔고 지안은 천천히 눈을 떴다. 천천히 고개를 돌려 보니 눈동자에 불안함을 가득히 담은 그녀 모습이 담긴다. 그녀는 재차 확인하듯, 거듭 알려 달라는 듯.
"그런…… 거죠? 상무님도 눈 뜨면 그냥 자고 일어난 것처럼……."
"……."
"그냥…… 아팠다가 깨어난 것처럼……."
"그렇겠지."
그렇겠지. 그렇게 되겠지.
……하. 찬양은 불현듯 헛웃음을 터트렸다. 저도 모르게 헛숨을 동반한 웃음이 흘렀다. 그렇다면 나처럼 이 사람도 오늘을 모르겠구나. 이 사람도 지금의 나처럼 이곳의 모든 것을 잊겠구나. 그러니까, 그러니까, 지금 이 사람과 나 사이에 아무리 많은 일들이 생기고 기억이 쌓여도, 결국 모든 것은 비눗방울처럼 사라질 것들이라는 것. 그럴, 것이라는 것.
"그렇구나……. 그렇겠네……."

찬양은 조용히 중얼거리다가.

"아…… 왜 그런 생각을 못 했지……."

어째서 이제야 깨달았는지, 자신의 무지함에 탄식하다가.

"아…… 맞네……. 그렇지……. 그렇겠네……."

무언가 자꾸만 가슴을 콕콕 찔러 따가운 기운이 일었다. 알딸딸한 술
기운이 전신을 감싸고, 괜한 것을 물었다는 생각이 스치다가, 왠지 모
를 서운함이 찾아왔다. 찬양은 크게 숨을 들이켜며 허공을 응시했다.

"뭐, 상무님이 제자리로 돌아간다는 건 반가운 일이잖아요."

음성은 마음을 담지 못해 생기 없이 흩어졌다.

"솔직히는 나중에, 나중에 혹시라도 상무님을 길거리에서 마주쳤는
데 그냥 모르는 사람처럼 지나치면 좀 서운할 것 같긴 해요."

울컥하는 마음은 술김이라고, 턱 끝까지 올라오는 뜨거움을 모르는
척하기로 한다.

"아닌가, 살다가 상무님을 길거리에서 마주할 수 있는 확률이 얼마
나 되려나……. 마주칠 일은 없겠죠……?"

퇴사가 예정된 회사. 다시금 제자리를 찾아 돌아올 나. 어느 날 자
고 일어나면 꿈처럼 멀어질지도 모를 지금의, 우리.

"맞네. 맞아. 백경의 로열패밀리를 내가 어디서 마주한담."

살며 당신을 다시 볼 수 있는 날이 있을까. 당신과 내가 스쳐 마주
할 순간이 있을 수 있긴 한 건가. 그럴 일은 아마도 없을 텐데. 아마
도…… 그럴 텐데.

"상무님, 술김에 쓸데없는 말을 했지 뭐예요, 제가. 신경 쓰지 마시
고 나중에 속 시원히 돌아가세요."

찬양이 부질없는 생각이라는 듯 담백하게 갈무리를 하자 지안은 손
등만 내려다보았다. 말문이 막혀 별다른 말은 떨어지지 않는다. 아니,
사실은 목 끝까지 차오르는 몇 마디가 힘겨워서 입을 열기가 힘이 들
었다. 입을 열면 쏟아질까 봐, 그러다 후회할까 봐.

제아무리 사랑해도 나는 곧 떠날 텐데. 별도리도 없이 나는 너를 잊을 텐데.

"상무님, 이제 우리는 시간이 얼마나 남은 거죠?"

"……두 달, 정도."

너를 그런 시간 속에 홀로 남겨 둘까 봐. 지금의 나처럼 네가 그런 날들 속에 힘겨울까 봐.

"시간 금방 가네요. 생각보다."

찬양은 천천히 고개를 끄덕이며 아쉬움을 삼켰다. 스스로 상황을 납득해 보려고, 일순간 아쉽고, 그래서 서운해진 마음을 정리해 보려고. 할 말이 없어 그녀는 숨만 내쉬었다. 해 줄 말이 없어 그는 침묵을 지켰다.

"이제 그만 가요, 상무님."

찬양은 분위기를 쇄신하듯 자리에서 일어섰다. 그의 얼굴이 조금씩 반가워지는 것은 생각하면 생각할수록 서글픈 일이었다. 서로는 암묵적인 약속을 주고받았다. 감당할 수 있을 만큼의 기억만 쌓아 가기로.

"재킷 감사했어요. 여기요."

"덥다니까. 걸치고 있어."

"……네."

끝은 이미 정해져 있었으므로.

우르르 쾅쾅―! 집에 돌아오기가 무섭게 비가 온다. 국지성 호우인 것 같은데 천둥 번개 한번 살벌하게 내리친다.

"비, 오랜만이네."

지안은 커튼을 걷어 밖을 살핀 뒤 다시 손을 내렸다. 번쩍번쩍, 섬광은 건물을 박살 낼 듯 하늘을 쪼개며 떨어지고 콰콰과쾅―! 소리는 포탄이 오고 가는 전쟁 통을 연상시켰다. 지안은 소파에 앉아 물끄러미 꺼진 TV 화면만 바라보았다.

쿠쾅쾅! 쿠우쾅쾅콰쾅—! 죽은 사람도 깨어날 만한 굉음이다. 힐끔, 그녀의 방 쪽을 살펴본 지안은 턱을 문지르며 망설였다. 자나? 아닌가? 술을 마셨으니 기절한 듯 자고 있을 수도 있겠고, 화들짝 놀라 더듬거리며 일어났을 수도 있겠다. 하여튼 그녀의 방은 삼도천이 따로 없다. 건너갈 수 없으니까.

쿵콰아앙! 쿠구구쿵—! 어후, 소리 봐라. 전쟁이 났대도 믿겠다. 창문을 두드리는 빗줄기도 거세고 바람은 또 어떻고. 아무래도 그녀가 겁에 질려 있을 것만 같아 지안은 벌떡 일어섰다. 문이라도 두드려 볼까, 응답이 없으면 그냥 돌아설까. 천천히 그녀 방 앞으로 걸어가며 지안은 갈등의 기로에 섰다.

끼이이익. 그때였다. 그녀 방문이 열리는 소리가 들려와 지안은 튕기듯 뛰어 소파로 되돌아갔다. 털썩 소파에 주저앉아 잡지책을 들었다.

"저, 상무님."

"왜."

잡지책을 넘기며 무심하게 물었다. 역시나 잔뜩 겁을 먹은 그녀의 목소리가 반갑게 들려왔다.

"저기…… 죄송한데요……."

"죄송한데, 뭐."

"아, 그게요…… 제가 자다가 깼는데요……."

쿠구궁— 콰과과쾅—!

흐엉……. 찬양은 가지고 나온 베개를 꽉 쥐고는 어깨를 움츠렸다. 지안은 올라가는 입꼬리를 간신히 내리며 잡지에 시선을 고정했다.

"돌려 말하지 말고 빨리 말해."

"비가 너무 와서요……. 제가 지금 너무…… 무서워서요……."

"그래서."

너무 빨리 넘긴 탓에 잡지책이 끝났다. 지안은 털썩 내려놓으며 다른 잡지책을 들어 올렸다.

"잠을 자야 출근을 할 텐데 제가 지금…… 너무 무서워서요……."

"뭐, 같이 있어 달라고?"

성질 급한 지안이 돌직구로 묻자 찬양은 머뭇거리다가 고개를 끄덕였다. 한번 올라간 입꼬리가 도무지 내려올 줄을 몰라 지안은 손으로 입가를 가렸다.

"비 그칠 때까지만. 그냥 옆에만 있으면 안 될까요?"

그녀는 말을 이었다. 한번 깨니까 방 안이 으스스해서, 또 귀신 같은 상무님을 보다 보니 또 다른 게 보일 것도 같고. 원래는 천둥 번개안 무서웠는데 오늘은 또 왜 이렇게 무서운지 모르겠다고.

"……"

지안은 올라간 입꼬리 좀 어떻게 하고 싶다. 말을 하고 싶은데 이 망할 입꼬리가 하늘로 승천하듯 올라 손을 못 떼겠는 것이다. 찬양이 보기엔 무지막지하게 심각한 표정이다.

"아, 소파 위 혼숙 질색이시죠. 그냥 들어갈게요…… 죄송합……."

"와."

"네?"

"오라고."

그녀가 들어갈 태세를 보이자 올라갔던 입꼬리가 금세 내려간다. 지안이 고개를 돌리며 찬양을 바라보았다. 몹시 귀찮고 불편하다는 듯 자리를 옮기며 손으로 소파를 툭툭 쳤다. 그러자 찬양의 얼굴에 화색이 돈다. 사실 누구의 얼굴에 더 화색이 도는지 잘 모르겠다.

"정말요? 그럼 잠시만 신세 좀 질게요!"

찬양이 잠옷 바람으로 베개를 꼭 끌어안고 소파에 앉는다. 누워서 잘 생각은 없는지 그대로 눈을 감았다.

"뭐 해."

"자는데요?"

"앉아서?"

"상무님도 앉아 계시잖아요."

지안은 팔을 뻗어 찬양의 머리를 붙잡고 무릎에 눕혔다.

"이불은 왜 안 가져왔어."

얼떨결에 지안의 무릎에 누운 찬양이 베개를 꼭 쥐었다.

"가, 가져올게요."

"됐어."

지안은 재킷을 덮어 주었다. 요즘 남지안의 재킷은 정찬양의 담요로 요긴하게 사용되는 중이다.

"상무님."

"부르지 말고 자."

쿠구구궁—! 우르르 쾅콰쾅—!

삽시간에 방에 불을 켠 듯 환한 빛이 스며들고 곧장 사라진다. 찬양은 두 눈을 꼭 감고 웅크렸다. 그 모습을 내려다본 지안은 잡지를 한 손으로 잡은 채 다른 손을 내려 찬양의 눈을 가렸다. 그녀가 더욱 움츠리자 지안이 달래듯 조용한 음성으로 말했다.

"내일 회사에서 졸면 가만 안 둬. 빨리 자."

"네……. 비 그치면 깨워 주세요. 들어갈게요."

"그래. 빨리 자."

마치 모든 배려는 네가 아닌 회사를 위한 것뿐이라고. 그는 그녀의 생각을 함께 잠재우려 했다.

베개를 끌어안은 채 찬양은 잠이 들었다. 그녀의 눈을 가린 지안의 손이 순간순간 움찔거리며 움직였다. 눈가 주변을 훑듯이 쓰다듬으며 오랫동안 머물렀다.

비는 어느덧 그쳤다. 사실 그녀가 무릎에 눕고 나서 얼마 지나지 않아 말끔하게 떠나 버렸다. 하지만 그도 깨우지 않고 그녀도 일어나지 않았다.

그녀는 그의 무릎 위에 그쳤다.

"으…… 속 쓰려……."

쓰린 속을 부여잡고 헛개 음료를 손에 쥔 채 찬양은 회사 정문을 통과했다. 해장을 못 한 탓인지 도통 힘이 나질 않아 느릿느릿한 걸음으로 간신히 로비에 도착했다.

으아아. 아침엔 네 발로 걷고 점심엔 두 발로 걷고 저녁엔 세 발로 걷는 게 인간이라 했던가.

"난 인간도 아닌가 봐……."

인간이길 포기한 채 하루 온종일 네 발로 걷고 싶다…….

"거기, 빨리 들어가세요. 빨리."

……응? 찬양이 선뜻 로비를 통과하지 못하고 자신과의 싸움을 이어 가고 있던 때, 보다 못한 경비 직원이 잰걸음으로 다가와 영혼 리스 걸음을 옮기고 있는 찬양에게 손짓했다.

"아니면 좀 비켜서세요. 여기 막지 말고."

"네? 아, 네. 들어갈게요."

이크. 혼났다. 찬양은 어서 비키라는 경비 직원의 말에 걸음을 재촉했다. 회전문을 통과한 뒤 가방을 열어 사원증을 뒤적거렸다.

어, 없나. 없나?!

"어디 갔지? 안 가져왔나?"

헐! 없다……! 맙소사. 가방을 바꿔 들고 오며 사원증을 두고 온 모양이다. 찬양은 질겁하는 표정으로 눈만 감았다가 떴다. 챙겨 본 적 없으니 몸에 배지 않아 깜빡한 것이다.

"아우 이 멍청이……. 이 돌대가리……."

찬양은 머리를 통통 때리며 오만상을 찌푸렸다. 그사이 차량 한 대가 로비에 들어서고 출근한 현주가 내린다. 한 무리의 인사를 받으며 현주는 회전문을 통과했다.

"전무님, 안녕하십니까."

"생명 쪽 신주 현황은 어떻습니까?"

"네. 발행가액 대비 45% 상승폭이 있습니다."

찬양을 스쳐 지난다.

"무선사업부 관계사 물량 수주는?"

"안정화되고 있습니다. 이대로라면 문제없을 것 같습니다."

"그렇군요. 강승호 책임을 좀 만나고 싶은데."

"바로 진행하겠습니다."

현주가 멈춰 선다. 한 무리의 사람들이 따라 멈춰 서고, 그녀의 비서 윤 실장 또한 멈췄다.

가방을 뒤적거리던 찬양은 주변이 갑자기 조용해지자 고개를 들었다. 헐. 전무님이다.

"정찬양 씨?"

"안녕하십니까, 전무님!"

찬양은 가방을 부여잡았던 손을 내려놓으며 큰 움직임으로 인사를 했다. 쩌렁쩌렁한 그녀의 목소리가 로비를 울린다. 현주는 반갑다는 듯 미소를 그리며 찬양에게 걸음을 옮겼다.

"출근합니까?"

"네! 출근합니다!"

군기가 바짝 잡힌 모습처럼 찬양이 씩씩하게 답한다. 현주는 그런 그녀의 모습이 사뭇 귀엽다. 도대체 정찬양 씨는 우리 남 상무와 어떻게 친해진 걸까, 문득 궁금증이 일렁인다.

"불편하거나 어려운 일은 없습니까?"

"네! 없습니다!"

"그럼 같이 올라가죠."

"네! 전무님!"

나이스……. 찬양은 난데없는 현주의 제안이 감사하기만 하다. 카드인식문을 어떻게든 통과해야 했는데.

　"그럼 저는 먼저 올라가겠습니다. 오전 회의는 바로 하죠."

　"네. 전무님."

　현주가 찬양과 걸음을 옮기자 직원들은 걸음을 멈추며 간격을 벌렸다. 경비실에서 현주를 위해 미리 열어 둔 카드인식문이 그들을 반긴다. 나이스, 그냥 통과되자 찬양은 주먹을 불끈 쥐며 쾌재를 불렀다. 지금 찬양의 눈에 현주란 전지전능한 전무느님 정도로 비치는 중이다.

　엘리베이터 앞에 선 두 사람은 서로 마주 보며 화창한 미소를 주고받았다.

　"남 전무 옆에, 누구?"

　간발의 차이로 로비를 들어선 대표 강준은 멈췄다. 그의 비서가 앞을 살피더니 현주 곁의 찬양을 발견하고는 고개를 수그렸다.

　"정찬양 사원입니다. 얼마 전 남 전무의 추천이 있었던……."

　"아아. 정찬양."

　강준은 잊고 있었던 이름이 떠올랐다는 듯 유심히 찬양을 바라보았다. 이력서로 보았던 까닭인지 찬양의 얼굴이 낯설지 않다. 여간해선 웃는 일이 없는 남 전무가 찬양을 바라보며 사심 없는 미소를 짓고 있다. 엘리베이터 문이 열리자 두 사람이 나란히 올라선다. 의심 많은 강준의 시선에 윤 비서도 탑승하지 않는 일이 의아하게 비친다.

　"정찬양 업무 상황 좀 파악해 줘."

　"네? 아, 네. 알겠습니다. 대표님."

　"가지."

　강준은 다시 걸음을 옮겼고 보안 측에서 잡아 놓은 엘리베이터에 몸을 실었다. 문득 두 사람의 관계가 궁금해졌다.

　"어제 한잔했나 보죠?"

"네? 헐. 내, 냄새가 납니까? 죄송합니다!"

엘리베이터에 올라타자 현주가 느닷없이 술을 마셨냐고 묻는다.

"죄송합니다! 어제 회식이 있어서!"

찬양은 뒷걸음을 치며 킁킁, 제 옷의 냄새를 맡았다.

"아뇨, 손에 그거."

"아…… 이거요……."

현주가 헛개 음료를 가리키자 찬양은 무안한 얼굴로 냄새를 맡던 팔을 내렸다.

"저도 아침에 가끔 마셔서 압니다."

"전무님 드릴까요? 아직 새거인데……."

"아뇨. 어제는 술을 마시지 않았습니다. 괜찮습니다."

"전무님도 술을 드십니까?"

상무님은 술이라면 질색을 하시던데. 찬양은 차마 뱉지 못한 말꼬리를 흐렸고 현주는 그녀의 질문에 고개를 끄덕였다.

"그럼요. 좋아합니다. 숙취는 나이와 비례하는지 요즘은 아침이 좀 힘들더군요."

'이봐, 남 전무. 적당히 좀 마셔. 나이 생각은 안 해?'

현주는 동생의 잔소리가 떠올라 머리를 쓸어 넘겼다. 찬양은 어쩐지 쓸쓸해 보이는 현주의 표정을 곁눈질로 살피다가 정면을 바라보았다. 전무님께 힘내시라고, 무슨 말이라도 더 하고 싶지만 도무지 할 말이 없다. 띵동, 때마침 엘리베이터가 멈춘다.

"전무님 저는 이만 가 보겠습니다."

"그래요. 만나서 반가웠습니다."

후다닥 뛰어내린 찬양은 허리를 꺾으며 인사를 했다.

"그럼 오늘도 수고하십시오! 전무님! 파이팅!"

파이팅! 찬양이 주먹을 불끈 쥐어 보이자 현주는 두 눈을 동그랗게 떴다. 찬양은 앙다문 입술로 전투적인 표정을 지어 보였다. 그 모습에 현주는 그만 웃음이 터지고 말았다.

"네. 찬양 씨도 수고 바랍니다. 그럼."

다음에 또 보죠. 현주가 가볍게 손 인사를 건네자 그 순간 문이 닫혔다. 파이팅 자세를 고정하고 있던 찬양은 자세를 바로 풀며 숨을 길게 내쉬었다.

"아흐, 이 멍청이. 파이팅이 뭐냐, 파이팅이. 전무님한테."

휴우. 아침부터 가지가지 한다. 찬양은 또 한 번 자신의 머리를 툭툭 쳤다. 뭐, 어찌 되었든 출근도 완료했겠다, 전무님께 에너지도 전달해 드렸겠다.

"그럼 나 정찬양은 월급 루팡이 되지 않게, 몰라도 열심히 해 봅시다. 아자아자!"

찬양은 헛개 음료를 원 샷 드링킹 한 뒤, 휴지통으로 가볍게 던져 골인시켰다. 오늘도 필사적인 하루가 시작되었다.

[다정한 연인에 대하여]

"다정한 연인, 워딩만 봐도 울렁울렁하다 이제."

찬양이 정신없이 키보드를 두드리던 때였다. 해 본 일 중 그나마 '업' 이라 부를 만한 게 PPT를 만드는 것이었고, 경험치는 제법 써먹을 만큼 쌓여 요긴했다. 승민이 두루뭉술하게 언급하면 찰떡같이 알아들은 찬양이 모양과 디자인을 뽑아내니 일은 어느 정도 진척을 보였고 남들 앞에 내어놓을 정도의 수준이 되어 갔다.

그러다가, 막혔다. 다시 처음으로 돌아갔다. 누가 누굴 봐주고 할 만큼 한가한 사람이 없다 보니 주변을 둘러봐도 물어볼 곳이 마땅치 않다. 업무 동지 승민마저 퀭한 눈빛으로 서류와 싸우고 있으니 말을 걸어 볼 엄두가 나질 않는다. 젠장. 뭘 했다고 벌써 점심시간이냐.

"찬양 씨, 식사 안 해요?"

"먼저 드세요. 저는 이것 좀 마저 하려고요."

"그럼 우리 다녀올게요."

현재까진 월급 루팡이 확실하다. 에효. 찬양은 한숨을 내쉬며 텅 빈 사무실을 훑었다.

"점심 먹을 자격도 없다, 정찬양."

무조건 오늘 안에 끝내야 한다! 힘내자! 아자!

「그렇게 굼떠서 오늘 안에 하긴 하겠어?」

사람들이 식사를 하러 자리를 비우자 지안이 말을 건다. 팩트 폭력을 당하자 파이팅을 하며 심기일전을 하던 찬양이 울컥한다. 직장인이 점심까지 포기하며 일에 매달리고 있는데 지금 그런 핀잔이 가당키나 한 겁니까?!

"이쯤 되면 상무님은 폭력자가 아니라 팩력자시죠? 네?"

「진척이 없잖아, 진척이.」

지안은 헤드 선임으로 돌아가 일침을 놓았다. 어지간하면 그냥 보고 있으려고 했는데 실속 없이 PPT 디자인에만 열을 올리는 게 아닌가.

「요즘 누가 PPT을 그렇게 뽑아. 간결하고 심플하게.」

찬양은 입술을 씰룩거렸다. 알아요. 안다고요.

「그런 솜씨 뽐내 봐야 도움될 거 없어. 전부 삭제하고 내용에 집중해.」

나도 안다고요. 알고 있다고요.

「뭐 해, 말 안 들려?」

그게 그렇게 쉽나……. 자신이 없으니까 애먼 디자인만 신경 쓰는 거죠…….

"에효."

찬양은 저도 모르게 한숨을 내쉬었다. 머릿속에 들어 있는 것들이 좀처럼 정렬되지 않고 간결하게 뽑히지 않는다. 노트에 적어 놓은 것들을 토대로 어찌어찌 만들어 보려 하건만 난생처음 맡아 본 배당 업무에 부담감을 느끼는 것이다. 그대로 옮겨 적기만 하면 될 것 같은데 무엇에 힘을 주고 무엇에 포인트를 주어야 하는지 당최 모르겠다. 이래도 마음에 안 들고 저래도 마음에 안 들고.

「마음에 안 들어. 처음부터 다시 해.」

그래……. 내 마음에도 안 드는데 니 마음이라고 들겠냐…….

"네. 네네네. 네네네네. 알겠습니다."

찬양은 대답했다. 다른 파트에 남아 있던 직원이 복사 용지를 들고 혼잣말을 하는 그녀 파티션 부근을 지난다.

「왜 그렇게 크게 말해. 누가 들으면 어쩌려고.」

"들으면 혼잣말하는 정신병자구나 하겠죠."

업무에 미치다 못해 혼이 나가 버린 찬양은 중얼거리며 다시 모니터에 집중했다. 해장도 못 한 심신에 외계어 같은 보고서의 홍수 속을 헤엄치다 보니 간이 배 밖으로 튀어나왔다.

"아…… 미치겠다……."

머리를 벅벅 긁다가.

「그거 혹시, 커피냐?」

"아니요. 사약인데요."

까맣다 못해 사약처럼 보이는 커피를 주야장천 마시다가. 카페인으로도 파이팅이 되지 않으니 스트레칭도 했다가.

"여기에 대체 뭘 넣으면 좋단 말이냐……."

별짓을 다 해 봐도 도무지 집중이 되질 않는다. 벌써 몇 시간째 빈 페이지 커서만 깜빡거리고 있다. 주말까지 할애할 수는 없다는 일념 하나로 매달려 보지만 쉽지 않다.

「그거 노려보면 PPT가 알아서 나오나?」

찬양이 커서만 노려보며 싸움을 걸고 있는 게 못마땅한지 지안이 다시 참견했다. 처음엔 자신만만하더니. 열과 성을 다하며 표지 꾸미기에 급급하더니. 백지로 돌아간 그녀는 뇌도 표백이 된 것 같다.

「그렇게 랜섬웨어 걸린 것처럼 멍청하게 앉아 있지 마.」

모든 회로가 멈춘 듯이 앉아 화면만 노려보고 있는 그녀를 어찌하면 좋을까. 답은 나와 있는 것 같은데 자신감이 부족해서 옮겨 적질 못 하는 것 같다.

"불금인데 아마도 오늘은 회사에 하옥될 것 같아요."

찬양이 작게 중얼거리며 다시 모니터를 압박하듯 노려보기 시작한다. 압박 기술, 그거 아무나 하는 거 아니다.

"흐응…… 흐으응……."

얼마나 흘렀을까. 찬양이 이상한 소리를 흘리며 헤죽헤죽 웃기 시작한다. 아무리 생각해 봐도 여섯 시간 뒤 회사에 앉아 있는 자신의 모습이 상상되는 모양이다. ……드디어 미친 건가. 지안은 한숨이 난다는 듯 고개를 절레절레 저었다. 그때였다. 찬양이 의자를 돌리며 휙, 돌아보았다.

"도와줘요."

「싫어.」

"도와주세요."

「싫어.」

"도와주십시오오오오……."

찬양이 눈가에 절망을 매단 채 두 손을 모아 쥔다. 지안은 웃음이 터지는 걸 간신히 참았다. 언제쯤 도움을 청해 오려나 기다린 보람이 있다.

"이게요…… 혼자 하려니까 막…… 산으로 가는 게 아니라 안드로메다로 가요……."

「대리 씨하고 의기투합해서 잘할 수 있다고 하지 않았나?」

"제가 이렇다니까요. 한 치 앞을 못 봐요."

제발요……. 제발 도와주세요…….

「도와주면 뭐.」

"네?"

「도와주면, 뭐 해 줄 건데.」

헐, 대박. 찬양은 어처구니가 없다는 듯 헛웃음을 토했다.

아니, 상무야…… 이거 원래 니가 도와주기로 한 거잖아…….

「대가가 있어야 할 거 아냐. 내가 PPT나 만들고 있을 사번이 아니 거든.」

니가 도와주기로 해서 내가 입사한 거 아니냐? 응……? 이게 무슨 상추에 도라이버 쌈 싸 먹는 소리냐? 응……?

"그래서, 대가 없인 안 도와주겠다는 거예요?"

「빙고.」

"마음대로 해요. 망해 버려야지. 아주 그지같이 만들어서 폭망해야 지."

「뭐라?」

"어차피 내가 망하나? 회사가 망하겠지."

약이 올라 못 살겠다. 의자를 돌려 앉으며 찬양이 궁얼댔고, 이내 원색적인 칼라를 뽑아내며 PPT 화면을 만들기 시작했다. 허. 지안은 의자를 끌며 찬양을 돌려 앉혔다. 기다렸다는 듯 찬양이 혀를 내밀었 다가 말았다가 반복한다. 메롱. 메롱메롱. 메롱메롱메롱메롱.

「혓바닥이 뽑혀 객사했다는 정 모양 이야기 들어 봤어?」

"아니요? 아니요? 아니요? 아니요?"

「진짜 안 도와줄 거야. 번복 안 해.」

지안이 눈썹에 힘을 주며 으르렁대듯 말하자 찬양은 쭈뼛거리며 혀 를 입안에 감췄다. 처음 맡은 기획안인데, 잘하고 싶은 마음이 좀처럼 사라질 리가 없다.

"상무님이 도와주기로 하셔서…… 제가 입사한 거잖아요……."

찬양은 서럽다는 듯 고개를 푹 수그렸다.

"저는 아무것도 모르는데…… 상무님만 믿었는데…… 혼자 하려니 너무 힘들고…… 또 너무…… 버겁고……."

훌쩍, 찬양은 휴지를 뽑아 들며 눈가를 찍었다.

"너무 무섭고…… 너무…… 어렵고……."

「눈물로 즙을 짜라. 즙을 짜, 아주.」

"아, 도와 달라고요!"

찬양은 휴지를 내팽개치며 고개를 들었다. 지안은 온갖 처연한 척을 해 대며 도움을 요청하는 찬양을 바라보다 고개를 돌리며 웃음을 터트렸다. 아주 잠시 터진 웃음이지만 또 그런 웃음은 처음이라 찬양은 눈을 동그랗게 뜨며 지안을 바라보았다. 심장에 쿵, 하니 돌덩이가 떨어져 내리는 것 같다.

「잘 보고 배워. 두 번은 없어.」

지안은 결심했단 듯 일어섰다. 찬양의 의자를 빙글 돌리며 함께 모니터 쪽으로 향했다. 으으. 상무님께서 등 뒤에 바로 붙어 서니 부정맥의 기운이 스멀스멀 올라온다.

「자연스럽게 있어. 사람들이 보잖아.」

누가 봐요……. 아무도 없는데…….

지안은 재킷을 벗고 팔을 걷어붙이며 찬양이 정리해 둔 노트를 힐끔 바라보았다. 사실 눈길을 주지 않아도 이미 외워 버리다 못해 지금 당장 발표하래도 하겠다. 키보드에 손을 올리자 찬양이 더욱 어깨를 움츠린다.

「뭐라도 하는 시늉을 해야지. 멈춰 있으면 어쩌자는 거야.」

그가 뭐라도 하라고 하자 찬양은 고개를 꺾어 올리며 지안을 응시했다. 지안은 턱으로 그녀 이마를 툭, 찍는다.

「나 말고 모니터 봐.」

그녀를 중심에 두고 지안이 본격적인 자세를 잡았다.

「마우스 잡고.」

네? 네. 찬양이 마우스에 슬쩍 손을 올리자 지안이 그 위로 손을 올렸다. 그의 손이 움직이자 자연스럽게 찬양의 손이 움직인다. 그저 마우스에 손을 올려놓았을 뿐인데 순식간에 뚝딱뚝딱 자료가 만들어진다. 처음엔 그 속도에 놀라 눈이 동그랗게 변했고, 다음엔 대단한 솜씨에 놀라 입술이 벌어졌다.

"와……."

거침없이 다음 장을 넘어가니 저절로 탄성이 흐른다. 지안은 집중한 채 PPT 작업에 열중했다. 그녀의 일이지만 자신의 일이기도 했고 가까이는 자신의 숙제, 멀게는 회사의 콘텐츠이기도 했다.

「오늘 끝나고 뭐 할래.」

다음 페이지를 넘어갈 때쯤, 그녀가 그의 실력에 완전히 넘어갔을 때쯤.

「불금이라며. 불금엔 뭐 하고 보내는 건데.」

어느 정도 진전이 있다 느꼈는지 그는 사적인 질문을 해 왔다. 찬양은 마우스를 잡고 있는 손을 바라보았다. 그가 손가락을 까딱거릴 때마다 함께 움직이는 검지, 커다란 손에 덮여 한 손처럼 움직이고 있는 마우스.

당신과 함께하는 모든 일이 내겐 낯선 경험.

「나 없을 땐 뭐 하고 지냈어. 불금에.」

그냥요. 그냥. 친구를 만나고 옥상에서 맥주를 마시거나 밀린 청소도 하고, TV도 보면서.

……그녀가 아주 작게 속삭인다. 그 웅얼거림 같은 속삭임을 지안은 용케도 알아듣는다.

「그럼 오늘은 뭐 할래.」

글쎄요. 생각 안 해 봤는데.

「산책하자.」

네.

「옥상도 가고.」

네.

「근처에 괜찮은 산책로 있어?」

알아볼게요.

「그래. 그럽시다.」

……기적처럼 눈앞에서 PPT가 완성되어 간다. 찬양은 뭐에 홀린 듯 중얼거렸다. 와, 대박.

「주말엔 뭐 할래.」

네?

「나 없을 때, 주말엔 뭐 하고 지냈어.」

그냥요. 영화도 보고 반찬도 만들고 쇼핑도 하고요. 대부분 뒹굴거 리면서 지냈어요.

「영화 보는 거 좋겠네.」

영화요?

「그건 내가 해 줄 수 있잖아.」

……다음 장을 넘어간다.

「뒹굴뒹굴하는 것도 할 수 있겠네.」

찬양은 얼굴을 붉히며 입술을 꾹 깨물었다. 심장이 자꾸만 말을 걸 어오는 것 같아서. 머리가 자꾸만 뭐라고 알려 주는 것만 같아서. 아 무것도 생각하지 않으려고, 듣지 않으려고.

「이 정도면 마무리는 지을 수 있지 않을까, 정찬양 씨가.」

네. 할 수 있어요.

「굼뜨면 가만 안 둬. 목표는 칼퇴야.」

네. 해 볼게요.

찬양이 고개를 끄덕이자 지안은 비로소 손을 멈췄다. 서로에게 포 개진 손등과 손바닥이, 온기는 느낄 수 없으나 시각적으로 전달되는 따스함이 멀어지기엔 아쉽게 했다. 지안은 몸을 일으키기 전 찬양의 머리에 턱을 기댔다.

「흠, 어디 보자…….」

자신이 만든 PPT를 검토하며 꼼꼼하게 살폈다. 찬양은 숨을 참듯이 멈췄다. 머리끝에서 맥이 뛰지는 않을까, 초조함이 더욱 맥을 빠르게 부추겼다.

「됐다, 이만하면 평균은 갈 듯.」

감사합니다.

「혹 가라앉았네.」

아, 네. 맞아요.

……그제야 손을 떼고 멀리하며 지안은 일어섰다. 찬양은 볼에 잔뜩 바람을 넣고 눈에 힘을 주었다. 심장이 걸어왔던 말과 머리가 알려 주던 말을 알고 싶지 않아 한동안 막힌 숨을 내쉬지 못했다.

「마무리 지어. 봐줄 테니까.」

지안을 바로 볼 수 없어 금세 순해져 버리고 말았다. PPT는 완성되었다.

※※※※

금요일의 퇴근 시간은 유난히도 생기가 감돈다. 오늘을 위해 일주일을 버틴 직장인들에게 금요일 퇴근이란 일종의 충전의 시작이기도했다. 딱히 무얼 하지 않아도 그저 발걸음이 가벼운 그런 날이 바로 금요일 퇴근 시간이다.

"오늘은 이만 퇴근하죠."

— 네. 알겠습니다.

회의를 마치고 돌아온 현주는 퇴근을 서둘렀다. 인터폰을 눌러 비서실에 퇴근 의사를 전달한 그녀는 평소보다 이른 퇴근을 감행했다. 똑똑, 노크 소리가 들린다.

"네."

들어올 줄 알았다는 것처럼 현주는 태연히 고개를 들며 윤 실장을 반겼다.

"전무님, 오늘 저녁 8시에 LA전자 법인 측과 통화하기로 되어 있습니다."

"아아. 그렇습니까?"

PC를 끄며 현주는 고개를 끄덕였다. 모르는 척 시치미를 뚝 뗐지만 사실 몰랐던 약속은 아니었다.

"그럼 내일로 연기할까요?"

"아뇨, 따로 처리하겠습니다. 걱정 말아요."

네? 따로 처리를……? 윤 실장은 의아한 표정을 지었다. 일을 마무리 짓지 않은 채 퇴근하려는 남 전무의 모습이 낯설었기 때문이다. 무슨 일이 있기에 전무님께서 저토록 서두르는 건가, 궁금했지만 이내 호기심을 접었다. 퇴근 후 그녀 행방을 묻는다는 건 월권이니까.

"그럼 미리 지시해서 자택으로 연결해 드리겠습니다."

"괜찮습니다. 제가 알아서 처리하겠습니다."

급히 가 봐야 할 곳이 있는 것처럼 그녀는 시간을 확인하며 재킷을 입는다. 윤 비서는 더 이상의 말을 삼간 채 입을 닫았다.

"차량 준비하겠습니다."

"비서실 먼저 퇴근하세요. 난 알아서 갈 테니까."

"아닙니다."

"퇴근해요. 다들 먼저. 금요일이잖아."

현주가 단호하게 말하자 윤 비서는 머뭇거렸다. 모시는 상사를 사무실에 두고 먼저 퇴근하기란 생각보다 껄끄러웠다. 차마 떨어지지 않는 발걸음을 묶어 둔 채 윤 비서가 시간을 보내자 현주는 가방을 들고 일어섰다. 다시 한번 시간을 확인하더니 서둘러 사무실을 나선다. 엘리베이터를 타고 로비를 지나 이윽고 대기 중인 차에 올라탔다.

"조심히 들어가십시오. 전무님."

현주는 작게 미소를 그렸다. 언제나 그랬듯이 그는 어디를 가냐는 질문도, 왜 그렇게 서둘러 퇴근을 하느냐고도 묻지 않는다.

"그래요. 월요일에 봅시다."

차 문을 닫으며 윤 실장이 묵례를 건네자 현주는 차창을 내려 인사를 받았다.

"윤 실장, 주말 잘 보내요."

"네. 전무님도 잘 보내십시오."

미소를 그릴 듯 말 듯 희미하게 입꼬리를 올린 그녀가 고개를 까딱거리자 윤 실장은 시선을 내려 발끝을 내려다보았다. 차는 출발했고 그는 멀어져 갔다.

"전무님. 댁으로 모시겠습니다."

언제나 그렇듯 수행 기사가 집으로 가겠단다. 힐끔 뒤돌아 그의 모습이 점처럼 변할 때까지 바라보던 현주가 입을 열었다.

"아뇨."

"네?"

"이 앞에서 10분만 기다리죠."

"네? 아, 네. 알겠습니다."

현주의 입에서 알 수 없는 말이 튀어나오자 수행 기사는 적당한 속도로 도로를 주행하다가 멈춰 섰다. 휴대폰을 만지작거리던 그녀는 퇴근하는 직원들의 모습을 바라보았다. 잠시 시간이 흐르자 익숙한 얼굴들이 회사를 빠져나간다. 그중엔 정찬양도 있었고 비서실 직원들도 있었다.

"……이제 가네."

그리고 윤 실장이 퇴근을 서둘렀다. 현주는 그의 모습을 발견하곤 빙그레 미소를 그렸다. 시계를 바라보니 꽤 빠른 퇴근이 확실했다.

"이제 다시 회사로 가 줘요."

"네. 알겠습니다."

현주는 긴 시선으로 윤 실장의 뒷모습을 바라보았다. 걸어가며 누군가와 통화를 하는 게 아마도 동생이지 싶다. 낡은 서류 가방 하나를 손에 쥔 채 그는 지하철 입구를 향하고 있었다. ……지금 가면 늦진 않겠지.

"미련하게. 말이라도 먼저 좀 해 주지."

오늘은 일찍 가 봐야 한다고, 말해 주면 어디 덧나나. 이렇게 나를 고약한 상사로 만들어요.

현주는 야속한 마음에 중얼거리며 다시 회사로 돌아갔다. 밀린 일이 있었고 윤 비서의 언급대로 저녁 8시 LA에서 걸려 올 전화를 받아야 했다. 하지만 본인이 자리를 지키고 있으면 아무도 퇴근하지 못할 비서실 직원들이니까. 윤 실장을 일찍 보내기 위해 잠깐의 위장 퇴근이 필요했을 뿐이다. 회사 앞에 도착한 그녀는 다시 로비를 통과해 사무실로 올라갔다.

"휴, 퇴근시키기 엄청 힘드네."

그녀는 다시 PC를 켜며 웃음을 터트렸다. 그러다 무엇이 생각났는지 현주는 책상 서랍을 열었다. 손을 뻗어 사진 한 장을 꺼내 보니 대학 시절 나란히 웃으며 찍은 친구들의 모습이 담겨 있다. 그도 있고. 그녀도 있다.

"아버님. 아드님 이제 출발했어요."

그 시절 그는 현주의 선배였고, 그녀가 동경했던 남자였고, 지금은 그녀의 비서가 되었다.

"조금만 기다리시면 만날 수 있을 거예요."

붙어 찍은 사진은 아니고 둘만의 사진도 아니지만 유일하게 그와 함께 나온 사진이라곤 이게 전부. 그래서 더욱 소중한.

"잘 다녀와, 선배."

현주는 한참이나 사진을 바라보다가 다시금 서랍에 넣었다. 전투적으로 일을 시작해 볼 요량으로 PC 암호를 풀며 로그인을 했다. 비서가 없으니 시간을 잊지 않기 위해 알람을 맞춰 놓으며.

"이거 다 처리하면 오늘 안에 집에 갈 수 있을지는 모르겠네."

오늘은, 윤 실장 부친의 기일이었다.

"으으! 집이다!"

가방을 던지고 소파에 털썩 앉은 그녀가 편한 자세로 숨을 내쉰다. 언제부터 이렇게 집순이가 되었지? 역마살이 있는 것처럼 돌아다니는 걸 좋아했는데 이제는 집이 가장 편하다. 왜냐.

"요 코딱지만 한 집도 집이라고, 세상 제일 편하네."

그와 아무런 방해 없이 대화를 나눌 수 있으니까.

"으히히. 예쁘다. 예뻐."

그러다가 찬양은 들고 들어온 택배 봉투를 뜯었다. 구겨 쥐면 한 주먹에 들어올 것 같은 얇고 부드러운 실크 원피스는 주문 폭주라더니 예상보다 빨리 왔다.

"불타는 금요일을 보내라고 주인장 언니가 노력하셨네."

예쁘다. 예뻐. 찬양은 원피스를 펼치듯 들어 올린 채 감상 모드에 젖었다. 좀 짧은 것도 같지만 홈웨어니까 상관없을 것 같다. 무슨 망상 중인지 자꾸만 웃음이 비집고 흐른다. 찬양은 원피스를 가슴에 부여잡고 발을 동동 구르며 소녀 같은 웃음을 터트렸다.

"오셨어요?"

잠시 기다리다 보니 지안이 모습을 드러낸다. 찬양은 털털하게 있던 자세를 고치며 원피스를 숨기고 그를 바라보았다.

"늦었네요? 회사에서 먼저 가셨잖아요."

"그렇게 됐어."

"물 좀 드릴까요?"

"괜찮아."

⋯⋯뭐랄까, 마치 같은 회사를 다니고 있는 부부의 느낌이다. 혹은 짜릿한 비밀 연애 중인 연인 같은 느낌이랄까? 찬양은 난데없는 생각에 얼굴을 붉혔다. 지안은 그런 그녀의 얼굴을 멀뚱멀뚱 바라보았다.

"더워?"

"아뇨? 왜요?"

"얼굴이 백열등 아래 타들어 가겠는데."

아⋯⋯. 찬양은 두 손으로 화끈거리는 제 얼굴을 감쌌다. 허락도 받지 않고 만들어 놓은 상상의 굴레 아래 상무님은 스위트한 남친이 되었다. 그런 음흉한 생각을 어찌 감히 입 밖으로 꺼낼 것이냐. 찬양은 입술을 한껏 오므린 채 일어섰다.

"어디 가?"

"옷 갈아입으려요."

찬양이 평소답지 않게 눈을 찡긋거리며 방으로 사라진다. 예고 없이 그녀의 윙크를 받은 지안은 질색하는 표정을 지었다.

"저게 늦가을에 더위를 먹었나, 왜 저러는 거야."

산책 가자며! 언제 갈 건데! 지안이 크게 묻지만 아무 소리가 나질 않는다. 사실은 근처에 괜찮은 산책 코스가 있나 둘러보고 오느라 그녀보다 늦게 집에 도착했다. 서둘러 데리고 나가고 싶은데 무슨 옷을 갈아입겠다는 건지 모르겠다.

"편하게 입고 나와! 꽤 걸어야 하⋯⋯."

니까⋯⋯. 벌컥 문이 열리고 찬양이 얼굴을 내밀었다. 전기총에 쏘인 것처럼 몸을 배배 꼬며 느릿느릿하게 걸어 나온다. 분홍 분홍하고 실키한 느낌의 원피스.

"상무님, 우리 산책은 내일 가면 안 될까요? 이미 홈웨어 갈아입었는데."

어깨엔 사정없는 레이스가, 가슴팍엔 사정없는 비즈가 박혀 요란법석이다. 허벅지나 간신히 가릴 것 같은 길이의 옷은 원피스라기보다 차라리 이너 웨어 같은 느낌이다.

"……뭐야."

"네? 뭐가요? 아후, 그나저나 왜 이렇게 더워."

후…… 더워……. 찬양이 난데없이 꼬아 올려놓았던 머리카락을 풀고 헤드뱅잉을 하듯 머리를 흔들었다.

"더우면…… 머리를 묶는 게 정상 아니냐……?"

"……."

급조한 핑계는 역시나 무리수였을까. 찬양은 못 들은 척하며 소파 쪽으로 다가갔다. 그 모습에 지안은 혀를 찼다.

"얼씨구. 얼씨구?"

발가락부터 바닥을 디디는 이상한 자세로 걸어오더니 고양이처럼 허리를 휘고는 머리를 바짝 치켜든다. 지안은 뜨악한 표정을 지은 채 뒤로 물러나 앉았다. 멀쩡한 머리는 왜 풀어 헤치고 난리인가. 몸은 왜 저렇게 휘고 비틀고 난리인가. 알 수 없다.

"뭐야, 이런 비무장 지대에 낯선 전투복은."

"홈웨어요. 제가 즐겨 입는 홈웨어."

"즐겨 입는다? 난 단 한 번도 본 적이 없는 천 조각인데."

"불금용이에요. 상큼한 기분 전환용이랄까?"

"니 기분만 상큼하게 전환하면 뭐 해. 내 기분은 엉망진창인데."

우씨! 찬양이 획 노려보자 지안은 못 볼 꼴을 봤다는 것처럼 손으로 눈을 가렸다.

"갈아입어. 그 있잖아, 쥐 새끼 그려진 거."

"빨았어요."

"말랐어. 내가 알아."

"그렇게 이상해요?"

아니. 난처해.

"산란기 종아리 보여 주려고 그러는 거냐, 지금?"

"산란기는 무슨! 알 낳고 복귀했거든요! 봐요!"

찬양이 발끝을 들며 한쪽 다리를 올렸다. 슬쩍 눈을 떠서 바라보니 늘씬하고 매끄러운 그녀 다리가 아찔하게 시선을 어지럽힌다. 지안은 다시 눈을 가렸다. 긴 다리가 부담스러울 정도로 치명적이라 반바지도 못 입게 해 뒀는데 이 여자가 상황 파악을 못 하고 까분다.

"이게 진짜. 긴바지 입어."

"왜요! 집에서도 내 맘대로 옷도 못 입어요?!"

"그럼, 나도 집에서 벗고 다녀? 마음대로 해 볼까?"

네⋯⋯. 괜찮아요⋯⋯. 보름달이 뜨면 울부짖는 여우의 속내처럼 음흉한 기운이 그녀의 눈동자를 휘어 감는다. 찬양이 순간 눈을 반짝이다가 지안의 귓가에 속삭이듯 얼굴을 훅 내밀었다. 놀라 흠칫, 지안은 어깨를 뒤로 뺐다.

"상무님."

후⋯⋯ 상무님⋯⋯.

말을 걸어오는 건지 귓가에 바람을 불고 있는 건지 잘 모르겠다.

"저녁⋯⋯ 뭐 드실래요⋯⋯?"

후⋯⋯ 저녁⋯⋯ 후⋯⋯.

지안은 검지로 입김이 히터만큼 뜨거운 그녀 이마를 밀며 자세를 바로 했다. 킁킁, 지안은 냄새를 맡으며 주위를 두리번거렸다.

"술 마셨어? 그새?"

"아니요?"

그녀가 머리카락을 조금 붙잡고는 배배 꼰다. 지안은 또다시 검지로 그녀 머리와 손을 분리했다. 험한 것을 만지고 있다는 것처럼 상당한 불쾌함이 그의 손끝에서 느껴졌다.

"머리 좀 꼬지 마. 멀미 나."

"저녁⋯⋯ 뭐 드실래요⋯⋯?"

"간헐적 단식 중이야. 저녁은 됐어."

지안은 제발 정신 차리라는 표정으로 그녀를 위아래로 훑었다. 순간 무엇에서 깨어나듯 찬양의 눈가에 음흉함이 사라졌다. 천천히 자신의 옷을 내려다보다가 자책하듯 인상을 구겼다.

"왜 이래. 회사에서 무슨 일 있었어?"

아, 지금 내가 뭐 하는 짓인가. 미쳤다.

"원, 눈 뜨고 봐 줄 수가 있어야지."

"아…… 그게요……."

발단은 어제 아침. 출근길에 영혼 없이 휴대폰을 바라보다가 쇼핑 코너를 훑었다. 모델 핏에 홀려 터치하니 세상 요정 같은 모델이 지금의 원피스를 입고 야릇하게 침대에 기대 있더라. 영혼을 팔린 듯 바라보다 정신을 차려 보니 이미 결제를 한 뒤였다.

남편이 좋아한다, 여행 중 남친이 제일 예쁜 옷이라고 했다. 수많은 상품평이 기대를 한껏 부풀게 했다. 모델 언니처럼 머리를 풀고 어울리는 색의 틴트도 덧대어 발랐는데.

"그러게요. 내가 이걸 왜 입었지."

대체 집에서 이런 걸 입겠다고 한 나의 저의는 무엇인가. 갈아입으면서 설레었던, 문을 열면서 잠시 떨렸던 그 기분은 대체 무엇인가. 상무님께 이 원피스를 보여 줘서 뭘 어쩌자고. 무슨 분위기를 상상해서 나는 이 원피스를 오매불망 기다렸나…….

"아, 머리는 왜 이렇게 거추장스러워."

찬양은 시무룩하게 변한 얼굴로 중얼거리며 머리를 주섬주섬 묶었다. 집에서도 늘 훤칠하게 차려입고 계시니 허름한 자신의 홈웨어가 마음에 걸려서 준비했는데 칠색 팔색 하는 저 표정 좀 보라. 정말이지 상사고 나발이고 한 대 쥐어박아 주고 싶다.

"저 옷 갈아입고 나올게요."

그녀 목소리에 힘이 없자 지안이 살짝 눈을 뜨며 바라보았다. 댓 발 나온 입술을 보니 삐진 게 분명하다.

"아니, 그러니까 정확하게 이야기를 하자면 안 어울린다는 게 아니라 내 말은."

"됐어요. 갈아입고 나올게요."

방으로 들어가려던 찬양은 소파 쪽으로 다시 방향을 틀었다. 다리를 교차시키며 걸을 때마다 허벅지가 천을 뚫고 야릇하게 비치니 지안은 또다시 고개를 돌렸다.

"……."

인기척이 없다. 다시 슬쩍 눈을 뜨자 건조대에서 쥐 새끼 원피스를 걷은 찬양이 힘껏 노려보고 있다.

"진짜, 인간미 없어. 어후."

찬양은 눈에 번뜩 힘을 주고 구시렁거리며 방으로 쿵쿵 사라졌다.

"내가 지금 인간이 아닌데 어떻게 인간미가 있겠냐! 말이 되는 소리를 해라!"

지안이 방어하듯 목소리를 높여 보지만 이미 늦은 것 같다. 후, 더워……. 타이를 끌러 내리며 지안은 창문을 열었다. 찬바람이 사정없이 쏟아지니 좀 살 것 같다. 허리춤에 두 손을 올린 자세로 연거푸 숨을 내쉬던 지안은 마른침을 삼켰다.

"넌 내가 인간미까지 갖췄으면 집에서 아무것도 못 입어."

인간미 없는 걸 감사히 여겨도 모자랄 판에, 이 여자가 도대체. 휴, 찬양이 무서워 보이긴 처음이다. 그의 얼굴은 백열등 아래 타들어 갔다.

"영화 보자며."

"뭐요. 무슨 영화요."

전투복을 벗고 쥐 새끼 원피스로 갈아입은 뒤 민간인이 된 찬양은 전의를 상실한 게 분명하다.

"영화, 안 봐?"

"아, 봐요. 보자고요. 보면 되잖아요."

그녀는 머리를 상투 틀듯 질끈 묶었다. 전부 올리지 못한 뒷머리는 영감의 수염처럼 길게 늘어졌다. 원피스 속에 긴 레깅스를 입고 아빠다리를 한 채 소파에 앉았다. 지안은 이제야 편안하게 바라보겠다는 것처럼 고개를 끄덕였다.

"뭐 볼 건데."

"아무거나 봐요. 장르가 중요한가? 아이고 의미 없네."

삐진 게 분명하다. 찬양이 신경질적으로 리모컨을 들고 전원 버튼을 누른다. ……귀여워. 지안은 미소를 감춘 채 그녀를 응시했다.

"'개 같은 날의 오후' 나 보실래요? 엄청 저렴한데."

"현재의 심경 고백이냐?"

"아뇨. 뭐, 딱히 그렇다기보다."

영화 검색을 하는 얼굴 표정이 가관이다. 지안은 오래오래 간직하고 싶다는 표정으로 그녀의 얼굴을 들여다보았다.

"이건 어때요? '7번째 내가 죽던 날'."

"잔인하네. 두 번 죽이는 것도 아니고, 일곱 번씩이나."

"'지랄발광 17세'는 어때요?"

"지랄발광도 마음에 안 들고 17세는 더더욱 마음에 안 들어."

"그럼 이거 좋네요. '무서운 집'. 누가 우리 집 촬영해 갔나?"

"공포 영화인데, 괜찮겠어?"

"상관없어요."

"무서운 영화 잘 보나 봐?"

이봐요 상무님……. 나한테 너만큼 무서운 게 또 있겠냐……?

"작정하고 짜고 치는 가짜로 만든 귀신이 뭐가 무섭겠어요."

흠…… 이거 괜찮겠다. 찬양은 검색하다가 적당한 제목에서 멈췄다. 청불 공포 영화를 선택한 그녀는 소액 결제를 한 뒤 소파 옆 불을 껐다. 지안은 힐끔, 그녀를 바라보다가 화면으로 고개를 돌렸다.

"영화 좋아하세요?"

"그럭저럭."

지안은 긍정도 부정도 하지 않은 대답을 내어놓았다. 입사 후 영화 관람을 할 만큼 한가한 시간을 보낸 적이 있었던가. 천만을 넘었다는 영화도 한 편 보지 못한 채 일에 파묻혀 지냈다. 사실 불금이라는 자체를 겪어 본 적이 없어, 그저 지금의 모든 순간이 생소하고 신선했다. 아늑하고 여유롭다.

"드실래요?"

찬양이 오다리를 뜯어 하나 건넨다. 지안은 그녀 손을 내려다보다가 손을 내밀었다.

"줘 봐."

"헐. 대박. 이거 엄청 싫어하시잖아요."

"냄새를 맡느니 차라리 먹겠어."

"간헐적 단식 중이라면서요?"

"그러니까 뜯지를 말았어야지."

지안은 찬양에게서 건네받은 안줏거리를 입에 질겅 물었다. 이런 걸 먹어 본 적이 있었을까, 그럴 리가 없지. 난생처음 경험하는 진기하고 이상한 맛이 침샘을 자극한다. 부자연스럽게 턱을 움직이며 씹어 먹는 지안을 바라보다 찬양은 웃음을 터트렸다. 내내 꿍한 표정으로 있으려고 했는데 도무지 되질 않는다.

"왜, 웃겨?"

"네. 이상해요."

"니가 자꾸 사람을 이상하게 만들잖아."

"지금은 인간미가 좀 있어서 보기 좋은데요. 맛은 어때요?"

"묘한 승부욕을 일으키는 식감이야. 부지런히 씹어 없애 버리겠어."

오징어 다리 하나씩 질겅질겅 씹으며 두 사람은 화면으로 시선을 옮겼다. 화면은 점점 어두워졌고 말없이 영화에 빠졌다.

……불금. 퇴근 후 저녁 시간.

"붙지 마. 왜 이렇게 붙어."

"상무님이 제 옆으로 오신 거거든요."

나란히 앉아 공포 영화를 시청하는 일.

"어후 씨, 깜짝이야."

"뭘 이런 걸 가지고 놀라요? 뻔하지. 쟤가 제일 먼저 죽을걸요?"

남매 같기도 하고 연인 같기도 하다. 분홍 실크 원피스, 풀어 헤친 머리는 아니더라도—

"봐요, 쟤가 제일 먼저 죽었죠?"

"……."

"뭐예요. 안 보고 있었어요? 눈 감았어요?"

그녀는 있는 그대로의 모습으로 사랑스러웠다. 그는 지금껏 알지 못했던 스스로의 모습을 알아 갔다. 주말의 시작이었다.

"그러니까 그 USB를 찾아야 한다는 거예요?"

쾌청한 토요일 점심에 이불 빨래를 가지고 옥상으로 올라온 찬양은 펄럭펄럭 이불을 털며 물었다. 지안은 평상에 앉아 고개를 끄덕였다.

"사고 처리반에서 폐차를 시키면서 물건들을 전부 남 전무한테 넘겼는데 그 USB만 없어."

"그럼 그때 사고 지역에 떨어진 건 아닐까요?"

"아닐 거야. 내 재킷 속에 있었으니까."

찬양은 이불 끝을 집게로 고정하며 반듯하게 널었다. 탁탁 털며 아랫단을 정리하니 달달한 섬유 유연제 냄새가 퍼졌다.

"그 USB 안에 뭐가 담겨 있는데요?"

"정황이 담겼지. 우리의 산업 기밀이 유출되었다는."

"어떻게 그것만 사라졌을까요?"

"누군가 가져갔다는 뜻이겠지."

흠…… 찬양은 돌아서서 지안을 바라보았다. 지안은 교차시킨 다리 위로 깍지 낀 손을 떨궜다. 주말 점심, 옥상의 평상에서도 흐트러짐 없는 완벽한 모습의 이 남자, 참으로 그림 같다.

"이미 폐기했겠죠. 내가 가져갔다면 벌써 폐기했을걸요?"

"글쎄 말이다. 그게 말처럼 쉽지는 않을 일이라."

"왜요?"

"암호가 꽤나 복잡하거든. 그 안에 든 파일을 아직 못 봤을 거야."

찬양은 대체 얼마나 복잡하기에? 라는 의심을 담은 눈빛으로 지안을 봤다.

"아무리 암호가 복잡해도 지금 시간이 얼마나 흘렀는데요. 풀었겠죠."

"내 USB는 최상의 보안 등급이라고. 내 지문도 필요하고, 슈퍼컴을 돌려도 암호 해독이 쉽진 않고."

"아니 뭘 그렇게까지 복잡하게 만들어 놨어요?"

"정찬양 씨, 내가 이래 봬도 백경그룹 차기 후계자야."

대수롭지 않게 말하는 그의 앞에서 찬양은 마른침을 삼켰다. 이윽고 천천히 두 눈을 감았다가 떴다. 후계자. 그런 단어를 실제로 사용하는 사람이 있다.

"모든 계열사를 망라한 사내 최고 등급의 기밀들이 수두룩한데, 허투루 관리할 수 있겠어?"

부모님이 건물주요, 물려받을 유산으로 신선놀음을 한다는 강남의 20대. 혹은 3대째 내려오는 중소기업 같은 맛집을 이어받을 예정인 30대. 이런 이야기는 들어 보았어도 후계자라니. 그룹의 후계자라니.

"아직 암호를 풀지는 못했을 거야. 혹시 천운으로 암호를 풀어도 내 지문 없이는 열리지 않으니까."

그런데 참 웃긴다. 스스로를 후계자라 지칭하는데도 허세라거나 과장되었다고 전혀 느껴지지 않는다. 사실이기 때문이겠지. 찬양은 평상에 앉아 있는 지안을 물끄러미 응시하다가 천천히 시선을 내렸다. 고작해야 서너 걸음밖에 되지 않는 그와의 간격이 멀게만 느껴진다.

"그러니까, 아직 폐기는 못 했을 거라는 말씀."

그래, 맞다. 우리 집에 있는 냉장고가, TV와 세탁기가, 청소기가, 엄마가 자주 들르는 마트가, 아빠의 자가용이.

"그걸 찾아야 해."

흔히 보는 편의점이, 백화점과 면세점이, 미혜와 곧잘 가던 영화관이, 가끔씩 생각나는 놀이공원이, 살고 싶은 아파트가, ……주유소가.

"그 방안을 너와 내가 만들어야 하고."

휴대폰이, 오래된 노트북이, 내가 좋아하는 군만두와 초코과자가 모두, 모두 다.

"뭐야, 왜 아무 말이 없어."

그와 연결되어 있다는 것. 거미줄처럼 끈끈하게 연결되어 있는 백경 계열사, 그곳의 사장들을 넘어 가장 선두에 위치하게 될— 사람이라는 것.

"내 말 안 들려?"

"……들려요."

들려요. 그것도 너무나 잘. 확실하게. 찬양은 중얼거리며 고개를 끄덕였다. 고작해야 PPT나 도와주고 공포 영화에 눈을 감으며 오다리를 질겅질겅 씹어 먹던 지금의 이 남자는 어쩌면, 어쩌면 정말로 꿈같은 사람일지도 모른다.

"용의자를 잡으려면 반드시 찾아야겠네요. 상무님의 USB."

이를테면 아주 멋진 환상 같은, 한여름 밤의 꿈처럼 달콤하기 그지없는, 깨어나고 싶지 않아 긴 잠을 청하게 하는. 찬양은 씁쓸하다는 듯 흐린 미소를 그렸다. 이렇듯 문득문득 그의 남다른 존재를 각성할 때면 알 수 없는 외로움과 불안함이 함께 찾아왔다.

"상무님, 그럼 이제 저는 본격적으로 임무에 착수하면 되는 건가요?"

차라리 꿈이라면 좋겠다. 그가 떠난 뒤 꿈처럼 홀홀 털고 일어날 수 있다면 좋겠다. 벌써부터 이렇게 무섭고 심란한 마음도 금세 사라진다면 좋겠다.

"걱정 마세요, 상무님. 찾을 수 있을 테니까요."

자신의 표정이 어색하다는 것을 느낀 찬양이 씩 웃어 보였다. 지안은 무언가 탐탁지 않다는 시선으로 그녀를 바라보았다. 웃음만으로도 분위기가 무마되지 않자 그녀는 어깨를 으쓱 올려 보였다. 지금의 현실을 인정해야 한다. 그리고 그가 떠난 뒤에도 잘 지낼 수 있도록 지금부터 노력해야 한다. 그의 존재를 되도록 가벼이 여기고, 대수롭지 않게 받아들이고, 적당한 테두리 안에서 지낼 수 있도록.

"저만 믿으세요. 제가 반드시 찾아낼게요. 믿어 봐요."

어차피 그는 홀연히 떠날 것이고, 순조롭게 자신의 생활로 돌아갈 것이고, 누구나 동경할 만한 멋진 삶을 살게 될 것이고, 나를 깨끗하게 잊을 것이고.

"나 믿죠? 상무님?"

그저 나 홀로, 이곳에 남겨질 테니까.

"나 믿어 줘요. 그냥 밑도 끝도 없이 한번 믿어 봐요."

"……."

차마 그는 세상 그 누구보다 믿고 있다고 대답하지 못했다. 하지만 그녀는 그가 머뭇거린 답을 들었다는 것처럼 미소를 그렸다.

내가, 당신의 유일한 구원이 되길.

"믿어 줘요. 나는 그거면 돼요."

함께 있는 동안만이라도.

"굿 샷—!"

작은 골프공이 긴 호를 그리며 멀리 날아간다. 안정적인 스윙을 날린 강준은 시선을 멀리 주며 공을 바라보았고 주변에서는 박수가 터졌다.

"대표님 솜씨는 여전하십니다. 바쁘실 텐데 언제 이렇게 실력을 키우셨습니까?"

"이 정도면 대표님은 그냥 타고나신 겁니다. 경영인 안 하셨다면 프로로 진출해 보셨을 법도 하겠는데요."

페어웨이 굴곡이 상당하고 벙커가 까다롭게 위치한 이곳은 골프인들 사이에서도 공략이 꽤나 힘든 곳으로 정평이 났다. 사방이 뚫린 곳으로 바람이 제법 상당해 난항이 예상되었던 오늘 모임이다.

"바람이 이렇게 부는데 어떻게 한 번을 안 흔들리시고."

"누가 그러지 않았습니까? 바람은 계산하는 것이 아니라 극복하는 거라고."

계속되는 칭찬이 민망한지 강준은 모자를 고쳐 쓰며 웃는 얼굴로 대꾸했다. 공이 날아갔으니 이동이 시작되어 모두는 분주히 움직였다. 계열사 사장 몇몇과 골프 회동 중인 강준은 틈틈이 사업 이야기를 나누었다. 꽉 막힌 회의실에서 나누는 대화보다 함께 기호를 나누며 간간이 나누는 업무 이야기가 도움이 될 때가 있었다.

"건설 쪽이 해외 수주가 긍정적인 반응이 나오니까 매도율이 낮습니다. 보호 예수 기간이 지났는데도 말입니다."

"전망이 좋습니다. 이렇게 또 위기 극복을 하는 것 아니겠습니까?"

"아직 긴장을 늦출 수는 없습니다. 힘써 주십시오."

"네, 대표님."

공의 위치에 따라 인원이 갈렸다. 백경자동차 사장과 단둘이 남은 강준은 무릎을 굽히고 앉아 전방을 바라보며 입술을 열었다.

"이번에 통신사에서 제안한 5GAA는 어떻습니까?"

"스타트 업을 두고 검토 중입니다. 아무래도 첫 시도이다 보니 제약이 많습니다.”

“운송 수단으로 머물기엔 시대가 많이 변했습니다. 우리는 따라가는 게 아니라 끌고 가야 합니다.”

“네. 대표님.”

신중한 시선을 하던 강준이 무릎을 세우며 일어섰다.

“그, 남지안 상무 사고 차량 말입니다.”

“네. 대표님.”

백경의 사장단이란 대부분이 죽은 남 회장과 오랫동안 동고동락을 했던 사이다. 젊은 시절 남 회장과 회사를 위해 한 몸을 불태운 충성의 상징적 인물들이기도 했다. 흠, 강준은 여전히 시선을 멀리하며 입술을 열었다.

“아무래도 남현주 전무는 차량에 문제가 있었다고 판단하는 것 같던데. 어떻습니까?”

“안 그래도 며칠 전에 연락을 받았습니다. 직접 연락을 주셨더군요.”

“남현주 전무가 말입니까?”

“네. 이제 공식적인 보도를 내려고 하는데, 결함에 대한 조사는 모두 끝난 거냐고.”

그래서. 답변은? 강준은 시선을 돌리며 물었다. 잘못 말했다간 가만히 두지 않겠다는 매서움이 일순 담겼다.

“실은 브레이크 문제가 좀 있었습니다.”

“그건 처음부터 전문가들 사이에서도 의견이 갈렸던 부분 아닙니까?”

“그게, 그랬는데 아무래도 결함이 지배적입니다.”

“지배적일 뿐 확신은 아니라는 것 아닙니까?”

“네. 그래서 그게 문제인데.”

사장은 머뭇거렸다. 사실대로 보도가 나간 이후를 장담할 수가 없었다. 하지만 그것보다 더 큰 문제는 지안의 사고에 제삼자가 개입했을 수 있다는 것이다.

"누군가 브레이크를 만진 것 같습니다."

"그게 무슨 말씀이십니까? 누가 브레이크를 만졌다니?"

강준은 미간을 구겼다. 말이 되는 소리를 하라는 것 같다.

"자발적 손상은 아닌 것 같고, 인위적인 손상을 의심하고 있습니다."

"어디까지나, 추측이다?"

"아직까진 그렇습니다. 워낙 훼손 상태가 심해 확신하기가 어려운지라."

"남 전무에겐 뭐라고 답변하셨습니까?"

사장은 작은 골프공을 내려다보았다. 바람이 강하게 불어 들었고 주변은 풀 소리가 가득했다.

"아무래도 가족 일이다 보니 확대 해석을 할까 걱정이 돼서, 확신이 서기까지는 답을 하지 않을까 합니다."

"누가 감히 남 상무의 차량을 훼손한다는 말입니까, 무엇 때문에."

"블랙박스가 없으니 알 수가 없겠지요."

……강준은 사장의 표정을 훑었다. 능구렁이처럼 아무것도 내어 주질 않는 사장의 표정은 온화하기 그지없다.

"다음 주면 사고 원인을 90% 이상은 잡을 수 있을 것 같고, 더 확실해진 후에야 남현주 전무를 만나 의논을 할까 합니다."

"그렇군요. 리스크 감당하실 수 있겠습니까?"

"막연히 덮을 수 있겠습니까. 혹 누군가의 음해라면, 사실은 밝혀져야 하니까요."

이자도 자신의 편이 될 수는 없겠다. 강준은 생각을 전부 내어 주지 않는 사장의 시선을 피하지 않고 바라보다 의미심장한 미소를 그렸다.

"어찌 되었든 전후 과정이 투명하게 밝혀지길 바라겠습니다."

"네. 대표님."

공을 멀리 날린 뒤 강준은 뒤를 돌아보았다. 말없이 서 있는 자신의 비서를 향해 고개를 두어 번 끄덕였다. 그의 비서가 곧 사라지자 강준은 사장을 향해 입술을 열었다.

"골프 명언 중에 이런 말이 있습니다. 아십니까?"

"무슨 명언 말입니까?"

공을 날릴 생각에 정신이 팔린 사장이 묻자 강준은 천천히 명언을 읊었다.

"힘을 뺀 채 서서히 스윙하라."

……차근차근 장악해 주겠다. 조급해하지 않고. 서두르는 법 없이.

"볼은 결코 도망치는 법이 없으니까."

나의 편이 아닌 모두를 제거하며.

"나와. 산책 가자."

지안이 방 앞에서 산책을 가자며 부르자 멍하니 노트북 화면만 바라보던 찬양은 고개를 들었다. 경제 공부나 좀 해 보려고 했는데 좀처럼 정신 집중이 되질 않는다. 온통 쓸데없는 잡생각들로 가득 찬 머리는 하루 온종일 그와의 일들로 복잡하다.

"자? 이봐, 정찬양 씨."

답을 내릴 수 있는 생각은 하나도 없고 그저 심란한 생각들. 이를테면 시간이 자꾸 흐른다. 왜 이렇게 시간은 잘 흐르는 걸까. 그와 남은 시간 동안 무엇을 할 수 있을까. 어떻게 보내야 하는 걸까.

"자는 모양이네."

"안 자요."

찬양이 문을 열자 소파로 되돌아가려던 지안이 돌아보았다. 빨래를 널고 방으로 쏙 들어가더니 지금껏 감감무소식이던 찬양이다. 컨디션이 안 좋은가, 주말엔 원래 늘어지게 자나 싶어 기다려 봐도 나오질 않더라.

"뭐 했어?"

"그냥 이것저것 했어요. 평일에 못 했던 것 좀 하느라."

딱히 무얼 한 게 없는 찬양이 얼버무리자 지안이 얼굴을 관찰하듯 바라보았다. 하루에도 열두 번씩 기분이 오르락내리락하는 것 같은 찬양의 정신 상태는 미지의 시계다. 그 롤러코스터를 타는 원흉이 자신이라는 걸 알 리 없는 지안은 그녀 옷자락을 끌었다. 산책은 기분 전환에도 도움이 되니까 기필코 그녀를 데리고 나가야겠다.

"나가자. 산책하자고 했잖아."

"잠깐만요. 운동복 갈아입고 나올게요."

"그래, 그럼."

찬양이 방으로 들어가 옷을 갈아입자 지안은 그 앞에서 조용히 기다렸다. 그러다가 문득 시계를 내려다보았다. 재깍재깍 평온하게 흐르는 시간에 기합할 지경이다. 가끔은 그녀 곁에서 멈춰도 좋은데. 시간을 흘려보내려고, 꼭 그러고 싶어서 곁에 있는 건 아닌데. 멈추는 법 한 번 없이 시간은 잘도 흐른다.

"준비됐어요. 이제 가요, 상무님."

얼마 지나지 않아 그녀가 다시 방문을 열고 나선다. 지안은 팔을 내리며 고개를 끄덕였다.

"누가 보면 저 혼자 산책하는 줄 알겠죠?"

"그렇겠지. 그러니까 너무 늦게 가면 안 된다고."

"왜요?"

"왜긴 왜야. 이렇게 겁이 없어요."

쯧쯧. 지안이 혀를 차자 찬양은 고개를 숙이며 웃음을 터뜨렸다. 걱정을 하는 건지 타박을 하는 건지 잘 모르겠다. 하지만 그의 이런 모습들이 웃게 했다.

"으아, 시원하다. 바람 좋네요."

한쪽 귀에 이어폰을 꽂으며 그녀가 산책을 나선다. 하루 종일 방에 있었던 까닭인지 불어 드는 바람은 그 어느 때보다도 시원했다. 늘 지나치던 풍경들도 어쩐지 새롭게 보이고 푸른 기운이 감도는 오후의 산책로는 어쩐지 반가웠다. 혼자였지만 외롭지도 않았다.

"파워워킹을 해야겠다. 후, 하, 후, 하."

누구에게도 보이지 않을, 그의 곁에서.

"어머, 쟤 귀엽다."

팔을 전투적으로 흔들며 커다란 공원을 돌던 찬양은 발길을 멈췄다. 모처럼 운동을 하는 것 같아 말없이 따라오던 지안이 따라 멈추며 그녀를 바라보았다.

"어머, 안녕. 너무 귀엽다아—"

시선을 따라 고개를 돌려 보니 집채만 한 개가 있다. 털이 자랄 대로 자란 골든 레트리버다. 크림색 부드러운 털과 순둥순둥한 자태에 완전히 시선을 빼앗긴 찬양이 홀리듯 걸음을 옮긴다.

안 돼. 가지 마.

"어머, 너무 예쁘다!"

「빨리 와. 남의 개를 왜 니가 예뻐해.」

붙잡아 보지만 이미 늦었다. 아예 레트리버 앞에 쭈그리고 앉은 찬양은 손바닥을 내밀었다. 주인은 산책 중에 잠시 쉬어 가는 중인지 벤치에 앉아 있다.

"안녕? 산책 나왔어? 몇 살이야?"

순하기가 말도 못 한다. 조금 벌린 입 사이로 혀를 내밀고는 숨을 쉰다. 동글동글한 눈동자가 총명하고 선해 찬양은 웃음을 터트렸다.

"너무 예쁘다. 아저씨 얘 몇 살이에요?"

"여덟 살이요. 우리 집 막내아들."

"우와아아. 여덟 살이야? 엄청 늠름하다 너― 이름이 뭐야?"

"황금아, 제 이름은 황금입니다, 해."

"세상에, 이름이 황금이야? 어쩐지 번쩍번쩍하더라 너―"

찬양의 눈에서 하트가 숭숭 나온다. 이미 사람이 된 것 같은 황금의 인자한 표정은 찬양의 손길을 반기는 것만 같다.

"이거 줘 봐요. 이거 주면 손도 주고 엎드리고 뒹굴고, 좋아할걸."

찬양이 하도 예뻐하니 주인이 간식을 건넨다. 그녀의 손에 간식이 쥐여지자 요 녀석의 태도가 변한다.

"황금이 손!"

당연하게 손을 주고.

"엎드려!"

순순히 엎드리더니.

"뒹굴어!"

체면도 없이 뱅글 뒹군다. 주인이 허허, 웃고 찬양은 손뼉을 치며 간식을 주었다.

"황금이 말 너무 잘 들어요. 예뻐요."

"개 좋아하나 봐, 아가씨."

"그럼요. 키우기가 어려워서 그렇지 정말 좋아해요."

아아. 예쁘다. 찬양은 좀처럼 떨어질 줄 모른 채 쓰다듬었다. ……아차차. 지안을 잊어버렸다는 생각에 찬양은 불쑥 뒤를 돌았다. 일순간 개에게 순번을 밀린 상무님께선 저 멀리서 못마땅한 표정으로 이곳을 바라보고 계시다.

"황금아 안녕. 우리 다음에 또 보자―"

이크. 찬양은 무릎을 세우며 일어섰다. 영 발길이 떨어지지 않지만 조금만 더 기다리게 했다간 불호령이 떨어질 게 뻔하다.

"가요. 죄송해요. 황금이가 너무 예뻐서 놀아 주느라 그만."

「쟤가 너랑 놀아 주던데, 무슨 소리 하는 거야.」

"너무 예쁘죠, 여덟 살이래요."

이제 보니 반려동물과 산책을 하는 사람들이 제법이다.

"나도 강아지 키우고 싶다."

「뭘 키워. 감당도 못 할 거면서.」

"그러니까요. 아쉬워요. 나중에 결혼하면 키울 거예요."

「말도 안 되는 소리 하지 마. 난 개 싫어. 개 키울 생각하면 가만 안⋯⋯.」

지안은 말꼬리를 흐렸다. 은연중 그녀의 '결혼'에 자신을 포함시킨 것이다. 두 사람의 가슴에 동시에 쿵 하니 돌덩이가 떨어져 내린다. 가슴이 벌렁벌렁한다.

「무, 물론 정찬양 씨의 미래 배우자께선 어떨지 모르지만 난 질색이라고. 그냥 그런 말이야.」

"아아, 네."

「그런 뜻밖에 없어. 단연코.」

"네네. 알아요. 알아요. 알아요."

서로 이해한다고 설명하기 급급하고 숨 막히는 거지존을 탈출하기 바쁘다. 찬양은 고개를 푹 숙인 채 다시 그와 앞으로 나아갔다. 여전히 황금이는 그곳에 있다.

"어어, 이놈이 왜 이래!"

그때였다. 얌전히 주인 옆에 앉아 숨을 쉬던 황금이가 벌떡 일어나더니 찬양에게 오겠다며 발버둥을 친다. 목줄을 꽉 잡은 주인이 끌어 보지만 힘이 장사다.

"어어! 가지 마! 안 돼!"

헥헥. 헥헥헥. 꼬리를 사정없이 흔들며 황금이가 폭풍 질주를 해 온다.

「달아나! 피해! 정찬양!」

"네?"

위험을 감지한 지안은 찬양에게 가는 길목을 차단하듯 막아섰다. 황금이가 달려온다. 달려오더니, 멈춘다.

헥헥, 헥헥헥. 헥헥헥헥헥.

「……지금 얘 왜 이러는 거냐?」

그런데 멈춘 곳이 찬양이 아니라 지안의 앞이다. 너무나도 명확하게 지안을 바라보며 꼬리를 흔들고 있다.

"어머, 얘 지금 상무님 보이나 봐요."

「웃기는 소리 하지 마. 얘가 어떻게 날 봐.」

……라고 하기엔 너무 날 보고 있잖아. 지안은 돌처럼 굳은 채 황금이를 바라보았다. 헥헥. 헥헥헥헥헥. 시키지도 않았는데 엎드리고 뒹굴더니 무한 헥헥 반복 중이다.

「아니, 얘 왜 이러는 거냐고.」

"좋아서 그러잖아요. 지금 상무님 보고 있다니까요?"

찬양은 신기한지 상황을 바라만 보았다. 황금이가 상무님을 보는 게 무슨 대수이겠나, 자신의 눈에도 보이는걸.

「데, 데려가. 얘 데려가.」

"저기 주인께서 오고 계시네요."

주인께선 폼만 달리는 느린 걸음으로 오고 있다. 지안이 뒷걸음을 치니 황금이 씰룩씰룩 따라온다.

"황금아, 누나한테 와 봐—"

찬양이 불러 보지만 안중에도 없다.

"어머, 얘 왜 이래!"

그때였다. 곁을 지나던 강아지 한 마리가 또다시 지안의 앞에 멈춰 선다. 이번엔 눈매가 굉장한 비글이다. 크릉. 그르르릉르르릉.

끌려온 주인이 주변을 살펴보지만 아무것도 없다. 다만 황금이와 비글이 같은 곳을 바라보며 반응을 보이니 이상할 지경인 거지. 지안에게서 조금 떨어진 찬양은 웃음을 터트렸다. 꼼짝없이 포위당한 지안이 굳은 채 쩔쩔매는 게 귀여워서 도와주고 싶지가 않다.

「뭐 해! 빨리 데려가라고 해!」

저 모습이 왜인지 좋아서. 그냥 오래도록 바라보고 싶어서.

「뭐야! 뭐가 이렇게 늘어나 자꾸!」

이번엔 닥스훈트와 말티즈가 멈춘다. 주인들은 이유를 알지 못하니 그저 동영상을 남기기 급급하다. 지안의 발에 코를 대고 쿵쿵대더니 꼬리를 미친 듯이 흔든다.

「웃지 말고 따라와!」

결국 지안이 돌아서 뛰어가자 강아지들이 따라 달린다. 주인들은 목줄로 간신히 강아지들을 붙잡았고 찬양은 지안의 뒤를 따라 달렸다. 그녀는 자꾸만 웃음이 났다. 그의 존재를 확인받은 것만 같아서. 그게 또 안심이 되어서. 오전 내내 맴돌았던 걱정과 불안이 아직은 쓸데없다는 걸 어느 틈에 알아 버려서. 지금 중요한 사실은 그런 것들이 아니라는 걸, 깨달아 버려서.

「웃어? 웃고만 있었어? 그 난리 통에?」

그가 타박을 놓아도 웃음은 그치질 않았다. 더 이상 그의 존재 가치를 두고 생각한다는 건 미련한 짓이다. 아직까진 이렇게 우리 평범하니까. 누구에게도 보이지 않지만 내게는 당신이 이렇듯, 선명하게 보이니까.

「여기서 산책하는 일은 다신 없어. 다른 코스 알아볼게.」

……그는 존재합니다.

"왜요, 여기 좋은데요."

「내가 싫어.」

여기에. 이곳에.

"동물이라도 알아봐 주니 좋지 않아요? 내 눈에만 보이는 것보다?"

242

「아니. 사절이야.」

나의 곁에.

「너만 보면 돼.」

그는, 존재합니다.

※※※

― 연결이 되지 않아 소리샘으로 연결되며 연결 시 통화료가 부과
됩……

뚝. 현주는 통화 종료 버튼을 누르며 휴대폰을 내렸다. 벌써 몇 번
전화를 걸어 봤지만 윤 실장, 수호는 감감무소식이다.

"대체 어디에 있는 거야……."

얇은 스트레이트 잔에 몰트위스키를 반쯤 채웠다. 한입에 밀어 넣
으니 쌉쌀하고 차가운 알코올이 식도의 위치를 알려 주듯 내려간다.
현주는 느린 행동으로 술잔을 내렸다.

대학 시절부터 지금에 이르기까지 수호는 자신의 곁에 사심 없이
머물러 준 유일한 사람이다. 너무나도 유일해서, 잃고 싶지 않은 단
한 사람. 어둡고 침음한, 가사 없는 재즈 노래가 출렁거린다. 사람이
라곤 그녀와 테이블 서브 중인 바텐더뿐. 외로움을 달래려고 술을 한
잔 청했는데 마시면 마실수록 사람을 외롭게 하는 분위기다.

……몇 분이나 지났을까. 현주는 다시 휴대폰을 들고 수호의 번호
를 눌렀다. 뚜르르르, 단조로운 신호음이 계속 흐르지만 그와 닿지 않
는다.

"전화 좀 받아 봐……."

고개를 비스듬히 꺾으며 손에 기댔다. 술기운이 오른다. 감정이 없
는 작은 기계 속 신호음은 건조하게 그녀 귓가를 울려 댔다.

― 연결이 되지 않아 소리샘으로 연결되며…….

힘없는 손길로 스르륵 휴대폰을 내렸다. 종료 버튼을 누르지 않은 휴대폰 너머 녹음을 알리는 삐— 소리가 났다. 그녀는 어지러운 손길로 쪼르륵 술을 따르고 단숨에 삼키며, 깊은 숨을 내뱉었다.

아무리 스스로를 잘 달래 보고 또 달래 봐도 혼자라는 외로움은 너무나도 힘겹다. 백경이라는 거대한 그룹 안에 혼자라는 느낌. 가족이라곤 아무도 남아 있지 않은 혼자라는 느낌. 누워 있는 동생은 곧 떠날 것만 같아 하루에도 열두 번씩 심장이 오르내렸다.

"너도 일어나란 말이야……. 남지안…… 이 멍청아…….'

삶은 언제부턴가 부담으로 다가왔다. 언제나 꼿꼿해야 하고 어디서나 당당해야 했으니까. 그룹을 발전시켜야 한다는 압박감, 선택으로 인한 모든 결과물에 책임을 져야 한다는 중압감. 총수가의 핏줄로 태어나 부러움을 한 몸에 받았지만 그로 인한 비난도 감수해야 했다. 형태 없는 타인의 질타, 근거 없이 만들어진 시샘, 사랑하는 사람을 스스로 선택할 수 없는 비인간적인 현실.

"지친다, 지쳐……."

그런 것들로부터 겸허한 척, 조금도 신경 쓰지 않는 척 고고하게, 자신감 있게, 백경의 얼굴이라는 사명을 잊지 않으며.

"나도 사람인데…… 나도…… 사람인데…….'

하지만 때로는 종이 위 숫자, 금액을 추정할 수 없는 기업의 가치보다는 대단하지 않은 대화, 살갗의 온기, 부담 없이 나눌 수 있는 시선이 그립기도 했다. 모두 다 누릴 수 없는 것이 인생이라니 바라보지 않으려고 해도—

"저, 괜찮으십니까? 전무님?"

여자의 인생, 사람다운 삶이 그리운 건 어쩌면 본능일지도 모르겠다고.

"네. 괜찮습니다."

서브를 보던 바텐더의 시선에 근심이 엮이자 테이블에 기댄 채 눈만 깜빡거리던 현주는 다시금 자세를 바로 했다. 워낙 VIP들이 출입하는 곳이다 보니 매사를 조심해야 한다. 현주는 가면 같은 미소를 그리며 일어섰다. 더 자리했다간 흉흉한 소문이 날지도 모르니까.

대기 중인 차를 타고 불 꺼진 서울의 거리를 질주했다. 현주는 다시 한번 수호에게 전화를 걸어 보지만 응답이 없다.

"보고 싶다, 선배……."

하아……. 현주는 헤드레스트에 머리를 기대며 긴 숨을 불어 내쉬었다. 역시나 소리샘으로만 연결된다. 차가 신호에 걸리자 그녀의 시선은 차창을 향했다. 작은 술집 앞에 놓인 야외 테이블엔 삼삼오오 모여 주말을 즐기는 사람들로 북적거렸다. 저들에겐 웃음이 있고 대화가 있다.

현주는 시선을 내리며 고개를 수그렸다. 휴대폰만 만지작거리며 감정을 다스려 보고자 애를 썼다. 세상의 모두가 날 잊은 듯 온종일 울리지 않는 휴대폰의 온기는 차가웠다. 다른 이들의 눈에 보이지 않는 것처럼 고립이 되어 버렸다.

"전화 좀 받아라. 뭐 해, 선배……."

하지만 지금 이 순간 가장 나를 슬프게 하는 건, 유일하게 바라보는 내 사람은 나를 바라보지 않고, 그는 애석하게도 내게 줄 마음이 남아 있질 않다는 사실. 평범한 그 사람은 내게 오겠다는 일말의 의지도 기약도 용기도 없다. 그리움의 크기만큼이나 가쁜 숨이, 막혔다.

⫸⫸⫸⫷

찬양과 지안은 산책을 마치고 집으로 돌아왔다. 동물들의 눈에 지안이 보인다는 새로운 사실을 터득했고, 그가 개를 무서워한다는 신선한 사실도 터득했다. 그리고 지금은 끝말잇기 중이다. 내기는 무려 이긴 사람이 꿀밤 때리기다.

놀가져요 **245**

"가자미!"

찬양은 두 주먹을 불끈 쥔 채 대단한 집중력을 선보였다. 합법적으로 때려 보겠다는 의지가 하늘을 찌르지만 몇 판째 쥐어 터지기만 한다. 그녀가 가자미를 부르자.

"미역."

그가 미역으로 받는다.

"미역? 미역…… 역…….."

아니 이런 역 같은 단어를 보았나. 역이라니.

"역마살! 역마살, 역마살!"

퍼뜩 단어를 떠올린 찬양이 불쑥 외쳤다. 지안은 초가 끝나 가는 폭탄을 받은 것처럼 눈썹을 씰룩거리다가 입술을 열었다.

"살만 알 파르시."

"살몬, 살, 뭐요?"

"있어. 검색해 봐. 전설적인 이란인이야."

"그걸 내가 어떻게 알아요! 뭐? 삶은 알 파스타?"

……어라? 이 와중에 맛있겠는데?

"살만, 알, 파르시. 발음 정확하게 합시다."

헐. 찬양은 눈꼬리에 힘을 잔뜩 주었다. 아니, 역마살 뒤로 파스타가 웬 말이냐? 아무리 사람 이름이 된다 하기로 이란인은 너무하지 않나?

"안 해? 패배 인정?"

하지만 그런 사람도 모르냐는 표정으로 지안이 바라보니 어쩐지 주눅이 들어 찬양은 헛기침을 뱉었다.

"조, 좋아요. 하지만 이제부터라도 좀 대중적인 단어를 사용해 주셨으면 좋겠어요."

"역마살은 대중적이냐?"

"그래도 누구나 아는 단어잖아요."

"나도 아는 단어 말한 거야. 너도 알 줄 알았고."

그래……. 몰라서 미안하다…….

"잔머리 굴리면서 생각할 시간 벌지 말고 빨리 말해. 3초 셀 거야."

"아, 알겠어요! 알았다고요! 잠시만요!"

"끝이 시야. 파르시."

"시……바……."

"그 뒤로 비읍 발음이 들린 건 느낌 탓인가?"

"그럴 리가요! 시말서! 시말서!"

"안 돼. 경위서라고 해야 옳은 표현이니까."

"아, 좀 봐줘요! 없는 말은 아니잖아요! 시말서!"

휴. 한고비 넘겼다. 이제 다시 폭탄은 지안에게 넘어갔다.

"서모 트로픽 액정."

하지만 애써 넘긴 보람도 없이 그는 기다렸다는 듯 말을 이었다. 가져다 붙이는 단어 하나하나가 가관이다.

"뭐요……? 뭔 트로피?"

"개발팀에서 잘 쓰는 말이야. 알아 둬."

"아니, 상무님. 다 좋은데요. 좀 상식적인 단어 없어요? 그런 거 말고?"

"얼마나 상식적인데. 지금 몰상식하다는 거냐? 서모 트로픽 액정이?"

됐다……. 그냥 너랑 나는 종족이 다른가 보다…….

"알겠어요. 뭐로 끝났죠? 트로피?"

"트로픽 액정."

"아아, 정. 정……."

"3. 2. 1."

"정……!"

"땡. 끝났어."

정말 좋아합니다. 좋아한다고요. 이런 제길. 그다지 어렵지 않은 단어에서 막히고 말았다. 빡―! 기다렸다는 듯 지안이 이마를 때리자 찬양은 두 손으로 부여잡으며 눈을 부릅떴다.

"아! 진짜! 아 이렇게 세게 때리는 게 어디 있어요!"

정말 싫어! 정말 정말 세상 제일 싫어!

"뭐야. 봐 달라는 말인가 지금? 승부의 세계는 냉정한 거야."

"냉정 정도가 아니라 이건 거의 살인 수준인데!"

"미수에 그쳤으니까 혐의는 부인하겠어."

우씨! 정찬양이라고 외칠걸! 멍청하게 졌어!

"다시 해요! 다시 하자고!"

"싫어. 살기가 느껴지는 사람이랑 무슨 게임을 해."

우씨. 찬양은 이마를 계속해서 비볐다. 둥근 이마에서 지뢰가 터진 것 같은 기분이다. 저 커다란 손이 있는 힘을 다해 공격해 왔으니 두 개골이 쪼개졌을지도 모르는 일이다.

"우리 또 뭐가 남았지?"

"뭐가요!"

"주말 동안 하기로 한 거."

"끝말잇기요."

"이미 했잖아."

아아. 좀처럼 화가 식지 않는다. 찬양은 잔뜩 삐진 얼굴로 입술을 밉살스럽게 움직였다. 술자리에서 단단하게 다진 게임 내공으로 반드시 눌러 주리라.

"숫자 셋까지 랜덤으로 외치다가 31 외치면 지는 게임 해요."

"싫어. 어제 영화도 봤고."

"그럼 초성 게임 해요."

"싫어. 오늘 산책도 했고."

"그럼 그냥 때리기 해요. 이유 없이 때리기. 그럼 내가 먼저 때릴게요."

"뒹구는 일만 남았네?"

네……? 찬양은 이마에 대고 있던 두 손을 내렸다. 팡―! 그녀 머리 위로 위험한 녹색등이 반딧불처럼 켜진다.

"뒤…… 뒹굴어요……?"

"그때 니가 그랬잖아. 주말엔 뒹굴면서 지낸다고."

"아…… 물론 뒹굴며 지냈죠."

그게 그런데 단수일 때 뒹구는 거랑…… 복수가 되어 뒹구는 건 느낌이 다른 건데……. 혹 알고 계시…….

"무슨 생각을 하는데 눈빛이 그래. 헤드라이트 켰어? 뭐 이렇게 번쩍번쩍해."

"아, 아니요! 무슨 말씀이세요!"

찬양은 순간 회오리치듯 고개를 저으며 더러운 번뇌를 날려 버렸다. 요즘 틈만 나면 상무님과의 핑크 전선을 꿈꾸는 머릿속을 어떻게 좀 하고 싶다. 대체 이 귀신 같은 남자와 뭘 하고 싶어서 이런단 말이냐. 정신 차려! 정찬양! 제발!

"뒤, 뒹굴뒹굴하는 건 쉽죠. 엄청 쉬워요."

"그래? 난 제일 어려운 단계인 줄 알았는데."

"어려운…… 단계요……."

"뒹굴거리는 게 쉽겠어. 쌍방 합의도 있어야 하고."

"하…… 합의요……."

팡―! 또다시 녹색등이 머리 위로 켜지고 코끝은 뭉근한 게 뜨거운 느낌이다. 코피가 하강하기 전에 어서 불순한 생각들을 전부 없애 버려야 한다.

"아니 뭐…… 우리 사이에 합의가 필요한가……."

하지만 긴장한 주둥이는 주인 맘도 모른 채 아무 말 대잔치를 시작했다. 찬양은 버릇처럼 머리카락을 뱅글뱅글 꼬며 말을 이었다.

"아니 뭐…… 그렇다고 합의가 필요 없다는 건 아니고요."

"뭔 소리야. 필요하다는 거야 필요 없다는 거야."

"아니 뭐…… 내가 합의를 안 해 주면 또 어쩌시려고……."

"합의 안 해 주면 별수 없지."

네……? 찬양은 머리카락을 뱅글뱅글 돌리던 손을 멈췄다. 지안은 소파에서 내려와 앉았다. 바닥에 앉아 있는 찬양을 향해 팔을 뻗으며 쓱 다가갔다. 합의를 하러 오신 모양이다.

"아니 벌써…… 아니 너무 빠른데……."

찬양은 시선을 어깨 쪽으로 주며 중얼거렸다.

"합의하자."

"아니 이건 합의라기보다…… 제가 또 그렇게 쉬운 여자는 아니고 요……."

"방에서 뒹굴래, 소파에서 뒹굴래."

아흑, 이 남자 너무 저돌적이다. 심장이 온몸을 폭행해서 감당을 못 하겠다!

"아니 뭐…… 정 그러시면…… 상무님 취향 따라……."

"그래 그럼. 내 취향 따라 나는 소파에 있을게."

"네……. 상무님은 소파…… 네……."

시동을 끄듯 그녀 머리 위에 켜져 있던 녹색등이 꺼진다. 찬양은 김이 팍 샜다는 얼굴로 오만상을 찌푸렸다.

"그럼 넌 평소대로 방에서 뒹굴려. 남은 시간 동안 서로 사생활 공간은 보호해 줍시다."

"……알겠으니까 비켜요."

찬양은 다가온 지안의 어깨를 홱 밀치며 일어섰다. 몇 분 동안 나는 대체 무슨 생각을 했던 거냐. 대체 나는 왜 이렇게 생겨 먹은 거냐. 이게 다 오랫동안 솔로로 지낸 탓이다. 지금의 나는 개똥밭을 함께 구르자고 해도 남자 손이라면 덥석 잡고 떠날 판이다. 그래. 그래서 그런 거다. 그래서 이러는 거야.

"같이 뒹굴까? 정 아쉬우면?"

"됐어요! 아쉽기는 개뿔!"

"진심인데."

지안이 자리에서 따라 일어섰다. 몇 분 사이 얼굴빛이 다채롭게 변하는 찬양을 바라보다가 결국 엉큼하게 묻고 말았다. 처음엔 반응이 귀여워서 장난을 멈추질 못했는데 막상 그녀가 방으로 들어가겠다고 일어서니 정작 아쉬움은 본인 몫으로 남아 버렸다.

"그만 놀리고 비켜요! 나는 방으로 들어갈 거니까!"

"같이 있자니까? 게임 더 할래?"

"방으로 들어가서 월요일 아침까지 안 나올 거니까 알아서 뒹구시라고요! 원하시는 사생활 보호 엄청 해 드릴 테니까!"

"방해 안 할게. 들어가지 말고 여기 있어 그냥."

지안은 조금 더 다가섰다. 그의 깊은 눈매가 진지함을 담으니 더욱 고요하게 느껴진다. 무척 순식간의 일이다. 이미 웃음기를 없애 버린, 가득했던 장난기를 지워 버린.

"같이 있자. 여기."

삽시간에 그는 공간의 분위기를 바꿔 놓았다. 이 또한 진심인지 아닌지 구분하기 어려워, 혹여 진심이래도 막상 그가 함께 있자 제안하니 덥석 받아들이기가 어려워, 찬양은 홀리듯 입술을 열었다.

"나랑…… 같이 있고 싶어요?"

때아닌 신중함이 그녀 주위를 맴돈다. 행동 하나하나, 대화 하나하나에 의미를 부여하고 싶어졌으니까.

"나랑 떨어지기 싫어요?"

하지만 저자에게 바라는 답이 무언지 사실은 알 수가 없다. 그의 입술을 통해 무슨 말을 듣고 싶은 건지 두렵기 시작했다. 원하는 답이 아니라 실망할까 봐. 혹은 원하는 답을 듣고 난 뒤 숨이 막힐까 봐.

"그러니까 내가요. 내가 그러니까 상무님 곁에요."

듣고 난 이후에 너무나도 많은 것들이 변할까 봐. 많은 것들이 변해서 감당 못 할 일들이 벌어질까 봐. 하지만, 그럼에도 불구하고—

"내가 계속, 상무님 곁에 있으면 좋겠어요?"

이것저것 다 떠나서 그의 마음이 궁금했다. 그의 시선을 해석하고 싶어졌다. 자신의 마음은 저 깊은 어느 곳에 감춰 두고 그의 마음부터 무작정 알고 싶어졌다. 숨은 말라, 가쁘게 변했다.

"말해 봐요. 나는 궁금해졌으니까."

……지안은 가만히 그녀를 내려다보았다. 잔뜩 긴장해 놓고는 듣기고 싶지 않다는 것처럼 그녀는 두 주먹을 말아 쥔 채 숨을 내쉬고 있다. 그런 그녀를 바라보고 있자니 만감은 무한히 교차했다. 때를 기다렸다는 듯 목 끝까지 매달린 말들은 입안을 가득 채웠다. 너를 원한다는 그 간단한 말이, 너의 시간이 아닌 그저 너를 원한다는 그 기쁜 말이, 농담이 아니고서는 어떤 말도 자연스럽지 못한 그 애석한 말이, 가득 채워지고 밀려나 입 밖으로 떨어질 것만 같았다.

"정찬양 씨."

"네, 상무님."

딩동— 그때였다. 둘 사이를 깨는 방정맞은 현관 벨 소리가 요란하게 울려 댔다. 찬양은 잠시 다른 세계로 빠져 들어갔다가 나온 것처럼 크게 놀랐다. 삼도천을 건너려다 붙잡힌 것처럼 정신이 번쩍 들었다.

"누구세요!"

"나야 나! 문 열어 쩡양!"

방문자는 다름 아닌 친구 미혜다. 저녁에 집에 있을 거냐고 톡으로 물어 와 그럴 것이라 답했더니 찾아온 모양이다.

"아…… 잠깐만!"

찬양은 답을 크게 외치고는 지안을 바라보았다. 정신을 차리고 보니 둘 사이 남은 질문과 답은 해결하지 못해 아쉽다 말하기보다 외려 다행이라는 생각이 들었다. 어떤 답을 들었건 간에 감당할 수 없었을 테니까. 감당하고 싶지 않으니까.

"저, 그때 그 친구 왔는데……."

"알아. 문 열어 줘."

"죄송해요. 원래 갑자기 오고 갑자기 가는 친구라……."

"괜찮아. 문 열어, 가서."

문을 열자 활기찬 기운의 미혜가 이것저것 봉투를 들고 들어선다. 뭐 하고 있었어? 미혜는 제집처럼 들어서며 물어 왔다. 그냥 있었어. 찬양이 답하며 봉투를 받아 들자 미혜는 혀를 쯧쯧 찼다.

"젊은 것이 주말에 혼자 이게 뭐냐? 으이그."

지안은 소파에 앉아 잡지책을 들었고 찬양은 미혜를 반겼다. 서로가 보이는 간격에서, 서로는 서로의 존재를 침묵했다.

"야, 이거 새로 나왔더라? 찬양아, 이거 너 한번 써 봐."

"뭔데? 미스트네?"

"응. 향 좋으면 써 보고 얘기해 줘. 나도 하나 사야지."

마음을 단단히 동여매고 있었지만 쉽지는 않았다. 찬양은 깊은 한숨을 내쉬었다. 자신이 무엇을 모르는 척하고 있는지 조금씩 알게 될 것만 같았다.

"찬양아, 맥주 있어? 사 왔는데 없을까 봐."

"아아, 있어. 냉장고에."

지금 자신에게 불어온 감정을 한마디로 정의할 수는 없었지만, 그 중 하나쯤은 분명히 말할 수 있었다.

……두렵다.

"아으 세상 좋다! 집은 역시 정찬양의 집이 최고지!"

미혜는 제집 안방처럼 소파 밑에 털썩 드러누웠다. 팔을 쭉 뻗은 미혜의 손끝에 지안의 발이 닿을 것만 같다. 잡지책을 보던 지안은 쓱 옆으로 앉으며 미혜를 피했다. 지켜보던 찬양은 마른침을 꿀떡꿀떡 삼키며 미혜에게 다가갔다.

"야야, 미혜야. 일어나, 빨리."

"아, 왜. 빨리 상이나 차려, 넌."

말을 해도 듣질 않는 미혜는 팔다리를 버둥거리며 장난을 쳤다. 몸 개그에 일가견이 있는 친구답게 발광 수준이 톱클래스다. 지안은 질색하는 표정으로 잡지책을 높게 올렸다.

"너네 집까지 걸어왔더니 덥다. 나 벗고 맥주 마실래."

"안 돼!"

안 돼! 다시 주방으로 돌아가 상차림을 준비하던 찬양이 싱크대 앞에서 돌아섰다. 사과를 자르던 과도가 손에 들려 있으니 모습이 섬뜩할 지경이다.

"얘가 오늘따라 왜 이래? 내가 너네 집에서 한두 번 벗고 있냐?"

"그, 그래도 안 돼! 안 된다니까!"

오호. 지안은 슬금슬금 잡지책을 내렸다. 미혜는 찬양의 타박에도 아랑곳하지 않고 상체를 일으켜 앉았다.

"야, 나 새로 속옷도 샀단 말이야. 요즘 오빠도 못 만나고 보여 줄 사람이 있어야 말이지. 좀 볼래?"

헐. 저 기지배가! 미혜가 트레이닝 상의 지퍼를 주욱 내리려고 하자 찬양은 칼을 든 채 우다다 달려왔다.

"벗지 마! 벗지 말라니까?"

"얘가 진짜 왜 이래? 야, 속옷 좀 보라니까? 대박 싸게 샀어. 엄청 예쁘고 뽕도 장난이 아니야."

"미혜야아아아아아아!"

호오. 지안은 태연하게 잡지책을 넘겼지만 집중력은 최고조에 달했다. 사심이 있어 그러겠나. 뭐, 본능이라니까.

"누, 누가 보면 어쩌려고 이래, 얘가!"

"보긴 누가 봐? 너 말고 누가 있어?"

"앞집 윗집 옆집 뒷집! 너무나도 많지! 너무나도!"

뭐래. 커튼도 다 달아 놓고. 미혜는 과도를 힘껏 쥔 채 호들갑을 떠는 찬양을 의아한 눈빛으로 바라보았다. 그러다가 특유의 제스처를 취하며 팔을 높게 들고 허리를 쭉 폈다.

"뭐, 볼 테면 보라지? 나의 이 섹시한 몸매를."

"야아아아아!"

"아, 걸리적거려! 비켜! 애가 오늘따라 왜 이래! 너 진짜 자꾸 그러면 홀딱 벗는다!"

미혜가 트레이닝 상의를 벗자 끈이 얇은 민소매티만 덩그러니 남았다. 호오, 지안이 들고 있는 잡지책은 점점 내려가 무릎에 도달했다. 개방된 시야 사이로 시원하게 입은 낯선 처자의 뒷모습이 선하다.

"봐 봐, 바이올렛 색상이야. 레이스 죽이지? 이게 가슴을 얼마나 잘 모아 주는지 이 언니 가슴골이……."

찬양이 과도를 들고 부웅 날아 소파에 착지했다. 지안의 무릎에 앉아 지안의 눈을 가렸다.

"너 뭐 하냐?"

미혜가 민소매티를 벗으며 묻자 찬양은 크게 웃음을 터트렸다. 지금 미혜의 시선엔 찬양이 소파에 앉아 팔을 올린 자세밖에 보이지 않으니까.

"요즘 새로 나온 요가 자세야! 신경 꺼!"

「비켜.」

싫어요! 가만히 있어요!

"그래? 그런 자세가 있어? 신박하고 좋네. 하여튼 어때? 이거 속옷 예쁘지?"

「비키라니까?」

"어어! 완전 예쁘다! 야아 죽이네 죽여! 나도 사야겠다!"

"찬양아, 너도 사. 넌 80에 A면 꽉 차게 잘 맞을걸? 이게 컵이 크게 나왔어."

아하하하하! 미혜야! 내 가슴 커밍아웃 시키지 마!

"A, A는 무슨! 어림도 없지! 나 한 B나 C 정도 입어 줘야 되는 거 아냐?!"

"이게 어디서 약을 팔아. 이 언니가 다 아는데. B, C 같은 소리 하고 있네."

「비키라고. ABCD 나불거리지 말고. 학점이냐?」

상무님, 만일 제 가슴이 학점이라면⋯⋯ 아마도 4년 내내 특급 장학생이었을 겁니다⋯⋯.

"오, 쩡양. 그러고 보니까 가슴이 확실히 크긴 컸다? 어머, 진짜 그러네? 대박. 너 언제 이렇게 가슴을 키웠냐?"

"빨리 옷이나 입어! 너 옷 입기 전까진 이러고 있을 거니까!"

「비키라고!」

닥쳐요 좀! 진짜 세상 말종 변태네, 이제 보니까!

"알겠어. 이거 사고 싶으면 나한테 톡 해. 사이트 보내 줄게. 너무 편하고 짱이야."

미혜가 한창 불같은 속옷 자랑을 끝내고 주섬주섬 옷을 입자 찬양은 한숨을 내쉬었다. 슬쩍 손을 떼며 자리에서 일어서니 지안이 눈을 치켜뜨며 바라본다.

"야! 사과는 왜 깎다 말았어! 으휴, 내가 깎을게!"

미혜가 주방으로 사라지자 찬양은 팍씨, 지안에게 엄포를 놓으며 쌍심지를 켰다. 그러곤 입술만 뼹긋거리며 폭풍 협박을 늘어놓았다.

변태 도라이버 하고 싶어요, 진짜?

「내 다리에 앉은 건 너야. 누구 마음대로 다리에 앉아?」

하여튼 가만히 있으라고요, 가만히! 나 지금 칼 들었거든요!

찬양이 연신 으르렁거리며 지안에게 잔소리를 늘어놓고 있는 때, 해맑은 미혜의 음성이 다시 들려왔다. 오호라, 지안은 눈썹을 추켜올렸다.

"아 맞다. 찬양아. 이거 팬티도 엄청 예쁜데! 보여 줘야겠다! 시스루 야."

"아니야아아아! 미혜야아아아!"

"저기, 미혜야."

"응?"

깎아 놓고 먹지 않아 갈변한 사과 몇 조각, 가루로 잘게 만들어 놓은 생라면, 맥주 몇 캔 사이로 이런저런 이야기를 주고받던 찬양이 미혜를 나직하게 불렀다. 천성이 쾌활하고 수다스러운 미혜이기에 쉼 없는 이야기가 흘러나왔지만 어쩐 일인지 그녀의 연인에 관하여는 단한마디도 하질 않았다.

"승균 오빠는 잘 있어? 오빠는 요즘 어떻게 지내?"

의도적으로 말하지 않는 것 같은 느낌을 받은 찬양이 조심스럽게, 하지만 최대한 아무렇지 않게 질문을 던졌다. 미혜는 초점이 잘 맞지 않는 시선으로 맥주 캔을 바라보았다. 표정은 많은 것을 말해 주었다.

"뭐, 잘 있어. 그냥저냥. 그럭저럭."

"무슨 대답이 그래?"

"사실 나도 잘 몰라. 아, 몰라. 모르겠다."

들고 있던 맥주 캔을 시원하게 비워 내며 미혜는 캔을 우그러뜨렸다. 두 사람의 오랜 연애기간, 그만큼 쌓이고 만들어졌을 이야기들. 자잘하게 들려주지 않아도 연애의 시작부터 지금까지를 보아 온 찬양이다.

"그러니까 찬양아, 그게 그냥…… 아니 뭐, 그러니까 그냥……."

"바쁘구나. 승균 오빠."

미혜의 연인은 휴학과 복학을 반복했고, 그사이 군대를 다녀왔고. 이후엔 끝이 없을 것 같던 공부에 매달렸고, 노량진과 고시원을 전전했고. 결국 취업에 성공했다. 세상에 보란 듯이었다.

"야야, 미혜야. 남자들 취업하면 다 그래. 게다가 공기업이잖아. 얼마나 바쁘겠어?"

"하도 연락이 없어서 하루는 넌 화장실도 안 가냐고 물어봤다니까."

"일도 많겠지. 처음이라 적응하는 시간도 필요할 거야."

"바쁘면 주말도 없어? 잠도 안 자? 나를 만나는 건 얼마든지 미뤄도 되는 일인 거야?"

처음엔 자신의 바쁜 하루가 미안하다고 했다. 미혜야 미안한데, 미혜야 정말 미안한데.

"이젠 아주 당당해. 나 바쁜데 어쩌라고? 이런 식이야. 예전엔 눈치라도 보더니 이젠 뭐."

"정말 바쁘니까…… 그만큼 너무 바쁘니까……."

"다른 시간은 다 있는데, 나 만날 시간만 없는 것 같다. 내 남친께서는."

휴. 미혜는 맥주 캔을 새로 땄다. 황금 같은 주말의 저녁 시간. 애인은 그림자도 비추질 않고 연락도 한 통 없다. 어디서 무엇을 하고 있는지 알 길이 없다.

"내가 어디까지 이해를 해야 하는 건지 모르겠어. 정말로."

"미혜야, 오빠랑 얘기를 좀 해 봐. 진지하게. 네 생각을 확실하게 알아야 승균 오빠도……."

"나는 어쩌면 오빠랑 좋았던 과거의 시절만 붙들고 있는 걸지도 몰라."

작게 중얼거리며 미혜가 시선을 내리자 찬양은 입술만 뜯다가 말을 삼켰다. 미혜야, 내가 보기엔. 그의 마음이 변한 것 같기도 해.

하지만 그런 말은 할 수가 없다. 이미 내 앞의 친구가 누구보다 잘 알고 있을 것만 같으니까. 차고 넘치게, 수천 번 수만 번 허공에 던져본 생각일 것만 같으니까. 그녀가 그런 게 아니라고 믿고 있다거나 아직은 이 사랑 끝난 게 아니라고 여기고 있다면, 생각을 침묵하며 대할 수밖에 없다.

"그냥 요즘은 그래. 오빠가 바쁘다는데 뭐 어쩌겠어, 내가 이해해야지."

"그래, 미혜야. 차차 나아질 거야. 차차, 조금씩."

미혜는 찬양의 위로에 쓸쓸한 미소를 지었다.

"찬양아, 나는 있잖아. 오빠가 나를 진짜 많이 좋아한다고 느꼈던 때, 그때가 진짜 그리워."

……사람이 사람을 사랑하게 된다면 그게 무엇이든 반드시 대가를 치르게 된다. 떠나게 되거나, 떠나보내게 되거나. 어떠한 형태로든 찾아와 누구도 피할 수 없는, 간혹은 숙제처럼 만나게 되는, 대가.

"그때, 그때는 우리 진짜 좋았는데."

"좋았지. 너하고 오빠하고."

"안 보면 죽을 것 같았던 때도 있었는데."

쓸쓸한 듯 미혜의 입가에 흐릿한 미소가 떠오른다. 찬양은 그녀의 말을 곱씹으며 소파에 앉아 있는 지안을 바라보았다.

"정말 그땐 서로 안 보면 죽는구나, 했어."

……떨어지는 것이 두려운 사람.

"얼굴만 봐도 웃음이 나서, 아무것도 안 하는데 서로 좋아 막 웃었거든."

그저 바라만 보아도 하루가 지나는 사람. 더 보고 싶은 사람, 자꾸 자꾸 바라보게 만드는 사람.

"서로보다 더 중요한 일이 없고…… 자고 먹는 일보다 더 먼저고……."

함께 있으면 아무것도 하고 싶지 않게 하는 사람. 이런 마음들 끝에 심장을 쥐고 흔들며 숨을 온전치 못하게 하는 사람.

친구의 이야기를 들으며 찬양은 아득한 시선으로 그를 바라보고 있다. 타인의 연애 이야기가 관심사는 아닌지 무료한 표정으로 책을 보는 저 모습.

술김일까, 그를 바라보는 것만으로 어쩐지 목이 메고, 가슴이 울렁이고, 사방이 아득해진다.

"세상에 이런 사랑을 받을 수도 있구나 했는데. 그땐 정말 우리 특별했는데."

그러다 두 눈을 세차게 감았다. 기어코 마음이 하는 소리가 들린다. 내 친구의 과거로부터 이어져 온 이야기가, 현실의 나를 깨운다.

"그때 나 진짜 용감했거든. 오빠만 생각하면 못 할 일이 없었으니까."

사실은 내내 어떡하지 했다. 두근거리는 이 마음이 진짜면 어떡하지, 초조하고 불안했다. 그래서 마음을 모른 척하고, 아닌 척하고 외면했는데. 진짜인가 봐. 사실이 맞나 봐.

"그때가 진짜 사랑이었던 것 같아. 지금은 그냥…… 허무해."

……찬양은 두 손으로 제 얼굴을 가렸다.

"찬양아, 그거 알아? 지구상에 그 사람하고 나밖에 없는 것 같은 기분."

한번 터진 마음은 수습이 불가하고, 결론에 도달하고 보니 심장은 터질 것처럼 뛰어올랐다. 도통 다른 생각은 들지 않았다. 인정할 수밖에.

"그게, 진짜 사랑이야."

그를, 좋아하게 되었다.

※※※

미혜는 심란한 마음 끝에 또다시 쾌활한 모습으로 돌아왔고, 신바람 나게 집으로 돌아갔다. 테이블 위 쓰레기를 정리하고 설거지를 하며 찬양은 근심 많은 표정을 지었다. 마음을 순순히 인정하고 나니 그에게 말을 걸어 볼 엄두가 나질 않는다. 심장이 입 밖으로 튀어나올 것만 같아 아랫입술만 깨물고 있는 것이다. 분주히 움직였다. 이미 씻은 그릇을 닦고, 또 닦았다.

"치울 게 많나?"

그녀의 뒷모습을 힐끔거리며 주시하던 지안이 물었다. 네? 네? 화들짝 놀란 찬양이 돌아서며 그릇을 떨어트렸다. 쨍그랑—! 바닥에 떨어진 그릇이 산산조각 나자 지안이 벌떡 일어나 곁으로 다가왔다.

"오, 오지 마세요!"

찬양이 버럭 외치며 그의 걸음을 제지했다. 정신없이 쭈그리고 앉아 깨진 조각을 손바닥 위에 올렸다.

"맨손에 유리를 올리면 어쩌자는 거야. 비켜."

"큰 것만 먼저 치우려고요. 거기 계세요. 여기 위험하니까요."

지안은 그녀가 마음에 들지 않는다는 듯 인상을 구겼다. 이제 보니 손도 벌벌 떨고 있고 얼굴은 아픈 듯 달아올랐다.

"헛짓 관두고 멈춰."

바닥에 시선을 고정한 채 열심히 유리 조각을 주워 들던 찬양의 행동이 느려진다. 지안이 유리 조각을 바라보자 거짓말처럼 조각들이 공중 위로 떠올랐다. 헐……. 처음 보는 부양술에 찬양은 두 눈을 크게 떴다. 크고 작은 유리 조각들이 일제히 공중에 둥둥 떠, 그의 신호만을 기다렸다.

"이, 이게 뭐, 뭐, 뭐."

"움직이지 말고 있어."

지안이 물끄러미 휴지통을 바라보자 스르륵 밀려온 휴지통의 뚜껑이 열렸다. 허얼……. 찬양은 철퍼덕 주저앉았다. 우르르 몰려간 유리 조각이 휴지통으로 쏙 들어간다. 깔끔하게 뚜껑까지 닫은 채 할 일을 끝낸 휴지통은 다시 제자리로 돌아갔다.

"뭐, 뭐, 뭐, 이게 지금 뭐, 뭐예요?"

"보고도 몰라?"

"뭐, 뭐 한 거예요? 네?"

상무님을 좋아하고 나발이고 개뿔, 놀라서 다른 생각은 전부 지워 버리고 말았다. 찬양은 쌈 싸 먹을 것처럼 입을 크게 벌린 채 지안과 휴지통을 번갈아 바라보았다.

"저거 지금 그냥 옮긴 거예요? 막, 막, 유리 붕붕? 공중에 붕붕?"

"너만 생각하면 내가 못 할 일이 없다."

에효. 지안이 낮게 혼잣말을 하자 제대로 듣지 못한 찬양이 넋을 놓듯 눈을 깜빡거렸다.

"지금 뭐라고 하셨어요?"

"잔말 말고 비켜."

"헐, 대박. 휴지통이 저절로 움직였어······."

너무도 멀쩡한 체격과 필요 이상으로 잘생긴 얼굴. 다른 사람들의 눈에 보이지 않는대도 거부감을 못 느끼거나 기이하게 여기지 않을 수 있게 된 건 그의 신체적 요인이 컸다. 그것에 더해진 그의 평범한 행동. 그래서 자신도 보통 사람을 대하듯 상무님을 대할 수 있었다.

헌데, 지금 눈앞에서 벌어진 일 좀 보소. 심지어 이건 마술도 아니요, CG도 아니다.

"헐······ 대박······ 대박 소름······."

그가 사람이 아니라는 사실을 완벽하게 깨달았다. 지안은 그녀의 경직된 반응에 팔짱을 끼고 고개를 비스듬히 꺾었다. 놀라고 겁먹을까 봐 가급적 찬양의 앞에선 능력을 사용하고 싶지 않은데 사안이 급하니 어쩔 수가 있나. 나는 깨진 유리가 싫고, 네가 치우는 건 더더욱 싫으니까.

"놀란 마음은 알겠는데 어차피 탑재된 능력이고, 그러니까 능력을 가지고 있는 동안만이라도 쓰면서 편하······."

"멋있어요."

……응? 지안은 찬양을 위아래로 훑었다. 그녀의 눈에서 레이저가 빗발친다. 뚱딴지같은 반응이 튀어나오자 지안은 얼빠진 찬양의 얼굴을 바라보다 미간을 구겼다.

"너, 내가 적당히 마시라고 했지."

"멋있어요. 진짜로."

"얼마나 마신 거야. 직립 보행 하는 거 보니까 완전히 맛이 간 건 아닌 것 같은데."

"또 뭐 할 수 있어요? 네?"

눈이 반짝반짝하다. 지안은 깨달음이 왔다는 듯 분노에 찬 숨을 깊게 내쉬었다. 그러니까, 지금 너의 말은.

"나도 막 공중에 띄울 수 있어요? 네? 막 드론 띄우듯이?"

내 능력이 멋있다는 거지, 내가 멋있다고는 안 했겠다. 휴지통 옮기는 기술이라도 없으면 나 같은 건 거들떠도 안 보시겠다?

"나도 막 순간 이동 시켜 주고 해 줄 수 있나? 그래요? 말해 봐요."

"됐어. 못 본 걸로 해."

"왜요, 멋있는데요. 또 다른 것도 해 봐요. 네?"

"정신 차려. 지금 본 건 잊어. 레드—선—!"

지안이 소리 나게 손가락을 부딪치자 찬양은 그제야 눈빛을 바꿨다. 마치 마술쇼가 끝난 뒤 트릭을 알아 버려 실망한 어린아이 같다.

"쳇, 시시해. 뭘 그렇게 숨겨요? 나한테 숨겨서 이득 볼 게 뭐 있다고?"

"손해 볼 것도 없지. 잘 보일 필요가 없으니까."

"잘 보일 필요가 왜 없어요? 지금 상무님한테 그런 능력은 참고 사항이 아니라 스펙이라고요."

"그러니까 내 스펙을 왜 너한테 어필하냐고."

"일 잘하는 머슴은 쌀밥을 먹는 법이거든요. 그것도 몰라요? 내가 집주인이니까, 나한테 잘 보여야죠."

"그 머슴이 잘한 일은 집안일이 아닌 걸로 알고 있는데. 아닌가?"

"아니, 뭐, 겸사겸사, 이것저것 잘했겠죠."

"뭐야. 노선 확실히 해. 대화의 주제가 전령가야 19금이야."

"어덜트가 키즈 카페에서 논다고 키즈가 되나……."

"그래? 내 취향 존중해 주겠다는 거냐 지금? 빨리 말해. 난 성격이 급하니까."

"아, 됐어요!"

오, 갓. 찬양은 홱 돌아섰다. 지금 무슨 말을 뱉고 있는 건지 스스로 아차 싶었다.

"뭐가 돼. 난 안 됐어. 어덜트로 놀아 볼까? 그게 불타는 주말의 하이라이트인가?"

"노, 농담이에요! 농담! 진짜 무슨 말을 못 하겠네!"

내가 진짜 왜 이러냐…… 흐어……. 찬양은 인상을 찡그리며 입술만 벙긋거렸다. 상무님을 좋아한다고 마음을 인정하고 보니 기승전결이 그렇고 그런 길로 빠진다. 안 돼, 찬양아. 티 내면 안 돼. 상무님이 얼마나 비웃겠어? 가뜩이나 맨날 비웃음 사는데, 오죽하겠어? 안 돼. 절대 안 돼. 난 비웃음거리가 되고 싶지 않아! 좋아한다고 티 내면 안 돼!

"이게 아주 술꾼이네. 술주정 꼬장꼬장한 거 봐라. 너 당분간 금주야. 알겠어?"

"술은 또 무슨 죄래……. 내 마음이 죄지."

"뭐라?"

"아, 비켜요. 나 씻으러 갈 거니까."

찬양은 고개를 숙인 채 지안을 스쳐 지났다. 홱, 스쳐 가는데 지안이 그녀를 붙잡았다.

"이 봐라, 이거 봐."

지안이 미간을 한껏 일그러트린 채 그녀의 손을 잡았다. 유리 조각에 베인 기색이 완연하다. 물이 묻어 있던 터라 피가 엉망진창으로 번졌다.

"남들보다 피가 많으면 차라리 헌혈을 해. 이게 뭐냐?"

"아, 놔요!"

잡지 말라고요! 떨리니까!

"가만히 안 있어? 이대로 두면 30분 뒤에 과다 출혈로 사망하시겠어."

철철 흐르네, 철철 흘러. 지안은 그녀의 손을 붙잡고 머리 위로 올렸다. 쳇, 잔소리 좀 늘어놓았다고 노려보는 찬양의 표정이 가관이다. 지안은 짐짓 얼굴 표정을 매섭게 하며 2차 잔소리를 장전했다.

"대체 잘하는 게 뭐야."

"술 먹는 거요."

"나오는 대로 뱉는 게 집안 내력은 아니지?"

"엄마가 좀 그래요. 말하면서 후회하는 성격이거든요."

"좋은 거 닮아 왔네."

"지금 우리 집 홍보하는 거예요? 가족은 건들지 말죠?"

"양가 수준이 비등비등해서 좋다는 말 한 거야."

듣고 있어. 지안은 찬양의 팔을 위로 고정하게 만들고 TV 받침대 서랍을 열었다. 이젠 반가워 죽을 지경인 드라이버가 보인다. 지안은 말없이 옆에 놓인 비상약통을 꺼냈다.

"제약 회사에서 상 줘야 돼. 가정집에서 이 정도 비상약 쓰고 살면 VIP야."

"끊임없이 잔소리하는 게 집안 내력은 아니죠?"

"집안 내력이야. 참고해 둬."

……네? 찬양은 삐죽거리던 입술을 멈추며 지안의 행동을 바라보았다. 대일밴드와 연고를 꺼내 들고 돌아온 지안이 지혈을 한다. 식탁에 나란히 앉아, 그는 그녀의 손가락에 연고를 발랐다.

"아야!"

"웃기지 마. 베인 줄도 몰랐던 게 어디서 약을 팔아."

"약 판다는 소리는 어디서 배워 왔어요? 후계자님께서 그런 말 써도 돼요?"

"니 친구가 남기고 간 명언인데 왜. A는 A일 뿐 B가 될 수 없다는 훌륭한 명언."

"아 진짜!"

"가만히 있으라니까. 피 더 난다. 봐라."

지안은 찬양이 손을 빼려 하자 덥석 잡고 다시 연고를 발랐다. 사실 한번 푹 찍으면 바를 수 있는 작은 상처에 지지리도 오래 연연한다. ……그냥, 잡은 손을 빼고 싶지 않아서.

"그 친구는 예전에도 자주 왔어?"

"종종요. 미혜는 부모님이랑 사니까 가끔 와서 자고 가기도 하고, 가까이 살거든요."

"헤어지라고 해."

"네? 누구랑요?"

"만나는 남자랑."

"왜요?"

그가 대일밴드를 뜯는다. 시선은 온통 자신의 손가락을 향하고 있어 찬양은 마음 놓고 그의 얼굴을 바라보았다.

"보나 마나 뻔한 거 아닌가. 남자가 그 정도로 여자 방치하는 건 끝난 게임이지."

"그렇게 쉽게 말하지 마요. 그리고 상무님은 그 두 사람 이야기 잘 모르잖아요."

"모르는 내가 잠깐 들어도 알겠던데 당사자는 더 잘 알지 않을까."

뜨끔한 찬양은 입술을 닫았다. 지안은 힐끔, 그녀의 얼굴을 바라보다가 손을 더 당기며 대일밴드를 신중하게 붙였다.

"정찬양 씨도 이미 알고 있잖아."

"솔직하게 생각은 들었는데, 그래도 확실하지는 않으니까요."

"그 회사에서 이 동네까지 차로 30분밖에 안 걸려. 법 바뀌고 나서 개인 시간 존중해 주고 있고. 애인 얼굴도 볼 수 없을 만큼 늦게까지 일하는 회사 아니고."

"자발적으로 남아서 일할 수도 있잖아요."

"일주일에 한 번 저녁 7시 회사 전체 소등이야. 남아 있고 싶어도 남을 수가 없다고. 적어도 일주일에 한 번은."

변명의 여지는, 자꾸만 사라진다.

"친구 애인이 원래 그런 사람이야? 애인 얼굴 10분 보는 일도 귀찮아서 포기하는?"

"……아니요."

그가 둘러 붙인 대일밴드를 지그시 눌렀다. 손바닥 위에 그녀의 손을 올려놓고 유심히도 바라본다. 피가 번지자 그는 또다시 미간을 구겼다.

"그런데 말을 못 하겠어요. 미혜가 무서워할까 봐요. 정말 오래 만났는데, 그 세월은 또 어떡하고……."

"그래. 결국 당사자들 몫이니까 알아서 하겠지만 친구가 자신의 인생을 좀 더 소중하게 대해 주면 좋겠네."

"미혜는 아직 오빠가 자신에게 마음이 있다고 믿으니까요."

"인지 부조화, 라는 말이 있어."

말끝에 지안이 고개를 들어 그녀를 바라보았다. 무방비로 지안의 얼굴을 바라보고 있던 찬양은 그와 눈이 마주치자 당혹스러운 표정을 지었다. 슬그머니 손을 빼 보려고 했지만 그가 놓아주지 않았다.

"보이는 것을 믿는 게 아니라 믿는 것을 보는 심리."

"아……."

"그런 거 아닌가. 현실을 부정하며 그렇게 믿고 싶은 마음."

아니라는 말이 떨어지질 않는다. 찬양은 자신의 일처럼 처연한 표정을 지었고 지안은 덤덤하게 말을 이었다.

"모든 선택은 전환점으로 삼을 수도 있고 반환점으로 돌 수도 있어. 이별 끝이 전부 마이너스는 아닐 텐데?"

……인생 참, 어렵다. 지금 우리의 마음은 전환점인가, 혹은 반환점 인가. 이 길은 어떤 길인가. 알 수가 없다.

"다 모르겠고, 일단 그 친구가 마음고생 안 했으면 싶네."

"상무님이 왜요?"

"네 친구니까."

타인의 삶에 일절 관심이 없을 것만 같은 그의 입술 사이로 의외의 말이 튀어나온다. 찬양은 그에게 붙잡힌 손끝으로 맥이 세찬 것 같아 황급히 손을 뺐다. 주먹을 말아 쥐자 불규칙하고 어지러운 맥이 느 껴졌다.

"가장 좋아하는 친구라고 하지 않았나?"

간신히 고개만 끄덕였다. 찬양은 뱉어 놓고 후회할 말들이 쏟아질 까 봐 입술을 꾹 깨물었다. 그런 사람 마음도 모르고— 그는 보여 준 적 없는 다정한 눈빛으로, 누구도 보지 못했을 것 같은 따스한 웃음으 로.

턱을 괸다. 바라봐 주었다.

"그 친구가 행복해야 너도 행복할 거 아냐."

"물론……."

"니가 행복해야 또 내가 편히 있지."

다 사용한 연고와 대일밴드 박스는 공중에 붕 뜨더니 원래 있던 TV 아래 서랍장으로 쑥 골인한다. 두 번 봤다고 처음처럼 놀랍지는 않다.

"나도 쌀밥이 먹고 싶거든."

그는 정말로 알 수 없는 사람이다.

"모시는 마님이 편안해야 하지 않겠어?"

그의 마음이 불투명할수록, 나의 마음은 점점 더 확고해져 간다. 찬 양은 노력으로 미소를 그렸다. 하지만 뜻대로 되지 않고 올 것 같은 표정을 지었던 것 같다. ……사람이 사람을 사랑하게 된다면 그게 무엇이든 반드시 대가를 치르게 된다.

"사랑을 놓기가, 어디 쉽겠어요."

떠나보내게 되거나.

"쉽지 않겠지. 나도 알아."

떠나게 되거나.

그중에도 지나치게 슬픈 건, 너무나도 확실하게 예견된 이별이 아닐까 하는 생각이 들었다.

"나도, 잘 안다."

그렇게 우리는 동시에 같은 생각을 했고, 그래서 입 밖으로 마음을 꺼내는 일 같은 건 쉽게 접을 수 있었다.

"옥상이나 올라가서 바람 쏘이고 오자. 술 깨야지."

"네. 그래요."

다만 주문처럼 외기를 아직은 시간이 있다고. 우리에겐 남은 내일이 있다고.

인지 부조화였다.

3부
세상에서 가장 어려운 일

[속보 백경자동차 유진권 사장 자동차 추락사… '비상']
[백경자동차 사장 자동차 추락사… 그룹 內 사건 사고 잇따라]
[백경그룹 수난 시대, 오늘 새벽 백경자동차 사장 사망]

"잔해를 들어 올렸는데 사망자의 훼손 상태가 심각합니다. 수습 중입니다."

"계열사 사장단과 골프 회동 뒤 귀가 도중 벌어진 일이랍니다."

"수행 비서는 없었습니다. 비서와 통화를 했는데, 유진권 사장이 동행을 거부했다고 합니다."

날이 채 밝지 않은 어스름한 새벽. 소식을 듣고 달려온 현주가 병원으로 들어선다. 잠이 통 오질 않아 간신히 잠들었는데, 눈을 감은 지채 30분도 지나지 않아 비보가 날아들었다.

"골프 회동 참가자는 누구누구죠?"

"여기, 명단입니다. 임강준 대표께서도 함께하셨다고 합니다."

그녀의 뒤를 따르며 관계자들은 한마디씩 보태어 상황의 진척을 알렸고 현주는 명단을 받아 들었다.

"회동 후 술자리가 있었습니까?"

"술은 드시지 않았다고 합니다."

바쁘게 걸음을 옮기던 현주가 멈춰 서며 관계자의 얼굴을 바라보았다.

"대표님께서는 어디 계십니까?"

"회사로 정부 관계자들이 찾아왔다고 합니다. 지금 회사에 계십니다."

그때 현주를 발견한 윤 비서가 다급히 걸어왔다. 그녀는 윤 비서와 눈빛으로 인사를 나누었고 관계자는 계속 말을 이었다.

"일단 부검 결과를 기다려야 할 겁니다. 자동차 결함 부분도 집중 조사가 이루어질 거라고……."

아직 지안의 일도 수습이 되지 않은 상황이다. 결함의 의혹이 커져 가던 가운데 자동차 회사 사장이 운전 중 목숨을 잃었다. 그룹의 입장으론 최악의 시나리오다.

"지금 수사 당국에서 의문을 품은 몇 가지 지점이 있는데."

"언론 쪽 통제 잘해 주세요. 최악은 면해야 하니까."

"네. 일단 안에서 말씀 나누시죠."

하아……. 현주는 극렬한 어지러움에 손을 머리 위로 올렸다. 휘청거리는 그녀의 걸음이 위태롭게 느껴져 윤 비서는 한 발 앞으로 그녀 가까이 다가섰다. 언제라도 기댈 수 있게.

"유가족은 지금 어디 있습니까?"

하지만 현주는 스스로 마음을 다잡으며 눈을 떴다. 그녀의 질문에 답하며 관계자는 손짓으로 방향을 안내했다.

"안에 계십니다. 이쪽으로."

"……가죠."

현주는 두어 걸음 옮기다가 멈췄다. 이내 먼저 들어가라는 듯 사람들에게 손짓했고 모두는 그녀와 윤 비서만을 두고 사라졌다. 사람들의 발자국 소리가 멀어지고, 아득해지다가, 끝이 난다. 그제야 절망적이라는 듯 현주는 두 손으로 얼굴을 가렸다.

"이건…… 너무하지 않아?"

이곳, 병원 깊은 지하엔 믿고 따르던 분이 안치되었고.

"이건…… 이건 너무 가혹하잖아."

이곳, 가장 높은 곳엔 사랑하는 나의 동생이 누워 있다.

그녀의 음성에서 가득 찬 서러움이 묻어난다. 텅 빈 공간, 윤 비서는 그런 현주를 가만히 바라보다가 다가섰다. 홀로 위태롭게 서 있는 그녀의 팔을 끌어 부드럽게 안으며 토닥였다. 그러자 그녀가 기대 온다. 마치 바랐다는 것처럼.

"버텨. 버텨야지. 씩씩하게."

빌려줄 수 있는 거라곤 고작 이 가슴뿐. 내가 너를 위해 해 줄 수 있는 거라곤 고작 모두의 눈을 피해 등을 토닥여 주는 것뿐.

……달리 무엇이 있겠어.

"나 함부로 안지 마. 전화도 안 받았으면서."

내뱉는 말과는 말리 이렇듯 온몸을 기대 오는 네게, 내가, 무엇을, 어떻게.

"신경질 나 죽겠어. 진짜 내가, 선배 너 때문에 신경질이 나서 죽겠어……."

"미안해."

"그딴 말도 하지 마. 도망갈 준비 다 해 놓고 선심 쓰는 것처럼 툭 던지지 말라고."

현주는 울음이 가득 찬 목소리로 말을 토해 냈다. 눈썹 끝에 걸린 눈물을 떨구지 않으려 간신히 애를 쓰며 한동안 그의 품에 머물렀다.

"이제 들어가야지."

"싫어. 조금만 더 안아 줘."

다시 그가 비서의 모습으로 돌아갈까 봐 고개를 들고 싶지 않다. 그녀는 어린아이가 되어 버린 것처럼 응석을 부렸다.

"사람들 기다리잖아. 전부 너만 기다리는데."

"난 선배 너만 기다렸어. 주말 내내. 알아?"

"가자. 응? 가자, 이제."

"싫어. 이런 기회가 흔해? 더 안고 있을 거야."

아니면 또 안아 준다고 약속하든가. 현주가 중얼거리자 수호는 천천히 그녀를 떼어 냈다. 그는 바람과는 달리 어떠한 약속도 하지 않은 채 빙그레 미소를 그렸다.

"이제 가셔야 합니다."

……결국 비서로 돌아온 그가 말을 걸어온다. 깊은 숨을 내쉬는 현주의 입술이 파르르 떨린다. 바라보자니 이 작은 어깨 위에 대체 얼마나 많은 무게의 것들이 올라가 있는 건지, 감도 잡을 수 없다.

잠시 후 그녀는 꼿꼿하게 허리를 폈고 머리를 쓸어 넘기며 심호흡을 했다. 눈꺼풀에 힘을 주며, 작은 주먹을 말아 쥐었다.

"가죠."

"네, 전무님."

수호는 고개를 수그리며 그녀 뒤를 따랐다. 그녀만큼이나 가냘픈 그림자가 오늘따라 더욱 애처롭게 보였다.

"저기."

똑똑. 노크 소리가 들린다. 방에서 출근 준비를 하던 찬양이 그의 목소리에 문을 열었다.

주말은 매서운 속도로 사라지고 느긋한 속도의 평일이 시작되었다. 게다가 오늘은 자그마치 월요일이다. 월요일. 개도 안 물어 갈 월요일.

월월월! 월월월월월월!

"저 거의 다 준비했어요. 왜요? 먼저 가시게요?"

늘 먼저 출근하는 상무님이니 찬양은 대수롭지 않은 표정으로 블라우스의 소매 단추를 잠그며 물었다. 그러자 그가 고개를 가로젓는다.

"먼저 가긴 하는데, 회사로 못 갈 것 같아서."

"네? 어디 가세요?"

찬양은 눈을 동그랗게 떴다.

"병원에 좀 가 봐야 할 것 같은데."

"아아. 병원이요."

이유는 알지 못했으나 그에게 병원이란 자신의 몸이 머물고 있는 곳이니까. 그다지 궁금증이 일거나 놀랄 만한 일은 아니었다. 그러나 그의 대답은 의외였다.

"회사에 일이 좀 생겼어. 일단 난 가 볼 테니까 회사로 가."

"아아, 네."

"혼자 있을 수 있겠어?"

괜찮겠어? 지안이 염려된다는 표정으로 물어 오자 찬양은 그를 올려보다가 고개를 끄덕였다. 해사한 표정은 걱정하지 말라는 표현이다.

"그럼요. 무슨 일 있으면 삐삐 칠게요."

"삐삐? 무슨 삐삐."

"은어예요. 삐삐. 그냥 농담으로 하는 말이니까 가 보세요. 잘 있을게요."

"그래. 삐삐 쳐. 우리가 그 정도는 통할 사이지 않겠어?"

그가 웬일로 농담을 다정하게 받아 준다. 우리, 라는 말이 따뜻하게 들려와 찬양은 더욱 입꼬리를 올렸다. 한순간도 떨어지고 싶지 않지만 또 이득이기도 하다. 잠시 멀어져 있으면 또 그만큼 그와 함께 있을 수 있는 시간을 벌 테니까. 미래를 위해 오늘을 투자하는 거라고.

"그럼 나중에 봐요."

"그래. 이따 봐."

그가 돌아서다 말고 다시 그녀를 바라본다. 출근 복장을 쓱 훑더니 눈썹을 꿈틀거린다. 그러자 옷장의 서랍이 전부 열렸다.

"저 중에 바지 아무거나 꺼내 입어. 바지. 치마 말고."

간다. 지안이 끝인사를 하며 횅하니 사라진다. 그가 사라지고 난 뒤 한참이나 입술을 멍하니 벌리고 있던 찬양은 웃음을 터트렸다.

"곧 죽어도 내 종아리는 산란기라 이겁니까? 치사하게."

난 치마 입을 거예요. 속 썩이고 싶으니까. 찬양은 제멋대로 열린 서랍을 닫으며 재킷을 꺼내 들었다.

"에효, 그나저나 또 일주일을 버텨야 하는구나."

멋지게 자기 일을 하는 커리어 우먼이 되고 싶다가도 365일 주말처럼 놀고픈 한량이 소망인 이중적인 마음. 월요일이면 반복하는 이 거지 같은 마음.

"그래. 본디가 월급 생각하며 참는 것이 월요일이니라. 오늘도 파이팅! 정찬양!"

버릇처럼 파이팅을 외치며 그녀는 출근을 했다. 타인의 시선에 그녀는 평소와 다를 것이 없어 보였지만 무척이나 긴장되는 날이었다. 상무님이 곁에 없는 하루, 처음이니까.

찬양이 출근을 마치고 나니 회사는 뒤집혀 있었다. 자동차 회사 사장님이 추락사를 했단다.

"아니 그럼 이제 어떻게 되는 거야?"

"수사 기관으로 넘어갔대요. 외신 보도도 엄청나더라고."

"지금 참고인 조사 시작하고 분위기 흉흉해. 다들 입조심해야겠어."

다들 쉬쉬하는 목소리로 사태를 주시했다. 본사엔 긴급회의가 쉴 새 없이 이어졌고 모두는 굳은 얼굴로 마주했다. 의자에 앉아 있지만 일이 손에 잡힐 리가 없다.

거기 가셨구나, 상무님…….

답답한 사무실 분위기를 피해 잠시 옥상으로 올라온 찬양은 버릇처럼 주변을 둘러보았다. 그가 없는 줄 알고 있지만 이렇듯 시선에 보이지 않으니 마음이 휑하다. 그때였다.

"콜록, 콜록콜록!"

찬양은 불현듯 날아온 담배 연기에 기침을 뱉었다. 스멀스멀 날아온 연기가 목에 걸린 것이다.

"아, 미안합니다."

콜록! 코오오오올로오오오옥! 심장을 꺼내듯 기침을 하던 찬양이 눈가에 눈물을 그렁그렁 매단 채 고개를 들었다. 조금 떨어진 곳에 떨어져 있던 남자는 미안한 눈빛으로 담배를 비벼 껐다.

"미안합니다. 바람이 갑자기 불어서."

쿨럭. 찬양은 기침을 수습하며 힐끔 주변을 바라보았다. 분명 금연 구역이 맞는데.

"죄송한데 여기 금연 구역이에요."

찬양이 바닥에 버려진 꽁초를 바라보다가 일침을 가했다. 남자는 그러냐는 표정으로 주변을 살폈다.

"아. 그렇군요. 처음 올라와 봐서 몰랐습니다."

아, 그렇군요? 그게 다임? 하지만 몰랐다니 더는 할 말이 없다. 찬양은 팔을 뻗으며 구석을 가리켰다.

"저쪽으로 가셔야 흡연 구역 나와요. 팻말 있는데. 그리고 바닥에 꽁초 막 버리고 하시면 안 되는데."

"아아. 그렇군요."

직원인 것 같긴 한데 사원증을 패용하지 않은 남자가 꽁초를 주워 휴지통에 버리며 웃는다. 찬양은 자리를 피해 줄 요량으로 일어섰다. 한두 마디 나누었으니 인사는 하고 돌아서야겠다.

"그럼 가 보겠습니다. 그럼 남은 시간도 수고하세요."

"저, 혹시."

네? 찬양은 자신을 부르는 소리에 뒤로 돌아섰다. 남자는 그녀의 사원증을 내려다보다가 웃으며 인사를 건네 왔다. 찬양은 고개를 갸우뚱했다.

"맞네. 안녕하세요. 정찬양 씨죠?"

◄◄◄◄◄◄

임시 빈소는 정신이 없었다. 소식을 접한 조문객들의 행렬이 벌써 이어졌고 시민들의 발걸음도 이어졌다. 부검을 해야 했기에 완벽한 장례식을 치를 수는 없었지만 그렇다 해도 조문객의 행렬을 막을 수는 없었다. 수백 개의 화환이 들어서고 끝이 보이지 않는 행렬이 시작되었다. 밤이 되면 더 많은 인파가 몰릴 것이라 병원은 안팎으로 소란스러웠다.

지안은 근심에 싸인 누나의 얼굴을 바라보았다. 잠을 청하지 못한 기색이 완연한 어깨 위로 고단함이 엿보인다. 여러 사람들을 만나고, 버티고, 시달리고, 함께 울고, 일을 처리하며 그녀는 정신없이 이곳저곳을 누볐다.

그러다가 마련된 VIP실에서 간신히 숨을 돌린다. 하지만 앉자마자 크고 작은 보고가 이어지니 한시도 편히 쉴 수가 없다.

"2차 브리핑은 언제죠?"

"오후 6시입니다. 전무님."

그 곁을 항상 지키고 있는 윤 비서가 답을 한다. 지안은 고개를 비스듬히 꺾으며 누나의 축 처진 어깨를 응시했다. 해 줄 수 있는 일이 없으니 더욱 마음이 쓰일 수밖에 없다.

"임강준 대표님께서 이곳으로 출발하셨다고 합니다."

"……."

대답할 기운도 없는지 현주는 말을 아꼈다. 고개를 수그린 채 그녀는 밭은 숨만 내쉴 뿐이다. 그 모습을 보고 있자니 자신이 너무나도 한심하고, 또 현실에 화가 나고, 답답했다.

대표가 오기로 했다니 지안은 잠시 밖으로 나섰다. 자동차 회사에서 먼저 나온 직원들이 모여 이런저런 이야기를 나누고 있다.

"이러다가 회사 망하겠어. 망조다, 망조."

"그러게. 이직을 해야 하나. 이건 뭐 하루하루 사건이 터지니 말이야."

"내 말이 그 말이다. 그래도 몸값 제대로 받을 수 있을 때 옮겨야 하지 않나, 걱정이네."

지안은 직원들의 얼굴을 바라보았다. 조문객을 맞이하라고 들여놓았더니 제 살 궁리들만 하고 있다. 하지만 탓은 할 수 없었다. 누구나 그러하듯 그저 자신의 일이 가장 중요할 테니까.

"아, 그 소식 들었어?"

"뭐?"

씁쓸한 걸음을 옮기려는 때, 한 남직원이 커피를 삼키며 입을 열었다.

"본사에 남현주 전무가 여직원을 꽂았대."

"전무가? 진짜?"

"처음 아냐? 처음이지?"

찬양의 이야기가 들리자 지안은 가던 걸음을 멈췄다.

"나도 여기 와서 들었어. 인사팀에서 얘기하더라고."

"얼마나 대단한 인사인데 남 전무가 사람을 꽂아? 그 깐깐한 여자가?"

"그러니까. 궁금해 죽겠다니까. 원리 원칙 목숨처럼 여기는 여자가, 사람을 이유 없이 꽂았다니 궁금해 죽지."

"예쁘대?"

"그게 말이야, 외모가 또 죽여요."

지안은 인상을 사정없이 구기며 직원들을 쏘아보았다. 찬양의 외모에 엄지를 치켜든 남자는 최신 정보를 쏟아 내듯 말을 이었다.

"아까 사진 봤는데 캬, 연예인 **뺨**치더라."

"그렇게 예뻐?"

"듣기에 임강준 대표 이거라는 소리도 있어."

엄지를 내리더니 이번엔 새끼손가락을 든다. 사실은 찬양을 두고 여러 소문이 횡행했다. 대표의 청으로 찬양이 입사를 했다는 이야기는 꽤나 신빙성 있게 진행되는 상황이었고.

오오. 직원들은 꽤나 흥미가 있는지 고개를 끄덕였다. 마치 해외 셀럽의 가십을 듣듯 영혼 없는 호기심만 낭자하다.

"아무리 그래도 대표가 자기 여자를 회사에 집어넣겠어? 자기 회사도 아닌데, 너라면 그러겠냐?"

"두고 봐. 그 여자가 이제 한자리 꿰차면 입증되는 거지. 실력도 변변찮다는데 무슨 이유로 들어왔겠어. 이중 감시자 정도 되지 않을까."

"그래서 남 상무 부서로 투입됐나?"

"남 전무하고 남 상무하고 대립 구도일 수도 있겠고."

실체 없는 상상은 끝이 없어, 지안은 저도 모르게 마른 주먹을 쥐었다.

"얼굴이나 한번 보고 싶다. 대체 얼마나 예쁘면 그래?"

"글쎄 죽인다니까. 몸매 예술이고 얼굴은 뭐 더 끝내주고. 남자가 녹아나겠더만."

"전생에 대체 뭘 하면 그런 여자를 얻나. 난 뭘 했고."

"난 아마도 조선 시대 3대 간신 중 한 명이 아니었을까 싶다."

"휴, 하여튼 나도 그런 여자 만나고 싶다. 죽이는 여자."

……내가 지금 널 죽이겠다. 지안은 그녀를 저급한 표현으로 언급하는 직원의 얼굴을 바라보다가 미간을 꿈틀거렸다. 사내들끼리 모여 나누는 시답잖은 대화에 그녀가 사용되는 기분은 실로 분노할 만했으니까.

이윽고 멀쩡하게 서 있던 제일 큰 화환 하나가 그의 부름을 받아 앞으로 쓰러진다. 쿠궁. 쓰러진 화환이 직원의 뒤통수를 가격하고, 들고 있던 뜨거운 커피가 쏟아졌다.

"으어어! 뜨거워! 아 뜨거워!"

"야, 괜찮냐?"

"아 뭐야. 이거 왜 쓰러져! 똑바로 세워 놔야지!"

화환이 넘어지고 커피가 쏟아지고 손을 데이고, 엉망진창이다. 흥, 지안은 분이 전부 풀리지 않은 표정으로 다시 걸음을 옮겼다. 그러다가 또다시 우뚝 멈춰 섰다.

"대체 왜 이렇게 난리야."

"대, 대표님!"

강준이 도착해 일침을 놓자 직원들은 허둥지둥 일어서며 화환을 붙잡았다. 지안은 강준을 바라보다가 별 뜻 없이 시선을 옮겼다. 그러다가, 두 눈을 크게 떴다.

"뭐 하는 겁니까. 모여서 잡담이나 나눌 공간은 아닌 것 같은데."

"죄송합니다! 죄송합니다, 대표님!"

강준이 불쾌하다는 듯 표정을 일그러트리자 직원들은 어깨를 움츠렸다. 뒷말을 하다가 일을 냈으니 더욱 찔린다는 표정이다.

"죄송합니다. 바로 처리하겠습니다."

비서가 강준을 향해 낮게 말하자 직원들은 손수건을 꺼내 바닥에 쏟아진 커피를 닦았다. 소란 속, 지안의 시선은 여전히 한곳에 멈춰 있다.

"남 전무는 어디 있나?"

"저기 안에! 저기 안에 계십니다!"

"제가 안내하겠습니다! 대표님!"

믿을 수가 없어서 지안은 다시 눈을 감았다가, 다시 떴다.

……어떻게, 네가.

"똑바로 합시다. 똑바로. 알겠습니까?"

"네! 대표님!"

강준은 매서운 시선을 거두며 뒤를 돌았다. 지안은 여전히 우뚝 서서 그 모습을 바라만 보았다.

어떻게, 네가?

"갑시다. 남 전무는 지금 저 안에 있다고 하니까."

"네, 대표님."

강준에게 애매한 모습으로 가려져 있던 여자가 대꾸한다. 여전히 시선은 바닥에 고정한 채, 앞에서 일어나는 일들과는 관계가 없다는 듯.

비서가 손짓으로 안내하자 강준은 서둘러 걸음을 옮겼다. 바닥만 보며 걸어가고 있는 여자가 강준을 따라 걷고, 지안을 스치고, 직원들을 스쳐 지났다. 지안은 그녀의 모습을 따라 몸통을 돌렸고 가는 길을 끝까지 바라보았다.

"저 여자다. 저 여자."

"진짜? 그 남 전무가 꽂았다는?"

"캬, 죽인다. 죽여. 진짜 죽여. 진짜 대표 이거 맞나 본데?"

"고개를 숙이고 있어도 외모가 가려지질 않네. 히야, 예술이다. 예술."

······어떻게, 네가 여기 있어.

"잘 돌아간다. 회사 꼴 잘— 돌아간다. 대표라는 새끼가. 하······ 잘 돌아간다."

"부러워서 하는 소리지? 다 알아. 근데 진짜 예쁜데?"

"야, 예쁘니까 대표도 꼬시지 않았겠어? 보통 미모 가지고 그게 되겠냐?"

네가, 어떻게······? 지안은 멀어지는 그녀 뒷모습을 바라보았다. 전혀 다른 사람인 것 같기도 하고 모르는 사람인 것 같기도 할 만큼 임강준 대표 곁의 그녀는 너무나도 낯설었다. 이해가 되지 않아 굳은 몸은 움직일 줄 몰랐다.

그 얼굴, 그 걸음.

"이거 원, 드러워서 일 못 하겠네. 사표 내든가 해야지."

"웃기네. 대표 얼굴 보자마자 바닥에 주저앉아 커피 닦던 게 누군데."

찬양이었다.

⚜

한 시간 전. 회사 옥상.

"맞네. 안녕하세요. 정찬양 씨죠?"

찬양이 일어서려는데 남자의 목소리가 발목을 잡는다. 획, 돌아보며 찬양은 남자를 다시 한번 훑어보았다. 그러고 보니 어렴풋하게 낯이 익은 사람이다.

"아, 네. 안녕하세요."

일단 모르겠으나 알은척을 해 보기로 한다. 기억 속에서 사라졌으나 구면일지도 모르니까. 사람 얼굴과 이름 기억하는 일엔 젬병이라 찬양은 어색한 미소를 지었다. 이럴 때가 가장 난처하다. 상대방만 자신을 기억할 때.

"아아. 정찬양 씨. 그래요. 반갑습니다."

남자가 굉장히 반갑다는 듯 인사를 건네 온다. 나이가 그렇게 많은 편은 아닌 것 같은데 말투와 행동에서 연륜이 묻어난다.

찬양은 반대편으로 고개를 갸우뚱했다. 도통 기억이 나질 않으니 민망하고 답답해 죽을 지경이다. 사내 대부분의 남자들이 비슷한 헤어스타일, 비슷한 정장으로 활보하니 더욱 헷갈린다. 누구지? 분명히 본 적 있는 저 얼굴! 대체 누구십니까!

"정찬양 씨, 회사 일은 할 만합니까?"

"네? 아, 네. 그럭저럭…… 여차여차……."

"그렇군요. 이야기는 많이 들었습니다."

저기, 죄송한데…… 대체 어디서 누구에게 어떤 이야기를 들으셨는
지……?

"아, 뭐…… 네."

아무리 기억을 쥐어짜도 기억나는 일이 없다. 선이 진하고 강하게
생겨서 한 번 보면 좀처럼 잊기 어려울 인상인데. 게다가 저런 강한
인상을 잊었을 리 만무한데…….

"언제 한번 식사하죠. 내가 이것저것 묻고 싶은 것도 있고."

"아, 예……."

부드럽지만 어딘가 모르게 강하고, 또 단호한 면이 있다. 상무님과
는 또 다른 느낌으로 빈틈이 느껴지질 않는다. 찬양이 제대로 된 확답
을 하지 못하고 웅얼거리는 모습이 귀여운지 남자가 피식, 웃는다. 그
때였다.

"저, 대표님."

"헐……."

그를 찾아 비서가 찾아오자 찬양은 뒷걸음을 걸었다.

그래, 어디서 봤겠냐……. 뉴스에서 봤구나…….

"이제 시간이 다 됐습니다."

"아아. 기자들은?"

강준은 자신을 찾아온 비서를 향해 물었다. 대표실을 벗어나 여간
해선 찾지 않는 옥상에 올라와 바람을 쏘이고 있던 차였다.

"변호인단과 기술팀이 인터뷰 중입니다. 곧 마무리될 겁니다."

강준은 고개를 끄덕이며 찬양을 바라보았다. 그제야 자신이 누구인
지 알았다는 표정으로 삐걱거리며 서 있다. 생각보다도 더 설익은 찬
양의 모습에 강준은 헛웃음이 났다. 남 전무가 누굴 심어 놓았나 했는
데, 어디서 인턴급 직원을 올려놓은 모양이다. 눈길을 잡아끄는 외모
를 제외한다면 풍기는 기운은 연약했다.

"정찬양 씨, 왜 그렇게 봅니까?"

"아, 대표님······ 제가 몰라뵙고, 결례를······."

하지만 모든 것은 완벽한 연기인가. 천진한 눈빛마저 의도적으로 만들어 내고 있는, 남 전무의 끄나풀인가.

"괜찮습니다. 이해합니다."

잠시 잊고 있었던 궁금증은 다시금 일렁였다. 대체 남 전무와 이 여자의 관계는 무엇인가.

찬양이 말을 더듬거리며 어쩔 바를 몰라 하자 강준은 손목을 걷어 시계를 바라보았다.

"임시 빈소로 직원들 보낸다고 하지 않았나?"

"네. 그렇습니다. 오후 4시에 출발할 예정입니다."

흠, 병원은 회사에서 가까웠다. 본사이므로 임시 빈소를 찾아올 조문객을 맞이할 직원들을 보내 주기로 했다. 강준은 적합하다는 듯 찬양을 응시했다.

"정찬양 씨는 나하고 함께 가죠."

"네?"

"남 전무하고 친분이 있지 않습니까?"

"아, 그게······."

친하다고 했는데 전무님이 아니라고 하면 어쩌나. 안 친하다고 했는데 혹시 문제가 생기면 어쩌나. 찬양은 회사 대표 앞에 생각이 꼬여 쉽게 말을 하지 못했다. 상무님도 안 계시니 한마디 한마디가 고역이다.

"남 전무가 지금 많이 힘들 텐데, 누구라도 위로가 되면 좋을 것 같아서 말입니다."

아아, 나의 모든 흑역사는 옥상에서 생기는 건가. 그렇다면 옥상 출입을 끊어야겠다. 찬양은 생각하며 강준을 천천히 올려 보았다. 그나저나 대표라는 사람의 마음 씀씀이가 저토록 세심하고 따뜻하다니 예상외의 감동이다.

"함께 가죠. 정찬양 씨."

"아, 그게……."

하지만 지안의 판단 없이 멋대로 선택할 수 있는 일은 없으니까. 찬양은 최대한 공손한 표정과 말투로 입술을 열었다.

"죄송합니다만 대표님, 제가 하던 업무가 있고 또 부서에서 전달을……."

"대표님 말씀하시는데 그게 무슨 소리입니까. 정찬양 씨."

맞아요. 그러니까요. 제가 지금 대표님 앞에서 무슨 헛소리를 하고 있는 겁니까? 비서의 꾸중에 찬양은 맞잡고 있는 손에 힘을 주었다. 눈에 안 보이는 상무님보다 눈에 보이는 대표님의 말이 더 먼저라는 사실을 깨달았다. 강준은 인간적인 부연 설명을 덧붙였다.

"남 전무가 평소 잘 따르던 분께서 사고를 당해서, 심적으로 충격이 클 겁니다."

"네, 대표님. 제가 도움이 될 수 있다면 참여하겠습니다."

찬양은 대표의 지시에 응답하며 마른침을 삼켰다. ……그런데 말입니다. 대표님께서는 지금 모르고 계신 사실이 하나 있습니다.

"정찬양 씨면 충분하죠. 남 전무는 곁에 사람이 너무 없어. 정찬양 씨가 가 주면 무척 힘이 될 테니까."

그곳엔 전무님만 계신 것이 아닙니다.

"가서 열심히 하겠습니다. 대표님."

몸 떠나 기행 중인 상무님도 계시거든요…….

"좋습니다. 그럼 가죠."

강준이 사람 좋은 미소를 띠며 따라오라고, 고개를 까딱 흔들었다. 찬양은 그를 따라 걸음을 옮겼다. 간격은 직급만큼이나 널찍하게 벌렸고 두 손은 공손하게 모았다.

에효, 큰일 났다. 왜 왔냐고 엄청 뭐라고 하실 텐데. 오늘 밤 상무님께 엄청난 잔소리를 들을 것만 같은 느낌이 스멀스멀 밀려들었다. 옥상엘 괜히 올라왔다.

백경병원 장례식장.

"오셨어요."

강준이 휴게실 문을 열고 들어서자 수척한 얼굴을 한 현주가 휘청 거리며 일어섰다. 따라 들어선 찬양은 그제야 고개를 들며 두리번거 렸다. 대표와 동행을 한다는 사실이 어쩐지 어렵고 부담스러워 내내 고개를 숙이고 있었는데, 누나의 곁에 지안이 있을 것 같아 용기 내어 고개를 돌려 보았으나 보이질 않는다. 찬양은 다시 고개를 수그렸다.

"대체 얼굴이 이게 뭐야. 괜찮아?"

강준은 현주에게 다가서 어깨를 붙잡으며 얼굴을 살폈다. 윤 실장 은 황급히 고개를 돌렸고 현주는 강준의 팔을 붙잡고 내렸다.

"괜찮아요. 일단 기자단 브리핑은 1차로 끝났고 2차는 오후에 다 시……."

"올라가서 영양제라도 좀 맞자. 얼굴이 말이 아닌데."

"여기서 충분히 쉬었어요. 이제 나가 봐야죠."

찬양은 오고 가는 대화를 들으며 눈만 깜빡였다. 내용을 듣고 있노 라니 대표와 전무의 관계라고 보기보다 친한 오빠 동생 사이 같다. 아 니, 조금 더 확대 해석 하면 연인 같기도 하다.

회사 임원진의 사적인 공간에 함부로 들어선 것 같아 찬양은 손가 락만 꼼지락거렸다. 이리저리 애먼 곳만 향하다가 윤 비서, 수호를 바 라보자 그의 굳은 표정이 눈에 들어왔다. 여러모로 이상한 분위기다. 이곳.

"정찬양…… 씨……?"

현주가 강준의 뒤에 서 있던 찬양을 발견하고는 눈을 동그랗게 떴다.

"전무님! 안녕하십니까!"

찬양이 기다렸다는 듯 인사를 건네자 현주는 강준과 찬양을 번갈아 바라보았다. 강준은 찬양에게 가까이 다가오라 손짓했다.

"내가 불렀어. 남 전무에게 필요한 인력인 것 같아서."

무슨 영문인지 눈으로 묻는 현주를 향해 강준이 짤막하게 설명을 하자 찬양은 우스꽝스러운 표정을 지었다. 반갑게 웃어야 하는지 장례식장인 만큼 정색해야 하는지 분위기를 읽을 수가 없다. 그저 혼돈의 세상이다.

"대표님이 정찬양 씨를 어떻게 찾으셨어요?"

"전무님, 실은 대표님과 제가 옥……."

"그냥 가볍게 인사 나눈 사이야."

찬양이 설명하려 하자 강준이 말을 막듯 답변한다. 그 답변이라는 게 두루뭉술하여 오해의 소지가 있다.

"아아. 그렇군요. 아무튼 잘 왔습니다, 정찬양 씨."

현주는 빙그레 미소를 그리며 찬양을 응시했다. 그녀의 미소를 보고 나니 이제야 긴장이 좀 풀리는 것 같아 찬양도 짤막한 미소를 지었다.

"네. 전무님. 제가 도움이 될지는 모르겠지만 뭐든 돕겠습니다."

"있어 주는 것만으로 큰 도움이 됩니다. 고마워요, 정찬양 씨."

찬양은 어색함이 가득하던 눈빛을 풀었다.

「당장 따라와.」

아, 깜짝이야! 그때였다. 난데없이 들려오는 지안의 목소리에 찬양은 흠칫 놀라 어깨를 좁혔다. 위계질서라곤 눈곱만큼도 모르는 상무님께서, 그냥 나오란다.

「나오라니까? 말 안 들려?」

반가움을 만끽할 시간도 없다. 찬양은 누가 알아챌까 살짝 미간을 좁혔다. 상무님…… 제가 여기서 어떻게 나가요 지금…….

"다들 잠깐 나가 있지. 남 전무하고 할 얘기가 있어서."

"네. 대표님!"

캬오! 하늘이 도우사! 찬양은 기막힌 타이밍에 쾌재를 부르며 지안을 따라 밖으로 나섰다. 각자 바쁜 사람들 사이를 뚫으며, 찬양은 성큼성큼 앞으로 나아가는 그를 따라갔다.

찬양이 지안과 사라진 VIP 휴게실. 강준은 아직 남아 있는 수호에게 시선을 돌렸다. 분명 모두 나가 달라 말했건만 뻔뻔하게 자리를 지키고 있는 수호가 마음에 들지 않는다.

"자네도 나가 주면 좋겠는데."

아무리 비서라지만 공과 사를 막론한 채 현주의 곁에서 도통 떨어지려 하지 않는 수호는 강준에게 늘 눈엣가시다.

"말이 안 들리나?"

수호가 현주를 바라보자 괜찮다는 듯 현주가 작게 고개를 끄덕인다.

"네. 대표님."

현주의 허락이 떨어지자 마지못한 시선을 내리며 수호는 느린 발걸음을 옮겼다. 열고 나니 문틈으로 그녀의 얼굴이 보인다. 수호가 문을 천천히 닫자 강준은 발걸음을 옮겨 빠르게 문을 닫았다. 강준의 얼굴 뒤로 그녀가 가려진다. 잠시 두 사내의 시선이 얽히고, 강준은 수호를 향해 아주 작게 입술을 움직였다.

……건방진 새끼.

너 따위 들어올 공간이 아니라는 듯, 너 따위 넘볼 여자가 아니라는 듯 강준의 입가로 비웃음이 스친다. 쿵, 그들의 세상이 갈리자 수호는 닫힌 문 앞에서 천천히 시선을 내렸다.

"상무님! 상무님!"

팔랑거리며 찬양이 두 손을 흔들었다. 인적 드문 공터까지 다다르니 저 멀리 멈춰 선 지안이 보인다.

"어디 계셨어요? 아까는 안 보이셔 가지고요."

"뭐야, 임 대표랑 왜 둘이 와. 둘이 어떻게 알고 여길 와."

"여길 어떻게 왔는지 물어보시는 거예요, 대표님이랑 제가 어떻게 알게 됐는지를 물어보시는 거예요?"

"둘 다 대답해! 빨리!"

지안이 다그치듯 묻자 찬양은 그럴 만한 사정이 있었다며 시무룩한 표정을 지었다.

"옥상에서 쉬다가 만났어요. 대표님께서 남 전무님 지금 많이 힘드시니까 와서 곁에 있으라고 하셔서……."

"뭐? 대표님?"

"대표님이시잖아요. 아니에요?"

하아, 지안은 한숨을 내쉬었다. 대체 임 대표는 무슨 생각으로 찬양을 여기까지 데려왔는지 모르겠다. 보는 눈이 이렇게 많은데. 곁에 대동하는 인물이 어떤 관심을 받는지 모를 리가 없는 임 대표가, 대체 왜?

"오란다고 막 따라오냐?"

"그럼 어떡해요? 무려 회사 대표님께서 오라는데 싫다고 해요? 실은 못 간다고 했다가 혼났단 말이에요."

"너 지금 이게 무슨, 니가 지금 무슨 상황에 놓였는지, 너 지금."

"왜요. 말을 좀 알아듣게 해 봐요."

찬양은 불평 많은 얼굴로 지안을 올려 보았다. 내심 혼날 걸 알면서도 반가웠는데. 만날 수 있어서 기뻤는데.

"뉴스에 얼굴 나오고 싶어? 여기 정치부 경제부 기자가 몇 명이나 있는지 알기나 해?"

"기자랑 저랑 무슨 상관이에요. 저는 남현주 전무님 만나러 온 건데."

겸사겸사 당신 얼굴도 보고.

"같이 왔잖아 같이! 대표랑 같이! 대표 여자 되고 싶어?"

"무슨 그런 말씀을 하세요! 병원에 같이 왔다고 대표님 여자예요? 억지도 이런 억지가 어디 있어요!"

"그게 글쎄 니가 대표랑 같이 다닐 사번이냐고! 누가 봐도 이상한 그림이지!"

"그럼 어떡해요? 저 꼭대기에 계신 분이 여기 와서 일하라는데 제가 무슨 힘이 있어서 안 된다고 하냐고요."

하아. 열이 들끓는다. 지안은 이래저래 얽힌 속내와 답답함을 다 말하지 못하고 타이를 느슨하게 끌러 내렸다. 안다. 알고 있다. 누구라도 그녀처럼 행동할 수밖에 없었을 거란 걸.

"상무님. 상무님은 잘 모르시겠지만요. 원래 회사란 상사가 지시하면 말단 사원들은 능동이 아니라 수동일 수밖에 없다고요."

"아는데! 알아도 그렇지!"

다만 화가 나는 건 그런 말을 듣고도, 그런 광경을 보고도 아무것도 할 수 없는 자신의 처지라는 것.

"지금 저한테 화내는 거예요?"

"아니야! 아니라고!"

자동차 회사 직원들의 억지스럽던 이야기가 귓가에 윙윙거린다. 그런 와중에 대표와 함께 들어왔으니 찬양의 소문은 날개를 달고 어디까지 갈지 알 수가 없다. 임 대표…… 하…….

"그래, 임 대표는 지금 너하고 남 전무하고 친분이 있다고 생각하니까 그럴 수 있어. 있는데."

"네……."

지안이 화가 난 것만 같아 찬양은 시무룩하게 변했다. 조금은 억울하기도 하다.

"한순간도 가까워지지 마. 엮이지 말라고."

"제가 어딜 가서 대표님하고 엮여요. 걱정하지 마세요."

'그 여자, 대표 이거라는데?'

290

……오늘 괜한 말을 들어서. 그저 시키는 대로 움직인 죄밖에 없는 너를 앞에 두고. 그런 말을 듣고도 한마디도 하지 못한 내 신세가 어지러울 정도로 답답해서.

"전에도 말했지만 용의자가 잡히기 전까진 모두가 다 잠정적 용의자야."

"네……."

애먼 너만 붙잡고 다른 사람은 쳐다보지 말라고, 어떤 말도 듣지 말라고.

"임 대표라고 벗어날 수는 없어. 내 말 무슨 말인지 알지."

"네. 알아요."

"나도 해치려고 한 용의자가 너 하나 처리하는 게 일이겠어? 무조건 경계해. 드러나지 않는 경계, 꼭 해."

"하고 있어요. 경계."

그러니까 화 풀어요. 네? 찬양은 이제 그만 화 풀라는 듯 지안의 옷자락을 붙잡았다. 상체를 이리저리 느리게 흔들며 이제 그만 혼내라고 낮게 웅얼거렸다. 상무님의 굳은 표정은 아무리 들여다봐도 속이 상한다.

"화내지 마요. 회사에 있는 모든 사람 전부 경계하고 있다고요. 그래서 다들 잘해 주시는데, 친해지지도 못하고 있다고요."

지안은 찬양을 내려다보았다. 민망한지 붙잡은 옷자락을 이리저리 흔들며 축 처진 어깨를 하고 있다.

"오늘만 해도 그래요. 상사 지시니까 왔죠. 나도 그 정도는 알고 있다고요."

대체 내가 뭘 잘못했냐고, 네가 눈을 치켜뜨며 따져 물어도 사실 할 말이 없는 쪽은 나인데.

"화내지 마요. 화내면 내가 어떻게 할 바를 모르겠단 말이에요."

그저 너는 내 음성 높은 것이 불안해서, 내 눈초리 사나운 게 싫어서.

"미안해요. 상무님이랑 연락이 되면 물어봤을 거예요. 화내지 마요. 네?"

방향키를 잃고 무작정 찬양에게 목소리를 높인 일이 가슴에 담긴다. 지안은 찬양을 회사에 입사시킨 원초적인 미안함까지 내려가 한숨을 내쉬었다. 이렇듯 복잡하고 어지러운 일 앞에 그녀를 내세운 것은 실책이었을까. 무를 수도 없는 후회가 밀려온다.

"너한테 화난 거, 아니라니까."

"나한테 화냈잖아요. 눈꼬리 막 올리고. 목소리 막 높이면서."

"그건 내가, 그러니까 그건."

하…… 무슨 말도 못 하고 돌아 버리겠다. 조금 전 찬양이 지나가자 수군거리던 직원들의 대화가 아직도 귓가에 선명하다.

'캬, 죽인다. 죽여. 진짜 죽여. 진짜 대표 이거 맞나 본데?'

'고개를 숙이고 있어도 외모가 가려지질 않네. 히야, 예술이다. 예술.'

지안은 자신의 옷자락을 잡은 채 고개를 숙이고 있는 찬양을 바라보았다. 부아가 치밀어 못 살겠다. 이것들아…… 내 여자야…….

"수그리면 좀 가려져야 할 거 아냐. 대체 왜 이렇게 안 가려져."

"네? 뭐가요?"

"됐다. 다른 직원들은 언제 와."

"조금 있다가 온대요. 저는 이제 가 봐야 할 것 같은데."

"같이 가."

찬양을 돌려세우며 어깨를 밀듯이 앞으로 나아갔다. 네 앞에만 서면 물불 가릴 것 없이 감정적으로 변하는, 앞뒤 생각 없이 질투에 눈이 멀고야 마는 못난 사내가 되고 마니 한심해서 견딜 수가 없다.

"그런데요, 상무님. 나 하나도 안 반가워요?"

걸음을 옮기던 찬양이 멈춰 서더니 고개를 뒤로 꺾으며 지안을 올려 본다.

"반가우면 뭐, 어깨춤이라도 추자고?"

"아뇨. 나는 상무님 만나서 반가운데 상무님 자꾸 화난 것 같아서요."

"너한테 화난 거 아니라니까. 가자."

찬양은 고개를 내리지 않은 채 지안을 계속 올려 보았다. 웃어 주지 않으면 걷지 않겠다는 눈빛이다.

"가자고."

지안은 한껏 풀어진 음성으로 변했다. 고새 그녀의 똥강아지 같은 눈빛에 녹아내린다.

"알겠어. 가자."

조금 더 눈빛을 풀었다. 목소리는 어느덧 낮고 부드럽게 변했다.

'얼굴이나 한번 보고 싶다. 대체 얼마나 예쁘면 그래?'

'글쎄 죽인다니까. 몸매 예술이고 얼굴은 뭐 더 끝내주고. 남자가 녹아나겠더만.'

……지안은 일거리가 늘었다는 생각에 도달했다. 킬킬거리던 직원들의 목소리가 들리는 듯하자 또다시 울컥한다.

"보니까 아주 틀린 말은 아니네. 여럿 죽였겠어."

녹여서.

"네? 제가요?"

"그냥 방역 부서에서 일할래? 우주복 입고 마스크 쓰고?"

"뭔 소리예요, 아까부터 자꾸?"

찬양이 바로 서려 하자 지안은 그녀의 어깨를 붙잡고 앞으로 다시 밀었다.

"일단 왔으니 일이나 열심히 해. 지금 온통 난리니까."

"알겠어요. 밥값은 하고 갈 테니 걱정 마요."

찬양은 터덜터덜 그에게 밀려 앞으로 나아갔다. 잠시 후 본사 직원들이 도착했고 끝없이 밀려드는 조문객의 행렬 안내를 도왔다. 실로 눈코 뜰 새 없는 엄청난 행렬이었다.

"일은 확실하게 처리한 거 맞아?"

"네. 확실합니다. 믿어 주십시오."

"남 전무에게 힘이 되는 사람들은 무조건 제거해야 돼. 아무도 남지 않게."

VIP룸 소파에 앉아 다리를 느슨하게 떨며 강준은 비서에게 보고를 받았다. 반짝거리는 유리컵에 담긴 물을 삼키곤 천천히 눈을 감았다가 떴다.

"USB는 아직도 못 풀었어? 그렇게 힘들어?"

"그게, 국내에선 기술자를 구하기가 어렵습니다. 대만 쪽 전문가와 접촉 중입니다."

"값은 부르는 대로 줘. 입막음 확실하게 해야 하니까."

"네. 염려 마십시오. 대표님."

후……. 강준은 옅은 숨으로 바람을 불며 힐끔 비서를 바라보았다.

"정찬양은."

"지시 사항 받아서 협조하고 있습니다."

"한번 노출시켰으니 주시하는 눈이 많아지겠지. 함부로 움직이지 못하게 만들어야 하니까."

"안 그래도 정찬양 씨를 두고 대표님과 관련된 인물일 거라는 소문이 있습니다."

"남 전무가 정찬양을 통해 얻는 게 있을 거야. 분명히. 그게 뭔지를 알아야 하고."

"네. 대표님."

남 전무의 날개를 하나씩 하나씩 잘라야 한다. 작은 싹은 밟아 버리고 굵은 기둥은 잘라 버리면 그만.

"과연 남 전무가 나와 엮인 정찬양을 신뢰할 수 있을까."

대표와 전무 사이에서 줄타기를 한다는 소문을 이용하여 정찬양을 가볍게 아웃시키기로 한다.

"천천히 없애는 거야. 남 전무 곁에 나 하나 남도록."

강준은 물을 비운 물컵을 응시했다. 남 전무가 믿고 기댈 수 있는 유일한 곳이란 자신이어야 한다.

"가지. 남 전무한테. 사람은 자기 힘들 때 곁에 있어 주는 사람이 최고거든."

"네. 대표님."

강준은 천천히 일어섰다. 손과 발이 되어 일을 처리하는 자신의 비서 어깨를 툭툭 쳤다. 남 전무의 마음을 얻어야 한다.

"마무리 잘하고. 실수 없이."

백경의 완벽한 주인이 될 때까지.

꿰꿰꿰

"전무님, 이 얼마나 상심이 크십니까. 고인의 명복을 빕니다."

"감사합니다. 먼 길 오시느라 고생하셨어요."

"유가족도 챙기셔야 하고 당장 계열사도 정비하셔야 할 텐데. 회장님께서 살아 계셨으면……."

조문객의 발길은 늦은 밤까지 이어지고 취재진, 정부 관계자, 수사 기관, 일반 시민들까지 합쳐져 정신없는 시간이 이어졌다. 일렬종대로 늘어선 수백 개의 화환은 갈 길을 찾지 못해 입구에 늘어졌고, 본사에서 나온 직원들은 정신없이 움직였다. 찬양은 현주의 곁에서 비서진들과 함께 그녀를 도왔다.

"이쪽으로 오시죠."

"예예."

현주와 인사를 마친 조문객이 수호의 안내를 받으며 안으로 사라진다. 순서를 기다리던 다음 사람이 현주 앞에 서자 그녀는 고개를 수그렸다.

"오셨어요. 감사합니다."

오늘, 조문객을 향한 인사가 몇백 번째인지 모르겠다. 찬양은 초연한 모습으로 덤덤히 객을 맞이하는 현주를 바라보며 느낀 바가 있었다. 누구나, 저런 사람이 될 수는 없을 거란 걸.

"전무님, 여기 물이라도 좀……."

잠시 숨을 돌리는 현주에게 찬양이 물을 건넸다. 바짝 마른 그녀의 입술이 안타까웠다. 하지만 물 한 모금도 버거운지 현주는 괜찮다며 손을 작게 들어 보였고, 찬양은 물통을 내리며 먹먹한 시선을 현주에게 고정했다.

참 대단하다. 입술이 헤지도록 눈물을 참는 모습이, 목에 걸린 설움을 저토록 삼켜 내는 모습이. 찬양은 단지 화려한 현주의 배경과 겉모습을 동경했던 철없던 시간을 후회했다. 저토록 대단한 책임감과 중압감을 누구나 이겨 낼 수는 없을 테니까.

"정찬양 씨."

"네, 전무님."

그때였다. 현주는 넋을 놓은 듯한 표정으로 잠시 허공을 바라보다가 찬양을 불렀다. 찬양이 곁으로 바짝 서자 그녀는 조금 더 시선을 위로 올렸다.

"우리, 잠깐 남 상무 보고 올까요?"

아마도 누워 있는 동생을 떠올린 것이리라. 뜻밖의 제안에 찬양은 주위를 두리번거리며 지안을 찾아보지만 보이질 않는다. 그는 온종일 나타났다가 사라지기를 반복했다.

"그냥. 그냥 지안이 좀 보고 싶어서."

"전무님만 괜찮으시다면……."

그를 보러 가자니 찬양의 심장은 폭주하듯 뛰었다. 무릎 아래가 없어지는 것처럼 현기가 일었고 식은땀이 났다.

"가죠."

현주가 눈짓으로 따라오란다. 그 곁에 수호가 동행을 했고 찬양은 그 뒤를 따랐다. 차단되어 있던 여러 길목이 그녀 얼굴로 쉽게 열리고 또 굳게 닫혔다. 찬양은 떨림을 진정시킬 수가 없었다. 진짜, 그를 보러 가는 길이다.

「아까부터 대체 왜 이렇게 따라다니시는 겁니까?」

지안은 한 노인과 마주했다. 죽은 자들이 횡행하는 병원은 여러모로 골치가 아팠다. 지안의 눈엔 그들도 모두 보였으니까. 대부분은 죽은 당시의 모습이라 흉측하기 이루 말할 수 없었고, 물에 빠져 죽은 사람이라도 볼 참이면 눈을 꽉 감아야 했다. 그중 간간이, 온전한 사람 형태의 귀신도 볼 수 있었다.

「자꾸 이렇게 따라다니시면 곤란합니다. 저는 귀신이 아닙니다.」

보이기만 할 뿐 각자의 영역을 스산하게 돌아다니던 여타의 귀신과는 달리 이 노인은 자꾸만 자신을 따라다녔다. 낡은 정장이었으나 깔끔한 차림, 중절모까지 착용한 키가 작은 노인은 인상이 푸근하고 좋았다. 얼굴엔 인자한 느낌까지 선연했다.

그래 봤자 귀신 아닌가! 대체 왜 따라다니는 겁니까!

「허허, 또 내가 따라다니는 건 어떻게 알고.」

「어떻게 모릅니까? 이렇게 졸졸 따라다니시는데.」

허허. 노인은 무안한듯 연거푸 낡은 웃음을 지었다. 그 소리에 영혼 없이 지나다니던 귀신들이 힐끔 바라보았고, 지안은 고개를 절레절레 저었다. 저도 몸 떠나 돌아다니는 주제에 정말이지 끔찍해서 살 수가 없다. 정신은 완연한 인간의 것이니 어쩔 수가 없는 일이다.

「다시 말하지만 저는 귀신이 아닙니다.」

「허허, 그래?」

「그리고 뭐, 선생님께 억울한 사연이 있어도 도움을 드릴 수 있을 만한 사람도 아닙니다.」

「허허, 그렇구만.」

「지금 몇 시간째 따라다니고 계신지 아십니까?」

「얼마 안 됐어, 이 사람아. 야박하긴.」

……쿵. 지안은 시선을 멀리 주며 찬양과 현주를 찾았다. 어디로 갔는지 보이질 않는다.

「어이, 황 씨. 여기서 뭐 해?」

「이봐, 황 씨. 한잔하자니까 뭐 하고 있어?」

서너 명의 귀신이 노인을 발견하고는 우르르 이쪽으로 다가온다. 지안은 질색하는 표정을 지으며 뒷걸음을 쳤다. 걷는 느낌 없이 날아오는 귀신들의 모습에 기함할 지경이다. ……나도 저러고 돌아다니나. 그 모습을 참고 견디는 찬양의 정신력이 새삼 대단하게 느껴진다.

「이 총각은 누구야? 술친구야?」

「뭐여, 객사여? 자네도 한잔해.」

알코올 중독으로 죽은 귀신이 술병을 붙잡고 술을 건네자 지안은 더욱 질색하는 표정을 지으며 고개를 저었다. 노인은 귀신의 손을 제지했다.

「아, 댁들하고 말 섞을 위인은 아니니까 술 건네지 말고 자네들이나 마셔.」

「뭐여, 누군데. 황 씨가 아는 귀신인가?」

「죄송한데 저는 귀신이 아닙니다.」

지안이 거들자 귀신들은 지안을 빤히 바라보았다. 인간미가 없으니 그 눈빛 소름이 끼쳐 죽을 맛이다. 내 눈빛도 저렇단 말인가. 지안은 인정하고 싶지 않다.

　노인이 말려도 알코올 중독 귀신은 자꾸만 술을 권했다.

　「삼수갑산을 가더라도 먹고나 보는 것인데, 술도 한잔 안 받아?」

　「저는 됐으니 많이 드십시오.」

　「술도 잘하고 해야 여자들이 좋아하지. 보니까 처녀 귀신들 잘 따르게 생겼구만.」

　「…….」

　「술 잘 먹는 귀신이 인기가 많다고. 처녀 귀신들이 이 술만 보면 사족을 못 쓴다니까?」

　「제 여자는 이런 걸로 사족 못 쓸 여자 아닙니다. 귀신은 더더욱 아니고.」

　뭐라는겨? 별 미친놈 다 보겠네. 귀신들은 지안을 위아래로 훑다가 흥미가 떨어졌다는 듯 사라졌다. 저 멀리 지나가는 다른 귀신을 붙잡고 술을 건네는 모습이 보인다. 휴, 병원은 정말이지 만남의 광장이다.

　「그만 따라다니십시오. 안 그래도 바쁜데 선생님 때문에 제가 신경이 쓰여…….」

　「돌아갈 날이 얼마 안 남았지?」

　지안은 놀라 입을 다물었다. 노인은 병원을 휘휘 돌아보듯 바라보았다.

　「자네가 입원하고 나서부터 병원 분위기가 많이 바뀌었어. 여기가 병원인지 호텔인지 모르겠다니까.」

　「저를…… 아십니까?」

　노인은 다시 웃었다. 감정이라는 것이 느껴져 지안은 순간 이상한 기분에 휩싸였다.

　「알다마다. 세상이 떠들썩한데 모를 리가 있겠나. 나는 꽤 이승에 관심이 많거든.」

　「아, 뭐.」

「삼도천 문지기한테 단단히 찍혔던데. 순탄하지 않겠어.」

지안은 할 말을 잃은 얼굴로 노인을 바라보았다. 유유히 걸음을 옮기는 노인을 뒷모습을 향하다 저도 모르게 따라 움직였다.

「그런 일은 또 어떻게 아십니까?」

「이리저리 갈 곳 없이 떠도는 몸이 뭘 모르겠소. 그냥 주워 담아 듣는 거지.」

「저에 대해 더 알고 계시는 것이 있습니까? 아니면 제 앞날이라든지.」

「떠나면 그만인 사람 앞날에 뭐가 있겠나? 눈 뜨고 돌아가면 그저 찰나에 불과한 지금인데.」

「저를 죽이려고 한 사람이 있습니다. 아십니까?」

「자네는 자네 걱정이 되는가? 나는 남을 사람이 걱정인데.」

지안은 우뚝 멈춰 섰고 노인은 평화로운 시선으로 계속 걸음을 옮겼다. 마치 모든 것은 자연의 섭리라는 듯 평안해 보였다.

「이계의 것이 뛰어들어 사람의 인생을 쥐고 흔드는 일은 위험천만한 일인데. 자네야 가면 그만이지만 남은 사람은 그리 가볍게 살아가지 못할 테니까 말이야.」

찬양의 이야기를 아무렇지 않게 올리는 노인은 산책을 하듯 뒷짐을 졌다. 지안은 할 말을 잃은 듯 대꾸를 아꼈다. 사실만 놓고 보자면 노인의 말은 어느 곳도 틀린 것이 없다.

「남겨질 아이가 고단하겠어. 가슴에 대단히 박혀서 떨어지겠나, 자네의 모든 것이 기억으로 남을 텐데.」

노인은 많은 것을 알고 있었다. 그런 이유가 노인의 말을 경청하게 만들었다. 모든 말은 비겁하게도 사실이라 받아칠 만한 자격도 없었다.

「자네의 시간을 되찾자고, 죽이려 한 범인을 찾아보겠다고 그 아이를 이용하면 결국 대가는 그 아이가 치를 것인데.」

지안은 고개를 들고 있기가 어려워 물끄러미 제 발밑을 내려다보았다.

「나야 불귀의 객으로 떠도는 주제요. 이런 말도 주제넘은 줄 알지만 돌아갈 때를 생각해서 잘 대해 주시오.」

「제가 지금의 기억을 가지고 깨어날 수 있는 방법은…… 없겠습니까?」

「부질없는 질문이구만. 그런 일은 일어날 수 없다는 걸 잘 알고 있을 텐데.」

「사실 제가 어떻게 해야 하는지…… 잘 모르겠습니다.」

「우리가 미래를 어찌 알겠는가?」

노인은 사람 좋은 웃음을 터트렸다. 모든 것을 초월한 그 웃음소리는 듣는 이의 마음을 어루만지는 듯했다.

「살다 보니 모른다는 것이 꼭 나쁜 것만은 아닙디다. 모른다는 것을 알고 있다면 말이지. 어설프게 아는 것보다 훨씬 지혜롭게 살 수 있거든.」

알 듯 말 듯 아리송한 노인의 말에 지안은 눈을 감았다가 떴다. 저 멀리 노인을 기다리고 있던 듯한 여인이 일어나 손을 흔든다. 노인은 그제야 힐끔, 지안을 돌아보았다.

「남겨진다는 건 말이오. 생각보다 쉬운 일이 아니더라고.」

지안의 시선은 노인에게 어서 오라 손짓하는 여인에게 멈춘다. 노인을 향해 반갑게 손짓을 하는 여인은 한눈에 보아도 젊었고, 청춘이었고, 싱그러웠다. 답례하듯 여인에게 손을 흔들어 준 노인이 입을 열었다.

「내가 아내를 30년 전 먼저 보내고 제일 기쁜 날이 언제였냐면, 삼도천 문지기를 만났을 때요.」

아내를 만날 수 있다는 생각에 주저 없이 삼도천을 건넜다. 건너며 물었다. 저곳에 나의 아내가 있느냐고. 늙어 버린 얼굴로 젊은 시절의 아내를 다시 만나게 되었을 때, 노인은 비로소 영원한 삶을 얻었다.

「한 사람 가슴속에 살게 되는 건 큰 책임이 따르는 법이니까. 그 아이를 나처럼 살게 하지는 말고.」

지안은 두 눈을 질끈 감았다. 너를 모르게 될 내가, 벌써부터 두렵다.

「그런데 또 가슴에 사는 사람 하나 없는 인생도 참 서글프더라고. 삼도천을 기쁘게 건널 수가 없거든.」

너를 사랑해도 되는지 될 수 없는 일인지, 하루에도 수십 번씩 헤매며 불안하다.

「이승 짧소. 알 것 아니오? 미적거릴 시간이 어디 있겠어.」

생각과 마음을 읽힌 것만 같아 지안은 정신이 번쩍 든 듯 고개를 들었다. 노인은 손사래를 치며 또다시 웃음 지었다.

「하도 유명인이라 관심 있게 봤소. 몇 마디 즐겁게 나눴으니 난 이만 가야지.」

「……살펴 가십시오.」

「부디 잘해 주시오.」

잘해 주오. 노인은 주어 없는 당부의 말을 보태며 서서히 멀어져 갔다. 자신을 기다리고 있던 여인의 손을 붙잡으며 노인은 잠시 지안을 돌아보았다. 우두커니 서 있는 지안을 향해 손을 흔들었고 이내 사라졌다.

하아……. 참고 있던 한숨을 터트렸다. 아무도 없는 산책로에 서서, 지안은 눈을 감으며 이마를 짚었다.

「대체, 뭘 어떡해야…….」

그는 한참이나 그곳에 머물렀다. 아무리 생각을 거듭하고 쥐어짜내도 좀처럼 기쁜 답은 나오질 않았다. 한참이나 멈춰 섰다. 뿌리박힌 것처럼.

◀◀◀◀◀

찬양은 현주를 따라 입원실에 들어섰다. 압도적인 병실 규모에 놀라고 내부 인테리어에 놀라고, 이중 삼중으로 가려져 있는 문이 열릴 때마다 심장이 내려앉았다. 그의 몸이 누워 있는 곳. 의식 없는 그의 육신이, 잠들어 있는 곳. 드디어 마지막 문이 열린다. 찬양은 드디어 영혼 아닌 몸의 주인을 만났다.

"아……."

발길이 떨어지질 않아 멈춰 섰다. 현주는 그런 찬양을 두고 앞으로 걸어가 지안의 곁에 섰다.

"지안아, 누나 왔어."

다정한 음성으로 인사를 건넨 그녀가 이불을 여며 주고 머리를 쓸어 넘긴다. 무엇에 눌린 것처럼 찬양은 걸음을 떼지 못했다.

"전무님, 오셨습니까."

호출을 받고 달려온 병원장이 들어선다. 찬양을 스치고 지난 병원장은 현주 앞에 섰다.

"전무님, 잠시."

"네."

병원장은 찬양을 의식했고 현주는 고개를 끄덕였다. 결국 찬양만 남겨 둔 채 모두가 사라진다. 혼자 남은 찬양은 마른 주먹을 말아 쥔 채 그를 바라보았다. 호흡기에 의지한 채 깊은 잠에 빠진 지안의 얼굴을 한참이나 바라보던 찬양은 끌리듯 걸음을 옮겼다. 가까이 다가서자 더욱 이질감이 든다. 어느 곳 하나 다를 바가 없는데 이토록 낯선 기운이라니.

"저예요."

아주 작게 그녀는 소곤거렸다.

"저, 모르시죠."

간이 의자에 앉아 찬양은 지안의 얼굴을 응시했다. 기분은 도통 형용할 수 없을 정도로 이상하고 어색했다. 그러다가 용기를 내어 지안의 손을 잡아 보았다. 아찔할 정도로 느껴지는 그의 온기에 놀란 찬양은 다급히 손을 떼었다.

"……되게 따뜻하다. 손."

아아, 당신은 이런 온기를 가진 사람이었군요. 또 이렇게 숨이 긴 사람이었군요. 심장의 박동은 이렇게 고르고, 또 혈색은 이렇게도 당연했군요. 당신은, 이런 사람이었군요.

"상무님 생각보다 따뜻한 사람이었네요. 처음 알았어요."

어느 정도 각오가 되었다는 듯 찬양은 다시 한번 그의 손을 붙잡았다. 힘을 잃은 그는 끌면 끄는 대로 잡으면 잡는 대로 움직인다.

"아프겠다……."

힘줄이 솟은 팔에 꽂혀 있는 바늘을 바라보다 그녀는 중얼거렸다. 매일 보던 그와 조금도 다르지 않은 얼굴이 이렇듯 낯설게만 느껴지는 건, 아마도 눈을 뜬 당신은 나를 모르기 때문이리라.

"상무님. 저 여기까지 오면서 문을 몇 개 지나쳤는지 아세요? 여섯 개요. 여섯 개."

찬양은 픽, 하고 웃음을 터트렸다. 삼엄한 경비라는 게 상상 그 이상으로 살벌했으니까.

"나는 무슨 개성공단이라도 가는 줄 알았네. 상무님을 지키고 선 사람이 너무 많아서 셀 수도 없더라고요."

현주를 따라 문을 하나씩 통과하며 찬양은 막연히 그리던 재벌의 세상을 아주 조금 엿보았다. 당신은 백경이라는 세상 안에 존재한다는 걸 절실하게 깨달았다.

"깨어나셨으면 좋겠다가도…… 이대로 그냥 나랑 있었으면 좋겠다가도……."

……나는 두렵다. 당신이 사라지고 없을 그날이. 완벽한 타인이 되어 나 같은 건 지워 버릴 당신이. 백경의 세상에서 밖으로 나오지 않을, 당신이.

"그러고 보니까 주무시는 모습은 처음 보는 것 같아요. 지금 제 곁의 상무님은 매일 깨어 계시거든요. 매일요."

찬양은 기분 전환을 하듯 화제를 바꾸었다. 이 얼굴 언제 다시 볼지 모르는데, 우울한 말들만 잔뜩 늘어놓고 떠날 수는 없으니까.

"이렇게 대놓고 얼굴을 볼 시간이 없었다고요. 매번 훔쳐봐야 했단 말이죠."

두 손으로 턱을 괴며 찬양은 지안을 길게 응시했다. 불쑥 손을 내밀어 머리를 쓸어 넘겨도 보고, 귀를 만져도 보고.

"참 쓸데없이 잘생겼다. 누가 본다고 자는 얼굴에 잘생김을 묻혀 놓으셨대."

그러다가 찬양은 주변을 휘휘 둘러보았다. CCTV 설치 여부를 확인한 찬양은 헛기침을 내뱉으며 은근슬쩍 의자에서 일어섰다.

"아니요, 뭐, 솔직히 제가 상무님 좋아하는 거 상무님은 모르시죠."

쓱싹쓱싹 그의 이마를 닦듯이 매만졌다. 그러곤 준비 운동을 하듯 입술을 뻐끔거렸다. 상무님의 반듯한 이마에 살짝 다녀오는 거다. 살짝, 누가 오기 전에 잽싸게 아주 살짝.

"제가 지금 하려고 하는 일이 치사하고 비겁하긴 한데요. 워낙 틈을 안 주시니까 실례 좀 할게요."

찬양은 천천히 그의 이마로 얼굴을 가져다 댔다. 한껏 들뜬 입술을 내렸다. 닿기 전 슬쩍 앞을 바라보았다.

"어머!"

으핫! 몸 떠나 기행 중인 지안이 벽에 기댄 채 팔짱을 끼고 서 있다. 놀란 찬양은 누워 있는 지안의 이마를 철썩 내리쳤다.

"파리가! 파리가! 상무님 이마에 파리가!"

철썩! 철썩! 찬양은 너무 놀라 얼굴을 번쩍 들며 지안의 이마를 연거푸 때렸다. 구경하던 지안은 눈썹을 꿈틀거렸다.

"이 날씨에 무슨 파리가! 하하하! 파리가! VIP 병실에 파리가!"

"그만 때려. 죽이고 싶은 게 나야, 파리야."

"죽이고 싶다뇨. 잡고 싶은 거죠."

"식성 특이하네. 이젠 먹다 먹다 파리까지 잡아먹는 거냐?"

"뭐, 뭘 잡아먹어요! 제가 파리를 왜 잡아먹어요!"

"막 엉금엉금 기어 올라가서 입 벌리고 잡아먹으려고 했잖아. 도마뱀인 줄 알았네."

도, 도마뱀……. 으…… 쪽팔려……. 찬양은 고개를 반대로 돌리며 오만상을 찌푸렸다. 정말이지 이미지 구기는 일엔 선수다.

"기척 좀 하고 다니시면 안 될까요? 정말로?"

조금 전까지만 해도 없었는데 대체 언제 온 게요!

"내가 내 몸 보러 오는데 장구라도 치면서 올까?"

"제가 여기 있는 건 어떻게 아셨어요?"

"뻔하지."

쳇. 찬양은 꿍얼거리다가 다시 고개를 들었다.

"그런데 어디 다녀오셨어요? 갑자기 안 보이시던데요?"

"구경당하고 왔어."

지안이 자신을 향해 걸어오자 찬양은 누워 있는 그의 몸을 바라보다가 기가 막힌다는 표정을 지었다. 똑같이 생긴 사람이 둘이 되었으니 그저 혼돈의 세상이다.

"상무님, 몸 포개서 누워 봐요. 몸속으로 들어갈 수도 있잖아요."

"내가 안 해 봤겠어?"

"대박 신기하다. 보고 있지만 진짜 안 믿겨요. 어떻게 이런 일이 있을 수가……."

유체 이탈을 경험하고 있는 남자와 그런 상황을 지켜보고 있는 나. 말로 설명할 수 없는 지금, 여기, 현실이다.

"빨리 일어나라고 귓속말 좀 해 줘."

"싫어요."

안 할 거예요. 찬양은 싫다며 고개를 절레절레 저었다. 완강하게 버티는 그녀를 바라보다 지안은 저도 모르게 미소를 그렸다.

넌 이럴 때가 참 예뻐. 아니.

"빨리 일어나면 나도 못 알아볼 거잖아요. 억울해."

사실은 모든 순간이 다 예쁘지만.

"억울해요. 생각해 보니까 진짜 억울하다."

잠든 그의 몸을 바라보던 찬양은 억울하다며 푸우우— 한숨을 내쉬었다. 생각은 엉망진창이고 사실 뭐가 뭔지 하나도 모르겠다.

지안은 문득 조금 전 만났던 노인의 말을 떠올렸다.

「남겨질 아이가 고단하겠어. 가슴에 대단히 박혀서 떨어지겠나. 자네의 모든 것이 기억으로 남을 텐데.」

"억울해. 진짜 너무 억울해. 상무님 일어나면 나 다 잊을 거죠."

"너도 나 잊었잖아. 내가 먼저 억울해."

"그거랑 다르죠! 상무님은 나 찾아올 수 있었잖아요!"

「그 아이를 이용하면 결국 대가는 그 아이가 치를 것인데.」

"너도 나 찾아오면 되겠네. 뭐가 문제인데."

"말이 되는 소리를 해요. 입원실 오는 것도 첩첩산중인데 제가 어딜 가서 상무님을 만나요?"

"재주껏. 정도껏. 너의 능력껏."

"라임 좀 타시네요? 분위기도 좀 타시죠?"

이번엔 찬양이 곁에 서 있는 지안을 흘겨보았다. 지안은 그녀의 이마를 툭 건들며 말을 이었다.

"너도 나처럼 맨몸으로 부딪혀. 나도 뭐, 너랑 처음부터 쉬웠는지 알아?"

"아아…… 답답해……. 말이 안 통해, 말이 안 통해……."

"그래서, 나 안 찾아올 거냐?"

지안은 침대에 비스듬히 걸터앉았다. 그녀가 입술을 삐죽거리며 눈길을 피하자 지안은 찬양의 턱을 붙잡고 시선을 맞췄다.

"안 찾아올 거냐고. 나."

"찾아가면 알아보지도 못할 거면서 뭘 또 찾아오라고……."

"글쎄 안 찾아올 거냐고. 나한테."

"아니 뭐, 딱히 그런다는 건 아니지만요."

"말 똑바로 해."

지안은 그녀의 턱을 붙잡고 이리저리 흔들었다. 뾰로통한, 그래서 더욱 사랑스러운 표정을 짓고 그녀가 눈빛을 푼다. 온 얼굴로 드러나는 그녀의 감정 앞에 지안은 끓어오르는 마음을 삼켰다.

……그대로 입을 맞출까. 미친 척 그냥 나는, 너의 가슴속에 사는 사람이 되어 볼까.

생각을 하다가 그는 눈빛에 간절함을 실었다. 그녀가 모두 알아들을 수 있을지 잘은 모르겠지만.

"찾아올 시도라도 해 봐. 혹시 내가 알아볼지도 모르잖아."

"기대 안 해요. 나도 상무님 기억 못 하는 걸요, 뭐."

"그래. 너무 힘들면 찾아오지 않아도 돼."

"……."

"뭐든 내키는 대로 해. 내키는 대로."

「남겨진다는 건 말이오. 생각보다 쉬운 일이 아니더라고.」

"나는 네가, 힘들지 않았으면 좋겠다."

남겨진 너의 세상이 편안했으면. 겁이 많은 나는 네게, 당부의 말을 하지 않을 수 없었다.

"오빠 요즘 이상해. 변한 것 같아."

오랜만에 만난 애인을 앞에 두고 미혜는 내내 벼르고 있던 말을 꺼냈다. 커피를 홀짝 삼키던 애인의 표정은 금세 불편하게 변했다.

"왜 또 그래. 왜 또 시비를 거는 건데."

"시비를 거는 게 아니라 변한 것 같다고. 변한 것 같다고 말하는 게 시비 거는 거야?"

"뭐가 또 문젠데. 뭐가 또 마음에 안 드는 건데."

애인은 이내 공격적인 태세로 전환한다. 미혜는 이것 보라며 테이블을 툭툭 쳤다.

"이것 좀 봐. 말을 하면 듣는 게 아니라 다 튕겨 낸다니까? 내가 괜한 말 하는 거 아니잖아."

"괜한 말을 하잖아. 바쁜 사람 불러내다가 맨날 하는 말이 똑같잖아."

"내가 너 불러내는 거야? 우리 만나는 게 아니고?"

"꼬투리 좀 잡지 마. 대체 왜 이렇게 요즘 만나기만 하면 꼬투리 잡고 늘어져?"

애인은 다 귀찮다는 듯 창밖으로 시선을 옮긴다. 이제는 그의 옆모습이 더 익숙할 지경이다.

"나한테 궁금한 거 없어? 나 요즘 어떻게 사는지 안 궁금해?"

"별일 있으면 니가 먼저 말했겠지. 별일 없으니까 아무 말 없는 거고."

"들으려고 하질 않는데 내가 무슨 말을 해? 우리 정상적인 대화를 나눠 본 게 언젠지 알아?"

"지금 하고 있잖아. 지금 하는 건 대화 아니고 뭔데."

"말을 할 땐 사람을 좀 보면서 해. 나 지금 누구랑 얘기하니?"

애인은 마지못한 표정으로 다시 정면을 응시한다. 무미건조한 시선을 맞닥뜨리며 미혜는 커피를 삼켰다.

"잔소리한다고 듣지만 말고 좀 생각을 해 봐. 바쁜 거 아는데, 아무리 그래도 그렇지."

"바쁜 거 아는 사람이 어떻게 그래? 내가 얼마나 바쁜지 니가 알아?"

"밥은 먹고 잠은 잘 거 아냐. 화장실은 갈 거 아냐."

하…… 지겨워……. 애인은 아주 작은 소리로 탄식하듯 중얼거렸다. 미혜는 무릎 위에 올린 손을 작게 말아 쥐었다.

"오빠, 너는 그냥 내가 사람이지? 여자도 아니고, 애인도 아니고.

그냥 사람이지?"

"적당히 좀 해. 그냥 만나서 밥 먹고 커피 마시고 깔끔하게 헤어지면 안 돼?"

"내가 지금 너랑 소꿉장난하니? 밥 먹을 사람 없어서 너 만나?"

"지친다고. 너는 왜 사람을 죄인을 만들어. 한두 번도 아니고, 이해 좀 해 주면 안 돼?"

미혜는 입술을 잘근 깨물었다. 언제부턴가 애인 앞에서 나는 나쁜 여자, 못된 소리만 지껄이는 여자, 속이 좁은 여자, 이해심이 없는 여자, 배려라곤 눈곱만큼도 모르는 여자.

"그냥 내가 나쁜 년인 거지, 너한텐."

"그만하자. 진짜 요즘 너 만나기가 무섭다고. 맨날 사람 쥐 잡듯이 잡는데, 안 무섭겠어?"

……질척거리는 여자.

"내가 왜 이러는지는 생각해 보고 싶지 않지, 너는."

"남들 다 이렇게 연애해. 왜 유독 너만 난리야. 뭐 하나 부드럽게 넘어가는 게 없어."

자존심도 없는 여자.

"미혜야. 좀 쿨하게 살자, 우리. 응?"

따뜻한 커피 위로 김이 서리는데, 마음은 차게 식는다.

"빨리 마셔. 지하철 끊기겠다."

종결 없이 오늘도 대화는 끊긴다. 미혜는 시선을 내린 채 머그잔에 시선을 고정했다. 그사이 애인은 걸려 온 전화를 받았고 이내 목소리를 바꾸었다.

"여보세요? 아, 선배! 어디세요? 당구장?"

……그녀는 생각했다. 지금 자신이 잡고 있는 건 오늘의 그도 아니요, 내일의 그도 아니라고.

"아쉽네. 저는 지금 여자 친구 만났어요. 이제 들어가려고요. 네네."

다만 과거의 너, 과거의 우리. 그때의 네가 너무 예뻐서. 나는 그때의 우리가, 너무나도 좋아서.

"다 계신 거예요? 어디신데요? 아아. 저희 집에서 가깝긴 하네요. 연락드릴게요. 네네."

"피곤하다며. 당구장 가려고?"

"집에서 가까워. 인사만 하고 가려고. 다 계시다는데 인사는 드려야지."

"나 아직 커피 다 안 마셨어."

"빨리 마셔. 아니면 테이크아웃 잔에 다시 담아 달라고 할게. 일어나자."

그렇게 반짝반짝하게 웃던 날들은 대체 어디로 사라져 버린 걸까. 내 앞의 너는 그때의 네가 아닌 걸까.

"들어가, 미혜야. 오빠 갈게. 간다!"

정신없이 뒤돌아 뛰어가는 너의 뒷모습을 바라보다, 나는 고개를 수그린다. 믿을 수 없는 일이었다. 믿으려 하지 않았다. 믿고 싶지 않았다.

우리가, 어떻게 사랑했는데.

❦

"여보세요? 아, 미혜야. 나? 나 지금 밖이야."

찬양은 미혜에게 걸려 온 전화를 받았다. 끝을 모르고 이어지던 조문객도 자정을 기준으로 조금씩 줄었다. 정신없던 공간도 조금씩 정리가 되고 현주는 집으로 돌아갔다. 본사 사람들도 내일을 기약하며 퇴근을 시작했다.

"너 어딘데? 아아, 집에 가는 길이야? 오빠 만났구나?"

상무님은 또 쥐도 새도 모르게 사라져 보이질 않는다. 하지만 이제 걱정은 되질 않는다. 언제 어디에 있어도 그는 찾아왔으니까. 몇 번의 학습을 끝으로 가다 보면 만나겠거니, 마음을 놓게 되었다.

"그런데 목소리가 왜 그래? 만나서 뭐 했어? 싸웠어?"

울적한 미혜의 목소리를 알아들은 찬양은 질문하며 걸음을 옮겼다. 그러자 친구의 하소연이 시작되었고 찬양은 무작정 발길을 옮기며 통화 중 간간이 탄식을 이어 갔다.

"아…… 기분이 좀 그랬겠다. 어딘데? 미혜야, 만날래?"

— 아니야. 너무 늦었잖아. 다음에 갈게. 이야기 들어 줘서 고마워.

"무슨 그런 말을 해. 아무 때나 연락해. 힘내고……."

— 그래, 찬양아. 다시 연락할게.

아마도 미혜는 답답한 속내를 털어놓을 대나무 숲이 필요했을 것이다. 찬양은 끊긴 전화를 바라보다가 텁텁한 시선으로 중얼거렸다.

"에효, 이런 거 보면 세상에 영원한 사랑은 없는 것 같기도 하다."

씁쓸함을 감출 길이 없어 찬양은 긴 한숨을 내쉬며 고개를 들었다. 아뿔싸. 여기는 어디냐.

"아이고, 이 길치가 또 일냈네. 여긴 어디냐……."

찬양이 두리번거려 보지만 입구와는 동떨어진 길이다. 사람도 없고, 주황 불빛만 스산한 분위기를 더했다.

"걷다 보면 입구가 나오겠지. 일단 가자."

길치들에게 길이란 알고 가는 것이 아닌 걷다 보면 나오는 거니까. 대수롭지 않은 발길을 옮기며 찬양은 가볍게 목을 돌렸다. 온종일 긴장한 상태에서 뛰어다녔더니 피곤하다.

"여기가 1층으로 통하는 문인가?"

찬양은 비상구처럼 보이는 문을 열었다. 슬쩍 안을 들여다보니 어쩐지 분위기는 스산했다. 자동으로 불이 켜지지도 않는 걸 보니 이 길은 아닌 성싶다.

"돌아가자. 가다 보면 있겠지."

계단을 올라가기가 더럭 무서워 찬양은 도로 닫았다. 건물을 꺾으면 길이 있을 것도 같다. 터벅터벅 찬양은 병동 끝까지 걸어갔고, 이제 꺾기만 하면 된다. 그때였다.

"그 USB가 말입니다. 한국에선 기술자를 찾기 어렵다고 합니다."

"그럼 기술자를 어디서 들여온단 말인가?"

"대만 쪽과 접촉하고 있습니다. 일단 카피본이 있는지 확인을 해야 하기도 하고."

"뭐가 이렇게 복잡해. 빨리 열어야 한다고 했잖아."

USB라는 단어에 반응할 수밖에 없는 찬양은 우뚝 멈췄다. 이내 벽에 찰싹 붙어 소리가 나는 밖을 슬쩍 바라보았다. 중년의 사내와 기다란 남자의 어두운 실루엣이 보인다. 찬양은 마른침을 삼키며 다시 고개를 뺐고 그들의 이야기에 집중했다.

"시간이 없다고. 그사이 깨어나기라도 하면 어쩌자는 말이야."

찬양의 두 눈이 커진다. 입술은 멍하니 벌어졌다.

"죄송합니다. 그분도 최선을 다하고 계십니다."

"내 직접 만나야겠어. 믿고 있다가 큰코다치는 건 아닌지 모르겠다니까."

그분? 그분……? 지안과 연관이 있을 거라는 본능이 꿈틀거린다. 찬양은 귀 기울여 그들의 이야기를 엿듣다가 다시 고개를 내밀어 보았다. 어둠에 가려져 그들의 얼굴과 모습은 보이질 않았다.

"여기, 대포폰입니다."

"이거 영 귀찮아서 못 해 먹겠어. 언제까지 이 짓을 해야 하는지."

"두루두루 안전을 위한 일이니 이해해 주십시오."

"하여튼 일어나기 전에 다 처리해. 명심하고."

찬양은 녹음이라도 할까 싶어 휴대폰을 들었다. 녹음 기능을 찾는 동안도 사내들의 이야기는 두런두런 이어졌다.

"워!"

"아, 깜짝이야!"

찬양은 소리를 버럭 지르며 휴대폰을 놓쳤다. 덜그럭, 휴대폰은 땅에 떨어졌고 대화를 나누던 사내들은 황급히 반대편으로 사라졌다.

"찬양 씨, 놀랐어요?"

승민이다.

"아후, 놀랐잖아요!"

찬양은 버럭 소리를 지르며 다시 고개를 내밀고 사내들을 찾아보지만 남아 있을 리가 없다.

"아…… 미안요, 찬양 씨."

찬양이 버럭 소리를 지르자 무안해진 승민은 머리를 긁적였다. 놓쳤다는 안타까움에 씩씩거리던 찬양이 홱, 승민을 향해 돌아섰다. 눈매가 앙칼지기가 이루 말할 수가 없다.

"미안요. 찬양 씨. 장난친다는 게 그만……."

"아, 왜, 장난을 왜 이럴 때. 하필 또 이런 때."

"많이 놀랐어요? 미안해요."

"됐어요. 괜찮아요."

찬양은 휴대폰을 주워 들며 심호흡을 했다. 지안에게 말로만 듣던 실체를 발견한 것만 같아 심장이 뛰었다. 머쓱함은 계속 이어지고, 승민은 찬양이 살피던 공간을 훑다가 물었다.

"여기서 뭐 하고 있었어요?"

"집에 가는 길을 잃어버려서요. 정문 찾고 있었어요."

"여기서 완전히 반대인데. 찬양 씨 길치구나?"

우씨. 놓쳤어. 찬양은 눈꼬리를 치켜뜬 채 주먹을 불끈 쥐었다. 달려가 이단 옆 차기를 날릴 걸 그랬나. 그냥 달려가 물어뜯고 현행범으로 체포할걸!

"가요. 여기 아녜요."

"그러는 대리님은 어디 가는 길이셨어요?"

"저는 비품 신청하러 갔다 왔어요. 본사에서 물어보시더라고요."

"아아. 고생 많으셨어요, 대리님."

애먼 사람에게 화를 내 봐야 뭐 하겠나. 찬양은 아쉬움을 접으며 억지 미소를 그렸다. 쉽사리 아쉬움이 날아가진 않지만 일단 상무님을 만나야겠다.

"찬양 씨, 있잖아요."

뚜벅뚜벅 걸음을 옮기던 승민이 말을 걸어온다. 생각에 잠겨 있던 찬양은 고개를 들었다.

"나 진짜 궁금해서 그러는데, 찬양 씨는 누구예요?"

"네?"

우뚝 멈춰 섰다. 승민은 염려스럽다는 얼굴로 말을 이었다.

"전무님하고도 알고…… 대표님하고도 알고……."

"아……."

"사내에 지금 말이 많아요. 오늘 대표님하고 같이 왔다면서요."

"그게…… 별 사이 아닌데."

"소문이 퍼지면 걷잡을 수가 없어요. 좋은 쪽이 아니다 보니까."

"하아, 그러게요."

이걸 뭐라고 설명하나……. 찬양은 고개를 절레절레 흔들다가 짤막하게 설명했다. 아무것도 아니라고. 단지 옥상에서 만났을 뿐이라고.

"나는 진심으로 찬양 씨가 걱정되거든요. 우리 부서 사람들도 다 그렇고."

승민의 진심이 느껴져 찬양은 알 것 같다고, 작게 고개를 끄덕였다.

"우리야 찬양 씨가 누구건 간에 그저 동료고 부서의 가족이지만 타 부서 사람들은 그렇지 않아요."

"그렇다고, 하더라고요."

"좋은 이야기만 들어요. 우리는 찬양 씨 믿으니까."

길을 안내하며 승민은 오늘 이곳저곳에 퍼져 있던 찬양의 소문을 들려주었다. 말을 들으며 가다 보니 저 멀리 지안이 보인다.

"신경 써 주셔서 감사해요, 대리님."

"뭘요. 힘내요. 어깨 쫙 펴고. 집에 조심히 들어가요."

내일 보자는 인사를 끝으로 두 사람은 헤어졌고 지안을 향해 부리나케 달려간 찬양은 그대로 귀가했다. 사안을 담아 두기엔 심장이 터질 것 같아 오는 내내 어지러웠다.

"상무님 얘기를 하더라니까요! 진짜 범인이 있나 봐요!"

씻고 소파에 앉은 찬양이 열을 올린다.

"얼굴 봤어?"

"그게, 그게!"

"못 봤구만?"

"네. 너무 어둡고 뒤돌아 있어서 얼굴을 못 봤어요."

"계속 얘기해 봐."

지안에게도 보통의 일은 아닌지라 질문과 대답은 이어졌다. 그들이 USB와 관련된 이야기를 하더라는 말, 상무님이 깨어나기 전에 처리해야 한다던 말, 기술자를 해외에서 구하고 있더라는 말.

"맞다. 무슨 대포폰도 주고받던데요?"

"그러겠지. 증거를 남기면 안 되니까."

"그리고 또 연루된 사람이 있나 봐요. '그분'이라고 말하던데."

"그분?"

찬양은 고개를 끄덕이며 지안에게 가까이 다가가 앉았다.

"누구 짐작 가는 사람 없어요? 이쯤 하면 엄청난 증거 확보한 거 아닌가?"

"오늘 장례식장에 다녀간 사람이 수천 명이 넘어. 그중 계열사와 자회사, 하청까지 다 더하면 관계자만 수백 명이야."

잠정적 용의자는 너무나도 많았다.

"그러니 용의자를 함부로 가릴 수도 없고, 그래서 누구도 의심하지

316

않을 수 없고."

"되게 복잡하네요. 그래도 상무님이 없어지면 이득을 볼 수 있는 사람이 있을 거 아녜요?"

"방향에 따라 이득을 볼 사람들이 차고 넘치지. 보복일 수도 있고."

"그러니까 무슨 죄를 그렇게 많이 지었어요."

"내가 숨만 쉬어도 불만인 사람들이 너무 많아서. 나도 안타깝네."

"안 보이실 때 여럿 찾아다니면서 표적 수사를 해 보시는 건 어때요?"

"너랑 떨어지면 시간이 흐르질 않는데 그것도 쉽지 않은 일이지. 널 데리고 다니면서 수사할 수도 없고."

"아…… 그렇죠……."

휴, 지안은 말을 말자며 찬양의 이마를 툭 건드렸다.

"그 사람들이 너 봤어?"

"아뇨. 못 봤어요."

"뭐든 알아낸 건 좋은데 그렇게 위험하게 다닐래?"

"알고 갔나? 헤매다 갔죠. 내 영혼이 이끌었다니까요?"

"그 사람들이 너 하나 없애는 건 일도 아니야. 전에도 말했지."

아이고, 네네. 찬양은 잔소리가 시작되는 것 같아 일어섰다. 방으로 들어섰고 곧장 침대에 누워 보지만 지안은 틈을 주지 않고 따라오며 잔소리를 퍼부었다.

"그럼 나를 불러야지 왜 혼자 그러고 있냐고. 무섭지도 않냐?"

"제가 상무님을 어떻게 불러요."

"그건 연구를 해 봐야지."

"연구는 다음에요. 저는 오늘 너무너무 피곤하거든요."

"조심해. 알겠어? 어쨌든 누가 들었다는 걸 알았으니 그쪽도 어떻게 움직일지 몰라."

이불을 덮은 찬양은 더는 버티기 어렵다는 것처럼 눈을 끔뻑끔뻑 느리게 움직였다.

"이왕 볼 거면 얼굴이라도 보든가. 들키지나 말든가."

"그러게요……. 때마침 대리님이 와서……. 갑자기 놀래서……."

"수상해. 그 대리 놈도 한패 아냐?"

"그럴 리가요……. 애먼 사람 의심 말고요, 빨리…… 범인 찾……."

"말하면서 자는 건 능력이냐, 꽁트냐?"

"범인…… 잡아서…… 콱…… 깨물……."

금세 잠에 빠진다. 온종일 동분서주했으니, 피곤하리라. 잠시 바라보고 있자니 그녀는 완벽하게 잠에 빠진다. 지안은 고개를 돌려 열린 방문을 보고 다시 찬양에게 시선을 옮겼다.

"이젠 내가 침대에 앉아 있는데도 잠을 잔다?"

문을 틀어 잠근 채 숨도 제대로 못 쉬던 게.

"이봐, 나 아직 여기 있다고. 침대에."

쌔근쌔근 달게도 잔다. 힘이 빠진 손이 베개에서 스륵 밀려 내려간다. 지안은 이불을 더 당겨 여며 주며 그녀 머리를 쓸어 넘겼다.

"도마뱀이 파리 잡아먹도록 내버려 뒀어야 하는데. 그렇지?"

그러다가 문득 병실 안 찬양의 모습이 떠올라 웃음이 났다. 그녀가 자신의 이마에 입술을 내리던 그 순간, 사라져 줄걸. 못 본 척해 줄걸.

"나도 너무 놀라서 그랬어. 기습은 난처하다고."

후. 지안은 힐끔힐끔 주변을 살폈다. 그녀가 그러했듯 주변을 살피다가 스멀스멀 올라갔다.

……네가 하려던 것.

"열이 좀 있네, 정찬양 씨."

이마에 그의 입술이 닿는다.

"아닌가, 난가."

있지도 않은 열이 나는 것 같아 지안은 손을 말아 쥐었다. 그녀 둥근 이마에 닿은 입술은 떨어지고 싶지 않아 한참이나 머물렀다.

가까이서 그녀를 내려다보는 눈빛에 꿀이 떨어진다. 귀한 것을 어루만지듯 머리를 쓸어 넘기고, 볼도 어루만지다가, 결국은 이끌리듯 그녀의 입술을 찾아간다. 닿을 것 같은 간격까지 내려간 지안은 물끄러미 그녀 입술을 내려다보았다.

병실 안에서 그녀가 쏟아 내던 아무 말 대잔치가 떠오른다.

'아니요, 뭐, 솔직히 제가 상무님 좋아하는 거 상무님은 모르시죠.'

그는 그녀의 말을 따라 중얼거렸다.

"솔직히 내가 너 좋아하는 거, 너 모르지."

깊은 그녀의 숨소리는 전부 소중했다.

'제가 지금 하려고 하는 일이 치사하고 비겁하긴 한데요.'

"내가 지금 하려고 하는 일이, 치사하고 비겁하긴 한데."

달콤한 향기는 곳곳에 차올라 숨을 달게 했다.

'워낙 틈을 안 주시니까, 실례 좀 할게요.'

"워낙 틈을 안 주니까, 실례 좀 할게."

지안은 찬양의 입술에 제 입술을 맞댈 것처럼 내리다가 멈칫했다. 그러면 안 된다는 생각으로 마음을 다잡고는 힘을 잃고 떨어진 그녀의 손가락에 깍지를 꼈다. 아침이 올 때까지 잠든 너를 바라봤으면. 아니, 이대로 시간이 멈췄으면. 지안은 마지막으로 그녀의 손등에 입을 맞추고 일어섰다.

……좋겠다. 잠든 너의 세상이 편안했으면. 이곳 너머 꿈의 공간이 아늑했으면. 그곳에 내가 있고, 네가 있다면.

"잘 자, 정찬양 씨."

그곳의 우리가, 기필코 사랑한다면.

"야, 이 새끼야! 일 똑바로 못 해!"

"죄송합니다."

"죽고 싶어? 죽고 싶냐고!"

자동차 사장의 추락사로 참고인 조사를 받고 돌아온 강준의 격양된 목소리가 대표실을 쩌렁쩌렁 울린다. 비서가 장례식장에서 대포폰을 주고받는 현장을 누군가 엿들은 것 같다고 강준에게 실토한 것이다.

와장창! 강준이 던진 유리컵이 비서의 곁을 간신히 스치고 떨어져 산산조각이 난다. 파편에 얼굴을 긁힌 비서는 피가 뚝뚝 떨어지자 고개를 수그렸다.

"그거 하나 똑바로 처리를 못 해서 틈을 줘? 망치려고 작정했어?"

성큼성큼 걸어간 강준은 비서의 멱살을 잡았다. 뒤꿈치가 들렸지만 비서는 반항 없이 그대로 흔들렸다.

"누구야. 대체 누가!"

"그게."

"똑바로 말해!"

"자리를 피해서 정확하진 않지만…… 정찬양…….."

"뭐? 누구?"

멱살을 잡은 손에 힘이 빠진다. 강준은 비서를 팽개치듯 멱살을 놓으며 타이를 느슨하게 끌렀다. 후…… 후……. 꼬인 숨은 거칠게 흘러나왔다. 비서는 그대로 무릎을 꿇고 바닥에 앉았다.

"죄송합니다. 제 불찰입니다."

"……정찬양이 확실해?"

"예, 대표님."

분명 어떤 사내가 다가와 찬양의 이름을 불렀다고 설명하자 강준의 미간은 사정없이 구겨졌다. 분노를 삼키기가 어려운 듯 책상으로 걸어가 이것저것 쓸어 밀어 버렸다. 후…… 후……. 연거푸 거친 숨을 몰아쉬던 강준은 돌아서 비서를 바라보았다.

"그럼 남현주 전무도 알고 있다는 거, 아냐?"

"아마 저희 쪽 얼굴은 보지 못했을 겁니다. 워낙 어두웠고 또…….."

"그걸 지금 말이라고 해!"

다시금 비서에게 걸어간 강준은 그의 턱을 거칠게 들어 올렸다.

"확실해? 정찬양은 우리가 누군지 모른다는 거?"

"예. 확실합니다."

고개를 수그린 채 주먹을 말아 쥐고 있는 비서의 눈빛은 꽤나 덤덤했다. 하, 강준의 입가로 실소가 터진다. 자신의 손에 피를 묻히고 싶지 않아 선택한 비서는 예전, 악명 높은 조직폭력배의 일원이었다. 신분 세탁 전의 비서는 소년원을 제집 드나들듯 오고 간. 경찰서와 구치소에서 대부분의 청춘을 바친.

"저 밑바닥 쓰레기 전과자 주제에 대기업 대표실 비서로 있는 건 기적이야. 알고 있어?"

"알고 있습니다. 항상 감사히 여기고 있습니다."

"거둬 준 은혜를 잊지 말라고. 내 손에 너희 가족 몇 명의 목숨이 달렸는지 생각하고."

"예. 대표님."

거친 숨을 애써 진정시키며 강준은 비서의 어깨를 두드렸다. 마치 옷을 털어 주듯 툭툭 치던 손길로 강준은 비서를 일으켜 세웠다.

"정찬양에 대해 전부 알아 와. 남현주 전무와 무슨 관계인지 반드시 알아내."

"예, 대표님."

"다 된 밥에 재 뿌리는 걸 보고 있어야겠어? 똑바로 해."

"예. 대표님."

강준은 이를 아득 물며 갈았다. 정찬양의 얼굴을 새겨 익히며 그는 비서를 향해 나직하게 속삭였다.

"새겨 둬. 한 번만 더 실수하면 그땐 너도 가만 안 둘 테니까."

"예. 대표님."

정찬양. 처음부터 느낌이 좋지 않은, 여러모로 거슬리는 여자였다.

"그거 들었어? 정찬양인가? 그 여자 대표님이랑도 아는 사이라며?"

"진짜? 그 남현주 전무님 낙하산?"

"그래. 장례식장에 둘이 같이 나타났대. 증권가에서도 말이 많아."

"부서는 또 남지안 상무님 직속 관리 부서 아니야?"

"맞아. 대박이지?"

화장실에 모여든 여자들이 삼삼오오 찬양의 이야기를 수군거렸다.

"대체 정체가 뭐야? 누군데 빽이 그렇게 화려해?"

"모르겠어. 얼굴 좀 예쁜 거 빼면 스펙은 그다지 볼 거 없대. 답 나온 거 아냐?"

"쳇, 누군 얼굴 예뻐서 좋겠네. 예쁘면 다 되는 세상인 거야 아직도?"

"근데 일 처리는 또 얼추 잘한대. 그래서 종잡을 수가 없다고 하더라고."

타 부서 사람들은 찬양의 이야기를 쉽게 나누었다. 이례적인 인물이었으니 그럴 만도 했다.

"그런 사람 한 명이 회사 물을 얼마나 흐리는 줄 알아? 진짜 의욕이 뚝 떨어진다구."

"그러니까 말이야. 승진하려면 성형이라도 해야 하나. 진짜 자괴감 든다니까."

"에효, 가자."

수다를 떨던 여자들이 사라진다. 끼이이익, 그제야 찬양은 슬그머니 칸막이 문을 열고 나왔다. 자신의 험담을 모두 들었으니 얼굴은 화끈거리고 심장은 세차게 요동쳤다.

"대표님이랑 내가 알긴 뭘 알아. 다들 알지도 못하면서……."

휴…… 뭔 소문이 이렇게 뜬금없나. 배울 만큼 배우신 분들께서 이런 말도 안 되는 소문을 믿다니. 찬양은 해명할 길도 없는 막장 소문 앞에 한숨을 내쉬었다. 손을 씻고 화장실을 나서는데 역시나 지나가는 직원들의 시선이 좋지 않다. 도피하듯 그녀는 부서로 돌아왔다.

"찬양 씨, 이거 3시까지 해 줄 수 있을까?"

"네. 그럼요."

"고마워요. 땡큐."

동료가 활짝 웃는다. 부서 사람들이라고 소문을 모를 리 없는데 따뜻하게 대해 주니 그저 고마울 뿐이다. 무거워진 마음을 잠시 덜어 내며 찬양도 따라 웃었다. 그때였다.

"대, 대표님!"

부서에 난데없이 등장한 강준을 바라보며 직원들이 일제히 일어났다. 타 부서에서 업무 중이던 직원들도 일어섰고 찬양은 돌아섰다. 강준의 뒤로 줄줄이 비서진이 늘어졌다.

"수고 많습니다."

"아이고, 대, 대표님께서 여기까진 어떻게!"

"남 상무 공백이 길어지고 있으니, 응원차."

"으아아아이고! 가, 감사합니다! 영광입니다, 대표님!"

부장이 버선발로 뛰어나와 허리를 수그린다. 잠시 업무를 중단한 전 부서 사람들의 시선이 강준에게 쏠렸다.

"그래요. 모두 고생이 많습니다. 조만간 부서 관련 업무 평가가 있을 테니 준비 잘해 주기 바랍니다."

"네! 대표님!"

마침 회의가 있어 부서 층을 찾은 현주가 멀리서 그 모습을 포착했고, 찬양을 그윽하게 바라보는 강준을 의미심장하게 바라보았다.

"그리고 정찬양 씨, 일전에 도와준 일은 고맙게 생각하고 있습니다."

곁에 서 있던 지안은 강준의 말에 미간을 구겼다. 사방이 뚫린 사무실까지 찬양을 찾아와, 굳이 그녀 이름을 언급하는 건 무슨 조화인가?

"아…… 그저…… 저는……."

쏟아지는 시선이 버겁고 또다시 부풀어질 소문이 황당하고, 지안의 표정도 좋질 않으니 찬양은 얼버무리며 입술만 꾹 깨물었다. 이목이 집중되어 있다는 것을 모를 리 없는 강준은 입꼬리를 올렸다.

"실제로 도움이 많이 됐어요. 인사 전하고 싶어서."

아니…… 대체 뭐가 고맙다는 말씀인지……? 찬양은 도무지 이해가 되질 않는다. 그날 장례식장에서 나만 일을 도왔던 것도 아닌데?

"약속한 점심 식사, 내일 합시다."

헐……. 전 직원들의 입술이 멍하니 벌어졌다. 약속이라니, 현주 또한 그 모습을 관심 있게 지켜보았다. 의미심장한 말끝에 강준은 비서를 힐끔 돌아보았다.

"뭐 하고 서 있어?"

"네. 대표님."

비서는 들고 있던 박스를 부서 사람들 앞에 하나씩 내렸다.

"대표님께서 특별히 준비하신 선물입니다."

"맙소사, 이런…… 세상에……. 감사합니다! 대표님!"

부장이 또다시 큰 움직임으로 박스를 받았다. 아직 출시 전인 부분 마사지 기기다. 너 나 할 것 없이 직원들은 일제히 박스를 받았다.

"그럼 정찬양 씨, 우리는 내일 보죠. 따로."

찬양 앞에서 유독 한참 머물던 강준이 찬양에게 단독으로 인사를 건넨 후 사라졌다. 현주는 물끄러미 그 모습을 바라보다가 발길을 돌렸고 찬양은 눈을 부릅뜨며 숨을 삼켰다. 원래…… 대표가 직접 내려와 사원과 말도 섞고 하는 겁니까? 슬금슬금 시선들을 살피니 타 부서 직원들의 눈빛이 영 좋지 않다. 혀를 끌끌 차는 소리부터 대놓고 수군거리는 소리까지 찬양의 귓가에 들려왔다.

"찬양 씨, 신경 쓰지 마요. 우리도 신경 안 쓰니까."

마치 찬양의 마음을 읽은 것처럼 동료 직원이 무심하게 위로한다.

"우리는 찬양 씨가 누구건 누구와 연관이 있건 관심 없어요. 다만 업무 파트너니까, 업무만 신경 써 줘요."

"네……."

"지금처럼 잘해 주면 돼요. 알겠죠?"

"죄송합니다."

일이 이상하게 흘러가지만 한마디도 덧붙일 수가 없어 그냥 사과의 말을 하기로 한다.

"찬양 씨가 뭘 잘못했다고 사과를 해요. 대표님이 응원차 오셨다잖아요."

그러자 그 곁으로 승민이 다가와 말을 덧붙였다. 마치 우리가 있으니 걱정하지 말라고, 외부의 시선 같은 건 무시해도 된다고 말해 주는 것만 같다.

"찬양 씨가 와서 우리가 업무를 얼마나 덜었는데. 부서 사람들 아니면 잘 모르니까 그럴 수도 있죠. 신경 쓰지 마요."

"감사합니다……."

휴, 도대체 뭐가 뭔지 하나도 모르겠다. 말해도 믿어 줄 것 같지 않고, 이 억지스러운 상황을 뭐라고 해명해야 하는지도 감이 오질 않는다. 찬양은 머쓱함에 억지 미소를 그리며 고개를 끄덕이다 자리로 돌아갔다.

「나 어디 좀 다녀올게.」

지안은 말이 끝나기가 무섭게 사라지고 찬양은 온종일 부서에 붙어 일만 했다. 옥상에서 한 번 마주친 인연치곤 대표의 살가움이 지나쳤다. 대단히 버거웠다.

"글쎄 이유를 모르겠다니까요? 도대체 대표님이 저한테 왜 그러시는 거예요?"

힘겨운 퇴근을 마친 찬양이 지안을 붙잡고 묻는다. 강준의 돌발 행동은 이해가 되는 부분이 단 한 곳도 없다. 뭐 하나 이해가 되어야 이해를 해 볼 텐데, 억울함은 하늘 끝까지 치솟아 오른다.

"내가 뭘 도왔다고, 감사 인사를 오셔서 직접 하시냐고요. 대체."

"……."

"사람들 표정 보셨어요? 처음이라면서요? 대표님이 부서 방문하셔서 격려해 주신 거."

팔짱을 끼고 심오한 표정을 짓고 있을 뿐 소파에 앉아 있는 지안은 말이 없다. 언제부터인가 웃음과 표정이 사라진 그의 모습은 불안함으로 다가왔다. 눈길을 주지 않으면, 속이 탔다.

"대표님 직접 도와드린 거라곤 흡연 구역 안내해 드린 것밖에 없다고요. 그 인사를 받을 상황은 아니잖아요? 네?"

"……."

"아, 진짜 미치겠다. 진짜 답답하다."

이래도 저래도 지안이 말을 하지 않자 찬양은 머리를 벅벅 헝클며 짜증을 토했다. 아, 진짜. 그 대표라는 사람 정말 이상하다.

"나한테 도대체 왜 그러시는 거냐고요. 저 뭐 밉보인 거 있어요?"

대표의 알은척은 조금도 조금도 반갑지 않다. 조금도! 파리똥만큼도!

"진짜 나, 옥상에서 대표님 만난 게 다예요. 알죠? 혹시 의심하는 건 아니죠?"

진실을 알아 달라고 그를 재촉하는 건, 가장 큰 불안함 때문일 것이다. 당신이 오해할까 봐.

"뭐 말 섞은 것도 없어요. 다섯 마디? 여섯 마디?"

당신도 남들처럼 나를 오해할까 봐.

"대체 나랑 밥을 먹자는 이유도 모르겠다고요. 왜 나랑 밥을 먹어요? 그 바쁘신 분께서?"

"……."

무슨 말이라도 해 주면 좋으련만 여전히 지안은 말이 없다. 다만 날이 선 듯한 시선은 그의 기분이 저기압이라고 알려 주었다.

"온통 사람들이 나만 쳐다보는 기분이에요. 망했어요."

조용히 회사를 다니다가 용의자를 파헤쳐 보기로 한 것이 목표였는데 조용히 다니기는 개뿔. 다 틀렸다. 사람들이 자신의 얼굴만 쳐다보는 기분이었으니까.

"저 그냥 내일 월차 쓸까요? 나 지금 월차 쓸 수 있나?"

찬양은 말이 없는 그의 모습에 조급해 죽을 지경이다.

"아니면 출근해서 아프다고 할까요? 점심에 병원 가야 한다고?"

평소처럼 화라도 내 주면 좋을 텐데. 어딜 대표와 말을 섞고 있냐고, 니가 그럴 사번이냐며 혼이라도 내 주면 좋을 텐데.

"나 진짜 내일 그분이랑 밥 같이 먹다가 체할지도 모른다고요. 먹기 싫단 말예요."

……그분. 지안은 천천히 눈을 감았다가 떴다.

"그분의 의도도 모르겠고, 저한테 무슨 할 말이 있다고 하시는 건지도 모르겠고, 제가 그분이랑 무슨 말을 하겠어요……."

……그분.

"정찬양 씨."

드디어 굳게 닫혀 있던 그의 입술이 열렸다.

"정찬양 씨."

"네! 네 전무님!"

"가서 밥 먹어."

"네……?"

뜻밖의 제안에 찬양의 입술이 벌어진다. 그의 마음이, 기분이 상한 것 같아 속상함이 밀려들었다.

"밥을…… 먹으라고요……? 대표님하고요……?"

하, 찬양은 어깨를 으쓱 올렸다.

"뭐, 그래요. 먹으라면 먹어야죠. 무슨 말이라도 나누겠죠. 난 원래 아무 말 대잔치 잘하니까요."

회사의 모두와 적이 된 기분을 그는 모르고 있음이 분명했다.

"그래도 상무님이 이렇게 등을 떠밀며 권장해 주실 줄은 몰랐네요. 뭐, 어차피 저는 상무님이 깨어나시면 곧 회사도 그만둬야 하고, 그래서 별 미련은 없는데요."

대표와 모종의 연이 있고, 전무가 대신 꽂아 넣었다는 소문의 무게를.

"그래서 사람들이 절 뭐라고 부르건 솔직히 신경 쓰고 싶지도 않고요. 알겠어요. 알겠어요. 가서 비싼 밥 얻어먹고 뭘 물어보시건 충실하게 잘 대답하……."

"아무래도 대표가, 연관이 있는 것 같다."

……네? 찬양은 말을 멈추었다. 생각을 마친 듯 지안은 찬양을 바라보았다. 우뚝 말을 멈춘 찬양이 뜻을 모르겠다는 듯 지안을 멀뚱멀뚱 바라보았다.

"무슨 연관이요?"

"회사 정보 유출하고."

"정보 유출……하고 관련이 있으면……."

사, 상무님 죽이려고 한 사람이요?! 찬양은 펄쩍 뛰어올랐다.

"시기상조이긴 한데, 임 대표로 시선을 맞추면 맞아 들어가는 부분이 있긴 해."

"그, 그, 그분이 왜요?! 어째서 상무님을?!"

"뻔한 거 아니겠어. 회사를 통째로 먹을 생각이라면."

헐…… 헐……! 찬양은 소름이 돋아 팔을 비볐다. 지안은 덤덤하게 말을 이었다.

"심증뿐이니까. 이제 물증을 찾아봐야겠지."

"그분이라는 건 어떻게 확신했는데요?"

"너를 흔들어 임 대표가 이득을 볼 수 있는 건 남 전무와 네가 갈라지는 일뿐인데.".

그는 판단을 마쳤다.

"너와 남 전무가 갈라지면 임 대표가 볼 수 있는 이득이란 게, 종류가 별로 많지 않더라고."

강준은 분명 찬양을 의식했다. 그것은 곧 남 전무를 의식하고 있다는 뜻일 거다.

"회사 사람 모두 누나가 널 추천한 줄 알잖아. 임 대표도 그렇게 알고 있고. 그럼 가능한 얘기지."

"어, 어…… 그러면요…… 어떡해야 하는 거예요?"

막연하게 무슨 말인지 알긴 알겠는데 생각은 쉽게 정리가 되질 않는다. 일단 대표가 용의자인 것 같다니 뒷덜미가 서늘해진다. 찬양은 말을 더듬었다.

"어, 어떡해요? 그게 진짜면 어떡해요?"

상상도 하지 못했다. 그 강건한 인상 속에 무시무시한 야망이 숨겨져 있을 줄은.

"진짜 맞아요? 그분이 용의자인 거, 확실해요?"

"더 지켜봐야겠지. 일단 심증을 입증할 물증이 있는지 확인해야 하니까."

"애먼 분 꼬집은 건 아니고요?"

"왜 너한테 접근하겠어. 실제로 너에게 관심이 있다면 조용히 널 불렀겠지."

단순한 사내의 호기심이라면 그가 이렇게 행동하지는 않았을 것이다. 자신이 찬양을 찾아가는 일로 벌어질 나비 효과를 누구보다 잘 알고 있을 테니까. 그가 노리는 일들은 그런 것들일 것이다. 예컨대 찬양이 모두의 관심과 미움을 받게 되는 것. 남 전무의 신뢰를 받지 못하게 되는 것. 그리하여 결국 찬양 스스로 회사에서 물러나게 되는 것.

"상무님 그런데요, 지금 되게 화나신 것 같아요."

"화나."

찬양은 눈을 감았다가 떴다. 지금 그의 목소리는 너무나도 낮고 어두워서 화를 풀어 달라는, 웃어 달라는 말이 나오질 않았다.

"화가 나서, 어쩔 바를 모르겠어."

"……."

"사람이 화가 머리끝까지 나니까 오히려 침착해지네."

주먹을 쥔 그의 손에 힘줄이 퍼렇게 솟아나는 것을 바라보며 찬양은 마른침을 삼켰다. 상무님은 지금 자신에게 쏟아 낼 분노가 아니기에 참아 내리는 중일 것이다. 화를 참고 있는 그의 표정에 마음의 평화가 찾아오는 건, 대체 무슨 조화인가.

"정찬양 씨."

"네, 상무님."

후. 짧은 한숨을 내쉰 지안은 표정을 부드럽게 지었다. 지금 할 수 있는 최대한의 표정이었다.

"내일 임 대표하고 식사해. 내가 옆에 있을게."

그녀는 할 말이 없어 간신히 고개만 끄덕였다.

"걱정 말고. 다 잘될 거니까."

"저는 걱정 안 해요……."

당신만 날 믿고, 당신만 내 곁에 있으면요.

그의 시선이 부드러워지자 찬양은 그제야 미소를 지었다. 전투력이 상승하고, 지금껏 두려웠던 일들이 하나도 두렵지 않게 되었다. 그녀는 본연의 표정을 되찾으며 투정을 부리듯 입술을 열었다.

"나 지금 회사에서 소문이 어떤 줄 아세요? 대박. 낙하산 꽃뱀이에요. 세상 이런 억울함이 어디 있어요?"

"꽃은 맞는데, 뱀은 더 지켜봐야겠고."

"내일 밥 먹고 나면요, 대표님하고 엮인 소문이 앞으로도 굉장하겠어요."

"그렇다고 해도 즐기진 맙시다."

"무, 무슨! 제가 뭘 즐긴다는 말씀이세요!"

찬양이 질겁하자 지안은 그녀의 머리에 손을 올렸다. 돌발 행동에 흠칫 놀라 어깨를 좁혔던 찬양이 천천히 눈을 뜨며 그를 바라보았다. 그의 미소가 무엇을 말하는지 잘은 모르겠지만.

"아무리 생각해 봐도 그런 소문, 싫다. 그렇지?"

"네."

"참아 보려고 했는데 안 되겠네. 그냥 전사에 사실대로 알리자."

반드시 당신을 따라가겠다고,

"정찬양 뒤에, 남지안 있다고."

믿어 의심치 않게 되었다.

"정찬양은 상무 사람이라고."

⫻⫻⫻⫻

이튿날.

"대표님, 바쁘세요?"

"아, 왔어?"

대표실로 현주가 찾아오자 서류를 정리하며 강준이 일어섰다. 손짓으로 자리를 안내한 강준은 소파에 앉으며 인터폰으로 커피 두 잔을 지시했다. 이윽고 소파에 등을 기댄 강준은 미소를 지었다.

"불면증은 좀 어때. 요즘은 잠 좀 자?"

"그냥 그래요. 예전보다 조금 나아진 것 같긴 한데."

"사람이 잠을 잘 자야지. 볼 때마다 안쓰러워서 내가 참."

"걱정 마세요. 적당히 약 처방도 받고 스파도 하고 하니까요."

어색하다는 듯 손장난을 치던 현주가 공간을 두리번거리다가 대표의 책상을 응시했다. 강준은 그녀의 시선을 따라갔다.

"그런데 무슨 일 있어? 아침부터 웬일로 찾아왔어."

"아, 그게요."

……내 아버지가 앉아 계시던, 내 아버지의 아버지가 앉아 계시던, 책상.

"물어보고 싶은 게 좀 있어서요."

"나한테?"

비서가 커피를 내려놓고 퇴장하자 현주는 커피가 담긴 강준의 찻잔을 물끄러미 응시했다.

"일단 들어. 아직 커피 안 마셨지?"

"네. 잘 마실게요."

평범한 문양의 커피 잔이지만 영국 왕실에 납품되는 것으로 유명한 브랜드다. 빅토리아 시대부터 정중한 손님을 맞이하던 찻잔으로, 죽은 남 회장에게 영국 왕실이 선물한 찻잔이기도 했다.

아버지께서도 아까워 사용해 보질 못하시고 대표실 장식장에 고이 넣어 두셨던, 바로 그 찻잔을 강준이 사용하고 있다.

"이거 찻잔, 대표님이 쓰시네요."

"아아, 이거. 얼마 전에 비서가 내 전용 잔을 박살 냈지 뭐야. 마침 있어서 쓰고 있어."

강준이 대수롭지 않게 말하며 피식 웃음을 흘리자 현주는 찻잔에서 시선을 떼었다.

"물어보고 싶은 게 뭔데?"

"대표님, 오늘 정찬양 씨하고 식사하기로 하셨다고."

"점심 먹기로 했어. 그게 별일이라고 전무실 담까지 넘어 들어갔나."

현주가 찬양의 이야기를 꺼내자 강준은 별거 아니라고 손을 저었다. 이미 현주가 자신을 찾아오겠다는 연락을 넣었을 때부터 예상하고 있었다.

"일전에 도움받은 것도 있고 해서 얼굴 본 김에 얘기했지."

"정찬양 씨를 아세요?"

"당신 친구 아냐? 당신 친구잖아. 난 그렇게 알고 있는데?"

"정찬양 씨 나이가 몇인데 나하고 친구겠어요."

"의미상 그렇단 말이지. 둘이 친하다며."

강준은 다소 과장된 표정을 지었다.

"당신하고 친한 사람이면 나도 친해야지. 당신한테 상당한 도움이 되는 친구인 것 같던데."

현주는 긍정도 부정도 하지 않으며 작게 미소 그렸다.

"누구라도 당신한테 도움되는 사람이라면 엎드려 절이라도 하고 싶은 심정이라고, 나는."

"대표님의 관심이 정찬양 씨를 불편하게 만들 수 있어요. 모두의 관심이 집중되니까요."

"여러모로 관심받을 인물 맞잖아."

"그 관심이 호감은 아니죠. 대표님의 호의를 받는 직원을 다른 사람들이 어떻게 생각하겠어요."

"낙하산이라는 자체가 그런 거야. 알고 투입시킨 거 아냐?"

강준의 일침에 현주는 잠시 말을 멈췄다. 그러다가 그녀는 다시 말을 이었다.

"사실 그렇게 대단한 이유로 투입한 인물 아녜요. 그저 인력 부족을 급하게 해결하느라."

"그럼 어째서 전무실에서 정찬양을 직접 관리하고 있는 거지? 일개 사원을?"

속을 꿰뚫어 보는 것 같은 강준의 시선이 피부에 닿는다. 현주가 말을 망설이자 강준은 상체를 앞으로 수그리며 현주의 손을 잡았다.

"현주야."

……그는 살갑게 그녀를 불렀다.

"혼자 전부 끌어안고 있지 말고 나한테 기대. 나한테 말 못 할 일이 뭐가 있어, 대체."

"그런 거 아녜요. 못 할 말이라뇨."

"당신이 짊어지고 있는 고통, 다 나한테 나눠 주란 말이야. 내가 전부 안고 가겠다니까."

손등을 토닥이며, 온기를 실어 주며, 그는 아무것도 걱정하지 말라 속삭였다.

"이렇게 쉬지도 못하고 매일매일 일만 하면서 살 거야? 회사 걱정만 하면서?"

"대표님도 참……. 별걱정을 다 하세요."

"남 상무도 곧 일어날 거고 회사도 점점 안정되고 있으니까. 조금 더 회사 안정되면 당신도 좀 쉬어."

진심이라고밖에 여겨지지 않는 그의 눈빛이 고된 마음을 위로한다. 찬양을 내버려 두어도 된다는 말을 하려고 올라왔다가, 현주는 강준의 쉴 틈 없는 위로에 말을 삼키고 말았다.

"정찬양도 걱정하지 마. 내가 다 알아서 신경 쓸 테니까. 당신 신경 쓰이지 않게 내가 다 알아서 할게."

"아뇨, 대표님. 그냥 내버려 두심이……."

"당신 인맥인데 소홀히 관리하면 되겠어? 안 될 말이지. 신경 쓰지 마. 내가 다 알아서 할 테니까."

나만 믿고 따라오라고, 강준의 낮은 목소리는 대표실 높고 넓은 공간을 잔잔히 에워쌌다.

"나도 백경그룹의 대표로 죽을힘 다하고 있어. 나 믿지?"

"그럼요. 감사히 여기고 있어요. 대표님."

"당신에게 힘이 되어 줄 수 있어서 그게 제일 기쁘다."

현주는 오묘한 미소와 함께 강준이 잡고 있는 자신의 손을 슬그머니 뺐다. 현재 그는 너무나도 감사한 사람이었지만, 그가 없었다면 눈 앞이 캄캄했겠지만, 그를 마주하면 어딘가 모르게 마음이 불편한 날들의 연속이었다.

"참. 그건 그렇고 남 상무 때문에 멈춘 베트남 부품 회사 M&A도 슬슬 시작해야지. 더 멈출 수 없으니까."

"네, 대표님."

"이번 하반기도 호실적으로 마무리할 거야. 내가 반드시 그렇게 만들 거니까."

그럴 때마다 그가 외부 경영인이라는 선입견 때문에 그럴지도 모른다고, 현주는 자신을 타일렀다. 지금이 꼭 그런 때였다.

"남 전무, 나 이제 나가 봐야겠다. 시간이 다 됐네."

"식사 잘하고 오세요. 대표님."

"당신도 함께 갈래?"

강준이 자리에서 일어나며 묻자 현주는 잠시 망설였다. 그러다 빙긋 웃으며 고개를 가로저었다.

"아뇨. 다녀오세요. 대표님."

하지만 제아무리 타일러 봐도 마음은 불안하다고 자꾸만 경고해 왔다. 지금이 꼭 그런 때였다.

⚜

"정찬양 씨, 회사 옥상엔 자주 올라갑니까?"

"네? 옥상이요?"

쿨럭. 찬양은 별 영양가 없는 강준의 질문에도 기침을 하며 긴장한 태를 보였다. 찬양은 물을 삼키며 입을 닦았다. 지금 그녀의 눈앞엔 심증을 획득한 유력한 용의자께서 앉아 식사를 하고 계신다.

"그냥 가끔 답답할 때……."

"회사에 있다 보면 답답할 때가 있죠. 대표실도 숨 막히는데 부서는 오죽합니까?"

"저, 대표님. 말씀을 편안히……."

"아아. 그럴까, 그럼."

식사를 하던 강준이 부드럽게 웃는다. 작은 움직임으로 젓가락질을 하던 찬양이 흠칫 놀라 눈을 크게 깜빡였다. 언뜻 스치는 미소가 정말이지 매력적인 용의자 새끼다.

"그럼 정찬양 씨도 나를 편히 대해 주었으면 좋겠는데."

진짜지! 나중에 지나치다고 딴소리하지 마라!

"그래도 제가 대표님께 어떻게……."

"현주 동생이면 내 동생이기도 한데, 허물없이 대해도 돼. 내가 또 현주와 가족 같은 사이다 보니."

허. 지안은 코웃음을 쳤다. 이제 보니 대표도 정찬양만큼 아무 말 대잔치를 하고 있다. 누나와 가족 같은 사이라니, 지나가던 윤 비서가 다 웃겠다.

"직급 떼고 얘기하자. 편안하게. 오빠 동생도 좋고, 삼촌 조카도 좋고."

"아…… 예…… 뭐……."

"회사 일은 해 보니까 어때."

"좋습니다. 다들 잘해 주셔서."

강준이 분위기를 편안하게 만들며 친근함을 표시해 온다. 정갈하게 담겨 있는 떡갈비를 찬양의 밥그릇 부근으로 밀어 주며 많이 먹으라고 손짓했다.

"나 때문에 괜한 소문이 났지? 좀 피곤하게 생겼던데."

알면서…… 그랬다는 거냐……? 더 열받는다. 찬양은 추잡스러운 낙하산 꽃뱀이 되어 버린 소문이 떠올라 또다시 울컥했다. 대체 무슨 개소리를 이렇게 정성스럽게들 하는지, 하루 사이에 자신을 둘러싼 소문은 더욱더 무성해졌다.

"그런 거 하나하나 전부 신경 쓰지 말라고."

신경 쓰지 말라니? 그거 내 소문인데요?

"원래 인프라가 촘촘할수록 소문이 빠른 법이니까."

원래 자리가 촘촘할수록 빠르게 처맞는 법인데, 그건 모르시나? 지금 여기서 알려 드릴까? 흐…… 찬양은 할 말이 없다는 듯 눈동자만 굴려 옆의 지안을 바라보았다. 손에 뭘 자꾸 적어서 입에 넣는 시늉을 한다.

뭐 해요? 찬양이 눈으로 묻자, 참을 인(忍)을 씹어 먹고 있어. 지안이 답한다.

"찬양 씨는 만일에 부서가 해체되면 어디로 갈 거야?"

품―! 물을 삼키던 찬양이 물을 뿜으며 고개를 들었다. 강준은 자신의 옷에 튀기진 않았는지 살펴보다가 피식 웃었다.

"놀라긴. 그냥 묻는 말인데."

"해, 해, 해체되나요? 부서가 해체되는 거예요?"

"글쎄. 영업 실적에 따라 다르겠지만 얼마 뒤 있을 평가에 통과하지 못하면 해체되어야 맞겠지."

손끝만 내려다보던 지안이 고개를 들었다. 이건 또 무슨 소리인가. 자신이 꾸린 팀을 멋대로 찢어 놓겠단다.

"사실 남 상무가 공석이라 팀 운영이 힘들어. 프로젝트 팀인데 프로젝트가 멈추면 원래 부서로 돌아가야지."

"아…… 하지만……."

"박람회 관련 일정으로 다시 팀을 꾸리면 어떨까 해. 외부 전문가도 초빙하고. 지금보다 더 속도를 내면서."

이미 결론을 짓고 하는 말인 것만 같아 무슨 말을 할 수가 없다. 찬양은 생각지도 못한 강준의 이야기에 얼어붙은 듯 행동을 멈췄다. 적 잖이 놀란 건 지안도 마찬가지인지 그도 말이 없다.

"해체되면 다들 원래 부서로 각자 돌아갈 텐데, 언뜻 생각해 보니 찬양 씨는 소속 부서가 없잖아."

"저, 저요……."

「전무실로 가고 싶다고 해.」

"팀이 해체되면 전무실로……."

"그것도 좋은 생각이지. 그런데 지금 전무실은 지난달 인원 공급을 끝내서 공석이 없고."

「전무 의견 따르겠다고 해.」

"그럼…… 차후 일정은 남현주 전무의 의견을 따르는 걸로……."

"내 의견이 곧 전무 의견이지."

"……."

"또 내 의견은 사견이고."

임강준 대표를 독대해 보니 느껴지는 바가 있다. 남현주 전무와 남지안 상무와는 상반된 기운이 느껴졌다. 용의자라는 생각 때문일까, 자신감 넘치는 저 모습조차 음흉하고 비열하게 보인다.

"지금까지 한 얘기는 어디까지나 가설이니까 신경 쓰지 말고. 지금처럼 멀리서 현주 잘 챙겨 줬으면 좋겠어."

「상무실로 가겠다고 해.」

지안이 조언을 하자 찬양은 다시금 강준을 바라보았다.

"혹 그렇게 된다면…… 그럼 차라리 상무실로 보내 주시면 감사하겠습니다. 대표님."

"상무실? 지금 상무실은 업무 중단 상태인데. 그쪽으로는 힘들 것 같고."

그런데 상무실은 갑자기 왜? 강준이 의아하다는 듯 물어 온다.

「지금이야. 지금부터 연습한 대로 얘기해.」

지안은 지금이 기회라는 듯 급히 끼어들었다. 찬양은 어제 지안에게 학습받은 내용을 떠올리며 목소리에 힘을 주었다.

"사실은 제가, 또 이런 말까지는 안 드리려고 했는데."

"뭐든 편히 말해. 말했지만 지금 너하고 나, 회사 상하 관계로 식사하는 것 아니니까."

무슨 얘긴데? 강준이 눈으로 묻는다. 찬양은 어깨를 쭉 폈다.

"원래 인연이 있는 쪽은 지안이 오빠, 아니, 남지안 상무거든요."

지안을 '오빠'라고 실수처럼 언급하니 강준의 눈썹이 움직인다.

"아, 그래."

강준은 서너 초 생각하는 듯하더니 고개를 끄덕였다. 그쪽은 또 의외라는 것 같다.

"지안이 오빠, 아니, 남지안 상무……."

"편히 말해. 굳이 상무라고 하지 않아도 되니까."

상황은 예상대로 흘러간다. 찬양은 테이블 밑으로 주먹을 더욱 세게 말아 쥐었다. 지안을 가리키며 오빠라니, 오그라들어 토할 것 같다.

"상무하고는 오빠 동생 하는 사이인가?"

"뭐…… 네. 친한 오빠예요."

오빠아……♡

그녀 말끝에 하트가 들어간 것 같은 건 기분 탓인가. 허공만 멀끔멀끔 바라보고 있는 지안은 이미 두 귀가 붉다.

본문에 집중하지 못하고 '오빠' 소리에 집중하고 있는 건 사실 찬양도 지안도 별반 차이가 없다. 세상 이렇게 아름다운 단어가 없다, 지안은 만족스럽다는 듯 뿌듯한 표정을 지었고. 세상 이렇게 오글거리는 단어가 없다, 찬양은 부끄러움에 몸서리를 치며 대화를 이어 갔다.

"상무한테 친한 여동생이 있었다니. 의외의 정보네."

"캐나다에서 친해졌어요. 현주 언니랑은 그 이후에 알게 되었고요."

되, 될 대로 되라! 모르겠다! 비록 캐나다는 TV로 다녀왔지만 지안에게 안내받은 대로 이야기를 잘 꾸려 나가는 중이다. 남 전무를 '언니'라 칭하고 있다니 기함할 지경이다.

"그럼 회사에 온 목적은? 상무도 없는데 말이야."

찬양이 시원하게 털어놓으니 강준도 돌려 묻지 않는다. 기다렸다는 듯 찬양은 답했다.

"제가 입사 제안을 받은 건 지안 오빠가 사고당하기 전이었어요. 순전히 박람회 때문이었죠."

"아아."

마치 진위 여부를 가려 보겠다는 것처럼 강준은 찬양의 눈빛을 유심히 들여다보았다.

"지안 오빠와의 약속을 거절할 수 없어서 입사를 했고요. 현주 언니가 도와줬어요. 입을 다물고 있으려고 했는데, 제가 요즘 소문이 흉흉해서."

"보기보다 시원한 성격이네."

"칭찬 감사합니다."

저, 잘하고 있는 거 맞아요? 찬양이 눈으로 묻자 지안이 엄지를 치켜든다. 계속 이어 나가라는 것 같다.

"저를 관심 있게 봐 주시는 것, 감사합니다. 하지만 저는 박람회가 끝나면 퇴사를 할 거고, 그래서 대표님이 관심을 주실 만한 인물은 아닙니다."

"그래. 상무의 친구라는 거지. 현주의 친구가 아니라."

"……네."

강준은 거듭 찬양의 말을 곱씹었다. 마주 앉아 당돌하게 지안을 오빠라 칭하는 찬양이 하고 싶은 말은, 그러니까 나는 남지안의 인맥이고 곧 떠날 사람이니 신경 쓰지 말라? 남현주와는 사실상 관계 없으니 엮으려 하지 않아도 된다? 생각 끝에 강준은 태연하게 물었다.

"그럼 이선이도 알겠네?"

"네?"

이선이요? 이선? 그게 뭐요? 찬양이 힐끔 지안을 바라보자 표정이 딱딱하게 굳은 지안이 시선을 피한다.

"이선. 김이선. 이선이 몰라?"

"아아…… 뭐……."

사람 이름인 건 알겠는데 누굴 말하는 건지 모르겠다. 강준은 한참이나 어린아이를 바라보듯 찬양을 바라보았다.

이 여자, 알면 알수록 재미있는 여자였다.

"김이선. 상무하고 결혼할 여자."

"……."

"상무랑 친하다며. 설마, 몰라?"

「집에 같이 갈래? 퇴근 같이 할까?」

"……."

지안이 귀찮도록 치근덕거리지만 찬양은 입술을 꽉 깨문 채 불타는 업무 중이다.

"부장님! 이거 승인해 주세요!"

"아아. 알겠어."

"대리님! 저 아직 일지 못 받았어요!"

"지금 줄게요! 미안요!"

화르르 타오르는 분노가 그림자까지 드리우고 있다. 지안은 어…… 음…… 식은땀만 흘리며 그녀 곁을 서성였다.

"저 이만 퇴근하겠습니다!"

"어어! 잘 가라고! 잘 가!"

대표와의 식사 때 무슨 일이 있었던 걸까. 식사를 마치고 돌아온 찬양은 몹시 분노에 차 있었다. 다들 슬금슬금 찬양의 눈치만 보다가 그녀가 쌩하니 퇴근하니 숨을 푹 내쉬었다.

"대표님하고 찬양 씨, 좋은 관계는 아닌가 봐요."

"야야, 신경 끄는 게 상책이다. 나도 이만 퇴근!"

하나둘 퇴근을 시작하고 찬양은 서둘러 집으로 돌아왔다. 휘몰아치는 분노는 시간이 가면 갈수록 절정에 달했다.

"이봐, 정찬양 씨. 내가 빨래해 줄까?"

지안이 눈썹을 꿈틀거리자 세탁기 문이 열린다.

"닫아."

찬양이 낮게 말하자 지안이 세탁기 문을 도로 닫는다.

"그럼 빨래 개켜 줄까? 어때."

지안의 말이 끝나기가 무섭게 건조대에 있던 빨래들이 허공으로 둥둥 떠오른다.

"내려놔."

"네."

빨래들은 다시금 시무룩하게 건조기에 매달린다. 지안은 찬양의 눈치를 살폈다. 후……. 소파에 앉아 뇌 호흡을 하고 있는 찬양이 이번엔 발끝부터 끌어모아 올린 숨을 내뱉는다. 지안은 넋이 나간 표정으로 천장을 바라보았다. 그냥…… 오늘은…… 밖에서 잘까…….

"왜."

그녀의 질문을 시작으로 전투가 시작된다.

"왜. 대체 왜."

"응?"

"왜 말 안 했어요?"

"뭘?"

"뭐요?!"

아……. 찬양이 죽일 기세로 노려보니 지안이 말을 머뭇거렸다. 기가 차고 코가 막힌다는 표정을 지으며 찬양은 우다다다 말을 쏟아 냈다.

"결혼할 여자가 있었어? 그러면서 나보고 상무 여자를 하라고?!"

"아니, 그게."

"완전 사기꾼이네 이거? 대표 여자! 꽃뱀도 모자라 이젠 결혼 예정인 남자 내연녀 코스프레까지 하라는 거예요?!"

"그러니까, 아니, 그게."

"지금 장난쳐요? 와 나, 기가 막혀 기절하겠네! 뭐?! 결혼할 여자가 있어?! 결혼?! 결호온?!"

"진정해. 일단 내가 설명을……."

"뭔 설명! 무슨 설명! 어떤 설명!"

멀쩡한 곳 없이 그녀 온몸이 타오른다. 지안은 예사롭지 않은 찬양의 분노 앞에 난데없이 쩔쩔맸다. 임 대표…… 내가 일어나면 제일 먼저 네놈의 주둥이를…….

"대박이네. 이 아저씨 완전 대박, 초대박이네 진짜."

"……."

"배신감 쩔어. 진짜 대박 쩔어. 뭐? 상무 여자를 해? 정찬양 뒤에 남지안이 있어?!"

"어…… 미안한데 내가 상무 여자 하라고 한 적은 없는데……. 상무 사람이라고……."

"그게 그 말이죠! 여자나 사람이나!"

내가 그렇게 들었으면 그런 거지 뭔 말이 이렇게 많아요! 찬양은 눈을 더욱 크게 뜨며 지안을 흘겨보았다.

"진정해. 진정하라니까. 정찬양 씨."

"내가 지금 진정하게 생겼어요?! 나 회사 그만둘 거예요! 잠입 근무고 나발이고 다 필요 없어! 나 퇴사할 거야!"

"아니, 퇴사는 아무래도 이 와중에 좀……."

"지안 오빠 같은 소리 하고 있네. 나한테 그런 걸 왜 시켰어요?! 내 주변엔 결혼 예정인 오빠 새끼 없거든요!"

어흑…… 원통하다. 찬양은 분에 못 이기겠는지 제 가슴을 쳤다. 오만 가지 서러운 생각들이 조금씩 차오르기 시작했다. ……정말이지 아무것도 모르고, 무작정 좋아하기 시작했다.

"말했어야죠! 나한테 일찍 말했어야죠!"

알았더라면, 아마도 이런 일은 없었을 텐데. 앞뒤 없이 당신을 좋아하게 되는, 당신에게 마음을 빼앗기게 되는, 이런 일은 적어도 없지 않았을까.

"어쩌자고 말을 안 했어요! 나더러 뭘 어떡하라고!"

……억울하고 서럽고, 솟구치는 배신감을 어쩌지 못하고, 스스로가 바보 천치 등신처럼 여겨져 수치심마저 끓어올랐다.

"용서 안 할 거야……. 진짜…… 진짜 용서 안 할 거야……."

당신이 내 뒤에 있다는 말이 너무 좋아서. 상무의 사람이라던 말은 마치 당신의 여자라는 것처럼 여겨져서, 간밤 한숨도 잠을 잘 수가 없어서, 해가 뜨는 그 장면을 아름답게 기억하기로 했는데.

"썩 꺼져요. 시간이 흐르건 나발이건 평생 이렇게 살건 말건 내 앞에서 썩 꺼져요."

찬양은 붉게 타오르는 얼굴로 고개를 수그렸다. 말아 쥔 주먹은 슬며시 떨려 왔다.

"당신 인생 이제 나하고 아무 상관 없으니까, 당장 꺼져요."

"말할 필요가 없어서 안 한 거야."

찬양은 경멸하듯 그를 바라보았다.

"결혼, 안 할 거니까."

지안은 찬양의 어깨를 자신 쪽으로 돌렸다. 단단하게 붙잡고, 단단하게 일렀다.

"아버지 살아 계실 때 어른들끼리 오가던 얘기야. 잠시 오고 갔고, 이후로는 아무것도 없었어."

"……결혼할 여자라고 했잖아요! 임강준 대표님이!"

"없던 이야기는 아니지만 현재의 나하고는 관계없는 얘기고."

무겁게 매달려 있던 눈물이 투둑투둑 무릎으로 하강한다. 지금 무엇에 안도를 하는 건지, 그녀는 정신을 차리기가 힘들다.

"내가 마음 없이 결혼을 할 만한 위인은 또 아니지 않나? 결혼 안 한다니까."

입술이 덜덜 떨려 올 만큼 오만 감정이 밀려든다. 찬양은 두 눈을 꼭 감았다. 막무가내로 화를 내고 있는 자신을 애써 달래고 어르는 그의 모습이, 사실은 감사하다.

"글쎄 안 한다니까. 안 할 거라니까 그러네. 나 못 믿어? 내가 그 정도의 신뢰도 없는 사람⋯⋯."

"⋯⋯좋아해요."

툭 튀어나와 버렸다. 발끝부터 머리끝까지 가득 차 있던 그 말이, 더는 참지 못하고 흘러나왔다. 어깨를 붙잡은 그의 손에 힘이 실리는 것이 느껴지고.

"좋아하게 됐다고요. 내가 상무님을요."

터진 말처럼 눈물도 사정없이 무릎으로 떨어졌다. ⋯⋯참아 보려고 했다. 당신이 사라질 거라는 두려움, 당신은 날 잊어버리고 말 거라는 변하지 않는 사실, 당신을 홀로 가슴에 담아 보았자 이룰 수 있는 건 아무것도 없다는 현실. 알아서 묻어 보려고. 쿨하게 보내 주려고.

"이제 어쩌란 말이에요⋯⋯. 나는⋯⋯ 상무님이 이렇게 좋은데⋯⋯."

고백의 시간은 쓰고 아팠다. 무를 수 없는 시간 속에, 겨울이 다가오는 시린 계절 속에, 그녀의 말은 발자국처럼 남았다.

"좋아해요. 정말로."

그의 마음에 새겨졌다.

그녀 나이 스무 살 때, 학교 도서관에서 다시 찾아 읽은 '어린 왕자'엔 이런 글귀가 있었다.

[세상에서 가장 어려운 일이 뭔 줄 아니?]

"좋아해요."

[흠⋯⋯ 글쎄요. 돈 버는 일? 밥 먹는 일?]

"진짜로 진짜로 좋아해요. 진짜로⋯⋯ 정말로⋯⋯."

[세상에서 가장 어려운 일은 사람이 사람의 마음을 얻는 일이란다.]

"말 안 하려고 했는데⋯⋯ 소용없는 줄 아니까 그냥 나 혼자 좋아하고 말아야지⋯⋯ 했는데⋯⋯ 잘 안 돼요. 잘 안 됐어요."

스무 살의 찬양은 그게 무에 어려울까 했었다. 그게 뭐라고 세상에서 가장 어려운 일이라 말하나. 우리 아빠 엄마도, 옆집 아저씨 아줌마도, 슈퍼 아줌마도 세탁소 아저씨도 모두 자신의 사람과 함께 살아가는데. 하찮다고 생각했다. 누구나 할 수 있는 일이라 여기며 노력하지 않았다. 그땐, 그랬다.

"알아요. 곧 떠나실 분인 것도 알고, 제가 재벌 3세 분과 뭘 어쩌자는 것도 아니고요."

하지만 시간이 흐르고 조금 더 어른이 되어 보니, 그런 일은 기적이더라. 정말 기적과도 같은 일이더라.

찬양은 천천히 고개를 들었다. 적잖이 놀랐는지 말을 잃은 그의 얼굴과 눈빛이 마음을 찔러 댔다. 막상 말을 뱉고 나니 외려 침착해지는 쪽은 찬양이었고, 이제 감당과 선택은 지안의 몫으로 남았다. 마음을 감출 줄 모르는 그녀는 이득과 손해를 따지지 않고 솔직했다. 그래서 빛났고, 그래서 사랑스러웠다. 하지만.

"아닐……걸……?"

그의 대답은 충격적일 만큼 신선했다. 지안은 찬양의 어깨를 놓으며 고개를 삐걱삐걱 돌렸다. 뒤통수엔 식은땀이 흥건하고 열이 올랐다.

"뭐가 아녜요?"

찬양은 눈물이 쑥 들어간 얼굴로 입을 멍하니 벌렸다. 하…… 차이는 방법도 정말 가지가지다.

"아닐걸……? 다시 한번 잘 생각해 봐."

"그러니까 뭐를요."

지안은 그녀의 시선을 피하며 쩔쩔맸다. 고백하고 나니 눈에 보이는 게 없는지 그녀는 더욱 저돌적인 시선으로 다가왔다. 당황하는 일이 좀처럼 없는 그였지만 지금 지안은 두뇌 회전이 멈춰 버렸다. 랜섬웨어에 걸려든 것처럼.

"아니, 내 마음이 그렇다는데 뭐가 아니냐는 거냐고요."

"아…… 나 병원 좀 다녀올게."

지안이 자리를 피하듯 일어서자.

"앉아."

그녀가 명령한다.

"네."

지안은 다시 앉으며 손부채질을 했다. 좀처럼 찬양과 시선을 맞출 수가 없어 애먼 곳만 바라보았다. 찬양은 눈에 힘을 주며 지안의 턱을 붙잡고 홱 돌렸다. 그러자 이번엔 눈동자만 굴리며 시선을 피한다.

"좋아한다고요. 귀 막혔어요?"

"그러니까 글쎄 어, 그게, 아닐 거라니까."

"아뇨. 확실히 좋아하는데요. 상무님을요."

"어…… 뭐…… 그래. 그럴 수도 있지. 있는데."

지금 고백하는 상황 맞나. 주입식 교육을 하는 것처럼 상황이 영 께름칙하다. 찬양은 불만이 가득 쌓인 표정으로 지안의 턱을 두어 번 흔들었다. 그제야 지안이 자신을 바라본다.

"겁이 좀 많으신가 봐요? 아니면 제가 그렇게 싫어요?"

"답안지가 왜 두 개뿐이야. 사지선다 정돈 만들어 줘."

"아, 진짜! 지금 좋다고 고백했는데 이런 식으로 사람 민망하게 만들 거예요?!"

"지금 상황을 봐라. 누가 더 민망한지."

엉성하게 어깨를 빼고 그녀에게 턱만 내어 준 지안이 웅얼거린다. 팍씨, 입이라도 맞출까 보다. 찬양은 지안에게 중얼거리며 매섭게 바라보았다.

"누가 저 좋아해 달라고 했어요? 그런 거 아니잖아요."

"아니, 사실 내가 누구 말을 듣는 사람은 아니라서."

"미안한데 나는 정찬양 씨에게 줄 마음이 없어. 또 이러시려고?!"

그럴 리가 있겠나. 이미 온통 다 가져가 놓고. 지안은 힐끔 찬양의 표정을 살폈다. 자신을 봐 주지 않아 잔뜩 화가 난 찬양의 표정은 정말이지 너무나도 사랑스러웠다.

"상무님한테 결혼할 여자가 있는 것도 아니라면서요."

"그 여자와 결혼을 안 한다고 했지, 내가……."

"저랑 한다고도 안 하셨죠. 알아요, 저도."

하지만 네가 아니면 누구와도 사랑하고 싶지 않다고.

"상무님은 손해 볼 거 없잖아요. 어차피 눈뜨면 아무 생각도 안 날 텐데."

대체, 어떻게 들려줄 수 있을까.

"좋아요. 오늘은 여기까지만 해요. 나도 진이 다 빠져서."

내가 대체, 너를 어떡하면 좋단 말이냐.

"휴, 차라리 속은 시원하네요. 마음에 뭘 담아 두는 성격이 아니라서. 미안해요."

마음만큼 그녀의 고백을 반길 수가 없다. 지안은 손을 내리며 고개를 숙이는 찬양을 바라보다가, 손끝을 움찔거렸다. 당장이라도 기쁘다 말하고 싶은 마음. 네 목덜미를 가볍게 움켜쥐고 입술을 맞대고픈 마음.

"이 상황에 어울리는 말인지는 모르겠는데, 힘내."

"……고맙군요. 아주 몹시."

나는 참을 수 있어. 하지만 너는 이렇게 살면 안 돼. 너는, 나처럼 살면 안 돼.

"나 병원 좀 다녀올게. 쉬어."

지안이 일어서자 찬양은 헛웃음을 토했다. 도망치는 그가 비겁하게 느껴졌으나 한편으로는 그의 마음도 이해가 되었다.

"나, 내일도 고백할 거예요."

사라지려던 그가 멈칫한다. 찬양은 잘 다녀오라며 손을 흔들었다.

"내일도 모레도 내내 고백할 거예요. 상무님이 내 곁에서 사라지는 그날까지."

……끝까지 좋아하기로 결심했다. 사라지는 당신의 뒷모습마저, 좋아졌으니까.

"매일매일 고백하며 기도할 거예요."

포기가 되지 않을 거란 걸. 나는 느껴 버렸으니까.

문득 그녀는 '어린 왕자'의 마지막 글귀를 떠올렸다.

[그 바람 같은 마음이 머물게 한다는 건……]

"상무님이 나, 잊지 말라고."

[정말 어려운 거란다.]

「허허허. 당황했겠구만. 당황했겠어.」

작은 플라스틱 소주 컵에 소주를 쪼르륵 따라 주며 귀신 황 씨는 지안을 위로했다. 병원으로 날아와 자신의 몸을 바라보며 한숨을 푹푹 내쉬고 있자니, 황 씨가 지안을 찾아왔다. 병원만 오면 황 씨는 귀신같이 지안을 찾아온다. 뭐, 귀신이니 귀신같이 찾아오겠지만.

「쭉쭉 들이켜라고. 이럴 땐 소주가 제격이지.」

「그럼 한 잔만 하겠습니다. 어르신.」

지안은 고개를 옆으로 돌리며 술을 삼켰다. 반병쯤 남은 소주는 먹어도 먹어도 줄지 않는, 마치 오병이어(五餅二魚) 같다.

지안은 어디에도 털어놓을 수 없는 이런저런 이야기를 황 씨에게 털어놓았다. 노인은 간간이 웃음만 터트릴 뿐 그의 이야기를 끊지 않고 끝까지 잘 들어 주었다.

「본디 그렇게 마음 숨길 줄을 몰라. 전부터 사람 여럿 당황시켰지.」

「그 아이를 잘 아십니까?」

「알다마다. 아주 잘 알지.」

황 씨는 빈 술잔에 다시 술을 채웠고 지안은 의아하다는 듯 노인을 바라보았다.

「혹 여쭤봐도 되겠습니까? 무슨 관계인지.」

「관계는 무슨 관계. 그냥 사람 인생 들여다보는 눈이 생겨 그렇지.」

죽고 나니 그런 능력이 생기더란다. 사람을 보면 사람의 인생이 들여다보이더라고.

「그럼 좀 알려 주십시오. 제가 어떻게 해야 하는지.」

「사람 참, 내가 전에도 말했잖아. 우리는 사람 인생에 껴들고 이런 짓 안 한다니까.」

「저는 사람이 아니질 않습니까.」

「귀신도 아니잖아.」

홀짝 술을 마신 황 씨는 꿀물을 삼켜 낸 듯 무척이나 달짝지근하다는 표정을 지었다.

「제 앞가림도 못 하는 인물이었어? 실망인데.」

「그게 아니라…….」

「알지. 누군들 쉽게 판단하겠나? 한 사람 인생이 걸린 문제인데.」

병원 앞은 산책을 나온 환자들이 오고 간다. 황 씨는 그 모습을 물끄러미 바라보았다.

「밀어낼 거면 확실하게 밀어내야지. 미적지근하게 행동하면 오히려 그 아이에게 독이 될 수 있다고.」

「생각처럼 쉽지 않습니다. 마음을 숨기는 것도 한계가 있고…….」

「장차 큰일 할 사람이 그렇게 물러 터져서 어쩐다?」

「저도 제가 이런 사람인 줄 몰랐습니다.」

허심탄회하게 털어놓자 황 씨가 또다시 웃음을 터트린다. 청춘의 연애사는 언제 어디서 들어도 간지러웠다.

「그렇게 좋아? 다 참게 할 만큼?」

황 씨가 다시금 술을 따르며 묻자 지안은 망설임 없이 고개를 끄덕였다. 좋아한다는 고백 앞에 도망을 치고 말았다. 마음이 내키는 대로, 충동적인 결심 앞에 끌어안을까 봐. 너의 내일 같은 건 아무래도 좋다고, 당장의 마음만 귀히 여기며 네 마음을 받아 들까 봐.

「술은 좋아해?」

「좋아하는 편은 아닙니다.」

「심심한 사람이네. 매 일만 하며 살았어?」

「뭐, 어쩌다 보니.」

「세상으로 돌아가면 또 일만 하며 살겠네?」

지안은 말을 아꼈다. 돌아가면 해야 할 일들이 너무나도 많았으니까. 기업의 브랜드 가치를 더욱 올려야 하고 세계 시장 속 눈부신 발전을 이끌어야 했다. 도태되지 않기 위해 뼈를 깎는 노력을 이어 가야 했고, 그러니 시간적 여유 같은 건 아마도 없을 것이라.

……살아온 대로, 살아갈 것이다.

「술이나 마시고 털어 버려. 어차피 끝은 정해져 있는데, 고민해 봐야 다른 답이 나오겠어?」

노인의 현실적인 조언 앞에 아니라는 말은 떨어지지 않는다. 지안은 찰랑거리는 술잔을 내려다보았다.

「사람이 말이오, 얼마나 간사하냐면 머리하고 마음이 따로 놀아. 이 작은 몸뚱이도 내 뜻대로 안 되더라 말이지.」

「…….」

「그래서 항시 고민이라는 것이 생겨. 놀고 싶은데 일은 해야겠고, 쉬고 싶은데 쉴 수 없고, 사랑하고 싶은데 할 수 없고.」

뭐 어쩌겠소. 신이 애초에 인간을 그리 만든 것을. 노인은 중얼거리며 산책 중인 환자들을 지그시 바라보았다.

「그런데 항상 머리가 마음을 못 이기더라고. 이긴 척 살아갈 뿐, 머리를 따라 살면 꼭 후회가 남더라 말이오.」

지안은 노인의 시선을 따라 옮겼다. 가을이 저물어 가는 병원의 풍경, 그 지극히 일상적인 풍경 앞에 노인의 말은 떠오르고 사라졌다.

「이긴 척 살아가소. 머리가 시키는 대로. 편하긴 할 거요. 머리는 손해 보는 장사 안 하려고 드니까.」

그만 마실 요량인지 노인은 소주를 들고 일어섰다.

「하지만 사는 내내 껄끄러울 거요. 뭘 잊고 사는 것처럼 가슴이 답답하기도 하겠지.」

지안은 노인의 말을 듣고만 있다. 어쩌다가 우리는 이런 삶 앞에 놓인 걸까. 참담한 심정은 이루 다 말할 수가 없다.

「달게 받아야지. 그건 지금 그 아이의 마음을 밟고 가는 벌이라 생각하고. 하기야, 그 아이에게 남은 시간들을 생각하면 그 정도는 벌도 아니겠지만.」

「……..」

「그럼 나 먼저 가리다.」

천천히 지안은 고개를 들었다.

「벌써 가십니까?」

「아내가 기다릴 거요. 슬슬 가 봐야지.」

노인이 걸음을 재촉하자 지안은 엉거주춤 일어나 노인을 배웅했다. 스르륵 앞으로 나아가던 노인은 멈춰 서며 다시 지안을 바라보았다. 말벗을 해 줘 고마운 까닭일까. 노인은 사라지기 전 한두 마디 말을 보탰다. 인자한 웃음은 주름살에 녹아든다.

「머리는 스트레스를 받지만 마음은 상처를 받아. 스트레스야 풀면 그만이지만 상처는 낫는 시간이 필요하거든.」

표정은 그가 어떤 인생을 살아왔는지 잘 보여 주었다.

「뭘 먼저 보듬어야 하는지 잘 생각해 보오. 쉽게 낫지 못하는 쪽을 생각하다 보면 사는 데 조금은 도움이 되겠지.」

지안은 또다시 고개를 수그렸다. 네 귀한 마음을 받아 들고, 어쩔 바를 몰라 땅만 바라본다. 이도 저도 못 하는 사랑 참, 서러웠다.

쾅쾅—! 잠이 들었던 찬양은 방문을 두드리는 소리에 눈을 떴다.

"누, 누구세요?"

쾅쾅쾅—! 문이 부서질 듯 들려오는 소리에 놀란 찬양이 상체를 세우며 일어섰다. 방문을 잠근 것도 아닌데 노크 수준이 폭파 수준이다.

"난데, 문 좀 열어 봐."

힘 조절에 실패한 상무님이다. 벌떡 일어난 찬양이 후다닥 달려가 문을 열었다. 오늘 안 올 줄 알았더니 생각보다 일찍 돌아왔다.

"뭐예요. 병원에서 아침에 오시는 거 아니었어요?"

문을 열자 휘청거리는 지안이 서 있다. 찬양은 눈을 커다랗게 떴다.

"수, 술 마셨어요?"

알코올 냄새가 훅, 풍겨 온다. 거추장스러웠는지 타이를 오만 곳으로 끌러 헤집어 놓은 채 그는 풀린 눈빛을 하고 있다.

"뭐야. 진짜 술 마셨어요?"

어디서? 누구랑? 설마 혼자?!

"지금 내가 고백했다고 술 마셨어요? 좋아한다고 했다고?"

헐…… 아니 상무야…… 그게 그렇게 충격이더냐……? 맨정신으로는 이 세상 못 살아가겠던……?

"아, 똑바로 좀 서 봐요! 내가 다 멀미 나네!"

지안이 자꾸만 휘청거리자 찬양은 그의 팔을 붙잡았다. 새벽 2시 술에 잔뜩 취해 들어온 남편을 타박하듯 찬양은 잔소리를 늘어놓았다.

"대체 어디서 누구랑 이렇게 술을 먹었어요? 술 안 좋아한다며? 지금 막 술 마시고 돌아다닐 때가 아니지 않나? 나더러 맨날 술 먹는다고 뭐라고 하……."

"너, 여기 좀 앉아 봐."

"여길 어떻게 앉아요!"

문지방에 털썩 주저앉더니 따라 앉으란다. 찬양은 기가 막힌 표정으로 지안을 내려다보았다. 술로 가득 찬 속이 감당 안 되는지 연거푸 긴 숨을 불어 내쉰다. 내가 이 사람을 괴롭게 만들었나 싶어 찬양은 눈을 천천히 감았다가 떴다. 문지방에 기대앉은 지안을 따라 찬양은 무릎을 구부리며 앉았다.

"상무님 내가 좋아한다고 말해서, 속상했어요?"

"속상하지."

"속 많이 상했어요?"

"속 많이 상하지."

"내가, 상무님 속 많이 상하게 했나 보다. 그렇죠."

찬양은 안쓰러운 눈빛으로 지안의 헝클어진 머리를 쓸어 넘겼다. 이렇게까지 흐트러진 모습은 다시 볼 수 있을까 싶을 정도다.

"왜 이렇게 많이 마셨어요."

"그냥, 어쩌다 보니."

후…… 후…… 긴 숨을 불어 내쉬는 그의 표정은 불편해 보였다. 그 모습을 물끄러미 바라보다 찬양은 입술을 열었다.

"오해하지 말아요. 나 상무님 여자 시켜 달라는 거, 아니니까."

나의 고백이 당신을 이렇게 만들었군요.

"그냥 내 감정을 말한 것뿐이에요. 졸리고 피곤하고 배가 고픈 것처럼, 그냥 지금은 상무님을 좋아한다고."

나의 마음이 당신을 힘들게 만들었나 봐요.

"따라서 좋아해 달란 것도 아니고, 상무님 여자 하겠다고 떼쓰는 것도 아니니까 걱정 마요."

후…… 후……. 그는 자꾸만 깊은 숨을 내쉬었다. 그녀의 말이 벅찬 건지 취한 술이 버거운 건지 알 수가 없다. 찬양은 물이라도 가져다줄 요량으로 일어섰다.

"가지 마."

그가 손목을 붙잡는다.

"기다려 봐요. 찬물이라도 좀 가져다드릴……."

"가지 말고 여기 앉아 봐. 할 얘기가 있어."

끌어당기듯 그가 힘을 주니 찬양은 다시 주저앉았다. 눈을 감고 숨을 깊게 내쉬는 그가 무슨 생각을 하고 있는 건지 감도 오질 않았다.

"그거 알아? 귀신들도 술 마시는 거."

"아. 정말요?"

앉아 보라 하더니 난데없는 이야기를 꺼낸다. 지안은 어처구니가 없다는 듯 피식, 헛웃음을 토했다.

노인 황 씨가 사라지고 한참이나 그곳에 머물렀다. 생각은 정리가 되질 않고 마음은 갈수록 시려 오고. 그때, 일전에 본 적 있던 주정뱅이 귀신이 다가왔다.

"다들 말술이야. 귀신들은 술도 안 취하나 봐."

"그럼 혼자 이렇게 취한 거예요? 다들 멀쩡한데?"

"알코올 중독 귀신이 있는데 그 귀신 빼고는 전부 주량이 만렙이더라고."

술판이 벌어지자 삼삼오오 귀신들이 모여들었고 그는 귀신들 틈바구니에 끼어 시간을 보냈다. 한 잔만 더 하겠다는 것이, 붙잡혀 술을 퍼붓고 말았다.

"상무님 술 안 마시는 이유가 있었네요. 이렇게 엉망진창이 되는구나."

"너만 하겠냐."

"나보다 심한데요, 지금."

스스로가 생각해도 웃긴지 자꾸만 피식거리며 숨 같은 웃음을 뱉는다. 찬양은 어쩐지 그의 모습이 애처로워 안쓰러운 시선으로 그를 바라보았다.

그렇게 얼마나 지났을까. 내내 눈을 감고 있던 그가 갑자기 눈을 뜨며 바라보았다.

"정찬양."

"……."

"정찬양. 정찬양 씨."

"네. 상무님."

그녀가 답하자 지안은 그녀의 손을 끌었다. 꼭 붙잡고 단단히 옭아매듯 힘을 주며, 그녀를 가까운 간격에서 바라보았다. 숨이 벅찬 듯 가슴이 크게 부풀었다가 내려가는 그의 호흡은 가빴다. 지금 그녀의 심정이란 게, 그의 말이라면 무엇이든 들어주고 싶었다.

"너는 나, 좋아하지 마라."

눈빛은 마구잡이로 흔들리는데 단호한 목소리는 취기가 아니라고 알려 준다. 찬양은 입술을 꾹 깨물었다.

"너는 나 좋아하지 마. 안 돼, 어쩌려고 그래."

아주 낮고, 그래서 아래로 퍼지는 그의 목소리엔 애원이 담겨 있다. 마음을 참아 누르듯 그는 그녀의 손을 더욱 세게 잡았다.

"어쩌려고 그래. 너 어쩌려고. 어쩌려고 그래. 응?"

"좋은데 어떡해요……. 안 참아지는데……."

찬양이 고개를 가로젓자 지안은 느리게 눈을 감았다가 떴다. 너의 단호한 마음은 눈물이 날 만큼 감사하다가도. 내게서 도망치지 않겠다니 심장이 쪼개질 만큼 기쁘다가도.

아니지. 이러면 안 되지.

"나 떠나면, 그땐 어떡할래."

"그걸 왜 상무님이 걱정해요. 내가 알아서 할 일인데."

지금 네 마음이 아픈 건 아무것도 아닐 거야. 훗날 네가 보내야 할 시간에 비하면 우리의 지금은 아무것도 아닐 거라고.

"안 돼. 내가 그 꼴을 어떻게 봐."

"다 잊을 거잖아. 뭘 봐요. 내가 어떻게 살든 그걸 왜 상무님이 걱……."

"나 좋아하지 마. 그냥 참아."

핏발 선 그의 두 눈가에 그녀가 담긴다. 너를 두고 떠날 남자는 그 마음을 감히 받을 용기가 없다. 온갖 곳으로 터져 나온 사랑을 숨길 수 없다 해도 서로 모른 척하며 지내보자고. 모른 척 지내다 보면 모르게 되는 날도 오지 않을까. 좋아하지 않는 척 지내다 보면 그렇게 되는 날이 올 수도 있지 않을까.

"참아 줘. 부탁해."

지안은 찬양의 얼굴을 쓸어내렸다. 다시는 이 얼굴 어루만지지 않겠다는 다짐이 들어 있는 손길이다. 올망졸망한 두 눈, 보드라운 두 볼, 가지고 싶은 입술, 나를 피하지 않는 네 마음까지, 오늘을 끝으로 가슴에 담아 두지 않겠다고.

"좋아하지 마. 마음 접어. 그냥, 접어."

바닥으로 가라앉은 그의 음성은 발끝부터 차올라 그녀 몸을 점점 저리게 했다. 찬양은 심장 부근에 통증이 일어 눈을 깜빡였다.

마음을 거두어 달라는 그의 거절은 빈틈없이 신랄했다. 나는 너를 좋아하지 않는다는 말보다, 너는 나의 여자가 될 수 없다는 선언보다 더욱 완벽했고, 그래서 할 말을 잃게 만드는 거절이었다. 파고들 허점도 고집부리며 버텨 볼 의지도 없게 했다.

"앞으로 한 달 남았어. 한 달만 버텨 봐."

툭, 그의 손이 바닥으로 떨어진다. 찬양은 마른 주먹을 말아 쥔 그의 주먹을 내려다보았다.

"나도 참고 있으니까."

그의 손은 갈 곳을 잃은 채 떨려 왔고 그래서 더욱 가슴이 아팠다.

"너도 참아."

이런 거지 같은 순간에도, 그의 시간은 하염없이 흘러갔다.

"부탁해. 정찬양."

✦✦✦✦✦✦

회사는 여러 가지 일들로 어수선하고 분위기는 흉흉했다. 연이어 벌어지는 수뇌부의 사고로 괴담 수준의 각종 루머가 산처럼 쌓여 갔다. 그럴 때일수록 직원들은 각자의 업무에 더욱 몰입했다.

시간은 침착하게 흘러갔으며 어느덧 찬양과 지안의 석 달도 한 달이 채 남지 않았다. 마음이 어떻건 사정이 어떻건 간에 아침은 어김없이 그녀를 회사로 인도했다.

"저, 상무님! 상무님!"

찬양은 출근 준비를 하며 방에 있다가 후다닥 튀어나와 숨이 넘어갈 듯 지안을 찾았다. 깜짝 놀란 지안이 찬양의 곁에 섰다.

"뭐야, 어디 다쳤어? 무슨 일이야! 왜 그래!"

"상무님! 흐어어, 상무님!"

"왜왜! 나 여기 있어! 왜!"

"좋아해요."

"……"

약속대로, 찬양은 매일매일 그에게 자신의 마음을 고백했다. 틈만 나면 그에게 다가가 좋아하노라 당당하게 말했다.

"진짜로 좋아해요. 상무님을요."

"이게 진짜."

"좋아해요. 매일매일 마음이 더 커져요."

"아니…… 내 설명이…… 그렇게 어려웠어……?"

"상무님 좋아하지 말란 말이요? 아뇨? 이해하기 쉬웠어요. 머리에 쏙쏙 들어왔어요."

"그럼 지금 말 안 듣겠다고 시위하냐……?"

"좋아해요. 어제보다 더 좋아할 크기가 있었나 봐요. 저도 신기해요."

찬양이 노래를 부르듯 좋아한다고 말하자 지안은 휘청거렸다. 자지러지는 목소리로 자신을 부르기에 무슨 일이 생긴 줄 알고 놀라 달려갔더니.

"장난도 정도껏 쳐야지. 너, 귀신 같은 사람 놀리면 어떻게 되는 줄 알……."

"저 이제 나가 봐야 해요. 오늘은 제가 먼저 나가 볼게요. 일이 좀 바빠서요."

이, 이젠 말도 잘라먹는다! 지안은 죽어라 말도 안 듣는 찬양을 허탈하게 바라보았다.

"상무님도 멍하니 있지 말고 증거라도 좀 잡아 와요. 나라면 뭐라도 벌써 잡아 왔겠네. 저는 그럼 잘 다녀올게요."

으름장을 놓고 눈에 힘을 줘 봐도 소용없다. 하, 도저히 할 말이 없어 지안은 어서 나가 보라며 팔을 휘저었다. 씩씩하기가 이루 말할 수 없는 그녀는 준비를 다 끝마쳤다는 듯 지안의 팔을 툭툭 쳤다.

"상무님. 오늘도 찬양이 마음 잘 들고 다니세요. 굉장히 크고 무거울 테니까요."

"그 마음 받아 든 적 없으니까 신경 꺼."

"어어? 여기 있는데? 내 눈엔 보이는데?"

장난치듯 찬양이 지안의 가슴을 쿡쿡 찌르자 놀라 눈을 크게 뜨며 지안이 두 손으로 가슴을 가렸다.

"어, 어딜 찔러! 이게 겁도 없이!"

"왜요? 제가 상무님 가슴 찌르면 무서운 일이 벌어져요?"

"그걸 말이라고! 여긴 대단히 예민하고 위험한 곳이라고! 조심해 줘!"

"난 위험해지고 싶은데."

"너…… 대체 왜 이렇게 무서워졌냐……."

애가 결국 노선을 확실하게 정했나 봐. 지안이 두어 걸음 뒤로 걷자 찬양은 입술을 꾹 깨물며 웃음을 참았다. 흐응, 귀여워. 그녀는 머리 위로 녹색등을 팡—! 켰다가 깔끔하게 껐다. 출근을 서둘러야 하니 마음껏 음흉할 시간도 없다.

"아무튼 저는 이만 갈게요!"

찬양이 손을 흔들며 현관을 나선다.

"잠깐만!"

신발을 찾아 신는데 지안이 부른다. 찬양은 고개를 들며 허리를 세웠다.

"날씨 추워. 복장이 그게 뭐냐?"

그의 말이 끝나기가 무섭게 침대에 놓아두었던 스카프가 나풀거리며 날아온다.

"하고 가. 감기 걸려서 제약 회사니 병원이니 VIP 하지 말고."

지안의 말이 끝나기가 무섭게 찬양은 스카프를 집어 들었다. 씩씩하게 목에 칭칭 감더니 활짝 웃는다.

"상무님이 나 챙겨 주실까 싶어서 그냥 두고 나와 봤어요. 그럼 다녀올게요!"

문이 쾅 닫힌다. 지안은 농락당했다는 생각에 또다시 비틀거렸다.

"아…… 행동을 예측당하고 있어……. 아아……."

우당탕탕 계단을 내려가는 소리를 들으며 지안은 부리나케 베란다로 나갔다.

"걸어가! 뛰지 말고!"

"걱정해 줄 거 알고 있었지롱! 안녕! 안녕!"

잔소리를 늘어놓자 찬양이 올려다보며 손을 흔들곤 사라진다.

아아…… 점점 더 농락당하고 있어……. 지안은 절망적이라는 듯 창문턱에 머리를 기댔다. 날이 갈수록 더욱 대범해지는 그녀의 고백 스킬에 정신을 차리기가 힘이 들 지경이니. 그녀는 생각보다 더욱 씩씩했고 겁이 없었고 표현에 자유로웠다. 한발 물러날 줄 알았는데, 그녀는 매일매일 조금 더 가깝게 다가오는 것이다. 하물며 남겨질 여자도 저렇게 겁 없이 사랑하는데. 사라질 주제에 잔뜩 겁을 먹고 도망치는 꼴이라니.

"에효, 나는 네 마음을 받을 자격이 없다. 자격이."

정찬양의 사랑을 받을 만큼 대단한 사내인가 생각해 보면, 앞날의 걱정만 태산처럼 쌓아 놓고 시름에 잠긴 궁상맞은 자신의 모습이, 아니라는 답을 주었다.

"오늘도 좋아한다니, 감개가 무량하긴 하네."

휴, 지안은 고개를 절레절레 저으며 소파로 돌아왔다. 이윽고 손볼 틈 없이 완벽한 슈트를 털어 내듯 툭툭 치며 출근을 준비했다. 오늘은 이곳저곳 돌아볼 장소가 많았다. 임 대표 주위를 틈날 때마다 배회했지만 그에게서 다른 단서를 찾기란 상당히 어려웠다. 그렇다고 포기할 수 있겠나.

그는 잠시 후 홀연히 사라졌다. 그녀를 위해서라도 빨리 증거를 잡아야만 했다.

"치사하게. 그렇다고 정말 한 번을 안 받아 주냐."

지하철을 타고 가면서 찬양은 꿍얼거렸다. 벌써 그에게 고백한 횟수가 스무 번이 넘는다.

'좋아해요. 상무님.'

푸슈슈슉…… 처음에는 좋아한다고 말하면 눈앞에서 연기처럼 사라지더라.

'상무님. 오늘도 상무님을 좋아하는 상쾌한 아침!'

'회사에서 봐.'

다음엔 좋아한다고 말하면 아예 콱 씹어 버린 채 다른 말을 하더라. 회사에서 뜬금없이 중얼거리면 좋아한다고 고백하면 한숨을 내쉬며 총총총 사라지고. 갑자기 더 좋아요. 자기 전에 인사하면 먼 산을 바라보는 시선으로 안 들리는 척을 하더라.

"이런 꽐시에 무너질 정찬양이 아니지. 그럼, 그럼."

찬양은 중얼거리며 마음을 다잡았다. 살면서 이런 거지 같은 짝사랑을 하게 될 거라고 생각해 본 적은 한 번도 없었지만!

"나도 왕년엔 인기 좀 많았다고요. 알지도 못하면서. 쳇."

대한민국 팔도강산 통틀어 이런 짝사랑이 나 하나만의 이야기는 아닐 거라고, 그녀는 스스로를 무한히 위로했다. 물론 귀신 같은 남자를 좋아하는 경우는 극히 드물겠지만. 포기하지 마! 정찬양! 백 번 찍어도 안 넘어오면 그 옆자리 뿌리 깊은 나무가 되리!

"에효, 그래도 기운 빠지는 건 어쩔 수 없네."

남들에게 들리지 않을 정도로 작게 중얼거리며 찬양은 휴대폰 게임을 시작했다. 그가 자신의 마음을 받아 주지 않는 이유가 너무나도 명확해서, 그리고 그 이유는 슬프게도 너무나 이해가 되어, 마음을 받아 주지 않는다 하여 그를 원망할 수는 없는 일이었다.

— 이번에 정차할 역은……

"으. 벌써 다 왔네."

찬양은 휴대폰 게임을 마무리하며 내릴 준비를 했다. 서글픈 짝사랑은 짝사랑이요, 오늘도 모든 힘을 끌어모아 일을 해야 했다. 목적이 다른 곳에 있다 하여 허투루 일을 할 수는 없었다. 사랑도 일도 죽을 힘을 다해 모든 것을 쏟아붓고 싶었다. 어차피, 처음부터 내 것이 아니라고 해도.

"그럼 부서가 해체될 수도 있다는 말이에요?"

"네. 충분히 가능한 일이죠."

헐. 맙소사. 진짜였네. 승민의 말에 놀란 찬양이 입술을 멍하니 벌렸다. 그제야 팀이 해체될 수도 있다던 대표의 이야기가 떠올랐다.

오늘은 부서 실적 발표 날이다. 프로젝트 팀이었던 만큼 부서의 존폐 위기가 달린 일이기도 했다. 부장은 오전 내내 영혼이 털린 얼굴로 자리했고, 부서원들은 평소와 달리 예민했다. 탕비실에 앉은 승민과 찬양은 목소리를 낮춘 채 대화를 이어 갔다.

"사실 우리 팀이 상무님 부재로 수동적이긴 했죠. 최초 목표에 절반도 도달하지 못했어요."

"하지만 대리님, 그게 우리 팀원의 문제는 아니잖아요."

"그렇다고 해도 실적이란 건 서류로 평가받는 일이니까. 모든 팀은 실적 앞에 평등해야 하거든요."

휴. 승민의 말을 들으며 찬양은 커피를 홀짝 삼켰다. 모두가 열심히 매달렸지만 눈에 보이는 성과라는 게 크지 않았다. '다정한 연인'에 관한 몇 가지 제안을 내놓았고, 박람회 부스에서 틀어 놓을 영상을 기획하는 일도 처리했지만 성과란 미비했다.

"이번에 기획한 영상도 통과하지 못했어요. 감성적 접근에 미흡하다고."

"안 그래도 봤어요. 다시 해야 한다면서요."

"다시 할 수 있는 기회나 줄까 모르겠네요."

포기한 듯 승민은 기지개를 켰다. 찬양은 멍한 표정으로 승민을 바라보다가 턱을 괴었다.

"그럼 해체되면 대리님은 원래 부서로 가는 거예요?"

"그러겠죠? 다들 원부서로 돌아가겠죠."

"그렇구나."

아쉽다. 모두 좋은 분들이었는데. 찬양은 승민의 분위기로 팀의 해체를 어느 정도 예감했다. 승민은 그런 찬양을 바라보다가 물었다.

"찬양 씨는 그럼 어디로……."

"……사실은 잘 모르겠어요."

예고된 근무 일수는 남았는데 어디로 다시 투입되기엔 애매한 일수다. 다음 행보를 예측할 수가 없어 찬양은 애꿎은 커피만 삼켰다.

"여기서 뭐 해. 빨리 나와."

그때였다. 탕비실 문이 열리며 직원이 두 사람을 찾으러 왔다.

"어디 가요?"

"회의실에서 호출. 빨리 따라와!"

"아…… 네!"

무슨 일일까, 찬양과 승민은 벌떡 일어났고 무리에 끼어 이동했다. 직원들은 조용히 대화를 나누며 걸어갔다.

"우리를 왜 부르는 걸까요. 서면 통보로 하지 않고."

"무슨 이유겠어. 난 너무 잘 알겠는데."

"전면 중지일까요? 정말 그럴까?"

"만일 그렇다면 너무 아쉽다. 너무 아쉬운데……."

"부장님, 부장님이 얘기 좀 해 보세요. 우리 이대로 찢어질 수 없잖아요."

"내가 무슨 힘이 있어. 까라면 까는 거지. 잔말 말고 빨리 걷기나 해."

휴. 굳은 얼굴의 직원들은 예고 없던 대표의 호출에 잔뜩 긴장했다. 어느 누구도 좋은 일이 있을 거란 예상을 하지 않았다.

"다들 앉아요."

임원 회의실은 굉장히 넓은 공간이었다. 상석에 자리한 임강준 대표 옆으로 남현주 전무가 그들을 맞이했다. 모든 회의를 끝낸 뒤 둘만 남아 있는 상황 같았다.

"회의 결과가 나와서 불렀습니다."

"예, 예. 대표님."

비 오듯 쏟아지는 땀을 닦으며 부장이 고개를 끄덕였다. 일동 긴장한 표정으로 임 대표의 얼굴만 바라보았다. 두고 볼 것도 없다는 듯 강준은 모두를 향해 입을 열었다.

"아무래도 이대로는 팀을 유지하기가 어렵다는 게 일단은 최종 결론이고."

서론 본론도 없이 결론을 맞닥뜨린 직원들은 할 말을 잃은 얼굴로 고개를 푹 수그렸다. 예감했으나 그렇다고 맞은 돌이 아프지 않은 건 아니다. 임강준 대표는 실적표를 흔들며 말을 이었다.

"남 상무가 결성한 프로젝트 팀인 것을 감안하여 유지를 시킬까 했는데, 아무래도 이대로는 일정을 못 맞추는 일이 생길 것 같다는 의견이 다수라."

"아…… 예, 대표님."

부장의 얼굴에 땀이 뻘뻘 흐른다. 안 그래도 소심한 성격에 몇 날 며칠 앓아누울 것이 뻔하다. 이번 프로젝트를 잘만 통과하면 어깨 좀 펴나 했는데, 동아줄인 줄 알고 냉큼 붙잡아 참여한 프로젝트가 낭떠러지로 가는 지름길이었다니. 연말이 다가오는데 이렇다 할 성과를 내지 못해 부서로 돌아간들 이번 연말 고과는 폭망일 게 뻔하다. 남 상무가 이렇게 될 줄 누가 알았겠나. 그저 혜안이 없던 자신의 불찰이다.

"그동안 수고 많았습니다. 부서 원상 복귀는 아마 하루 이틀 내에 처리될 예정이니 돌아가 대기하면 되겠습니다."

"네…… 대표님……."

모두의 목소리에 힘이 없다. 위풍당당한 금의환향이 아니기에 그동안 무엇을 위해 애를 썼나, 허탈한 것이다.

찬양은 고개를 돌려 어깨를 축 늘어트린 부서원들을 바라보았다. 지금 자신이 느끼는 안타까움은 그들에게 비할 바가 안 될 것이다. 대표의 말을 이어 현주가 입술을 열었다.

"수고 많았어요. 남 상무를 대신하여 제가 여러분을 두루두루 돌보지 못한 과실이라고 생각합니다."

리더가 없는 부서는 위태로울 수밖에 없다. 능력 있는 선원은 선장이 의도한 방향대로 노를 힘껏 저을 뿐 나아갈 곳을 먼저 알지 못했다. 사기를 잃은 직원들의 모습은 안타까웠다.

"그래도 여러분이 지금까지 해 온 모든 과정과 기록은 큰 도움이 될 겁니다. 얼마 남지 않은 박람회에⋯⋯."

"그래도 믿고 기회를 주시면⋯⋯."

그때였다. 현주의 말을 덮으며 아쉬움을 표출한 건 다름 아닌 찬양이었다. 응? 모두가 놀란 눈으로 찬양을 바라보았고 찬양은 멍하니 눈만 깜빡이다가 화들짝 놀란 표정을 지었다.

헐! 지금 내가 뭐라고 말을 한 것인가!

"정찬양 씨. 지금 뭐라고 했습니까?"

말꼬리를 흐리지 말고 시원하게 말해 보라고, 현주가 재차 물었다. 찬양은 책임지지 못할 분위기를 만들었다는 생각에 오만상을 찌푸렸다. 으으. 속으로만 생각한다는 게 또 말해 버렸다. 이를 어쩐단 말이냐! 식은땀은 부장에게서 찬양으로 이동했다.

"괜찮으니까 말해 봐요. 정찬양 씨."

현주가 상체를 앞으로 하며 괜찮다 손짓했다. 직원들은 마른침을 삼키며 찬양의 입술만 바라보았다. 이미 모두의 얼굴엔 국지성 호우 주의보가 발령됐다.

"아⋯⋯ 그것이 그러니까⋯⋯."

찬양은 주먹을 말아 쥐었다. 물은 이미 엎질러졌고 시간을 되돌리기엔 이미 늦어 버렸고.

"주제넘은 발언인 줄은 알지만⋯⋯ 그게요⋯⋯."

자신을 바라보는 직원들의 시선에서 그 어떤 메시지가 느껴진다. 결심한 듯 찬양은 자리에서 일어서 강준과 현주를 바라보았다. 다시 꾸벅 인사를 하며 느리게 입술을 열었다.

⋯⋯처음 입사를 했을 땐, 막연히 목에 건 사원증에 기뻐했다. 내 눈에만 보이는 재벌 3세가 용의자를 잡아 보자니 역할극에 심취하듯 몰입한 것도 사실이다.

"부족한 줄 알고 있습니다. 팀원 모두가 원하는 방향으로 속도 있게 진행하지 못한 점을 내내 안타까워했습니다."

도맡은 일은 상무님이 처리해 주시니 문제 될 건 없었다. 나름 열심히 한다고 했으나 어디까지나 개인적 욕심이었을 뿐, 부서의 흥망성쇠를 생각해 본 적은 없었다. 하지만.

"모두가 예견하지 못한 상황에서 환경 탓을 하지 않으며 내내 최선을 다했습니다. 물론 최선이 성과에 아무런 영향을 주지 않는다는 것은 잘 알고 있습니다."

보았다. 팀원들의 땀과 노력을, 꿈꾸는 목표를, 이루고자 하는 열망을, 어느 순간 물들어 자신도 그 안에 소속되어 있음을.

"하지만 시간을 좀 더 주신다면 더욱 힘을 내어 맡은 바 프로젝트를 성실하게 수행하도록 하겠습니다."

비록 얼마 후면 떠나게 될 회사, 부서이지만 조금이라도 보탬이 되고 싶다. '우리'를 알려 준 팀원들에게 힘이 되고 싶다. 나를 이토록 뜨겁게 만들어 준 사람들이, 있었던가?

"반드시 성과를 보이겠습니다. 저의 의견은 이상입니다."

……뭐라고 떠들었는지 모르겠다. 찬양은 말을 마무리하며 마른침을 삼켰다. 한동안 정적이 흘렀고 멀리 앉아 있는 강준은 펜을 돌리며 생각에 잠긴 듯 보였다.

"전체의 뜻입니까?"

"네. 대표님."

강준이 묻자 직원들은 하나둘 긍정의 답을 내어놓았고 현주는 눈썹을 추켜올렸다. 여전히 서 있는 찬양의 팔은 미세하게 떨렸다. 그런 찬양을 한동안 응시하던 강준이 운을 뗐다.

"정찬양 씨의 소신 있는 발언, 좋습니다. 하지만 이미 상부 회의에서 결정이 난 사안을 번복할 수는 없겠고 성과를 내지 못한 책임을 질 만한 적임자도 없으니 예정대로 진행하죠."

"아…….."

그는 칼같이 거절했다. 사원의 간청 한마디에 의견을 뒤집을 수는 없었다.

"제가 책임지죠."

그때였다. 곁에 있던 현주가 손을 작게 들며 찬양을 바라보았다. 강준은 놀라 현주를 응시했다.

"이봐, 남 전무."

"그렇게 해 주세요, 대표님. 지금 당장 대안이 있는 것도 아니잖아요? 전문가들을 초빙한다고 해도 시안을 여기 있는 프로젝트 팀만큼 이해할까요?"

"이미 결정 난 일이잖아. 이렇게 번복할 수 없다니까."

"남지안 상무를 이어 제가 팀의 책임을 맡겠습니다."

허어어어얼. 직원들은 번쩍 뜬 눈으로 현주를 바라보았다. 찬양은 말아 쥔 주먹을 덜덜덜덜 떨었다. 촌각을 다투는 사이에도 대표와 전무의 실랑이는 계속되었다.

"남 상무 라인을 왜 전무가 책임져. 그럴 이유가 뭐가 있어."

"라인이 중요한 일은 아닌 것 같아서요. 어차피 최종 목표는 모두에게 동일한 것 아니겠습니까, 대표님?"

그렇죠? 현주가 직원들을 바라보자 대답하는 일도 잊어버린 직원들은 뭐에 홀린 듯 고개를 크게 끄덕였다.

"해 보겠다는 의지, 해내겠다는 의욕을 꺾고 싶지 않습니다. 남 상무가 있었대도 아마 같은 의견이었을 겁니다."

현주의 계속적인 제안에 강준은 망설였다. 볼펜으로 탁자를 툭툭 치는 소리가 불편한 속내를 드러내 주었다.

"해서, 남 전무는 책임을 어떻게 지겠다는 겁니까? 박람회 일정에 차질이 생기거나 형편없는 참석으로 오점을 남긴다면?"

강준이 현주를 바라보며 묻자 생각에 잠긴 얼굴로 현주는 잠시 망설였다. 상부 회의에서 결정 난 일을 번복하는 것은 사실 상당한 위험을 감내해야 했다. 결국은 힘겨루기를 보여 주는 일환이니까. 그래서 예민한 일이었고, 위험하니 하지 말아야 할 일이기도 했다.

"박람회를 성공리에 마무리 짓지 못한다면 제가 일선에서 물러나죠."

허얼⋯⋯! 직원들은 일제히 일어섰다. 강준은 미간을 꿈틀거리며 작게 중얼거렸다.

"남 전무. 직원들 앞이야. 말 가려서 해."

"정말로요. 일선에서 물러나겠습니다. 그 정도의 각오도 없이 상부 회의 안건을 뒤집을 수 있겠습니까?"

"남 전무, 왜 이러는 거야. 말이 되는 소리를 해."

"박람회는 중요합니다. 우리 유니크 시리즈의 최대 고비이기도 하고요. 유니크 시리즈가 붕괴된다면 제 역량 부족이 큽니다. 이 자리에 있을 필요가 없죠."

현주는 고개를 돌리며 찬양을 바라보았다.

"정찬양 씨. 지금 제 말, 들었습니까?"

"아⋯⋯ 네, 전무님⋯⋯."

"나는 정찬양 씨의 한마디에 내 자리를 걸었습니다."

현주도 팀원들을 따라 일어섰다. 차근차근 얼어붙은 직원들의 얼굴을 바라보며 입술을 열었다.

"또한 여러분들의 의지에 유니크를 맡겼습니다. 무슨 뜻인지 알겠습니까?"

차마 다른 말은 하지 못하고, 직원들은 찬양처럼 마른 주먹을 쥐었다. 다만 홀로, 현주는 여유 있는 표정을 지으며 빙긋 미소를 그렸다.

"나는 이 자리를 내어놓을 생각이 없습니다. 따라서 여러분은 이 시간 이후로."

전장의 장수는 죽기를 두려워하지 않았기에 살아남았다.

"사력을 다해야 할 겁니다."

그녀는 마음속으로 그 말을 새겼다.

"전무님! 전무님!"

헐레벌떡 찬양이 뛰어온다. 윤 비서와 함께 사무실로 돌아가던 현주는 돌아보았다.

"전무님! 전무님!"

"아, 정찬양 씨."

헉, 헉. 찬양이 가쁜 숨을 몰아쉬며 등을 구부렸다. 현주는 그녀의 숨이 잦아들기를 기다려 주었다.

"전무님께서 저 때문에, 저 때문에……."

"정찬양 씨 때문이라뇨. 그런 것 아닙니다."

"하지만 어떻게 그런 결정을……. 죄송합니다……."

"웬걸요, 나는 오히려 고마웠어요. 정찬양 씨에게."

후…… 후…… 숨을 몰아쉬던 찬양이 허리를 펴며 고개를 들었다. 현주를 난처하게 만든 것 같아 마음에 돌덩이가 굴러들어 왔다.

"그렇게 쉽게 포기해서야 되겠습니까? 어떻게 꾸린 팀이고 어떻게 여기까지 왔는데."

"아……."

"나는 실패를 생각하지 않습니다. 팀원 모두가 나와 같은 생각을 했으면 좋겠군요."

할 수 있잖아요. 그렇죠? 현주가 웃는 얼굴로 확신하자 찬양은 기합이 단단히 들어간 얼굴로 고개를 끄덕였다.

"무슨 일이 있어도 꼭 성공하겠습니다. 전무님."

"굿. 의지 좋군요. 나는 우리 회사의 모든 직원들이 포기를 몰랐으면 좋겠습니다."

……굿. 지안이 자주 쓰는 말을 알기에 찬양은 가슴에 울컥 뜨거운 것이 올라온다.

370

"남 상무가 돌아오면 멋지게 보여 주자고요. 우리가 이만큼 해냈다고."

"네! 전무님!"

"이렇게 서 있을 시간이 없을 텐데? 그럼 수고해요."

"미, 믿어 주셔서 감사합니다!"

현주가 돌아서자 찬양이 크게 소리쳤다. 걸음을 멈춘 현주는 고개를 반쯤 돌리며 말했다.

……나는 여전히 당신을 믿지 않아.

"나는 남지안 상무를 믿습니다."

당신들을 믿었을 나의 동생을 믿을 뿐.

윤 비서는 실금 같은 미소를 지었고, 찬양은 허리를 깊숙하게 수그리며 현주의 가는 길을 배웅했다.

"귀엽지 않습니까? 정찬양 씨."

엘리베이터를 기다리던 현주가 윤 실장을 향해 웃으며 말한다. 부장급도 벌벌 떨며 식은땀만 흘리던 그 자리에서 기회를 달라는 말이 어떻게 떨어졌을까.

"나는 사실 기다렸거든요. 제발 팀원들이 기회를 달라고 말해 주기를."

하지만 그것은 불가능한 일이었을까. 체념했을 때, 모두의 예상을 깨고 일어선 사람은 찬양이었다.

"그런 배포가 마음에 들어. 자꾸 웃음 나게 한다니까요."

"두루두루 살피겠습니다."

"그래요. 잘 돌아봐 줘요. 실패하면 나 쫓겨날 텐데, 윤 실장은 멀쩡할까 봐? 당신도 해고야."

"직원은 그리 쉽게 잘리지 않습니다. 부서 이동이 될 뿐."

"어어? 나 없이 회사를 다니겠다는 말입니까, 지금?"

때마침 엘리베이터 문이 열린다. 윤 실장은 어서 올라타라며 답을 거부했다. 가볍게 눈을 흘기던 현주가 올라탔고, 윤 비서가 따라 탔다.

"자자! 다시 시작한다고 생각하자고! 전무님의 자리가 걸린 일이니까!"

"네! 부장님! 이번엔 밥줄 걸었다 생각하고 해 보겠습니다!"

찬양의 부서는 한바탕 놀라움과 환호로 뒤집힌 상황이었다. 대답이 우렁찬 만큼 팀원 누구도 실패를 생각하는 것 같지 않았다. 승민은 자리로 돌아가는 찬양을 붙잡았다.

"고마워요. 누구도 말하지 못하는 일이었는데, 찬양 씨가 해 줘서."

"아아. 아뇨, 대리님. 제가 괜히 나섰어요. 다음부터는 주의하겠습니다."

괜히 나섰을 리가 있겠냐고, 승민은 고개를 까딱 흔들며 주위를 둘러보라 말했다. 찬양이 고개를 돌리자 자신을 바라보며 파이팅을 해 주는 팀원들이 시선에 들어온다.

"나 찬양 씨 다시 봤어. 멋있었어요."

"찬양 씨가 나서 줬으니 더 열심히 해야겠어. 다들 힘내자고요!"

한마디씩 거드는 칭찬에 찬양은 얼굴을 붉혔다. 지금의 마음이라면 태산도 옮길 수 있을 것만 같은 그러한 심정이었다.

……훗날 박수 치며 떠날 수 있게 되기를, 그녀는 마음속으로 기도했다.

"그때! 제가 자리를 박차고 일어나 우리 팀원들을 대신해서 우렁차게 말했죠. 이대로 포기할 수는 없습니다! 라고."

"말도 안 돼."

"어어? 진짜라니까요? 제가 벌떡! 일어나서 기회를 주십시오! 모든 일은 제가 책임지겠습니다! 했다니까요?"

"못 봤다고 막 지어내기 있냐? 그리고, 책임은 무슨. 니가 어떤 책임을 어떻게 질 건데."

"진짜로! 진짜라니까요!"

집으로 돌아온 지안은 의미심장한 눈빛으로 찬양을 바라보았다. 주먹을 불끈 쥐고 위풍당당하게 설명하던 찬양은 슬쩍 주먹을 내렸다.

"물론 제가 책임지겠다고 말한 건 아니고요."

"……."

"벌떡, 일어나서 기회를 주십시오! 라고 말한 것도 아니고요."

"……."

"사실은 혼잣말하다가 걸렸어요. 아! 그렇지만 그거나 그거나지! 모로 가도 서울만 가면 된다면서요!"

"왜 이래. 난 아무 말도 안 했어."

"아무 말도 안 하는 그 심보와 저의가 너무 훤히 보이는데 무슨!"

흥. 찬양은 코웃음을 치며 서류를 펼쳤다. 일거리를 가득 안고 집으로 돌아온 찬양은 소파 앞에 죽치고 앉아 종알종알 입을 놀리는 중이다. 회의실에서의 일만 생각하면 아직도 심장이 뛰었고 머리가 울렁거렸다.

"상무님이 그 자리에 계셨어야 한다구요. 나 아까 진짜 멋있었는데. 물론 전무님이 백배 정도 더 멋있었지만요."

소파에 앉아 있는 지안은 힐끔 그녀를 내려다보다가 들고 있는 시사 잡지로 얼굴을 가렸다. 미소가 번져 난처하다.

"그런데요, 상무님. 전무님이 정말 일선에서 물러나시면 어떡해요? 겁이 나서 죽겠어요."

노트북을 켜며 찬양이 근심 어린 표정을 짓는다. 지안은 잡지를 넘겼다.

"빅딜을 감행해야 팀원들이 사안의 무게를 느끼겠지. 압박용이랄까. 그러니까 잘해."

"저요. 진짜 열심히 할 거예요. 전무님이 회사에 안 계신다고 생각하니 너무 끔찍해요."

딸깍거리며 마우스를 클릭하고 있는 그녀의 입에서 대견한 말이 흘러나온다. 지안은 잡지를 조금 내리고 그녀를 바라보았다. 집까지 일을 끌고 들어와 대단한 각오를 다지는 지금의 찬양은 어딜 보아도 백경의 사람이었다.

"난 오늘 뭐 했는지 안 궁금하냐?"

"아 맞다. 상무님은요? 상무님은 오늘 뭐 좀 건져 왔어요?"

"……아니."

찬양이 노트북 위로 힐끔 시선을 들자 지안은 급히 잡지를 들어 올렸다. 바라보고 있다가 걸린 것만 같아 뜨끔한 것이다.

"사람들 엄청 주도면밀하네. 그렇게 따라다녀도 아무것도 안 나와요?"

"지켜봐야 할 사람이 너무 많은데, 때마침 걸려들기가 쉽나."

"하긴……."

일에 정신 팔린 찬양이 건성으로 대답을 한다. 어쭈, 지안은 영혼 없이 대꾸하는 찬양을 바라보았다.

"궁금하지도 않으면서 왜 물어봤냐?"

"네? 뭐라고요?"

"됐다. 하던 일 해라."

"상무님, 근데 이게요, 제가 지금 자료를 쭉 뽑아서 보니까 겹치는 기능이 몇 개 있어요. 이런 건 하나로 묶어 두는 게 더 나을 것 같은데, 어때요?"

어쭈, 진짜 하던 일을 한다. 노트북을 뚫고 들어갈 것처럼 집중한 표정으로 찬양은 일과 씨름했다. 지안은 잡지책을 완전히 내린 채 찬양을 바라보았다.

"이제 휴대폰은 '또 다른 나'란 말이죠. 개인의 모든 사생활이 담겨 있고 뱅킹과 업무 기록까지 있으니까요. 여기에 헬스 기능까지 더해졌으니 완벽하지 않나요?"

지금, 지안의 기분이 이상한 게—

"이걸 어떻게 어필한담. 박람회 광고가 30초에서 3분이라고 했죠? 최대한 사용해야 하는데."

이제 그녀는 혼자서도 일을 생각한다. 자연스럽게 일을 대하고 생각하며, 연구했고 덤벼들었다. 어느새 그녀는 도와 달라는 말을, 곁에 있어 달라는 부탁을 하지 않게 되었다.

"그동안의 자료를 봤는데 너무 혁신에만 포커스를 맞추고 강조한 것 같아요. 물론 멋지긴 했지만요."

"전문가 다 됐네."

어차피 물러나게 될 자리였고 누구도 기억하지 않을 그녀였다. 건성건성 다니다가 대충대충 넘어가고, 적당히 도움을 청하다가 끝낼 거라고 생각했는데. 지안은 작게 미소를 지었다. 그녀는 생각보다 근성 있는 사람이었다.

"아…… 머리가 터지겠네. 자료를 조금 더 볼까, 아무 생각도 안 드는데."

"……."

"안 되겠다. 상무님, 저 방에 들어가서 자료 좀 볼게요. 쉬세요."

집중이 되지 않는지 찬양은 노트북을 접으며 일어섰다. 느긋한 시선으로 그녀를 바라보던 지안은 적잖이 당황했다.

"벌써 들어가? 왜?"

"집중이 안 돼서요."

"집중이 왜 안 돼. 나가서 새는 바가지 안에서 안 새? 여기서도 안 되는 집중이 들어간다고 되겠어?"

"방엔 상무님이 없잖아요."

"글쎄 나하고 너의 집중하고 무슨 상관이냐고."

따져 물어도 아랑곳없이 그녀가 전원 코드를 분리한다. 이거, 은근

서운해지려고 한다.

"정찬양 씨. 이러면 안 된다니까? 일에 집중을 해야지 내 생각 하느라 옆에서 일도 못 할 지경이면, 도대체 어떻게 하려고 그러는 거야."

키보드 위에 마우스와 휴대폰을 척척 올리고 전원 코드를 돌돌 말아 쥔다. 지안은 눈썹을 꿈틀거렸다.

"됐어. 됐다니까? 지금 당장 날 피한다고 집중이 되겠어? 앉아서 일해. 익숙해져야지. 아무리 나를 좋아해도 일과 분리를 해……."

"상무님이 자꾸 쳐다보니까 일을 못 하겠어요. 들어갈래요."

찬양이 노트북을 들고 일어선다.

"내가 쳐다봐서…… 들어간다고?"

"사람을 그렇게 뚫어져라 보는데 제가 일이 되겠어요?"

"내, 내가 언제 쳐다봤어!"

"네네. 아닌가 보네요. 그럼 계세요. 주무시든가."

꿍, 지안은 잡지책을 내려놓았다. 저것이 속을 잔뜩 뒤집어 놓고 종종 걸으며 지 방으로 걸어간다.

"야!"

급한 김에 아무 말로 불러 본다.

"야? 야아?"

찬양이 눈썹을 일그러트리며 흉악하게 바라본다. 저건 도대체 언제부터 저렇게 만렙이 되었지? 지안은 흠칫 어깨를 좁혔다.

"아무리 상하 관계라고 해도 호칭 존중 좀 해 주시죠? 야는 좀 아니지 않나?"

"너, 너 왜 그냥 들어가!"

저건 또 무슨 소리인가. 찬양은 뚱한 표정을 지었다.

"뭘 그냥 들어가요. 발레라도 하면서 들어가요?"

"나한테 뭐 할 말 없어?"

"무슨 할 말?"

"아니 글쎄! 없냐고!"

왜 나 좋아한다고 말 안 해? 상무님 좋아해요, 오늘은 왜 안 해 줘?

"상무님한테 할 말 없는데요?"

"왜 없어! 있잖아!"

오늘은 나, 별로냐?!

"뭘 말이 남았다고 그래요? 내가 할 말이 없다는데?"

"아니, 무슨 사람이 이렇게 갈대야? 마음 변하는 속도가 가슴에 사무칠 정도네?"

……뭐라는 거야. 찬양은 알 수 없는 지안의 말에 눈만 깜빡였다. 그러다가 의미를 유추했는지 어처구니없다는 것처럼 짧게 숨을 훅, 불어 내쉬었다.

"나 참 기가 막혀서. 좋아하지 말라고 한 쪽은 상무님이거든요?"

"그래도 좋아하겠다고 한 쪽은 너지!"

"그래서요. 뭐 어쩌라고요. 좋아하라고요?"

"아니! 그건 아니지만!"

"더위 먹었어요? 이 계절에?"

"더위는! 글쎄 먹은 것 같기도 하고!"

……하. 내가 왜 이러는 거냐. 찬양이 왜 저러냐는 표정을 짓고 바라보자 지안은 입술을 꾹 닫았다. 오늘따라 저것이 눈도 안 마주쳐 주고 좋아한다는 말도 안 해 주니 조바심이 생긴다. 속도 없이 보채는 꼴이라니. 으으, 최악이다. 지안은 뒤돌아 오만상을 쓰며 휘이휘이 손을 저었다.

"들어가. 들어가. 알겠으니까 들어가서 일하든지 자든지."

"여전히 상무님을 좋아하긴 하는데요. 이제 말과 표현을 좀 아끼려고요."

뭐야?! 지안이 홱 뒤로 돌아서자 찬양은 혀를 쏙 내밀었다.

"아쉬우면 매달려 보시든가. 혹시 아나? 내가 자기 전에 좋아한다고 말해 줄지."

"허! 허! 기가 막혀서 나 원!"

"그리고 나 내일부터 우리 승민 대리님하고 주야장천 붙어 일할 거니까 질투하지 마시고요. 신경도 일절 쓰지 마시고요."

"야! 너 이게 진짜!"

"좋아하지 말라면서요. 내가 누구랑 노닥거리든 무슨 상관? 잘 자요!"

찬양이 방으로 쏙 들어간다. 염장을 지를 대로 질러 놓고 저것이 도망을 쳐 버리니 지안은 심각한 내상을 입고 소파에 털썩 주저앉았다. 속이 쓰린 듯 배를 문지르며 지안은 인상을 구겼다.

"놀아나고 있어……. 놀아나고 있어……."

정찬양 손바닥 위에서 사육당하는 기분이다. 어쩌다 이런 신세가 되었나. 미치고 팔짝 뛸 일이다.

'그리고 나 내일부터 우리 승민 대리님하고 주야장천 붙어 일할 거니까…….'

배만 문지르던 지안은 조금 전 찬양의 말을 떠올리고는 방을 바라보며 소리쳤다.

"그래도 사람 앞에 우리를 붙인 건 너무했지! 누가 이름 앞에 우리 붙이래! 너 진짜 혼난다, 그러다가!"

들은 척도 하지 않는다.

"그렇게 남용하다가 큰코다치지! 우리 같은 소리 하고 있네! 걔랑 니가 왜 우리야! 왜 한 묶음이야!"

어쭈. 저게 진짜 미동도 하질 않는다.

"걔도 아냐?! 어?! 니가 나 좋아하는 거! 걔도 알아? 아냐고!"

"시끄러워요! 쫓아내기 전에 조용히 좀 하라고요!"

한참 만에야 방문 너머 돌아온 말이라곤 닥치란다. 또다시 입술을 꾹 닫은 지안은 불만이 가득한 눈꼬리로 심장 부근을 어루만졌다. 속이 들끓더니 이번엔 가슴에 통증이 온다. 이러다 내 명에 못 살지. 지안은 한숨을 쉬었고 신경질적으로 잡지를 들며 생각했다. 만일 내가 이대로 죽으면, 사인은 화병이라고.

❬❬❬❬❬❬

"FS가 처음 2011년에 미래형 광고를 내밀기 전에 판도는 달랐어요. 인정해야겠지만 그때부터 전 세계 광고 시장이 달라졌다고 해도 과언이 아니죠."

아침 회의가 시작되었다. 자의로 이른 출근을 마친 팀원들은 그 어느 때보다 비장한 기운을 품고 자리했다. 밤을 새운 기색이 역력한 얼굴들이지만 속 시원한 안건은 없다.

"제대로 된 분석이야말로 개혁의 첫걸음. 그간의 자료들을 철저하게 분석해서 방향을 처음부터 다시 정해 보자고."

"일단 우리 쪽 광고 흐름과 현재 시장의 트렌드를 엮었어요. 여기, 자료요. 7번 파일 봐 주세요."

"윤정 씨, 이걸 언제 했어?"

"언제 했겠습니까. 어제 집에서 고양이랑 했죠."

흐아아아. 하품을 길게 늘어트리는 직원이 밤새 마련한 자료를 내어놓았다. 필요한 것을 먼저 생각해서 만드는 것도 재주다. 뭐, 그래서 프로의 장이라고 하는지 모르겠지만.

회의는 순조롭게 흘러갔고 모두의 집중력은 대단했다.

"역대 박람회에서 가장 스포트라이트를 받았던 시리즈가 유니크 2인데, FS와 비교 분석을 좀 해야겠어."

"그것도 시간 꽤 걸릴 텐데. 누가 할래?"

"어…… 실은 제가 어제……."

찬양이 주섬주섬 파일을 꺼내며 작게 손을 들자 모두의 시선이 찬양에게 옮겨 간다.

"혹시 필요할까 해서 자료 조사를 좀 해 놨거든요."

"찬양 씨가? 진짜?"

"네. 잘은 못 했는데 엉망이에요. 그래도 수치는 따로 뽑아 놔서 보여 드릴 수 있어요."

찬양이 파일을 찾아 공유 파일로 보내자 직원들의 얼굴에 화색이 돈다.

"세상에, 찬양 씨 이걸 언제 했어?"

"그러게. 준비하라고 시키지도 않았는데. 세상에, 자세하게도 했네."

헤. 수줍은 손길로 찬양이 머리를 긁적거렸다. 사실 따로 자료를 제출하려고 했던 건 아니고 스스로 필요해서 모아 둔 자료다. 이게 이렇게 요긴하게 쓰일 줄은 몰랐는데.

"자자! 커피 드시고 하세요!"

그때였다. 회의실 문이 열리며 직원이 직접 타 온 커피를 돌린다. 화장실 가는 줄 알았는데 커피 타러 간 모양이다. 똘똘 뭉쳐 반드시 해 보겠다는 의지가 하늘을 찌르고, 팀원들은 전에 없는 정신력으로 버텼다.

동일한 목표는 서로의 울타리였다.

"다음 회의는 두 시간 후에! 일단 뭐라도 좀 먹읍시다!"

"오늘은 내가 사지! 자! 다들 가자고!"

"오! 부장님! 부느님!"

살아 숨 쉬는 순간이기도 했다.

"영화처럼 제작하는 건 어때요? 스토리텔링 기법으로."

"많이 했죠. 화려하게 액션도 넣고 CG 엄청 때려 넣고."

"그런 쪽으로 말고요. 잔잔하게 생활 속 이야기 같은 거."

승민과 찬양은 끝없는 대화를 나눴다. 아무 말이나 내뱉다 보면 뭐라도 건지겠지 싶은 심정이다.

"그런 생활 콘텐츠는 신제품 이미지하고 안 맞아요. 통신사 쪽에서 주로 쓰고, 우리는 비전과 혁신을 녹여야 해서 잘 사용 안 하거든요."

"아아. 그렇구나. 그냥 한번 생각해 봤어요."

"예를 들면 어떤 거?"

들어나 보자는 식으로 승민이 묻자 찬양은 테이블에 기댄 채 중얼 거렸다.

"손자 손녀가 등장해서 할머니 할아버지 댁에 가요. 휴대폰 기능 설명을 해 드리는데 어려워서 못 알아들으시잖아요."

"그렇죠. 보통 어르신들은 전화만 사용하시니까. 단축 번호 위주로 쓰시고."

"그런데 우리 휴대폰은 설명을 해 드릴 게 없는 거예요. 음성 인식이 되니까. 약 드실 시간, 병원 가는 날짜, 알아서 알려 주고. 혈압 재 드리고."

"좋은 의견이긴 한데 좀 단조롭다."

"그렇죠? 그냥 해 본 소리예요."

하도 생각을 많이 했더니 과부하가 걸린 것 같다. 찬양은 테이블에 엎드린 채 중얼거리며 뭐라도 떠올려 보려고 안간힘을 썼다. 그들 사이로 한 명 두 명 팀원들이 모였다.

"이건 어때? 우리의 기능을 일반인들이 체험하듯 파노라마식으로……."

"작년에 FA가 했습니다. 봄이었나?"

"아, 그랬지. 맞다. 어디서 본 것 같더라."

"그럼 이건 어때요? 트랜스포머처럼 생긴 로봇이 막 알아서 이거저 거 처리하는데 일 끝내고 휴대폰으로 돌아가는 거야. 그 휴대폰이 하는 기능인……."

"정신 차려라. 우리 작년 기획안이잖아."

"아…… 그 기획 심지어 제가 했죠……?"

"아이디어 돌려 막기 있냐? 자가 복제하기 있냐고."

직원들은 빙 둘러앉아 영양가 없는 이야기들만 쏟아 내고 있다. 혁신과 감성을 모두 잡을 만한 콘텐츠를 찾기란 쉽지 않았다.

"다정한 연인과 혁신을 무슨 수로 엮어 만드냐고. 개뿔. 해 보라 그래."

아이디어 궁지에 몰린 팀원들은 점점 난폭해져 갔다.

"내 말이. 해 보라 해. 도대체 누구 아이디어야. 대표야? 상무야? 전무야?"

"이거, 사실은 우리 모두를 해고시키려는 고도의 전략 아닐까요?"

"말이 되는 소리를 해야지. 하나도 잡기 힘든데 둘을 어떻게 다 잡냐고."

"분리를 시키자. 못 한다고 말하자. 지금이라도 경력자들 구해서 잘하시라고 설득하자."

점점 난폭해진 팀원들은 처리할 수 없는 난제 앞에 광분했다.

"알지, 내 친구 FA 다니는 거. 살짝 들었는데 거기는 그냥 혁신에 올인한 것 같더라."

"그래! 하나에 올인을 해도 살아날까 말까! 만들까 말까인데! 둘을 어떻게 엮어!"

"그냥 나 먼저 쓸까?"

"뭘?"

"사표."

"워워, 다들 진정하시라고요."

팀의 진정제를 맡고 있는 승민이 대화 수위를 조절한다. 부장은 하늘만 올려 보고 있고 나머지는 땅만 꺼져라 한숨을 내쉬고 있다. 찬양은 여전히 멍한 눈빛으로 테이블에 기대 있다.

"쯧쯧. 이 와중에 뉴스라고 참."

휴대폰을 건조하게 바라보던 팀원이 혀를 차며 뉴스를 바라보았다.

마트 주차장에서 납치를 당한 부녀자가 일곱 시간 만에 사체로 발견이 되었단다.

"고작 150만 원 인출하려고 사람을 죽인 거야?"

"미친 거 아냐? 범인은 잡았대?"

"이게 그런데 신고 접수가 되었대요. 근데 말없이 끊겼나 봐."

안타까운 죽음 앞에 팀원들은 또다시 열을 올렸다. 어쩌다 이렇게 무서운 세상이 되었나, 대낮에 마트도 제대로 못 갈 판이다.

"우리나라 신고 절차 너무 복잡해. 위급하니까 말도 못 하고 끊었겠지. 피드백 없었대?"

"워낙 그런 전화가 많으니까. 그런데 그런 긴급한 상황에서 누가 전화를 정상적으로 할 수 있겠냐고. 빨리 우리 휴대폰이 출시되어야 해."

"내 말이. 가뜩이나 심란한데 뉴스 참, 진짜 거지 같다. 그 마트 우리 동네인 거 알지?"

"그러니까요. 안타까워 어떡해. 112에 잘 연결만 되었어도 죽지는 않았을 거 아냐."

"……이건 어때요?"

테이블에 누워 있던 찬양은 쓱 고개를 들었다. 팀원들이 찬양을 바라보자 이미 무언가를 쓱쓱 적고 있던 찬양이 노트를 내밀었다.

"드라마 형식으로 하는데요."

"또 그 얘기야? 그거 너무 소소하다니까."

"첩보 영화처럼 만들면 좀 덜 소소하지 않을까요?"

"……어떻게?"

모두는 건조하게 그녀를 바라보았다.

"남편이 경찰인데, 와이프랑 통화를 해요. 마트에 장 보러 왔다고. 다정하게 통화를 하는 거죠. 남편이 세심하게 챙겨 주고, 와이프 행복한 표정 짓고."

뉴스와 관련을 지어 보는 거다.

"그런데 장을 보러 나왔다가 괴한들에게 납치를 당해요."

다급한 상황에서 나와 외부를 연결해 줄 수 있는 거라곤 휴대폰뿐인 현시대니까. 찬양은 출시 예정인 샘플 휴대폰을 꺼내 들었다.

하늘만 바라보며 침묵하던 부장의 시선도,

"장바구니도 떨어트리고 괴한들과 아내는 사라져요. 신고도 할 수 없는 상황이고. 그때 아내가 소리를 질러요."

뉴스를 보던 팀원도 조용히 그녀 이야기를 듣는다.

"우리 휴대폰에 기능 있잖아요."

"인지해 놓은 음성이 일정 데시벨 이상 높아지면 자동적으로 신고 접수되는 기능을 이용하자는 거잖아."

"네. 그거요. 아무래도 우리가 선보일 신기술 중에 그게 제일 드라마틱할 것 같은데."

음성을 인식한 인공 지능은 잘못 접수되었을 가능성을 위해 10초간 취소 버튼을 노출한다. 누르지 않을 경우 그대로 외부에 위험을 송출하고, 휴대폰을 살 때 미리 신청한 개인 정보 동의에 의하여 곧바로 위치 추적을 시작한다. 그 외 각종 금융사와 연결되어 신용카드 및 모든 금융 서비스가 정지되고 현금 인출이 막힌다. 해지는 은행 창구를 통해서만 가능하다.

"그 신고가 남편한테 들어가는구나. 남편이 경찰이니까?"

"맞아요."

"오오, 소름!"

"그리고 우린 또 하나의 기능이 있잖아요?"

……블랙박스. 인력으로 휴대폰을 꺼도 위급 순간으로 인식한 휴대폰은 비상 배터리를 작동시키고, 블랙박스 기능과 GPS 기능은 유지된다.

"위험 감지가 된 이후로 휴대폰 블랙박스 기능이 연결되어 동시 녹화와 녹음을 진행하고, 그걸 계속 외부로 송출해 주니 남편은 출동하면서 그 내용을 듣고 있는 거죠."

"오오, 이거 그림이 막 그려지는데. 긴장감도 있겠고."

"기능도 적당하게 보여 줄 수 있겠어요. 러닝 타임도 괜찮을 것 같고요."

"그래서 찬양 씨, 잡아요? 나쁜 놈들 남편이 잡아요?"

다들 이야기의 끝을 듣고 싶어 한다. 구미가 당기는 모양이다.

"잡아야죠. 휴대폰으로 위치 추적으로 현장 검거를 해요. 블랙박스 기능은 증거로 제출되고요."

"괜찮은데? 아내는 가족의 품으로 돌아가고."

"맞아. 요즘 세상이 흉흉해서 이런 기능들을 최대한 끌어내어 어필하는 게 어쩌면 더 좋을 수도 있어요."

"전 세계적으로 공감대 형성도 할 수 있고. 이건 문화 차이와 이념 차이를 넘어설 수 있으니까."

"찬양 씨, 일단 기획안으로 만들어 봐. 난 괜찮은 것 같으니까."

"저, 정말요?"

찬양은 의외의 반응에 놀라 눈을 동그랗게 떴다. 이 역시 아무 말 대잔치로 끝날 줄 알았는데 다들 눈을 빛낸다.

"그럼 나는 개발 3팀하고 법무팀 만나서 개인 정보 동의안을 어떻게 처리할 건지 마무리를 지어 올게."

"아무래도 촬영은 해외 로케가 낫겠죠? 알아볼게요."

"저는 카피라이터 알아볼게요. 외주 업체 선정받아야 하고, 뭔가 감이 왔어요."

"좋아, 아주 좋아. 일단 움직이자고."

"근데 찬양 씨, 카피는 대략 어떤 식으로 생각하고 있어요?"

"아…… 카피요."

거기까지는 생각 못 해 봤는데. 찬양이 머뭇거리자 부장은 손사래를 쳤다.

"자자, 지금 그것까지 바랄 수 있어? 문안은 차차 생각해 보기로 하고 일단 우리⋯⋯."

"지금까지 우리가 집중했던 건 사진을 예쁘게 찍는 카메라 휴대폰."

찬양이 노트를 보며 입술을 열자 다시금 모두의 침묵이 그녀를 향했다. 그녀는 내내 고민했던 말, 수백 번은 쓰고 지운 다음의 문구를 읊었다.

"동영상을 영화처럼 찍어 주는 휴대폰, 말 한마디로 모든 것을 검색해 주는 똑똑한 휴대폰. 하지만 우리는 이제 그 이상의 가치를 넘어."

노트를 천천히 내리며 찬양은 팀원을 한 명 한 명 바라보았다.

기업은 소비자의 니즈를 정확하게 파악하고 그 틈을 파고들어 대형 시장을 확보한다. 전 세계의 현재 니즈는 무엇인가. 이제, 시대의 관심은 단순한 첨단이 아니다.

"내게 관심이 많은 휴대폰."

감정 공유가 가능한 기기. 나와, 나의 가족의 현재 상태를 파악해 주는 기기.

"나를 세심하게 관리해 주는 휴대폰. 그러니까, 백경전자의 야심작 유니크 4의 핵심은 바로 이거예요."

⋯⋯다정한 연인과 혁신을 결합한 최고의 문구.

"나를 지켜 주는 휴대폰."

그녀는 백경전자 필살의 기능을 단 한마디에 실었다. 아주 멋지고, 그래서 무척이나 빛나는 순간이었다.

나를, 위험으로부터 지켜 주는 휴대폰.

❋❋❋❋❋

조도가 낮은 일식집의 꽤나 넓게 마련된 방에 마주 보고 앉은 강준과 사내는 술을 기울였다.

"임 대표님, 그럼 그 USB는 어디 있습니까?"

"제가 안전하게 보관하고 있습니다."

"기술자를 구하기가 쉽지는 않을 겁니다. 최고 등급의 보안인데 그걸 암암리에 풀 만한 기술자를 해외에서 들여온다는 게 순탄하지는 않겠지요."

"안 되면 이대로 폐기를 하는 방법도 나쁘지는 않겠습니다."

"그나저나 이제, 대표님 임기가 얼마 남지 않으셨습니다."

술잔을 내밀고 있는 강준의 손끝이 멈칫한다. 술을 따른 사내는 술병을 내리며 걱정 말라는 듯 웃어 보였다.

김대평. 백경물산 사장.

"그 안에 대표님 사람들을 많이 만들어야 다음을 노릴 수 있지 않겠습니까?"

강준과 손을 잡고 거사를 도모하는 인물이다. 그는 술잔을 들고 회상하듯 말했다.

"대표님, 제가 백경에서 회사 밥을 먹은 것이 벌써 40년입니다. 이제 남은 거라곤 인맥밖에 없지요."

"제가 김 사장님을 믿고 따르는 이유가 아니겠습니까."

강준은 홀짝 술을 머금으며 대꾸했다. 현재 물산의 경영 사정은 좋지 않았다. 부진 악화로 곧 있을 수직적 합병에 1순위가 될 거라고 누구나 예측이 가능할 만큼.

"김 사장님, 물산이 합병되게 보고만 있을 수는 없습니다. 성과를 떠나 백경의 상징적 계열사니까요."

강준이 물산을 추켜세우자 김 사장은 또다시 웃었다. 입에 발린 소리라는 것을 모를 리 없으나 지금은 찬물 더운물 가릴 때가 아니다.

"대표님, 옛날이나 물산이라면 알아줬죠. 지금은 전자니 반도체니 자동차니, 그런 것에 밀려 예전만 하겠습니까."

"그래도 가장 현금이 많이 도는 것은 아직까지 물산입니다. 배제할 수 없습니다."

"알아주시니 감사할 따름입니다. 뭐, 경제가 좋지 않아 가장 타격이 오는 건 어쩔 수 없는 일인데 다들 경영자 탓만 하니."

경영 부진의 원인을 경제난으로만 돌리는 사장의 처신이 가소롭다. 강준은 속내를 숨긴 채 긍정하듯 고개를 끄덕였다. 서로는 서로의 이익만을 위해 손을 잡은, 동지라 말하기엔 조금의 믿음도 자리하지 않은 관계다.

"김 사장님께서 중국에 제공한 신소재 신기술이 자그마치 32조 원 가치라는군요."

이번엔 김 사장이 멈칫, 한다. 강준은 걱정하지 말라는 듯 빙그레 미소 그렸다.

"그대로 자금을 들여오면 문제가 클 텐데 어떻게 처리하셨습니까?"

"……일단 세탁 중입니다. 스위스 무기명 계좌를 통해서 분할로 상환받을 예정입니다."

"그렇군요. 꼬리는 남겨 두지 마십시오. 중국은 언제든지 뒤통수를 칠 준비가 되어 있으니까."

김 사장은 강준의 도움으로 중국에 비공개 기술을 팔아넘겼다. 수백 개의 특허가 걸린 문제였고, 백경이 8년 동안 개발에 개발을 거듭했던 신소재였다. 그 대가로 김 사장은 강준을 도와 지안을 제거하는 일에 일조했다. 무려 32조 원에 달하는 가치의 기술을, 김 사장은 70억 원에 팔아 치웠다.

"김 사장님, 우리는 모두가 윈윈 하는 겁니다. 나는 지금 이 자리를 지키고, 김 사장님은 현금 70억 원과 물산을 지키고."

"전문 경영인이라는 자리가 한 번 지켰다고 위태롭지 않은 건 아닌데, 어쩌려고 하십니까."

이대로 지안이 깨어나지 않길 절실하게 바라는 두 사람이 내일을 도모한다. 김 사장은 현금 70억 원과 물산의 대표라는 명예직을 지키기 위해. 강준은 백경그룹의 주인이라는 엄청난 꿈을 위해.

"글쎄 말입니다. 다들 전문 경영인이라고 하면 눈앞의 수익만 생각한다고 하지만 그럴 때마다 참 답답합니다."

"대표님이야말로 지금 우리 백경에 필요한 인재입니다. 아, 누가 뭐라 해도 맞는 말 아닙니까?"

"그래서 전문 경영인이 아닌 진짜 총수 자리에 오를까 합니다."

쓰리고 비린 웃음을 지으며 강준은 김 사장을 바라보았다. 총수의 일가라니, 김 대표는 고개를 갸우뚱했다.

"어떻게……. 그건 쉽지 않을 텐데……."

"결혼이라는 제도가 남아 있습니다."

결혼……! 김 사장은 입을 작게 벌렸다. 강준의 머리에 계획된 꿈은 바로 남현주 전무와의 혼인이었다.

"아아, 이건 조금 천천히 가 볼까 합니다. 그룹을 더 이상 손쓸 수 없을 때까지 가져간 뒤에, 남 전무의 주변을 모두 제거한 후에."

"그럼…… 이선이는…… 이선이가 남 상무와 혼담이 오가던 사실을 모르셨습니까?"

이선은 김 사장의 조카다. 오래전부터 지안을 두고 혼담이 오갔다는 것을 강준이 모를 리가 없다. 하지만 강준은 실소를 터트렸다.

"김 사장님도 이선이와 남 상무가 결혼하는 거 원치 않으시잖아요? 물론 조카라고 해도 그 집안과 사이가 영, 아니지 않습니까?"

"……."

"만일에 남 상무가 깨어나 이선과 약속대로 결혼을 하게 된다면 이선의 집안에서 김 사장님을 가만두겠습니까. 끌어내리겠죠. 두고 보시겠습니까?"

"아…… 물론……."

"물론 남 상무가 깨어난 다음의 이야기죠. 미리 언급할 필요는 없는 문제입니다."

김 사장은 둘째 동생과 사이가 좋지 않았다. 김 사장이 대대로 내려

온 집안의 자산을 젊은 시절 탕진했기 때문이다. 둘째 동생은 현재 대형 로펌을 운영 중이었고 동생의 딸 이선은 전 회장께서 살아생전 아들인 지안과 맺어 주려 했었다. 혈연을 생각하면 지안과 조카 이선의 결혼이 득이다. 하지만 두 사람이 결혼한다고 해도 과연 자신을 큰아버지로 대우해 줄지가 의문이다. 자리에서 쫓아내려고 할지도 모른다.

하지만 이것 역시 가설일 뿐, 그래도 남보다 혈연이 낫다고 본다면 이선과 지안의 결혼은 반드시 성사되어야 했다. 그러나 지안과 결혼에 성공한 이선의 집안에서 훗날 자신을 밀어내려 한다면? 큰아버지인 자신을 밀어내고 짓밟으려 한다면?

"김 사장님, 밀어주십시오. 제가 누굽니까. 제가 만일 총수가 된다면 섭섭하지 않게 챙겨 드리겠습니다. 이선이를 미는 것보다 저를 미는 것이 사장님께 더 도움이 될 거라 확신합니다."

"흠……."

그렇다면 강준과 현주의 결혼으로 자신이 얻을 수 있는 것은 무엇인가? 적어도 강준은 자신의 자리를 위협하지는 않을 것이다. 자신의 자리가 강준에게 해가 될 이유는 없으니까. 하지만 이 능구렁이 같은 강준이 무슨 생각을 하고 있는 건지 알 길이 없다. 그만큼 강준은 위험하고, 음흉한 인물이었다.

김 사장은 침묵했다. 어디에 연줄이 닿아야 더 이득인지 신중하게 생각할 필요가 있었다.

"……한잔하시죠. 대표님."

김 사장은 술을 따르며 생각했다. 그래도 혈육인 이선을 밀어 지안과 혼인을 성사시켜야 하는가, 아니면 이대로 강준을 밀어 현주와 혼인을 성사시켜야 하는가.

"그런데 남 전무의 뜻도 어느 정도 있어야 하지 않겠습니까? 이 결혼이라는 게 그렇게 혼자만의 생각으로 되는 것도 아니고……."

"어쩌겠습니까. 남은 사람이 저 하나라면 선택의 여지는 없겠죠. 어차피 회사 운영을 혼자 할 수는 없을 겁니다."

강준과 김 사장은 의미심장한 눈빛을 주고받았다. 이득을 생각하는 자들은 오늘과도 같은 검은 밤이 어울렸다.

"오늘 같은 날은 한잔해야 한다니까요?"

"어째 매번 이유가 신선하다? 이래서 술 저래서 술, 아주 인생이 술이네?"

"아! 진짜! 내가 오늘 또 한 건 했다니까요? 그럴 때마다 자리에 없고 대체 뭐 하십니까?"

"증거 잡아 오라며. 나도 바쁜 사람이야, 이거 왜 이래?"

"아, 맞다. 상무님 본업이 있으시죠."

"정찬양 씨 본업도 이쪽 아닌가?"

"에이, 저는 회사의 비약적인 발전과 박람회의 성공적인 개최를 위해 노력하는 중이라고요. 상무님을 대신해서 제가 회사 일 열심히 하고 있잖아요."

찬양이 활짝 웃으며 싱글벙글 이야기를 한다. 좋은 아이디어로 인정을 받았다며 오늘 하루 종일 기분이 업된 상태로 종알거린다.

"상무님이 증거 잡아 와서 제가 출동하게 될 때까지는 진짜 대박 열심히 할 거예요. 오기가 생겼어요."

싱그럽게 웃으니 참 예쁘다. 가지런한 치아, 끝이 올라간 입꼬리, 갸름한 턱 선과 동그랗게 휘어진 눈. 인정을 받는다는 것이 사람의 자존감을 드높인다는 사실을 새삼스럽게 깨닫는 요즘이다.

"진짜 신나. 너무 신나. 상무님 나 진짜 완전 신나서 이대로 죽어도 원이 없을 것 같아요."

"안 돼! 죽긴 왜 죽어!"

"아니, 비유가 그렇다는 말이죠. 누가 죽어요, 죽기는."

찬양이 혹 치고 들어온다. 턱 끝까지 순식간에 다가와 동글동글한 눈을 깜빡거린다.

"내가 또 꼴까닥 하고 황천길 갈까 봐 그러는 거죠. 걱정돼서?"

쓰다듬어 줄 때까지 꼬리를 흔드는 강아지 같아 지안은 마른침을 삼키며 시선을 멀리 주었다. 손가락으로 그녀 이마를 밀었다.

"저리 가. 왜 이렇게 혹 치고 들어와."

"밀어 봐라, 내가 밀리나. 나 버티는 일에 선수거든요?"

"머리 감았어 안 감았어."

"감았어. 맡아 봐도 돼요."

"……저리 가."

정수리까지 들이대며 더욱 밀고 들어온다. 아예 지안의 쇄골쯤에 턱을 받치고는 아래에서 위로 얼굴을 빤히 쳐다본다. 지안은 더욱 고개를 빳빳하게 든 채 시선을 더욱 멀리 처리했다.

"왜 내 얼굴 안 봐요?"

"얼굴을 내릴 만한 각도가 아닌 것 같은데."

"그렇게 고개 들고 있는 거 아래에서 보면 엄청 못생긴 거, 알아요?"

콧구멍도 보이고 얼굴도 넙데데해 보이고. 찬양이 중얼거리자 지안은 홱, 고개를 내렸다. 코끝이 닿을 것 같은 간격이 되자 찬양이 머뭇거리며 조금 상체를 일으켰다. 그러자 지안이 한 손으로 그녀 머리통을 꽉 잡고 놓아주질 않는다.

"어디 가. 내려다보라며."

"아, 아뇨. 이건 또 각도가 너무 내려왔죠."

"왜, 이상적인데."

"좀 놔요. 놔 보라니까요."

당황하는 지안을 놀릴 생각으로 덤벼들었는데 솜털까지 보일 간격이 되고 나니 전세는 점점 역전되어 갔다.

"어때, 좋아하는 사람 이렇게 지척에서 바라보니까."

"사팔뜨기 될 것 같은데요."

"장난 그만하고."

동공을 일부러 중앙으로 모으던 찬양이 갑자기 변하는 지안의 목소리에 두 눈을 바로 떴다.

"너 말야."

지안이 별렀다는 듯이 부른다.

"이렇게 아무도 없는 집에서 남자 막 도발해도 돼? 남자는 몸도 마음도 이원 분리가 가능하다고. 어디서 이렇게 겁도 없이 굴어."

혼날래? 지안이 찬양의 머리를 꽉 잡고 힘을 준다.

"아! 아! 아파요! 아아아아!"

엄청난 악력에 관자놀이가 뚫릴 것 같다. 어림없어. 지안은 더욱 힘을 주며 찬양의 머리를 눌렀다.

"이게 아주 꽃뱀이 맞구만? 누가 이렇게 집에서 요염하래. 누가 이렇게 집에서 남자 홀려 먹으래. 내가 가만히 있으니까 돌하르방으로 보이냐?"

"아아! 아아아아아아악! 아프다고요! 아파! 아파파파!"

"한 번만 더 까불어 봐. 아주 그냥 머리 뚫리게 잡아 줄 테니까."

지안은 그제야 찬양의 머리통을 놓았다. 꽉 맞는 헬멧이 점점 조여 오는 것 같은 고통에 놓였던 찬양은 그대로 머리를 부여잡으며 두 눈을 힘껏 떴다.

"어쭈. 노려봐? 왜 노려봐."

지안은 따라 눈에 힘을 주었다.

"내가 요염해서 뭐! 뭐! 귀여워서 좀 놀렸기로서니 사람 머리를 막 부숴요?!"

"내가 경고했지. 사람 느끼는 거 다 느낀다고. 나 위험한 남자라고. 했어, 안 했어. 했어, 안 했어."

이번엔 찬양의 턱을 붙잡고 지안이 흔들었다.

"느낀다고 그랬다! 느낀다고! 우씨! 이거 안 놔요?!"

"이게 그래도 뭘 잘했다고. 반성 안 해?"

요리조리 흔들다가 이번엔 지안이 찬양의 두 볼을 한 손으로 부여잡았다. 볼이 눌리고 입술이 툭 튀어나온다. 귀여워 죽을 맛이다.

"어쭈. 눈에 힘 안 풀어?"

"느므흐. 즈으흐는 스름흔트 즌는 즘 츠뜨그."

너무해. 좋아하는 사람한테 장난 좀 쳤다고.

"남자는 말입니다, 정찬양 씨. 장난 진담 구분을 못 해요. 아시겠습니까?"

"그름 즌듬흐믄 드즌으으!"

그럼 진담하면 되잖아요!

찬양이 으르렁거리며 또박또박 말대꾸를 한다. 지안은 매끄러운 찬양의 두 볼을 한 손에 가득 쥐고 더욱 눌렀다. 아, 애를 어쩌면 좋지. 막 구겨서 한입에 삼켜 넣고 싶다.

"훅 치고 들어오지 마라. 알겠냐? 알겠냐고. 알겠냐고."

지안이 더욱 힘을 주자 악력에 못 이겨 찬양이 고개를 끄덕였다. 어차피 힘으로는 당할 재간이 없다.

"술 같은 소리 하고 있네. 내가 너랑 술을 같이 마셨다가 무슨 참혹한 일이 벌어질 줄 알고."

"우씨……. 아…… 진짜 아파……. 아오……."

찬양이 두 볼을 문지르면서 씩씩댔다. 오늘 자 인터넷 동영상에서 여자가 착, 달라붙어 눈을 동그랗게 깜빡거리면 애인이 사르르 녹아내린다고 했는데. 역시 인터넷의 정보는 믿을 만한 것이 없는 모양이다.

"우씨, 사람이 좋아하는 거 못 하게 하면 더 안달 난단 말이에요! 그냥 좀 가만히 있으면 안 돼요? 사람 더 안달 나게!"

빙고, 나는 또 그걸 원해. 지안은 하지 못한 말을 삼키며 귀를 쫑긋 열었다. 찬양의 마음이 애가 탈수록 한편으로 심신의 기쁨을 느꼈으니까. 아아…… 이 이중적인 마음이여…….

"좀 들이댔기로서니 남자가 치사하게 완력이나 사용하고. 진짜 못 돼 처먹……."

"뭐? 너 지금 뭐라고 그랬냐?"

"아…… 이제 시간이……. 씻어 볼까……."

"뭐라고 그랬냐고."

어물쩡거리며 넘어가려던 찬양이 반대쪽으로 시선을 옮겼다. 그러다가 눈에 힘을 잔뜩 주며 지안을 향해 홱, 고개를 돌렸다.

"뭐! 뭐! 여자가 그럴 수도 있죠! 좋아하는 남자한테 뭔들 못 해!"

"뭐, 뭐라고?"

"여긴 집이고! 또 둘이고! 성인이고! 뭐, 뭐가 또 부족해요! 잠깐 기댈 수도 있지. 내가 상무님 좋아하는 거 사실인데! 거, 참 나!"

"거, 참 나?"

"진짜 상무님도 독종이다. 여자가 이렇게까지 매달리는데 눈 한 번 깜짝을 안 해요. 아, 됐어요! 나 오늘 완전 칭찬받을 줄 알고 좋아했는데 잘했다고 한마디도 안 해 주고!"

"잘했어."

"……아, 아이디어 짜내느라 엄청 힘들었는데 수고했다, 예쁘다 소리 한 번을 안 해 주고!"

"수고했어."

"……."

"예쁘고. 상당히."

찬양은 얼얼한 두 볼을 만지다가 천천히 손을 내렸다. 쌍심지를 켰던 눈빛을 조금 누그러뜨렸다. 심장이 조금씩 쿵쿵거려 도무지 말을 멈출 수가 없었다.

"뭐, 뭐 그런 말을 들으려고 한 건 아니지만 어쨌든 난 오늘 기분이

너무 좋았다고요. 그래서 막 칭찬해 달라고 머리 쓰다듬어 달라고 기
댄 건데."

"잘했어. 수고했어. 기획 좋더라."

지안이 손을 쓱 뻗는다. 또 머리통을 붙잡히는 줄 알고 찬양이 움츠
리며 두 눈을 꼭 감았다. 하지만 종전과는 다른 부드러운 손길이 내려
와 머리를 쓰다듬는다.

"기획안만 잘 쓰면 물건 되겠던데. 잘해 봐."

"……갑자기 왜 이래요. 왜 이렇게 잘해 줘요, 이상하게."

"또 뭐 해 줄까. 말만 해."

이 작자가 갑자기 태세를 전환하고 왜 이러는 걸까. 찬양은 미적지
근한 시선으로 지안을 바라보다가 천연덕스러운 표정을 지었다.

그래! 지금이 어쩌면 기회일지도 모른다!

"아니…… 뭐…… 내가 해 달라는 거 다 해 줄 거예요?"

"말해 봐. 뭔데."

"그럼 나 계속, 상무님 좋아해도 된다고 말해 줘요."

당돌한 그녀는 틈을 놓치지 않았다. 지안은 그녀의 머리를 쓰다듬
던 손길을 멈췄다.

"손은 왜 멈춰요. 계속 쓰담쓰담 해 줘야죠."

"아, 미안."

지안은 다시 머리를 쓰다듬었다. 찬양은 고개를 비스듬히 수그리며
지안이 더 잘 쓰다듬을 수 있도록 각도를 맞췄다.

"좋아해도 된다고 말해 줘요."

"……."

"다른 거 진짜 안 바란다니까요? 내 마음만 좀 받아 주면 안 돼요?"

맨정신에, 두 볼을 붙잡힌 지 고작 5분도 지나지 않아서, 그녀는 온
마음을 끄집어내 사방에 물들인다. 미치고 팔짝 뛰겠다. 지안은 작은
한숨을 불어 내쉬었다.

"받아만 주신다면 달란 말은 안 할게요. 받아만 줘요. 진짜 나 인간적으로 너무 힘들다."

"정찬양 씨, 그 마음 내가 받으면 더 힘들어진다니까?"

"그럼 그때 가서 후회할게요."

나도 너처럼 명쾌할 수는 없을까. 간단하게 오늘만 보고 지금만 생각할 수는 없을까.

"어차피 상무님 이렇게 사라져도 나는 후회할걸요? 이러나저러나 후회 안 할 수는 없다고요."

내 마음 좀 받아 달라고요오오오오오오. 찬양은 어리광을 부리듯 이번엔 말꼬리를 늘어트렸다. 당할 재간이 없어 웃음이 터졌다.

"좋아해도 돼요?"

고문도 이런 상고문이 없다.

"응? 응? 좋아해도 돼요? 응?"

"야야, 정찬양 씨."

"한 번만. 응? 딱 한 번만. 응? 응?"

손가락 하나를 붙잡고 애원에 애원을 거듭한다. 어디서 이런 게 나타났을까. 지안은 숨이 터질 것 같아 마른침을 삼켰다.

"좋아할게요. 좋아하지 말란 말만 취소해 줘요. 응? 응?"

……결국.

"어? 진짜요? 진짜요? 진짜죠!"

하는 수 없이 고개가 끄덕여졌다. 결국 소원을 성취했다는 것처럼 그녀가 활짝 웃는다. 지안은 그런 그녀의 모습이 안타깝고 또 애처롭고, 그런데 사랑스럽고, 기쁘고 슬퍼서 물었다.

"대체 내가 그 마음 허락하면 뭐가 달라지는데."

"다르죠. 이제 진짜 여기 들어갔으니까."

찬양은 손가락을 뻗어 지안의 가슴을 쿡 찔렀다. 손끝으로 전기가 들어오듯 찌릿한 감정이 그에게 요동쳤다. 꼼짝도 할 수 없어 지안은 가만히 숨만 쉬었다.

"나는요 상무님. 어떤 상황이 와도 상무님 좋아했을 거예요. 그래서 후회는 안 할게요. 지금 상무님의 이런 모습이 아니라도 좋아했을 거고, 또 상사로 만났어도 좋아했을 거고."

그에겐 너무나도 힘겨운 시간이 흘러간다. 마음을 붙잡는 일이란 게 이런 무게였다니. 헛웃음이 터졌다. 그런 마음을 알 길 없는 찬양의 꽉 찬 마음이 그를 자꾸만 흔들었다.

"좋아하는 건 어디서 만났어도 마찬가지였을 거예요. 하지만 상무님은 날 안 받아 줬겠죠? 너무 사는 세계가 다르니까. 물론 황천길에서 만났……을…… 때도……."

말꼬리를 흐리며 무엇을 되짚는 듯한 찬양의 눈빛을, 그는 바라만 보았다. 심장은 자꾸만 널을 뛰었다. 이대로는 한순간도 견뎌 낼 수 있을 것 같지 않았다.

"아…… 황천길……. 석 달……."

그녀는 지금 무슨 생각 중일까. 답을 알 것만 같아 지안의 숨은 가파르게 변했다. 느리게 눈을 깜빡이던 찬양은 한참 후 고개를 들며 그를 바라보았다.

"저기, 상무님. 나 뭐 좀 물어볼게요."

기억은 없으나 확신이 찾아와 그녀의 맥을 뛰게 만든다. 웃음 짓던 분위기, 달콤하던 공기는 어느 순간 사라지고 두 사람 사이를 가르는 어두운 기운이 발끝을 적시는 듯했다.

"상무님이랑 걸었던 황천길의 석 달이라는 시간 동안요. 혹시 내가."

그의 표정은 삽시간에 굳어 버렸다.

"상무님 좋아했어요?"

숨이 막힌다. 기억을 잃어버린 저편의 진실을 갈구하는 네가 가엽고 우리가 서글퍼 마음이 짓눌렸다.

"말해 봐요. 그때도 내가 혹시 상무님 좋아했어요?"

하지만 그녀는 마른 주먹을 쥐고 두 눈을 바로 뜨며 진실을 알려 달라고 원했다. 몸을 바르게 세우고 떨리는 음성에 힘을 주며.

……운명은 도망치고 달아나도 종국엔 가까이 다가왔다. 그저 잠시 피했을 뿐,

"알려 줘요."

그저 잠시 멀어졌을 뿐.

시간은 하염없이 흘렀다. 쉽사리 답을 내어놓지 못하는 그는 이미 답을 알고 있는 것 같은 그녀를 물끄러미 바라보았다. 어떤 말로 포장해도, 이제 와 편히 웃으며 그럴 리가 있겠냐고 거짓말을 해 봐도, 아마 지금의 그녀는 믿지 않으리라.

"……그래."

한참의 시간이 지난 후 지안은 내내 숨겨 왔던 말, 들려주기 싫었던 그 말을 꺼냈다.

"그랬어."

"하아……."

찬양은 지안의 대답에 머리를 헝클다가 쓸어 넘겼다. 만감이 교차하는지 그녀는 두 눈을 꽉 감았다.

"아…… 그때도 나는 상무님을…… 나는 그때도 상무님을……."

그랬다. 그랬구나. 당신을 좋아한 일이 처음은 아니었구나. 목숨이 경각에 달렸던 그 순간에도 나는 당신이 좋았구나. 좋아했고, 표현했고, 당신을 그렇게 지금처럼 괴롭혔구나. 그래. 그랬을 것이다. 그때의 나 역시 지금의 나와 다르지 않아. 이런 내가, 당신을 좋아하지 않았을 리가 없다.

"아…… 진짜 너무 웃긴다……. 그랬나 봐……. 내가 그랬나 봐……."

충격인지 그녀는 혼잣말을 중얼거렸다. 아무것도 기억나지 않는 저 먼 날들의 감정들이 온몸에 색을 입히는 것만 같은 착각이 일었다. 무엇도 기억나지 않아 괴로웠다. 얼마나 지겹도록 들러붙어 그를 힘들

게 한 건지 감도 오질 않았다.

"그런데 순번은 바로 해야지."

그녀의 괴로운 표정을 마주하기가 힘이 든 지안의 음성에선 일말의 포기가 느껴졌다. 이젠 숨길 수 없다는 것처럼. 피할 수 없겠다는 것처럼.

"내가 먼저 좋아했어. 그때도."

모든 감정의 시작은 네가 아니었다.

"그리고 지금도."

나였다.

"전무님, 지시하신 개발 2팀 보고서입니다."

"……."

"전무님?"

전무실에 들어선 윤 실장은 현주의 얼굴을 살폈다. 잔뜩 예민해진 얼굴을 하고 있는 현주는 불러도 답이 없고 눈길도 주지 않는다. 수호는 슬그머니 보고서를 책상에 내려놓았다. 그녀의 표정을 살피다가 자리를 피하려던 때, 불만이 가득한 현주의 목소리가 발길을 잡았다.

"윤 실장, 소개팅하시나 봐요?"

예? 수호는 깜짝 놀란 표정으로 현주를 바라보았고, 현주는 신경질적인 손길로 파일을 집었다.

"소개팅하신다면서요."

"아, 아니 그걸 어떻게……."

"맞네. 맞아. 설마설마했는데, 진짜였어?"

헐. 수호는 당황함에 입술을 멍하니 벌렸다. 오늘 낮, 비서실 직원이 아는 동생을 소개해 주겠노라며 하루 종일 따라다닌 건 사실이다.

"아…… 전무님, 그게."

"됐습니다. 됐고. 퇴근하셔야죠. 소개팅할 사람이 이 시간까지 왜 회사에 붙어 있습니까? 머리도 하고, 옷도 사고 해야지?"

진짜 짜증 나. 보고서는 왜 이따위야. 현주는 종이를 마구잡이로 넘겼다. 읽고 있는 건지 분풀이를 하고 있는 건지 잘 모르겠다.

'그러지 말고 실장님, 소개팅 한 번만 해요.'

그녀가 복도를 지나던 때 티타임을 가지고 있던 직원들의 대화가 들렸다.

'진짜 착하고 예쁘다니까요. 어린데 생활력도 강하고요. 저번에 우리 회사 앞으로 잠깐 온 적이 있는데, 실장님 퇴근하실 때요. 걔가 실장님 보고 소개해 달라고 난리 난리예요.'

벽 뒤에 숨어 저도 모르게 엿듣고 말았다.

'실장님 소개해 줘야 걔도 저 소개팅해 준다고 했단 말이죠. 딱 한 번만 만나서 식사해요. 후회 없으실걸요? 네? 네?'

현주는 읽던 파일을 세차게 덮었다. 다시 떠올려 생각해 봐도 분노가 상당하다.

"나 이거 승인 못 하니까, 개발 2팀 다시 해 오라고 해요. 반려."

"아…… 예, 전무님."

"소개팅? 하, 소개팅? 나이는 생각 안 합니까? 그 나이에 무슨 소개팅이야."

중얼거리며 현주가 눈꼬리를 올리자 수호는 묵묵히 파일을 받아 들었다. 이렇다 저렇다 말이 없으니 더 열받는다. 현주는 수호를 노려보았다.

"선보셔야죠. 아아, 소개팅을 빙자한 선인가? 어쨌든 잘되기를 바랄게요. 결혼도 하고 애도 한 열 명쯤 낳고 행복하게 잘 살길 기도하죠. 제가."

"……"

"어리고 예쁘다니까 아주 좋아 죽더라? 응? 어리고 예쁜 여자가 선배 이상형이니? 하긴 누가 싫어하겠어. 어리고. 예쁘고. 응? 아주 최고지 뭐."

뭐라고 말 좀 해요! 긍정하듯 서 있지 말고! 묵묵히 서서 분노의 잔소리를 듣고만 있는 수호가 답답한 현주는 끝내 참지 못하고 입술을 열었다. 동생이나 누나나 질투의 화신이다.

"선배, 진짜 하냐? 소개팅?"

"이만 나가 보겠습니다. 보고서는 내일 아침까지 회신……."

"어어? 진짜 하나 봐? 그래요. 잘하고 와요. 어리고 예쁜 여성분과 즐거운 시간 보내시고 우리는 내일부터 타이트하고 헤비한 비상 업무 돌입하자고요."

수호는 더 이상 참지 못한 채 고개를 옆으로 돌리고 슬쩍 웃었다. 오후부터 만사에 까칠하다 했더니, 이거였다.

"이만 나가 보겠습니다."

"선배 진짜 이럴래?!"

현주가 책상을 쿵, 치며 자리에서 일어섰다. 저 목석같은 남자는 짖어도 발광해도 들은 척도 하질 않는다.

"소개팅하기만 해 봐! 나가기만 해 봐! 내가 따라가서 깽판 칠 거야! 조강지처 두고 바람피운다고 온 동네방네 소문 다 낼 거야!"

"전무님."

"치사하게! 차라리 돈 많고 똑똑한 여자랑 소개팅해라! 어리고 예쁘면 어쩌라는 거야! 내가 내세울 게 없잖아! 누군 안 어리고 싶은 줄 알아?! 내가 누구 따라다니다가 늙었는데!"

그때였다. 전쟁 같은 질투가 쏟아지던 때 똑똑, 전무실을 노크하는 소리가 들렸다. 긴장한 얼굴로 수호와 현주가 문을 바라보자 슬쩍 문이 열리며 익숙한 얼굴이 고개를 디밀었다.

"언니, 바쁘세요?"

반가운 듯 눈꼬리를 둥글게 휘며 웃는 얼굴. 이선이었다.

대치하듯 서 있는 남녀 사이에 서러운 기류가 흐른다. 이 밤은 무얼 알아 고요하게 깊어 갔고, 바람도 멎을 침묵은 끌려와 발아래 놓였다. 밟힌 침묵은 생각보다 차가워 조금씩 온몸을 시리게 만들었다.

그는 이 장면을 꿈에서 보았다. 그만큼 오래 그려 보았고 상상했던 모습이다.

"내가 먼저 좋아했어. 그때도."

네가 모든 사실을 알게 되고.

"그리고 지금도."

그리하여 주저앉게 되는 모습.

부디 꿈으로만 끝나기를 얼마나 바라고 원했던가. 너는 끝끝내 모르기를. 제발 너에겐 영원한 비밀이 되기를.

"네가 먼저 아니야."

하지만 능력 없는 바람은 허망하게 흩어지고, 그녀는 모든 진실 앞에 마주 선다. 지안은 모든 것을 운명에 맡기듯 사실을 고하며 덤덤한 표정을 지었다.

"그때도 지금도, 내가 먼저 좋아했어."

"……하."

하아. 찬양은 이제야 알게 된 진실에 엉킨 숨만 토했다. 희고 깨끗한 그녀의 동공 주변이 붉게 물든다. 통증이 일 것처럼 붉게 물든 두 눈이 현재 그녀 심경을 대변해 주었다. 간단하고 명료한 진실 앞에 다리는 휘청거리고 누가 쥐고 흔드는 것처럼 두 팔은 떨려 왔다.

"그때도 나를…… 좋아했어요……?"

투두둑, 눈물이 떨어진다. 눈 한 번 깜빡였을 뿐인데 서너 줄기로 눈물은 처참히 낙하한다.

"지금도…… 나를…… 좋아한다고요……?"

"맞아."

"……."

"모를 리, 없었을 텐데."

찬양은 고개를 숙였다. 정말 몰랐겠나. 참아 보겠다던 떨린 음성을, 언뜻언뜻 내비치던 따사로운 눈빛을. 바라보면서 어찌 그 마음을 몰랐겠나.

"아니, 나는요……. 아니, 그러니까 그게……."

하지만 당신도 나를 저 먼 시간으로부터 좋아했을 거라고는 생각지도 못했다. 이제는 완벽하게 알겠다. 그 마음을 제대로 보여 주지 않은 사연을. 그토록 매몰찬 손길로 밀어내려고만 했던 이유를.

가슴에 맺힌 한에 말이 눌려 잘 나오질 않는다. 찬양은 가슴에 손을 올린 채 먹먹함이 담긴 음성으로 입술을 열었다.

"제가 지금 가슴이 너무 아파서……. 그러니까 지금 가슴이 너무…… 너무 아파서……."

"그래서 말 안 한 거야. 사랑하면 좋아야지, 왜 아파."

"……."

"이상하잖아. 생각할수록 아픈데 그게 어떻게 사랑이야."

아아……. 찬양은 참지 못하고 두 손으로 얼굴을 가렸다. 그가 보내 온 시간들이 눈앞에 펼쳐지는 것만 같다. 지금 눈앞의 이자는 대체 무슨 생각으로, 어떤 하루를 보내며, 나의 무심함에 어떠한 상처를 받으며 지내왔을까.

내가 당신을 몰라서. 모든 것을 잊어서. 있었던 일들을 감히 상상도 하질 못해서.

"난 그런 줄도 모르고…… 모르고……."

"네 잘못 아니야. 잊는 게 맞아."

당신은 처연하게 포기한 것이다. 결국 나도 당신처럼 아프고 슬프게 될까 봐. 나를 모르는 그대의 매서운 눈길에 눈물 젖은 하루를 마감할까 봐.

"그래도 어떻게 이렇게 다 잊어요⋯⋯. 어떻게 이렇게 하나도⋯⋯ 하나도 생각이⋯⋯."

"몰랐으면 했어. 여전히 그 마음 변함없고."

"미안해요⋯⋯. 내가 다 잊어서⋯⋯."

찬양은 울먹이며 말꼬리를 흐렸다. 떠오르는 몇몇 장면들이 있지만 허구로 쥐어짜 만들어 낸 상상일 뿐 그 이상도 이하도 아니다.

"내가 다 잊어서⋯⋯ 미안해요⋯⋯."

물론 기억은 나질 않지만, 아마도 이런 나라면 당신을 향해 당당히 말했을 거다. 이 세계로 돌아와도 당신을 잊지 않겠다고. 반드시 알아보겠다고. 내가 어떻게 당신을 잊어버릴 수가 있냐고.

"몰라봐서⋯⋯ 상무님 몰라봐서⋯⋯ 미안해요⋯⋯. 미안⋯⋯합니다⋯⋯."

말도 안 돼, 걱정하지 말아요. 나는 분명히 당신을 알아볼 거니까. 우리 그때 다시 만나요. 당신 꼭 나를 찾아와 줘요. 해맑은 표정으로, 자신에 찬 눈빛으로, 더없이 사랑스러운 미소로, 고문 같은 희망을 당신에게 심어 주며― 사랑해요. 사랑해요. 나는 당신을 사랑, 해요.

⋯⋯억장이 무너진다.

"되게 아팠겠다⋯⋯. 상무님 되게 되게⋯⋯ 아팠겠다⋯⋯."

마음이 주체가 되질 않는다. 재채기만큼 감추기 힘들다는 사랑을 숨긴 채 그는 얼마나 고통받았나. 겸허히 받아들이려고 어떤 시간을 흘려보냈나.

"내가⋯⋯ 내가 어떻게 그걸 다 잊고⋯⋯."

"그래. 아팠어."

"⋯⋯."

"힘들었고."

덤덤한 그의 음성에 찬양은 입술을 더욱 깨물었다. 힘껏 깨문 입술은 얼얼했지만 물리적 통증은 정신적 고통 앞에 아무것도 아닌 게 되었다.

"지금도 널 보면 아프고, 힘들어."

모든 것을 털어놓는 사람의 음성과는 어울리지 않게, 지안은 되도록 침착한 표정을 유지했다.

"그런데 이제 와 뭘 어쩔 수가 있겠어."

흐트러지는 마음을 간신히 붙잡고 서서 어떻게든 상황을 차게 식혀 보려고. 아무 힘도 없는 사랑이란 게 끝끝내 남아 너를 괴롭히는 일은 없게 하려고.

"나는 너랑 뭘 어쩌고 싶은 마음이 없어. 네가 힘들까 봐 그러는 거 아니야."

"……."

"내가 힘들까 봐 참는 거야. 너 힘들면 내가 더 힘들어."

나를 알아보지 못하는 너를 처음 마주한 순간, 심장에 금이 가듯 아팠다.

"이게 얼마나 잔인한 시간인지 알아? 그런데 이걸 너한테 겪게 하라고? 내가 너한테 그럴 수 있을 거라고 생각해? 내가 그걸 어떻게 시켜, 너한테."

왜 하필 너의 앞에서만 시간이 흐르는 건가 절망스러웠다. 왜 이런 모습으로 네게 다가와 너를 고통스럽게 하는가, 몸서리가 쳐졌다. 깨어나 너를 기억할 수만 있다면 지옥의 사신과도 거래를 할 수 있겠다, 생에 가진 모든 걸 내어놓고 포기할 수 있겠다.

"참으라고 했잖아. 나 좋아하지 말라고. 곁에 있어 주지도 못할 남자 뭐가 예쁘다고 좋아해. 정찬양 씨 인생, 시간 낭비하지 마."

그런데, 그럴 수는 없대. 그런 일은 죽어도 일어날 수 없대. 내가 무엇을 어찌해도, 가진 무엇을 내어놓아도 들어줄 수 없는 소원이래. 이루어질 수 없는 바람이래.

"알았으면 이제라도 마음 접어. 나도 노력하고 있는 중이니까."

그는 침착하게 말했다. 잘 들어. 나도 너를 잊을 거야. 너를 남김없이 지울 거야. 만나도 너를 스쳐 지나갈 거야. 뒤를 돌아보는 일 같은 건, 생기지 않을 거야. 네가 힘들게 나를 찾아온대도 나는 너를 모를 거야. 너를 바라보고 너를 알아 갈 시간 같은 건 없을 거야. 난 살아왔던 대로 살 거고, 사랑 같은 건 사치스러워서 모르고 살 거야.

"알아들어? 너, 이런 남자 좋아해서 뭐 할래."

반쪽을 잃어버린 듯한 공허함 속에서 내내 허한 가슴을 붙들고 살아간대도 나는 죽는 날까지, 너를 떠올리지 못할 거야.

"괜한 짓 하지 마. 힘들다고 나는 분명히 경고했어. 네가 생각하는 것보다 훨씬. 훨씬 더 많이."

"……."

"힘들고 아프다고. 그러니까 하지 말라고."

나의 모든 말이 비수처럼 꽂혔으면 좋겠다. 무서워 벌벌 떨며 마음을 단단히 접었으면 좋겠다. 현재 나의 고통을 거울삼아, 너에게 깨달음이 다가갔으면 좋겠다.

"정찬양 씨. 내 말, 이해합니까?"

그녀는 입을 틀어막은 채 울음을 참고만 있다. 하지만 흐느낌은 점점 커졌고 어깨의 들썩임도 따라 커졌다. 지안이 주먹을 꽉 쥐며 그녀에게서 물러서자 찬양은 급한 걸음으로 방에 들어갔다. 쿵, 문이 닫힌다. 그제야 그는 휘청거릴 것 같은 두 다리에 힘을 주며 눈을 감았다. 흐느끼는 소리가 문을 뚫고 서럽게 들려왔지만 그럴수록 주먹을 더욱 세차게 말아 쥐었다.

오늘 너의 눈물을 닦아 주지 않은 건, 그저 너를 사랑하기 때문이다. 심장에 바늘이 꽂힌 것 같은 괴로움을 참게 하는 건, 그저 너를 위함이다. 마음껏 나를 원망하길. 할 수 있는 한 모든 마음을 다해 나의 야속함을 기억하길.

지안은 고개를 수그리며 가슴을 움켜쥐듯 심장 부근에 손을 올렸다. 사납게 할퀸 듯 전신 마디마디가 아파 힘껏 감은 눈 주변이 뜨거워졌다.

"이런 등신, 이 머저리 같은……."

그래도 미안하다는 말은 하지 않겠다. 깊어질 너의 오늘 밤이 시리고 차갑대도 사과는 하지 않겠다. 청할게, 이해해 줘. 그런 말을 건네기엔 사실은 지금 내가, 생각보다 너무 아파서.

"그래서 로펌을 나올까 한다고? 부친께서 순순히 그러라 하시겠어?"

"다들 낙하산이라고 싫어해요. 회사에서 사람들이 나랑 말도 안 섞어 줘."

"낙하산은 무슨, 이선이 너 정도면 실력으로도 붙고 남지 뭘 그래."

"그래도 싫은 건 싫은 거죠. 나라도 내가 싫겠어요. 그래서 그냥 나오려구."

현주는 느닷없이 찾아온 이선과 마주 앉아 차를 마셨다. 대형 로펌을 운영 중인 이선의 부친은 백경물산 김 사장의 동생이었고, 따라서 김 사장과 이선은 친척 관계였다. 뭐, 형제끼리 사이가 좋지 않은 관계로 명절에도 뵙기 어려운 얼굴이었지만.

"언니, 요즘 힘드시죠? 지안 오빠 때문에……."

"뭐…… 그냥 그래. 사실 아직도 안 믿겨. 어디 멀리 여행 간 것 같아."

"저도 그래요. 지안 오빠, 어디 해외 나간 것 같아."

이선과 현주는 나름 친한 측에 속했다. 지안의 사고가 있기 전까지 간간이 왕래가 있던 사이기도 했고. ……사립 유치원, 초등학교 동문.

같은 동네에서 자라 어릴 적부터 집안의 관계마저 깊었다. 돌아가신 아버지의 예쁨을 받았고, 며느리로 점찍어 두셨음은 세상이 다 아는 사실이다.

"실은 저 아직도 오빠 병문안 못 갔어요. 무서워서."

"그래. 알 것 같다. 그 기분."

이선이 찻잔을 만지며 쓰게 웃자 현주도 따라 쓸쓸히 웃었다. 총명한 머리, 서글서글한 성격, 선한 마음씨. 이선은 어린 시절 예뻤던 그 모습 그대로 잘 자라 주었다. 지안의 마음이 이곳에 없어 결혼이 성사되지 못한 채 시간은 흘렀지만, 이선의 마음은 여전히 지안에 있음을 현주는 알고 있다.

"그냥요. 근처 지나다가 언니 생각이 나서 들렀어요. 이것도 드릴 겸, 겸사겸사."

"이게 뭔데? 설마 이거!"

이선이 곁에 두었던 작은 종이 상자를 내밀자 현주의 표정이 변한다. 그녀가 평소 즐겨 먹던 호두 파이다.

"이걸 언제 사 왔어? 꽤 멀잖아."

"언니 보러 오려면 이 정도 수고는 기쁘게 해야죠?"

현주가 진심으로 활짝 웃자 이선이 따라 웃으며 너스레를 떤다. 호두 파이 하나를 사이에 두고 밤새 수다를 떨던 지난날이 새삼스럽다. 바빠서. 할 일이 많아서. 이런저런 이유로 시간은 관계의 끈을 느슨하게 만들었다. 다시 단단하게 묶을 수 있을까, 이선은 문득 그런 생각이 들었다.

"역시, 나 챙겨 주는 사람은 우리 이선이밖에 없다. 고마워, 잘 먹을게."

"드시면서 일 보세요. 바쁜 사람 괜히 내가 시간 뺏었겠다."

"벌써 가게? 먹고 가지."

"가 봐야 해요. 고객 미팅 있거든요."

이선은 가뿐하게 일어섰다. 말없이 두 사람이 서로를 바라보자니 어쩐지 코끝은 시큰거려 왔다. 지안은 괜찮을 거라고, 두 사람은 목 끝까지 차오른 말을 차마 뱉지 못했다.

"이선아."

"네, 언니."

"고마워. 다음에 또 보자."

이선은 아스라이 눈꺼풀을 내리며 부드럽게 짓는 미소로 화답했다. 거친 바람에 갈피를 잃고 흔들리는 여린 꽃 같았다.

"네. 갈게요, 언니."

4부
나를 잊지 말아요

무기력하고 무력한 시간은 무심하게 흘렀다.

똑똑. 여느 때처럼 찬양이 출근 준비를 하고 있자니 지안이 다가와 노크를 한다. 찬양은 방문을 열며 물었다.

"상무님 무슨 일 있으세요?"

"먼저 출근할게. 회사에서 봐."

"아, 네. 이따 봬요."

그는 변함없이 말했고 그녀는 항상 같은 말로 대꾸했다.

"오늘도 가 볼 곳이 많아서. 혼자 있을 수 있어?"

"그럼요. 문제없어요, 이제."

"그래. 간간이 들를게. 수고해."

그는 할 말을 모두 마친 뒤 사라졌다. 지안이 떠난 텅 빈 공간을 바라보다가 찬양도 묵묵하게 출근 준비를 마쳤다.

그날, 방문 앞의 서러웠던 시간을 이후로, 지안은 언제 그랬냐는 듯 다시 평범하게 돌아왔다. 평소처럼 말을 걸어왔고 평소처럼 자신을 대해 주었지만 찬양은 알 수 있었다. 그는 제게 주던 눈길과 마음을 거두어 갔다는 걸.

"자, 이제 출근을 해 볼까……."

찬양은 가방을 챙기고 사원증을 챙기며 신발을 신었다. 시간은 기함할 지경으로 잘도 흐르는데 용의자 색출은커녕 상무님과의 관계도 어색해지고, 진전이라 부를 수 있을 만한 것이 아무것도 없다. 요즘 같아선 정말 왜 사는지 모르겠다. 대기업 사원증만 목에 걸면 세상 부러울 것 없어 보이더니 사람 마음 참 간사하다.

빼먹지 않고 들르던 편의점도 그냥 지나치고, 살갑게 인사하는 리어카 끄는 할머니도 넋을 놓은 채 지나치며 찬양은 멍하니 회사로 출근을 했다. 심장엔 너무 많은 것들이 담겨 터질 것만 같았다.

"뭐? 잠적을 했어?"

업무를 보던 강준이 비서의 이야기를 듣고는 두 눈을 크게 치떴다. 대만에서 브로커를 통해 연결받은 USB 해제 기술자들이 돈만 받고 잠적했단다.

"알고 보니 인터폴 지명 수배자들이라고 합니다. 사기 건수가 수십 건이라고……."

"USB는. USB는!"

"다행히 넘기지는 않았습니다. 협상 중에 돈을 요구해서 일단 절반 정도 줬는데……."

허어. 강준은 책상을 쿵, 쳤다. 기술자를 찾지 못하는 게 가장 큰 골치였다.

"제대로 알아봐야 할 것 아니야!"

"죄송합니다. 워낙 기밀이라 기술자를 구하기가 쉽지 않습니다."

"그걸 말이라고 해? 쉽지 않은 일을 해내는 게 니 몫이야!"

비서는 입술을 꾹 닫았다. 애당초 머리를 쓸 줄 알아 발탁된 위인은 아니었기에 머리를 쓰며 은밀히 일을 도모하기가 버거웠던 모양이다. 돈만 날려 먹었다니 황당하고 어처구니없는 상황에 강준은 헛웃음을 흘렸다.

"누가 알까 봐 무섭군그래. 백경그룹 대표실 비서가 사기꾼들에게 돈이나 뜯기고 말이야."

"신고할까요?"

"미쳤어?!"

하…… 끓는다……. 강준은 타이를 느슨하게 끌러 내리며 비서를 한심하게 바라보았다.

"도대체 그 대가리 속엔 뭐가 들은 거야. 신고해서 뭐. 뭐 어쩌자고?"

"……죄송합니다."

"지금 돈이 문제야? 그깟 푼돈 먹고 토낀 새끼들 찾을 시간이 있냐고 지금."

어쩜 이렇게 하나같이 마음에 드는 일이 없을까. 강준은 앓느니 죽겠다는 표정을 지었다. 비서도 무안한지 말이 없다.

"USB 어디 있어 지금."

"여기 있습니다."

비서는 슈트 안쪽 주머니에서 비닐에 싸인 USB를 꺼냈고 공손히 책상에 내려놓았다. 책상에 놓인 USB를 바라보다가 강준은 그것을 들었다.

"대체 이게 뭐라고 이걸 못 풀고……."

시간은 없고 이 안에 든 정보들은 빨리 확인해야 하는데.

"조금 더 알아보겠습니다. 죄송합니다."

"나가 봐. 꼴도 보기 싫으니까."

"예."

나가 보라니 훌쩍 나가 버린다. 사람 목숨 쥐락펴락하는 손 기술만 없었다면 저런 멍청한 놈을 곁에 둘 이유가 없는데 말이다.

"멍청한 새끼. 대가리는 폼으로 들고 다니는 한심한 새끼."

휴. 강준은 짜증스러운 시선으로 USB를 바라보다가 서랍에 넣고 열쇠로 잠갔다. 이 와중에 해야 할 일은 또 산더미니 그는 업무 파일로 곧장 시선을 돌렸다.

……지안은 그의 옆에 서서 그 모습을 바라보았다.

"나를 지켜 주는 휴대폰. 괜찮은데요? 대표님은 어떠세요?"

회의실에서 서류를 검토하던 강준은 안경을 벗으며 고개를 들었다.

찬양의 의견은 팀원 만장일치로 통과되었다. 그럴싸한 기획안으로 만들어지는 대략의 일주일이라는 시간 동안 팀은 야근과 회의를 수도 없이 반복했다.

"이 한 줄로 보여 줄 수 있는 기능이 많아요. 흡입력도 있고요. 광고 효과로 예상 구매 지수도 상당 부분 올라갔고요."

"내가 보기에도 괜찮은 것 같은데."

지금까지의 기획안보다 훨씬 매력적이고 완성도가 높았다. 수치와 기록으로 나타난 기획안의 긍정적 지수 앞에 강준도 수긍할 수밖에 없었다. 그도 그럴 것이, 트집을 잡으려야 잡을 수 있는 부분이 보이질 않았다. 전문가들과 블라인드 테스트도 이미 통과된 상황이었으니까.

"그럼 남 전무는 이대로 통과시켜도 괜찮다는 의견인가?"

"바로 진행하죠. 미룰 것 없이. 저는 만족합니다."

현주는 강한 자신감을 드러냈다. 처음 기획안을 받아 들었을 때 많이 놀라웠고 당황했다. 최초 기획자가 찬양이라는 사실을 알고 난 이후엔 더 많이 놀랐고 더 많이 당황했다.

"그래, 그럼. 남 전무가 잘 이끌어 줘."

"네, 대표님."

"자리 내어놓지 않아도 되겠네. 어때, 소감이."

파일을 들고 일어서려는 현주를 향해 강준이 묻자 현주는 머리를 쓸어 넘겼다.

"말씀드렸잖아요. 저는 자리를 내어놓을 생각이 없다고. 해낼 줄 알았어요."

"노파심인데 다음부터는 그런 말은 하지 말았으면 좋겠어. 당신 자리가 어떤 자리인지 잘 알잖아."

"네, 대표님. 참, 기획안 누가 최초 기획자인 줄 아세요?"

글쎄? 강준이 눈으로 묻자 현주는 빙그레 웃었다.

"정찬양 씨예요."

"누구⋯⋯?"

강준의 놀란 눈동자를 바라보며 현주는 눈웃음을 쳤다. 특유의 표정이다. 무척이나 마음에 드는 것을 발견했을 때, 길 가는 어린아이가 너무너무 예뻐 바라보게 될 때, 키우는 반려견이 새끼를 낳았을 때나 짓는 표정이다.

"정찬양 씨요. 한 건 해냈네요. 정찬양 씨가."

이번엔 찬양을 향한 웃음이 분명했다.

⁂

"그, 그럼 진짜 그분이 범인 맞아요? 진짜? 정말?!"

퇴근하고 돌아온 찬양과 지안은 마주 앉은 채 이야기를 주고받았다. 결정적인 정황을 포착했다는 지안의 말에 찬양은 두 눈을 크게 치떴다. 모처럼 할 말이 있다기에 잔뜩 긴장했는데, 지안의 입 밖으로 나온 이야기는 정말이지 충격적이었다.

"그럼 이제 우리 어떡해요? 와, 대박. 대박 사건."

"생각을 정리하는 중이야. 일단 USB는 임 대표한테 있고."

"그거 찾아와야 하지 않을까요? 중요한 증거물이라면서요."

"무슨 수로 대표실 비밀 서랍 속에 들어 있는 USB를 찾아와."

"뭐라도 해 봐야죠. 그래서 제가 필요하신 거 아닌가요?"

오. 맙소사. USB가 대표에게 있다니. 진짜 못된 놈이었네. 그 큰 회사를 거저먹으려 들다니! 나 정찬양이 출동하여 반드시 악의 무리를 처단하리!

"대표 임기가 얼마 안 남았어. 그래서 마음이 조급할 거야."

"그 전에 일을 도모해 보려고요? 임기 끝나기 전에? 회사 홀라당 삼켜 먹으려고?"

"그렇지. 그런데 지금 대표 한 사람만 잡아 봐야 아무 소용 없어."

"……"

"밑으로 연루된 놈들을 전부 찾아야 하는데 섣불리 건드리면 일을 망칠 수도 있으니까."

한 사람만 잡아 될 문제가 아니라며 지안은 팔짱을 낀 채 중얼거렸다. 누군가는 기업 기밀을 팔아넘겼고, 누군가는 회사의 주인이 되기를 원하고, 누군가는 총수 일가의 몰살을 바란다.

"그런데 다 잡으면요. 이걸 외부에 어떻게 알려요?"

찬양의 질문에 지안은 힐끔 그녀를 바라보았다. 너무 당연한 질문인데 막막한 건 사실 어쩔 수가 없다.

"아는 사람이라곤 상무님하고 저뿐인데, 누가 우리를 도와줄 수 있을까요?"

"정확하게는 누군가 널 도와야겠지."

"그러게요. 상무님은 다른 사람들 눈에 보이지 않으니까 온전히 저를 믿어야 도와줄 수 있을 텐데."

흠. 찬양은 무릎에 턱을 괴며 근심에 싸인 눈빛을 했다.

"제가 어느 날 갑자기 회사 대표가 상무님을 죽이려 했다. USB를 훔쳐 갔다. 회사를 통째로 먹으려고 한다. 라고 말하면 누가 믿어 줄까요?"

"누나한테 말해 볼까?"

"누님께서 제 말을 믿어 주시겠어요? 정신병자 취급 하실 것 같은데."

이것도 문제다. 정황을 모두 포착해도, 용의자를 색출해도. 그래서 그다음엔? 그다음엔?

"익명으로 경찰에 신고할까요? 대표실 서랍에 상무님 USB가 있다고?"

"신고 접수된다고 경찰이 들이닥칠 것 같아? 백경 대표실에? 어림없는 소리."

"아…… 이거 너무 어렵다……."

잡아도 문제, 못 잡아도 문제인 상황은 여러모로 최악이다.

"뭐, 다음 일은 다음에 생각하고요. 어쨌든 그 USB는 꼭 제가 찾아올게요. 목숨 걸고."

"넌 가만히 보면 딸린 목숨이 스물두 개 정도 되는 것 같다."

"그 정도 됐어도 아마 지금쯤 몇 개 없을 거예요. 다 써서."

"일단 그 USB를 반드시 찾아야 해. 그게 있어야 나중에라도 내가 일을 도모할 수 있어."

"제가 어떻게든 찾아올게요. 걱정하지 마세요."

"니가 찾아올까 봐 걱정이야. 방법이 그것밖에 없나, 지금 머리가 터지겠다고."

쳇. 찬물 끼얹는 일엔 선수라니까. 찬양은 뭐라도 도움이 될 수 있을 것 같아 기뻐하다가 입술을 삐죽거렸다. 그러다가 저도 모르게 웃음이 흘렀다.

"왜 웃냐?"

"그냥요. 상무님하고 이렇게 앉아서 이야기 나눈 게 오랜만인 것 같아서."

이런 사소한 대화를 주고받으며 장난치고 눈을 흘기던 날이 불과 며칠 전인데 너무나도 까마득한 과거의 일처럼 아득하게만 느껴진다.

없었던 일 같기도 하고, 그래서 낯설기도 했다.

"상무님, 저는 상무님 힘들게 하는 사람 하고 싶지 않아요."

찬양은 그와 서먹해진 이후 내내 생각해 온 말을 툭 꺼냈다. 지안은 잠자코 듣고만 있다.

"뭐, 상처 주려고 좋아했나. 그냥 내 마음이 그렇다는 걸 알려 주고 싶었는데, 어차피 상무님은 떠날 거고 나머지 감당은 내가 하면 되니까. 라고 편안하게 생각했었어요."

"……."

"내 그런 마음 때문에 상무님 마음이 더 힘들어질 거라고, 알았다면 그렇게 행동하지 않았을 텐데."

꼭 말해 주고 싶었다. 당신은 이제, 편안해져도 된다고.

"마음 접을게요. 솔직히 잘될지는 모르겠어요. 그래도 해 볼게요. 생각해 보니까 상무님 말이 다 맞더라고요."

사랑이란 때때로 불구덩이로 뛰어들게도 만들고, 깊은 물웅덩이로 빠져들게도 만들고, 서로를 신앙처럼 믿으니 모든 것을 헤쳐 나갈 수 있다고 믿게 했다. 그것은 반드시 너를 사랑하고야 말겠다는 다짐 없이 불가하니 의지가 빠진 사랑은, 아무런 힘이 없다.

"우리, 예전처럼 지내요. 이제 시간도 얼마 안 남았잖아요. 잘 지내다가 안녕 해요."

그녀의 털털한 속내 앞에 지안은 씁쓸한 웃음만 지으며 말을 아꼈다. 이미 온 마음을 들킨 주제에 다른 말은 어울리지 않았다. 그냥 이렇게 지내는 게 맞는 건가 보다. 그냥 이렇게 허무하게 지내다가, 우리는 안녕 하는 일이 맞는 건가 보다.

"저 들어갈게요. 상무님, 주무세요."

"그래, 잘 자."

만신창이 된 서로의 마음을 들여다보며. 그 마음 지켜 줄 수 없음을 내내 미안해하며.

준비하자, 이별을. 얼마 남지 않은, 안녕을.

[아직도 풀리지 않은 고객님의 근심을 애프터서비스 해 드립니다. 고민 타파 장군님 파워. 광고 수신 거부 080-××××-××××]

찬양이 태어나 처음으로 찾았던 점집은 간간이 홍보 메시지를 보내 왔다. 회사에 있던 찬양은 대수롭지 않게 문자 메시지를 넘기며 일에 몰두했다. 그러다가 문득 멍하니 고개를 들었다.

상무님의 시간은 얼마나 남았을까. 보름? 열흘? 얼마나 남은 걸까.

"휴…… 미치겠다……."

하루하루 숨을 쉬는 일이 지옥 같다. 내 옆에 그가 보이지 않을 현실만 생각하면 심장에 쥐가 난 듯 저리고 아프다. 기다렸다가 만날 수 있는 당신이라면 얼마든지 기다릴 텐데. 아무리 오래 떨어져 있대도 다시 볼 수만 있다면 기쁘게 기다릴 수 있을 텐데. 끝은 끝일뿐 그다음은 없다. 보고 싶어도 볼 수 없고 만지고 싶어도 만질 수 없다. 나의 세상에 그는 죽고 없는 것이다.

찬양은 멍한 눈빛으로 멈춰 있다가 힐끔 휴대폰을 바라보았다. 무당의 광고 메시지를 생각하다가 일전에 무당이 했던 이야기를 떠올렸다. 그는 어떠한 '요구'에 의하여 곁에 머무는 것이라 말했다.

'그러니까 일단 그자의 이야기를 들어줘. 해 달라는 대로 해.'

'그런데 떠나지 않으면요?'

'그런 것들에게도 법칙은 있어. 인간의 약속이야 손바닥 뒤집듯이 바꾸기도 한다지만 그것들은 그러지 못해. 그러니 약속을 받아.'

'떠나 달라고요?'

'그래. 떠나 달라고. 요구 사항을 모두 들어주면.'

그의 요구 사항을 들어주고 떠나 달라는 약속을 받으라고 했지. 회사를 다니고 용의자를 찾는 대가로 떠나 달라고 말해야 하는데.

생각 끝에 찬양은 피식 웃음을 터트렸다.

"무당 아줌마, 어쩌죠. 그런 건 아무 소용 없네요. 이미 떠나기로 되어 있는 사람이니까."

에효. 찬양은 심란한 마음을 어쩌지 못한 채 다시금 일에 열중했다. 떠날 자의 마음을 헤아리며. 두고 안녕 해야 하는 그의 마음을 아파하며.

"찬양 씨, 대표실 호출인데."

"네? 저요?"

"기획안 때문에 그런 것 같아요. 올라가 봐요."

"아, 네네."

뜬금없는 대표실 호출에 찬양은 자리에서 일어섰다. 엘리베이터를 기다리며 주변을 둘러보지만 그가 보이질 않는다. 그는 더 많은 증거를 잡기 위해 드문드문 사라졌고 조용히 나타나기를 반복했다.

밖은 비가 쏟아졌다. 그 역시 오랜만이었다.

"안녕하세요. 정찬양입니다. 대표님께서 찾으셨다고."

"아, 잠시만요. 여기 계시겠습니까?"

"네."

대표실로 올라온 찬양은 비서에게 말을 걸었다. 임 대표께서 지금 잠시 자리를 비우셨으니 기다리란다. 참 나, 사람을 불러 놓고 자리를 비우는 건 어느 나라 법인지 모르겠다. 잠시 뻘쭘하게 기다리자니 남아 있던 비서가 움직이기 시작했다.

"대표님 금방 오실 거예요. 안에 들어가 계셔도 됩니다."

"아, 아뇨. 그냥 여기 있을게요."

이보오, 대체 어딜 가는 게요? 날 혼자 두고?

"제가 잠시 로비로 내려가 봐야 해서요. 앉아 계세요. 괜찮습니다."

"아…… 네."

비서가 대표실 문을 열어 준다. 찬양이 조심스럽게 안으로 걸음을 하자 문을 닫으며 비서는 사라졌다.

"우리 집보다 넓네. 우와."

공간에 압도당한 찬양이 주위를 두리번거렸다. '만지지 마. 나 비싸'라고 써 놓은 것 같은 모든 소품은 건드려 볼 엄두도 나질 않았다.

"백경 본사 대표실도 들어와 보고. 성공했다, 정찬양."

찬양은 중얼거리며 얌전히 소파에 앉았다. 반질반질한 대리석, 안락함이 이루 말할 수 없는 물소 가죽 소파, 통유리로 밖이 훤히 내다보이는 전망. 할 일이 없어 멀뚱멀뚱 앉아 주변만 바라보던 찬양은 시계를 바라보았다. 한참이 지나도 대표가 얼굴을 보일 생각을 하지 않는 것이다.

"아니, 오랄 땐 언제고 코빼기도 안 보여 대체 왜."

우리 상무님을 죽이려 했으니 존경심이 있을 리가 있겠나, 대표 새끼 얼굴만 봐도 오장육부가 뒤틀려 죽겠는데. 심지어 불러 놓고 나타나지도 않는다. 시간이 지나면 지날수록 찬양의 얼굴이 일그러진다.

"딴 게 갑질이 아니지. 이런 게 갑질이지. 내가 지금 얼마나 바쁜데 이렇게 앉혀 놓고……."

일어나서 기지개도 켰다가, 앉았다 일어나기 운동도 했다. 뚜벅뚜벅 걸으며 산만하게 시간을 보내다가.

……그녀의 시선이 책상에 멈춘다.

"USB……."

저 책상 어딘가에 USB가 있다고 했던 생각이 들자 심장은 폭주하듯 뛰어올랐다. 찬양은 조심스럽게 문을 열고 밖을 내다보았다. 아무도 없다. 눈을 돌리며 눈치만 보던 찬양은 스륵 문을 닫고 책상으로 전력 질주 했다. 있는 대로 서랍을 열어 보고 빛의 속도로 안을 훑었다. 세 번째 서랍만 유일하게 잠겨 있다. 찬양이 힘껏 당겨 보지만 열릴 기미가 없다.

"열쇠가 있을 텐데."

매의 눈으로 책상 위를 훑어보니 키보드 아래 번쩍거리는 게 있다. 나이스. 열쇠다. 찬양은 열쇠를 획득하고 이리저리 맞추며 돌렸다. 덜덜 떨며 열쇠를 만지는 모습을 보아하니 방 탈출 게임 중인 취객 같기도 하다.

······서랍이 열린다.

"심장 터지겠네. 아후 무서워."

찬양은 정신없이 서랍을 뒤졌다. 눈에 뵈는 건 없고, USB를 찾으면 그길로 회사를 뛰쳐나가야겠다는 생각만 확고하다.

"왜 안 보여, 분명히 여기 있다고 했는데."

어떻게 생겨 먹었는지 알 수가 없으니 월리를 찾아서 수준이다. 뭐에 홀린 듯 정신없이 뒤지다가 찬양은 깊숙한 곳에 놓여 있는 작은 USB를 발견했다.

"아 몰라! 일단 접수!"

찬양은 백경의 로고가 그려져 있는 USB를 꺼내 들었다. 그때였다. 띵— 엘리베이터에서 누군가 내리는 소리가 들린다. 게스트 입장을 알리는 종소리도 들려온다.

히익—! 찬양은 다시 급하게 닫고 서랍을 잠갔다. 열쇠를 키보드 아래에 넣고 부리나케 뛰어 소파로 전력 질주 했다. 연습깨나 해 본 경험자처럼 엄청난 속도와 매끄러움을 자랑했다. 온다! 온다! 온다! 날아 착지하듯 털썩 앉기가 무섭게 대표실 문이 열린다.

"아, 정찬양 씨."

"대표님!"

헉헉, 찬양은 숨을 끊어 내쉬며 인사를 했다. 별생각을 하지 못한 강준은 미안하다며 손을 들어 보였다.

"미안. 회의가 생각보다 길어져서."

"괘, 괜찮습니다!"

그가 책상으로 걸어가자 찬양의 심장이 폭주한다.

"차 한잔할까?"

"네? 네네네네네네!"

주머니가 없는 옷을 입고 있다 보니 대체 USB를 어디다 숨겨야 하는지 모르겠다. 주먹을 쥐고 USB를 감추고 있던 찬양은 강준이 딴짓을 하는 사이 슬쩍 블라우스 속으로 손을 넣었다.

부탁해…… 뽕아……. USB를 숨겨 줘…….

"아하하! 간지러워! 아 간지러워서요. 머리카락이 자꾸 들어가요."

강준이 힐끔 바라보자 찬양은 블라우스 속에서 머리카락을 꺼내듯 자연스럽게 손을 움직였다.

"아, 미안. 하던 거 마저 해."

놀란 강준이 휙, 고개를 반대편으로 돌린다. 찬양은 자신의 순발력에 스스로 감탄하며 USB를 안락한 자리에 위치시켰다.

"아뇨. 다 됐어요. 머리카락 꺼냈어요."

"아, 그래. 미안, 내가 쳐다봐서."

"아닙니다. 제가 원래 좀 이래요. 이해해 주세요."

흐…… 이 뭔 개망신이냐……. 대표 앞에서 가슴에 손 넣고 머리카락이나 꺼내는 정신병자가 되었지만 지금은 그게 중요한 게 아니다. 도둑보단 정신병자가 백 번 천 번 낫지.

목숨줄이 왔다 갔다 하는 것만 같고 숨은 벅차다 못해 끅끅 막혀 온다. 등줄기로 땀이 줄줄 흐르고 귓바퀴가 뜨거운 게 느껴진다. 아무것도 모르는 강준은 겉옷을 벗고 소파로 걸어와 차를 주문한다. 늦은 주제에 양심도 없이 씨익 웃는다.

"기획안 봤어. 아주 좋아. 그게 정찬양 씨 기획이었다지?"

"어…… 그러게요. 전부 함께했습니다."

폭풍 같은 기획안 칭찬을 쏟아 낸다. 호출의 이유는 별 뜻 없었나 싶다. 찬양은 억지로 씰룩씰룩 웃으며 귀 기울여 듣는 척을 했다. 여전히 심장은 터질 듯이 뛰어오른다. 여기서 잘못 처신했다간 찍소리도 못 하고 죽을지도 모른다. 행여나 USB가 움직일까 봐 가슴을 파워 당당하게 세우고 꼿꼿한 자세를 유지했다.

"다시 봤어. 아주 훌륭해. 정찬양 씨 이번 기획 끝나도 회사에서 일해 볼 생각 없나?"

"네. 없습니다."

단호하네. 근무 연장을 시켜 준대도 싫다고 하니 강준은 너털웃음을 흘렸다.

"뭐, 그래. 정찬양 씨는 아쉽지 않겠지만 우리 쪽에서 아쉬워서 그래. 연봉 협상은 잘해 줄게. 성과급도 섭섭하지 않게 챙겨 줄 거고. 이번엔 대표실에서 정식으로 채용할 테니 말이야."

"아니요. 괜찮습니다."

"진짜 생각 없어?"

"네. 없어요."

흐음. 강준은 찬양을 관심 있게 바라보았다. 도대체 얘는 뭔가 싶은 표정이다.

"회사에 바라는 거 없어? 원하는 거라든지."

"원하는 거요?"

원하는 거 있어……. 대표야…… 나 지금 여기서 나가고 싶어…….

"없습니다. 이런 건 좀 부담스러워요, 대표님."

"아쉽네. 정찬양 씨 같은 인재가 또 회사에 필요한데."

상무님이 너도 필요 없대……. 나랑 같이 회사 나가자…….

"저는 더 있을 수가 없어서요. 죄송합니다."

"그래, 그럼 할 수 없지. 하지만 여기 있는 동안 나는 계속 러브콜을 보낼 거야. 생각 바뀌면 얘기……. 어디 불편해?"

"네? 아뇨! 아뇨 아뇨 아뇨!"

"안색이 영 안 좋은데."

"괜찮아요! 아! 아니요! 사실은 배가 좀 아파요!"

흐…… 가지가지 한다……. 가슴이 간지러운 것도 모자라 똥찬양이 될 판이다. 빨리 여기를 벗어나고 싶은 마음뿐, 대표 새끼의 러브콜이고 나발이고 아무것도 귀에 걸리지 않는다. 지금 나가면 쇼생크 탈출이다.

"아…… 배가 아프구나. 화장실 가야지."

"네네. 네네. 지금 막 올라와요. 아시죠, 그, 저 밑에서부터 올라오는."

살고자 여자이길 포기한다. 찬양은 심각하게 배가 아픈 것처럼 우스꽝스러운 표정을 지었다. 실제로 안색이 좋지 않다 보니 강준은 어서 화장실을 가 보라며 손짓했다. 어처구니가 없는지 헛웃음을 토한다. 부끄러움을 모르는 표정으로 찬양은 일어났다. 대표 새끼한테 잘 보이고 싶은 마음은 눈곱만큼도 없으니까.

넌 날 똥으로 기억해 줘……. 난 널 쓰레기로 기억할 테니까…….

"기획안 칭찬해 주셔서 감사합니다. 그럼 이만……."

"정찬양 씨."

네? 찬양이 서둘러 나가려고 하자 강준이 부른다. 어정쩡한 자세로 서서 그를 바라보자니 강준이 한참이나 꿰뚫듯 응시해 온다. 무량억겁의 시간 같은 초가 흐르고—

"난 정찬양 씨와 잘 지내고 싶은데."

"아…… 네, 뭐."

배 아프다고 이 새끼야. 무슨 말인지 몰라?

"부디 그럴 수 있다면 좋겠네."

"어…… 예. 저도 뭐, 네."

너 이거 실례야. 배 아픈 사람 붙잡고 뭔 말이 이렇게 많아? 내가 진짜 아팠으면 어쩔 뻔했어?

"나가 봐. 화장실 가야지. 급하다며."

"네네. 안녕히 계세요."

무슨 말을 해도 찬양이 꿈쩍도 하질 않자 포기한 듯 강준은 손을 흔들었다. 찬양은 꾸벅 인사를 건네며 대표실을 튀어나왔다. 엘리베이터를 기다릴 수 있을 것 같지 않아 비상구 계단으로 미친 듯이 뛰어 달렸다.

"벌써 내려갔어?"

"네? 아, 정찬양 씨 비상구로 가셨는데요."

할 말이 있어 다시 대표실을 열고 나온 강준은 찬양이 비상구로 튀어 내려갔다는 비서의 이야기를 듣고는 웃음을 터트렸다.

"급하긴 어지간히 급한 모양이지."

참 재미있는 캐릭터라 생각했다. 뭘 도둑맞았는지는 꿈에도 모르고.

찬양이 헉헉거리며 자리로 돌아오니 지안이 기다리고 있다.

나와요! 빨리! 나 죽어! 죽는다고! 찬양이 눈짓으로 신호를 보내며 가방을 들었다.

"찬양 씨, 어디 가요?"

"저 오늘 먼저 퇴근해 보겠습니다! 죄송해요! 정말 죄송해요!"

미친 듯이 달려 그대로 회사를 빠져나와 무작정 택시를 타고 집으로 향했다. 먼저 도착한 지안이 왜 그러냐는 듯 그녀를 바라보았고 찬양은 다짜고짜 블라우스 단추를 끌렀다.

"후…… 후…… 상무님, 놀라지 마요."

"뭐, 뭐야. 왜 이러는 거야."

"잠깐만요."

이 아가씨가 단추를 끌러 내리더니 불쑥 가슴에 손을 넣는다. 지안은 놀라 자리에서 일어섰다.

"워워, 정찬양 씨. 워워 진정해. 알았어. 알았어. 진정해, 일단 진정……."

"짠. 이거 맞아요?"

그녀는 손바닥을 펼쳤다. 지안의 시선이 그녀 손바닥을 향하고, 이윽고 두 눈은 커다랗게 변했다.

"맞아요? 이거, 상무님 거 맞아요?"

"맙소사! 너, 이거 어디서 났어!"

"그거 봐요. 내가 가져온다고 했죠?"

놀란 그의 눈빛이 손바닥에서 그녀 얼굴로 올라간다. 확신에 찬 그녀가 웃었다.

"이거, 맞죠?"

그의 USB였다.

"미쳤어! 너 이거 어디서! 어디서!"

지안은 놀라 까무러칠 것 같은 표정을 지으며 USB를 잡아 들었다. 이리저리 돌려 보아도 본인 USB가 맞다. 아니 도대체! 대표실의 깊숙한 서랍 속에 위치한 USB를 대체 이 여자가 무슨 수로 가져왔단 말인가!

"이거 어떻게 가져왔어! 니가 이걸 어떻게!"

"죽을 뻔했어요. 목숨 걸고 가져왔다고요. 내가 얼마나 길고 가늘게 살고 싶어 하는 사람인지 상무님이 아세요?"

"그러니까 어떻게 가져왔냐고!"

"대표실에서 훔쳐 왔죠."

맙소사, 대체 이걸 어떻게 찾아온 게냐! 지안은 찬양의 어깨를 붙잡고 정신없이 흔들었다.

"너 괜찮아? 괜찮냐고!"

찬양은 펄럭펄럭 종잇장처럼 흔들렸다.

괜찮으니까 여기 있지 인간아⋯⋯. 괜찮으니까⋯⋯.

"아, 좀 놔요! 멀미 나요!"

"안 들켰어? 안 걸렸어? 다친 곳 없어? 괜찮아?"

"괜찮으니까 여기 이러고 있겠죠! 상무님!"

지안은 찬양의 어깨를 놓았다가 이내 다시 붙잡고 뒤로 돌렸다.

"일단 블라우스 똑바로 입어."

"아, 맞다."

앞섶을 풀어 헤쳐 놓고 좋다고 웃고 있던 찬양은 블라우스 단추를 잘 여몄다. 단추를 전부 채우자 지안은 다시 찬양을 돌려세웠다.

"너, 너 내가 사고 치지 말랬지. 너 들켰으면 어쩔 뻔했어. 무슨 애가 이렇게 겁도 없어!"

"이거 빼 오라고 나 회사 집어넣은 거 아니에요?"

"맞는데! 그래도 나랑 같이해야지! 기회를 엿보고!"

"기회를 엿봤죠."

"계획을 잘 짜서!"

"계획도 잘 세웠죠. 원래 계획이란 게 행동하면서 세우는 거 아닌가요?"

"조심스럽게! 완벽한 알리바이를 만든 상황에서!"

"조심……은 솔직히 모르겠고 알리바이는 괜찮았던 것 같아요."

실로 완벽한 위장이었다. 가슴에 손 넣고 머리카락 빼는 정신병자와, 똥 타령을 하는 이상한 여자로.

"우연히 기회가 왔어요. 안 걸리고 잘 빠져나왔잖아요."

지안은 끔찍한지 숨을 잘게 끊어 내쉬었다. 미쳤다. 이 겁도 없는 여자를 도대체 어찌하면 좋단 말인가?

"대단하다 너……. 겁 없는 줄은 진작 알았지만, 진짜……."

"잘했죠? 칭찬해 줘요. 빨리. 나 진짜 목숨 걸고 꺼내 온 거라고요."

"그러니까 목숨을 왜 거냐고……. 니 목숨을 왜 USB에 걸어……."

타는 속도 모른 채, 해맑기란 타의 추종을 불허하는 겁 없는 정찬양 씨께서 그저 웃는다.

"내가 이걸 가져오면서 대표한테 어떤 이미지를 심어 주고 왔는지 꿈에도 모를걸요."

"지금 이미지가 문제야? 니가 가져간 걸 안다면 대표가 가만히 있

428

을 것 같아?"

"남은 시간 없잖아요. 내 걱정은 내가 셀프로 할게요."

……미칠 노릇이다. 지안은 아직 계획하지 않은 다음을 어찌해야 하는지 숨만 잘게 끊어 내쉬었다. 이렇게 쉽게 USB를 손에 쥘 거라 생각하질 않아 머릿속은 엉망진창이 되어 버렸다. 그중 가장 시급한 건.

"우리 이거 가지고 빨리 경찰서 가요."

"가서 뭐라고 말해. 대표가 가지고 있었다는 증거가 어디 있어. 대표실에서 훔쳐 왔습니다, 할 거냐?"

그녀의 안전.

"아…… 그러네? 그럼 어쩌지 이제?"

"기다려 봐. 생각 좀 정리하고."

앞으로도 내내 그녀가 안전할 수 있는 방법. 지안은 그녀 집을 휘휘 둘러보았다. 자신이 곁에 있다고 한들 이 작은 집은 현재 너무 많은 위험에 노출되어 있다. 그러다가, 다시금 찬양을 바라보았다. 평범한 심장으로는 엄두도 낼 수 없는 일을 마치고 돌아온 그녀의 용기 앞에 그의 신념은 흔들렸다.

"다른 건 모르겠고요. 내가 상무님을 도울 수 있어서 지금 엄청 기뻐요."

너는 나를 위해 이토록 물불 가리지 않는 열과 성을 다하는데, 그런 너를 위한답시고 나는 네게 무슨 짓을 하고 있는 건가.

"나는 상무님한테 도움되는 사람이고 싶단 말이에요. 내가 뭐든 해결해 주고 싶고."

아프고 힘들 거라는 씨알도 먹히지 않을 으름장을 놓으며. 너는 분명히 후회할 것이라 홀로 확신하며. 남겨져도 괜찮을 수 있다는 네 말을 영영 믿지 않으며.

"상무님, 왜 그렇게 봐요?"

사실은 이랬던 것이다. 떠나는 주제에 후회하는 네 모습을 보고 싶지 않아서. 네가 나를 원망하게 될까 봐. 원망하고 원망하다가, 끝내는 나를 미워하게 될까 봐. 너의 삶에 나라는 사내가, 저주처럼 남아 버릴까 봐.

"상무님?"

"너 때문에 내가 정말, 미치겠다……."

내일이 두려운 것은 나인가, 너인가. 결국은 나뿐일지도 모른다.

"너, 괜찮아?"

"네? 뭐가요?"

어떡하지, 내가 더는 감추기가 힘이 들 것 같은데. 마음을 숨길 수 없을 것만 같은데.

"내게 쏟아부은 노력들 때문에 감당해야 할 일들이 겁나지 않아?"

물을게, 내 사랑이 정녕 너를 웃게 할까. 네 마음을 풍요롭게 할까. 버거운 사랑이 되지는 않을까. 가슴에 얼룩이 남아 서럽지는 않을까.

"혼자 남은 뒤에 무섭거나 후회스럽거나 하지 않겠냐고."

"그럼요. 물론이죠."

그럼 이젠 내가 설명할게. 나는 너만 보면 무너지겠어. 나는 네가 없인 아무것도 아니야. 아주아주 오래전부터, 사실은 그래 왔어.

"일전에 상무님이 그랬죠. 나만 생각하면 못 할 일이 없다고요. 나도 그래요. 상무님만 생각하면 없던 용기가 막 샘솟는다고요."

"……."

"남지안 상무를 좋아하려면 이 정도는 기본적으로 감수해야 하는 것 아니겠습니까?"

너만 생각하면 다가설 용기가 없었어. 하지만 이런 나는, 너를 놓치고 잃을까 봐 사실은 매일매일 불안했다. 슬펐다. 두려웠다. 네가 나를 포기할까 봐, 네 시선이 내게서 다른 곳으로 돌아갈까 봐.

"아차차. 실수요. 좋아한다는 말은 실수. 이제 그런 말 안 할게요. 미안해요."

찬양은 또다시 좋아한다고 말해 놓고 입술을 가렸다. 지안은 손끝만 움찔거리다가 슬며시 손을 말아 쥐었다. 목에 걸린 말들은 가시가 되어 숨을 따갑게 했다.

……어떡하지. 더는 이런 사랑, 숨겨지지가 않는다.

"미안하다고, 말하지 않아도 돼."

"뭐, 여하튼 나는 미션 수행 완료했으니까요. 뒷일은 이제 상무님이 책임져요."

"그래. 책임질게."

순순히 답하는 그의 얼굴을 바라보며 찬양은 눈을 동그랗게 떴다.

"책임질게. 진심으로 하는 말이야."

"……거짓말."

치, 거짓말. 찬양은 순순히 책임지겠노라 지안이 말하자 얼굴을 붉히며 꿍얼거렸다. 이제 보니 이 남자, 말로만 사람을 들었다가 놨다 하는 일에 선수다. 그래서 댁은 나를 어떻게 책임질 거요! 구체적으로 설명을 해 보란 말입니다그려!

"일단 나가자."

"네? 어디를요?"

"이사 가자."

"에에? 어디로 이사를 가요? 이 밤에? 이 계절에?"

"일단 모르겠고, 가자."

"상무님. 이사라는 게 그렇게 말처럼 쉬운 줄 아세요? 일련의 절차라는 게 있다고요."

말을 해도 듣지 않는 상무께서 그녀의 방으로 성큼 들어선다. 커다란 짐 가방은 알아서 끌려 나오고 그녀의 옷장은 전부 열렸다.

"일단 필요한 것만 꺼내. 많이는 필요 없어. 하루 이틀 치 짐만 챙겨."

"하루 이틀이요?"

"나머지는 알아서 마련해 줄게. 일단 챙겨."

뜻을 알지 못한 채 찬양은 일단 움직였다. 챙기라니 챙긴다. 쥐가 그려진 원피스도 챙기고, 노트북도 챙기고.

"일단 옷은 다 챙겼고요."

찬양이 잠깐 화장실로 가서 세면도구를 챙기는 사이 지안은 눈썹을 꿈틀거렸다. 그러자 옷장 깊은 곳에 처박아 두었던 분홍색 실키한 원피스가 질질 끌려 나온다. 일전에 찬양이 예쁘다고 집에서 입었다가 폐기 처분하듯 귀양살이시킨 원피스다.

"일단 너도 들어가라, 원피스."

지안이 둥실둥실 떠 있는 원피스를 바라보자 쓱, 가방으로 빨려 들어간다. 화장실에서 나온 찬양은 마지막 정리를 하며 가방을 내려다보았다.

"필요한 건 대충 챙긴 것 같아요."

"굿. 가자."

"그런데 우리, 어디 가요?"

그를 따라나서는 찬양이 궁금함을 이기지 못하고 묻자 지안은 택시를 잡으라고 말하다가 대꾸했다. 찬양은 입술을 멍하니 벌렸다.

"우리 집."

하루하루 쇼킹해서 못 살겠다.

"뭔 집이요? 사, 상무님 집이요?!"

설마! 누님께서 계시다는 그 으리으리한 대저택 말씀이십니까?! 제가 거길 어떻게 가요!

"상무님, 제가 이 비 오는 밤에 갑자기 그 집을 가면 누님께서 문을 열어 주실까요?"

"본가 말고 내 개인 거주지."

"상무님…… 개인 거주지요?"

그는 짧게 고개를 끄덕였다. 이 시끄럽고 대책 없는 아가씨를 지켜

432

야 하니까. 너의 용기가, 나의 용기에 불을 지폈으니까.

"헐! 진짜 미치겠네! 내가 진짜 이 아저씨 때문에 미치고 팔짝 뛰겠네!"

"내가 지금 너 때문에 더 미치겠거든. 책임지라며. 그러니까 가자고."

"그 책임이 그 책임은 아니죠!"

"그 책임이 그 책임 맞아."

……뭐요? 당신…… 지금 내 심장 때렸어……?

"지금 뭐라고 그랬어요?"

"그 책임이 그 책임 맞다고."

"아…… 아니요, 상무님. 제가 지금 상무님 집에 들어가서 뭘 어쩌자고……."

"거기서 살아. 밥도 먹고 잠도 자고."

"말이 안 되잖아요! 차라리 고시원을 갈게요!"

"어떤 남자가 고시원에 책임질 여자를 맡겨. 안 돼."

헐……. 찬양은 지안을 위아래로 훑어보았다. USB가 대단한 물건이긴 한가 보다. 그거 가져다줬다고 사람이 이렇게 180도 바뀌기 있냐?!

"아니, 대체 무슨 생각이에요? 도대체 무슨 생각을 하는데 집으로 들어가라……."

"어떻게 하면 정찬양 씨를 책임질 수 있나, 생각 중."

지안은 무턱대로 그녀 손을 끌었다.

"가, 갑자기 왜 이래요. 네? 갑자기 왜 이러시는 거예요. 설마 나 지금 납치라도 당할까 봐 도피시키는 거예요?"

"아니, 보쌈당할까 봐 미리 채 가는 건데."

"네……?"

"미안한데 나도 더는 못 해 먹겠다. 가자."

찬양은 그가 이끄는 대로 이끌려 걸음을 옮겼다. 그의 눈빛이 변한 것 같다고 잠시 잠깐 생각했지만 내리는 비가 다른 생각은 잊게 했다. 불안한 발걸음이 이어졌지만 멈출 수는 없었다. 그를 따라서는, 삼도 천 깊은 강도 다시 건널 수 있을 것만 같았으니까.

"어떻게 오셨습니까?"

찬양이 택시에서 내려 로비로 들어서자 상주하는 보안 요원이 신분을 묻는다. 입주민이 아니고서야 신분 확인이 되지 않으면 들어설 수 없는 모양이다.

"어…… 43층에 볼일이 있어서……."

43층 건물인데 43층에 사셨단다. 지안이 시키는 대로 찬양이 대답하자 보안 요원은 찬양을 쓱 훑었다. 그 집이라면 재벌가 상무의 집인데, 현재 그 상무께선 병원 신세를 지고 있는 상황 아닌가? 자그마한 아가씨가 짐 가방 하나를 손에 쥔 채 그 집에 볼일이 있단다. 새로 온 입주 가정부인가? 빈집에 청소라도 맡아 왔나?

보안 요원 두 명은 서로 얼굴을 힐끔 바라보았다. 하지만 누가 온다는 연락을 받은 적이 없으니 출입은 불가하다.

"죄송합니다. 전달받은 사항이 없어서 출입을 시켜 드리기가 어렵습니다."

"이거, 보여 드리면 된다던데."

찬양이 쭈뼛거리며 카드를 내밀었다. 보안 요원은 카드를 내려다보고는 찬양의 얼굴을 다시 확인했다. 다름 아닌 입주자 카드다.

"여기 입주자분하고 친구예요. 입주자 카드 있는데 계속 여기 서 있어야 하나요?"

"아…… 아닙니다! 아닙니다! 올라가십시오!"

"네. 감사합니다."

입주자만이 가지고 있는 카드를 소지하고 있으니 더 물어보고 말

것도 없다. 방명록을 작성시킬까? 서로는 눈치만 보다가 결국 찬양을 보내 주었다. 하도 쟁쟁한 분들께서 거주하고 계시다 보니 사소한 문제가 불거지면 자리를 내어놓아야 할 수도 있기 때문이다.

찬양은 잔뜩 긴장한 얼굴로 엘리베이터에 올라탔다. 43층 버튼을 누르고 나서야 휘청거리며 벽에 기댔다.

"명이 줄어드는 것 같아요……. 어후……."

우락부락하게 생긴 보안 요원이 통과시켜 주지 않으면 어쩌나, 손에 땀이 날 정도로 긴장했다.

흐어, 체감상 7층 정도 지난 것 같은데 벌써 43층이란다. 숨을 돌릴 틈도 없이 찬양은 지안을 따라 내렸다. 그가 알려 준 대로 비밀번호를 누르고 현관문을 열자 삐용삐용 시끄러운 소리가 울려 퍼진다. 찬양은 질겁하며 허둥지둥했다.

"저거 눌러, 저거."

현관 옆에 있는 작은 버튼을 누르고 다시 비밀번호를 누르자 시끄러운 소리가 멈춘다. 계속 지속이 되었다간 아까 만난 보안 요원들께서 경찰을 부를지도 모를 일이었다.

"집에 온 거 맞죠. 무슨 집이 이렇게 무서워요."

"익숙해지면 괜찮아. 들어와."

지안이 먼저 안으로 들어선다. 찬양은 가방을 두 손으로 들고 그를 따라 현관을 벗어났다. 복도식으로 이어진 공간을 한참이나 지나니 운동장만 한 거실이 나타난다. 헐. 찬양은 가방을 툭 떨구며 주변을 살폈다.

"여기가 상무님 집 맞아요?"

"이 집 명의를 묻는 건가, 아니면 합리적 의심인가?"

"아니 무슨 거실이 이렇게 커요. 축구해도 되겠네."

"하고 싶으면 골대 설치해 줄게. 대신 혼자 해. 다른 사람 들어오는 거 질색이니까."

혼자 공도 차고 공도 막고 패스도 했다가, 감독도 하란다. 찬양은 지안의 농담에도 웃지 않고 연신 집 구경을 했다. 앉아 보기도 겁이 나는 12인용 가죽 소파를 바라보고 있자니 집구석 3인용 패브릭 소파가 생각났다.

대체 거기서 어떻게 지낸 겁니까? 민망하네…….

"집 좋네요, 상무님."

"새삼스럽긴."

"여기 오니까 상무님이 어떤 사람인지 더 확실하게 알겠어요."

테라스 문을 열고 나서면 정원이 딸려 있고, 호텔에서나 봤음직한 선베드와 함께 개인용 수영장이 있다.

"수, 수영장이 있어요?!"

"길이가 짧아서 잘 쓰지는 않아."

"대박……."

찬양은 조르륵 달려가 수영장 구경을 하다가, 쭈그리고 앉아 정원을 구경하다가.

"맙소사! 냉장고가 이렇게 커요?"

최신 가전제품이 즐비한 모습에 놀라 눈을 커다랗게 떴다.

"이거 진짜 내가 가지고 싶었던 건데! 이거 좋아요?"

"글쎄, 한번 써 봐."

"없는 게 없네, 없는 게 없어. 대박."

"아무래도 신제품 출시가 되면 나도 사용을 해 봐야 하니까."

"아아……."

이 모든 가전제품이 '그'와 연결되어 있다는 사실을 다시 한번 깨닫는다. 찬양은 정신이 돌아오듯 고개를 휘휘 저으며 새초롬한 표정을 지었다. 매번 생각하지만 이 남자, 자산이 가늠도 되지 않는, 존재감이 밑도 끝도 없는 재벌이다.

"차일 만하네. 나 같은 여자 눈에 들어오겠어?"

"뭐라?"

"아녜요. 저 그럼 어디에 있어요?"

찬양이 꿍얼거림을 멈추고 다시 가방을 들자 지안은 주변을 휘휘 둘러보았다. 사용도 하지 않는 게스트룸이야 차고 넘쳤지만 어쩐지 그곳으로 찬양을 데려다 놓고 싶지 않다. 지안이 눈썹을 꿈틀거리자 대부분의 방이 잠겼다. 영문을 모르는 찬양은 고개를 갸우뚱했다.

"저 어디에 있냐고요. 설마 이 넓은 집에 저 하나 있을 방이 없다고 하시는 건 아니죠?"

"우리 집 소파 편해."

"헐! 대박! 진짜 치사해!"

"너도 나 소파에서 재웠잖아."

"그건 방이 없으니까 그런 거죠! 있으면서 내가 안 준 것도 아니고!"

"미안한데 여기도 방이 없어."

"헐! 웃기시네! 언뜻 봐도 아흔아홉 칸은 되겠네! 진짜 이럴 거예요?!"

"다 창고야."

"거짓말하지 마요!"

찬양이 우다다 달려 아무 방이나 열어 보려 하지만 잠겼다. 낑낑대며 문을 열어 보려 안간힘을 쓰고 있는 찬양의 곁으로 지안이 다가왔다.

"문짝 부수면 가만 안 둬. 소파에서 안 재울 테니까 따라와."

"……진짜죠?"

믿을 수 없는 시선으로 찬양이 슬금슬금 지안을 따라 걸었다. 지안이 문을 열자 찬양은 들어서지 못한 채 눈만 깜빡였다.

"여기서 지내. 다른 방은 침대가 없어서 재우기 어려우니까."

상상으로만 맡아 온 그의 향이 느껴진다. 첫 향은 시원하고 끝 향은 묵직하게 사라지는 달콤하고 깊은 향이다. 짙은 회색 시트, 세련된 블랙 조명, 뉘의 솜씨인지 알 수는 없으나 꽤나 유명한 화가임을 짐작하게 하는 그림 한 장.

"여기는……."

지안은 중얼거리는 그녀의 어깨를 밀며 안으로 들어섰다.

이 방에 그녀가 서 있는 풍경.

"그래, 내 방이야."

그의 마음을 설레게 했다.

주와 객이 전도되었던 시절을 지나 비로소 그는 그의 테두리 안에 그녀를 들여놓은 것만 같았다. 부드러운 음성은 찬양의 귓가로 내려 앉았다.

"앞으로는 네 방 해."

향기만큼이나 달콤한 음성이었다.

그의 방에 혼자 남아 짐을 정리하던 찬양은 분홍색 실크 원피스를 꺼내며 중얼거렸다.

"이건 또 왜 딸려 왔어, 챙긴 적 없는데."

원피스를 펼쳤다가 다시 개키던 찬양은 긴 한숨을 불어 내쉬었고, 그러다가 천천히 주변을 살폈다. 그가 품은 심중의 뜻을 알기가 어려 워 감정을 어디에 두어야 하는지 혼란스러웠다. 이 집에 입성한 것을 기뻐해야 하는지. 아니면 이마저 혼자만의 착각으로 끝날 것인지.

……다섯 식구가 누워 잠을 자도 될 것 같은 대형 침대. 군더더기 없는 인테리어, 두꺼운 커튼을 걷으니 훤히 내려다보이는 한강과 도 시의 야경. 찬양의 표정은 어두웠다. 그러다가 결심이 섰는지 그녀는 방을 나섰다.

"뭐 필요한 거 있어?"

소파에서 시사 잡지를 읽던 그가 묻는다. 이제야 그가 앉아 있는 공 간이 그의 분위기와 자연스럽게 어울린다. 찬양은 비로소 깨달았다. 그 작은 집에서, 불편했던 건 나만의 문제가 아니었겠구나. 그 좁은 공간에 홀로 앉아 시간을 죽이며 그는 어떤 상실감을 느꼈던 걸까.

"저, 상무님."

"그래. 말해."

"USB 때문에 이러시는 거면 이러지 않으셔도 돼요."

이곳에 나를 들인 건 일종의 보답인가. 당신의 소중한 물건을 찾아 준 답례, 보상. 이렇게 크고 좋은 집으로 나를 초대해 준 건 오로지 빚지고는 못 사는 성격 때문인 건가. 고생했으니 즐기라고. 만끽하라고.

"우리 원래 거래 조건이었잖아요. 나를 회사에 입사시켜 주셨고, USB를 찾아야 한다 하셨고요."

그렇다면 미안합니다. 나는 대가를 바란 일은 아니었어요.

"위험한 걸 처음부터 몰랐던 것도 아니잖아요. 이렇게까지 마음 쓰지 않으셔도 괜찮아요."

작은 집에서 당신과 함께 지낼 때는 잘 몰랐던 현실. 이 집의 높은 천장만큼이나, 호화롭기 그지없는 가전제품만큼이나, 당신과 나의 거리가 더욱 멀게 느껴진다.

"저 오늘만 여기 있고 내일은 집으로 갈래요."

"갑자기 왜?"

"그냥…… 좀 불편해요. 남의 집이라 그런 것 같기도 하고……."

찬양이 고개를 수그리며 조잘조잘 이야기를 하자 지안은 보던 잡지를 닫았다. 그럴 줄 알았다는 듯 고개를 비스듬히 꺾으며 지안은 그녀를 불렀다.

"정찬양 씨."

"네."

"USB 찾아 줘서 선심 쓰듯 데려온 거 아니야. 그런 생각을 왜 해."

"그럼 갑자기 왜 이렇게 잘해 줘요?"

"부담스러워?"

"솔직히는, 그래요."

"흠……."

지안은 짧은 숨을 내쉬며 잠시 생각하는 듯하다가, 그러다가 천천히 입술을 열었다. 그녀는 몰랐다. 그가 얼마나 어려운 말을 시작하려 하는지. 얼마나 많은 생각 끝의 말을 이어 가려 하는지.

"고쳐 볼게. 나는 정찬양 씨가 뭘 좋아하는지 잘 몰라서, 좀 서툴러도 이해해 줘."

……네? 찬양은 다시금 고개를 들었다. 지안은 소파에서 일어섰고, 그녀와 간격을 유지한 채 입을 열었다.

"정찬양 씨."

"아, 네."

"나 이제 도망 안 가."

"……."

"너 두고 나, 도망 안 쳐. 이제."

찬양은 그대로 굳어 버렸다. 삽시간에 엉켜든 숨이 울대를 가득 채웠다.

"책임지겠다고 했잖아."

"……."

"진심으로 한 말이야."

지금 무슨 말을 들은 건가. 찬양은 한참이나 곱씹고 곱씹다가 다시 원점으로 돌아갔다. 자신의 어떤 부분에 의하여 그의 마음에 변화가 생긴 것 같다고 믿었다. 그건 그것대로 싫었다. 그를 불편하게 하는 일 같은 건 일어나지 말았으면 했으니까.

"저기, 상무님. 제가 아까 또 좋아한다고 말실수해서 그래요? 그래서 지금 이러시는 거예요?"

"아니. 나한테 말실수한 적 없고, 혹 했다고 해도 그래서 이러는 건 더더욱 아니고."

"그럼 대체 왜……."

"그때도 지금도 내가 먼저였단 말, 기억하지."

찬양은 천천히 고개를 끄덕였다. 부풀어 터진 그의 마음이 온 공기 중에 떠다니는 것 같은 착각이 일었다. 그래서일까, 숨조차 보드랍고 달게 느껴지는 이유는.

"뭐 좀 물어볼게."

"아, 네……."

"무턱대고 질척거리는 남자, 괜찮나?"

"그건, 뭐…… 대상에 따라……."

"기억력이 나빠 전부 잊어버릴 형편없는 남자는 어때."

"……좋아요. 내 취향이에요."

"다행이네. 조마조마했는데."

일말의 망설임도 없이 그녀의 입술 사이로 긍정의 말이 튀어나오자, 지안은 미소를 지었다. 찬양은 믿을 수가 없겠다는 표정을 지으며 입술을 멍하니 벌렸다. 지금껏 보았던 수많은 그의 웃음과는 사연이 다른, 감정이 다른, 무안함이 가득 묻어나는 그의 미소를 마주하고 있자니 '어린 왕자'의 이야기가 떠올랐다. 문득이었다.

"그럼 감당해. 이제 끝이 어떻든 간에 난 멈추지 않을 거니까."

그의 미소를 온몸으로 맞닥뜨리고 있는 이곳은, 마치 '어린 왕자'의 작은 행성 같다. 이윽고 기다리던 4시가 되었고.

"정말 좋아합니다. 정찬양 씨."

그대는 내게 와 주었다.

"내 말, 이해합니까?"

일생의 초대였다.

⟪⟪⟪⟪⟪⟪

카페가 사람들로 북적인다. 따뜻한 김이 모락모락 피어오르는 커피를 사이에 두고, 미혜와 애인은 마주 앉았다.

금요일 밤. 연인의 시간. 카페는 대다수의 행복으로 물들었다. 단내를 풍기는 것이 커피인지 사람인지 구분도 되지 않을 만큼.

"그냥 집에 가자니까 커피는 무슨 커피. 아까도 마셨잖아."

각자의 집으로 돌아가기 전 카페에 가자던 미혜가 마음에 들지 않는지 애인은 자꾸만 투덜거렸다. 무료한 그의 눈길은 휴대폰으로만, 바깥의 풍경으로만, 주변의 사람들로만 향하고 멈춘다. 미혜는 애먼 입술만 뜯다가 커피를 삼켰다. ……춥다. 따뜻한 온기가 퍼져 흐르는 이 공간 안에서 홀로 한기를 느끼는 사람은 자신밖에 없는 것 같다.

갑갑했는지 그가 셔츠 소매를 조금 걷어 올린다. 미혜의 시선은 애인의 손목으로 향했다.

"시계, 못 보던 거네."

"시계? 아, 이거. 얼마 전에 샀어."

"얼마 전에, 언제?"

"그냥 얼마 전에. 지지난 주인가? 백화점 들렀다가."

"백화점은 왜 갔는데?"

"그냥 갔어. 셔츠나 몇 개 살까 해서."

"내가 사 준 시계는 어떻게 했어?"

"집에 있지 뭘 또 어떻게 해. 그리고 너무 낡았어. 요즘 그런 시계를 누가 차."

그러고 보니 애인에게서 익숙한 것들이 보이지 않는다. 결이 좋은 타이, 재질이 부드러워 보이는 서류 가방, 코가 반들반들한 구두. 한 번도 시도해 본 적 없던 그의 헤어스타일. 유명한, 그래서 무척이나 비쌀 것 같은 시계.

"그래, 그랬구나. 예쁘다 시계."

……보이지 않는 커플링.

"내가 시계 샀다고 말 안 했나? 말한 것 같은데."

내 얼굴이 사라진 휴대폰 바탕 화면.

442

"너 것도 살까 하다가 여자 거는 없더라고."

나를 세탁해 버린 것만 같은, 너의 말투. 궁금하다. 네가 이렇게 변해 가는 동안 나는 홀로 멈춰 서서 무엇을 한 걸까.

"나는 시계 필요 없어. 괜찮아."

이젠 모습마저 낯설어진 애인을 바라보다 미혜는 커플링을 끼고 있는 자신의 왼손을 테이블 아래로 내렸다. 모든 것이 새로운 것들로 채워지고 있는 것만 같아 애인의 변화는 공허했다. 그녀는 주변에서 들려오는 웃음소리에 힐끔 곁을 돌아보다가 천천히 눈을 깜빡거렸다. 조각 케이크를 사이에 두고 나 한입 너 한입, 저 연인들은 사랑을 속삭이기 바쁘다.

……혹시 행복 정량의 법칙이라는 말, 들어 봤니? 예전에 대학 선배가 해 준 이야기인데, 되게 웃긴 가설이야. 지구상에 존재할 수 있는 행복의 양이 정해져 있다나 뭐라나. 그래서 모두가 행복할 수 없대. 누군가 행복하려면 반드시 누군가의 불행이 필요하대.

"오빠."

만일 그 말이 사실이라면 말이지, 행복했던 지난날의 우리 때문에 불행했던 사람들은 어떻게 되었을까. 웃을까, 이제는 행복할까. 지금이라도 행복해야 할 텐데. 꼭 그래야만 할 텐데. 그들의 불행을, 이젠 우리가 가져왔으니까.

"있잖아, 오빠."

그를 부르자 조금도 다정하지 않은 시선이 돌아온다. 미혜는 천천히 고개를 들었다. 언제부터일까, 네 눈동자에 내가 보이지 않게 된 건. 무릎이 닿을 만큼 가까이 마주 앉은 시간이 숨 막혀 질식할 것처럼 되어 버린 건.

"나 오빠한테 할 말이 있어."

인정한다. 나는 네게 의무가 되어 버렸다. 너의 애인이란 수식어는 아무런 힘이 없는 명예직이 되어 버렸다. 온 마음을 다 바쳐 사랑했는

데, 헤어지자는 말 한마디면 나의 청춘과 함께 너는 송두리째 뽑혀 나
갈 것이다.

이것들을 이해하고 받아들이는 데 이만큼의 시간이 필요했다.

"우리, 그만하자."

"……뭐?"

뭐라고? 지금껏 무슨 말을 해도 시큰둥하던 애인의 눈빛에 감정이
실린다. 그러다가 이내 시시하다는 듯 인상을 찌푸린다. 애인은 그녀
의 말을 믿지 않는 것이 분명했다.

"또 시작이냐? 또 시작하는 거야?"

"농담하는 거 아니야. 그만해. 우리 이제."

"내가 백화점 가서 내 시계 혼자 샀다고 이러는 거야? 아니, 내가
내 돈 주고 시계 하나도 마음대로 못 사? 그걸 하나하나 너한테 허락
받아야 돼?"

"그런 거 아니라고 말했잖아."

"쓸데없는 소리 집어치우고 커피나 마셔. 오늘은 집까지 데려다줄
테니까 지하철 타지 말고."

"헤어지자. 진심으로 하는 말이야."

애인의 눈동자가 흔들린다. 그럴수록 그녀는 차분하게 남은 말을
더했다. 괜찮아. 나는 너의 모든 것을 이해하기로 결심했어.

"헤어져. 나, 그러고 싶어."

"너 갑자기 왜 이래. 헤어지자는 말이 왜 나와 여기서 갑자기."

"갑자기 아니야. 갑자기……는 아니야."

어쩌면 너는 내게 모든 사랑을 쏟아서 변했을지도 모르니까. 내가
여전히 너를 사랑하는 건 너만큼 쏟아붓지 않아서, 그래서 아직 쏟아
낼 수 있을 만큼 사랑이 남아서. 그러니까, 네가 내게 모든 것을 비워
내는 동안 난 그러지 못했을 뿐이라고.

"내가 오빠랑 그만하고 싶어졌어. 연애, 시시하다."

"미혜야."

"아니, 오빠. 헤어지자. 우리 그냥 그렇게 하자."

네 시선이 내게 없는 일. 네 마음이 내게 없는 일. 나와 함께 있는 네가 행복하지 않은 일, 내가 너의 기쁨이 될 수 없는 일. 그런 일들이 네 잘못은 아니라고 말해 주고 싶어. 마음이 편안해졌어. 네게 배운 것들도 무척 많으니까.

"미혜야. 내가 너한테 소홀했던 거 인정해. 인정하는데, 그냥 내가 요즘 너무 신경 쓸 일이 많아서 잠시 너에게⋯⋯."

"아니. 그냥 내가 그만하고 싶은 것뿐이야, 오해하지 마. 헤어지자. 나 오늘 이 말 하려고 나왔어."

"그래서, 정말 헤어지자고? 내 행동이 변한 건 미안해, 미안한데⋯⋯."

"미안해하지 않아도 돼. 정말 괜찮아. 그냥 그렇게, 내 말대로 해 줘, 오빠."

자책은 하지 마. 변한 건 네 탓이 아니야. 변하지 않았다고 말하는 내가 너를 떠날 수 있듯이.

"헤어지자, 오빠."

헤어지자. 행복했던 지난날들까지 잊어버리기 전에. 너무나도 소중했던 너의 사랑을, 내가 모두 지워 버리기 전에.

이제는 우리의 행복을—

다른 이들에게 나누어 주자.

※※※※

'그럼 감당해. 이제 끝이 어떻건 간에 난 멈추지 않을 거니까.'

형체 없는 말에도 무게가 있다. 어떤 말은 너무나도 가벼워 금세 날아가 버리고, 또 어떤 말은 너무나도 무거워 가슴에 가라앉았다.

'좋아합니다, 정찬양 씨.'

평생 남아 있을 것 같던 말들이 어느 틈에 사라지는가 하면, 별것 아니라 믿었던 말들이 뒤늦게 마음을 짓누르기도 했다.

'내 말, 이해합니까?'

어떤 말은 인생이 휘청거릴 만큼 무거웠다. 불치병이 되기도 했다. 또 어떤 말은 끝없는 좌절을 가벼이 씻어 주기도 했고, 나을 수 없을 것만 같던 병을 말끔히 치유해 주기도 했다. 경험으로 깨달았으나 평생 동안 말의 무게에 웃고 울게 되는 건, 이 모든 과정이 화자의 의도와 정확하게 일치하지 않는다는 점에 있을 것이다.

"심장이 터질 것 같다."

으으. 배스 타월로 몸을 가린 채 샤워실 문을 열고 나선 찬양은 중얼거렸다. 이 큼지막한 그의 침실엔 샤워실이 딸려 있어 옷을 갈아입는 번거로움을 덜 수 있었다.

머리를 감으면서, 세안을 하면서, 양치질을 하면서, 내내 가슴이 떨렸다. 그의 고백은 전신의 물기처럼 남아 버린 것이다. 바라던 의도인지는 잘 모르겠지만.

"어, 미혜 전화 왔네."

부재중 전화를 확인한 찬양은 미혜에게 전화를 걸었다. 전화를 받지 않는다. 확인하면 다시 걸겠거니, 찬양은 휴대폰을 침대에 던졌다. 보드랍고 두툼한 수건으로 머리를 말리고 챙겨 온 잠옷을 꺼냈다.

"손이…… 떨렸어……."

거울을 바라보던 찬양은 중얼거렸다. 그가 제게 마음을 꺼내 보이던 그 순간, 보았다. 그의 손이 미세하게 떨리고 있었음을. 알 수 있었다. 얼마나 어려운 마음을 꺼내 보여 줬는지. 또 어떤 마음의 번뇌를 딛고 마음을 열어 주었는지. 내가 당신이 가진 번뇌의 중심에 있어서, 음성엔 너무 늦은 고백이라는 후회가 묻어나서. 좋아한다고 말하던 순간까지 당신은 온통 나를 걱정하던 눈빛이었기에.

그럼에도 불구하고 멈추지 않겠다고 말해 줘서 고맙고, 미안한 시간들.

"대체 이게 꿈이냐 생시냐…… 모르겠다 진짜로……."

휴…… 도저히 문을 열고 나설 용기가 나질 않는다. 좋아한다는 타령을 입에 달고 살 땐 몰랐는데 막상 그의 입을 통해 들어 보니 얼굴을 보기가 민망한 것이다. 하지만 이러고 있을 시간이 어디 있겠나. 1초라도 더 보고, 1초라도 더 함께 있어야 한다.

용기를 실어 문을 열었다. 찬양이 얼굴을 보이자 소파에 앉아 있던 지안이 고개를 들었다. 그는 평온한 표정으로 책을 읽고 있었다.

"저, 저 씻었어요."

"그래. 그런 것 같더라."

상무님의 음성에 괜히 떨린다. 찬양은 아직 덜 마른 머리를 손으로 빗으며 엉성한 자세로 멈췄다. 밤낮으로 씻고 나온 것이 어제오늘 일만도 아닌데 난데없는 쑥스러움은 뭐란 말인가.

찬양의 붉어진 두 볼을 슬쩍 바라보다 지안은 헛웃음을 흘렸다. 발가락을 꼼지락거리며 서 있는 모습을 보아하니 그녀는 민망해하는 중인 것 같았다. 사람 속마음이 저렇게까지 생중계일 수 있나 싶다.

"뭐가 그렇게 부끄러워."

"뭐, 뭐, 뭐가요!"

정신이 번쩍 든다는 것처럼 찬양이 두 눈을 크게 뜬다.

"왜 이렇게 긴장해. 안 잡아먹어. 걱정 마."

"……."

"실망했다면 생각을 고쳐 볼 의향은 있고."

헐. 이젠 생각도 읽나? 찬양은 입술을 앙큼하게 닫으며 마른침을 삼켰다. 그러게, 대체 무엇 때문에 이렇게 긴장하는지 모르겠다. 고작해야 좋아한다는 말을 들었을 뿐인데 말이다. 상무님이 자신을 좋아하고 있음은 전부터 알고 있던 사실 아닌가? 몰랐던 것도 아니잖아! 왜 이렇게까지 긴장하는 거냐! 정찬양!

"있는 동안 편하게 있어. 본인 집이라고 생각하고."

"네……."

찬양은 작게 말하며 지안을 힐끔힐끔 바라보았다. 조금 전에 고백한 남자는 몹시도 평온한 표정으로 독서를 이어 가고 있다. 언제 그런 말을 했나 싶을 정도로 안정적인 얼굴이다.

쳇, 이게 뭐야. 사람 마음 들었다가 났다가 할 때는 언제고 나만 이렇게 안절부절못하는 건데. ……찬양의 눈꼬리가 점점 올라간다. 자신을 노려보고 있는 것 같은 기운에 지안은 다시 시선을 그녀에게 돌렸다. 분위기가 48시간쯤 굶겼다는 것 같다.

"왜 그러고 노려봐. 불만 있으면 말로 해."

"꼭 말로 해야 알아요?"

"배고프면 주방으로 가 봐. 알다시피 비어 있는 집이라 간단한 거 말곤 없겠지만."

참 나. 감당하라더니 개뿔, 뭘 감당하라는 거야. 뭐 감당할 만한 일을 해야 감당을 하지. 찬양은 고개를 옆으로 돌린 채 웅얼거렸다.

"뭐라는 거야. 들리게 말해."

"아, 됐어요! 저 잘 거예요!"

"그래, 그럼. 잘 자, 정찬양 씨."

앉아서 '잘 자'라고 인사하는 지안을 노려보다가 홱, 찬양은 방으로 걸음을 돌렸다. 그러자 그가 눈썹을 꿈틀거린다.

"뭐야! 문이 왜 또 잠겼어!"

그녀의 사랑스러움에 미소가 절로 흐른다. 침실 문이 잠겨 있자 찬양은 문을 열어 보려 애를 썼다. 그러다가 다시금 쿵쿵대며 그에게 걸어왔다.

"상무님이 잠갔죠! 방문!"

"어떻게 알았을까?"

"그걸 지금 말이라고 해요?! 저런 짓을 상무님 말고 누가 해요, 누가!"

"그러니까 왜 들어가."

……네? 찬양은 눈을 깜빡거렸다. 지안은 책으로 얼굴을 묻을 듯이 고개를 수그렸다. 그녀와 눈을 마주치면 속절없는 웃음이 터질 것만 같았다.

"여기 있어. 여기."

애써 표정을 관리하며 지안은 제 옆을 툭툭 쳤다. 그녀는 그의 손끝을 바라보다가, 다시 그의 얼굴을 바라보다가.

"독서 중이시잖아요. 나 또 방해된다고 뭐라 그럴 거면서."

"그럴 리가. 사실은 보는 척하는 중이거든."

말과는 달리 시선은 여전히 책에 있다. 찬양은 대체 왜 저러는 건가 싶은 표정으로 지안을 유심히 바라봤다.

"왜 책 보는 척하고 있는 건데요?"

"딱히 볼 수 있는 게 없으니까."

"나 보면 되잖아요."

"너 안 보려고 책 보는 시늉 하는 건데."

"왜요?"

"꼭 말로 해야 알아듣나?"

뭐야, 귀엽게. 찬양은 그제야 만족스럽다는 듯 미소를 지었다. 가슴속에서 쥐불놀이 중인 건 본인만의 이야기는 아닌 성싶다.

"아하. 상무님 지금 창피해서 내 얼굴 못 보는구나?"

"매너가 없네. 원래 그런 건 모르는 척해 주는 건데."

"얼굴도 못 보겠다면서 옆에 어떻게 앉혀 놓으려고요?"

"시범적 제안이야. 혹시 앉혔다가 방으로 들어가라고 말해도 이해해 줘."

뭐야, 이 남자 왜 이렇게 귀여워졌대? 찬양은 눈에 하트를 장착한 채 걸음을 옮겼다. 소파 옆에 앉을까 하다가 러그 바닥에 앉았다. 그러자 지안이 책 위로 힐끔 그녀를 바라보았다.

"왜 바닥에 앉았어."

찬양은 다리가 낮은 좌식 테이블에 두 팔로 턱을 괴었다.

"상무님 얼굴 좀 실컷 보려고요."

"……생각보다 잔인한 구석이 있네. 정찬양 씨."

동물원에 갇힌 원숭이를 구경하는 듯한 시선이다. 지안은 그녀의 저돌적인 시선이 부담스러워 다시 책으로 고개를 돌렸다. 저것이 저렇게 대놓고 쳐다보니 민망함은 자신의 몫이다.

"진짜 잘생겼다."

"감흥 없는 이야기는 하지 맙시다."

"어깨 좀 봐. 완전 넓어. 수영해서 그런 거예요? 태평양이시네요."

"……."

"다리 길이는 또 어떻고요. 대체 몇 등신인 거예요. 모델 했어도 굶어 죽진 않았겠어요."

"……."

"심지어 손가락도 예뻐. 남자 손이 그렇게 예뻐서 되겠어요?"

"이봐, 정찬양 씨."

듣다 못한 지안이 책을 내린다. 그의 시선을 가져오는 일에 성공한 찬양은 활짝 웃었다.

"왜 자꾸 쓸데없는 소리를 늘어놓는 건지?"

"이래야 한 번이라도 상무님이랑 눈 마주치죠."

내게서 시선을 돌리지 말아요, 바라본 그녀는 눈빛으로 그렇게 말하는 것만 같다. 지안은 얼떨결에 내린 책을 무릎에 놓았다. ……늘 자신이 먼저 행동하기를 원하던 사람들에게 둘러싸여 있던 인생이다. 그래서 따르는 책임감을 무시할 수 없었고. 신중해져 버린 성격은 자신의 행동과 선택으로 뒤바뀔 타인의 인생 때문이었다. 어깨에 매달린 수만의 직원들의 생계를 생각하면 그럴 수밖에 없었다.

그런데, 이 여자가 자꾸만 신념을 흔든다.

"나요, 상무님한테 부탁이 있어요."

가끔은 하고 싶은 대로 하며 살아도 괜찮다고. 너무 먼 훗날의 이야기로 오늘은 괴롭게 보내지 않아도 괜찮다고.

"아까처럼 좋아한다고 또 말해 줘요."

"좋아해."

……그녀의 부탁이라면 무엇이든 들어주고 싶은 입술이 멋대로 말을 토해 낸다.

좋아해. 그의 말이 귓가에 내려앉자 그녀가 웃는다. 사랑을 받고 있는 여자의 얼굴이란 무엇으로 빗댈 수도 없게 아름다웠다.

"또 말해 줘요."

"좋아해."

"또 해 줘요."

"좋아합니다. 정찬양 씨."

"우와아……."

누르면 음료수가 튀어나오는 자판기처럼 그에게서 말이 쏟아지자 찬양은 그만 탄성을 지르고 말았다. 그녀가 아이 같은 반응을 보이자 지안은 피식 헛웃음을 흘렸다. 그것 참 희한하지, 좋아한다는 말을 뱉을수록 감정은 걷잡을 수 없이 커져 갔다. 사랑은 상상으로 그려 왔던 크기보다 훨씬 더 거대했다.

"고마워요. 말해 줘서."

마구잡이로 쏟아지는 감정에 그가 허우적거릴 때, 그녀는 갈무리를 하듯 입을 열었다.

"지금 나, 진짜 행복하다고 말하면 믿어 줄 거죠?"

착한 여자는 남은 말을 삼켰고 영특한 남자는 그녀가 숨긴 말을 찾아냈다.

걱정 말아요. 이만하면 충분하니까. 당신이 떠난 뒤에라도 얼마든지 버틸 수 있는 추억이 생겼으니까.

"잊지 않을게요. 이건 정말로 안 잊을게요."

당신, 마음 편히 잊어요. 이 모든 것, 이젠 내가 전부 기억할 테니.

"제가 좀 방해가 됐죠? 이제 진짜 방해 안 할게요. 독서하세요."

"독서는 위장이었다니까."

찬양이 자리에서 일어서자 지안이 눈썹을 꿈틀거렸다. 어디선가 끌려 나온 차가운 샴페인과 잔이 테이블에 안착한다.

"술은 진절머리 나게 많으니까, 한잔하자."

"헐…… 술이요?"

"불금인데 그냥 자려고?"

지안이 리모컨을 들며 태연하게 묻자 뜻을 알겠다는 듯 그녀가 환히 웃었다.

"그럼 영화 한 편 때릴까요? 공포물로?"

"좋지. 옆으로 와."

슬픔은 잠시 미뤄도 좋을 시간. 다가올 이별 같은 건 모른 척해도 좋을 시간.

"안주 없어요?"

"치즈 있어."

"오, 좋아요."

……사랑한다. 그것이 어떤 의미인지 너는 아니. 초침이 흔들리는 시간마저 아까웠다. 빈약한 눈꺼풀이 내려앉는 잠시마저 서러웠다. 네 앞에서 틈만 나면 읽어 대던 책의 제목은 희미하고, 눈을 뗄 수 없게 만들었다는 유명한 감독의 영화가, 네 얼굴에 가려 주인공도 기억이 나질 않는다.

"이거요, 샴페인 너무 맛있어요."

"많이 마시진 말고."

……사랑한다. 그것은 내 세상에 온통 네가 산다는 이야기였다.

"손잡아도 돼요?"

"물론."

"네."

다시 말해, 네가 나의 세상이라는 이야기였다.

"아, 남 전무. 나야. 집인가?"

— 네? 네. 그런데 대표님이 이 시간에 어쩐 일이세요?

주말에도 회사에 나와 일을 처리하던 강준이 현주에게 전화를 걸었다. 굉장히 의외라는 그녀의 목소리가 거슬리지만 애써 침착하게 말을 이었다.

"출장 준비는 잘하고 있나 해서 전화했어."

— 아아, 출장 준비요.

목소리가 금세 시큰둥해진다. 그게 뭐 대수냐는 것 같다.

— 아직 준비 안 했어요. 알아서 준비해 주니까.

"아. 그렇지. 당신이 준비할 건 없겠지."

그녀가 짐 가방을 꾸릴 리가 있겠는가, 딸린 비서가 몇 명인데. 집에서 상주하며 그녀를 안팎으로 케어하는 여자 실장이 대신 짐을 챙겨 줄 것이다. 믿고 맡기는 것이다. 현주의 취향을 현주보다 더 잘 아는 비서니까.

"지금 뭐 하고 있었어?"

— 운동했어요. 이제 막 씻으려고.

씻을 거니까 끊으란다. 그녀는 도무지 사적인 공간 안에 타인을 들여놓으려고 하질 않는다. 회사에서 자신에게 살갑게 대하는 건 오로지 공적인 영역의 가면이라는 것을 잘 알고 있다. 자신을 회사의 전문 경영인으로밖에 대하질 않는 현주의 모습에 조바심이 인다. 매사에

친절하고 여간해선 발톱을 드러내지 않지만 숨기고 있을 뿐, 만만하지 않은 여자다.

— 회사에 계세요?

"일이 좀 남아서. 출장 전에 처리하려고 잠깐 왔어."

잠깐의 침묵이 민망한지 현주가 말을 건다. 강준은 파일철을 들었다가 내리며 대꾸했다.

— 잠깐 계셨던 분 목소리가 아닌데요. 주말까지 너무 무리하시는 거 아녜요?

"그럼 당신이 밥이라도 사 주든가."

또다시 말이 없다.

"농담이야, 농담."

— 식사해요. 그 정도도 못 해 드릴까 봐?

엇. 강준은 볼펜을 돌리다가 멈췄다. 시계를 바라보고는 서둘러 일어섰다. 하루라도 빨리 현주의 마음을 제게 오게 만들려면 작은 기회를 크게 삼아야 했다.

"내가 그럼 그리 갈게. 얼마 안 걸려."

— 식당에서 봬요. 번거롭게.

"내 차로 움직이면 되지. 사람 둘인데 따로 움직이는 것도 웃기잖아."

— 윤 실장 오기로 했어요.

강준은 멈칫했다. 그러면 그렇지. 혼자 나오는 법이 없지.

"주말인데 윤 실장……은 쉬라고 하는 게 어때."

— 보고받을 게 좀 있어서요.

"주말에? 주말에 무슨 일이야. 당신 쉬어야지."

— 대표님도 주말에 일하시잖아요. 대신 저는 출근 안 했는데요, 뭘.

휴. 이 답답한 여자가 사람 속뜻을 알고 이러는 건지 모르고 이러는 건지.

— 저번에 마지막으로 식사했던 곳 괜찮던데, 그쪽에서 봬요.

"그래, 그럼."

— 예약 준비시킬게요. 저 조금 있다가 집에서 떠나요. 늦지 않게 갈게요.

"그래. 이따 봐."

강준은 통화를 종료하며 휴대폰을 바라보았다. 1년 365일 24시간 현주 곁에 머무는 것 같은 윤 실장, 수호는 어쩐지 마음에 들지 않았다. 이를테면 눈엣가시 같은.

"거슬려. 상당히 거슬려."

……어떻게 하면 그 새끼를 남 전무 곁에서 떼어 놓는다? 현주의 마음이 수호에게 있다는 사실을 꿈에도 알지 못하는 강준이었지만 수호가 자꾸만 거슬렸다. 과묵하지만 자신을 인정하지 않는 것 같은 시선이 느껴졌고, 지나치게 현주를 과잉보호하는 것 같은 태도도 마뜩잖았다.

자리를 정리하던 강준은 습관처럼 키보드 아래에 두었던 열쇠를 꺼냈다. 책상을 돌아 나오던 그는 저도 모르게 걸음을 멈췄다. 문득 기술자를 찾지 못해 서랍에 넣어 두었던 USB가 떠오른 것이다.

고개가 돌아간다. 시선은 굳게 잠긴 서랍을 향했다.

≪≪≪≪

"누님께 제 눈에 상무님이 보인다고 사실대로 말하면 믿어 주실까요?"

"믿지 않겠지. 상식적으로 가능한 일은 아니니까."

"휴. 진짜 막막하다. 어떻게 입을 열어야 할지 모르겠어요."

수영장의 물은 달빛의 기운을 받아 어둡게 반짝였다. 인공 잔디가 깔려 있는 바닥에 앉아 찬양은 유리창 너머 펼쳐지는 서울의 야경을 응시했다. 그러다가 그녀는 현주를 떠올렸다.

'나는 남지안 상무를 믿습니다.'

그녀는 언제나 선을 그었다. 미소를 띠고 있다 해서, 친절하다고 해서, 따뜻하게 대한다 해서 내가 너를 믿고 있을 거라는 생각은 하지 말라고 돌려 말했다. 관계엔 여지가 없었다. 부드러운 눈빛 속엔 언제나 감춰 놓은 가시가 느껴졌다. 그런 분께 다가가 의식 없는 당신의 동생이 보인다고 하면 어떤 말을 듣게 될까. 감춰 놓은 가시마저 보게 되는 건 아닐까.

"전무님이 굉장히 무서운 얼굴을 하실 것 같아서 겁나요."

"쉽게 화내거나 감정 드러내는 사람은 아니니까 너무 걱정은 마."

"네……."

사실은 그게 더 무서울 것 같기도 하지만요……. 찬양은 말을 삼키며 고개를 끄덕였다. 혁신을 업으로 삼는 사람에게 미신과도 같은 이야기를 전해야 하는 중압감이 상당했지만 어쩔 수 없었다. 당장은 현주가 아니면 도움을 청할 수 있는 곳이 없었으니까.

"이제, 저는 슬슬 회사를 그만둬야겠죠?"

때가 다가오는 것을 느낀다. 찬양은 준비되었다는 듯 물었고 그는 대답을 미뤘다. 그녀는 무릎을 세워 두 팔로 가둔 채 작은 미소를 지었다. USB를 찾고 용의자 또한 찾았으니 그녀의 임무는 끝이 난 것이다. 더불어 그와의 시간도 끝이 보이고 있었다.

"짧다면 짧은 시간이었는데 정말 배운 게 많아요. 유니크 신제품 나오면 꼭 살게요."

"정찬양 씨가 대단한 획을 그은 제품인데, 회사에서 받아 가."

"아뇨. 그냥 살래요. 구매자의 입장으로 돌아가 철저하게 분석해 줄게요."

그녀의 실없는 농담에 그는 맥없이 웃었다. 그러다가 어렵게 물었다.

"회사 그만두고 나면 어떻게 하려고."

"다른 회사 찾아봐야죠. 아니면 자격증 공부라도 해 보게요. 뭐든 할 수 있다는 자신감을 얻었어요."

어려웠던 질문에 가벼이 답을 한다. 찬양은 씩씩하게 답하며 어깨를 으쓱 올려 보였다. 지안의 몸이 깨어나기 전에 서둘러 퇴사를 해야 한다. 취업을 위해 회사에 둘러댔던 모든 말이 거짓으로 드러나기 전에 말이다.

"이렇게 높은 곳에 있어 보는 건 처음이에요."

바깥의 풍경이 낯선지 찬양은 약간 경직된 듯 말했다. 화제를 전환해 보자는 것 같다.

"고소 공포증 있잖아. 괜찮아?"

"어? 그건 어떻게 알았어요?"

느리게 눈을 감았다가 뜨며 풍경만 바라보던 찬양이 곁의 지안을 바라보았다. 내가 말했던 적이 있었나? 언제 말했지?

"니가 말했어. 예전에, 그곳에 있을 때."

"아……."

이계의 세계에서 말했단다. 무슨 일이 있었기에 고소 공포증까지 설명을 했단 말인가.

"말로 설명하기가 좀 힘든데, 계속 걸었다고 했잖아."

"네."

"길이 여기처럼 평지로 되어 있는 게 아니야. 바닥이 느껴지질 않아."

"……네?"

그건 또 무슨 말이요? 찬양은 지안을 눈빛으로 보챘다.

"발바닥이 지면에 닿는 느낌이 없다고."

"헐. 대박!"

"니가 고소 공포증 있다고 울고불고. 한 걸음도 못 간다고 울고불고."

"소름! 그 길을 제가 걸었다는 말이에요?! 진짜?!"

발바닥이 지면에 닿는 느낌 없이 걸었단다. 그건 또 허공을 휘적거리는 것과는 다른 느낌이라, 마치 절벽 끝에서 낭떠러지로 첫 발을 내딛는 느낌이었다고 한다.

"종일 울더라. 난 사람 몸에 수분이 그렇게 많은 줄 몰랐다."

"아시잖아요. 쓸데없는 일에 겁이 좀 많아요."

"시끄러워서 떼어 놓고 갈까도 했지."

지안은 무엇이 떠올랐는지 피식 웃음을 터트린다. 궁금하긴 한데 들으면 손해일 것 같아 찬양은 연신 눈치만 봤다.

생각에 잠긴 것 같던 그의 시선이 돌아온다.

"그렇게 겁 많고 잘 놀라고 매일 울던 게, 갑자기 이렇게 겁도 없이 좋아한다고 돌격하니 내가 놀라, 안 놀라."

"……."

"이렇게 겁 없는 줄 알았으면 너 거기다 남겨 두고 내가 먼저 돌아 올 걸 그랬어."

"후회해요?"

"후회하지."

진심은 눈빛 사이사이로 새어 나왔다.

"내가 먼저 깨어났으면 우리가 좀 더 쉬웠을 수도 있을 텐데, 생각 하니까."

그렇잖아. 너는 지금의 나처럼 나를 찾아왔겠지. 지금의 너처럼 나 는 너를 좋아하게 됐겠지. 석 달 뒤 네가 깨어난 뒤에, 내가 너를 찾는 것이 어쩌면 더 쉽지 않았을까.

"그때 생각을 잘못한 것 같다. 내가 먼저 돌아올걸. 이제 와서 이런 생각을 한다는 자체가 웃긴 일이긴 하지만."

"날 이 세계로 먼저 보내 줘서, 고마워요."

그녀는 의자에 앉아 있는 그의 무릎에 머리를 기댔다.

"아마 나는 지금의 상무님처럼 덤덤하게 현실을 받아들이지 못했을 거예요."

지금 당신이 지닌 시간의 무게, 정신적 고통, 아마도 나는 견뎌 내 지 못했을 거라고. ……잊을 수 없는 마음을 받았다.

"책으로 써도 되겠다. 우리 이야기. 그렇죠?"

"엄청나지."

두 사람은 합을 맞춘 듯이 웃음을 터트렸다. 찬양이 웃음을 거둬 가며 도시의 불빛으로 시선을 옮기자 다정한 그의 손길이 어깨로 내려앉는다. 다 꺼내 보여 주지 못한 마음이 닿은 살결 사이로 스며들어 마음을 충만하게 했다.

"사랑해요."

찬양이 말끝에 고개를 들어 그를 바라보았다. 많은 것이 뒤섞인 그의 미소가 입가에 걸리자 그녀도 따라 미소를 지었다. 내일이 약속된 것도 아니면서, 미래가 온전한 것도 아니면서, 그날의 우리는 무엇이 그렇게도 좋아 웃음을 섞었던 걸까.

"잊는 것 하나 없이 다 기억할게요. 내가 다, 기억하고 있을게요."

연인의 시간. 그와 나의 관계는 거창하게 꾸며 내도 좋았다. 운명이라 칭해도 부족함이 없었고, 단 하나뿐인 사랑이라 외쳐도 모자람이 없었다.

"계속해 봐."

아주 멋진, 게다가 모든 것이 완벽한 이 남자는 나의 사람이다. 적어도 나는 그렇게 부를 수 있고 자신할 수 있다.

"사랑해요. 말하다가 심장이 터져 버릴 만큼."

지금 나의 이야기를 듣는다면 그는 아마도 소리 내어 웃겠지. 아스라이 퍼져 흐르는, 특유의 웃음이 지닌 뜻을 나는 잘 알고 있다.

"사랑해요, 상무님."

조금 더 열렬하게 고백해 달라는 그의 신호다. 아주 듣기 좋다는 뜻이기도 했다.

침대에 누워 뒤척이던 찬양은 슬며시 문을 열고 나왔다. 읽던 책을 가슴팍에 올려 둔 그가 어쩐 일로 잠을 자고 있다. 집이라는 사실에 풀어진 걸까. 문을 여는 소리에도 깨지 않고 그는 평온함을 유지하고 있다. 물이나 한잔 마시고 들어갈까 했던 찬양은 살금살금 까치발을 들고 소파로 걸어갔다.

"우와. 잔다."

병실에 누워 있는 상무님의 의식 없는 모습 말고 리얼 수면은 처음이다. 이게 뭐라고 이렇게 신기하지, 찬양은 러그를 밟으며 소파 아래에 조용히 앉았다. 가슴팍은 부풀었다가 가라앉았고 책은 따라 움직였다. 찬양은 가만히 그의 코끝에 손가락을 가져다 댔다. 부풀었다가 내려앉는 가슴팍의 운동과는 달리 숨이 느껴지질 않는다. 이럴 때 가장 망연자실한다. 당신이란 존재가 마치 신기루같이 느껴질 때.

손을 거두며 찬양은 그의 모습을 길게 바라보았다. 한 번의 뒤척임도 없이 고요하다.

"……우리 집이, 불편했던 거구나."

자려던 의도는 아니었는지 펼쳐 놓은 책은 가슴 아프게 느껴졌다. 그래. 그럴 만도 하다. 이렇게 으리으리한, 부족한 것 하나 없는 공간에서 생활하다가 얼마나 불편했겠나. 형체 없는 몸이라도 그의 정신세계는 몸이 깨어 있음과 다를 바가 없을 텐데. 잠이 오질 않았던 것이다. 수많은 불편함을 감내했던 것이다. 내가 화장실에서 옷을 갈아입고, 속옷을 마음대로 널지 못하고 살았던 불편함과는 또 다른 어려움이 상당했을 것이다.

공연한 미안함에 사무친 찬양은 판화로 찍어 내듯 그를 바라보았다. 반듯한 이마, 짙고 깔끔한 눈썹, 매끈하게 뻗은 콧날. 혈색이 없어더욱 희게 보이는 피부, 닿으면 손이 녹을 것만 같은 입술. 이목구비로 꽉 찬 얼굴은 빈틈이 없는 것처럼 느껴졌다. 부족하거나 아쉽게 느껴지는 곳 없이 그의 얼굴은 모든 것이 조화로웠다.

언제 또 이런 모습을 볼 수 있으려나, 아마 없을지도 모른다. 그런 생각을 하다 보니 나 홀로 당신의 잠든 모습을 바라보고 있는 지금 이

순간이 멈추지 말았으면. 이 모습 이대로, 당신을 죽을 때까지 바라볼 수 있다면—

……그가 천천히 눈을 뜬다. 서로는 놀라는 법 없이 자연스럽게 응시했다.

"언제부터 여기 있었어."

잠든 모습을 들켰다는 것처럼 그가 묻는다. 조금 민망한지 음성에 무안함이 깃든다. 그녀가 무척이나 좋아하는 음성이다. 낮게 내려앉은, 중간중간 긁히듯이 들리는 그의 목소리.

"얼마 안 됐어요."

"지금 몇 시야. 나도 모르게 잤네."

"피곤하셨나 봐요."

그가 시계를 내려다본다. 그녀의 예상과는 달리 그는 다른 이유로 수면을 거부하며 시간을 보내왔다. 지금 그에게 수면의 상태란 이계의 속으로 돌아가는 현상이었으니까. 되도록 그곳에 오래 머물지 않으려고 그는 필사적인 노력으로 밤을 지새웠다. 혹여 이계의 세계에 갇혀 버릴까 봐. 다시는 네게 돌아오지 못하게 될까 봐.

"저 상무님 주무시는 거 처음 봐요."

"니가 나보다 일찍 자고 나보다 늦게 일어나니까."

"하긴. 그렇다."

찬양은 머쓱함에 웃음을 터트렸다. 무척이나 조용하게 대화하던 와중에 그녀의 웃음소리는 크게 울려 퍼졌다.

"상무님은 혹시 나 자는 거 본 적 있어요?"

"……사람에겐 누구나 묵비권이 있지."

"봤구나?"

"……."

"몇 번이나 봤어요? 혹시 매일 내 방 들어와서 몰래 본 거 아녜요?"

"변호사를 선임해도 될까? 진술이 불리해질 것 같은데."

봤네, 봤어. 찬양은 밉지 않게 눈을 흘겼다.

"귀띔이라도 해 주지. 나 잘 때 엄청 못생겼단 말이에요."

"미안한데, 비단 잘 때만 그런 건 아니야."

"뭐예요?! 항상 못생겼다고 지금 디스하는 거예요?!"

나는 지금 댁의 잠든 얼굴도 엄청 잘생겼다고 감탄하고 있었는데! 전부 다 취소! 취소, 취소! 찬양은 지안의 놀림에 입술을 삐죽였다. 지안은 속마음을 생중계하고 계신 찬양의 얼굴을 바라보다 너털웃음을 흘렸다.

"왜 웃어요?"

입술을 삐죽이다가도 금세, 물색없이, 그가 웃으면 모든 생각이 정지했다. 저런 웃음이 자꾸만 설레게 했다.

"그냥. 귀여워서."

이런 말들이 자꾸만, 숨을 가쁘게 했다.

"모, 몰랐어요? 나 원래 귀엽다고요."

"알아."

"……."

"내가 몰랐겠어?"

찬양은 눈을 동그랗게 떴다. 저런 말을 아무렇지 않은 표정으로 내뱉다니. 이 남자, 남지안 상무님 맞습니까?

"노, 농담으로 한 건데 그걸 또 그렇게 받아치면 제가 민망하잖아요."

"알아."

"……."

"그것도 내가 몰랐겠어?"

"우씨! 지금 나 놀려요?!"

"맞아. 내가 놀리면 더 귀여워지잖아."

"아 진짜! 사람을 아주 들었다가 놨다가!"

예상과 한 치의 오차도 없이 반응하는 그녀가 귀엽고 사랑스러워

지안은 웃음을 터트렸다. 일생 동안 살며 웃어 본 횟수보다 더 많이 웃는 것 같은 요즘이다. 그러다가, 그는 그녀의 목덜미로 손을 뻗었다. 순식간이다.

가볍게 목덜미를 움켜쥐고 제게로 끌어당겼다. 그의 손길에 허리를 세운 찬양의 몸이 지안과 가까이 붙었다. 간격이 부쩍 좁혀져 그녀는 놀란 눈을 크게 떴다. 아주 잠시 어둠 속에서 그녀를 바라본 그가 그녀의 목덜미를 더욱 끌어 내렸다. ……입술이 닿았다. 그는 그녀가 편안할 수 있도록 상체를 조금 일으켜 세우며 고개를 틀었다.

찬양은 눈을 감았다. 마주 닿은 입술엔 온기가 느껴졌는데, 이것이 나의 것인지 그의 것인지 혼란스러웠다. 어지러울 만큼 숨은 달게 퍼져 흘렀다. 이것 또한 나의 것인지 그의 것인지 알 수 없었다.

입술을 놓아주지 않는 그가 이번엔 두 팔로 그녀의 팔을 붙잡고 일으켰다. 가볍게 그녀를 들어 올린 그가 그녀를 한쪽 다리에 앉혔다. 이것 또한 찰나에 이어져 그녀는 정신을 차리기가 힘이 들었다. 고립된 것 같은 시간 속에, 입맞춤이 이어졌다.

그녀는 그의 어깨에 팔을 둘렀고 그는 그녀의 허리를 끌어안았다. 그러다가 잠시 입술이 떨어졌다. 격한 숨이 차오른 찬양이 밀린 숨을 몰아쉬자 지안은 그녀의 머리를 쓸어 넘겼다. 정신없어 보이는 그녀의 눈빛은 약간 겁을 먹은 것도 같았고, 또 약간 망설이는 것도 같았다.

"오늘 내 옆에서 자라. 정찬양 씨."

달뜬 그의 음성이 전신을 휘감는다.

"떨어져 있기 싫어서 그래. 괜찮으니까 옆에서 자."

그제야 찬양은 작은 움직임으로 고개를 끄덕였다. 튕길 줄도 모르고 밀당도 모를 것만 같은 그녀의 허락이 떨어지자 지안은 다시금 그녀의 입술을 찾아 다가갔다. 힘껏 앉으면 부러질 것 같은 가느다란 허리를 더욱 힘껏 안으며 그녀의 턱을 애틋하게 붙잡았다.

이 순간, 그녀는 환청처럼 그의 생각을 들었다. 이제는 생각마저 읽는 지경이 되어 버린 것이다. 소원처럼 바랐던 그의 말은 가슴을 울려 숨을 제대로 내쉬기가 어려웠다. 나중에 그날을 기억하기를—

그의 품에 누워 잠을 청하는 내내 해가 지지 않던, 백야(白夜)의 밤이었다. 감은 눈 사이로 여전히 그대가 보이던, 몹시도 기이한 밤이었다. 1년 열두 달 곱씹어 헤아리게 만들던, 사무치게도 저린 밤이었다. 그가 마음으로 전한 말은 두고두고 가슴에 남아 악착같이 살아 보고자 마음먹게 하던, 밤이었다.

이제 너는, 내가 쏟는 사랑 앞에 절대로 도망칠 수 없어.

※※※※

미혜는 작은 방 안에 물건을 어질러 놓고 하나하나 살폈다. 애인과 이별을 했으니 그와 관련된 물건을 정리해야겠다는 생각이 든 것이다.

연애 초반엔 자잘한 것도 버리기 아까워 박스에 넣어 두었다. 그와 관련된 모든 것들은 기념이 되었으니까. 영화표, 스티커 사진, 조개껍데기, 야광봉, 손 편지, 먹고 남은 감기약, 다 떨어진 장갑 한 짝, 바람이 숭숭 통하던 헐렁한 목도리, 살이 떨어진 싸구려 부채.

"별걸 다 모아 놨다. 나도 참, 유별나."

……말린 꽃송이.

"이건 뭐더라. 도저히 모르겠네."

관광지 엽서. 한 봉지 더! 가 적힌 과자 스티커. 번호가 맞지 않은 복권.

"이건 내가 샀나, 오빠가 사 줬나……."

낡은 동전 지갑은 구매자의 출처조차 희미하다. 해묵은 기억들 앞에 한참을 망설이던 미혜는 모두 버리기로 결심했다.

"음료수 병뚜껑은 왜 가지고 있는 거야, 대체."

아마도 음료수 뚜껑을 따지 못해 낑낑거리던 자신을 대신해, 애인은 손쉽게 뚜껑을 따 주었으리라. 그의 손길이 묻어났으니 집으로 고이 모셔 와 보관했으리라. 참 나, 미혜는 병뚜껑을 들고 어처구니가 없는지 실소를 터트렸다. 커다란 박스 안은 마치 타임머신의 기록물처럼 잊고 살았던 기억들을 끄집어내게 했다.

병뚜껑을 가만히 내려다보던 미혜는 다시금 박스 안으로 손을 집어넣었다. 이번엔 아주 오래된 고물 휴대폰 두 대가 있다. 구매 당시만 해도 최신 휴대폰이었던 백경전자의 폴더폰이다. 스마트폰과 폴더가 공존하던 시대, 커플로 맞춰 구입했던, 달려 있는 휴대폰 고리마저 똑 닮은, 휴대폰.

"켜지나……."

그래, 이런 휴대폰을 쓴 적이 있다. 미혜는 반신반의하듯 휴대폰 전원 버튼을 눌렀다. 한 대는 켜지고 한 대는 켜지지 않는다.

"이게 오빠 거였나 보다."

애인의 휴대폰이 켜지자 미혜는 신기하다는 듯 휴대폰을 바라보았다. 느린 로딩을 끝으로 바탕 화면이 나타났다. 짐을 정리하던 손길을 잠시 멈춘 채 미혜는 휴대폰을 탐색했다. ……통화 기록 버튼을 눌렀다.

"미치겠다……."

전부 자신의 번호로 도배되어 있는 통화 목록. 미혜는 손톱을 물어뜯으며 기록을 하나하나 살폈다. 짧으면 30분, 길면 네 시간도 거뜬히 넘긴 통화 시간. 그때 우린, 무슨 할 말이 그렇게도 많았던 걸까.

……문자 메시지 함을 열었다. 미혜의 시선은 한참이나 그곳에 머물렀다.

"이게 다…… 이게 다 뭐야……."

기가 찼다.

[우리여보돼지♡]로 등록되어 있는 자신의 이름이 낯설고 우스워 기가 찼다. 정녕 나와 그대가 보낸 문자가 맞는지 닭살스럽고 잔망스러운 내용에 기가 찼다. 말끝마다 들어간 하트, 표정을 대신한 이모티

콘, 그대가 이렇게 표현이 풍부한 사람이었나, 기가 찼다. 제한된 바이트 안에 마음을 보여 주려고 꾹꾹 눌러 꽉 차게 보내 준 메시지. 그 단편적인 텍스트만으로 네가 나를 얼마나 아끼고 사랑했는지, 짐작하고도 남음이 있었다.

……그래, 이게 너였다. 손에 쥔 아이스크림이 다 녹을 때까지 한입을 먹지 않고 나를 기다려 주던 사람. 우산 속 내가 안전하길 바라며 자신의 한쪽 어깨는 과감히 포기해 주던 사람. 손에 묻은 아이스크림을 당연하게 생각하던 사람. 비에 젖은 자신의 어깨를 훈장처럼 여기던 사람.

"아, 나 미쳤나 봐. 왜 울어 또, 왜."

……그래. 그게, 너였다.

미혜는 저도 모르게 눈물이 뚝뚝 떨어지자 황급히 닦았다. 누가 보는 것도 아니건만 더 이상의 눈물은 흘리고 싶지 않았다. 너와 헤어지는 길목에 흘렸던 눈물만으로 지금 나는 충분하다고.

사람의 마음을 떠나게 하는 건 어제의 네 모습이 아니야. 몇 주 전, 몇 달 전, 그렇게나 오래되고 먼지 묻어 끈적해진 기억들이 떠나게 하는 거야.

어쩌면 나는 조금씩 준비했는지 몰라. 너와 연락이 닿지 않게 된 순간부터, 네가 나를 바라보며 웃지 않게 된 순간부터. 널 만나며 끌러 놓았던 신발끈을 다시 묶으며, 이별의 출발선으로 조용히 걸어가며 네게서, 달아날 준비를.

"아…… 나중에 다시…… 다시 정리해야겠다……."

생각과는 달리 눈물이 멈추질 않는다. 미혜는 허우적거리는 손길로 꺼내 놓았던 물건들을 다시 박스 안으로 집어넣었다. 마음을 비워 보겠다고 시작한 물건 정리가 아직 정리가 되지 않은 마음을 더욱 헝클어 놓는다는 걸 깨달은 것이다. 먼지 묻은 박스 뚜껑을 닫으며 미혜는 끅끅, 어깨를 흔들었다. 마치 봉인이 된 것 같은 기억, 증발해 버린 것만 같은 시간.

순간 그런 생각이 들었어. 겉은 멀쩡하지만 단물이 빠진 과일처럼, 우리도 단물이 빠져 버렸구나. 멀쩡한 두 손을 붙잡고 시선을 맞춰도 더 이상의 단내는 나지 않겠구나. 그런데 참 웃기지. 죽을 만큼 아프고, 슬프고 힘들어도 다 살게 되어 있어.

"미혜야— 나와서 밥 먹어라—"

"응! 알았어, 엄마!"

네가 없다고, 우리가 갈라졌다고, 세상이 무너지거나 멈추거나 하지 않아.

미혜는 주방에서 들려오는 엄마의 음성에 서둘러 눈물을 훔쳤다. 놀란 눈물은 쏙 들어가고 미혜는 박스를 다시 깊은 곳에 넣으며 일어섰다.

"왜 이렇게 늦게 나와? 눈은 왜 그렇게 빨갛고?"

"청소하는데 먼지 들어가서. 그나저나 오늘 반찬은 뭐야? 돼지고기찌개네?"

"미혜야, 아버지 나오시라 해. 다들 왜 이렇게 굼떠, 밥 다 펐는데."

"옛썰!"

뜨끈해진 눈두덩을 서둘러 식히며 미혜는 가족들과의 식사에 집중했다.

"캬, 역시 엄마 돼지고기찌개는 환상이야! 완전 맛있음!"

"그래. 실컷 먹어라, 우리 딸!"

"네! 아빠!"

너는 어때, 잘 지내니. 너의 세상도 무너지는 일 없이 잘 돌아가고 있겠지. 아침의 뉴스가 일상적이고 마시던 커피의 맛도 변함없겠지. 그래, 나도 이렇게 어른이 되어 가. 몰랐던 사실을 깨달으며 조금씩 성숙해져 가.

나는, 네가 없인 살 수 없을 줄 알았어.

현주를 만날 생각에 잔뜩 기합이 들어간 찬양이 회사에 출근을 했다. 두 주먹을 불끈 쥐고 출근해서 전무님 면담 신청을 좀 해 볼까 했는데. 그런데.

"전무님? 오늘 출장 가셨는데?"

이 청천벽력 같은 소리는 무언가. 출장을 가셨단다.

"아……."

출장을 가셨단다! 헐. 찬양은 두 눈을 크게 떴다.

"추, 출장요? 오늘요?!"

"응. 오늘. 나도 출근해서 들었어요. 급한 일이에요?"

"어디로요? 얼마나 있다가 오시는데요?"

"베를린 가세요. 박람회 부스 때문에. 대표님도 가시고. 조금 오래 걸린다는 듯?"

헐! 맙소사! 찬양은 자리에서 벌떡 일어났다. 가만있어 보자, 가만있어 보자, 생각을, 생각을 정리해야 한다.

"저 잠깐 어디 좀 다녀올게요!"

부리나케 사무실을 빠져나온 찬양이 휴대폰을 들었다. 일전에 통화를 한 적 있던 전무실 윤 실장님에게 전화를 걸어 보기로 한다. 뚜르르르— 신호는 가는데 전화를 받지 않는다. 전화 좀 받으세요! 제발!

— 네.

받았다! 찬양은 엘리베이터를 잡으며 급하게 말을 이었다.

"안녕하세요! 정찬양입니다!"

— 네. 알고 있습니다.

"전무님 지금 어디 계세요?!"

— 네? 전무님이요?

휴대폰 너머 윤 실장의 목소리가 뜨뜻미지근하다. 엘리베이터가 도통 올 생각을 하지 않자 찬양은 동동 발을 구르다가 비상구 문을 열었다. 요즘 들어 요긴하게 써먹는 비상구 계단이다.

"전무님이요! 전무님 어디 계세요?"

— 전무님 지금 회사 로비에⋯⋯.

"잠깐만 계세요! 저 지금 내려갑니다!"

으아아아! 으아아아아! 찬양은 계단을 미친 듯이 뛰어 내려갔다. 넘어질 듯 치마가 찢어질 듯 정신없이 로비로 내려갔다.

"전무님! 전무니이이임!"

이른 오전 회의를 마치고 출장길에 오르려던 현주가 돌아본다. 그 곁엔 강준이, 그리고 여러 임원들이 서 있었다.

"전무니이이이이임!"

때마침 도착한 지안도 누나의 곁에 있다. 찬양은 신발이 벗겨지는 참사를 겪으며 현주에게 달려갔다. 미친년 꽃 달고 달려오듯 하자 경비원들이 다가왔다.

"어허, 전무님한테 이러시면 안 됩니다!"

"드릴 말씀이! 드릴 말씀이!"

경비원에게 가로막힌 찬양이 버둥거리며 현주를 찾는다. 힐끔 윤 실장을 바라본 현주가 찬양에게 시선을 옮겼다. 조금 전에 전화가 왔다고, 윤 실장이 현주를 향해 작게 귀띔하자 강준의 눈매가 사나워진다.

USB를 잃어버린 것을 알게 된 주말 저녁. 그에게 분노가 한바탕 휩쓸고 지나갔다. 대표실에 들어온 사람 목록을 살피고 좁히다 보니 정찬양은 유력한 용의자였다. 강준은 주먹을 말아 쥐며 말을 눌러 찍는 것 같은 음성으로 입을 열었다.

"남 전무, 비행기 시간 늦겠어."

"잠시만요. 잠시만."

무슨 일입니까? 현주가 묻는다. 찬양은 지안을 바라보다가 현주를 간절하게 바라보았다.

"드릴 말씀이 있습니다! 전무님!"

"제가 지금 출장을 가야 하는데. 와서 듣죠."

"급한 일입니다! 제발!"

현주가 손목시계를 들여다본다. 강준은 무척이나 매서운 음성으로 찬양에게 소리쳤다.

"지금 이게 뭐 하는 짓입니까! 여기 회사입니다, 정찬양 씨!"

"죄송합니다! 죄송합니다! 정말 급한 일이에요!"

5분만! 아니, 1분만요!

경비원들은 어떻게 하냐는 눈빛으로 현주를 바라보자 현주는 윤 실장을 응시했다.

"시간, 얼마나 여유 있죠?"

"아직 괜찮습니다."

그러자 강준이 끼어들었다. 정찬양이 무슨 말을 하려 건 간에 막아야 했다.

"남 전무, 이럴 시간 있어? 빨리 가야지."

"대표님 먼저 출발하세요. 저는 바로 따라갈게요."

현주는 강준의 다음 말을 듣지 않은 채 찬양에게 걸음을 옮겼다. 반으로 갈린 인원이 현주를 따르려 하자 윤 실장은 먼저들 가라며 자신만 남겠다 말했다. 찬양과 현주, 윤 실장이 사라진다. 강준은 이를 아드득 갈았다. 그 소리에 놀란 임원들이 강준을 바라보았다.

"차 대기시켜!"

"아, 예. 이미 대기하고 있습니다."

강준은 신경질적인 발걸음을 옮겼고 자신의 수행 비서에게 눈짓을 보냈다. 그의 뜻을 알아들은 수행 비서가 조용히 현주 뒤를 따라 발길을 옮겼다.

"대체 어디 있다가 출근한 거야……."

차에 올라탄 강준이 중얼거렸다. 비서를 시켜 그녀의 집을 탐방했으나 주말 내내 그녀는 집에 돌아오지 않고 부재였다. 잠적한 듯하더니 멀쩡하게 출근을 해서, 겁도 없이 내 앞에서 남 전무를 불러 갔겠다?

"출발해."

"네, 대표님."

강준은 힘껏 시트를 내리쳤다. 정찬양이 남 전무에게 뭐라고 지껄일지, 상당한 분노가 치솟았다.

"무슨 일이죠?"

전무실로 올라온 현주는 평소와 달리 무척이나 건조한 표정을 지었다. 무례한 찬양의 호출이 달갑지 않은 건 현주도 마찬가지였다. 뭐랄까, 잘한다 잘한다 했더니 위계질서를 의식하지 않는 것 같다고나 할까?

"알겠지만 굉장히 중요한 상황에서 나는 정찬양 씨의 요구를 따랐습니다. 내 말 무슨 말인지 알겠죠."

"네⋯⋯."

"들어서 이 상황이 납득되지 않는 이야기라면 정찬양 씨는 징계를 면치 못할 겁니다."

숨이 찬지 찬양이 말을 제대로 잇지 못한다. 현주는 로비에서 벗겨져 한쪽 신발이 없는 찬양의 발을 내려다보았다. 대체 무슨 일이기에 이토록 정신을 못 차린단 말인가?

"김 닥터를⋯⋯ 부를까요?"

찬양의 정신 상태가 의심스러운지 윤 실장은 현주의 귀에 속삭였다. 흠, 현주는 대꾸를 미루며 찬양을 응시했다. 벅찬 숨을 연신 들이켜고 내쉬던 찬양이 점차 안정을 되찾는 듯 보였다.

"숨 좀 돌렸으면 이제 들어 보죠. 시간이 별로 없으니까 간결하고 빠르게."

"그게……."

따라온 지안은 소파 옆에 말없이 앉아 있다. 모든 역할은 찬양의 몫일 뿐, 자신이 도와줄 수 있는 부분이 없기 때문에.

찬양이 머뭇거리자 현주는 윤 실장을 내보냈다. 일단 그녀에게 최적의 환경을 만들어 주기로 한다. 이야기가 듣고 싶은 것이 아니라, 징계의 합리화를 위해서였다.

"지금부터 제가 전무님께 하려는 이야기가 다소 황당하고, 어이없다 느껴지셔도 믿어 주셨으면 좋겠습니다."

"서론이 길군요."

분위기가 냉랭하다. 화기애애한 분위기 속에서 말해도 말이 튀어나올까 말까 한데 여러모로 최악의 타이밍이다.

"제가…… 사실은 상무님을 봅니다."

찬양은 손톱이 살을 파고들 만큼 세게 주먹을 쥐고 입을 열었다. 이 한마디로 유추할 수 있는 것이 많지 않아, 현주는 단조롭게 답했다.

"압니다. 친구라고 했죠."

"그런 의미는 아니고…… 사실 저는 이전에 상무님을 알지 못했습니다."

"……."

"사고를 당한 상무님의 영혼이…… 저를 찾아왔어요."

"……네?"

현주는 굳은 듯 그녀를 바라보았다. 찬양은 눈을 질끈 감았다가 뜨며 비어 있는 소파를 가리켰다. 하나부터 열까지 세세히 설명을 해도 모자랄 판에 시간이 없어 거두절미하고 결말부터 소개해야 하니 찬양도 환장할 노릇이다. 당신의 동생을 본다, 그리고 동생이 여기 있다는 이 엄청난 이야기를 30초 만에 털어 내고 말았다.

"사실 저기…… 상무님께서 앉아 계십니다."

저기? 현주는 찬양의 손길을 따라 천천히 시선을 옮겼다. 비어 있는 소파에 무엇이 있다는 건지 도대체 알 수가 없다.

"이봐요, 정찬양 씨."

"알아요! 믿기지 않으시겠지만!"

"농담이 지나치군요."

"저도 믿기지 않아요! 않는데! 계세요!"

허. 현주는 기가 막힌다는 듯 탄식을 흘렸다. 이제 보니 이 여자, 미친 여자가 아닌가?

"지금 이 어처구니없는 말을 하려고 나를 불렀습니까?"

"믿어 주세요……. 정말 계시거든요……."

"이봐요, 정찬양 씨!"

처음으로 현주의 음성이 높아진다. 서늘해지는 온도에 찬양은 입술을 꾹 깨물었다.

"아침부터 뭐 하자는 거야. 당신 뭔데."

"전무님……."

"사람을 희롱해도 정도가 있지, 당신 지금 나하고 장난하자는 건가?!"

역시, 사람을 못 믿는 건 집안 내력이었어. 지안은 갑갑한지 미간을 좁혔다. 도와줄 수 있는 것도 없고, 보고 있자니 미칠 노릇이다. 죄를 지은 아이처럼 찬양은 고개를 수그렸다.

"당신 지금 나한테 무슨 소리를 하고 있는 거야! 당신, 당신 지금 나한테!"

……하. 현주는 이마를 짚으며 잠시 숨을 길게 내쉬었다. 가뜩이나 동생이 깨어나질 않아 하루하루 심장이 쪼개질 것 같은데, 그런 동생이 옆에 있단다. 제 눈에만 보인단다. 현주는 가차 없이 일어섰다. 더 들을 필요가 없는 일이다.

"내가 출장에서 돌아오면 당신 가만 안 둬. 감히 내 동생을 건드……."

"상무님을 누군가 죽이려고 했어요."

현주의 몸이 굳는다. 찬양은 그녀를 따라 일어섰다.

"그날의 사고는 누군가의 차량 조작이었어요. 저는 그 용의자를 찾아 달라는 상무님의 청을 받고 입사했고요."

"……."

현주의 시선은 점점 더 가관이라는 듯 변했다. 하지만 찬양의 말을 자르지 않고, 들었다. 어쩌면 너무 황당해서 듣고 있는 건지도 모르겠다.

"용의자는 찾았어요. 조력자는 찾지 못했지만요."

그게 누구냐고 현주는 묻지 못했다. 묻는 행위 자체가 어느 정도 찬양의 말을 믿고 있다는 것처럼 여겨져 하지 못한 것이다.

"저는 이제 회사를 그만둡니다. 아마 전무님께서 돌아오시면 저는 없을 거예요."

"……."

"저는 임무가 끝났기 때문에요."

찬양은 소파를 바라보았다. 지안과 시선이 마주친다.

"상무님, 얘기해 드려요? 찾은 증거?"

지안은 아직은 때가 아니라며 고개를 저었다. 이 상황에 찬양이 자신의 USB를 내민다면 또 다른 의혹 속에 그녀가 빠질지도 모르니까. 믿어야만 들려줄 수 있다. 자신의 누나가, 찬양을 믿어야만.

"아직은 아니라고요? 알겠어요."

찬양이 지안과 대화를 나누자 헐, 현주는 놀라 소파에 털썩 주저앉았다. 아무것도 없는 빈 공간을 향해 중얼거리는 찬양이 이제는 무서울 지경이다.

"이봐요, 정찬양 씨, 정찬양 씨."

"믿기 어려우시겠지만 믿어 주세요. 정말 보인다니까요."

"대체 말 같은 소리를 해야 내가……."

"상무님이, 전무님께 전해 달라는 말이 있어요."

474

이마를 짚고 있던 현주가 손을 내리며 천천히 찬양을 바라보았다. 이 미친 여자의 말을 계속 듣고 있다간 현기가 일 것 같았지만 희한하게 멈추게 할 수도 없었다.

흠흠. 찬양은 목소리를 가다듬더니 지안이 앉아 있는 것처럼 소파에 앉았다. 손가락을 까딱거리며, 표정을 제법 건방지게 만들며.

"이봐 남 전무, 적당히 해."

"허어……."

현주는 입을 가렸다. 음성이야 찬양의 것이지만 저 말투는 동생의 것이 아닌가? 스무 살이 넘어 누나라는 소리를 일절 한 적이 없는 동생이다.

"놀란 건 알겠는데 이 여자가 하는 말 다 사실이야."

"……."

"나 사고 나기 전에 우리 골프 회동 하기로 한 거, 기억나? 그때 내기했잖아. 진 사람이 이번 출장 가기로."

"당신…… 미쳤어……."

현주는 손을 떨었다. 골프에서 진 사람이 이번 베를린 출장을 가기로 했던, 그 우스갯소리 같던 일을 이 여자가 어떻게 안단 말인가?

"믿으라고 그러니까. 믿어야 다음 일을 할 수 있다고. 내 말 이해하나?"

사시나무처럼 몸을 떨던 현주는 부들거리는 다리로 일어섰다. 빨리 찬양을 벗어나고 싶다는 것 같다.

"출장 다녀와. 다녀오면 다시 얘기하자고. 그땐 상황이 좀 달랐으면 좋겠는데."

"그만! 그만!"

"윤 실장 좀 그만 괴롭히고. 그런다고 넘어올 형도 아닌데."

현주는 경기를 일으킬 것 같은 눈으로 찬양을 바라보았다. 자신이 윤 실장을 좋아하고 있는 사실을, 지안도 이 여자도 알고 있을 리 없다.

"유, 윤 실장! 윤 실장!"

현주가 윤 실장을 다급하게 찾는다. 지안의 말을 그대로 전하던 찬양은 다시 현주를 따라 일어섰다. 그러자 소름을 넘어선 오한이 현주를 덮쳐 온다. 찬양의 얼굴에서 지안이 보이는 것 같은 착각이 일었다.

지안은 그런 누나를 바라보며 입술을 열었다.

「예약 메일 걸어 놓을게. 가서 처리해 줘.」

"예약 메일 걸어 놓을게. 가서 처리해 줘."

찬양은 그대로 전달했고.

「그리고 출장 가서, 임 대표 조심해.」

"그리고 출장 가서, 임 대표 조심해."

찬양은 덤덤하게 현주를 바라보았고, 그런 찬양의 시선을 뚫어지게 바라보며 현주는 자리에 얼어붙었다.

"라고 하셨습니다. 상무님께서요."

숨도 쉴 수 없었다.

[사 직 서]

전무실을 다녀온 찬양은 사내 홈페이지에 접속해서 사직서 페이지를 열었다. 그새 미지근해진 커피를 한입 물고 단정한 글씨체로 모니터에 박힌 '사직서'라는 글자를 한참을 바라보았다. 그동안 계약직 회사를 몇 차례 그만두면서 흔하게 마주했던 문서다. 때로는 덤덤하게 열었고, 때로는 억울한 마음으로 작성했고.

"휴……."

때로는 막막한 마음으로 출력하기도 했던, 사직서. 간단한 신상을 입력하면서 찬양은 낮게 한숨을 불어 내쉬었다. 2년의 계약직도 짧았는데 석 달의 시간이라고 오죽하랴마는 인간적으로 너무나 아쉬웠다. 이런저런 오해에 싸여 따가운 시선을 받아야 하기도 했지만.

"찬양 씨, 뭐 해요?"

"아아. 이거 작성하고 있었어요. 사직서요."

어느 날 하늘에서 뚝 떨어지듯 나타난 자신을 잘 받아 준 팀원들이 있었으니까.

승민은 축 처진 어깨로 타자를 치고 있는 찬양의 곁으로 다가섰다. 사직서 페이지를 켜 놓고 입력을 하고 있는 그녀 모습이 영 씁쓸하다. 찬양의 근무 기간은, 팀원들의 생각보다도 짧았다.

"마음이 좋지 않네요, 찬양 씨."

"저도 그래요."

"우리 팀 끝날 때까지 함께하면 좋은데. 끝도 못 보고 찬양 씨 혼자 빠지는 것 같아서 아쉬워요."

"……저도, 그래요."

하지만 미련은 시원하게 날려 버려야 한다는 생각에 찬양은 씩 웃었다. 본디 자신의 실력으로 올라온 자리가 아니니까. 말도 안 되는, 터무니없는 일에 휘말려 자리하게 된 것뿐이니까. 정당하게 붙은 회사라면 얼마나 좋을까. 공평한 절차를 밟아 합격을 했다면 얼마나 좋을까. 그런 것이 아니니 깔끔하고 시원하게, 미련 없이 떠나는 게 맞다.

"그동안 감사했습니다, 대리님."

찬양은 승민을 올려 보며 활짝 웃었다. 참 고마운 사람이다. 어리바리했던 자신을 입사 첫날부터 지금까지 돌봐 준 승민이 있었기에 안정적으로 적응할 수 있었을 거라고. 산처럼 쌓인 업무를 병행하며 자신의 일까지 도와주었으니 지난 고충을 어찌 다 설명할까. 찬양이 느닷없이 마지막 같은 인사를 고하자 승민은 그 인사 넣어 두라고 손사래를 쳤다.

"지금 막 회사 나갈 것처럼 말하지 마요. 그런 말 안 듣고 싶은데."

"미리 해 두는 거예요. 혹시 타이밍 놓쳐서 말 못 할지도 모르니까요."

"찬양 씨, 회사 나가면 우리랑 연락 안 할 거예요?"

"설마요. 간간이 술자리에 껴 주셔야 해요."

그제야 승민이 따라 웃는다. 언제나 유쾌하고 활력이 넘치는 승민을 바라보며 찬양은 생각했다. 어쩌면 그는 사회에서 만난 첫 번째 친구가 될 수도 있겠다고.

"작성하다가 모르는 거 있으면 물어봐요."

"사직서 작성은 대리님보다 제가 더 잘할걸요."

"하긴. 저는 한 번도 작성을 안 해 봐서."

모든 것을 내려 두고, 모든 것을 비우며, 미련 없이 떠나야 한다. 한여름 밤의 꿈처럼, 어느 날 문득 낯선 공간에 떨어져 버렸던 이상한 나라의 앨리스처럼.

"이따가 송별회 할 때 코가 삐뚤어지게 마셔 보자고요. 찬양 씨."

"물론요!"

깨어나고, 돌아가, 내가 있던 본래의 자리를 찾아야 할 때였다.

※※※

'상무님은 얼마 지나지 않아 깨어나실 거예요.'

일등석에 앉아 몸을 뒤척이며 현주는 찬양의 말을 곱씹었다.

'걱정하지 마세요. 상무님은 안전하고 건강하게 깨어날 테니까.'

갑갑함에 수면 안대를 벗었다. 멈추지 않는 긴 숨이 울대를 긁으며 흘렀다. 하도 기가 차니 웃음만 새어 나오다가, 찬양의 장난이 지나치다는 생각에 울컥 화가 나다가, 정신 이상자였다는 결론에 고개가 끄덕여지기도 했다.

"대체 이게 무슨 소리야……."

찬양이 장담하기를, 동생은 곧 깨어날 거란다. 동생의 영혼이 제자리를 찾아 들어가기가 머지않았단다. 대략적인 날짜를 알려 주며 그 날짜쯤 동생이 의식을 차리고 일어날 거란다.

'그때는 믿어 주세요. 상무님이 깨어나시면 그땐 꼭 제 말을, 믿어 주세요.'

미친 여자가 틀림없다. 세상에 이런 일이 있을 수 있단 말인가? 아무리 논리적으로 설명해도, 아무리 세세하게 정황을 늘어놓아도 신빙성이 떨어졌다. 영혼을 본다니. 동생의 영혼이, 떠돌아다닌다니.

"무슨 생각을 그렇게 골똘히 해? 자는 줄 알았더니."

"⋯⋯아."

현주는 곁을 돌아보자 강준이 표정을 살피는 듯한 얼굴로 바라보고 있다. 쥐고 있던 수면 안대를 만지작거리며 현주가 미소를 지었다.

"도착하면 뭐부터 해야 하는지 생각하고 있었어요."

"일정이야 전부 나왔는데 뭘 또 생각하고 있어."

"그래도 체크해야죠."

"불편하지 않아? 당신 좀 불편해 보이는데. 전세기 타고 가자니까."

현주는 강준을 힐끔 바라보았다. 여간해선 아버지도 타질 않던 회사 전세기를 타고 가겠다고 고집부리던 강준이 생각났다.

"일등석도 불편하다 하면 어떡해요. 전세기만큼 편한 게 요즘 일등석인데."

"보는 눈이 많잖아. 사진이라도 찍히면 그대로 유출될 텐데."

"밀입국하는 것도 아닌데 사진 좀 찍히면 어때서요. 전문 경영인이 전세기 타고 다닌다는 소문보다야 낫지 않을까요?"

전문 경영인. 현주의 말에 뼈가 있다고 느낀 강준은 오묘한 표정을 지으며 눈을 감았다가 떴다. 찬양을 만나고 온 뒤로, 현주의 태도는 어딘가 모르게 냉랭했다. 대체 그 여자가 뭐라고 떠들어 댄 건지 손끝이 저릴 만큼 화가 치솟았다.

"그런데 말이야. 당신 아까 정찬양 씨랑 무슨 이야기 했어?"

승무원에게 샴페인을 부탁한 현주가 뜬금없다는 시선으로 다시 강준을 응시했다.

'그리고 출장 가서, 임 대표 조심해.'

동생의 전언이라며 찬양이 전해 준 말이 떠오른다. 대체 그녀는 무엇을 알고 그렇게 말한 것일까. 호기심에 묻는 듯한 태연함으로 가장한 임 대표의 속뜻은, 또 무엇인가.

"그 여자 아주 이상한 여자야. 사실은 당신 친구도 아니고 남 상무 친구라며."

"정찬양 씨가 그러던가요?"

"그래. 나한테 와서 그렇게 얘기하더라고. 남 상무랑 꽤 친한 사이라나, 뭐라나. 믿을 수가 있어야지."

대체 임 대표의 무엇을 조심하라는 거지?

"의심스러운 곳이 한두 곳이 아니야. 산업 스파이 같기도 하고. 조만간 퇴출시켜야겠어."

말해 봐요 정찬양 씨. 그 말인즉슨, 임 대표가 동생의 사고와 관련이 있다는 겁니까?

"사실은 정찬양 씨가 얼마 전에 날 찾아왔어."

"……대표님을요? 왜요?"

현주가 말을 아끼며 바라보자 강준은 어쩔 수 없이 털어놓는다는 듯 음성을 낮췄다.

"뻔하지 않아? 거래를 하자고 하더군. 자신이 남 상무가 관리하던 기밀 자료를 가지고 있다나 뭐라나."

"네? 기밀 자료요?"

"알기로는 무슨 USB를 가지고 있다고 하던데. 남 상무 USB라고. 당신 혹시 아나?"

"아…… 그거…….."

안 그래도 회사에도 지안의 개인 거주지에도 USB가 없어 궁금하던 차였다. 그런데 그걸 찬양이 가지고 있단다. 대체 어떻게?

"그걸 넘겨줄 테니 돈을 달라고 하더군."

"그런데 대표님은 왜 그걸 이제야 말씀하세요?"

"당신하고 둘이 식사하면서 얘기하려고 했는데, 당신이 윤 실장 데리고 왔잖아. 타이밍 놓쳐서 오늘 말하려고 했지."

"그럼 정찬양 씨에게 남 상무 USB가 있다는 얘기예요?"

"그렇다니까. 난 그게 뭔지 잘 모르겠지만 말이야. 경찰에 신고를 해야 했나?"

현주는 천천히 눈을 감았다가 뜨며 말을 아꼈다. 상황은 더욱 미궁 속으로 빠져들었다. 한쪽은 강준을 조심하라 말했고, 한쪽은 찬양을 조심하라 말하고 있다.

"처음부터 돈이 목적이었던 거야. 남 상무와 친구니 뭐니, 그것도 전부 거짓일 수도 있어. 당신, 나한테 말해 봐. 원래 알던 여자야?"

"······아뇨. 사실은 모르던 친구예요."

현주가 순순히 실토하자 강준은 무릎을 쳤다. 맞아 들어가는 것이 있다는 것 같다.

"그거 봐. 그것 좀 보라니까. 어디 술집에서 남 상무가 흘린 USB 가져다가 친구 행세 하는 건 아닌지 몰라. 근본적으로 의심스러운 여자야."

"대표님 말도 일리가 있네요."

"그 여자가 뭐라고 하건 간에 믿지 마. 난 당신 친구인 줄 알고 잘해 주려고 했다가, 어후."

"별말 없었어요. 이제 곧 회사를 그만둔다고."

때마침 승무원이 샴페인을 가지고 등장했다. 강준은 현주의 말에 눈을 크게 떴다.

"뭐? 그만둔다고? 제 발로 나간다는 소리야?"

"네. 어차피 오래 일하기로 한 친구는 아니었거든요."

"이거 봐. 수상하다니까. 뭔가 뜻대로 되지 않으니까 도망치는 거라고."

현주는 기내용 샴페인 잔에 샴페인을 받으며 더욱 복잡해진 생각에 잠겼다.

"그 여자 조심해. 당신을 어떻게 휘두르려고 하는지 몰라. 엮이지 말라고."

"네. 참고할게요. 대표님도 한잔하실래요?"

"좋지."

그녀 곁에 엉성하게 걸터앉아 있던 강준이 승무원이 건네는 샴페인 잔을 받아 든다. 잔을 작게 들어 보인 현주는 홀짝 샴페인을 마시며 강준을 길게 바라보았다. 동생의 영혼을 본다는 여자, 돌아가신 아버지가 유언으로 추천한 전문 경영인.

……누구의 이야기가 진실인가. 가슴은 답답함에 쿵쿵 뛰었다. 혼란스러웠다.

❧❧❧❧❧

"찬양 씨! 그동안 수고 많았어요!"

"진짜로! 우리 찬양 씨 없었으면 팀 박살 나도 진즉에 박살 났지!"

"자자! 우리 정찬양 씨의 미래를 위하여 거국적으로 한잔합시다!"

여러 개의 잔이 모인다. 찬양의 마지막을 기리기 위해 모인 팀원들은 아쉬움은 뒤로하고 그녀의 앞날을 축복해 주기로 한다. 지금껏 보여 주었던 그녀의 모습을 생각하면 퇴사를 한들 멋지게 살아가리라. 그녀 나름의 방식으로, 씩씩하고 활기차게.

"찬양 씨, 이제 뭐 할 거예요?"

"글쎄요. 이제 생각해 보려고요."

"여행 가요, 여행. 난 회사 때려치우면 여행부터 갈 거야!"

"오, 여행. 좋은데요? 그것도 생각해 봐야겠어요."

팀원들이 찬양을 생각하기를, 처음엔 좀 이상한 여자다 싶었다. 대단하신 분의 낙하산이니 싸가지가 있겠나, 그렇다고 능력이 대단해서 전사를 휩쓸겠나. 만만한 자리 하나 꿰차고 앉아 종일 SNS나 들여다보지 않을까 싶었다. 사실 기대라고는 눈곱만큼도 없었다. 그녀가 없을 때마다 팀원들은 그녀의 업무에 대하여 토론을 해야 했다. 내색만 하지 않았을 뿐.

"그래도 아쉽다. 정 많이 들었는데."

"내 말이요. 나도 찬양 씨랑 정 많이 들었는데. 이제 누가 팀의 웃음을 담당해 주나."

"찬양 씨가 우리 팀 비타민이었는데."

술자리가 깊어 갈수록 팀원들은 감춰 두었던 아쉬움을 토로했다. 짧은 기간, 그녀는 생각보다 많은 일을 해냈던 것이다.

"전부 감사해요. 사실 자신 없었는데, 덕분에 많이 배우고 갑니다."

남은 팀원들의 고충 따위 헤아리지 못할 자신을 위해 바쁜 일정을 뒤로하고 모인 사람들이다. 찬양은 그 마음이 버거울 정도로 고맙고 감사해서, 코끝이 시큰거렸다. 그만둔대도 누구 하나 손 흔들며 인사하지 않던 전 직장이 떠오른다. 주임의 네일아트에 밀려 받지 못한 송별회는 이제, 추억이 되어 버렸다.

"뭐든 할 수 있을 것 같아요. 정말 많이 배웠어요."

"무슨, 우리가 할 소리지. 찬양 씨가 한 건 멋지게 해 줬잖아요."

"맞아. '나를 지켜 주는 휴대폰' 창시자께서 겸손한 말씀을 하시면 어떡합니까?"

모두가 찬양을 바라보고, 찬양을 향해 말을 한다. 주책맞게 찡한 눈물이 고여 찬양은 급히 일어나 화장실을 향했다.

눈물을 찍어 내리고 손을 씻으며 거울을 바라보니, 어쩐지 석 달 전과는 달라진 얼굴과 표정의 내가 서 있다. 변화는 달갑기도 하고 서글프기도 해, 자꾸만 눈물을 맴돌게 했다.

"후, 미쳤어. 분위기 망치려고 내가 청승을 떨지 아주."

찬양은 두 볼을 살살 때리며 고개를 흔들었다. 이 기쁜 날의 분위기를 망칠 수는 없다. 울면 안 돼. 밝은 얼굴로 끝까지 있어야 해.

준비가 되었다는 듯, 화장실 문을 열었다.

「괜찮나?」

그가 서 있다. 찬양은 주변을 두리번거리다가 대답 대신 따라오라며 손을 까딱거렸다. 오가는 사람들이 있으니 대화를 나누기가 어려워 비상구로 그를 안내했다. 후. 그녀는 취기가 묻어나는 숨을 내쉬며 벽에 기댔다. 센서 등은 켜졌다가 꺼졌다가, 그를 보여 주었다가 말았다가를 반복했다.

"나 좀 취한 것 같죠."

「안 괜찮다는 말을 하려는 모양이네.」

"마지막 날인데 좀 봐줘요. 나 때문에 모였는데 빼고 싶지 않단 말이에요."

「난 아무 말도 안 했어.」

쳇. 찬양은 벽에 기댄 채 지안을 바라보며 입술을 꿈틀거렸다. 지안은 그녀의 머리를 쓸어 단정히 넘겨 주었다.

「그동안 수고 많았어.」

사실은, 제일 먼저 해 주고 싶었던 말.

「기대 이상이야. 이렇게 잘할 줄 누가 알았어?」

"그런 말 하지 마요……."

느닷없는 그의 말은 단단히 잘 잠가 놓았던 서러움을 폭발시킬 것만 같았다. 꼭 마지막 말인 것만 같아서. 취한 마음에 이게 정말 이별인가, 싶기도 해서.

「고생 많았어. 어려웠을 텐데. 그거, 아무나 하는 거 아니야.」

꾹꾹 참아 누른 눈물이 올라온다. 두 눈가가 뜨거워져 찬양은 고개를 숙였다. 그동안 하루에도 수백 번씩 스스로를 향해 물었고 언제나 답을 찾지 못해 스스로를 의심했다. 나는, 정말, 잘하고 있는 걸까?

「알지. 나 아무나 칭찬 안 하는 거.」

대답이 버거워 찬양은 고개만 끄덕였다. 그의 말은 마디마디 의외였고 또 다정했고, 진실되어 마음을 울렁거리게 했다.

「버텨 줘서 고마워. 진심이야.」

취한 까닭일까. 머리에 내려앉은 그의 손길에서 온기가 느껴지는 것 같은 착각이 든다. 찬양은 어리광을 부리듯 두 팔을 뻗어 그의 가슴에 얼굴을 묻었다. 히잉, 어린아이의 칭얼거림 같은 소리가 그녀 입가로 새어 나왔다.

"나 정말 잘했어요?"

「두말하면 입 아프지.」

"기쁜데 슬퍼요. 이 기분 뭐예요?"

여러 가지 감정이 순번도 없이 엉망진창 쏟아진다. 오르락내리락하는 감정의 기복 속에 찬양은 더욱 지안의 품을 파고들었다. 지안은 그런 찬양을 내려다보다가 부드러운 손길로 등을 토닥였다.

"나 이제 가 볼게요. 사람들이 찾겠어요."

「그래. 지금도 많이 마셨는데 조절 좀 하고.」

"내내 옆에 있어 줄 거예요?"

환영회 때 따라오지 않았던 그가 떠올라 찬양은 알면서도 물었다. 역시나 그는 있겠다며 고개를 끄덕인다. 가 보겠다던 말과는 달리 찬양은 걸음이 떨어지질 않아 그의 허리를 더욱 끌어안았다.

"상무님이랑 떨어지기 싫다……."

「그럼 빨리 정리하고 가든가.」

"그건 또 안 돼요. 내가 주인공인데."

「이제 들어가. 사람들이 찾겠다.」

아쉬운 듯 찬양이 그의 허리를 놓자 지안은 기습적으로 그녀에게 입을 맞췄다. 눈을 감고 말고 할 시간도 없다. 동그란 찬양의 눈이 그를 향하다가, 스르륵 감길 때쯤 지안은 천천히 입술을 떼었다.

「현재 정찬양 씨의 혈중 알코올 농도는 0.153% 정도 됩니다. 만취 상태라는 뜻이죠.」

"……거짓말. 그걸 어떻게 알아요."

「거짓말인 줄 아는 걸 보니까 만취는 아니네. 어서 들어가.」

"같이 가요."

찬양은 그의 실없는 농담에 다시 웃음을 되찾으며 비상구 문을 열었다. 이미 그녀의 송별회 분위기는 뜨겁게 달궈져 노래와 술과 흥이 어우러지고 있었다. 여러모로 뜨거운 사람들이었다.

"아이고, 이제 그만! 댄스 그만! 숨이 차서 폐가 터지겠어!"

"그래요! 좀 쉬자고요! 나 탬버린 하도 흔들어서 손목에 터널증후군 오게 생겼어!"

한번 시작하면 멈출 수 없는 블랙홀의 시간. 댄스곡이 총망라한 열렬한 환호의 시간이 흘렀다. 모두는 오랜만에 넥타이를 풀어 헤치고 탬버린을 흔들며 열창에 취하고 댄스에 몰입했다. 노래를 잘하건 못하건, 춤을 잘 추건 못 추건 중요하지 않았다. 중요한 건 Feel과 꺼지지 않는 흥뿐이었으니까.

"찬양 씨, 찬양 씨도 노래 한 곡 해요."

"맞아. 찬양 씨 아직 노래 안 했잖아."

"아아. 저요?"

팀원들 속에 끼어 즐겁게 춤도 추고 박수도 치다가, 홀로 앉아 자리를 지키고 있는 지안이 마음에 걸려 소파에 착석했다. 모두의 눈에 보이지 않으니 마음 놓고 손도 잡았다가, 고개를 기울여 그의 어깨에 기대기도 했다. 점점 과감해졌지만, 뭐 어때. 아무도 모르는데.

"찬양 씨, 좀 조용한 걸로 한 곡 해 줘요. 숨 좀 돌리게."

"맞아. 자자! 우리 찬양 씨 노래한대요! 다들 앉아요!"

소화기를 들고 카메라 감독을 자처하던 과장의 착석을 마지막으로 모두는 자리에 앉았다. 으으. 상무님 앞에서 노래라니. 마신 술이 다 깨는 것 같다.

찬양은 리모컨을 들고 화면을 바라보다가 힐끔 지안을 바라보았다. 이왕 할 거면 나가서 하라는 듯 지안은 손을 뻗으며 그녀의 노래를 반겼다. 쭈뼛거리며 찬양이 나가자 뜨거운 함성과 박수가 쏟아진다. 하지만 사람들의 환호는 들리지 않고, 느긋하게 앉아 자신을 바라보고 있는 그의 얼굴만이 시야에 담겼다. 용기를 내어, 그녀는 선곡했다.

"헐, 대박! 나 이 노래 완전 좋아하는데!"

"나도 나도!"

"우리 또래 중에 이 노래 안 좋아 하는 사람도 있어?"

찍기가 무섭게 반응이 뜨겁다. 재생 버튼을 누르니 모두에게 익숙해 마지않는 피아노 선율이 흘렀다. 분위기는 순식간에 침착해지고 찬양은 마이크를 들며 깊게 숨을 내쉬었다.

……노래는 시작되었다. 언젠가, 기회가 되면, 이 노래를 그대에게 꼭 들려주고 싶었다.

아직도 넌 혼잔 거니 물어보네요 난 그저 웃어요—

상무님, 있잖아요. 사실 이 노래를 좋아하기 시작한 건 한참 전이에요. 가사의 뜻도 자세히 모르고 무작정 멜로디를 좋아하기 시작했죠.

그러던 어느 날이었어요. 당신을 좋아하기 시작한 그 후의 일이에요. 퇴근길, 문을 활짝 열어 놓은 로드숍 스피커에서 이 노래가 들려오는 거예요. 나는 순간 걸음을 멈췄어요.

그 사람 나만 볼 수 있어요— 내 눈에만 보여요—

걸음이 떼어지지 않는 거야. 숨이 쉬어지질 않아. 가사가 가슴을 파고들어 가시처럼 박혀 들었어. 눈물이, 감당도 할 수 없을 만큼 흘렸어요. 그녀가 내 이야기를 하고 있는 것만 같아서. 누군가 우리 이야기를 만들어 부르고 있는 것만 같아서.

들어 봐요. 나는 그 사람을 갖고 싶지 않다는 말. 내 눈에만 보이는 당신을 욕심내지 않는다는 말, 그냥 사랑하고 싶다는 말. 모든 말이 내 마음과 똑같아서 노래가 끝날 때까지 들었어요. 지나치는 사람들의 시선도 무시한 채 나는 자리에 서서 한참이나 울었어요. 다정하게 지나가는 연인들의 틈바구니에서, 그치지 않는 눈물을 흘렸어요.

기회가 되면 꼭 들려주고 싶었던 노래를 지금 내가 당신 앞에서 불러요. 내게도 멋진 애인이 있다고. 사랑하고 있다고. 나는, 혼자가 아니라고.

……머리 위로 손을 들고 좌우로 흔드는 사람들 사이에 앉아, 그가 나를 바라본다. 그는 이 노래를 들어 보았을까. 아마 모를지도 모른다. 하지만 내 뒤에 설치된 모니터에서 쏟아지는 가사가, 진심을 다해 부르고 있음이 느껴질 나의 시선이, 당신을 위한 노래라는 것을 알게 했을 것이다.

노래가 끝날 때까지. 마이크를 쥔 손에 쥐가 날 정도로 복받치는 눈물을 참으며 나는 노래했다. 울컥하는 마음을 삼키느라 간혹은 음이 탈이 생기기도 하고, 정신없이 불안한 발음은 이어졌지만, 철 지난 어느 발라드에, 그댈 향한 내 마음을 절실하게 담아 보낸다.

"와아! 찬양 씨 대박! 노래 완전 잘해!"

"어우, 난 왜 슬퍼. 술 취했나 봐. 찬양 씨 노래 듣는데 막 눈물 났어."

"나도. 와 찬양 씨 한 곡만 더 해 줘요! 대박 잘한다!"

……아아. 장담하는데 그날의 복받침은 슬픔이 아니었다. 그대를 알게 된 감격이었고, 그대 내게만 보인다는 감사의 뜻이었고, 그대를 사랑하는 완벽히 기쁜 마음이었고, 그대의 무한한 사랑을 받는, 벅찬 마음의 홍수였다.

현주를 따라 베를린에 도착한 수호는 낯선 도시를 내달리는 중이다.

'전무님 어디 가셨습니까?'

'전무님이요? 잠깐 바람 좀 쐬고 오시겠다고 해서⋯⋯.'

'혼자 말입니까?!'

'예? 예⋯⋯. 혼자⋯⋯ 제가 모시겠다고 했는데 극구 싫다고 하셔서⋯⋯.'

일정 중 한두 시간 여유가 생겨 그녀는 좀 쉬겠다고 말했고, 수호는 그녀의 기호에 따라 샌드위치를 사 오던 길이었다. 그런데 그녀가 사라졌다.

"대체 어딜 간 거야⋯⋯."

두두두두— 바쁜 그의 걸음을 비켜 가며 비둘기들이 떼를 지어 날아오른다. 유모차를 끄는 여인, 강아지 산책 중인 청년을 지나 그는 쉼 없이 달렸다. 사람을 찾아다니는 갈피 없는 움직임이라 하기엔 그가 향하는 방향은 너무나도 굳건했다. 그녀와 베를린을 방문한 것이 이번이 처음은 아니었고—

"후, 후⋯⋯."

혹시나 했던 공간에 익숙한 그녀의 뒷모습이 보였다.

샤를로텐부르크 성의 뒤편엔 작은 강을 따라 훌륭한 조경이 완성되어 있었는데 그녀는 이곳의 벤치를 무척 마음에 들어 했다. 귀빈으로 성에 초대를 받던 3년 전에도 그녀가 홀연히 사라져 이곳에서 발견하지 않았던가. 눈길을 사로잡는 것들이 무척이나 많은 성의 내부보다 이렇듯 성 밖의 풍경을 훨씬 더 좋아한 그녀였다.

뒷모습에 고단함이 묻어나는 것만 같아 수호는 한참이나 서서 그녀를 바라보았다. 그녀가 손바닥을 펴고 하늘을 올려 본다. 빛을 느끼고 싶은 걸까, 다소 쌀쌀한 기운의 바람이 불지만 아직은 해의 기운이 있어 견딜 수 있었다. 그녀는 손바닥에 고인 햇빛을 구경하듯 바라보고만 있다. 들려오는 새소리는 그녀의 안식을 위하는 것만 같다.

"나한테 말을 하고 사라져야지. 놀랐잖아."

천천히 현주에게 걸음을 옮긴 수호가 샌드위치 봉투를 내려놓으며 말을 건넸다. 느닷없는 그의 등장에도 놀라는 법 없이 현주는 빙그레 미소를 지었다.

"말 안 해도 찾아올 줄 알았어."

"내가 너, 못 찾으면 어쩌려고."

"여기서 선배를 내내 기다렸겠지."

내가 당신을 향했던 모든 시간들을 생각한다면, 이 정도의 기다림은 아무것도 아니라고. 현주는 남은 말을 미소 속에 파묻었다.

"그러는 선배는 어디 갔다 왔어?"

"이거 사러. 이거 좋아하잖아."

수호는 곁에 내려 둔 봉투를 눈짓으로 가리켰다. 상체를 슬쩍 일으켜 봉투의 로고를 확인한 현주는 그걸 또 어떻게 기억하고 있었냐며 웃음을 터트렸다.

"사실은 그 집 빵이 너무 딱딱했어. 선배랑 둘만 남은 시간이 좋아서 우적우적 먹었던 것뿐이야."

시간은 거꾸로 돌아간다. 어렵사리 둘만 남았던 베를린의 어느 오후. 그녀는 맛도 기억나지 않는 샌드위치를 신의 만찬처럼 먹어 댔다. 다 먹으면 그가 일어나자고 할까 봐, 그만 돌아가 떨어지자고 할까 봐. 세상에 이렇게 맛있는 샌드위치는 처음 먹어 본다는 것처럼 행복한 표정을 짓고, 절대로 당신 때문에 웃음이 나는 것은 아니라고 연기하며, 어른 둘이 먹어도 남을 샌드위치를 다 먹어 치우고 말았다.

"그 딱딱한 빵을 다 먹고 나 체해서 밤새 고생한 거, 기억나?"

"이번엔 부드러운 빵으로 달라고 했어."

"……."

"소화제도 준비했고."

현주는 고개를 숙이며 멈추지 않는 미소를 그렸다. 일치하는 서로의 기억 앞에 부연 설명은 필요하지 않았다.

"그때 선배, 그 샌드위치집에서 커피 정말 많이 마셨는데."

"다섯 잔 정도 마셨지 아마."

"왜 그렇게 많이 마셨어? 아직도 기억나."

"네가, 일어나자고 할까 봐."

현주의 시선이 그에게 돌아간다. 그녀가 좀처럼 일어날 생각을 하지 않는다는 것을 깨달은 수호는 슈트 재킷을 벗어 그녀의 어깨에 둘러 주었다.

순진한 여자는 사랑하는 남자를 위해 과식을 했고, 미련한 남자는 사랑하는 여자를 위해 카페인을 과다 섭취 했다. 눈물 나게 그리운 시간들.

"그렇게 쳐다보지 마. 달라질 건 없으니까."

고요함이 내려앉은 작은 강 위로 평화가 흐른다. 숨 가쁘게 뒤바뀌는 혁신의 물결 속에 발버둥을 치던 그녀에게 참으로 오랜만에 허락된 구원의 풍경이다. 모든 것이 천천히 흐르는, 모든 것이 순리대로 흐르는.

그녀는 그의 어깨에 머리를 기댔다. 남루한 손을 뻗어 그의 손을 붙잡고 싶지만 흐르는 순리는 여기까지였다. 스치고 마는 끝없는 바람, 멈추지 않고 흐르는 강물, 폐부를 시원하게 하는 풀 냄새, 귓가를 간지럽히는 새소리.

"현주야."

"……."

"우리, 이러면 안 돼."

그 모든 풍경을 이기고야 마는, 당신의 목소리. 현주는 눈을 스르르 감으며 답했다.

"나도 알아."

안다. 알고 있다. 그와 나는 어쩔 수 없을 거란 걸. 우리는 절대로 세상을 이길 수 없을 거란 걸. 그에게는 의지가 없고 나에게는 용기가 없으니까.

"얼른 좋은 사람 만나야지."

수호는 흐르는 강물을 바라보며 혼잣말처럼 중얼거렸다. 평소처럼 그게 무슨 소리냐고 윽박지르지 않으며 그녀는 듣고만 있다.

"좋은 사람 만나. 너한테 힘이 되어 줄 수 있는 사람."

"……."

"너의 짐을 덜어 줄 수 있는 사람. 누구에게나 인정받는 그런, 멋진 사람."

부디, 그런 사람을 만나 다오. 네가 가진 배경에 잘 어울리는 남자. 네가 지닌 우아함에 흠이 되지 않는 남자. 기업을 키울 수 있는 힘이 있는 남자. 집안이 탄탄해서, 너와 잘 어울릴 남자. 무엇보다도.

"이제 시간 그만 낭비하고 찾아봐. 혼자 짊어지고 있지 말고."

너를 끔찍하게 사랑해 줄 수 있는, 남자.

말이 끊기자 휑한 바람 소리만이 맴돈다. 수호는 차마 더 내뱉지 못한 말들을 삼키며 묵묵한 시선으로 강물을 바라보았다. 한참 기다리자 어깨에 기댄 채 눈을 감고 있던 그녀의 입술이 열린다.

"다 말했어?"

"아직 남았어."

"그럼 나중에 해. 나 좀 잘래."

현주는 조금 더 편안한 자세로 바꾸며 그의 어깨에 기댔다. 누구의 시선도 두렵지 않은 지금, 수도 없이 들어 온 그의 말에 상처받을 시간도 없었다.

"30분 뒤에 깨워 줘. 나 회의 있지?"

"그래. 조금 자. 깨워 줄게."

포기했다는 듯 수호도 덤덤히 어깨를 내어 주었다. 바람이 그녀의 얼굴을 할퀴지 않도록, 햇볕이 따갑게 내려앉지 않도록 수호는 손을 펴 그녀 얼굴에 그늘을 쳐 주었다.

그래. 우리 잠시만 같이 있자. 전쟁 같은 현실 속을 잠시 벗어나, 지치고 털려 버린 영혼을 쉬게 하자. 꿈이라 생각하고 허상이라 여기며 우리, 잠시만 함께하자. 이곳의 모든 것은 너와 나를 알지 못하니, 이름 없는 풀인 듯 새인 듯 어우러져 같이 있자. 졸였던 마음 잠시 뉘고 머리를 맞댄 채, 잠을 청해 보자.

"선배, 내 곁에 있어 줘서 고마워요."

"……."

"떠나지 않고 버텨 줘서, 고마워. 선배."

불완전한, 그래서 더욱 간절한 시간이 흘렀다.

"상무님은 어떤 여자 스타일 좋아해요?"

"스타일?"

회식을 마치고 집으로 돌아와 씻은 찬양이 의자에 앉아 다리를 흔든다. 졸지에 실업자가 되었지만 언제나처럼 마음이 조급하지는 않다. 그는 생각보다 넉넉한 급여를 책정해 주었고, 잔고는 얼마간 여유가 있었으니까. 이제 남은 키워드라곤 어떻게 하면 그가 깨어난 뒤 만날 수 있을까.

"정보 좀 줘요. 상무님은 어떤 여자를 좋아하는지. 알고 접근해야 하니까요."

만나서, 어떻게 그의 호감을 사야 하나.

들고 있는 와인 잔을 빙그르 흔들다가 지안은 찬양을 바라보았다. 어서어서 말을 해 보란다. 어떤 여자 스타일을 좋아하는지.

"처음부터 들이대는 여자는 어때요."

"질색이야. 접근 금지 신청할지도 몰라."

"우리는 운명이라고 달라붙는 여자는요?"

"최악이지. 내 운명을 왜 지가 정해."

"……속마음 생중계하는 여자는요?"

"때와 장소 가릴 줄 모르는 사람은 남녀 구분 없이 비호."

"외모는요?"

"뭐, 만국 공통으로 좋아하는 요소가 고루 갖춰졌으면 좋겠는데."

"상무님, 나 좋아하는 거 맞아요?"

순순히 답을 하던 지안은 찬양을 힐끔 바라보았다. 언제부터 저렇게 눈꼬리가 올라갔나, 지안은 영문을 모르겠다는 표정을 지었다.

"답하래서 답해 줬잖아. 뭐가 문제야."

"지금 물어본 유형의 교집합에 내가 서 있다는 생각은 안 들어요?!"

"아아. 그런가."

"아아, 그런가?! 아아! 그런가아?!"

차라리 아니라고 하든가! 장난이었다고 하든가! 아아! 는 뭡니까! 그렇게 쉽게 인정해 버리면 기정사실이 되잖소, 이 양반아!

"대체 상무님은 나 왜 좋아하는 거예요? 이렇게 들이대고 속마음 생중계하고 운명이네 인연이네 나불나불 잘도 떠드는데?"

"글쎄."

"외모는 뭐가 어째요? 만국 공통? 그래요, 길쭉길쭉하고 앞뒤로 고루 빵빵하지 못해 참으로 미안합니다그려? 나는 또 심미안 정도 갖추고 계셔서 여성의 외모보단 마음을 본다는 노블레스 오블리주 실천하시는 분인 줄 알았네요?"

"옛말은 진리 아닌가? 이왕이면 다홍치마."

"내가 다홍치마가 아니잖아요 글쎄!"

취한 얼굴이 더욱 타오른다. 다홍치마의 색깔이다.

"그래요, 내가 괜한 걸 물어봐서 이렇죠? 어련하시겠어요? 깨어나면 어? 아주 나 같은 건 거들떠도 안 보시고 사람 취급도 안 하고. 사람 취급이 뭐야, 상무님 눈 하나 깜짝 안 하는 거 생각하니까 완전 열받고 지금 짜증 나고, 아! 미치겠네 진짜!"

분노는 그러데이션처럼 번진다. 말하다 보니 더욱 열받는 상황인 것이다. 지안은 혼자 열 내고 혼자 결론짓는 찬양을 멀뚱멀뚱 바라보았다. 누차 느끼는 건데, 그녀와 대화를 나누다 보면 지루할 틈이 없다.

"나 그럼 상무님 만나면 완전 시크하게 있어야겠네요? 그렇죠? 차가운 도시의 여자처럼? 그렇죠? 남 전무님처럼 세련되고 박식하고 도도하고. 아! 개뿔! 난 틀렸어!"

"이봐, 진정해."

"깨어나면 나한테 눈길도 안 줄 거잖아요!"

어흐, 이런 젠장! 대체 어떻게 찾아가서 어떻게 피력하냐고, 이 사랑을! 찬양이 머리를 부여잡고 씨름하자 지안은 그만 너털웃음을 흘리고 말았다. 누차 느끼는 거지만 그녀는 혼자 있어도 심심하지 않을 거다. 참으로 실용적인 멘탈이다.

"내가 말했지. 내가 먼저 정찬양 씨 좋아했다니까."

"그러니까요! 나에게 빠진 포인트가 대체 어디냐고요!"

"바로 이런 점."

……응? 머리를 벅벅 헝클던 찬양이 고개를 들었다. 지안은 또다시 와인 잔을 빙글 돌리며 어깨를 으쓱, 올려 보였다.

"이런 점이…… 뭔데요?"

이 거지 같은 모습에 반했다굽쇼? 다중이처럼 혼자 떠들며 일인극하는 모습에 반했다굽쇼?

"봐 봐. 눈을 뗄 수가 없잖아."

"뜻이 좀, 오묘하네요?"

기분이 좋을락 말락 하네요? 칭찬인지 욕인지 조금, 구분이 어렵네요?

"지금 상무님 얘기는 내가 신기해서 계속 쳐다보다가 좋아하게 됐다는 거예요?"

"하나부터 열까지 눈을 뗄 수가 있어야지."

"미안한데 좋은 의미인 건 맞죠? 내가 지금 웃어야 하는지 화를 내야 하는지 잘 구분이 안 돼서요."

"처음이야. 사람에게 관심 가져 본 건."

무슨 이런 여자가 다 있지 싶었다. 처음엔 성가셨다. 종일 떠들고 종일 울고 웃고, 종일 뒤만 졸졸 따라다니며 신경을 쓰이게 해서. 한 번도 답을 하지 않았건만 쉴 새 없이 질문을 쏟아 내며 그녀는 자신에게 말을 걸어왔다.

배고프지 않아요? 다리 아프지 않아요? 우리 정말 죽은 거 맞아요? 아저씨는 어쩌다 여기 떨어졌어요? 유언장은 남겼어요? 돌아가면 뭐가 제일 먹고 싶어요? 아저씨 유명한 사람이에요? 돈 많아요?

"괜찮으니까 마음 편히 먹고 찾아와."

아아. 집에 가고 싶다. 엄마 아빠 보고 싶다. 고등어조림 먹고 싶다. 우렁이쌈밥 먹고 싶다. 아저씨 가족 있어요? 꿈이 뭐예요? 장가갔어요? 애인은 있어요?

"정찬양 씨가 뭘 어떻게 해서 내가 정찬양 씨를 좋아한 게 아니잖아."

아저씨 연애 못 해 봤을 것 같아요. 죄송해요. 인상 좀 펴 주면 안 될까요? 키가 몇이에요? 저는 남동생이 있어요. 조금 천천히 걸어 주면 안 돼요? 근데 아저씨는 몇 살이에요? 분위기가 나이 많을 것 같아서요. 물론 얼굴이 늙었다는 건 아닌데요. 그런데 왜 말이 없어요? 말을 못 해요? 혹시 내가, 귀찮아서 그래요?

"찾아와서 하던 대로 해. 지금처럼. 그럼 돼."

"자신이 없어서 그래요. 자신이."

푸우우우우. 찬양이 한숨을 내쉰다. 지안은 저 어두운 곳의 기억을 떠올리며 희미한 미소를 그렸다. 너만큼 붙임성이 좋은 사람을 본 적이 없다. 너만큼 잘 웃고, 너만큼 잘 우는 사람을 본 적이 없다. 타인의 시선을 의식하며 사는 사람들뿐인 인간관계 속에서 너는 신선한 충격이었다. 대리만족의 주체였다. 사랑스럽고, 사랑스러웠다.

지안은 찬양의 머리 위로 손을 올렸다. 근심이 가득한 둥근 눈망울이 제게 향한다.

"내가 처음에 못 알아봐도, 너무 서운해하지는 마. 정찬양 씨."

"서운하긴요. 나도 상무님을 못 알아봤는데요."

당연히 이해한다며 찬양은 고개를 끄덕였다. 물론 각오를 한다고 해서, 이해를 한다고 해서, 그런 모습이 두렵지 않은 건 아니지만, 웃어넘겨 보겠다고, 자고 일어나면 털어 버리겠다고.

"그건 그렇고."

그가 느리게 눈을 감았다가 뜬다. 그녀가 아주 좋아하는 근사한 표정이다.

"노래 잘하던데."

"아…… 노래요. 막 음도 나가고 엄청 떨고 그랬는데."

"잘 들었어."

찬양은 고개를 내리며 웃었다. 혹시 그는 알고 있을까. 지금 그의 모습은 다정한 연인 폴더를 가득 채우고도 남을 거란 걸. 어느새 풀어진 눈매가, 길에 늘어진 입가의 미소가, 적당한 온도의 음성이 다정하고 자상해서 마음을 따뜻하게 한다는 걸.

"백수 된 거 축하해. 당분간 좀 쉬어."

"네. 상무님도 깨어날 때가 다가온 거, 축하해요."

서로는 약속이나 한 듯 웃었다. 약간의 취기, 매력적인 공간, 끝이 다가온다는 아쉬움, 간절함.

"나 좀 취하는 것 같아요."

뭐라도 해야만 할 것 같은 조급함. 미련을 남기고 싶지 않은 안타까움, 조바심.

"술을 너무 많이 마셨나, 하긴 오늘 좀 많이⋯⋯."

일각도 허투루 보내고 싶지 않은 욕심.

지안이 그녀를 끌어당기자 누가 먼저랄 것도 없이 입술을 찾아갔다. 혀끝에서 느껴지는 와인의 단맛이 감각을 일깨웠다. 목을 두르는 그녀의 여윈 팔이, 허리를 감싸는 그의 단단한 팔이 숨을 차게 했다. 사랑하는 이들이 으레 그러하듯, 서로의 생각이 맞아떨어지듯, 반듯하게 서지 못한 상체가 붙어 하나처럼 움직였다.

가까운 방문을 여니 그녀가 사용하던 그의 침실이다. 포개진 몸이 침대로 기운다. 그를 가깝게 만질수록 뜨겁게 원할수록 심정은 말로 다할 수 없어 눈물로 비집고 흘렀다. 고된 끝은 발치에 놓여 있어 오늘이 지나고 말면 다신 없을 것만 같은 서러움이 복발했다. 입술을 떼며, 그는 그녀의 눈물을 닦았다. 손끝을 적시는 물기는 피처럼 쓰라렸다.

"왜 울어. 왜 울고 그래."

"그냥요. 좋아서요."

울며 웃는다. 먹먹해진 코를 훌쩍이며 그녀가 다시 입술을 찾아든다. 어둡고 캄캄한 공간 안에서 유일한 빛이라곤 시선뿐이었다.

"나, 가져요."

그녀의 입에서 유언 같은 말이 떨어진다.

"나, 당신의 여자가 되었으면 좋겠어요."

완벽한, 더없이 충만한, 어느덧 번질거리던 눈물을 그친 그녀가 또 렷한 시선으로 바라본다. 의사가 분명한, 목적이 뚜렷한 그녀의 눈빛은 일전에 본 적 없는 확고함이 서려 있었다. 지안은 침묵했다.

"내가 원하니까, 그렇게 해 줘요."

⋯⋯여전히 나는, 무엇이 너를 위한 길인지 알지 못한다. 무엇이 네게 옳은 길인지 여전히 나는 헤맨다. 하지만 단 하나 분명한 건—

"아아, 울어서 좀 분위기 그렇죠? NG. 우리 처음부터 다시 해요."

너는 증명받고 싶어 한다는 사실. 말미암아 우리가 헤어져도 너는 오늘을 후회하지 않을 거라는 확신.

"나 옷이 좀 분위기랑 안 맞지 않아요? 갈아입을까? 하긴, 그런데 가져온 옷이 별로 없어서요."

늦된 나는 항상 네게 짐뿐인 사랑이었겠지만 오늘만큼은. 오늘, 만큼은―

"옷. 있지."

"네? 무슨 옷이요?"

생각을 마친 지안이 부드럽게 웃으며 눈을 감았다가 뜨자 그녀의 옷을 넣어 둔 옷장이 열린다. 너풀거리며 분홍색 실크 원피스가 딸려 나온다.

"이, 이거 가져온 거 어떻게 알았어요?"

"내가 챙겼거든."

"헐……."

어서 입어 달라는 듯 공중에서 하늘거리는 원피스를 바라보다가, 찬양은 웃음을 터트리고 말았다.

"좋아요. 분위기 끝내주게 잡아 볼게요."

"기대해도 될까?"

"물론요."

찬양이 팔을 내밀자 원피스가 잡힌다. 원피스에 둘러싸인 기억이 떠오르는지 기분은 놀랍도록 말끔하게 개운해지고, 또 즐거워진다. 우리 참 많이 투닥거렸는데. 그 작은 소파에 앉아 하루 종일 으르렁거렸는데.

"이거 싫다더니 왜 챙겼어요?"

"무슨 소리. 완벽한 내 취향인데."

그녀의 머리를 쓸어 넘기며 지안은 입술을 둥근 이마에 맞댔다. 그러다가 고개를 자연스럽게 내리며 그는 그녀의 가슴에 얼굴을 기댔다. 오르내리는 숨의 가운데 급히 뛰는 박동 소리가 매력적으로 들려온다. 긴장하지 않았다는 것이 역력한 눈꺼풀이 잠기듯 닫힌다. 한참이나 그녀 심장 박동 소리에 귀를 기울이고 있던 지안은 잠꼬대를 하듯 중얼거렸다.

"정찬양 씨는 도대체 날 어떻게 한 거야."

"뭐가……요……?"

"맥박 소리만 들어도 미치겠잖아."

"……."

"이게 뭐라고 이렇게 특별하게 느껴져."

찬양은 그의 머리를 감싸듯 끌어안았다. 이윽고 서로는 합을 맞춘 듯 천천히 움직였다. 서로의 몸을 감싼 천 조각을 완벽하게 없애며, 빈틈이라곤 느껴지지 않을 만큼 서로의 육신을 완벽하게 맞대며, 가슴속을 관류하는 환희에 몇 번이고 열이 나는 숨을 뱉으며. 눈빛으로, 손짓으로, 터지는 탄식으로 사랑을 말하며.

이곳은 간절함이 쌓아 올린 허상의 세계는 아닐는지, 이제는 알 수조차 없었지만, 그녀는 두고두고 오늘을 기억하리라 다짐했다. 당신이 떠난 뒤 홀로 남겨진 나는, 팔다리가 사라져 버린 것 같은 상실감에 주저앉아 울기만 하는, 밤낮을 가리지 못하는 그리움에 짓눌려 숨만 헐떡거리는, 사랑받기엔 두고두고 모자란 여자겠지만—

지금은 심장의 고동마저 특별한 여자. 숨소리마저 멜로디로 만드는 소중한 여자. 당신의 충만한 사랑에 찰나의 외로움도 겪어 본 적 없는, 사랑받기엔 부족함이 없는 당신의 여자이다.

그러므로 괜찮다. 나는, 괜찮다.

ᚕᚕᚕᚕᚕᚕ

휴대폰 진동이 울린다. 모처럼 늦잠을 청하던 찬양은 부스스 눈을 떴다. 암막 커튼을 쳐 놓은 창가로 실 같은 빛이 느껴지니 가늠하기를, 해가 중천에 두둥실 떴음이다.

[O2—XXX—XXXX]

"뭐지, 보이스 피싱인가?"

찬양은 멍한 눈으로 낯선 번호를 확인하고 다시 돌아누웠다. 오늘은 퇴사 1일 차. 내일이 어떻건 재취업이 어떻건 간에 실컷 게으름을 피우고 늦잠을 자도 좋을 때이다. 그러니 여유로운 시간을 최대한 만끽해야 해. 일종의 충전이랄까.

"에이 씨! 왜 자꾸 전화해!"

다시금 진동이 오자 찬양은 신경질적으로 눈을 떴다. 같은 번호다. 실오라기 걸치지 않은 몸으로 보드라운 이불을 돌돌 말고 밀린 잠 좀 자 보나 했더니, 전화가 말썽이다. 찬양은 시답잖은 전화면 가만두지 않겠다는 목소리로 전화를 받았다.

"여보세요!"

— 여보세요?

"네! 말씀하세요!"

— 아, 정찬양 씨?

"……누구세요?"

찬양은 상체를 일으켜 앉았다. 그러고 보니 곁에서 함께 잠을 청했던 지안이 보이질 않는다. 아침에 가 봐야 할 곳이 있다고 하더니 벌써 갔나? 그건 그렇고 댁은 대체 뉘란 말이오!

"누구시냐고요."

— 아가씨, 여기 점집인데 기억나? 장군님 모시는…….

"아…… 네. 네네. 기억나요. 안녕하세요."

헝클어진 머리를 정돈하며 찬양은 자리에서 일어섰다. 휑한 몸에 가운을 둘러 입으며 냉장고로 향했다.

— 그 뒤로 소식이 없어서 궁금해서 전화했지. 일은 잘 해결이 됐나 해서.

"아아. 일이요."

애프터서비스 철저한 곳이다. 한번 고객은 영원한 고객이라는 영업 방침이 확고한 곳인 것 같았다. 찬양은 찬물을 가득 받아 단숨에 삼켰다. 식도를 따라 차갑게 내려가는 기분이 짜릿하다. 으으. 추워.

— 그 흉물은 사라졌고?

"아직요."

— 아직도? 아직도 보여?!

"네. 아직은 보여요."

— 그럼 날 찾아왔어야지! 아직도 못 떨구고 뭐 했어!

저기요, 무당 아줌마. 죄송한데 저는 그 흉물이 떨어져 나갈까 봐 걱정인 사람입니다.

"곧 떨어져 나갈 것 같아요. 신경 써 주셔서 감사합니다."

찬양은 짧게 마무리를 하며 통화를 종료하려고 했다. 가뜩이나 속 시끄러운데 무당 아줌마와의 통화는 달갑지 않았다. 하지만 저쪽은 생각이 다른 모양이다.

— 아가씨, 그런 흉물 오래 달고 있어 봐야 신상에 좋을 것 없어. 기가 빨린다니까?

"기 안 빨렸어요."

— 굿을 해 줄까? 강력한 굿이 하나 있긴 한데 내가 요즘 기의 흐름이 좋아서 굿이 잘 받을 것 같거든.

"괜찮아요. 지낼 만해요."

— 그래? 괜찮다고?

흐응. 무당 아줌마는 괜찮다는 찬양의 말이 이해가 되질 않는다는 듯 콧소리를 냈다. 무서워 벌벌 떨며 자신을 찾아올 때는 언제고 이토록 평안한 목소리는 대체 무언가?

— 아가씨. 그 흉물이 해 달라는 건 해 줬어?

"네. 끝났어요."

— 아아. 그랬구나. 그래서 떨어져 나가라고 거래 완료했구나?

"거래요? 아뇨, 그런 건 아닌데."

— 거래도 안 했어? 아직? 여태 뭐 하고?

"아…… 깜빡했어요. 그런데 필요 없을 것 같아요. 돌아갈 날짜가 얼마 안 남았거든요."

무려 내일이란 말입니다, 내일! 안 그래도 속상해 죽겠는데 자꾸 캐물으실 겁니까!

에효. 찬양은 소파에 앉아 다리를 흔들며 통화를 이어 갔다. 무당의 목적은 '굿'인 것 같았고, 굿판을 벌일 이유는 없겠으니 통화는 의미가 없었다. 빨리 끊었으면 좋겠는데 당최 틈을 주지 않는다.

— 아가씨. 혹시 모르니까 꼭 거래 완료를 해. 다신 찾아오지 말라고 얘기를 해야 한다니까.

"다시 찾아올 수도 없어요. 걱정 마세요."

— 한번 들러붙었던 흉물은 언제고 다시 찾아올 수 있단 말이야. 참…… 거시기 하네.

"원래 몸으로 깨어난대요. 그럼 끝 아닌가요?"

— 아? 그래? 확실해?

"네."

아아. 그렇구나. 무당은 이제야 이해를 한다는 듯 말을 이었다. 결국 이 말까지 뱉어 낸 찬양은 자신의 말의 무게가 느껴져 긴 숨을 불어 내쉬었다. 타인과 그의 이야기를 하고 있음은 어쩐지 기묘한 기분을 안겨 주었다. 어찌 되었든 무당 아줌마는 그의 존재를 알고 있는 유일한 사람이지 않은가?

"원래부터 석 달만 떠돌아다니는 거였대요. 그의 요구 조건도 들어줬고, 이제 시간이 다 됐어요."

— 그렇구먼. 그럼 뭐, 굿은…….

"네. 필요 없습니다. 어쨌든 감사해요."

일이 잘 풀렸다니 내심 아쉬운 모양이다. 무당의 목소리는 급격하게 힘이 빠졌다.

— 요즘 안 풀리는 일은 없어? 직장이라든지 가족사라든지.

"전혀요."

— 건강 문제라든지, 궁합 문제라든지.

"전혀요."

— 아아.

"문제 생기면 연락드릴게요. 감사합니다."

— 그래요. 문제없다니 다행이지 뭐. 다행인데, 뭐, 그래요. 매듭 잘 짓고. 문제 생기면 연락 주고.

"네."

전화를 끊기까지 무당은 속사포로 남은 말을 보탰다. 주변에 자기만큼 신력이 좋은 사람도 없다. 요즘 꿈자리가 뒤숭숭한데 아침에 문득 아가씨 생각이 나더라. 잘 지낸다니 됐다. 안 풀리는 문제는 반드시 상담받으러 와라. 인력으로 버티는 것도 한계가 있다.

"어후, 말발 끝내주시네."

통화를 종료한 찬양은 휴대폰을 내려다보며 중얼거렸다. 무당 아줌마와의 통화에 아침부터 혼이 쏙 빠진 듯한 시간을 보낸 찬양은 텅 빈, 그래서 더 넓고 휑하게 느껴지는 그의 집을 둘러보았다. 그는 어디를 간 걸까. 아마도 오래 걸리진 않을 것이다. 예상대로라면 그는 내일쯤 사라질 테니까.

"밥맛도 없다. 제길."

찬양은 중얼거리며 축 처진 어깨로 소파를 지켰다. 뭐라도 먹어야 할 텐데, 오늘은 한가한 퇴사 1일 차인데 아무것도 하고 싶지가 않다.

"상무님이 빨리 왔으면 좋겠기도 하고, 또 늦게 오면 좋겠기도 하고. 이상하네."

함께하면 흘러가 버릴 시간. 보고 싶지만 그가 조금만 더 늦게 돌아오면 좋겠다. 이 엉망진창인 기분을 울대 아래로 꾹꾹 눌러 삼키며,

찬양은 무미건조한 오전을 보냈다. 앉아만 있어도, 별 이유도 없이 숨이 가쁜 때였다.

‖‖‖‖‖

"남 상무가 지금껏 깨어나지 못하는 걸 보면 가망이 없다고 봐야 하는 것 아닙니까?"

"그러니 말입니다. 깨어나도 문제지. 사람 머리가 한번 망가졌다가 돌아오는 건데 경영이 가당키나 하겠습니까?"

"경영은 무리겠죠. 아무렴요. 정상은 아닐 겁니다. 재활 치료도 받아야 할 거고, 깨어나도 어림없죠. 회사를 어떻게 맡기겠습니까?"

"아직 이런 말은 시기상조 아닙니까? 주치의도 남 상무에게서 어떤 문제가 발견되지 않는다 하지 않습니까?"

"그러니 더 문제가 아닙니까. 몸만 멀쩡하다고 사람입니까? 정신이 온전하지 못한 것이 더 큰 문제입니다."

"깨어나긴 깨어나는 겁니까? 내가 봤을 땐 영……. 이젠 포기해야 할 때가 아닌가 싶습니다."

백경그룹의 사장단이 모였다. 대표와 전무가 베를린으로 출장을 가고 빈집이 되어 버린 본사 주변에 모여 담화를 가지는 것이다. 주제는 자연스럽게 지안의 이야기로 뭉쳤다. 사장단의 입장에서도 골치 아픈 일이 아닐 수 없었다.

"그래도 남 상무는 그룹의 상징적인 인물 아닙니까. 총수직을 맡기에 당시에 나이가 어려서 그랬지, 예정된 자리기도 한데."

"남 전무가 있지 않습니까. 남 전무의 주가가 오르고 있어요. 외신들도 주목하는 여성이 아닙니까."

"에이, 그래도 여성 회장은 아무래도 무리가 있죠. 남 전무가 그룹 전체를 도맡기엔 좀……."

"자자, 일단 좀 식사를 듭시다. 이야기는 천천히 나누어도 되니."

오늘 모임의 주최자는 백경물산의 이선의 큰아버지, 바로 김 사장이다. 일을 도모해 달라는 강준의 주문에 따라 자리를 주선했다.

"사실 임강준 대표의 임기도 머지않았습니다."

김 사장은 눈치를 살피다가 운을 떼었다.

"아아. 알지요. 12월 말이면 끝나지 않습니까?"

"그러게요. 이제 한 달 정도 남은 걸로 아는데."

"그러게 말입니다. 임 대표는 이제 어떻게 되는 겁니까?"

화두는 임강준 대표로 돌아온다. 김 사장은 주변을 챙기며 다시 입술을 열었다.

"사실 제 생각은 이렇습니다. 우리 기업들이 고쳐야 할 가장 큰 문제가 바로 세습 경영 아니겠습니까?"

"아, 뭐……."

"요즘 같은 시대에 무조건적인 세습 경영은 옳지 않다고 생각합니다. 미국 보십시오. 추천과 투표로 선출하지 않습니까. 공화정의 장점도 본받아야 합니다."

사장들은 제각기 침묵한 채 김 사장의 이야기를 들었다. 김 사장의 말뜻을 짐작해 보기 위한 일종의 포복이었다.

"임 대표가 오고 나서 우리 빅5 계열사가 최고 주가를 올렸습니다. 그게 무슨 뜻이겠습니까, 경영을 잘했다는 것 아닙니까."

"그건 남 전무와 남 상무가 상반기에 뒷받침을 했으니 거두는 실적 아닙니까?"

반발이 있다. 전문 경영인에 대한 불신을 가진 사장들도 몇몇 있었다. 김 사장은 푸근한 미소로 위장한 채 사장들을 둘러보았다.

"돌아가신 남 회장님께서 임 대표를 선임한 이유를 알 것 같습니다. 제 생각에 이대로 임 대표가 퇴진하는 것보다는 연임을 하는 것이 어떨까 하는데."

"······!"

모두는 놀란 눈을 했다.

"이봐요, 김 사장님. 남 상무가 저리 쓰러져 있다고 한들 남 전무가 있는데 그게 되겠습니까? 임 대표는 이제 자리에서 내려와야지요!"

아니라는 여론이 일자 김 사장은 손을 내저었다.

"물론 남 전무는 이사회에 참여하면 되지 않습니까. 남 전무는 오너가 되지 않아도 충분히 경영권을 행사할 수 있습니다."

"흠······."

"나는 반대요! 남 회장님의 유언대로 해야 한다고 봅니다! 전문 경영인에게 더 이상 우리 회사를 맡길 수 없습니다!"

반대가 동요한다.

"나는 그렇게 생각 안 합니다. 무조건 반대만 하고 볼 일은 아닌 것 같소만. 임 대표가 일을 잘한 건 기정사실 아닙니까?"

그러자 옹호가 뒤덮는다. 된다 안 된다, 장내는 시끄러워지고 김 사장은 손사래를 치며 겨우 진정을 시켰다. 선명하게 드러나는 적과 편을 바라보며 그는 웃었다. 꼬리를 모두 감춘 여우였다.

"임 대표가 가진 우리 지분은 0.5%도 안 됩니다. 시가 총액이 크다 하지만 신경 쓰지 않아도 될 만큼입니다. 언제든 끌어내릴 수 있는 자리이지요."

······사장단의 눈빛에 제각각 계산이 서린다. 일신의 안위를 생각하는 어쩔 수 없는 인간의 본능처럼.

"남 상무는 대표직에 오를 수 없습니다. 그렇다고 남 전무는 오너에 뜻이 없고. 누가 남겠습니까? 다시 전문 경영인을 초빙하겠습니까?"

반주로 마련된 사케를 들며 김 사장은 뜻을 알아 달라, 은연중 호소했다.

"물론 임 대표가 오고 나서 우리 물산은 많이 하락했습니다. 하지만 저는 개인의 욕심은 버리고, 우리 모두를 위한 길을 택하려고 합니다."

사장단은 의심을 다소 지워 버린 눈빛으로 김 사장을 바라보았다. 하락세를 걷고 있는 사장이 대표를 연임시키자고 말하는 것은 힘든 일이었다. 공정해 보이기 딱 좋은 눈가림이었다.

"임 대표가 퇴진하고 나면 우리 그룹은 수직으로 합병될 겁니다. 그 명단은 제가 알고 있습니다. 여기 계신 모두의 계열사가 안전하지 않다는 말입니다."

또다시 장내는 웅성거림으로 가득 찼다. 합병이 지닌 의미를 모를 수 있겠는가. 누군가는 잘려 나갈 것이고, 어느 계열사는 흔적도 없이 사라질 수 있다. 그러니 이 대목에서 한 번쯤 의심해 보지 않을 수 없다. 임 대표를 밀어주는 것이 최선인가. 정녕, 최선인가?

"자자, 머리 아픈 이야기 잠시 미루고 식사 마저 합시다. 내가 괜한 소리를 해서."

김 사장이 말꼬리를 거두자 다들 묵묵히 식사에 집중하는 척했다.

지안은 비어 있는 의자에 앉아 그 모습을 묵묵히 바라보았고, 잠시 후 홀연히 사라졌다. 끝까지 있을 필요도 없었다. 김 사장이 그러했듯 지안 역시 적과 편을 분명하게 골라냈으니까.

「여어, 오랜만일세.」

지안은 찬양에게 돌아가기 전 마지막으로 병원에 들렀다. 누워 있는 자신의 몸을 바라보다가 생각을 정리하고 막 떠나려던 참이었다. 이제는 익숙한 얼굴인 황 씨가 자신을 찾아왔다.

「그간 잘 지냈는가?」

「뭐, 그럭저럭 잘 지냈습니다.」

노인은 안부를 물어 왔고 지안은 애매한 대답으로 근황을 전했다. 어쩌면 노인을 만나기 위해 병원을 찾아왔는지도 모르겠다. 둘은 병원 복도를 떠돌아다니다가 고층에서 창문을 뚫고 나와 산책로 벤치에 앉았다.

「날씨가 제법 쌀쌀한 것이, 이제 돌아갈 때가 다 되었지 싶은데.」

「예. 시간이 끝나 갑니다.」

「미련이 남아 어쩔까. 천지에 미련이 깔려 밟힐 텐데.」

「그래도 예전만큼은 아닙니다. 그 아이가 하고 싶다는 대로 다 해 줬으니까요.」

「그래? 그랬단 말이지?」

허허. 허허허허. 황 씨는 웃음을 터트렸다. 삶의 깊은 내공을 지닌 황 씨는 탈탈 털어놓지 않은 지안의 속내를 모두 다 읽어 내고 풀이했다. 어쩌면 알고도 모른 척하고 있었는지 모르겠다.

「어떤가. 속이 시원한가?」

지안은 노인의 질문에 차마 답은 하지 못하고 맥없이 웃었다.

「저야 어차피 내일이면 사라질 테고…….」

「그러니까 말이오. 속이라도 후련해야지. 내일이면 살아날 사람이 죽을상을 하고 있어.」

감히 시원하다고 말할, 괜찮다고 말할 주제가 되지 못했다.

「내가 우리 집사람을 오래전에 먼저 보내고 살았지 뭐요.」

「알고 있습니다.」

「처음에는 죽을 것 같았지. 사는 게 부질없더라고. 집사람이 늙어 명이 다해 간 것도 아니고, 젊은 날 문득 떠나 버렸으니 오죽했겠소.」

황 씨는 두 손을 모아 허벅지 사이에 끼워 넣고 하늘을 올려 보았다. 그 모습은 바라보기에 참으로 편안했다.

「한 30년을 홀로 살았지.」

「못 잊으셨군요.」

「아니, 솔직하게 말하면 그것도 아니야.」

황 씨는 부끄럽다는 듯 웃었다.

「삼도천을 건너고 집사람 앞에 섰는데, 기가 막히더군. 나도 모르게 대부분의 것을 잊고 산 모양이야.」

전부 기억하고 있다 믿었다. 내 안에 고스란히 살아 숨 쉬고 있다 믿었다.

「오만이었지. 집사람은 그 시절에 머물러 있는데, 내 말투니 성격이니 있었던 일을 전부 기억하는데, 나는 하나도 모르겠더라고.」

「당연하지 않겠습니까. 시간이 얼마인데…….」

「내 기억이 시간을 이길 거라고 생각했지. 그런데 나는 살면서 집사람을 간간이 떠올린 거지. 매시간 동안 끌어안고 산 게 아니었더군. 뭐, 그랬으니까 살았겠지만.」

「…….」

「내가 저번에 얘기했지. 남겨진다는 건 생각처럼 쉽지 않은 일이라고.」

「예.」

「그런데 자네한테 그 이야기를 하고 나서 나도 생각을 해 봤는데, 그것도 아닌 것 같더이다.」

지안이 고개를 돌려 노인을 바라보았다. 노인은 정정하겠다는 듯 그의 어깨를 자신의 어깨로 툭, 쳤다.

「다 살게 되어 있어. 결국 희미해질 거요. 풍선에 바람 빠져나가는 것처럼 어느 틈에 전부 비어지고 없게 되어 버리거든.」

「…….」

「적어도 그 아이는 자신이 선택한 시간이니 잘 이겨 낼 테지. 잘 이겨 내다가, 분명하게 잊을 거요. 내 장담하지.」

그러니까 너무 걱정 말고 떠나라고. 그럭저럭 간간이 떠올리며, 평범하게 살아갈 테니.

「그러다가 죽어도 못 잊겠으면 찾아가겠지. 삼도천 사이에 두고 갈라선 것도 아닌데. 안 그렇소?」

지안은 오늘도 노인을 따라 하늘을 올려 보았다. 푸르다 못해 시리게 느껴지는 풍경 속, 그녀의 얼굴이 보이는 것만 같다.

「부디 마음 편히 가시오. 벌어질 모든 일들은 그쪽 탓이 아니니까.

알겠지만 그게 또 인간사의 묘미거든.」

「감사합니다. 오늘도 위로받고 갑니다.」

「아주 멋진 일들이 벌어지길 기대하고 있을 테니까. 잘 가시오.」

지안이 일어서자 황 씨는 잘 가라며 손을 흔들어 주었다.

괜찮아. 모든 것은 너의 탓이 아니야. 그녀도 너도 사랑했으니 됐어. 나머지는 흐르는 시간에 맡기려무나. 아주 멋진 경험이라 생각하고, 또 아주 멋지게 헤쳐 갈 거라 여기며, 다시 또 만날 그날을 위해 즐겁게 떠나. 설혹 다시 만나지 못한대도 너무 상심은 말아. 이쯤에서 그치고 말 인연이었다고 크게 한 번 웃고 털어 버려. 인생은 아주 먼, 어떤 일이 튀어나올지 모르는, 흥미진진한, 그래서 아득한 여행이니까.

"그 김이선 씨라는 분의 큰아버지라고요? 조력자가?"

결국 모든 용의자를 색출했다. 팔짱을 끼고 골똘한 생각에 잠긴 듯한 지안이 고개를 끄덕였다. 찬양의 앞에서 이선의 이름을 언급한다는 것은 상당히 껄끄러웠으나 그녀는 모든 것을 알아야 했다.

"그럼 그 김이선 씨도 연루된 거예요?"

"그건 아닐 거야. 집안 사이가 안 좋거든."

"집안 사이가 안 좋아요? 왜?"

"그건 잘 모르겠고. 왕래가 없는 건 알지."

지안의 덤덤한 말투를 귀담아들으며 찬양은 놀란 눈을 깜빡였다.

"사족인데요, 그 김이선 씨라는 분 집안 굉장히 빵빵하네요."

그렇잖아. 그 집은 대형 로펌을 한다면서요. 큰아버지는 백경 계열사 사장이고, 본인은 또 변호사라면서요?

"상무님하고 혼담 오갈 만했네요. 뭐, 얼굴도 예쁘겠지."

"노선 갈아타지 마. 그런 이야기 하던 중 아니거든."

"아뇨. 뭐, 말 나온 김에 하는 얘기죠. 얼굴 예뻐요?"

"객관적 서술을 원해, 주관적 견해를 원해."

"예쁘다는 소리네요. 알겠어요."

에효. 찬양은 저도 모르게 마른 한숨을 내쉬었다. 그 집안이 사건과 연관되어 있다니 곧 죽어도 이선과 지안이 연결될 가능성은 없어 보인다만, 이선의 존재를 알게 된 날부터 지금까지 은연중 신경이 쓰였음은 부정할 수 없다.

"명예든 부든 내가 다 가졌는데 꼭 상대까지 나눠 가져야겠어?"

"그건 위로인가요, 서민 기죽이는 재벌부심입니까?"

"애먼 곳에 한눈팔지 말라고. 걔하고 나 그런 사이 아니라고 분명히 말했어."

"아니 뭐, 그걸 의심하는 건 아니지만요."

"이제 정찬양 씨가 꼭 해 줘야 할 일이 있어."

떠날 때가 다가오니 당부의 말들이 많아진다. 지안은 웃음을 날려 버린 얼굴로 찬양을 마주했다.

"날 꼭 찾아와야 해."

"……그러니까 무슨 수로요."

"들이닥치든 덤비든 어떻게 해서든 나를 만나."

허어. 이 답답한 남자가 하는 말 좀 들어 보소. 내가 대체 어딜 가야 당신을 만날 수 있답니까?

"아마 임 대표가 연관되어 있는 건 내가 찾을 수 있을 거야. 시간은 좀 걸리겠지만 USB도 네 덕분에 찾았으니까."

"상무님을 찾아가서, 뭘 어떡해요?"

"사건에 김 사장이 연관되어 있다고 꼭 얘기해 줘. 이건 내가 알아내기 어려울 수도 있으니까."

"제가 말한다고 상무님이 믿어 주겠어요?"

"믿을게. 네가 말하면."

믿을게. 그의 입술 밖으로 튀어나온 그 말이 얼마나 터무니없는 말인지, 또 얼마나 믿어서는 안 되는 부질없는 말인지 모르지 않았으나―

"그리고 날 꼭 붙잡아. 정찬양 씨의 모습 그대로 나한테 와."

당신이 나를 믿었던 것처럼, 어쩔 도리가 없는 나는 당신의 말이 믿기는 터에 웃음이 났다.

"알아보지는 못해도, 다시 좋아할게."

"……그것 참 든든하네요."

"혹시 내가 뭐에 미쳐서, 아니면 기업의 이익 구조에 따라서."

지안은 한참을 머뭇거렸다. 죽어도 하고 싶지 않은 말을 네게 건네며, 나는 애원한다. 나를 이대로 놓아 버리지 말라고.

"내가 그 집안과 결혼을 결심하는 일이 생겨도 절대 그대로 나 포기하지 마."

모든 것을 잊은 내게 찾아와, 다시 채워 달라고.

"대답해. 절대로 나 포기하지 마."

찬양은 천천히 고개를 끄덕였다. 조바심 내는 아이 같은 눈빛이 마음에 걸려서, 용기 없지만 꼭 해내고 말리라고 그에게 약속하고 말았다.

"꼭 찾아갈게요. 찾아가서, 그 결혼 하지 말라고 말할게요."

"그래. 꼭 찾아와."

"내가, 상무님 곁에서 지켜 줄게요."

"……그래. 부탁해."

찬양은 팔을 뻗어 그를 안았다. 어미 새가 품듯 그를 가슴에 품으며 한없이 두려움에 가득 찬 그의 어깨를 위로했다. 나를 잊고 말리라는 공포에 휩싸인 그대를 위로하며, 그대가 그러하였듯 내가 당신을 찾아내겠다고. 찾아내서, 사랑하겠다고.

마지막 밤이 흘렀다.

떠날 준비를 마친 지안이 그녀와 마주 섰다. 서로는 밤새도록 대화

를 나누었고, 시선을 맞췄고, 당부의 말을 잊지 않았다. 너는 너무 겁이 없어 탈이야. 그가 염려하자, 당신은 너무 신중해서 탈이에요. 그녀가 답했다. 걱정스럽게 만들지 마. 그가 청하자, 나는 당신이 걱정인걸. 그녀가 답했다.

……초침은 60번의 흔들림을 남겨 두었다. 찬양은 눈을 감는 법도 잊어버린 사람처럼 지안을 바라보았다. 초침이 흔들리며 시간이 단축될 때마다 심장이 굳어 가는 것만 같았다. 차갑게 식어 버린 손을 숨기며, 거칠어지는 숨을 부러 고르게 내쉬며.

"잘 가요."

처음으로 안녕의 말을 뱉었다.

"돌아가더라도, 몸 건강히 잘 있어요."

내내 준비했던 안녕의 말을 이었다.

입가에 번진 미소가 자연스러운지는 모르겠다. 그녀는 안간힘을 쓰며 얼굴의 근육을 부드럽게 풀었다. 바르르르 떨리는 입꼬리를 내리지 않으려고 말아 쥔 주먹을 더욱 힘껏 쥐었다. 자칫 한순간이라도 무너지면 그대로 눈물이 터질 것만 같았다.

"이건 네가 가지고 있어."

지안은 그녀에게 USB를 건네주었다.

"아무래도 네가 가지고 있는 게 좋겠어. 나한테 돌아오려면 필요할지도 모르니까."

어떻게든, 그게 무엇이든 사소한 빌미라도 잡고 싶은 남자는 전부 같은 USB를 그녀에게 넘겨주었다. 초침은 스무 번을 움직였고, 조금씩 그의 몸은 윤곽을 잃어 갔다.

지안은 그녀의 얼굴을 쓰다듬었다. 곧 쓰러질 것처럼 파랗게 질린 얼굴로, 잘도 눈물을 참고 있는 그녀의 노력이 가슴을 적신다. 그녀가 바라는 헤어짐의 끝을 망칠 수는 없기에 그도 따라 웃었다.

"잘 있어."

처음으로 안녕의 말을 뱉었다.

"돌아가더라도, 기다릴게. 네가 오기를."

내내 준비했던 안녕의 말을 이었다.

빛은 조금씩 그를 삼켜 간다. 찬양은 불덩이처럼 올라오는 서러움을 삼키며 고개를 끄덕였다. 지안은 안심이 된다는 듯 편안한 표정을 지었다. 다시 만나면 우리 헤어지지 말자. 그는 약속을 건넸고, 그때엔 우리 마음 놓고 함께해요. 그녀는 약속을 받았다. 사랑한다. 그가 읊조리듯 고백하자, 사랑해요. 그녀가 덤덤히 화답했다.

초침은 자꾸만 움직였다. 그의 몸이 조금씩 빛에 휘감기는 모습을 바라보며 그녀는 감히 붙잡을 생각도 하지 못했다. 저 빛이 그를 집어삼킬 것만 같아 두려웠지만 또 한편 그에게 생(生)의 기운이 느껴졌다.

그가, 사라져 간다.

─ 아가씨. 혹시 모르니까 꼭 거래 완료를 해. 다신 찾아오지 말라고 얘기를 해야 한다니까.

그가 사라져 가는 모습을 멍하니 바라보다가 찬양은 무당의 말을 떠올렸다. 생각해 보니 지안이 원하는 바를 들어주었으나 자신은 그 어떤 대가도 바라지 않았다. 다시 찾아오지 말라는 말을 할 필요가 없었기에 거래 완료를 하지 않았던 것이다. 아무 생각 없이 울음만 삼켜 내리다가 눈이 번쩍 뜨였다. 뒤통수를 가격당한 것처럼 덜컥 숨이 엉켰다.

"나, 나요! 나는 아직 상무님과 거래를 끝내지 않았어요!"

점점 더 많은 빛이 그의 몸을 감싸 안았다. 왜 이제야 이런 생각이 떠오른 걸까. 애당초 거래라는 건 다른 요구를 해도 되었을 텐데. 떠나라는 말 대신 다른 걸 빌어 봐도 좋았을 텐데. 무당의 말만을 대수롭지 않게 기억하며 다른 것을 빌어 볼 생각 같은 건 하지 못했던 것이다. 급한 마음에 발이 동동 굴러졌다. 목소리는 갈리며 사정없이 찢어졌다.

"내가 상무님의 요구 조건을 다 들어줬으니까! 그랬으니까! 그 세계의 법칙대로 내 요구도 들어줘요!"

볼에 닿았던 그의 손이 사라진다. 어깨가, 다리가, 빛에 휩싸여 형체가 사라져 갔다.

"들어주고 가요! 내 요구 조건은 이거예요! 돌아가더라도 날 잊지 말아요! 잊으면 안 돼요!"

……마침내 사라졌다.

"나를 잊지 말아요! 말아요! 제발!"

투명한 빛이 알알이 부서지며 흔적도 없이 사라진다.

"전부 기억해요! 하나도 남김없이! 나를! 나를 기억해요……. 나…… 잊지 마요……."

텅 빈 공간은 허무한 외침으로 가득 찼다. 머리에 가득 차 있던 눈물은 결국 터져 흘렀다. 어깨 한 번 흔들렸을 뿐인데 소리도 잊은 눈물이 무참하게 낙하했다. 다리는 힘을 잃고, 얼굴은 데일 듯 뜨거웠고, 두 팔은 사정없이 떨렸다.

결국엔 홀로 남은 공간. 금세 부르튼 입술 사이로 짜디짠 눈물이 고여 들었다. 떨어지는 눈물은 너무 뜨거워 볼을 내리그을 때마다 타들어 갈 것만 같았다. 아무리 힘을 줘 봐도 도저히 눈이 떠지질 않아, 찬양은 천천히 주저앉았다.

"아아…… 아아아……."

거짓말. 어떻게 이렇게 헤어질 수가 있어. 어떻게 세상에 이런 일이 있을 수가 있어.

"잊지 마요……. 잊지 말아……."

그대가 어떻게 날 잊을 수가 있어. 어떻게 날 잊고, 그대가 어떻게 날 잊고 살 수가 있어.

"아아…… 어떡해……. 나 어떡해……. 나 진짜…… 이제 어떡해……."

말해 봐요. 이제 나는 어떡해야 하죠. 그대 없이 무슨 수로 버티며 살죠.

"가지 마요……. 다시 돌아와……. 돌아와요……."

많은 준비를 했다고 믿었는데, 어떻게 이렇게까지 두려울 수 있나. 그대는 어떻게 이런 시간을 버텨 왔나. 찬양은 망연자실한 서러움을 토했다. 내 곁에서 영영 떠나 버린 것만 같아 억장이 무너졌다. 알고 있었을까, 당신과 나의 사랑은 이제 더 이상 세상에 존재하지 않는 다는 걸. 믿을 수 없는 일이었다.

⫷⫷⫷⫸

"왜 벌써 일어나? 벌써 들어가게?"

베를린에서 한창 스케줄을 소화하고 있는 강준과 현주는 늦은 저녁을 함께했다. 그녀는 향이 좋은 와인을 다소 급하게 마시나 하더니 이만 들어가겠다고 했다.

"조금 더 있지 왜……."

"피곤해서요. 잠을 좀 설쳤어요."

현주는 빙긋 웃으며 먼저 들어가겠다고 인사를 건넸다. 그러자 강준은 따라 일어섰다.

"아쉽네. 오늘은 밀린 이야기도 하면서 천천히 시간 좀 즐기고 싶었는데. 우리, 둘이 보낼 시간이 너무 없었잖아."

……우리. 현주는 강준의 말끝에 민망하다는 듯 머리를 쓸어 넘겼다.

"대표님도 들어가시게요?"

"당신 간다는데 혼자 뭐 해. 데려다줄게."

방까지 에스코트를 해 주겠다며 강준은 그녀를 따라 걸었다. 각자의 비서진을 물리고 오랜만에 둘만의 시간을 보내던 차였다. 강준은 내심 아쉬운지 시계를 들여다보았다. 그러다가 로비를 지나던 강준은 재킷을 벗어 현주의 어깨에 걸쳐 주었다.

"아, 안 이러셔도 되는데."

로비에 앉아 신문을 보던 사람들이 흘깃거린다. 그중 잠복하는 기자가 있을 수도 있다.

"밤공기 쌀쌀해. 감기 들면 큰일이니까."

강준은 좀 더 대범한 손길로 현주의 어깨를 토닥였다. 찰칵, 어디선가 셔터 음이 들려오는 것만 같아 현주는 빠른 걸음으로 로비를 지나쳤고 엘리베이터 버튼을 눌렀다. 엘리베이터 문이 열리자 외국인 노부부가 나란히 서 있다.

『실례합니다.』

현주가 눈인사를 건네며 엘리베이터에 오르고 강준이 뒤따라 탔다.

『잘 어울리는 부부군요.』

현주와 강준을 흐뭇한 눈빛으로 바라보던 할머니가 인사를 해 온다. 놀란 현주가 홱, 돌아보자 강준은 웃었다.

『칭찬 감사합니다.』

『그래요. 두 사람에게 신의 가호가 함께하길.』

『평화로운 시간 보내십시오.』

아, 저……. 현주가 머뭇거리는 사이 강준과 대화를 마친 노부부가 먼저 엘리베이터에서 내린다. 누가 봐도 강준의 것이 분명한 슈트 재킷을 걸치고 호텔 방을 향하고 있으니, 그들의 시선에 당연히 부부처럼 보일 것이다.

"당신하고 나, 잘 어울리는 모양이야."

"부부라뇨. 아니라고 해 주셔야죠."

"어차피 한 번 스치고 말 사람들인데 굳이 뭐 하러."

내리자. 강준은 층에 도착하자 현주를 끌었다. 자연스럽게 강준의 손길을 피한 현주가 방 앞에 도착했고, 재킷을 강준에게 돌려주었다. 강준의 태도는 어딘가 모르게 부담스러웠지만 그렇다고 그를 밀어낼 상황도 아니다. 그는 언제나 애매모호한 태도를 일관하고 있으니, 공연한 착각으로 보일 수도 있었다.

"대표님 오늘도 수고 많으셨어요."

현주가 어서 가 보라고, 손을 흔들었다.

"당신 들어가는 거 보고."

그러자 강준이 버틴다.

"먼저 가세요. 방 앞에 이렇게 우리 둘이 서 있는 거, 보기 좋지 않아요."

"자연스러운 일이야. 남자가 아름다운 여성의 에스코트를 하는 건 당연한 일이지."

어서 문을 열라고. 강준은 고개를 까딱 움직였다. 곧은 시선으로 그를 바라보던 현주는 어서 상황을 정리하고 싶은 마음에 카드를 가져다 댔다. 덜컥, 방문이 열린다.

"잘 자요, 대표님."

현주가 방으로 들어서려 하자 강준이 그녀의 손목을 붙잡았다. 놀란 현주가 돌아보자 강준은 일전에 본 적 없는 진지한 눈빛으로 입술을 열었다.

"차 한잔하고 가도 될까."

"대표님."

"당신, 차 한잔도 나한테는 어려운 일인가? 날 그렇게 못 믿어?"

"믿고 안 믿고, 그런 문제가 아니라."

"조금만."

강준은 손에 힘을 실었다.

"조금만 더 같이 있고 싶어서 그래."

한 뼘만큼 열린 방문을 붙잡은 채 현주는 그를 올려다보았다. 이미 그는 사내의 눈빛을 하고 있어 바라보는 일만도 쉽지 않았다.

"나, 너무 밀어내지 마. 남 전무."

"밀어내다뇨, 제가 언제⋯⋯."

"지금도 밀어내고 있잖아."

강압적이지 않은, 그렇다고 유연한 것도 아닌 그의 음성에 현주는 잠시 갈피를 잃었다. 어쩌면 할 말이 너무 많아 고르고 있는 중이었는지도 모르겠다.

"나는 항상 당신만 보면 초조해. 나도 내가 이러는 거, 혼란스럽다고."

느닷없는 고백이 그녀를 얼게 했다.

"알아. 아는데. 당신 나한테 마음 없는 거 다 아는데. 너무 밀어내지는 마."

단 한 번 남자로 여겨 본 적 없는 상대의 고백은 어지러웠다. 붙잡힌 손목 주변이 뜨거워 그녀는 가만히 주먹을 말아 쥐었다. 조금 더 좋은 말로, 조금 더 배려하는 말들로 상황을 정리해 보려고 그녀는 생각을 거듭했다.

"대표님, 아시겠지만 저는 지금 누구를 진지하게 생각하고 그럴 틈이 없어요."

"알겠어. 알겠으니까, 차 한잔만 하고 갈게. 그 정도는 할 수 있잖아."

작정한 걸까. 그는 여간한 거절의 말로는 돌아갈 것 같지 않았다.

"당신이 내려 주는 차 한잔 마시고 싶을 뿐이야. 어려운 일은 아니⋯⋯."

그때였다. 그녀의 작은 핸드백에서 휴대폰이 울린다. 마치 얇은 유리막이 깨어지듯 두 사람의 분위기는 삽시간에 변했고 현주는 그에게 붙잡힌 손목을 떼어 냈다.

"실례 좀요."

이 시간에 오는 전화 같은 건 신경 쓰고 싶지 않았지만 지금은 사력을 다해 끊기기 전에 받고 싶었다. 한국에서 걸려 온 전화다.

"여보세요."

현주가 전화를 받자 머쓱한 강준은 한두 걸음 멀어져 섰다. 한참을 서 있어도 현주의 대답이 이어지지 않자 다른 곳을 바라보고 있던 강준은 그녀에게 시선을 옮겼다. 휴대폰만 들고 서서 팔을 떨고 있는, 서너 초 만에 두 눈이 붉게 물드는 그녀를 보고 있자니 통화 내용은 듣지 않아도 알 것 같았다.

— 전무님. 축하드립니다. 상무님께서 깨어나셨습니다.

그가, 깨어났다.

5부
잘 지내나요

[속보 백경그룹 남지안 상무 의식 회복]
[속보 남지안 상무의 의식 회복… 그룹주 일제히 상승]
[속보 백경家의 귀환… 남지안이 돌아온다]

　찬양은 자신의 집으로 돌아왔다. 그는 다른 곳에 머물길 원했지만
이사라는 게 그렇게 쉬운 일은 아니었다. 겨울이 시작되었고, 방을 내
놨지만 보러 오는 사람이 없었다. 부모님 집에도 며칠 머물렀지만 대
기업에서 돌연 퇴사를 한 백수 딸내미는 서로에게 곤혹이었다.

　그가 떠나고 벌써 보름이 지났다.

　"으으…… 추워……."

　"찬양아, 춥지? 날씨가 부쩍 추워졌어."

　"그러니까 말이에요."

　집 근처 슈퍼에 자잘한 것들을 사러 나온 찬양은 계산대에 서서 웃
었다. 바코드를 찍으며 봉투에 물건을 담아 주던 주인아주머니의 시

선이 틀어 놓은 뉴스로 향한다.

— 남지안 상무가 의식을 차린 이후 건강을 회복하고 있는 것으로 확인되었습니다. 문제는 없겠다는 주치의의 소견이 잇따랐으나 당분 간 실질적인 경영 참여는 어려울 것으로 보입니다.

"하루가 멀다 하고 이 사람 뉴스네. 아주 도배를 했어."

찬양도 물끄러미 화면을 들여다보았다. 지안의 뉴스다. 그는 건강 하다는 말, 체력을 회복하고 있다는 말, 각종 물리 치료와 재활 치료 를 병행하고 있을 거라는 추측, 경영 참여가 어려워 임강준 대표가 연 임할 거라는 언론의 예측까지.

— 남 상무는 특정한 사유 없는 장기 의식 불명에서 돌아온 희박한 케이스라고 하는데요. 현재 남지안 상무의 상태는 의학적으로 어떠한 지, 대한병원의 박승복 병원장님을 모시고 의견 나누어 보겠습니다.

관계도 없는 사람들끼리 모여, 관계가 되어 있는 듯 그를 논한다. 그의 상태를 자세히 노출하지 않는 백경병원과 백경그룹의 태도에 연 일 추측성 보도만이 난무할 따름이었다.

"그렇게 오래 누워 있다가 일어났는데 멀쩡하겠어? 평생 놀고먹어 도 굶어 죽지는 않을 테니, 이래서 부자가 좋긴 하겠지만."

"그럼 저 가 볼게요. 수고하세요."

"그래. 잘 가, 찬양아. 저녁 잘해 먹고."

"네에."

찬양은 봉투를 받아 들고 급히 슈퍼를 나섰다. 터덜터덜 찬바람이 부는 길을 걷는데 일전에 그와 나란히 앉아 열을 올리며 술을 마셨던 술집이 오픈 준비에 한창이다. 찬양은 한참이나 간판을 들여다보다 가, 뭐에 홀린 듯 문을 열었다.

"어서 오세요!"

아직 오픈 준비가 덜 된 것 같은 가게 주인이 찾아온 손님을 놓치지 않으려고 반긴다.

"어서 오세요. 몇 분이세요?"

"아…… 저 혼자인데요."

"……아! 그때 그분!"

찬양은 자신을 용케 알아보는 주인장의 안내를 받으며 썰렁한 자리에 앉았다. 술을 마시려고 한 건 아닌데. 오늘은 오랜만에 밥도 해 먹고 청소도 하려고 장도 봤는데.

"따끈한 국물 좀 드릴까요?"

"네. 감사합니다."

"날이 무척 추워요. 이거 청소만 마저 하면 되니까 편하게 계세요. 아직 다른 안주 준비가 안 돼서."

"감사합니다."

주인장은 홀로 반가운지 찬양을 살갑게 대했다. 또 혼자 온 것을 보니 전화로 질척거리며 매달리던 애인과 그새 이별했나 보다, 싶은 모양이다. 뭐, 아주 다른 사실은 아니었지만.

주인장이 뜨끈한 국물과 이것저것 마른 찬을 내어 준다. 예의상 술을 한 병 시킨 찬양은 쪼르륵, 술을 따르며 이곳저곳을 둘러보았다. 말라 있던 식도 사이로 차가운 알코올이 들어간다. 무얼 먹어 본 게 얼마 만일까. 찬양은 순식간에 달아오르는 위장의 기운에 허탈한 웃음을 흘렸다.

— 백경그룹의 주가가 상승세를 보이고 있는데 말이죠. 이게 단기간의 성과일 수도 있다는 겁니다. 문제는 남지안 상무가 실무에 돌입할 수 있느냐, 인데요.

청소 중인 주인장이 틀어 놓은 라디오에서 또다시 지안의 이야기가 새어 나온다. 찬양은 비어 버린 잔에 술을 채우며 은연중 귀를 기울였다.

— 맞습니다. 해외 언론에서도 주시하고 있는 지점이 바로 그것인데요. 현재 남 상무가 건강하다면 그룹 입장에서 굳이 숨길 필요가 없다는 거죠. 이번 달 말에 있을 임강준 대표의 연임이 확실해 보이

는 건 남지안 상무의 건강 상태에 따른 문제 아니겠습니까?

— 어떻게 보면 임강준 대표나 그룹이나 대단히 예민한 때일 수도 있어요. 왜냐하면 사실상 우리나라 정서에 전문 경영인을 반기지 않는 경우가 상당하지 않습니까? 그럼에도 불구하고 또 임강준 대표가 경영 실적을 잘 내었기에 하반기도 호실적으로 마무리를 할 수 있습니다. 대주주들의 입장이 곤란하겠죠?

— 성골이냐, 진골이냐 이건데 말입니다.

라디오 속 대화를 나누던 두 사람이 웃는다. 찬양은 따르고 비우고를 반복하다 흐리멍덩한 눈을 들었다. 막연했던 일. 소름 끼치도록 매일매일 실감하는 일. 이렇듯 가만히 앉아 텅 빈자리를 바라보면, 그와 마주하고 웃고 사랑하던 일들이 얼마나 허상이었는지 알 수 있었다.

기가 막혀 웃음이 났다. 병원 앞을 찾아가도, 그곳에서 온종일 기다려 봐도 그를 만날 수는 없었다. 어느 누구도 그를 보여 주지 않았다. 그는 생각보다 더욱, 상상했던 것보다 더욱 높고 먼 곳에 있었다.

"아이고, 천천히 드세요. 안주 이제 막 나왔는데."

"괜찮아요."

어느 틈에 전부 비워 버린 술병을 본 주인장이 안쓰러운 표정을 지으며 마련해 온 안주를 내려놓는다. 그때보다 표정도 더욱 좋지 않고, 살도 빠진 것 같은 찬양의 모습이 짠한 모양이다.

"술 한 병만 더 주시겠어요?"

"아…… 예예."

아르바이트생도 출근하지 않은 시간이건만 찬양이 두 번째 병을 딴다. 되도록 술은 마시지 않으려고 노력했는데. 정말이지 오늘은 참기가 힘이 들었다고.

영업 개시가 되었는지 주인장은 라디오를 끄고 노래를 틀었다. 대기 중이던 슬픈 발라드가 그녀의 귓가에 내려앉는다. 가사를 곱씹으며 차츰차츰 멜로디에 젖던 찬양은 무거운 고개를 푹 숙이며 웃음을 터트렸다. 그러다가 도저히 안 되겠는지 두 손을 올려 머리를 감쌌다. 그 자세 그대로 테이블에 팔꿈치를 기댄 채 입술만 피가 나도록 깨물었다.

그가 깨어났다는 뉴스를 처음 접한 뒤 하루, 머물던 그의 집에서 짐을 챙겨 나와 부모님의 집으로 향했다. 이틀, 온종일 고요한 휴대폰만 바라봤다. 사흘, 피가 마르는 느낌에 그와 관련된 뉴스를 정신없이 찾아봤다. 아아. 그가 나의 전화번호를 알고 있던가? 나흘째, 집으로 돌아왔다. 혹시 그가 찾아올까 봐 일주일, 한 발자국도 움직이지 않으며 집을 지켰다. 그렇게 열흘이 지날 때쯤, 그녀는 비로소 확신할 수 있었다.

그는, 나를 잊었다.

……흘릴 준비가 되지 않은 눈물이 두 볼을 타고 흐른다. 아무것도 보이지 않는 테이블 너머 공간이 시려 눈을 뜰 수가 없었다.

"휴……."

눈물을 닦아도 멈추질 않으니 닦아 내는 노력도 포기한 채, 그녀는 차갑게 얼어 버린 두 주먹을 말아 쥐었다.

"하…… 나 진짜 어쩌면 좋냐……."

하지만, 그는 순간순간 문득문득 나를 찾아왔다. 라디오의 노래로, 자주 걷던 길 위로, 모니터 속 기사로.

"보고 싶어……. 보고 싶어 미치겠다……."

그럴 때마다 나는 걷기를 포기하고, 숨쉬기를 마다하고, 볼 시린 눈물을 마주했다. 오늘의 나는 어제의 나보다 괜찮기를 기대하지만—

"미치겠다 진짜……. 내가 진짜 이러다가…… 미치지 싶다……."

처참하게도 나는, 언제나 괜찮지 못했다. 어제보다 더.

찬양은 집의 가구 배치를 바꿨다. 집을 보러 오는 작자가 없으니 당장은 이 집에서 하루하루를 버텨야 했다. 애꿎은 소파가 보기 싫어 커버를 씌우고 방향을 옮겼다. 먼지를 털고 빨래를 널고, 냉장고 속에 들어 있던 여러 견과류를 치웠다. 손도 대지 않아 유통 기한이 넘어 버린 음식물을 정리하고 이불을 갈았다.

♬♪♬♪♪♫♬♪♪

그때였다. 몇 날 며칠 울리지 않던 휴대폰이 울려, 찬양은 이불을 손보다가 다리가 사라진 듯 소파로 달려 나갔다. 정신없는 손길로 휴대폰을 집어 드니 미혜의 전화다. 온몸에 힘이 풀려 소파에 털썩 주저앉았다.

"여보세요?"

— 찬양아 뭐 해?

"아아. 나 그냥 집 청소 중이야."

삽시간에 전신을 타고 흐르던 긴장감은 맥없이 풀렸다. 대체 누구의 전화를 바란 건지, 찬양은 헛웃음을 흘렸다.

"그래. 내일 괜찮아. 내일 보자."

미혜가 내일쯤 만나잔다. 찬양은 그러자고 하며 통화를 종료했다. 통화 종료 버튼을 누른 찬양은 휴대폰을 가만히 바라보다가 머리를 툭, 쳤다.

"정신 차려…… 정찬양……. 제발 좀……."

전부 포기했다고 생각했는데 이럴 때마다 스스로 한심해서 견딜 수가 없다. 하지만 이렇듯 휴대폰이 울릴 때마다 혹시나 하는 마음을 저버릴 수 없었다. 그의 연락일까 봐. 그의, 소식이 들릴까 봐.

휴. 찬양은 다시 휴대폰을 아무렇게나 던지며 일어섰다. 때마침 휴대폰은 다시 울렸고, 정신 차리자는 종전의 각오가 무색하게 찬양은 급히 휴대폰을 들었다. 낯선 번호를 확인한 심장은 발끝까지 떨어져 나갔다.

"……여보세요?"

긴장한 목소리는 엉망이다. 찬양은 침을 삼키기도 어려운 긴장감에 손톱을 물어뜯었다. 잠시 시간이 흐르고, 수화기 너머 낯선 사내의 음성이 들려왔다.

— 난데. 임강준 대표.

"……네?"

임 대표란다. 베를린에서 돌아온 모양이다. 전혀 예상하지 못한 상대의 연락에 찬양은 뜨악한 표정을 지었다. 수화기 너머 그의 목소리는 조금도 달갑지 않았다.

"무슨 일이세요?"

— 무슨 일은. 좀 보자고 연락했지.

"제가 왜요?"

— 잘 알 텐데. 내가 왜 보자고 하는 건지.

"모르겠는데요?"

— 모르면 나와. 나오면 알겠지.

쉽게 물러설 음성이 아니다. 찬양이 우물쭈물하며 거절의 이유를 찾자 강준이 말을 이었다.

— 남 상무 소식 궁금하지 않아?

"……."

— 나와. 여러모로 나오는 게 좋을 거야.

휴, 이제 모든 일은 지안의 도움을 받을 수가 없는 자신의 선택이다. 찬양은 망설이다가 알겠다고 답했다. 나가지 않는 것이 능사는 아닌 것만 같았으니까.

약속 시간과 장소를 받은 찬양은 나갈 준비를 했다. 지안의 병원을 다녀왔던 일을 뺀다면 실로 오랜만의 외출이었다.

호텔 커피숍을 향하니 대기 중이던 강준의 비서가 찬양을 안내했다. 인적이 드문 공간에 홀로 앉아 강준은 커피를 마시고 있었다. 찬양은 작은 핸드백을 쥐고 그에게 걸어갔다.

"왔어?"

그는 친근하게 인사를 건네 왔다.

"안녕하세요. 대표님."

"그래. 앉아."

찬양은 자리에 앉았다. 강준은 빠르게 찬양의 얼굴을 훑으며 무심한 듯 입술을 열었다.

"얼굴이 좀 상했네. 회사 그만두고 안 쉬었어?"

친근한 그의 말투에 찬양은 기가 차 웃음을 흘렸다.

"제게 용건이 있으신가요?"

거두절미하고 물었다. 그와 마주 보고 앉아 도란도란 커피를 나눠 마실 사이는 아니었으므로.

"급하긴."

"제가 선약이 있어서요. 빨리 가 봐야 하는데."

"남 상무 오늘 퇴원해."

손끝이 저리다. 되도록 아무렇지 않은 척해 보려 해도, 커피 잔을 내려놓는 소리가 요란하다. 강준은 그 모습을 바라보다 고개를 옆으로 돌렸다.

"남 상무하고 친구 아니잖아."

"……."

"전부 거짓말이었던데. 캐나다에 다녀온 적도 없고."

"제 뒷조사하셨어요?"

"그 정도로 뒷조사라 하면 쓰나. 그게 중요한 게 아닐 텐데 지금."

그녀 심장이 뛰어오른다.

"뭐, 상관없어. 나는 니가 남 상무와 무슨 관계인지 알고 싶지도 않고, 누구의 계략으로 여기까지 흘러왔는지 관심도 없고."

강준이 무얼 알고 있는 건지 알 수 없어, 입술이 말라 갔다.

"어디 있어."

"뭐가요."

"USB."

강준의 시선이 꽂혀 든다. 그 서늘하고 날카로운 표정에 찬양은 잔뜩 얼어붙었다.

"니가 가져갔잖아."

"무슨 말씀 하시는 건지 잘 모르겠는데요?"

"되돌려 놓는 게 좋을 거야. 난 지금 너한테 무척 화가 난 상태거든."

"그런데 왜 반말하세요? 저 이제 직원 아닌데."

"기어오르지 마. 간신히 참고 있는데 자꾸 까불어."

아무렴 이렇게 뚫린 공간에서 뭘 어쩌겠냐. 찬양은 겁을 집어먹었다는 사실을 들키지 않으려고 외려 평온한 표정을 유지했다.

"USB 가져와. 분명히 말했어."

"무슨 말씀 하시는 건지 모르겠다고요."

"……몰라?"

그래? 강준은 어린 사슴을 눈앞에 둔 사자처럼 그녀를 시선으로 할퀴었다. 그녀가 감당할 수 있을 만한 분위기는 아니었다.

"긴 말 안 해. 돈을 받고 누구한테 넘긴 거면 되돌려 주고 가져와."

"저 일어날래요. 무슨 말씀이신지 모르겠고요, 더 들을 필요도 없어 보이고요."

"내가 너 하나 어쩌는 게 어려워서 이러고 있는 게 아니야."

일어나려던 찬양이 멈춰 강준을 바라보았다. 그녀의 흔들리는 눈빛을 바라보던 강준은 피식, 웃음을 터트렸다.

"그러니까 적당히 까불어. 봐주는 것도 여기까지니까."

"가 볼게요."

"남 상무 내일 출근하는데."

두 다리가 후들거려 소파 헤드를 잡고 일어섰다. 가방끈을 몇 번이고 놓쳐, 찬양은 간신히 가방을 집어 들었다.

"넌 이제 사기죄로 잡혀 들어갈 거야. 감히 남 상무와의 친분을 빙자해서 회사엘 들어왔겠다?"

"……."

"그 전에 주어지는 마지막 기회야. 니가 누구의 사주를 받고 움직이는지 모르겠지만 USB 들고 나한테 오면 없던 일로 해 주겠어. 어차피 돈에 움직이는 거라면 내가 낫지 않겠나?"

날 너무 화나게 하지 말라고 강준은 웃는 낯으로 경고했다. 찬양은 가방을 메며 호흡을 가다듬었다.

"대체 뭘 내놓으라고 이러시는지 정말 모르겠는데요. USB? 그러는 대표님은 상무님 USB가 왜 필요한 건데요?"

마지막 남은 용기를 쥐어짰다.

"주인도 아닌 USB가 왜 필요하신 거냐고요. 가져다가 뭐에 쓰시게요?"

"……."

"신고를 하시든 사기죄로 집어넣든 알아서 하세요. 그때 가면 알겠네요. 제가 누구의 사주를 받고 뭘 캐내려고 했는지. 그럼 그때 가서 얘기하면 되겠죠."

"나오는 대로 지껄이지 마라."

"대표님은 생각하면서 얘기하신 건가요?"

하. 강준은 찬양의 말에 코웃음을 쳤다.

"가 볼게요. 다시 부르지 마세요."

"갈 때 가더라도, 밤길 조심하라고."

……돌아서던 그녀가 멈췄다.

"좌우지간 조심해. 세상 흉흉하니까."

가방을 힘껏 쥐고 찬양은 다시 돌아봤다. 한껏 표정을 일그러트리며 강준을 향해 눈을 치켜떴다. 뒷골이 서늘하게 느껴질 만큼 냉하게 얼어붙은 시간이 흐른 뒤 이윽고 그녀의 입술이 열렸다.

"그 밤길, 그쪽이나 조심해. 그쪽이나."

"……뭐? 그쪽?"

"그래, 그쪽. 댁도 나한테 반말하잖아. 어디서 씨알도 안 먹힐 협박이나 하고. 회사 대표면 이렇게 해도 돼?"

강준의 입이 멍하니 벌어진다. 찬양은 기도 안 찬다는 표정을 지었다.

"그리고 뭐? 밤길 조심해? 세상이 나한테만 흉흉하냐? 웃기시네. 내 걱정 할 시간에 그 댁 밤길이나 조심해. 간다."

뭐 이런 게 다 있어. 찬양이 강준을 위아래로 훑다가 휙, 돌아 걸음을 옮겼다. 그녀를 이대로 보내도 되는지 비서는 갈팡질팡했고 찬양은 비서를 밀치며 앞으로 걸어갔다.

"내버려 둬."

강준이 그녀를 보내 주라고 손짓하며 이마를 짚었다. 그녀가 남기고 간 말을 곱씹다가 강준은 웃음을 터트렸다.

"하하하! 하하하하!"

하. 어이가 없고 기가 차서 웃음이 나왔다. 쟤는 대체 뭐냐, 협박을 해도 꿈쩍도 않고 외려 너나 조심하란다.

"배짱 한번 두둑하네. 어디 얼마나 유지하는지 보자고."

흐음, 강준은 웃음을 갈무리하며 커피를 마셨고 급하게 엘리베이터에 오른 찬양은 그대로 주저앉았다. 손이 떨리고 발이 떨려 어떻게 밖을 나섰는지도 모르겠다.

대기 중인 택시를 아무렇게나 잡아탔다. 난생처음 모범택시를 탔지만 그런 걸 생각할 겨를은 없었다. 그래, 이렇게 주저앉아 있을 수는 없다. 그에게 빨리 USB를 전해 줘야 하니까.

"정신 차리자, 정신 차리자, 정신 차리자……."

주문을 외듯 중얼거리며 찬양은 떨리는 주먹을 말아 쥐었다. 어떤 한 의미로 정신이 번쩍 들었다.

이튿날. 밤사이 호신용 물품을 인터넷으로 잔뜩 주문한 찬양은 분주히 움직였다. 오늘 지안이 출근할 것이라던 강준의 말이 잊히질 않아 회사로 가 보려는 참이다. 출근을 서두르듯 옷을 고르고 머리를 단정하게 빗고, 화사하게 화장을 했다. 혹시 그가 알아볼지도 모르니까. 상한 얼굴 같은 건 보여 주고 싶지 않았으니까.

지옥철은 여전히 변함이 없고 출근을 서두르는 사람들의 무료한 발걸음도 변함이 없다. 인파 사이에 섞여 회사 앞에 도착한 찬양은 우뚝 멈춰 섰다. 헐……. 회사 앞은 이미 직원 반 취재진 반이다. 방송사 로고를 달고 움직이는 사람들이 취재 라인을 두고 회사 측 보안 요원들과 씨름 중이었다.

"라인 좀 더 빼 주세요!"

"안 됩니다! 뒤로 더 물러나세요!"

조금 더 가까이 다가가려는 취재진과 조금 더 멀리 간격을 두려는 보안 요원의 옥신각신에 소란스러웠다. 직원들은 혹여 사진에 찍힐까 얼굴을 가린 채 급히 로비로 사라졌다.

"헐…… 대박이다……."

찬양은 예상하지 못한 상황에 우뚝 멈춰 섰다. 그가 세상 밖으로 나오기를 기다린 것은 저뿐만이 아니었다. 이토록 많은 사람들이 그와 만나기를 기다린 것이다.

"저길 어떻게 뚫어……."

기자 출입증도 없고 직원 출입증도 없으니 어디로 가야 할지 몰라 찬양은 먼발치에서 입술만 잘근잘근 물었다. 그때였다.

"임 대표 차량이다!"

"남 전무! 남 전무 차량이다!"

두 대의 차량이 나란히 들어오자 정신없는 플래시가 터진다. 각자의 차량에서 강준과 현주가 내렸고, 찬양은 발돋움을 하며 그 모습을 바라보았다.

"이봐요, 거기. 관계자세요?"

"네? 아, 아닌데요."

"그럼 비켜요. 여기 있지 말고."

"네⋯⋯."

이리 밀리고 저리 밀리며 찬양은 로비에서 점점 멀어졌다. 급히 로비를 통과한 현주와 강준이 보이질 않아 찬양은 발만 동동 굴렀다. 이렇게 있다간 상무님의 그림자도 구경하기 어려울 판이다.

"찬양 씨?"

"헐! 대리님!"

그때 출근하던 승민이 그녀를 발견하고는 걸어왔다. 찬양은 덥석 그에게 달려갔다. 반가워 눈물이 날 지경이다.

"찬양 씨가 이 시간에 회사엔 왜⋯⋯."

"대리님! 저 좀 도와주세요!"

다짜고짜 찬양이 매달리자 승민은 눈을 동그랗게 떴다.

"지금은 직원 출입증 없이는 출입이 불가합니다."

"아아, 임시 출입증 발급받을 분입니다. 오늘 이분, 저희 팀이랑 미팅이 있어서요."

승민이 찬양을 데리고 로비로 들어서자 경비가 막아선다. 찬양을 외부 업체로 소개하며 승민은 출입 허가를 요청했다. 지안의 출근을 앞두고 보안이 더욱 철저한 시간이라 분위기는 상당히 삼엄했다.

"그럼 여기에 신분증 맡기시고 인적 작성하세요."

"네!"

경비는 찬양의 얼굴을 바라보다 방명록을 내밀었고, 찬양이 급하게 인적을 적자 출입이 허락되었다. 나이스, 로비로 들어서며 찬양은 승민의 팔을 붙잡았다.

"감사해요, 대리님. 대리님 없었으면 저 어쩔 뻔했는지 모르겠어요."

"뭐, 도움이 됐다니까 다행이긴 한데 무슨 일이에요?"

"어…… 그게……."

찬양이 머뭇거리자 승민은 얼굴을 유심히 바라보다가 어깨를 툭, 쳤다. 볼일이 있으니 왔겠지 싶은 모양이다.

"잘 지냈어요? 연락도 없고."

"아…… 네. 죄송해요."

"아녜요. 찬양 씨 쉬고 있을 것 같아서 우리도 방해될까 봐 연락 안 했어요. 이렇게 보니까 좋은데요?"

때마침 로비 밖이 소란스러워지며 검은 슈트를 입은 사내들이 우르르 걸음을 옮겼다. 깜짝 놀란 찬양이 회전문 쪽으로 몸을 틀었다. 아주 잠깐 사이 심장이 덜컥 내려앉고, 시야가 좁아졌다.

"찬양 씨 그거 알아요? 오늘 남지안 상무님 출근하신다고 했거든요. 오셨나 보네."

정신없이 터지는 플래시, 취재진을 막아서는 보안 요원들의 몸싸움, 그 사이로 유유히 검은 세단이 도착한다. 승민은 힐끔, 찬양을 내려다보았다. 말을 해도 대꾸가 없고 그녀는 회전문 사이만 뚫어지게 바라보고 있다.

길게 잘빠진 검은 세단에서 그가 내린다.

"현재 몸 상태에 대해 한 말씀 부탁드립니다!"

"정상 경영 참여가 가능하신 겁니까? 앞으로의 계획은 어떻습니까!"

취재진들의 질문이 쇄도한다. 눈물이 날 정도로 익숙한 그의 모습에 찬양은 마른침만 삼켰다.

"한 말씀만 부탁드립니다!"

"건강 상태에 대해 얘기해 주십시오!"

지안은 취재진의 질문을 뒤로한 채 한두 발 앞으로 걸어 나왔다. 그러자 그가 타고 온 차에서 또 한 명이 내린다. 여자였다. 플래시가 정신없이 터지는 상황에서, 지안은 뒤를 돌아 여자가 차에서 잘 내릴 수 있도록 도왔다.

"어라, 두 분 같이 오시네."

승민이 그 모습을 유심히 바라보며 중얼거렸다. 찬양은 천천히 눈을 감았다가 떴다. 누군지 묻지 않아도 알 것만 같았다. 김이선 씨다.

"혼담이 사실인가. 공식적으로 두 분이 함께하신 건 이번이 처음이거든요."

지안이 회전문을 통과하자 기다리고 있던 수많은 직원들이 그를 맞이한다.

"찬양 씨, 우리도 어서 올라가요."

승민에겐 별 관심사가 아니니 올라가자며 찬양을 보챘다. 하지만 그녀는 꼼짝없이 자리에 서서 그 모습을 바라만 보았다. 여자는 지안에게 팔짱을 꼈다. 잠시 걸음을 멈춘 지안은 자신에게 팔짱을 낀 여자의 팔을 내려다보았다.

"상무님. 이렇게 건강하게 돌아오신 것을 환영합니다."

"축하드립니다. 상무님. 그간 고생 많으셨습니다."

안팎으로 취재진의 성화와 임원들의 인사가 이어지자 지안은 다시 고개를 들고 그들의 인사를 받았다.

"올라가서 말씀 나누시죠."

지안의 입술 밖으로 짧게 나온 말에 장내가 조용해진다. 실존하는 그의 음성은 듣던 대로와 같아 찬양은 소름이 돋았다. 여자와 나란히 걸음을 옮기며 지안은 찬양을 스쳤다.

"아……."

찬양의 입에서 저도 모르게 신음이 터졌다. 날카로운 것으로 베이듯 눈가는 따끔거렸다. 천천히, 느린 걸음을 걷던 지안은 그녀의 곁을 스치다가 멈췄다.

……그의 시선이 이쪽을 향한다. 승민이 고개를 숙이며 인사를 하자 지안은 인사를 받으며 힐끔, 찬양을 바라보았다. 뒤를 따르던 임원진이 멈췄고 그와 팔짱을 끼고 있는 이선도 멈췄다. 그는 그녀가 서 있는 방향으로 걸음을 옮겼다. 찬양은 마른침을 삼키며 제게 걸음을 옮기는 지안을 바라보았다.

그가 걸어온다. 그가, 걸어온다.

지안이 걸어오는 모습을 바라보며 찬양은 얼어붙은 듯 움직이질 못했다. 나를 알아보는 걸까, 심장은 미친 듯이 뛰어올랐다.

하지만 가까이 다가온 그의 시선은 그녀를 조금 비켜선 채, 찬양과 승민의 사이로 팔을 뻗으며.

"오늘부로 로비에 홍보물 일절 금합니다."

"예, 상무님."

기둥에 붙어 있는 사내 홍보물을 떼어 냈다. 그의 팔은 그녀 얼굴 부근을 스치고 멀어져 갔다. 이선은 다시금 지안의 팔짱을 낀 채로 함께 걸음을 옮겼고 두 사람은 나란히 엘리베이터에 올라탔다.

"찬양 씨, 괜찮아요? 무슨 일 있어요?"

한 무리의 사람들이 모두 사라져 버릴 때까지, 그래서 로비가 텅 비어 버릴 때까지, 그녀는 움직이지 못했다. 움직일 수가 없었다.

"찬양 씨?"

"……"

바로 이곳이, 이것이, 내 남자와, 나의, 현실이다.

지안은 출근을 하며 로비 기둥에 붙어 있던 사내 홍보물을 떼고 엘리베이터에 올라탔다. 보안 측에서 미리 붙잡아 둔 엘리베이터에 지안이 오르자 따르던 무리의 사내들이 멈췄다.

그는 이선과 단둘이 엘리베이터에 올라섰다. 문이 닫히자 기다렸다는 듯, 지안은 자신의 팔을 붙잡고 있는 이선의 팔을 떼어 냈다.

"아침부터 웬일이야."

이선은 본가에서 출근 준비를 서두르는 그를 이른 아침 찾아왔다. 차에 오르는데 쫄랑쫄랑 따라 타더라. 아침부터 볼 서류가 많던 지안은 실랑이 없이 그녀를 차에 태웠다. 회사 로비에 도착할 때까지 밀린 서류를 보던 지안은 이제야 그녀에게 말을 붙였다.

"오빠 눈에 이제 내가 좀 보여? 사람 취급도 안 하더니."

로비에서 이선의 팔을 뿌리치지 않은 건 바라보는 시선을 의식한 최소한의 배려였다.

"묻잖아. 웬일이냐니까."

"웬일은, 오빠 깨어났으니까 보러 온 거지."

"변호사 한가하네. 이러니까 낙하산이라는 소리 듣는 거 아닌가?"

"치, 말 좀 예쁘게 하면 안 돼? 첫 출근 기념으로 따라왔더니."

"그러니까. 내 출근이 왜 너한테 기념인데."

"기념이지. 우리 오빠가 건재하다는 증거니까."

그녀는 예나 지금이나 참으로 한결같은 지극정성이다. 지안은 짜증이 섞인 한숨을 작게 내쉬었다. 굳이 이선을 향한 짜증이 아니라고 해도, 그의 한숨엔 만사의 염증이 묻어 있었다.

"진짜 너무하다. 사람 면전에 두고 그렇게 한숨을 쉬는 법이 어디 있어."

"사진 찍히는 게 취미면 스타 변호사 해. 불쑥불쑥 찾아와서 사진 찍히지 말고."

그게 문제였다. 공식 자리까지 찾아와 드문드문 떠오르는 혼담을 기정사실화하는 것 같은 그녀의 태도. 이선은 볼 바람을 불며 그의 눈치를 살폈다.

"오빠는 나 반갑지도 않은가 봐."

"비즈니스로 만나면 반가워해 줄게."

"치, 안 그래도 오늘 일 때문에 온 거거든요? 오빠는 뭐, 겸사겸사 보러 온 거구."

지안은 그제야 힐끔, 이선을 바라보았다.

"나 오빠네 회사로 옮겨 올 것 같아. 오늘 그 얘기 하러 온 거야."

그녀는 능력이 출중한 변호사였고, 곧 다니는 부친의 로펌을 그만 둘 것이라 했다. 그룹 차원에서 이선에게 스카우트를 제의하고 있음은 익히 들어 알고 있었다.

그의 시선이 와 닿자 이선은 살갑게 웃었다. 웃음이 메마른 그의 얼굴이라 해도 마주하는 것만으로 기뻤다.

"오빠, 정말 몸은 정말 괜찮아?"

"몇 층이야."

"응? 뭐가?"

"몇 층이냐고. 가려는 곳이."

지안은 답 대신 질문을 던졌다. 이선은 정신없이 올라가는 승강기 층을 바라보며 답했다.

"나? 나 일단은 오빠 따라가는 길인데……."

그러자 지안이 자신의 층보다 위에 위치한 층을 누른다.

"볼일은 남 전무랑 있는 거 아냐?"

"아…… 물론, 그렇긴 한데……."

"그럼 볼일 보고 가."

어느덧 상무실이 위치한 층에 도착했고 그는 이선을 두고 내렸다. 할 일이 태산인데 아침부터 피곤해지고 싶지 않다.

"오빠! 저기, 오빠!"

이선이 불러 보지만 지안은 대기 중이던 상무실 비서진들과 안으로 사라졌다. 문이 닫히자 이선은 벽에 기대며 입술을 삐죽거렸다.

"어후, 저 냉랭함 좀 고치고 일어날 것이지. 죽을 고비 넘기고 살아 난 사람이 저렇게 냉랭해. 어쩜 하나도 안 변했어."

들고 온 서류 봉투를 내려다보던 이선은 어처구니가 없다는 듯 웃음을 토했다. 뭐, 저런 모습이 자꾸만 시선을 뗄 수 없게 만들긴 했지만.

"내가 하루 이틀 당하나? 그런 걸로 날 떼어 낼 생각이라면 어림없네요."

에효. 어쩌다가 저렇게 정 없는 남자를 좋아하게 됐을까. 이게 다 팔자려니 싶다.

잔뜩 시무룩해진 사이 전무실에 도착한 이선이 걸음을 옮기자 대기 중이던 비서가 반긴다. 그녀는 애써 표정을 밝게 고치며 안으로 들어섰다.

모처럼 본사 안은 긴장감과 활기가 넘쳐 났다. 그룹의 완전체란 오랜만이었으니까.

"상무님! 아이고, 상무님!"

상무실을 들어서자 지안을 유달리 반기는 비서 녀석이 있다. 녀석은 눈물을 그렁그렁 매달고 지안을 위로 아래로 연신 훑어보며, 그를 둘러싸고 뱅글뱅글 주변을 돌았다.

"상무님 정말 괜찮으십니까? 이제 정말 괜찮으십니까?"

"그만해. 멀미 나니까."

"제가 상무님 걱정을 밤낮으로 얼마나 했는지 아십니까? 흐어엉…… 진짜 걱정 많이 했다니까요……."

죽었다 믿은 남편이 살아 돌아온 어느 과부의 곡소리처럼 녀석의 방정은 호들갑스러웠다. 지안은 다른 비서진을 둘러보았다. 비서들은 녀석의 아우성에 좀처럼 다가오질 못하고 서성인다.

"조용히 해, 좀. 멀미 난다니까?"

"예예……. 아이고…… 제가 너무 좋아서요……."

지안이 없는 동안 상무실 비서진들은 공중분해가 되었다. 모시는 상사가 사라졌으니 임시 대기 상태가 되었고, 언제 깨어날지 몰라 부서 이동도 쉽지 않았다.

"저는 정말 상무님이 어떻게 되시는 줄 알고……."

눈물을 찔끔찔끔 흘리던 비서 녀석, 신 실장은 말꼬리를 흐렸다. 지안은 코웃음을 치며 녀석을 한심하게 바라보았다.

"부서 이동 신청했던데, 비서실 중에 유일하게 너만."

"에에?! 아, 아! 아! 그건 혹시 상무님께서 잘못되실 상황을 염두에 두고……!"

"일신의 안위를 생각했는데 내가 깨어나서 유감이겠군그래."

"아니, 이걸 대체 어떻게 아셨어요?! 분명히 부서 이동 요청 취소했는데!"

"모르게 좀 해. 나도 알고 싶지 않으니까. 제발 좀."

신 실장은 머리를 긁적였고 비서들은 고개를 돌리며 웃음을 터트렸다. 긁어 부스럼을 만드는 일엔 신 실장을 따라갈 자가 없다.

"그동안 진행된 거 전부 가져와."

그는 자리에 앉기가 무섭게 일을 지시했다. 비서들은 그동안 승인이 되었던 서류들과 자료들을 수북이 가지고 왔다.

"메일은, 매일매일 확인했어?"

"예. 매일매일 확인했죠."

신 실장은 지안의 메일을 확인하는 일을 담당하고 있었다. 남 전무의 업무용 메일을 윤 실장이 선확인을 하듯 신 실장도 지안의 업무용 메일을 관리했다. 스팸과 홍보용을 거르고, 지안이 보기 전 기본적인 사항을 검토하여 반려, 또는 자료 보충 요구를 하기도 했다.

"아, 맞다. 전무님께서 상무님 이메일에 누가 접근 시도한 흔적이 있다고 하셔서 한 번 밀었어요."

"남 전무가?"

"예. 확인했는데 접속 기록이 남더라고요. 그래서 일단 깨끗하게 밀고 보안 강화시켰습니다."

"문제 생기고 대응하는 버릇은 대체 언제 고칠 셈인지?"

"이제…… 고쳐 볼게요……."

쯧쯧. 지안은 엉망이라는 듯 오만상을 찌푸렸다. 혹시 몰라 미리 남겨 두었던 예약 메일도 모두 날아가 버렸지만 그런 것도 알고 있을 리 없다. 죽을 것 같은 바람을 실어 한 자 한 자 써 뒀는데, 안타까움을 느낄 사이도 없이 바람은 끝나 버렸다.

"이건 누구야."

"네? 아, 정찬양 씨요."

문제는 그것만이 아니다. 그사이 자신의 부서에 누군가 다녀간 사실을 확인한 지안은 퇴사 처리가 된 여직원의 신상 정보를 들고 신 실장을 바라보았다. 눈빛엔 조금의 변화도 일지 않는다.

"남 전무님께서 발탁한 직원이라고 하시더라고요. 인력 부족으로 넣어 두셨던 것 같은데."

"엉망이네. 누구 마음대로 내 부서에 사람을 충원해."

"인력난이 심했거든요. 부서가 해체 일보 직전까지 갔어요."

"실적은."

신제품 개발 부서에 외부 용역이 다녀갔음은 꽤나 불쾌했다. 지안은 PC를 열어 찬양의 이력서를 찾았다. 그녀의 사진이 뜬다.

"이분이 이번 유니크 4 홍보 문구 만드셨다고. 자세한 이야기는 저도 이제 좀 알아보겠습니다."

"일 이따위로 하지? 이제 알아봐? 좌천이 꿈인가?"

"……죄송합니다."

"전무실에서 승인한 결재 서류 전부 다 가져와."

"네."

지안은 별 볼 일 없는 찬양의 이력서를 건성으로 훑고 껐다. 남 전무의 선택이었다니 그냥 믿고 지나가기로 한 듯싶다. 잠깐 들여다본 그녀의 사진은 그의 시선을 붙잡지 못했다. 이렇듯, 그는 한 점의 사연도 남기지 않은 채 그녀를 알기 전으로 되돌아갔다.

"상무님, 임강준 대표님께서 점심 식사 함께 괜찮으시냐고, 대표실에서 상무실로 연락을 주셨는데요."

"알겠다고 해."

"네. 상무님."

그녀를 잊어버린 그에게 웃음이 있을 리가 없고, 따뜻함이 공존할 리가 없었다.

"이건 뭐, 제대로 정리된 게 없어. 다들 뭐 한 건가? 그냥 놀았어?"

"죄송합니다."

"일별로 정리해서 다시 가져와. 이걸 보고라고 해?"

"네. 죄송합니다. 상무님."

다시 깨어난 그에게 삶이란 일과의 전쟁이었고, 그룹의 안녕뿐이었고, 공백을 메꾸려는 신중함뿐이었다.

"11시 전략기획실 회의."

"네. 상무님. 알겠습니다."

"2시 개발 1, 2팀 전체 회의."

"네. 상무님. 알겠습니다."

"전무실 연락해서 내가 4시쯤 가겠다고 해."

"네. 알겠습니다. 상무님."

발치에 두고도, 그 얼굴을 스치고도, 로비에서 잠시 스쳤던 그의 눈길엔 그녀가 없었다.

"저녁엔 초빙한 연구원들 식사 잡아 줘. 다음 임원 회의 언제지?"

"내일모레입니다. 그리고 서울시 측에서 한국 전자 기술 박물관 설립 관련 협조 요청을 주셨는데 이건 어떡할까요?"

"주중으로 잡아."

"네. 상무님."

애당초, 내 님은 없었던 인생이 되어 버린 것이다.

"미혜야, 오빠랑 헤어졌다고……?"

정신없는 걸음으로 회사를 걸어 나와 한참이나 뜻 없는 걸음을 옮기던 찬양은 해가 질 때쯤 되어서야 미혜와의 약속을 떠올렸다.

"아…… 정말……? 진짜로 헤어졌다고……? 언제……?"

심장이 터질 것 같아 숨쉬기도 제대로 어려운데, 애인과 헤어졌다는 친구의 고백은 엎친 데 덮친 격이었다. 찬양은 넋을 놓은 듯한 표정으로 미혜를 바라보았다. 그에 반해 조용히 미소 짓는 미혜의 표정은 평온해 보였다.

"조금 됐어. 말 못 해서 미안해."

"아니, 그게 아니라. 아. 아아. 헤어졌다고? 정말로?"

"응."

"왜?"

미혜는 입술을 안으로 말아 누르다가 말을 뱉었다.

"그냥. 어쩌다 보니."

"그냥? 아니, 그냥이라니. 사귄 세월이 얼만데 그냥이야."

"그냥. 그냥 그렇게 됐어."

그냥 뭐. 그냥……. 미혜는 말꼬리를 흐렸다. 백색 소음이 난무하는 공간 안에서, 오랜 세월을 함께해 온 두 친구는 잠시 말을 잃었다.

"집에서도 아셔? 헤어진 거?"

"아니. 아직 모르셔. 이제 말해야지."

미혜는 눈썹을 추켜 뜨며 스크립트 같은 답을 내어놓았다. 버티기엔 고문 같은 시간. 너의 안부를 인사처럼 묻는 사람들 앞에서, 나는 너와 헤어졌다고 환히 웃으며 답을 했다.

"아니, 대체 어쩌다가. 대체 왜…….."

"그냥. 그냥 뭐…….."

매번 쏟아지는 '왜?' 라는 질문에 나는 답을 준비해야 했다. 우리는 왜 헤어진 걸까. 우리는 왜 이별을 했나.

"그냥 그렇게 됐어. 찬양아, 내가 요즘 이 말을 달고 산다."

"아…….."

나조차도 답을 모르니 무엇으로 설명할 수 있을까. 하여 세상에서 가장 평범하고 흔한 말로, 어떤 말로도 대변할 수 없을 나의 마음을 정리하기로 했다. 마음이 찢길 것 같은 고통도, 수천 일이 넘은 만남의 숫자도, 영원하리라 믿어 의심치 않던, 그 잘나고 대단했던 나의 사랑은 한 줄의 변명으로 끝나 버렸다. 그냥. 그렇게 됐어.

"말 못 해서 미안해. 내가 너한테 말하기가 제일 어렵더라."

"무슨 말인지 알 것 같아…….."

"응. 이해하지? 너한테 말하면 정말 끝인 것 같아서. 정리하고 말하려고 늦었어."

찬양은 물끄러미 친구의 얼굴을 바라보았다. 안쓰러움을 덕지덕지 묻혀 놓고는 친구가 웃는다. 반짝이던 생기는 온데간데없고 바스락거리는 껍데기만 남아 버린 것 같은 친구의 얼굴.

"……괜찮아?"

찬양은 알면서도 친구에게 묻는다. 할 수 있는 말은 한정되어 있고 물어볼 수 있는 것도 한정되어 있어.

"……응. 괜찮아."

미혜는 알고 있을 친구에게 답한다. 할 수 있는 답도 정해져 있고, 사실은 준비한 말들도 그리 많진 않아.

"아니, 사실은 괜찮으려고 해. 노력 중이야."

하아. 미혜는 비어 버린 자신의 술잔에 술을 따르며 짧은 한숨을 내쉬었다. 가슴속에 들끓고 있는 뜨거움은 잠시 잠깐의 틈도 주질 않고 새어 나왔다.

"아니. 그것도 아니다. 찬양아, 내가 널 속여서 뭐 하냐."

"……."

"사실은 나, 안 괜찮아."

억지로 걸어 놓았던 웃음을 지웠다. 동정하지 말라고 그려 놓았던 눈가의 호선을 날려 버렸다. 버려진 게 아니라 버린 거라고. 알량한 자존심이 남겨 두었던 오기를 없애 버렸다. 꼿꼿하게 들고 있던 턱 끝은 힘을 잃고 눈가는 이미 찰랑거리던 물기를 빚어냈다.

"괜찮지가 않다. 어떡하면 좋으냐, 나."

"어떻게 괜찮아. 몇 년을 만났는데 그렇게 쉽게."

후. 미혜는 또다시 깊은 숨을 내쉬며 창밖으로 시선을 돌렸다. 이미 반짝거리기 시작한 네온사인 사이로 찬바람을 피해 바쁜 걸음을 옮기는 사람들이 보인다.

"잘했어. 잘했어. 잘했어, 미혜야."

"나 정말…… 잘한 일 맞을까……?"

"그럼. 우리가 어떻게 인연을 한 번에 알아보겠어. 오래 연애를 했다고 인연은 아니잖아."

"모르겠어. 혼란스러워. 지구상에 나 혼자 남은 것 같아."

찬양은 천천히 눈을 깜빡였다. 그 느낌이 무언지 너무나도 잘 알고 있어, 사실은 요즈음 누구보다 잘 느끼고 있어 가슴속에 서러운 응어리가 졌다.

"허무해. 진짜로 너무 허무해. 인생이 무기력하고, 뭘 해도 의욕이 없고."

그래, 왜 아니겠니. 몇 달의 사랑도 이다지 애달픈데. 하물며 몇 년을 빚어 만든 너의 사랑은 어떻겠니. 오늘 아침에 바라본 내 사랑의 얼굴도 이토록 그리운데. 이별을 기점으로 뚝 떼어 내 버린 네 사랑의 얼굴이, 넌 또 얼마나 그립겠니.

"찬양아. 지금 생각 같아선 나, 다시 사랑 못 할 것 같아."

생의 모든 사랑이 끝난 것 같겠지.

"아니, 정확하게는 못 할 것 같은 게 아니라 하고 싶지가 않아."

와장창, 인생이 깨져 버린 것 같은 기분이 들 것이다. 그가 아닌 누구도 의미가 없고, 의미가 될 수도 없겠고.

"사랑은 또 해서 뭐 하냐. 어차피 누굴 만나도 이렇게 되고 말 텐데……."

나 또한 그가 아닌 다른 누군가의, 의미가 되고 싶지 않을 것이다.

"나는 진짜 오빠랑 결혼할 줄 알았거든. 웃기지, 뭘 그렇게 자신했을까. 내가 너무 웃겨."

……혼잣말인 듯 아닌 듯 미혜의 중얼거림은 계속되었다. 답변을 바라는 것이 아닐 테니 찬양은 침묵으로 친구의 이야기를 들어 주었다.

"야, 정찬양. 너 우냐?!"

"……."

아니, 사실은 입 밖으로 꺼낼 수 없는 자신의 사랑과 끔찍하게도 닮아, 사실은 목이 메어 아무 말도 떨어지지 않았던 것이다.

"야아…… 정찬양…… 나도 안 우는데 니가 왜 울어……."

"아니 그냥…… 그냥 눈물이 나서……."

"아…… 이 기지배가…… 왜 울어 이 기지배야……. 나도 잘 참는데……."

찬양이 고개를 숙인 채 터져 버린 눈물을 쏟아 내자 미혜도 기어이 쏟아지는 눈물을 흘렸다. 계절은 이렇게도 시린데. 맞닿은 온기가 있대도 버티기 서러운데. 그대마저 없는 이 계절은 정말이지 너무나도 황량했다.

"야아…… 그만 울어……. 나 진짜 미치겠네, 애 때문에……."

"야, 주미혜, 너도 그냥 울어…… 이 멍충아……."

"아후…… 내가 진짜 너 때문에, 너 때문에……."

머리가 마음을 온전히 지배하지 못해 우리는 울었다. 짜디짠 술을 마셨다. 그대는 자꾸 흘러, 내 허한 잔을 채웠다.

며칠째 잠을 제대로 청하지 못한 찬양이 비틀비틀 골목길을 올랐다. 먹은 게 없는 속은 연이은 술에 뒤틀리듯 쓰렸다. 버거운 걸음은 비탈길을 기듯 느리게 이어졌고, 찬양은 축 처진 어깨로 찬바람과 맞섰다.

퇴근을 마친 차량들이 빼곡하게 들어선, 원룸이 많은 주택가. 택시 한 대 들어서기 힘들 정도로 차량들은 곡예 하듯 주차되어 있다. 고장 난 가로등은 불을 밝혀 줄 여력이 없고, 찬양은 익숙함을 따라 길을 올랐다.

아침에 보았던 지안의 건조한 시선이 자꾸만 뇌리에 남아 힘을 빠지게 했다. 그에게 닿을 길은 도저히 없을 것 같아 어지러웠다.

이런저런 상념을 매단 채 찬양은 마지막 골목길로 들어섰다. 아까부터 이상하긴 했는데 집 앞까지 이어지는 낯선 발걸음이 있다. 누군가 뒤따라오는 기분이 들어 찬양은 귀를 쫑긋 세웠다. 자신이 멈추자 의문의 걸음도 멈춘다. 다시 걷자, 다시 발걸음이 이어진다.

일순 등줄기로 오한이 느껴지면서 별별 생각이 다 들었다. 누군가 자신을 따라오고 있다. 아직 호신 용품이 도착하지 않았는데 정말로 무슨 일이 생기면 어쩌지? 어쩌지? 어쩌지!

"정찬양 씨?"

그때였다. 집 앞에 다다르자 자신을 찾는 목소리가 있어 찬양은 후다닥 돌아섰다. 그러자 자신과 간격을 점차 좁히던 사내의 인기척은 순식간에 달아났다. 어둠 속에서도 번쩍거리는 고급 세단의 창문 사이로, 익숙한 얼굴이 고개를 내민다.

"맞죠. 정찬양 씨."

"아……."

먼저 내린 비서가 차 문을 열어 주자 상석에 앉아 있던 그녀가 내린다. 골목길은 올라 본 적 없을 것 같은 높고 아찔한 하이힐. 비서는 그녀의 어깨 위로 코트를 걸쳐 주었다.

"전무님……?"

"정찬양 씨. 우리, 얘기 좀 하죠."

찬양은 눈을 크게 떴다. 다름 아닌 현주였다. 찬양은 눈을 비비고 다시 정면을 바라보았다. 전혀 예상하지 못한 현주의 등장에 주변을 휘휘 둘러보고, 이곳이 자신의 집 앞이라는 사실을 다시 상기했다.

"아니, 전무님이 여길 어떻게……."

"갑작스럽게 찾아와서 미안합니다."

"아, 아뇨. 그건 아닌데……."

자신을 따라오는 것 같던 낯선 발걸음은 기분 탓이었을까, 공간엔 현주와 윤 실장뿐이다. 마신 술이 진작 깨 버린 찬양은 현주 앞으로 다가갔다. 휘이이잉……. 찬바람은 둘 사이를 가르며 지나갔다.

"어…… 안녕하셨어요, 전무님."

찬양은 뒤늦은 인사를 하며 허리를 수그렸다. 현주는 잘게 숨을 들이켜더니 찬양을 바라보았다.

"술 마셨나 봐요?"

"어…… 네."

헛, 냄새나나? 찬양이 다시 뒤로 걷자 현주는 그 모습을 바라보다 작은 미소를 그렸다. 귀신이 쓰인 것처럼 정신없이 말을 내뱉던 그날의 모습은 온데간데없고, 다시 마주한 찬양은 여느 때와 다름없는 귀여운 동생의 모습이다.

휘이이잉……. 다시금 한차례 바람이 스친다. 추위에 약한 현주가 어깨를 웅크리자 찬양은 그제야 정신을 차린 듯 허둥지둥했다.

"어! 어! 그럼 잠깐 저희 집으로!"

"그럴까요?"

"근데 안 치웠는데! 어! 어! 좀 지저분한데!"

"괜찮습니다."

찬양은 그럼 자신을 따라오라며 선두로 계단을 올랐다. 현주의 뾰족하고 반들거리는 하이힐이 그 뒤를 따른다. 비밀번호를 누르고 현관문을 열며 찬양은 현주의 눈치를 보았다. 어서 오세요. 이런 집은 처음이죠?

"호, 혼자 사는 집이라 많이 누추한데…… 일단 들어오세요."

"그럼 실례합니다."

찬양이 현관으로 들어서며 현주를 안내했다. 빈손으로 방문하기 어려워 이것저것 물건을 들고 온 윤 실장이 현주의 뒤를 따랐다.

"히익!"

헐! 현관 불이 켜지자 신발을 벗으려던 찬양이 기절하듯 소리를 질렀다. 주인이 들어서지 않고 우뚝 멈춰 서자 현주도 멈췄고, 윤 실장도 멈췄다.

"지, 집이 왜 이러지!"

급히 신발을 벗으며 찬양이 안으로 들어섰다. 제대로 있는 것 하나 없이 온통 난장판이다. 현주도 전쟁 통 같은 집 안의 풍경을 확인하고 눈을 동그랗게 떴다. 집이 더럽다는 게 이런 의미였나. 생각보다 훨씬 더 처참한 몰골이다. 하지만 집주인은 사정이 다른 듯 말을 잇지 못한다.

"정찬양 씨, 괜찮습니다."

현주가 괜찮다고, 이해한다고 말해도 찬양은 말을 더듬으며 삐걱거리는 걸음을 옮겼다.

"일단 식탁 쪽에서 얘기 나누……."

"도, 도둑이 들었나 봐요."

"네?"

거실과 방을 오간 찬양이 잔뜩 겁에 질린 표정으로 현주를 바라보았다. 현주와 윤 실장은 서로의 얼굴을 바라보았고.

"도둑이…… 도둑이……."

"도둑이요……?"

"네……. 도둑이 들었어요……."

찬양의 얼굴은 핏기 없이 하얗게 질리고 말았다.

"전무님, 일단 여기 앉으세요."

겨우 정신을 차린 찬양이 대강의 것들을 방 안에 던져 놓고 현주를 소파에 앉혔다. 늘 동생이 자리하던 곳이지만 그녀는 알 리 없다.

"잃어버린 건 없나요? 잘 확인해 봐요."

"어…… 뭐, 가져갈 게 있는 집은 아니라서요."

USB는 안전하다. 자신이 가지고 다녔으니까.

"경찰 불러야죠. 이렇게 다 치우면 안 되는데."

집을 돌아본 윤 실장이 휴대폰을 들자 찬양이 고개를 가로저었다.

"경찰이 와도 별수 없을 거예요."

"그래도 일단."

"저는 전무님하고 대화를 먼저 하고 싶어서요."

윤 실장이 들었던 휴대폰을 내리며 현주를 바라보자 일단 그녀의 뜻대로 하자고 현주는 고개를 끄덕였다. 이 와중에 경찰 신고보다 자신과 먼저 대화를 나누겠다니, 예전부터 생각했던 거지만 찬양은 보통의 평범한 여자는 아닌 것 같았다.

현주와 윤 실장이 소파에 앉고, 그녀가 러그 바닥에 앉아 마주했다. 경황없는 와중에 내온 믹스 커피 세 잔이 각자의 자리에 놓였다.

"우리, 못다 한 말들이 있는 것 같아서 찾아왔습니다."

현주가 먼저 말을 꺼냈다. 찬양이 윤 실장을 힐끔 바라보자 현주가 말을 보탰다.

"윤 실장은 내 신상에 대해 모르는 게 없으니까 굳이 말 가려서 하지 않아도 괜찮아요.”

“아…… 그러시다면 뭐…….”

얼떨결에 현주의 마음이 수호에게 있음을 알게 되지 않았던가. 찬양은 알겠다는 표현으로 고개를 끄덕였다.

“알고 있죠, 남 상무 깨어난 거.”

“네. 알고 있습니다.”

“정찬양 씨가 오늘 회사로 찾아왔던데요.”

“……네. 잠깐 갔었어요. 상무님 오늘 출근하신다기에.”

“생각했던 것보다 정보력이 대단하군요. 정찬양 씨.”

찬양에게서 더 이상의 말이 이어지지 않자 현주는 머리를 쓸어 넘겼다. 지난 얼마간, 동생이 깨어나고 지금에 이르기까지, 무수히 많은 상념과 싸워야 했던 현주였다.

“내가 묻고 싶은 게 있어요. 내게 보낸 메일들은 누가 보낸 겁니까?”

“상무님이 보낸 겁니다.”

“지안의 개인 거주지에 누군가 다녀갔다는 이야기를 듣고 확인해 보니 정찬양 씨가 맞더군요.”

“네. 상무님이 용의자를 알고 있는 제가 위험할 것 같다며 집을 알려 주셨어요. 잠깐…… 살았어요.”

“후…… 미치겠다…….”

현주는 숨을 불어 내쉬었다. 지안이 깨어나고 나니 현실은 더욱 말이 되지 않는 일들로 가득했다. 예약 메일이라 철석같이 믿었던 동생의 메일들은 실시간이었음을 확인했다. 해킹은 아닌가 싶어 그의 메일을 다시 생성했지만, 동생이 아니고는 메일의 내용들을 설명할 길이 없음을 차차 깨달았다.

“그건 일단 그렇다고 치고.”

주치의는 지안이 무조건적인 안정을 취해야 한다며 기억을 상기해야 하는 질문을 삼가라 말했고, 현주는 수많은 질문을 물으며 지안의 건강을 살폈다.

"남 상무는 정찬양 씨를 모르더군요."

혹시, 정찬양이라고 알아? 현주는 물리 치료 중인 지안에게 지나가듯 간신히 물었고.

그게 누군데. 지안은 별생각 없이 답했다.

"정찬양 씨의 말대로 남 상무는 그 기간에 깨어났고, 정찬양 씨를 모르고. 메일은 남 상무의 발신이 맞고."

"……."

"정찬양 씨가 그동안 처리한 회사 업무 일지를 다시 살펴보니 남 상무의 방식과 같더군요."

"상무님이 곁에서 도와주셨어요. 그분이 하라는 대로 일 처리를 했으니까 아마 같을 거예요."

"혹시, 그렇다면 백경자동차 사장의 추락사도 연관이 있습니까?"

"상무님은 그렇다고 믿으셨어요."

불가사의한 일투성이였다. 현주는 이마를 짚었던 손을 떼었다.

"여전히 나는 믿기 어렵지만 정찬양 씨의 말에 입증된 몇 가지가 있어서. 이걸 대체……."

"저…… 뭐 하나만 물어도 될까요?"

"뭐죠?"

"상무님은 이제…… 건강하신가요?"

현주는 힘이 빠진 찬양의 얼굴을 바라보았다. 그녀의 첫 질문이라는 게, 예상했던 것과는 다소 거리가 있었다.

"완전히 건강을 되찾으셨나요? 뉴스에서는 말이 많던데……."

"안정을 되찾기는 했지만 일정을 모두 소화하기란 무리가 있다고 해요. 오늘 남 상무가 회사를 다녀온 건 언론에 보여 주기 식의 행보였고."

"아…… 네."

"물론 기억력에는 문제가 없죠."

"네……."

찬양은 물끄러미 커피 잔을 응시했다. 일이 이렇게 되고 나니 대체 무슨 말을 어디까지 해야 하는지도 모르겠다.

"정찬양 씨. 그날 아침에 내게 못 했던 말들, 지금 해 줘요."

매서운 바람에 창문이 덜컹거린다. 찬양은 현주의 말에 시간을 뒤로 되돌렸다.

"무슨 말이든 좋으니까. 내게 하려던 말을 전부 해 줘요."

"그러니까 저는 상무님과 석 달 정도."

"……."

"상무님이 이계의 시간에 갇혀 저를 찾아오시고, 석 달 정도. 함께 했어요."

찬양은 그때 못한 이야기들을 차근차근 늘어놓기 시작했다. 간혹은 두서가 없고 간혹은 횡설수설을 하며 그와 있었던 그 시간들에 대해 늘어놓았다. 가방에 들어 있는 지안의 USB를 꺼내어 말의 신빙성을 더할까 고민하다가, 충동적으로 행동하지 말자며 찬양은 일단 물러섰다. 귀에 못이 박히도록 들었던 지안의 당부를 지키고 싶었으니까.

물론 사랑을 했다는 말도, 사랑을 받았다는 말도 함구했다. 현주에게 그것까지 밝히기가 난처했다.

"모르시겠지만 상무님은 회사도 매일 출근하셨고, 업무 처리도 하셨고요. 용의자도 찾으러 다니셨고……."

"그럼…… 이 집에서…… 지안의 영혼이 살았다는 말이죠."

거의 반쯤 포기한 듯 현주가 주변을 살피며 물었다. 찬양이 그렇다고 말하자 내내 미동도 없던 윤 실장의 입에서 낮은 탄식이 흘렀다. 도대체 믿지 않을 수도 없고 믿을 수도 없고. 도둑이 들어 더욱 을씨년스러운 작은 집 안에서, 미신과도 같은 이야기가 펼쳐지고 있다. 찬양은 윤 실장의 탄식에 주눅이 든 것처럼 어깨를 움츠렸다.

"두 분 모두 제 이야기가 안 믿기시는 거 알아요."

현주는 찬양의 음성에 눈을 천천히 감았다가 떴다.

"솔직히 이 말을 어떻게 믿겠어요. 저라도 못 믿을 텐데."

"정찬양 씨는 내 동생을 죽이려 한 용의자를 알고 있다고 했죠. 맞습니까?"

커피는 어느덧 식어 버렸다.

"……네. 조력자도 누군지 알고 있어요."

"그게, 누구죠?"

현주는 차가워진 커피 잔을 작은 탁자에 내려놓으며 물었다. 찬양은 입술을 잘근잘근 깨물며 망설였다. 그러다가, 서서히 고개를 들었다.

"그 전에요. 전무님은 저를 온전히 믿으시나요?"

"……솔직히 믿기 어렵습니다."

"그럼 저도 말할 수 없어요."

찬양은 고개를 저었다.

"왜죠? 왜 말할 수가 없는 거죠? 나머지는 전부 다 말해 놓고?"

"상무님이 물어본다고 다 말하지 말라 했어요."

"……왜요?"

"전무님이 애매한 상태에서 용의자를 알게 된다면 앞뒤 안 가리고 일 망친다고."

"어머."

"성격이 급하시다고…… 함부로 말해 주지 말라고…….."

"그만. 그만."

남지안 이 자식…….

"뭐, 그렇군요."

현주는 간신히 표정을 수습했다. 윤 실장은 현주의 반응을 살피다가 피식 웃음을 흘렸다. 이런 모습을 보면 찬양의 이야기를 믿는 것도 같고, 아닌 것도 같고.

"그럼 정찬양 씨는 남 상무에게 용의자를 어떻게 다시 알려 주려고 하는 거죠?"

"그건…… 잘 모르겠어요."

푸우우우우. 찬양이 애환을 담은 한숨을 내쉬자 현주가 팔짱을 끼며 근심 어린 표정을 지었다. 찬양은 이어 말했다.

"상무님께 어떻게 말을 꺼내야 하는지도 모르겠고…… 또 믿어 주실까…… 모르겠고요."

사실은 만나러 가는 과정이 제일 막막하다.

"약속은 했는데요, 꼭 만나서 얘기해 드리기로……. 이게 막상 현실이 되니까 쉽지가 않더라고요."

"만일 지금까지 정찬양 씨가 한 말이 사실이라면, 그래서 지안이 정찬양 씨를 찾아왔었다면 말이죠."

"……."

"정찬양 씨가 지안의 존재를 믿어 준 것처럼 내 동생도 정찬양 씨의 존재를 믿어 주지 않을까요?"

"아……."

"나는 정찬양 씨의 말을 모두 믿을 수는 없지만, 그렇다고 믿지 않는 단계도 아니에요. 그러니까 정찬양 씨가 증명해 봐요."

무슨 뜻일까, 찬양은 물기가 어린 눈빛으로 현주를 바라보았다. 이 순간 현주의 말은 잔뜩 위축되어 있던 마음에 한 줄기 빛이 되었다.

"증명해요. 당신의 말이 모두 사실이란 걸."

"제가…… 어떻게……."

"남 상무와 만날 수 있게 해 드리죠. 단, 조건이 있어요."

현주는 결심했다는 듯 말을 이었다. 오래도록 생각해 온 그녀의 결론이었다.

"기한을 드리죠. 나도 무턱대고 정찬양 씨만 바라보고 있을 수는 없으니까."

"상무님을…… 만날 수 있게…… 해 주신다고요……?"

"용의자와 조력자를 본인이 알아야 하지 않겠습니까? 정찬양 씨가 알고 있는 사실을 지안이 기억을 못 한다는 가정하에."

"……."

"지안이 알 수 있도록 해 줘요. 방법은 그것뿐인 것 같으니까."

현주는 자리에서 일어섰다. 윤 실장이 따라 일어섰고 찬양은 고개를 들어 멍하니 현주를 올려 보았다. 흠, 현주는 엉망인 집을 살피다가 시선을 내려 찬양을 바라보았다.

"정말 경찰에 신고 안 할 건가요? 신고한다면 윤 실장이 남아서 처리해 줄 일이 있을 것 같은데."

"소용없어요. 저는 누구의 짓인지도 알겠고, 경찰이 와 봐야 확인해 줄 수 있는 건 없을 테니까요."

"누구의 짓인지 알겠다는 말은 이것도 남 상무와 관련이 있다는 말입니까?"

"아마도요. 제게 위협을 하려는 거겠죠."

"그래서 지안이 본인 집으로 데려갔었다는 말이죠. 그럼 일어나요."

네? 찬양이 눈으로 묻자 현주는 어서 일어나라며 고개를 까딱 움직였다.

"정찬양 씨는 이런 집에 계속 있겠다는 겁니까?"

"그럼 어디로……."

"가죠. 우리 집으로."

"……네에?!"

찬양은 벌떡 일어섰다. 현주는 마치 위험한 도박을 시작해 보겠다는, 어디 한번 지켜보겠다는 것처럼 표정을 바꿨다. 너를 동정해서가 아닌, 너의 말을 믿어서가 아닌, 당장은 그 어떤 방법이 없는 상황이었으므로.

"가죠. 남 상무가 있는 곳으로."

"헐……."

"짐은 대강 정리하고 나와요. 기다릴 테니까."

현주는 차가 있는 곳으로 먼저 나갔고 윤 실장은 찬양을 도와 집 안을 대강 정리했다. 이 위험천만한 상황을 헤쳐 나가며 찬양은 도무지 알 수 없는 내일이 두려워졌다.

찬바람이 몹시 불던 날이었고 아침부터 정신없이 움직인 탓에 몸은 무거웠지만 그녀는 현주를 따라 길을 나섰다. 태어나 처음 타 본 고급 세단의 소파 감촉이 어떤지, 승차감은 또 어떤지, 그런 것들을 생각해 볼 겨를도 없이 그녀는 한 치 앞도 보이지 않는 세상 속으로 다시 빨려 들어가듯 내달렸다.

두렵지만 그에게 가는 길이다. 하늘이 두 쪽 나도 도달해야만 하는 길이었다.

"상무님, 오셨어요."

"수고 많으셨습니다. 상무님."

일을 마치고 지안은 본가에 들어섰다. 입주 가정부가 지안의 서류 가방과 겉옷을 받아 들었고, 그 뒤로 길게 늘어선 직원들은 그에게 인사를 건넸다. 3층으로 올라온 지안은 자신의 방으로 말없이 들어섰다.

"상무님, 식사 준비할까요?"

"됐습니다. 남 전무는?"

"전무님은 아까 들어오셨어요. 뜨거운 물 받아 놓을까요?"

"그래요."

"네. 상무님."

작은 소리로 문이 닫힌다. 지안은 그제야 길게 숨을 내쉬며 목을 둥글게 돌렸다. 무리하게 움직인 탓일까, 머리끝부터 발끝까지 뻐근했다. 두통이 조금 있는 것도 같고 어깨는 사정없이 뭉친 기분이었다.

사무를 보기엔 아직 컨디션이 온전치 않았지만 언제까지고 병원에 있을 수만은 없었다. 절대적인 안정이 필요한 시기라 주치의는 경고해 왔지만, 일중독에 가까운 지안이 일을 하지 않고 시간을 보내기란 불편한 몸보다 훨씬 더 고통이었다.

하지만 오늘 출근을 해 보니 아직은 무리다. 눈으로 확인했는데 성격상 하지 않을 수도 없고, 그 일들을 전부 처리하기란 아직 버겁고, 역시 남 전무의 의견대로 자택 근무와 병행을 해야 할 것 같다.

"후……."

지안은 침대에 걸터앉았다. 장기간의 혼수상태에서 깨어난 까닭에 신경은 온통 예민했다.

"대체 USB는 어디 간 거야……."

사고 당시를 생생하게 기억하기를, 분명 USB는 자신의 재킷 속에 있었다. 누군가 의도적으로 가져가지 않았다면 그것만 없어질 이유가 없질 않은가. 게다가 자신과 비슷한 사고로 자동차 회사 사장이 죽었다. 분명 연루된 자들이 있다.

후. 지안은 관자놀이를 짚으며 지그시 눌렀다. 자꾸만 무언가 놓치고 있는 것만 같은 기분이 들어 답답했다. 사고에 관련된 무엇을 잊고 있는 걸까, 아니면 실행에 옮기려던 사업 부분을 잊어버린 걸까. 감도 잡지 못하는 답답함이 없던 두통을 만들어 지안은 미간을 좁힌 채 고개를 숙였다. 긴장이 풀린 까닭인지 다리가 저린 것도 같았다. 그때였다.

"네."

똑똑, 노크 소리가 들린다. 뜨거운 물을 벌써 받았나 싶어 지안은

고개를 들었다. 문이 열리는 소리가 들리더니 단화를 신은 구두 소리
가 대리석 바닥을 디딘다. 지안은 관자놀이를 누르던 손을 내리며 천
천히 고개를 들었다.

"상무님, 뜨거운 물을 받았습니다."

그의 눈동자에 의문이 가득하다.

"누구……?"

처음 보는 인물인데 희한하게 낯이 익다. 집 안에서 자신의 일을 봐
주던 비서는 어디로 가고 처음 보는 여자가 나타나 뜨거운 물을 받았
단다.

"안녕하세요, 상무님. 인사드립니다."

찬양은 두 손을 공손하게 모은 채, 자신을 전혀 모르겠다는 표정으
로 바라보는 그를 향한 채 입술을 열었다.

"전무실에서 오늘부로 파견되었습니다."

"파견?"

"네. 저는 전무님의 지시를 받아 앞으로 상무님의 자택 근무를 도울."

"……."

"정찬양이라고 합니다."

나를 잊은 그대와 다시, 시작이다.

발끝부터 저릿저릿한 기운이 올라온다. 그녀는 울대에 매달리는 따
가움을 삼켜 내렸다. 낯선 이를 바라보는 경계의 그 시선이, 굳은 표
정이, 조금도 반갑지 않다는 음성이, 찬양의 가슴을 쓰리게 했다.

"정찬양?"

"네. 상무님."

……상무님, 안녕요.

"아아. 정찬양 씨."

그래요. 나예요.

"우리 부서에 파견되었다던, 남 전무 추천?"

"네. 맞습니다."

"그러니까 정찬양 씨가 내 자택 근무를 돕겠다는 겁니까?"

"네. 그렇습니다."

찬양은 지안과 마주하고 있는 지금이 믿기질 않는다. 숨이 떨려 목소리가 갈라지는 것을, 그는 몰랐겠지만.

잠시 동안 정황을 파악한 지안은 그녀가 영 달갑지 않다는 시선으로 입술을 열었다.

"나는 들은 바가 없는데. 내가 허락한 일도 아니고."

"그게, 저도 갑자기 결정된 일이라서요."

"알겠으니까 나가 봐요."

"네……?"

찬양은 눈을 동그랗게 떴다. 지안은 귀찮은 일이 생겼다는 듯 느리게 눈을 감았다가 떴다. 남 전무가 또 제멋대로 사람을 고용했다는 생각이 든 모양이다. 게다가 자신의 지척에서 관리를 도맡을 비서를 한마디 상의도 없이 정하다니.

"중간에 무슨 일이 있었는지는 모르겠지만, 일단 내 사람은 내가 직접 뽑고."

"……."

"남 전무의 의견 따라 정찬양 씨를 고용할 마음은 없고."

"어……."

"상무실엔 대기 중인 비서들이 있으니까 딱히 정찬양 씨 도움을 받을 만한 일은 없을 것 같은데. 내가 남 전무에게 직접 얘기하죠."

"어…… 그게……."

"이해가 부족합니까?"

아뇨……. 그게 아니라…… 이해를 확실하게 해서 문제라고요…….

찬양은 마른침을 삼켰다. 그러니까 지금 상무님의 말은, 너 같은 건 필요 없으니까 꺼지라는 게 아닌가? 니가 뭔데 내 곁에서 일을 돕느냐는 뜻이겠지. 안 돼요! 내가 어떻게 여기까지 왔는데! 꺼지라니!

"이해에 문제가 없으면 이제 그만 나가 주면 좋겠는데."

"아…… 저기…… 그러니까……."

찬양은 내내 같은 웅얼거림만 내뱉었다. 고용된 지 30초 만에 잘릴 수는 없으니까. 아무리 노려보고 구박해도 절대 안 나갈 테다! 절대로 이대로 물러설 수 없단 말이다!

똑똑. 때마침 노크 소리가 들리더니 문이 열리며 현주가 고개를 내밀었다.

"아, 두 사람 벌써 만났어? 안 그래도 인사시키려고 했는데."

"뭐야. 이 사태는."

누나를 바라봐도 싸늘하기만 하다. 지안이 턱 끝으로 찬양을 가리키며 묻자 현주는 방 안으로 들어섰다. 찬양이 울먹울먹하는 눈빛으로 도와 달라 청하니 현주는 찬양의 어깨를 감쌌다.

"인사는 했어? 정찬양 씨야. 너 없을 때 개발팀에서 고생했어."

"그러니까 뭐냐고. 내 인력을 왜 남 전무가 뽑아."

"필요한 인재니까. 도움 많이 될 거야."

"필요 없어."

"필요할 텐데?"

아니, 저기요……. 죄송한데 제가 물건은 아니고요…… 또 여기 없는 사람도 아니고요…….

"신 실장 불러서 급한 일은 처리할 생각이야. 멋대로 사람 고용시키지 마."

"신 실장은 바빠서 안 돼."

"내 비서를 왜 남 전무가 뽑아. 말이 돼?"

"나 너보다 상사야. 잊었어?"

제가 지금 굉장히 민망하고 무안한데…… 싸우실 거면 잠시 나가 있을까요……?"

"내가 상무실 비서 한 명 충원 못 해? 나 그 정도밖에 안 되는 거야?"

"됐어. 알았으니까 그만해."

"말로는 전무라고 하면서 사실 나 전무 취급 안 하는 거지? 그런 거지?"

"알았으니까 그만하라고."

누나의 징징거리는 소리는 끔찍하다. 102절까지 이어지기 전에 1절에서 잘라 내야 한다. 지안은 빠른 포기를 하며 손을 내저었고 현주는 승리의 미소를 지었다.

"정찬양 씨 일 잘해. 너 없을 때 개발팀에 도움 많이 되었으니까, 남은 일 진행할 때도 곁에서 도움 많이 될 거야."

"휴……."

지안은 고개를 돌리며 낮은 한숨을 불어 내쉬었다. '찬양 씨, 내가 이긴 것 같죠?' 현주는 벙긋거리며 찬양의 어깨를 토닥였다.

"그럼 찬양 씨, 우리 남 상무 잘 부탁해요."

"부탁은 무슨."

"네. 전무님. 최선을 다해 상무님을 보좌하겠습니다."

현주가 빙긋 미소를 지으며 다시금 퇴장한다. 쿵, 작은 소리와 함께 문이 닫히자 적막이 흐른다. 한참 후 지안이 일어섰다. 무료한 표정엔 타인에 대한 일말의 흥미도 없다. 말없이 그녀의 곁을 스치며 방문을 열고 밖으로 나서던 지안은 멈춰 섰고, 고민 끝에 뒤로 돌아섰다. 찬양은 멍하니 그 모습을 바라보다가 그와 시선이 마주치자 표정을 고쳤다.

"안 나옵니까?"

"네?"

"여기 서서 나 올 때까지 기다릴 거 아니면 나와요."

"아…… 네! 네, 상무님!"

찬양은 허겁지겁 그의 걸음 뒤에서 졸졸 따라갔다. 지안이 또다시 멈춘다.

"아이코."

찬양은 지안의 등에 얼굴을 부딪쳤다.

"죄송, 죄송합니다!"

뒤돌아 찬양을 내려다보던 지안은 말없이 슈트 재킷을 벗었다. 벗으시니 찬양은 팔을 뻗어 재킷을 받아 들었다. 수도 없이 닿았던 그의 재킷은, 실제로 이런 감촉이었다. 이번엔 타이를 끌러 내린다. 찬양은 멀뚱멀뚱 그를 바라보았다. 이번엔 와이셔츠 단추에 손을 댄다. 찬양은 그제야 뭐가 좀 이상하다는 표정을 지었다.

지안은 찬양을 바라보며 단추를 하나하나 끌렀다. 어어, 어어어. 소매 단추까지 끌러 놓고, 이번엔 바지 버클에 손을 가져다 댄다.

"대체 언제까지 여기 서 있을 건지?"

"네? 어…… 어! 어어어! 죄송합니다!"

"씻는 거 구경하려고 따라왔나?"

"아뇨! 아뇨! 그냥 걸어가셔서! 저도 모르게 따라가다가!"

무턱대고 따라왔더니 욕실 앞이다. 찬양이 사색이 된 표정으로 뒤뚱뒤뚱 뒤로 걷자 지안은 눈썹을 꿈틀거렸다.

"씨, 씻으세요! 죄송합니다! 아하하하! 아하하하하!"

찬양이 씰룩씰룩 웃으며 뒤로 걸으니 지안이 성큼성큼 다가왔다. 뾰족한 모서리에 허리를 부딪친 찬양이 균형을 잃자 지안이 잽싸게 그녀 등을 받쳤다.

맙소사, 그녀와 부딪친 값비싼 백자가 흔들거린다. 지안은 다른 손을 뻗어 떨어지는 백자를 간신히 잡았다. 그의 열린 셔츠 사이로 얼굴이 닿아 버린 찬양은 아주 느린 장면으로 그가 다가오던 모습을 바라보았다. 그녀는 품에 안긴 꼴이 되었다. 지안은 백자를 세워 두고 허리가 뒤로 꺾인 찬양을 바로 세웠다. 찬양은 쥐고 있던 지안의 재킷을 더욱 힘주어 잡았다.

"뒤통수에 눈 달린 거 아니면 조심 좀 하죠, 우리."

"아…… 죄송합니다……."

"출근 15분 만에 죄송하다는 말을 몇 번이나 했는지 알고 있습니까?"

"어…… 아뇨……. 죄송합니다……."

"또."

"……죄송합니다. 제가 이 집의 구조가 아직 익숙하지 않아서요."

그의 온기를 마주한 찬양은 정신이 나간 듯 죄송하다는 말만 연신 중얼거렸다. 지안은 현실을 받아들이기로 했는지 입술을 열었다.

"하나, 잘못을 했을 땐 변명하지 말 것. 둘, 무엇을 잘못했는지 정확하게 밝힐 것."

지금 그녀의 마음이 어떤지 모르고.

"셋, 본인의 과실을 분명히 명시할 것. 넷, 대체 방안을 확실히 마련할 것."

지금 그녀가, 어떠한 시선으로 바라보고 있는지도 모르고.

"다섯. 책임이 두려워 과실을 털어놓는 타이밍을 놓치는 미련한 일은 하지 않을 것."

"……."

"내 옆에서 일을 도우려면 갖춰야 할 기본 덕목이니까 숙지합시다."

"네, 상무님. 저기, 그리고요."

"그리고, 뭡니까?"

"말씀…… 편하게 하셔도……."

"기본적으로 내 사람 아니면 말 놓지 않습니다."

"아, 네……."

그는 그녀 손에 들린 재킷을 받아 들었다. 어깨 위로 걸쳐 들더니 쌩하니 뒤돌아 욕실로 사라진다.

찬양은 뿌리박힌 듯 그 자리에 서 있다가 어지러움이 일어 가까스로 벽에 기댔다. 천천히 고개를 돌려 휘청거리던 백자를 바라보았다. 그는 팔을 뻗었고, 자신의 등을 감싸 주었고, 백자를 받아 들었다.

"심장 터지는 줄 알았네…… 아후……."

일순간 맡은 그의 향기는 상상했던 것보다 훨씬 더 깊은 향이었다. 스치듯 맡아진 향은 시원했고 날아가는 향은 묵직했다. 깊은 숨을 쉬게 만드는, 맡다 보면 눈이 감길 것만 같은 미련이 남는 향이었다.

"무슨 집에 이런 백자가 있어. 이거 문화재 아니야?"

애꿎은 백자만 바라보다가 찬양은 중얼거렸다. 그러고 보니 복도 사이사이 그림과 장식품이 넘쳐 난다.

'기본적으로 내 사람 아니면 말 놓지 않습니다.'

"나한테 말 놓으셨단 말이에요. 알지도 못하면서."

내가, 당신의 사람이었다.

찬양은 난데없는 생각에 얼굴을 붉혔다. 일전에 상무님이 말을 놓았던 이유가 그런 마음이었다니 공연한 심장이 풀떡인다.

"에효. 여기 있을 게 아니라 일단 내려가야겠다."

찬양은 마음을 다잡으며 걸음을 옮겼다. 자신을 향해 웃어 주지 않는 상무님의 얼굴은 어색했고, 그래서 서운하기도 했지만—

"나도 그랬을 텐데 뭐. 나는 심지어 떨어져 나가라고 상무님 몸에 부적도 붙였는데."

그가 자신을 대했던 과거의 시간을 떠올리며 가까스로 마음을 다잡았다. 어찌 되었든 그의 곁에 있게 되었으니까.

"어후, 뭔 집이 궁궐이야. 대체 우리 집에서 어떻게 지내셨대."

그것만으로 큰 수확이라, 그녀는 기쁘게 받아들이기로 한다.

찬양은 그의 서재 옆 작은 방을 획득했다. 처음 지안의 개인 거주지에 갈 때와 비슷한 짐을 가져온 그녀는 방에서 차근차근 옷을 꺼냈다.

작지만 있을 건 다 있는 방. 지내는 일엔 문제가 없을 것 같아 찬양은 현주의 호의에 감사했다.

"다른 부동산을 알아볼까? 집 되게 안 나가네."

앉아서 짐을 풀고 있자니 엉망진창으로 두고 온 자신의 집이 떠오른다. 하기야 요즘 신축이 얼마나 많은데 그 허름한 집이 빠지겠나. 그렇다고 월세가 저렴한 것도 아니고. 뭐, 당분간은 그 어디보다 안전한 곳에서 숙식이 해결된다니 다행이긴 하다만. 생각하다 보니 언제부터 이렇게 도망자 신세가 되었을까, 울컥하기도 한다.

"나는 지금 누구 때문에, 어? 내가 누굴 돕다가 이렇게 눈칫밥 신세가 되었는데, 사람 기억도 못 하고……."

하루에도 수백 번씩 기분은 왔다 갔다 한다. 나를 잊었음이 당연한 줄 알면서도 그게 또 이렇게 서럽고 서운하다. 실제로 마주한 상무님은 상상보다 더욱 쌀쌀맞고 차가워서 친해질 엄두도 나질 않는다. 저런 상사 밑에서 어찌 일을 했을까, 그의 주변에 있는 모든 이들은 대단해 보였다.

"아…… 이제 좀 배고프다……."

짐을 대강 풀고 멍하니 앉아 있자니 배가 고프다. 그렇다고 마음 편히 라면을 끓여 먹겠는가, 인스턴트 밥을 데워 먹겠는가. 대충 참아 볼 요량으로 버티다가 한 시간이 흘렀다. 시간이 가면 갈수록 배가 고파 잠이 깨는 상황이다.

"아, 배고파. 잠도 안 와."

누워 이리저리 뒤척거리던 찬양은 자리에서 일어섰다. 살금살금 발소리를 죽인 채 1층에 위치한 주방으로 들어섰다. 일하시는 분들은 전부 퇴근을 했고 상주하는 분들도 각자 처소로 돌아간 상황. 찬양은 이리저리 둘러보다가 냉장고 앞으로 걸어갔다. 최신식 냉장고가 다섯 대나 있다. 고작해야 사람 둘이 살면서, 이 많은 냉장고 속엔 다 뭐가 들었단 말인가?

"헐……."

용기 내어 냉장고를 열어 본 찬양은 탄성을 질렀다. 가지런히 정리되어 있는 냉장고 속엔 없는 게 없다. 깔끔하기가 이루 말할 수가 없어, 곰팡이 배양실로 사용하던 자신의 냉장고가 떠올랐다. 그래도 굶어 죽지 않고 지금껏 잘 살아왔는데. 이곳의 냉장고는 마치 두바이 어드메 고급 호텔의 주방 같은 느낌이다.

"문제는 그게 아니네……."

조리 전 재료들로 가득한 냉장고. 결론은 뭘 하지 않으면 먹을 게 없다는 말이다. 삶든 굽든 무치든 볶든 무얼 해야 만들어질 천연 재료들만 즐비하다.

"밑반찬도 없어? 이거 실화냐?"

찬양은 다른 냉장고를 열어 보았다. 이번엔 손길이 자못 당당하다.

"이건 김치냉장고인가?"

그득그득 들어 있는 통엔 김치가 예상된다. 김치 꺼내서 물에 밥 말아 먹을까……. 극심한 배고픔에 시달리던 찬양은 김치를 떠올리고는 침을 꼴깍 삼켰다. 어느 것이 익은 김치든 안 익은 김치든 무슨 의미냐. 김치 몇 조각만 있으면 일단 배고픔은 해결될 것 같다.

"그럼 밥은 어디 있나……."

찬양은 이곳저곳 둘러보았다. 바로 옆 냉장고가 밑반찬 냉장고이지만 김치냉장고를 획득했으니 다음 냉장고는 패스하기로 한다.

"밥솥은 어디 있어, 대체."

헐. 밥솥이 없다. 찬양은 전투적인 자세로 밥솥을 찾아 돌아다녔지만 어디에도 없다. 이런 맙소사, 전기밥솥을 사용하지 않는 집구석은 처음 봤다. 포기가 빠른 찬양이 이번엔 인스턴트 음식을 찾아보기로 한다. 설마하니 사람 사는 집구석에 라면 한 봉지도 없을까. 하지만.

"없다……."

뭐야……. 이 집 싫어……. 찬양은 식탁 의자에 앉았다. 밥을 먹겠다는 전투력을 불태워서 그런지 더 허기진 기분이다. 밥 한 끼 먹기가 이렇게 힘들다니, 찬양은 멍하니 앉아 있다가 시선을 들었다.

"아, 깜짝이야!"

찬양은 소리를 빽 질렀다. 주방으로 통하는 뚫린 문에 기대고 선 지안이 바라보고 있다.

"왜, 왜 거기 계세요!"

"내 질문을 왜 정찬양 씨가 합니까?"

"누가 하면 어때요! 놀란 건 난데!"

"내가 안 놀랐다고 누가 그랬을까?"

어후, 놀래라. 찬양은 가슴을 쓸어내리며 자리에서 일어섰다. 지안은 정말 놀랐는지 사색이 된 찬양을 바라보다가 안으로 들어섰다. 물을 마시러 온 모양이다. 찬양은 슈트를 벗은 상무님의 가운 차림이 신기하다는 듯 바라보다가 무의식에 말을 뱉었다.

"상무님 슈트 안 입으신 거 처음 봐요."

"당연히 처음이겠지. 우리는 처음 만났으니까."

"아, 아. 그렇죠."

어후, 긴장한 탓에 바보 같은 말을 하고 말았다. 찬양은 눈에 힘을 주며 볼에 바람을 불었다.

지안은 깨끗한 유리컵에 물을 담아 한가득 마셨다. 컵을 두고 나가려는데 저 여자가 자신을 바라보며 서 있다. 눈빛으로 뭔가 알아 달라는 것 같기도 하다.

"볼일 있습니까?"

"네? 볼일이요?"

찬양은 시무룩한 표정을 지으며 생각했다. 보통의 비서라면 아니라고 말해야겠지만, 안녕히 주무시라며 인사를 건네야겠지만, 지금의 나는 있는 그대로 말해야겠다.

"배고파요."

당신은 이런 나를 좋아했다고 말해 줬으니까.

"뭐라?"

"그게, 배가 고파요."

지안은 귀를 의심했다. 대면한 지 세 시간도 지나지 않은 나의 비서께서 야밤에 배가 고프단다.

"솔직히 이 집에 뭐가 있는지도 모르겠고요. 밥솥도 없고, 라면도 없고."

"……."

"이 시간에 배고플 땐 어떡해야 하는지 모르겠어요."

끙. 지안은 고개를 돌리며 답을 찾지 못한 한숨을 불어 내쉬었다. 이런 한심한 비서를 보았나.

"상무님은 지금 제가 한심하다고 생각하셨죠."

뭐야, 이 여자. 지안은 소스라치게 놀라 찬양을 바라보았다. 당신 배가 고픈데 나더러 뭘 어쩌라고?

"배고픈데 뭐 어쩌라고. 지금 이렇게 생각하셨죠?"

허어. 지안은 저도 모르게 탄식을 흘렸다. 자신을 정신 나간 여자처럼 바라보는 지안을 응시하다가 찬양은 털썩 의자에 앉았다. 지안은 난생처음 보는 비서 유형에 눈을 크게 치켜떴다.

"당신, 내 비서라며."

"비서는 배고프면 안 돼요?"

"배가 고플 수는 있지. 있는데. 말투는 왜 그런 겁니까?"

"군대식 용어 좋아하세요? 다나까, 이런 거? 해 드릴까? 아니, 해 드릴까나? 아니다, 해 드리겠다? 아, 이것도 아닌데."

"……."

"사실은 배고파서 아무 생각도 안 들어요. 이해해 주세요."

"입장 차 분명하게 합시다. 주객이 전도되는 것 같은 기분은 별로 좋아하지 않으니까."

"상무님이 주 맞으세요. 제가 객이고요."

원래는 그쪽이 객이긴 했는데요, 이번엔 제가 객입니다.

"휴, 사실은요. 저 지금 예민해요. 배고프면 예민해지거든요."

찬양이 나라를 잃은 듯한 표정을 짓자 지안은 눈꼬리를 올렸다. 도대체 내뱉는 말에 앞뒤가 없다. 이상한 화법이다.

"그럼 나는 앞으로, 정찬양 씨의 허기짐을 내내 신경 쓰며 일을 해야 합니까? 예민해지지 않도록?"

"아니, 아닙니다. 그럴 리가요. 상무님, 어서 들어가세요. 안녕히 주무세요."

묘하게 처음 대하는 사람 같지 않은 말투다. 세상천지 여러 유형의 사람이 살고 있다지만 이런 경우는 또 처음이다. 지안은 그냥 돌아서려다가, 백번 양보해서 선심 쓰듯 팔을 벽 쪽으로 뻗으며 입을 열었다.

"저거. 저 인터폰 누르면 밥 정도는 얻어먹을 수 있을 듯. 그럼 이만."

"아아! 좋은 정보 감사합니다! 안녕히 주무세요, 상무님!"

그제야 헬륨 가스가 주입된 흥 오른 목소리가 들린다. 지안은 떨떠름한 시선으로 찬양을 훑다가 미련 없이 걸음을 옮겼다. 본래 비서 출신이 아닌 건 알고 있지만 상사를 대하는 태도가 영 엉망이다.

"남 전무는 대체 저런 여자를 비서랍시고 붙였어."

며칠 굴리다가 잘라야겠다. 저런 여자를 데리고 무슨 일을 하겠나? 하도 어처구니가 없으니 웃음이 난다. 지안은 실소하며 방으로 들어섰다.

"어디, 며칠이나 버티나 보자."

지안은 찬양이 머지않은 날에 퇴사를 할 것이라 예감하며 코웃음을 쳤다. 좌우지간, 여러모로, 호감이 가는 여자는 아니었다.

똑똑똑. 얼마나 흘렀을까. 누군가 노크를 한다. 이 시간에, 누가?

"네."

PC를 들여다보던 지안이 답하자 빼꼼 문이 열린다. 지안은 들어서는 사람을 바라보다 오만상을 찌푸렸다. 정찬양이다.

"이번엔 또 뭡니까?"

"어, 그게 아니라요."

"그게 아닌 건지 그게 맞는 건지는 내가 판단할 문제고. 뭡니까."

"저…… 덕분에 밥을 잘 먹어서요."

찬양은 배시시 웃었다. 문 사이로 얼굴만 내밀고는 찬양이 천치처럼 웃자 허, 지안은 기가 막혀 탄식을 흘렸다.

"실장님이 나오셔서 비빔밥을 해 주셔서요. 상무님 덕분에 안 굶고 잘 먹었어요."

"말을 하려면 들어와서 하든가. 단두대에 목 걸친 사람처럼 지금 뭐 하는 겁니까?"

"들어가도 돼요?"

"이미 얼굴은 들어왔지 않나?!"

그럼 잠시만요. 찬양이 총총총 들어온다. 지안은 안경을 벗고 팔짱을 끼며 그 모습을 바라보았다.

"상무님 덕분에 배부르게 잘 수 있게 되었다고 소식 전하러 왔어요."

"그런 소식 전혀 안 듣고 싶은데. 일절. 앞으론 부탁하죠."

"밥 진짜 맛있어요. 비빔밥을 순식간에 뚝딱, 해 주시더라고요."

"지금 내 얘기 듣고 있습니까?"

"네. 듣고 있어요. 실장님이 앞으로 배고플 때 언제든지 내려오라고 하셔서요. 친하게 지내려고요."

……무적이다.

"인터폰 알려 주셔서요. 감사하다고 인사드리러 왔어요. 이제 그만 나가 볼게요."

그것도 천하무적! 자연스럽게 말을 자르며 지 할 말만 다 하는 천하무적!

"일찍 주무세요, 상무님."

"이미 늦은 시간에 무슨 일찍. 나가 봐요."

"네. 안녕히 주무세요."

찬양은 허리를 구부리며 정중하게 인사를 건넸다. 지안은 귀찮으니까 빨리 나가라고 손을 휘저었다. 그러자 총총총 또다시 사라진다. 지안은 찬양이 문을 닫고 나서자 숨을 길게 내쉬었다.

"며칠이다. 며칠만 내가 참는다."

지안은 다시 한번 다짐했다. 저 말 많고 이상한 천하무적 여자를, 반드시 잘라 버려야겠다고.

"거슬려……. 거슬려……."

지안은 중얼거리며 다시 안경을 썼다. 흥. 조만간 제 발로 걸어 나가 퇴사하게 만들어 줄 테다. 반드시. 거슬리는 건 질색이니까.

※

선선한 바람이 불어 든다. 하늘이 가까워 높은 곳인 것도 같고, 아래가 푸르니 잔디밭인 것도 같다. 지안은 주위를 두리번거리다가 아무도 없는 벤치에 앉았다.

잠시 앉아 숨을 고르니 풍경 너머로 석양이 진다. 알지도 못하는 곳에 찾아와 주인인 듯 벤치에 앉아 있지만, 왜일까. 이곳이 어디인지 궁금하지는 않았다.

……노랫소리가 들려온다. 지안은 소리가 나는 방향을 향해 고개를 틀었다. 가사도 모르고 음도 모르는 노래인데, 이어질 다음 소절은 어렴풋이 예측되었다.

시선을 돌려 보자 갑자기 줄에 걸린 하얀 천들이 나타나 흔들리고 있다. 그 사이로 노랫소리가 들리고, 간간이 바람이 스쳤다. 천이 흔들리자 바람을 타고 향기가 맡아졌는데 기억의 향수를 불러일으키는 그런, 라벤더 향이었다.

이 모든 상황이 낯설고 익숙하지 않았지만 아무런 의문도 들지 않는다. 이곳은 어디며, 이 향은 무엇이며, 이 노래는 무엇이며 거기 서 있는, 당신은 누구이며.

흥얼거리는 소리가 멈춘다. 지안은 벤치에 앉아 흩날리는 하얀 천 사이로 보이는 사람을 주시했다. 무릎까지 내려오는 흰 원피스와 흩날리는 머리카락. 여자임은 확실하지만 누구인지 모르겠다. 저 여자는 누구이기에 자신은 아무런 경계 없이 이곳에 앉아 있는 걸까.

여자가 고개를 돌린다. 자신을 향해 반갑다는 듯 손을 흔든다. 얼굴은 보이지 않으나 그녀가 웃고 있음은 알 수 있었고, 목소리가 들리지 않지만 그녀가 하는 말도 알 수 있었다.

'나를 잊지 말아요— 나 여기 있어요—'

지안은 그녀의 얼굴을 보려 안간힘을 썼다. 하지만 아무리 애를 써도 얼굴은 보이질 않고 같은 장면, 같은 구간에서 매번 이야기는 끝이 났다.

그러다가 지안은 눈을 떴다. 어느덧 아침이 찾아왔고, 새벽에나 잠이 들었건만 금세 잠이 달아났다. 멍한 눈을 감았다가 뜨며 꿈을 되돌려 생각해 보지만 남는 기억은 별로 없고, 대부분의 꿈이 그렇듯 잠깐 사이 전부 날아가 버렸다.

"잠을 잘못 잤나, 뻐근하네."

무슨 꿈을 꾼 건지 정확하지는 않지만 요즘따라 꿈자리가 뒤숭숭하다. 지안은 목 주변을 지그시 누르며 멍한 정신을 깨우더니 자리에서 일어났다.

오전 회의만 마치고 집으로 돌아와야겠다. 지안은 컨디션 난조를 느끼며 출근 준비를 서둘렀다.

조간신문을 모두 훑고, 오늘의 증시를 살피고, 외신 보도를 살피다가 샤워를 마친 지안은 옷장을 열어 셔츠를 고르기 시작했다. 똑똑, 노크 소리가 들린다.

"네."

지안이 건성으로 답하자 문이 빼꼼 열린다. 벌써 거슬린다.

"상무님, 안녕히 주무셨어요."

"아침 인사는 내가 출근 준비를 마치고 나서 해 주면 좋겠는데."

"안 일어나신 줄 알고 깨우러 왔어요."

허. 지안은 셔츠를 꺼내 들며 돌아섰다. 이제 막 일어났는지 찬양이 부스스한 얼굴로 목만 내어놓은 채 서 있다.

"누가 누굴 깨운다는 말입니까? 그 몰골을 하고는?!"

"흐아아아암. 상무님은 아침부터 파워가 넘치시네요."

하, 하품을 해? 내 앞에서?!

"파워가 넘치는 게 아니라 혈압이 오르는 것 같은데. 그리고, 말을 할 때 목만 내놓고 하지 말라고 어제 말하지 않았나?"

"지금 잠옷 차림이라 들어가기가 좀 그래요."

그러면 안 오면 되잖아! 지안은 뻐근해지는 뒷덜미를 누르며 숨을 눌러 내쉬었다. 어떤 정신 나간 비서가 잠옷 차림으로, 그것도 모시는 상사에게 아침 인사를 건넨단 말인가?

"사실은요, 잠자리가 바뀌어서 잠을 잘 못 잤어요."

"잘 잤냐고 안 물어봤습니다. 묻지 않은 건 말하지 않았으면 좋겠는데."

"어제 비빔밥 먹고 자서 그런지 얼굴이 좀 부은 것 같아요. 눈도 잘 안 떠지고. 상무님은 늦게 주무신 것 같은데 되게 부지런하시네요."

"어제부터 자꾸 의심스러워서 그러는데, 내 말을 듣긴 합니까?"

"네. 듣고 있어요. 저 이제 씻으러 가 보려고요. 이따가 봬요."

문을 닫고 다시 나간다. 뭐 저런 게 다 있어! 지안은 휘청거렸다. 정신을 못 차리고 휘청거리는데 똑똑, 누군가 찾아와 다시 문을 두드린다.

"뭡니까! 또 뭔데 와서 출근 준비하는…….."

이번엔 다른 입주 직원이다. 지안이 난데없이 음성을 높이자 놀란 듯 쭈뼛거리며 들어왔다.

"어…… 죄송합니다, 상무님."

"뭡니까."

"전무님 먼저 출근하신다고, 정찬양 씨 데리고 회사로 오라고 하셨습니다."

"……나가 봐요."

"네."

후. 지안은 눈썹을 일그러트리며 옷을 갈아입었다. 도대체가 하나도 질서가 없다. 언제부터 이 집안의 질서가 무너졌나?

"엉망이네. 아주 엉망이야."

이게 다 새로운 비서 때문이다. 형편없는 저 비서를 회사로 데려가 단단히 교육을 시켜야겠다. 아주 그냥 눈물이 찔끔 날 정도로 호되게 교육해 주마.

후. 지안은 마음을 다스렸다. 아침부터 온갖 것이 스트레스였다.

"안녕히 다녀오십시오."

"상무님, 잘 다녀오십시오."

늘어선 입주 직원들이 출근길에 인사를 건넨다. 지안은 돌계단을 내려와 커다란 대문을 나섰다. 대기 중인 세단은 이제 막 출고된 차처럼 반들거렸다.

"상무님! 상무님!"

그때였다. 징그럽도록 거슬리는 비서께서 게 섰거라! 를 외치며 우다다다 돌계단을 달려 내려온다. 지안은 급히 차에 몸을 실었다.

"상무님! 잠시만요! 잠시만요!"

"출발해."

"네? 아, 네."

수행 기사는 달려오는 찬양을 바라보다가 시동을 켰다. 가까스로 차를 붙잡은 찬양이 똑똑똑똑, 창문을 두드린다. 후……. 지안은 정신 수양을 하는 기분으로 창문을 내렸다. 뭡니까, 이젠 이 말도 지겨우니 생략하기로 한다.

"상무님! 전무님께서 오늘 상무님이랑 같이 출근하라고 하셨습니다!"

"그래서?"

"어…… 그럼 저는 어디에 탈까요?"

하! 지안은 찬양의 정신 빠진 소리에 코웃음을 쳤다. 타고 가겠단다. 이 차에. 감히 이 남지안의 옆에!

"이봐요, 정찬양 씨."

"네?"

해맑게 물어 온다. 지안은 창문 사이로 고개를 내밀었다.

"혹시 관절염 있습니까? 류머티즘?"

"아니요?"

"그럼 허리 디스크는? 아킬레스건은 안녕한지?"

"네, 뭐. 건강합니다."

"그럼 대중교통 타고 오세요."

지이이이잉. 지안은 창문을 올렸다. 찬양이 차에서 떨어지지 않고 머뭇거리자 지안은 입술을 꾹 깨물다가 다시 창문을 내렸다. 한 줄기 희망을 안고 있는지 그녀 얼굴이 다시 밝아진다.

"상무님, 저 여기 교통을 잘 몰라서요. 어제 보니까 지하철역도 없고 제가 길치라서 버스 정류장은……."

"스스로 알아서 하는 것이 비서의 첫 번째 덕목입니다."

"가시는 길에 같이 좀……."

"회사에서 보죠. 나보다 늦게 오면 알아서 하고."

출발해. 지안은 다시 창문을 올렸다.

"상무님! 상무님!"

찬양은 멀어지는 차를 바라보다가 가방을 꾹 여몄다.

"예나 지금이나 출근길에 야박한 건 알아줘야 해."

어후. 치사해. 찬양은 눈꼬리를 세모지게 올려 뜨곤 투덜거리며 걸음을 옮겼다. 길도 모르고 교통편도 모르지만 일단 택시라도 잡아타기로 한다.

"그렇게 무서운 표정으로 괄시한다고 내가 기죽나 봐라. 절대 안 죽지."

흥. 찬양은 주먹을 꽉 쥔 채 아침부터 기합을 넣었다.

"기죽지 마. 절대로 기죽지 말자."

출근길을 서두르며 찬양은 주문처럼 중얼거렸다.

자꾸만 걱정이 된다. 있는 그대로의 내 모습을 보여 줘야 하는데 혹시라도 주눅이 들어 다른 사람들처럼 당신을 깍듯하게 대하게 될까봐. 그 평범한 행동 속의 나를, 당신이 알아보지 못할까 봐.

"이게 있는 그대로의 나인데……. 정말 이렇게 해도 되는 건지 모르겠다……."

휴…… 하지만 막막한 건 어쩔 수 없다. 이렇게 제멋대로 굴어도 되긴 하는 걸까? 당신 말대로, 당신은 이런 나를 다시 좋아할 수 있긴 한걸까? 정말?

찬양은 입술을 잘근잘근 씹으며 불안한 마음을 모른 척하기로 한다. 모르는 척하는 것 외엔 방법이 없다. 있는 그대로의 모습으로 제게 오라던 상무님의 마지막 청을, 그저 믿어 보는 수밖에.

"7분 15초 늦었습니다."

결국 지안보다 늦었다. 찬양은 상무실로 들어서며 입술을 삐죽거렸다. 보통 출근 시간보다도 이른 시간인데 지보다 늦게 도착했다고 애먼 잔소리를 늘어놓는다. 그럼 태우고 가지 그랬냐? 내가 늦고 싶어 늦었냐? 도로 사정이 내 마음과 같지 않은데 어쩌라고?!

"죄송합니다."

하지만 찬양의 입술 밖으로는 어쩔 수 없는 비굴한 말이 나온다. 지안의 좋지 않은 표정을 확인한 찬양은 금세 뜻을 알아차리고 다시 말을 이었다.

"상무님보다 7분 15초를 지각해서 죄송합니다. 내일부터는 더욱 서둘러 일찍 도착하겠습니다."

"오전 회의 준비해 줘요."

"네! 알겠습니다!"

찬양이 일단 지안의 미션을 받아 들고 퇴장했다. 그사이 신 실장이 다가와 지안의 곁에 섰다.

"상무님. 저분, 정찬양 씨 말인데요. 아주 기합이 팍 들어가 있네요."

"시끄럽고."

"네."

신 실장은 입을 꽉 다물었다. 지안의 기분이야 어떻든 신 실장에게 찬양이란 구원의 손길이었다. 그녀가 아니었다면 자신이 지안의 입주 비서가 될 뻔했으니까.

"신 실장. 내가 뭐 물어볼 게 있는데."

"네, 상무님."

아침부터 저기압인 상사의 입에서 무슨 질문이 튀어나올지 몰라, 신 실장은 긴장했다. 지안은 팔꿈치를 책상에 기대며 턱을 받친 채 고개를 들었다.

"내가 언제 제일 불편해?"

"네?"

"나랑 일하면서 언제 제일 힘들었어. 말해 봐."

"어…… 이런 걸 어떻게 면전에서……. 익명도 아니고……."

"말해 봐. 참고하려면 필요하니까."

저 고삐 풀린 정찬양을 관리하려면 다른 비서들의 고충이 필요하다. 고충만을 모아 모아 그녀에게 하사할 생각이니까.

"언제가 제일 힘들어. 나 때문에 제일 피곤할 때. 물론 많지 않겠지만 몇 가지만 생각해 봐."

"뭐…… 굳이…… 굳이 말씀드리자면……."

"……."

"바로 이럴 때……?"

"장난하냐?"

"아닙니다. 실수입니다. 잊어 주십시오."

신 실장은 지안의 눈치를 슬금슬금 살폈고 지안은 미간을 좁혔다. 잠시 어쩔 바를 몰라 우왕좌왕하던 신 실장은 솔직하게 답하기로 한다. 뭐, 개선의 여지가 있다면 목숨을 걸고라도 말해야 하는 것 아니겠는가?

"저는 솔직히 말입니다."

"그래. 솔직히."

"상무님하고 이렇게 한 공간에 있을 때가…… 제일……."

신 실장은 어깨를 축 늘어뜨리며 눈치 없이 상세한 설명을 늘어놓았다. 지안은 가관이라는 표정으로 신 실장을 바라보았다.

"솔직히 상무님하고 한 공간에 있는 게 얼마나 힘든 일인지 아십니까? 비서들한테는 그게 제일, 제일 힘든 일입니다."

"너 나랑 왜 일하냐?"

"아, 아아 물론 또 이럴 때도 있고, 저럴 때도 있으시니까요. 또 백번 혼을 내시다가도 한 번 잘해 주시면 그게 또 가슴에 사무쳐서 열심히 일하게 되죠."

"……나가 봐."

괜한 걸 질문했다. 지안은 너도 필요 없으니 나가 보라고 손을 휘저었다. 그러자 신 실장이 해맑게 퇴장한다. 무슨 비서실이 이렇게 해맑음 천지인지 모르겠다.

"같이 있으면 숨이 막힌다, 라."

흠. 지안은 중얼거리며 PC에 시선을 주었다.

"그렇단 말이지……. 그렇단 말이지……."

지안은 온통 새로 온 비서를 내쫓을 생각에 사로잡혀 초조하게 마우스 휠을 내렸다. 아침은 분주했고, 찬양은 지안이 요청한 아침 회의 자료를 실수 없이 마련했다.

"이번 ENU에 백경증권에서 4,350억 원의 브릿지 론을 조달해도 다른 파트너가 붙을지 모르겠어. 아직 소식이 없다는데. 남 상무 생각은 어때."

임 대표는 오전 회의 끝에 지안과 대면했다. 대표실에 앉은 두 사람의 모습은 오랜만이다.

"FI를 쉽게 찾지는 못할 테니 좀 기다려 봐야죠. 당장 로드맵이 없을 수밖에 없으니까 우리라도 차선을 만들어 줘야 할 것 같아서. 준비 중입니다."

"그래. 인수 자금을 전부 끌어모으면 우리한테도 도움 많이 될 거야. 그쪽이 또 밀어붙이는 일엔 거침없으니까."

강준은 지안의 대답이 만족스럽다는 듯 고개를 끄덕였다. 지안은 출근을 하자마자 공격적인 일 처리를 선보였고, 밀려 있던 사업안을 하나하나 재추진했다. 강준은 지안의 얼굴을 살피다가 입술을 열었다.

"몸은 좀 어때. 아직은 무리지 않나?"

"괜찮습니다."

"무리 말라고. 이러다가 또 쓰러지면 답 없어."

"새겨듣죠."

지안은 강준의 염려에 짧게 답하며 주변을 둘러보았다. 돌아가신 아버지께서 앉아 계실 땐 몰랐는데 강준이 앉아 있는 이곳은 쓸데없이 넓었다.

"이제 나는 어떻게 되는 거지?"

찻잔을 내려놓으며 강준은 속에 있는 말을 꺼냈다. 지안은 배회하던 시선을 내리며 힐끔 강준을 바라보았다.

"나 말이야, 나. 난 이제 어떻게 되는 거냐고. 임기 끝인데."

"주주 총회에서 가려질 이야기를 제가 어떻게 알겠습니까?"

"주주 총회가 무슨 의미야. 전부 남 상무 뜻대로 되겠지. 안 그런가?"

말끝에 강준은 피식 실소를 흘렸다. 영영 깨어나지 않기를 바랐는데, 지안이 깨어나 버렸다. USB는 없어졌고, 누구의 손에 있는지도 모르겠고, 현주는 끄떡도 하질 않으니 답이 없는 건 외려 강준이었다.

"대표님께서 요즘 그렇게 계열사 사장단을 만나고 다니신다고."

"……누가 그래?"

"제가 누워 있었다고, 또 귀가 열리지 않은 건 아니니까요."

강준은 크게 웃음을 터트렸다. 어색함을 모면하려는 액션이었다.

"분기 마감이 다가오니까 격려 차원에서 만난 거지 별 뜻 없어."

"임기 연기되면 계열사에 자율 경영 체제를 약속하셨다던데."

강준은 입술을 다물었고 지안은 태연히 찻잔을 들었다.

"물론 사장단 입장에서는 합병보다 그 편이 낫겠지만, 그 사람들 너무 믿진 마세요."

"남 상무야말로 너무 믿지 마. 발등 밑은 생각보다 많이 어둡더라고."

"그러게 말입니다. 제가 누굴 믿겠습니까?"

지안은 일어섰다. 옷을 여미며 강준을 내려다보았다.

"주주 총회에서 연기가 확정되면 대표직, 그대로 하셔야죠. 제가 몸이 이래서 아직 무리라는 분들 많습니다."

"오해하지 마. 나는 그저 백경에서 일하고 싶을 뿐이니까."

"……그러죠."

지안이 나가 보겠다고 하자 강준이 따라 일어섰다. 이례적으로 그를 배웅하며 강준은 대표실을 나섰다.

"조만간 점심 또 같이하자고."

"네. 전 오전 일정 마치고 퇴근합니다."

"벌써? 집으로 가는 거야? 몸이 그 정도로 안 좋아?"

고개를 숙이고 있던 대표실 비서들이 지안을 힐끔 본다. 임원들의 소문은 비서실로부터 시작된다는 것을 두 사람 모두 모를 리가 없고, 강준의 커다란 음성은 그것을 염두에 두었음이 확고했다.

"볼일이 좀 있어서요. 그럼."

가지. 지안이 돌아보며 대기 중이던 찬양을 불렀다. 그제야 찬양을 발견한 강준의 눈이 커다랗게 변했다.

"저, 정찬양 씨가 여긴 또 어떻게!"

이렇게 끈질긴 사람을 보았나! 넌 또 왜 여기 있는 거냐! 남 상무랑 모른다면서!

"안녕하십니까, 대표님."

"아니, 아니 퇴사했잖아. 아닌가?"

강준이 찬양을 보며 어이없다는 듯 말을 잇자 지안은 두 사람을 번갈아 바라보았다. 뭐냐. 이 묘한 분위기는.

"그렇게 됐습니다. 앞으로 상무실에서 근무하게 됐습니다. 대표님."

지 때문에 엉켜 있는 사이인 줄은 모르고 지안은 두 사람을 유심히 관찰하듯 응시했다.

"정찬양 씨는 잠깐 나랑 얘기 좀 할까?"

강준은 잘 만났다는 듯 찬양을 불렀다. 순순히 따라오겠지. 아무렴 대표가 부르는데 감히 비서 따위가.

"남 상무, 이만 퇴근해. 나 이 친구랑 얘기 좀 하고 보낼 테니까."

"얘기?"

"아아. 원래 친분이 좀 있어. 어서, 가 봐. 퇴근에 이 친구 필요 없잖아. 정찬양 씨는 잠깐 들어오고."

찬양이 머뭇거리자 강준은 애써 친절하게 웃으며 그녀의 팔을 붙잡았다. 그러자 지안이 그녀의 다른 쪽 팔을 붙잡았다.

"볼일 나중에 보시죠. 같이 퇴근해야 해서."

따라와. 지안은 힘주어 찬양을 끌었다. 지안의 힘이 완강하니 강준은 빠르게 찬양의 팔을 놓았고, 지안은 그대로 찬양과 대표실 유리문을 나섰다. 찬양은 얄밉게 웃으며 강준을 향해 우스꽝스러운 표정을 잠시 짓다가 냉큼 사라졌다.

"뭐야, 이번엔 남 상무 옆이야?"

침이 마른다. 저 여자 때문에 하루에도 열두 번씩 피가 거꾸로 솟는다.

"대체 뭐가 어떻게 돼 가고 있는 거야. 환장하겠네."

강준은 중얼거리며 엘리베이터를 타고 사라진 정찬양을 주시했다. 능력자도 이런 능력자가 없다. 밤길 조심하라고 협박했더니 사람 놀리듯이 남 상무 밑으로 숨어 버리질 않는가. 휴. 강준은 이마를 짚으며 짜증을 내뱉었다. 이런 제길, 그야말로 골치 아프게 됐다.

엘리베이터에 지안과 올라선 찬양은 지안에게 붙잡혔던 제 팔목을 내려다보았다. 승강기 문이 닫히자마자 그는 홱, 야멸차게 자신의 팔목을 떨궜지만 예전과는 달리 남아 있는 온기가 기분을 이상하게 했다.

"따뜻하다."

헷. 찬양은 자신의 팔목을 쓸어내리며 그가 지닌 온기에 감탄하다가 스멀스멀 고개를 들었다. 상무님께선 몹시 일그러진 표정으로 자신을 바라보고 있다.

"임 대표랑은 또 어떻게 아는 사이입니까?"

"궁금해요? 궁금하면 오백 원."

"……."

"이건 진짜로 되게 오래된 유행어라 아실 줄 알았어요. 죄송합니다."

"묻는 말에 답이나 했으면 좋겠는데."

임 대표, 감히 내 앞에서 내 비서를 데려가? 지안은 절대 그런 일을 두고 볼 수 없다는 듯 찬양을 데리고 왔다. 그리고 무엇보다 그녀에게 볼일이 많은 건 본인이었으니까. 괴롭힐 시간도 없는데 누구에게 이 정신 나간 비서를 내준단 말인가.

띠링, 승강기 문이 중간에 열린다. 올라타려던 직원은 지안의 얼굴을 바라보더니 인사를 하며 게걸음으로 사라졌다. 아무래도 같이 타고 싶지 않은 모양이다. 사람을 태우지 않은 문이 닫히자 지안은 다시 입술을 열었다.

"친합니까?"

"아니요?"

"친한 것 같던데?"

"궁금하세요?"

"궁금한 게 아니라. 중요한 문제라서 그럽니다."

지안이 말장난을 하는 것 같은 찬양을 불쾌하다는 듯 바라보았다. 상무실 비서가, 의혹투성이인 대표와 내통하는 걸 두고 볼 수 있겠는가?

"친하냐고 지금 세 번 정도 물어본 것 같은데?"

"상무님보다 안 친해요."

"그럼 남이라는 소린데. 우리도 남이니까."

"뭐, 남보다 더한 사이도 있으니까요."

엘리베이터는 지하까지 내려간다. 찬양은 슬쩍 눈치를 보다가 1층을 눌렀다. 지안은 아리송한 찬양의 말을 곱씹다가, 도저히 안 되겠다는 듯 다시 입술을 열었다.

"임 대표 가까이하지 않았으면 좋겠는데. 상무실에 있는 동안은."

물론 넌 가까운 시일 내에 퇴사하겠지만.

"임원 비서들끼리 친분 섞는 것도 좋지 않으니 가급적 자제하기를 권고하죠."

"네. 상무님."

"물론 당분간 정찬양 씨가 회사에 올 일은 별로 없을 것 같지만."

띵동, 그사이 1층 문이 열린다. 찬양은 지안에게 인사를 건넸다.

"저는 그럼 먼저 가 보겠습니다. 댁에서 봬요."

그녀가 내리려고 하자 지안은 그녀 목덜미 옷자락을 끌었다. 캑캑대며 찬양이 뒷걸음을 걷자 지안은 닫힘 버튼을 눌렀다. 가긴 어딜가. 누구 마음대로?

"내 차 지하에 있습니다."

"알아요. 퇴근도 따로 하라고 하실 거잖아요."

종일 옆에 붙어 있어. 괴롭게 해 줄 테니까.

"이동하면서도 지시할 것들이 좀 있으니까, 따라와요."

"네? 아, 네."

이윽고 지하에 도착하자 지안은 걸음을 옮겨 자신의 차를 찾았다. 운전을 직접 할 모양이다. 운전석에 지안이 앉자 찬양은 머뭇거리다가 뒷좌석에 앉았다. 옆에 앉으면 또 뭐라 뭐라 할 것 같아서 선택한 좌석이다. 그러자 지안이 조수석 헤드레스트를 붙잡고 홱, 돌아보며 눈을 치켜떴다.

"지금 상석에 앉는 겁니까?!"

"그럼 어디 앉아요?"

"조수석! 누굴 운전기사로 알고 있어!"

"옆에 앉아도 돼요?"

알겠습니다아아아아. 찬양이 병아리 짹짹대듯 말하며 다시 내려 조수석에 올라탔다. 후…… 여전히 마음에 들지 않지만 참아 보기로 하며 지안은 시동을 걸고 나섰다. 이른 퇴근인 만큼 직접 운전대를 잡고 싶었는데 벌써 후회가 밀려든다. 핸들을 돌리며 지안은 단단히 다짐했다.

"벨트 맵시다. 안전벨트."

"네. 챙겨 주셔서 감사합니다."

"챙기는 게 아니라 띠띠띠 소리 나잖아요. 안 들립니까?"

"네네. 맸어요. 잘했죠? 사실은 매려던 중이었거든요."

"……."

두고 봐라. 이 정신 빠진 비서를 온종일 옆에서, 지독하게 괴롭혀 주겠다고.

지시할 것이 있다더니 한마디 말도 없이 집까지 왔다. 정신 나간 비서님께 숨 막히는 시간을 선사하고 싶었으나, 지안의 마음을 알 리 없는 찬양은 함께 있을 수 있음에 쾌재를 불렀다. 차를 타고 오는 동안 내내 그녀의 머리엔 음표가 둥둥 날아다녔고, 운전을 하고 오는 동안 내내 지안은 쓸데없이 냉랭한 기운을 혼자만 유지했다.

대문만큼이나 커다란 주차장의 문이 열린다. 직원이 다가오자 지안은 내리며 찬양을 바라보았다.

"안 내립니까?"

"지금 내립니다, 상무님."

역시 축 처져 있다. 지안은 일타를 가격했다는 생각에 회심의 미소를 지으며 뚜벅뚜벅 걸음을 옮겼다. 아마도 정신 나간 비서께선 날카로운 숨소리에 숨이 엄청 막혔을 게다. 누구라도 버티기 어려운 공기였을 테니까. 역시, 정신 나간 비서께서 어깨가 축 처진 것으로 보아 선방에 성공한 것 같다.

"에효, 벌써 다 왔네."

찬양은 작게 중얼거리며 지안을 따라 걸었다. 상무님 옆자리에 앉아 숨만 몇 번 쉬었을 뿐인데 집에 도착했다. 말이라도 좀 붙여 볼걸. 감흥에 젖어 아까운 시간을 놓치고 만 자신의 무지에 그녀는 시무룩해졌다. 같은 공간, 다른 생각은 여기서 그치지 않았다.

"15분 뒤, 내 방으로 건너와요."

"네? 상무님 방이요?"

"일 안 하나? 쉬러 집에 온 줄 알았습니까?"

"아, 네네! 알겠습니다!"

본격적으로 괴롭혀 볼 요량으로 지안은 찬양을 호출했고, 세상 이런 호사가 다 있을까! 찬양은 기쁜 마음으로 응했다. 괴롭히면 괴롭힐수록 묘하게 그녀에게 활력이 넘치고 있지만 그는 몰랐다.

"상무님! 저 왔습니다!"

"아니, 뭘 벌써 왔습니까? 아직 5분도 안 됐는데."

"어…… 그럼 잠시 후에 다시 오겠습니다!"

"됐고. 들어와요."

"네! 상무님!"

지금 자신이 하고 있는 이 모든 행동이, 그녀가 오래도록 바라 온 일이라는 것을 말이다.

⁂

늦은 저녁, 강변도로를 따라 운동을 마치고 돌아온 수호는 집으로 들어서는 골목길에 진입했다. 입김이 피어올랐지만 내내 달린 까닭인지 몸은 후끈하게 더웠다. 헤드셋을 끼고 목에 수건을 두른 채 막판 스퍼트를 올리듯 속력을 냈다.

그러다가 수호는 천천히 멈췄다. 낯익은 고급 세단이 자신의 집 앞에 멈춰 있던 것이다. 수호는 거친 숨을 몰아쉬며 세단을 바라보았고, 한참 망설였다. 이대로 뒤돌아 도망치기엔 거리가 가까웠다. 때마침 앞좌석 문이 열리더니 수행 기사가 내렸다.

"윤 실장님!"

그의 인사를 가볍게 받으며 결심한 듯 수호는 걸음을 옮겼다. 뒷좌석엔 누가 타고 있는지 불 보듯 뻔했다. 그제야 주머니에 넣어 두었던 휴대폰을 꺼냈고 부재중 몇 통을 확인했다.

"이 시간에 여긴 어떻게⋯⋯."

수호가 땀을 닦으며 묻자 다가온 수행 기사는 난처함이 가득한 표정을 지었다.

"휴일에 죄송합니다. 전화를 안 받으셔서."

"운동을 하느라 몰랐습니다."

"이거 어쩝니까. 전무님께서⋯⋯."

그때였다. 뒷좌석 문이 벌컥 열리며 비틀거리는 현주가 모습을 드러낸다. 수행 기사가 급히 달려가 현주를 부축하려는 듯 팔을 뻗었지만, 차마 접촉은 하지 못하고 넘어짐 방지를 하듯 둥글게 큰 원을 그렸다.

"전무님! 조심, 조심하셔야⋯⋯!"

수행 기사는 쩔쩔매며 현주를 따라 걸었다. 비틀비틀, 넘어질 듯 위태로운 걸음걸이로 현주는 수호에게 다가섰다. 한눈에 보아도 보통 취기는 아니었다.

"내 전화 왜 안 받아?"

"오셨습니까."

"그런 말투 집어치우고요. 내 전화 왜 안 받냐고요."

이미 다른 인격이 되어 버린 그녀의 두 볼은 무척이나 붉었다. 쩔쩔
매는 수행 기사는 도움을 요청하듯 수호를 바라보았다. 히끅, 현주는
어깨를 들썩거리며 딸꾹질을 했다.

"내가아…… 몇 통이나아…… 전화르을……."

"많이 취하신 것 같은데 오늘은 이만 댁으로 가시는 것이."

"라면 먹고 싶어서 왔습니다아. 라면 좀 끓여 주세요. 윤 실장니
임."

이미 여러 차례 있었던 일이다. 현주의 마음이 수호에게 있다는 것
을 모를 리 없는 수행 기사는 표정이 없는 수호를 향해 말을 덧붙였
다.

"전무님 오늘 아주 힘드셨어요. 저보다야 윤 실장님이 잘 알고 계시
겠지만, 아휴……. 이게 보통 일이 아닙니다. 예."

"들었어어? 나 오늘 무지이…… 힘들었는데에……."

비틀비틀 좌우로 흔들리며 그녀는 수행 기사의 말을 따라 했다.

"댁으로 모시려고 했는데 전무님께서 극구 이리 오시겠다고 해서
하는 수 없이. 예예."

"집에 안 가아……. 라면이 먹고 싶은데에……."

푹. 현주는 앞으로 고개를 떨궜다. 수호의 가슴팍에 얼굴을 떨군 그
녀는 쌔근쌔근 잠을 자듯 숨을 내쉬었다.

"아이고오…… 이 사달을 어쩌면 좋단 말입니까……. 아이고……
큰일이네 큰일……."

수행 기사는 식은땀을 닦으며 발을 동동 굴렀다. 그녀를 내려다보
던 수호는 짧게 숨을 내쉬고는 수행 기사를 바라보았다.

"오늘은 이만 퇴근하십시오. 수고 많으셨습니다."

"예에? 제가요? 벌써 퇴근을요? 전무님을 여기에 두고?"

"제가 알아서 잘 모셔다드리겠습니다."

"아니, 제가 모셔다드려도 되는……."

"염려 마세요. 제가 잘 모셔다드릴 테니까."

수행 기사는 망설이던 얼굴을 하다가 고개를 끄덕였다. 윤 실장이라면 모시는 전무님을 백번 믿고 맡길 수 있다. 이 와중에 말이 들리는지 현주도 따라 수행 기사에게 가 보라고 손을 휘저었다.

"가세요……. 세이 굿바이…… 굿바이……."

"예……. 그럼 정말 가 보겠습니다. 아이고, 이래도 되는지 모르겠네……."

수행 기사는 수호를 안쓰럽게 바라보다가 차를 타고 사라졌다. 수호는 짧게 한숨을 내쉬었다.

"똑바로 서, 이제. 가셨어."

"……."

"얼른. 남현주."

수호가 낮게 이름을 부르자 현주는 쭈뼛쭈뼛 몸을 일으켰다. 취기가 상당하기로서니 몸을 가누지 못할 만큼은 아니었다.

"……티 나?"

"엄청. 그러니까 똑바로 서라고. 남현주."

"내 이름 또 불러 줘. 난 선배가 불러 주는 내 이름이 왜 이렇게 좋은지 모르겠어."

후, 수호는 이마에 흐르는 땀을 닦았다. 현주가 수건을 붙잡고 닦아 주려 하자 고개를 휙, 돌렸다. 입술을 삐죽거리며 현주는 손을 내렸다.

"선배 운동하고 왔어? 날도 추운데. 땀 흐르는 것 좀 봐, 섹시하네."

"술 마셨으면 집으로 갈 일이지 여긴 왜 와. 사생활 존중 안 해?"

"그 사생활에 나 껴 줘야지. 나 빼고 무슨 사생활."

"모범택시 불러 줄게. 타고 가."

수호가 매몰차게 말하자 현주는 그의 팔을 붙잡았다.

"내가 전화하면 전화 좀 받아 주라. 진짜 너무하잖아."

"내가 전화받아 봐야 너한테 도움 안 돼. 나한텐 더더욱 안 되고."

"전에도 말했지. 상사 남현주 전무 전화는 피해도, 여자 남현주 전화는 피하지 말라고."

"……."

"상사 전화 피한 건 연말 고과에 반영하면 그만이지만 여자 남현주 전화 피하다 걸리면 평생 괴롭힐 거라고. 말했어, 안 했어."

현주는 다그치듯 따져 묻다가 수호의 가슴에 얼굴을 기댔다. 운동을 막 끝낸 뒤라 그런 걸까, 들려오는 그의 세찬 심장 박동 소리가 좋았다.

"선배. 나 라면 좀 끓여 줘."

"먹고 싶으면 집에 가서 끓여 달라고 해."

"여기까지 왔는데 그것도 어렵냐? 나 오늘 딸린 회사 식구들 먹여 살리려고 아등바등 일하다 왔는데. 선배 너도 먹여 살리려고 내가."

바깥일 하고 오느라 힘들었으니까 라면 좀 끓여 달란다.

"끓여 줘라 좀. 매달리다 지쳐서 돌아갈 것 같지? 전혀. 그럴 일 없으니까 끓여 주라고 좀."

"먹어 본 적은 있냐?"

"왜 없어? 나 가끔 먹어, 이거 왜 이래? 재벌은 라면 맛도 모를 거라고 무시하는 거야, 지금?"

"후……."

수호는 포기한 듯 고개를 치켜들었다. 이 고집을 누가 꺾겠나, 빨리 먹이고 돌려보내는 것이 상책이다.

"우리 집 더럽다. 참고해."

"괜찮아. 정찬양 씨 집만 하겠어?"

"그 집은 도둑 든 거고. 여기는 그냥 더러운 거고."

"그럼 내가 치워 줄까? 나 우렁각시 하고 싶은데."

"우렁각시는 항아리에 살아. 그런 대저택에서 안 살고."

따라와. 수호가 먼저 걸음을 옮기자 현주가 종종종 그 뒤를 따라 걸었다. 매일매일 힘들어야겠다. 그럼 당신이 라면을 끓여 줄 테니까.

"나 말고 라면 먹고 가겠다는 여자 막 집에 들이고 하면 안 된다, 선배 너. 알겠어?"

"무슨 소리 하는 거야 대체."

"집에서 남녀가 먹는 라면은 술집에서 마시는 술보다 무서운 거라구. 다 속내가 음흉한 거니까 절대로 넘어가지 마."

수호는 걷던 걸음을 멈추고 뒤를 돌았다. 졸졸 따라오던 현주는 머쓱함에 핸드백을 만지며 딴청을 피웠다.

"아니, 꼭 내가 그렇다는 게 아니라."

"그냥 집에 갈래?"

"조용히 하고 들어갈게."

이 여자가 정말 한국 경제를 쥐락펴락하는 철의 여인, 남현주 전무가 맞나. 붉게 물든 얼굴로 그저 좋단다.

"라면만 먹고 가. 약속해."

"선배 남자 맞냐? 이거 진짜 고자 아니야?"

"고자야. 이제라도 알았으면 라면만 먹고 가."

"알겠다고! 빨리 가기나 하라고!"

현주가 등을 밀자 수호는 탐탁지 않은 얼굴을 하고 있다가 현관문을 열었다. 비밀번호를 훔쳐보던 현주는 문이 열리자 눈을 깜빡였다. 너무나도 오랜만에 방문한 그의 집이었다.

"들어와."

"상무님, 조금만 쉬었다가 할까요?"

"조금 전에도 쉬지 않았습니까?"

"그게…… 조금 전이 세 시간 전인데요."

지안은 그제야 고개를 들었다. 디지털시계는 어느덧 밤 11시를 가리키고 있다. 언제 이렇게 시간이 흘렀나, 지안은 눈을 감았다가 뜨며 목을 돌렸다.

"10분만 쉬죠."

"시, 십 분이요?!"

찬양은 질겁하는 목소리로 눈을 크게 떴다. 집에 도착한 것이 오후 4시쯤의 일이니 그때부터 지금까지 주야장천 일만 한 것이다.

"아니, 여태까지 일했는데 10분은 좀……."

그와 마주 보고 앉아 주거니 받거니 일을 하는 것이 처음엔 좋았다. 불행인지 다행인지 그녀가 석 달 동안 꾸준히 진행했던 업무의 연장선이었기에 할 만하기도 했다. 하지만 8시가 지나자 슬슬 몸이 꼬이기 시작하더라.

"하도 노트북 모니터를 봤더니 눈에 초점이 없는 것 같아요."

9시가 될 때쯤엔 영혼이 먼저 탈출한 것 같았다. 정신을 차려 보니 졸고 있기도 했고, 11시라는 숫자를 마주했을 땐 이것이 꿈이냐 생시냐 싶어졌다. 사랑이고 나발이고 서류만 보면 토할 것 같았다.

그나저나 상무님 몸은 정말 괜찮은 건가? 이렇게 과중한 업무 처리에도 끄떡없을 만큼? 공연한 걱정도 맴돈다. 찬양은 멍하니 넋 빠진 얼굴로 허리를 펴고 팔을 돌렸다.

"10분 끝. 다시 업무 시작하죠."

"네에?! 벌써 끝이라고요?! 그럴 리가! 그럴 리가!"

이리저리 몸을 돌리며 스트레칭하던 찬양은 시계를 바라보았다. 정확하게 10분이 지난 상황. 헐…… 아니 상무야…… 이럴 거면 회사에서 하지 뭐 하러 집에 왔냐……?

"정찬양 씨가 지금 준 파일 검토했는데, 17페이지하고 23페이지가 중복되는 이유는 뭡니까?"

"네? 23일이 중복이라고요? 무슨요, 말복도 한참 전에 지났는데?"

"……."

"아아. 중복된다고요. 글쎄요. 저는 똑바로 했는데요?"

찬양이 모르쇠로 일관하자 지안의 눈썹이 꿈틀거린다. 이리 오라고 손을 까딱거리자 찬양이 마지못한 얼굴로 일어나 쿵쿵 걸음을 옮겼다. 지안은 PC 모니터를 돌리며 그녀가 볼 수 있도록 도왔다.

"이거. 이거, 이거. 17페이지하고 23페이지 내용이 같잖아요."

"아아. 네. 뭐, 그러네요."

"도대체 어느 구역을 날려 먹은 겁니까?"

"뭘 먹어요. 제가 뭘 먹었다고 이러시는 건지 모르겠습니다만?"

지안은 PC 모니터를 볼펜으로 툭툭 건드리다가 그녀를 힐끔 돌아보았다. 낮과는 전혀 다른 상당한 불량함이 그녀 온몸에서 뿜어져 나왔다.

"지금 정찬양 씨 말투가 공격적으로 느껴지는 건 내 기분 탓인가?"

"아아, 뭐, 기분 탓일 수도 있고요. 아니면 뭐 참트루일 수도 있죠."

"뭐라?"

"고쳐 올게요. 고쳐 오면 되잖아요. 못 고칠 병도 아니고 그거 하나 못 고치겠습니까?"

"대답 간결하게 합시다. 우리가 애먼 말을 섞을 사이는 아니지 않나?"

아니긴, 참 나. 우리가 섞은 게 어디 말뿐인 줄 아세요? 찬양이 어깨쯤으로 시선을 주며 혼잣말을 중얼거리자 지안은 미간을 좁혔다.

"지금 뭐라고 했습니까?"

"아아. 별거 아니고요. 고쳐 올게요. 고쳐 온다고요. 찬양이가 지금 바로, 여기 앉아서, 고친답니다."

어쭈. 정신 나간 비서께서 그게 뭐 대수냐는 듯 손을 휘젓더니 다시 자리로 돌아간다. 지안은 황당하고 기가 막힌 까닭에 더는 말을 잇지 못하고 그녀를 바라보았다.

"아, 뭐야. 컴퓨터 멈췄잖아. 에이 씨."

정신 나간 듯 보여도 저렇게 불량한 줄은 몰랐는데, 지금의 비서께선 정신이 나간 것도 모자라.

"뭐야, 배터리는 뭐 이렇게 빨리 닳아? 에이 씨."

성격까지 파탄에 이르렀다! 허어. 지안은 듣고도 못 믿을 상황에 두 눈을 크게 치켜떴다. 저 방자한 태도는 대체 어떻게 이해하고 넘겨야 하는 건지 모르겠다. 난생처음 겪는 타인의 오만방자함에 멘탈이 붕괴될 즈음, 지안은 다시금 시계를 바라보았다. 지금은 11시 15분. 회사에서 나온 시간이 3시 30분.

"이봐요, 정찬양 씨."

"왜요?"

"뭐? 왜요? 지금 왜요, 라고 했습니까?"

"지금 수정하고 있는데 부르셨잖아요."

"부르면 안 됩니까?! 당신 내 비서라며?!"

"아, 진짜. 진짜 엄청 깐깐하시네. 불러서 대답했는데 그게 뭐 어떻다고 꼬투리를 잡으시는 거예요?!"

"왜 이렇게 예민하게 굽니까? 내가 정찬양 씨 짜증 받아 줄 사람은 아니지 않나?!"

"아, 몰라요! 저도 지금 제가 왜 이러는지 모르겠다고요!"

어쭈, 이거 봐라. 지안은 찬양의 으르렁거리는 소리를 듣다가 문득 전화기를 내려다보았다.

"컴퓨터가 멈췄어요. 더불어 저의 뇌도 멈췄죠."

"됐고, 빨리빨리 하라 이겁니다. 정찬양 씨의 수정본을 기다리고 있잖아요, 내가."

그러다가, 잔소리를 늘어놓으며 전화기를 들었다. 찬양은 불만투성이 눈빛을 PC에 고정한 채 입술만 열어 쫑알거렸다.

"하고 있다고요. 찾아야 드리죠. 컴퓨터가 느린 게 제 탓도 아닌데 좀 기다……."

"아, 여보세요. 난데."

전화 연결이 되었는지 지안이 누군가와 대화를 나누자 찬양은 구시렁거리며 입술을 닫았다. 대박. 말하다 말고 다른 사람이랑 통화하는 것 좀 봐. 에이 씨, 그나저나 컴퓨터 느려서 못 살겠다.

"아아. 내가 다른 일이 있어서 전화를 한 건 아니고 말이야."

이거 어디 거냐?! 백경 거네?! 이 망할 백경 때문에 내가 명이 닳는다, 닳아. 아주 그냥!

"내 방으로 먹을 것 좀 올려 줘. 저녁밥."

밥……! 찬양의 눈에서 레이저가 쏟아진다. 지저스! 밥……! 바아아압……!

"그래그래. 양 넉넉하게 해서 바로 올려 줘."

지안이 전화를 끊자 찬양은 지구를 구할 영웅을 마주한 것처럼 눈을 반짝였다. 사실은 말입니다. 제가 배가 너무 고팠어요. 힝. 찬양이 말로 하지 못한 이야기를 반짝이는 눈빛으로 전하자 지안은 안경을 다시 쓰며, 귀찮다는 듯 손을 휘저었다.

"정찬양 씨 밥이라고는 안 했는데."

"상무님 죄송합니다아아아……. 말 잘 들을게요오오……."

"지금 하는 수정본, 밥 올 때까지 안 넘기면 저녁 못 먹습니다."

"지금 넘깁니다! 넘깁니다, 상무니이이이임!"

지안의 추측대로, 그녀의 예민함은 굶주림 탓이었다. 밥 준다니 득달같이 눈을 빛내며 문서를 수정하는 찬양을 바라보고 있자, 사람이 저렇게까지 속이 들여다보일 수 있을까 싶다. 마음 같아선 3박 4일 더 굶기고 싶지만 어차피 저 여자 입장에선 먹고살자고 하는 일.

"상무님! 거의 다 해 갑니다! 다 해 갑니다!"

"빨리빨리. 더 빨리. 그렇게 느려서 어디, 밥 먹겠습니까?"

"다 했어요! 조금만! 조금만요!"

정신 산란한 말들로 심기를 어지럽히는 것만 빼면 그럭저럭 쓸 만한 비서인 것 같다는 생각이 들다가도, 대체 어떤 비서가 저렇게 천하무적인가 생각해 보면 기가 차기도 했다. 하지만 이 상황은 묘하게 싫지 않다. 내내 버거운 병원 치료를 받으며 심적으로 적막했던 까닭이겠지. 지안은 가볍게 생각하기로 한다. 덕분에 심심하지 않은 시간인 건 확실했으니까.

후루룩 찹찹, 후루룩 찹찹. 지안은 요란 법석하게 식사 중인 찬양을 구경하듯 바라보았다.

"어머, 세상에 다 맛있어. 완전 대박."

왼손과 오른손을 함께 사용하는 식사법을 선보이며 밑도 끝도 없이 입속으로 밀어 넣는다. 배고프면 예민해진다는 말이 떠올라, 굶겼다는 생각에 다소 미안해지던 때였다.

"거, 천천히 좀 먹읍시다."

"대박 맛있어요, 상무님. 좀 드셔 보세요."

"다 먹어 놓고 이제 와 뭘 먹으라는 겁니까?!"

휴. 안 돼. 침착해, 남지안. 지안은 울컥울컥하는 마음을 다스리며 긴 숨을 불어 내쉬었다.

"밥때가 지났으면 말을 해야지, 미련하게 굶고 있었습니까?"

"그야 상무님도 안 드셨으니까요."

"나야 원래 저녁은 잘 안 먹으니까. 혹시 나중에라도 내가 잊거든 얘기해요."

"정말요? 알겠습니다. 사실은 밥도 안 주고 일시키신다고 속으로 엄청 욕하고 있었어요."

"속마음 이야기는 안 해 줬으면 좋겠는데. 속사정은 속으로만 끝내죠."

"네네. 일 끝나면 라면 끓여 먹으려고 했거든요. 매번 실장님 깨울 수는 없으니까 라면을 사 왔지 뭐예요."

……말을 전혀 듣고 있지 않다. 지안은 끙, 앓는 소리를 내며 참을 인 자를 곱씹어 삼켰다.

"결론만 정리합시다. 밥, 굶지 말고 시간 되면 또박또박 얘기하는 걸로."

"네. 감사합니다. 정말 자상하세요, 상무님."

"……"

자상 같은 소리 하고 있네. 지안은 후루룩 참참 소리 내며 먹는 찬양을 바라보다 입꼬리를 아래로 늘어트렸다. 저렇게 아무 생각이 없어 보이지만 경계 태세를 늦출 수는 없다. 최소한의 인권 보장도 하지 않은 채 일을 시켰다고, 퇴사 후에 피켓 시위를 하고도 남을 여자니까. 흥! 어림없는 소리! 때맞춰 먹여 주마! 나중에 찍소리도 못 하도록!

어쭈. 정신 나간 비서께선 모든 음식이 바닥이 보일 때쯤 힘없이 숟가락을 내려놓았다. 그러더니 입가를 닦으며 상을 물린다.

"후, 이제 더는 못 먹겠어요. 입맛이 없나, 안 들어가네요."

"안 들어가겠지. 3인분이니까."

"……"

"그 정도 비운 것도 푸드 파이터 수준이니까 자책은 말고."

휴. 지안은 밥 먹는 하마 같은 비서 씨의 난처한 얼굴을 보다가 고개를 돌렸다. 그런데 좀 이상하다. 원래 비서랑 있는 게 이렇게 숨 막히는 일이었나. 지안은 뭔가 잘못됐다는 생각에 고개를 갸우뚱했다. 기가 빨려서 못 살겠다. 아무래도 몸이 좋지 않은 까닭이겠지.

"저, 상무님. 이제 저는 뭘 하면 될까요?"

찬양이 묻자 지안은 빤히 바라보다가 친절하게 웃었다.

"정찬양 씨는 이제 가볍게 일어나서."

……오늘은 여기까지. 빨린 기를 충전하고.

"그대로 나가면 됩니다."

내일 다시 괴롭혀야겠다.

기가 빨려 충전 좀 해야겠으니 나가 보라며 지안은 앉아 있는 찬양을 향해 눈짓으로 말했다. 옆에서 굴려 볼 생각에 많은 양의 일거리를 던져 줬으니, 정신 나간 비서께서도 피곤하리라. 지안은 내일을 기약하며 찬양에게 퇴근을 지시했다. 으헷, 좋은지 웃는다.

"그렇게 좋습니까? 퇴근하라는 말이?"

도무지 속내를 감출 줄 모르는 정신 나간 비서다.

"그럼요. 좋죠. 오늘 너무 빡세게 일했잖아요."

"비속어 삼갑시다. 빡셌다니. 비서의 입에서 나올 말입니까?"

"네네. 죄송합니다. 그런데 너무 좋아서요."

더할 나위 없이 활짝활짝 웃는다. 그래, 온종일 내 옆에서 숨이 막혔다는 증거겠지. 지안은 긍정적으로 생각하며 한쪽 입꼬리만 올려 씰룩 웃었다.

"어! 상무님도 좋으시죠! 퇴근!"

엇, 웃다가 걸렸다. 지안은 금세 표정을 바꾸며 정색했다.

"집에서 일하니까요, 퇴근길이 짧아서 아주 좋네요. 바로 옆문만 열면 집이라니. 그렇죠?"

"그 말인즉슨 언제든지, 아무 때나, 시도 때도 없이 다시 출근할 수 있다는 뜻입니다."

"아…… 그렇게 생각하니까 기운 빠지네요."

"호출당할 사람이 호출할 사람 앞에서 할 말은 아니지 않나?"

"죄송해요. 그럼 못 들은 걸로 해 주세요."

참 편리한 뇌 구조다. 지안은 한시도 쉴 틈 없이 입을 놀리며 일어서는 찬양을 바라보다가 관자놀이를 지그시 눌렀다. 저 정신 나간 비서와 대화를 몇 마디 나누다 보면 혼이 쏙 빠져나가는 기분이다.

나가 볼 요량인지 그녀가 일어선다. 지안은 다시 마우스를 잡았다.

"저, 상무님. 뭐 좀 물어봐도 될까요?"

"아니. 안 됩니다."

"상무님 의식 없다가 눈 딱 떴을 때요. 뭐 기억나거나, 뭔가 기억이 날 것 같거나, 그런 거 없었어요?"

"질문 안 듣겠다고 했는데."

"기억이 날 듯 말 듯 하거나, 뭔가 낯익거나 낯설거나 그런 거요."

안 듣겠다잖아! 이럴 거면 그냥 물어보든가! 지안은 마우스를 다시 내려놓으며 찬양을 바라보았다. 천하무적으로 말을 안 듣는 비서께서는 뭐가 그렇게 궁금한지 묘한 눈빛으로 쳐다보고 있다. 지안은 팔꿈치를 책상에 기대며 손등으로 턱을 괴었다.

"내가 뭘 기억해야 하는 게 있습니까?"

"그럼요. 당연하죠."

"그게 뭔지 정찬양 씨는 알고 있습니까?"

"네……니요?"

찬양은 가까스로 답을 회피했다. 이크. 하마터면 네, 라고 답할 뻔했다. 상무님의 표정이 또다시 일그러진다.

"아, 아뇨. 그냥 궁금해서요. 보통 그렇게 오래 누워 있다가 일어나면 막 죽었다가 살아났다고 말하는 사람들도 있고요."

"……"

"실제 영혼이 떠돌아 자신의 몸을 내려다봤다는 사람들도 있잖아요."

"대체 누가?"

"있어요. 서프라이즈에 단골 스토리로 나오는데."

TV 프로그램을 설명하며 찬양이 얼버무리자 지안은 더욱 표정을 일그러트렸다. 이젠 나가 보라는 말도 지겹다.

"아까 신 실장이 스케줄 표를 줬는데요. 내일 상무님 재활 치료 하셔야 한대요."

"그래서?"

"제가 도와드릴게요."

"필요 없습니다. 내 재활을 왜 정찬양 씨가 돕습니까?"

"비서니까요?"

"일이나 열심히 해요. 다른 건 됐으니까."

안 갑니까……? 지안이 눈으로 문을 가리키자 찬양은 나가 보겠다며 허리를 굽혀 인사했다.

"그럼 이만 나가 보겠습니다."

"내일 아침까지 문 열고 목만 내미는 불상사는 없길 바랍니다."

"좋은 꿈 꾸세요, 상무님. 돼지 일억 오천 마리 정도 나오길 바랄게요."

혹은, 제 꿈을 꾸셔도 된답니다. 찬양은 마지막 말을 삼키며 뒷걸음을 걸었다. 마지막까지 상무님의 얼굴을 보고 싶었다. 하지만 그녀의 그런 행동이 거슬리기만 한 지안은 참다 참다 소리를 빽 질렀다.

"똑바로 걸어서 나가요! 정신 사나워 죽겠네, 진짜!"

"네네! 나갑니다! 나갑니다! 안녕히 주무세요!"

쫓겨났다. 찬양은 문을 닫고 나오며 혀를 내둘렀다.

"나중에 다 어떻게 감당하려고 날 이렇게 괄시해? 치, 두고 봐라. 나중에 엄청엄청 복수해 줘야지."

있잖아요, 상무님. 사실은 이렇게 말하고 싶었어요.

잘 자요, 상무님.

"복수할 수 있는 날은 올까? 상무님 저렇게 무서운데. 아후, 뭐라고 말하면서 하루가 지나가는지도 모르겠네."

내 꿈 꿔요.

"무서우니까 더 떠들고 있는 것 같아. 어후, 상무님 무서워."

우리, 꿈속에서 만나요.

602

"일전에도 말씀드렸지만 연임이 된다면 자율 경영 체제, 약속드리겠습니다."

한바탕 유흥의 시간이 끝나고 강준은 자리를 정리하듯 사장단을 향해 말을 했다. 입지를 굳건하게 하기 위해선 이들의 도움이 전적으로 필요했다. 강준의 곁엔 이선의 큰아버지 김 사장이 앉아 있고, 강준의 말을 지지하듯 술잔을 들었다.

"남 상무는 아직 이릅니다. 주치의도 그러지 않았습니까? 건강 상태는 좀 더 두고 봐야 한다고."

"남 상무 건강 상태가 그 정도로 안 좋습니까? 어제 출근한 걸 보니까 멀쩡하던데."

김 사장은 손을 내저었다.

"그게 다 계략이지 뭡니까. 일단 임 대표님을 밀어내겠다는 의지로 보입니다. 우리가 그렇다고 아직 몸도 성치 않은 사람에게 그룹을 맡길 수는 없지 않습니까?"

흠. 사장단의 얼굴이 진지하게 변한다. 강준은 부드러운 시선으로 그들을 바라보았다.

"부족한 줄 압니다만, 한 번 더 믿어 주시면 신뢰에 어긋나지 않도록 힘쓰겠습니다."

"아무렴, 합병보다는 자율 경영이 낫지 않겠소? 나도 임 대표에게 힘을 실어 드리리다!"

"나도! 나도 힘써 보겠소! 임 대표!"

마음을 굳힌 듯 사장단 여기저기서 술잔을 높게 들자 김 사장과 강준은 제각기 만족스럽다는 미소를 지었다. 강준은 따라 술잔을 높게 들며 자리에서 일어섰다.

"그럼, 잘 부탁드리겠습니다."

연임이 되어야 한다. 그리고, 벌어 둔 시간 안에 현주의 마음을 붙잡아야 했다.

"남 전무, 일찍일찍 좀 들어오지 그래."

"아, 깜짝이야!"

현관을 들어선 현주는 지안의 음성에 옆을 돌아보았다. 물컵을 들고 귀신같이 서 있는 동생의 모습에 현주는 인상을 찌푸렸다.

"왜 그러고 서 있어? 놀랐잖아."

"요즘 날 보면 왜들 그렇게 놀라. 귀신 보듯이."

지안이 중얼거리자 현주는 슬리퍼를 신으며 놀란 가슴을 쓸어내렸다. 이 망할 동생 놈은 따라다니며 잔소리다.

"왜 이렇게 늦어. 회사에서 일찍 나갔다며."

"시집도 못 간 누나가 늦게 들어오면 좋아해야 하는 거 아냐? 연애라도 하고 왔을지 누가 알아?"

"별로. 딱히 내가 좋아할 만한 일로 늦은 것 같지 않아서."

"쳇. 라면 먹고 왔다. 라면."

현주는 쌩하니 걸음을 옮겼다. 확신할 수는 없지만 깨어난 지안은 자신이 윤 실장을 좋아하는 걸 모르는 듯했다.

"넌 왜 따라와?"

동생이 따라오니 현주가 질색한다. 지안이 누워 있을 때, 하루하루 야위어 가던 누나가 맞나.

"노안이라 앞이 안 보일까 봐 걱정돼서 따라가는 중인데?"

현주가 질색하자 지안은 비아냥거린다. 홀로 남겨진 누나 걱정에, 매일같이 영혼의 몸으로 전무실을 드나들던 남동생이 맞나.

"젊은 나이에 거동 불편한 너만 할까?"

"나는 나아 가는 희망이라도 있지. 남 전무는 날이 갈수록 노쇠하잖아."

"야! 죽을래?!"

눈만 마주치면 으르렁대기가 사춘기 남매지간 같다. 멀리 서 있던 직원이 고개를 돌리며 웃는다. 현주와 지안은 힐끔, 그 모습을 바라보다가 이번엔 눈빛으로 욕을 주고받기 시작했다.

"가, 제발. 가서 자. 어린이는 이렇게 늦게까지 돌아다니는 거 아냐."

만사가 귀찮다는 듯 현주가 손을 휘젓자 지안은 가까이 붙어 섰다. 누군 따라오고 싶어서 따라왔나? 할 말이 있으니까 따라왔지.

"이봐, 남 전무. 그 여자 말야. 그 정신 나간 여자는 언제까지 데리고 있어야 하는 건지?"

"누구? 정찬양 씨?"

"그래. 그 정신 나간 여자."

드레스룸으로 들어간 현주가 코트를 벗는다.

"들어."

현주가 코트를 넘겨주자 지안이 순순히 받아 든다.

"그 여자 이상해."

"딱 좋네. 너도 이상한데."

"농담하는 거 아니고."

"난 뭐 농담인 줄 알아? 내가 보기엔 너보다 정상인데."

"그리고 그 여자, 임 대표랑도 아는 사이던데?"

"아아. 신경 쓸 것 없어. 별 사이는 아니야."

"……전무실로 데려가. 난 필요 없어."

"시끄러워."

현주가 귀걸이를 빼서 건네주자 지안이 손바닥을 뻗는다. 이럴 때

보면 참 말 잘 듣는 남동생이다. 어릴 때부터 훈련시킨 보람이 있다.

"너한테 필요할 거야. 난 그렇게 믿어."

"내가 필요 없다는데 뭘 그렇게 확신하고 그래. 필요 없다니까?"

"너야말로 고작 하루 지내보고 뭘 그렇게 확신하고 그래?"

"밥을 너무 많이 먹어. 연료에 비해 노동력이 형편없어."

"야, 남지안. 지금 너는 밥값 아까워서 비서를 자르겠다는 거냐? 됐고. 이것도 좀 들어."

현주는 시계를 끌러 지안의 손바닥 위에 올렸다. 알아서 서랍장에 정리하며 지안은 여전히 툴툴거렸다.

"같이 있으면 기가 빨린다고."

"오늘도 같이 있었어? 그런데 기가 빨려? 니가?"

"몸이 안 좋아서 그러나 싶긴 한데, 보통 기가 빨리는 게 아니야. 성가셔 죽겠다고."

현주는 작게 웃음을 터트렸다. 해 주고 싶은 말이 많아, 입이 근질근질해 죽겠다.

"웃지 말고 데리고 가. 내가 괴롭히다가 잘라 버리기 전에."

"글쎄, 그렇게 쉽게 잘릴 사람 아닐걸. 열심히 해 봐, 그럼."

"하, 미치겠네."

"그나저나 이선이랑 언제 식사 같이하자. 다음 달부터 우리 회사로 출근할 거야."

"변호사 한 명 데려오는데 나까지 나서서 모셔야 하나?"

"모르는 사이도 아닌데 왜 이래? 밥 한번 먹는 게 그렇게 어려워?"

"어려워. 걔랑은 제일 어려워."

"야, 남지안. 이선이한테 잘 좀 해 줘라. 하여튼 나중에 다시 얘기하고, 이제 나가 봐."

현주는 옷을 갈아입을 요량인지 지안을 발로 밀었다. 슬슬 밀려 나가던 지안은 난데없이 멈추며 뒤를 돌았다.

"이번 이사회에서 아무래도 임 대표 연임될 것 같지?"

지안의 물음에 현주는 잠시 침묵했다. 임 대표의 연임이 어떠한 결과를 가져올지, 아직은 아무도 알 수 없었다.

"네가 회사를 물려받기엔 아직 건강 상태를 확신할 수 없다는 쪽이 많아서 어쩔 수 없을 거야."

"좌우지간 임 대표 조심해."

현주는 소름이 돋았다. 베를린으로 출장을 가기 전 지안이 찬양의 입을 빌려 들려준 이야기가 아닌가?

"왜…… 조심해야 하는데……?"

"몰라. 느낌이 안 좋아. 요즘 사장단이랑 자주 접촉하는 것도 그렇고. 뭔가 연관이 있는 것 같긴 한데 USB를 잃어버려서 뭘 알아볼 수가 있어야지."

그럼 쉬어. 지안이 간단한 인사 끝에 드레스룸을 나선다. 현주는 스카프를 끌러 내리며 지안의 말을 곱씹었다.

"촉은 귀신같이 좋은 애니까, 진짜로 뭐가 있긴 있는 것 같은데."

이미 누나와 동생의 마음에 임 대표는 의혹덩어리로 커져 있었다. 다만 내색하지 않는 건, 증거 불충분 때문이었다.

샤워를 마치고 방으로 돌아온 지안은 마저 일을 끝내려고, 가운을 입은 채 자리에 앉았다. 정신 나간 비서께서 꽤 많은 일을 도왔지만 성에 차지 않는다. 본디 칭찬은 모르는 성격이고 만족도 모르는 성격이니 당연했다.

"몸만 나가랬다고 진짜 몸만 나간 것 좀 보게."

그녀가 떠난 자리는 너저분했다. 보고 정리하지 않은 서류들, 연거푸 마신 커피 잔. 두고 간 카디건. 쯧쯧, 지안은 인상을 쓰며 다시 PC로 시선을 돌렸다.

그때였다. 휴대폰 벨소리가 들려 지안은 자신의 휴대폰을 들었다.

"뭐야, 내 거 아닌데."

백경전자 휴대폰의 기본 벨소리이긴 했지만 본인의 것은 아니다. 지안은 소리가 나는 쪽을 바라보았다. 쯧쯧, 정신 나간 비서의 것이다.

"두고 갈 게 따로 있지, 휴대폰을."

정신 산만한 소리는 주인을 닮아 무척이나 시끄럽다. 지안은 PC를 훑다가 다시금 소리가 나는 쪽으로 시선을 돌렸다.

"기본 벨소리 바꿔야겠어. 시끄러워 죽겠네."

자리에서 일어나 찬양이 머물렀던 자리로 갔다. 뒤적거리며 서류 뭉치 사이에 놓인 휴대폰을 발견한 지안은 벨소리를 끌 요량으로 들었다. 별생각 없이 발신인을 확인한 지안은 행동을 멈추며 미간에 힘을 주었다.

"뭐야, 이거."

벨소리는 끊임없이 공간을 울렸다. 지안은 휴대폰 액정을 길게 바라보다 천천히 눈을 감았다가 떴다.

[임강준 대표]

임 대표였다.

〈2권에서 계속〉

608